PENSÁNDOLO MEJOR...

Pensándolo mejor...

Título original: *On Second Thought*

Por acuerdo con Maria Carvainis Agency, Inc. y **Julio F. Yáñez, Agencia Literaria.** Traducido del inglés **On Second Thought.**
Copyright © **2017 by Kristan Higgins.** Publicado por primera vez en los Estados Unidos por **Harlequin Books, S.A.**

© de la traducción: Emilio Vadillo

© de esta edición: Libros de Seda, S.L.
Estación de Chamartín s/n, 1ª planta
28036 Madrid
www.librosdeseda.com
www.facebook.com/librosdeseda
@librosdeseda
info@librosdeseda.com

Diseño de cubierta: Mario Arturo
Imágenes de cubierta: © KieferPix/Shutterstock
Maquetación: Rasgo Audaz, Sdad. Coop.

Primera edición: mayo de 2018

Depósito legal: M-29322-2018
ISBN: 978-84-16973-10-1

Impreso en España – Printed in Spain

KRISTAN HIGGINS

PENSÁNDOLO MEJOR...

LIBROS de
seda

Esta novela está dedicada a Hannah Elizabeth Kristan,
una de las mejores personas que conozco:
divertida, amable, valiente y brillante.
¡Estoy muy orgullosa de ser tu prima, querida!

CAPÍTULO 1

Kate

De haber sabido cómo se iban a desarrollar los acontecimientos la tarde del 6 de abril, habría puesto en marcha el plan A por la mañana.

Para empezar, habría programado la alarma para que sonara temprano, y así Nathan y yo habríamos hecho el amor. Llevábamos casados solo cuatro meses, de modo que tal actividad todavía entraba dentro del área de nuestros intereses prioritarios como pareja. Primero me habría cepillado el pelo y lavado los dientes. Después lo habría besado despacio y habría tomado su cara entre mis manos.

«Te quiero muchísimo», le habría dicho susurrando. «¡Qué afortunada soy por estar casada contigo!»

Seguramente esa forma de hablar habría provocado que me mirara con cierta cara de sorpresa, porque una afirmación tan empalagosa no casa con mi estilo, pero, en todo caso, los sentimientos se habrían mantenido igualmente.

«Por cierto, esta noche no me dejes tomar una segunda copa de vino, aunque te la pida», habría añadido.

Pero, por el contrario, hice lo mismo que llevaba haciendo prácticamente todas la mañanas desde que nos habíamos casado. Cuando sonó la alarma de Nathan, a las seis de la mañana nada menos (sí, ya sé que es una hora intempestiva, pero así son las cosas), me puse la almohada encima de la cabeza y gruñí enfadada. Nathan se levantaba a esa hora cada mañana para hacer ejercicio durante cuarenta y cinco minutos en la cinta de correr, cosa que demostraba en la práctica la teoría científica y sicológica de la atracción de los opuestos, pues todo mi ejercicio físico mañanero consistía en caminar como máximo una manzana para tomarme un café.

Mientras yo me quejaba, Nathan se rio: mi disgusto por el hecho de despertarme antes de que amaneciera aún no había hecho mella en él.

De todas maneras, me levanté después de que él terminara de vestirse y fui tambaleándome hasta la cocina, con el pantalón de pijama de cuadritos y la sudadera de la Universidad de Nueva York y con esa extraña y emocionante sensación de novedad —aún no me había abandonado— que me inundaba al ver a mi marido cada mañana. Lo amaba muchísimo pese a su adicción al ejercicio físico. Por lo menos rebosaba salud. Seguro que en ese momento el destino, o el universo, se estaría riendo a mandíbula batiente, el muy hijo de perra.

Ya estaba en la mesa de la cocina.

—Buenos días —dije, revolviéndole el pelo todavía húmedo. Era extraño que me hubiera casado con un pelirrojo ya que nunca habían sido mi tipo. La noche anterior habíamos tenido una extraordinaria sesión de sexo, y al recordarlo me incliné y lo besé en el cuello. ¿Veis? No se puede decir que estuviera en coma, pese a que aún era lo suficientemente temprano como para que al intentar guiñar un ojo se me cerraran los dos.

—¡Hola! —respondió sonriendo—. ¿Qué tal has dormido, cariño?

—¡Estupendamente! ¿Y tú? —Agarré una taza y me serví un poco de revitalizante café, preguntándome si el hecho de que mi olfato fuera como siempre significaría que no estaba embarazada.

—Lo cierto es que estaba felizmente agotado —dijo con una sonrisa—. He dormido como un bebé.

Nathan puso su taza en el lavavajillas, que además vaciaba cada noche antes de irse a la cama. Siempre utilizaba la misma taza y la colocaba en el mismo lugar, en el estante de arriba. Era arquitecto. Le gustaba que todo estuviera limpio y en su sitio; al fin y al cabo, su casa era un escaparate, la mejor y más viva demostración de su pericia profesional.

—Esta noche es la fiesta de Eric, ¿no? —preguntó.

—¿Cómo? ¡Ah, sí! Su fiesta en honor de la vida. —Di un largo trago de café, evitando hacer una mueca. Eric, el eterno novio de mi hermana, celebraba haber superado un cáncer y, aunque por supuesto me alegraba sinceramente de ello, esa fiesta tenía cierto tufillo a corte de mangas. Además, su salud no era ninguna novedad, pues nos había mantenido a todos perfectamente informados de su evolución por medio de sus cuentas de Facebook, Twitter y Linkedin y de su blog, aparte de llenar de fotos los muros de Tumblr y Pinterest con fotos suyas durante la enfermedad y las sesiones de quimio intravenosa y, sí, también de la zona de su cuerpo, eh..., afectada.

—Es un buen chico. Me alegro mucho por él —dijo Nathan.

—Me pregunto si no saltará a través de una foto suya de tamaño natural en papel, como hacen en esos programas promocionales de dietas para perder peso en dos semanas —espeté. Nathan soltó una carcajada, y a mí se me encogió el estómago porque en sus ojos se formaron esas patas de gallo que me resultaban tan irresistibles.

De vez en cuando, nuestra sintonía me causaba cierta sensación de alarma. Era algo así como despertarse en una habitación de hotel, ese segundo en el que no sabes dónde estás, hasta que te acuerdas de que te encuentras disfrutando de unas maravillosas vacaciones.

Nos miramos durante un rato y el estado de ánimo se enfrió ligeramente. Por telepatía le ordené que no me preguntara si estaba embarazada. Desvié la mirada hacia la ventana para esquivar la pregunta no planteada. Contemplé la escultura de una cabeza de león escupiendo agua sobre una pila de rocas. No puedo decir que me hubiera acostumbrado ya a vivir en una casa llena de adornos acuáticos de ese estilo.

En el transcurso de unas semanas íbamos a revisar mis cosas para ver qué nos traíamos. Pero de momento la casa era la de Nathan, no la mía.

Tampoco me sentía como si el propio Nathan me perteneciera. Después de todo, hacía menos de un año que nos conocíamos aunque, pese a ello, habíamos hecho voto de amarnos hasta que la muerte nos separara.

Así que hice lo que siempre hacía cuando me sentía rara: tomar la Nikon, que siempre tenía a mano, y sacarle unas fotos. Después de todo, soy fotógrafa profesional. Además, notaba que, enfocado por la lente, él se sentía un tanto azorado, y sentía una gran ternura al apretar el disparador.

—Vas a terminar rompiéndola, Kate; seguro que estoy horrible —dijo, al tiempo que se ponía adorablemente colorado.

Ahora, de haber sabido lo que iba a ocurrir, le habría reñido, le habría preguntado que si estaba de broma o le habría ordenado que no dijera tonterías, porque estaba estupendo. El caso es que su cara era más interesante que bonita. Quizá le habría dicho que quería tener montones de fotos del hombre al que amaba. Me daba igual que sonara pelotillero o hasta baboso. Era verdad, y ya está. El amor me había sorprendido a los treinta y nueve años.

—No te preocupes, es muy robusta y lo aguanta todo —me limité a decir, en mi ignorancia, y le sonreí. Me besó dos veces y yo le di un largo abrazo, deleitándome al respirar su magnífico olor a limpio y fresco. Después le golpeé levemente en el trasero, lo que hizo que sonriera al marcharse.

Nada más ver el BMW entrando en la calle, subí las escaleras a toda prisa hasta uno de los servicios de invitados, donde guardaba las pruebas de embarazo. Por alguna razón que desconozco, las luces de ese cuarto de baño, que eran de esas que detectan el movimiento, tardaban mucho en encenderse, así que moví las manos arriba y abajo en plan molino de viento, hasta que finalmente logré que funcionaran.

¿Por qué en el cuarto de baño de invitados? Pues porque Nathan era de los que se sentaban en el borde de la bañera para observar todo el proceso, desde el principio hasta el final, a verme con el papelito de la prueba en la mano, procurando no mojarme con la orina. Le dejé hacerlo las dos primeras veces, pero la verdad es que no me gustaba tener público en ese trance, ni siquiera tan entregado como él.

Y es que, pese a lo que indican y asesoran los sicólogos expertos, una prueba de embarazo fallida me hacía sentirme culpable.

—¡Dos líneas, dos líneas, dos líneas! —canturreé mientras soltaba el chorrito. Después de todo, dentro de unos meses cumpliría cuarenta. No había tiempo que perder. Llevábamos intentándolo desde que nos casamos.

Coloqué la prueba en el extremo de la bañera, sin mirarla y con el corazón golpeándome alocadamente en el pecho. Las instrucciones indicaban que había que esperar tres minutos. Es decir, ciento ochenta segundos.

—¡Vamos, dos líneas! —dije, imitando la actitud de animadora con la que mi hermana se enfrentaba a la vida, pero procurando evitar el enfoque algo almibarado con el que lo rociaba casi todo—. ¡Puedes lograrlo!

Un niño. En esos precisos instantes, las células podían ya estar multiplicándose en mi vientre. Un miniNathan podía estar en camino. Un niño. La imagen era tan potente que podía sentirla expandirse en el corazón. De hecho, el hueco de las costillas sí se expandía de puro amor: mi hijo, mi niñito, con ojos azules como los de su papá, y pelo castaño como el mío. Hasta podía ver su carita y el suave gorro azul de los recién nacidos enmarcando su cabecita perfecta, un precioso niño, tibio y dulce entre mis brazos amorosos. La señora Coburn, o sea, Eloise, me miraría con un gesto de admiración recién adquirida, pues había sido capaz de conseguir un heredero, y el abuelo Nathan observaría con orgullo a Nathan IV. Aunque quizá le llamaríamos de otra manera. Yo prefería David.

Ciento setenta y dos. Ciento setenta y tres.

Decidí llegar hasta doscientos para dar tiempo a que las hormonas del embarazo impregnaran la tira de papel del test. Para permitir que esas dos líneas se aclararan la voz y lanzar a los cuatro vientos la buena nueva.

Un niño. El hecho de tener un marido me resultaba ya algo bastante surrealista después de veinte adultos años de soltería. De alguna forma me sentía un tanto codiciosa por el hecho de desear también con tanta fuerza quedarme embarazada.

Pero mis ganas de tener un hijo eran enormes. Durante los últimos seis o siete años me había estado diciendo a mí misma que podía vivir perfectamente sin tenerlo. Me mentía.

Ciento noventa y ocho. Ciento noventa y nueve.

Doscientos.

Levanté la tira de papel.

Una línea. Solo una línea.

—¡Mierda! —dije en alto.

La intensidad de la desilusión me sorprendió.

Rompí en pedazos todos los componentes del test de embarazo y los tiré al cubo de la basura.

—Este mes no toca, pequeñín —le dije en alto a mi inexistente hijito, tragando saliva. No quería llorar.

No pasaba nada. Solo eran cuatro meses. Podría beber vino sin problemas esta noche, en la fiesta de Eric. Y Nathan reaccionaría con la dulzura habitual cuando se lo contara. Diría lo de siempre, con cara de pillo, que intentarlo era muy divertido.

Pero si la cosa se alargaba demasiado, no habría manera. Tenía amigas que habían pasado ya por esas circunstancias, el desalentador seguimiento del ciclo menstrual, la sustitución del acto sexual por la inseminación artificial, una acción tan romántica como inyectar salsa a un pavo asado con una jeringa de cocina. Incluso, una amiga del instituto me había dicho que prefería la jeringa.

—Así no tengo que fingir, no sé si me entiendes —me explicó.

Me había comprado un lote de seis pruebas de embarazo. No pensaba que fuera a necesitar más. Mis reglas siempre habían sido de lo más regulares, lo cual, según el ginecólogo, era una buena señal. Pero ahora ya solo me quedaba una, ya que el mes anterior no di crédito al resultado negativo y la repetí.

Se apagaron las luces, agité otra vez los brazos y volvieron a encenderse.

—Bueno, pues el mes que viene —dije en voz alta, que reverberó en los azulejos del cuarto de baño. Después me miré en el espejo y sonreí hasta lograr que el gesto pareciera sincero. Tenía mucha suerte. Nathan era estupendo. Si no me quedaba embarazada, adoptaríamos. Ya lo habíamos hablado.

Pensé que mi hermana Ainsley, bueno, en realidad era mi media hermana, se quedaría embarazada a la primera, en cuanto que lo intentara. Apenas tenía que esforzarse para conseguir las cosas. La felicidad siempre caía del cielo y aterrizaba en su regazo.

Bien, quedarme sentada en el cuarto de baño no me iba a ayudar a encontrarme mejor. Un café sí, y más ahora que sabía que no estaba embarazada. Podía tomarme otra taza sin ningún problema. Salí del cuarto de baño y bajé por las escaleras. Me pareció un descenso muy, muy largo.

Nathan se ganaba la vida diseñando casas de lujo que imitaban el estilo colonial y victoriano, y también chalés al estilo Arts and Crafts de quinientos metros cuadrados habitables en parcelas de media hectárea perfectamente ajardinadas. El condado de Westchester, al norte de Manhattan, parecía no cansarse nunca de tales construcciones.

Nosotros vivíamos en un vecindario más antiguo, en Cambry-on-Hudson, el pueblo natal de Nathan, que precisamente era el mismo en el que vivían mi hermana y mis padres. Nathan había tirado abajo una casa para construir sobre ese terreno su obra maestra, una vivienda enorme y moderna, con paredes de cristal, suelos de madera negra y mobiliario minimalista. Afortunadamente, la había construido inmediatamente después de su divorcio. Yo no quería vivir de ninguna manera en un hogar en el que otra mujer hubiera dejado su huella.

Pero necesitaba un sofá para desplomarme sobre él. Uno de los grandes inconvenientes, entre algunos otros, de vivir en semejante joya arquitectónica, era la carencia de un sofá bien mullido. Sí. Podríamos deshacernos de un par de sillas de esas, llenas de ángulos, y sustituirlas por el mullido y acogedor sofá rosa y verde que tenía en mi piso de Brooklyn.

La verdad es que ni el rosa ni el verde pegaban en absoluto con la paleta de colores de la casa. De todas formas, seguramente podría esconderlo en algún dormitorio. Para eso teníamos cinco. Y siete, ¡sí siete!, cuartos de baño, una enorme cocina en la que hacíamos las comidas de diario y un comedor en el que podían acomodarse sin agobios hasta dieciséis personas. Más cuarto de estar, otro salón, despacho, trastero y yo qué sé qué más... A veces hasta me confundía.

Por supuesto, un cuarto para la lavadora y la secadora, despensa, una modesta bodega, si es que una bodega, por pequeña que sea, puede considerarse en algún caso modesta, e incluso una habitación de ocio en el sótano, con una televisión enorme y seis butacas de cuero reclinables. Durante los cuatro meses que llevábamos casados, apenas habíamos visto allí una película. Hasta había un cuarto de baño en el garaje cuyo hipotético objetivo era lavar al perro. Pero no teníamos perro. Al menos por ahora.

Amaba a Nathan. Amaba esta casa. Hasta amaba a su hermana Brooke o, para ser más exactos, digamos que me caía muy bien. Ella vivía más o menos a un kilómetro de allí, en la misma calle, puerta con puerta con los padres de Nathan. No me costaría demasiado acostumbrarme a esta nueva vida. Muy pronto me sentiría como en casa. Puede que incluso hasta fuera capaz de controlar los interruptores de la luz. Había muchísimos, demasiados.

Lo que realmente quería era que el tiempo pasara rápidamente, para llegar cuanto antes a ese momento en el que sientes que las cosas son más reales, más sólidas. En tres años, o quizá menos, esta casa sería mi hogar. Las cosas de nuestro bebé lo alegrarían todo: una caja con juguetes, huellas de deditos en el frigorífico y docenas de fotos de nosotros tres, sonriendo, riendo, abrazándonos. Y, además, ya sabría cómo encender y apagar cada luz de la casa.

Fui al estudio, ¿o era un cuarto de estar?, que tanto Nathan como yo utilizábamos como despacho casero.

—Buenos días, *Héctor,* noble príncipe de Troya —dije dirigiéndome a mi pez beta de color naranja. Todavía vivía, el pobre, después de cuatro años de cautiverio. Nathan había comprado una espléndida pecera de vidrio soplado para sustituir la mía de supermercado y la había llenado de plantas de verdad para oxigenar el agua. No era de extrañar que *Héctor* estuviera más saludable que antes. Estuve mirando mi precioso pez durante un minuto por lo menos, bebiendo el café y luchando contra la tristeza.

Esta noche, en cuanto Nathan entrara por la puerta, tiraría de él y lo haríamos directamente contra la pared. O en el suelo. O en los dos sitios. En la fiesta de Eric estaríamos algo sonrojados y con flojera. Y mañana haría tortitas, una de las pocas especialidades culinarias que dominaba. La predicción meteorológica era de lluvia para todo el fin de semana, así que nos quedaríamos en casa, leeríamos, veríamos películas y haríamos el amor. Pero para divertirnos, sin pensar en el embarazo, y me sonreiría cada vez que me viera, lo mismo que yo a él.

Eric y mi hermana vivían en el mismo pueblo; de hecho, ya conocían a Nathan antes que yo misma. Mientras salíamos, Ainsley nunca me hablaba de Nathan. Al principio pensaba que era porque no deseaba que viviera cerca de ella. Nuestros padres se habían mudado a Cambry-on-Hudson un mes después de que yo empezara a estudiar en NYU[1] y cuando mi hermano Sean ya llevaba un año en Harvard, así que Ainsley fue la única que pasó realmente aquí su adolescencia. Ella consideraba este pueblo el paradigma de la perfección.

Yo había vivido en Brooklyn desde los veinte años, poco antes de que ese barrio neoyorquino se convirtiera en capital de los *jeans* gastados de tiro bajo y de las cervezas artesanales. Y ahí estaba yo ahora, en un pueblo en el que la mayoría de las niñeras eran graduadas por Harvard, mi suegra me invitaba a comer cada semana en el restaurante de su queridísimo club de campo y mi hermana acudía a clases de yoga.

Hablando de mi hermana, acababa de recibir un mensaje suyo.

¡Estoy deseando veros a Nathan y a ti esta noche! ☺ *< 3* ☺.

Esa era su forma, no excesivamente sutil, de recordarnos que fuéramos a la fiesta. Y los emoticonos... Suspiré. La verdad es que Ainsley nunca había sido nada sutil en toda su vida. Le gustaba agradar a la gente, a toda la gente, y tenía que admitir que lo lograba. Lo entendía, pero también tendría que hablar con ella a solas y decirle que bajara un poquito la intensidad de su actitud.

---

1   N. del Trad.: NYU es el acrónimo de la *New York University*, universidad privada de gran prestigio en los EE. UU., cuyo campus principal se encuentra en la ciudad de Nueva York, concretamente en el sur de la isla de Manhattan. Por su parte, la Universidad de Harvard, también privada y de enorme prestigio mundial, tiene su campus principal en Cambridge, en el estado de Massachusetts. Es la más antigua de los Estados Unidos.

E inmediatamente recordé cómo ella solía meterse en mi cama cuando tenía cuatro años. Así que contesté de inmediato.

¡Nosotros también! ¡Nos lo pasaremos estupendamente!

Mentira, por supuesto, pero era lo que tocaba. No obstante, no fui capaz de devolver los emoticonos. Al fin y al cabo, tenía treinta y nueve años.

También había un mensaje de Eloise en el contestador. Me lo había dejado hacía diez minutos, mientras estaba en el cuarto de baño.

—Kate, soy Eloise Coburn. Me pregunto si podríamos organizarnos para hacer una foto del padre de Nathan y mía. Pronto será nuestro aniversario. Por favor, devuélveme la llamada tan pronto como te sea posible. —Su forma de expresarse era extraordinariamente formal, con un fuerte acento del este y con giros británicos incluso.

Siempre me daba la impresión de que mi suegra iba a sorprenderme haciendo algo ilegal. Nunca era grosera, pues eso hubiera roto la regla básica de actuación de la escuela de la señorita Porter, que fue donde estudió y de la que era una antigua alumna muy activa. Pero estaba muy lejos de comportarse de una forma cálida o cariñosa.

Ainsley, que llevaba saliendo con Eric desde el instituto, consideraba a su propia futura suegra como su mejor amiga. La madre de Eric y ella iban de compras juntas y hasta salían a tomar copas al menos una vez al mes; reían y se hacían bromas como si fueran... bueno, como si fueran hermanas.

Eso era impensable que ocurriera entre Eloise y yo. Respiré hondo y apreté el botón de devolución de llamada.

—Hola, Eloise. Soy Kate.

—¿Qué puedo hacer por ti, querida? —Dijo con su marcadísimo y elitista acento bostoniano. Casi parecía Katharine Hepburn, que con tanta elegancia apretaba la mandíbula al hablar, casi mascullando.

—¿No querías que nos organizáramos para hacer una foto?

—¡Ah, claro, por supuesto! Por desgracia hoy estoy ocupadísima. ¿Te importaría llamarme más tarde? Me temo que tendré que salir casi inmediatamente.

—Tranquila, no pasa nada. —Procuré que mi voz sonara alegre e informal. Sí, lo procuré con todas mis fuerzas—. ¡Qué pases un buen día!

—Bueno, voy al hospital a visitar a los niños de la unidad de quemados, así que lo más probable será que el día no resulte ser demasiado bueno, pero gracias por tu amabilidad de todas formas. Adiós querida. —Colgó.

—Mierda —murmuré.

Estaba decidida a que, aunque la señora Coburn, o sea, Eloise, nunca se mostrara cariñosa conmigo, yo jamás iba a responder odiándola. Nathan estaba muy unido a su familia. Brooke, su hermana mayor, estaba casada y tenía dos hijos, Miles y Atticus, que estaban en Primaria. Más o menos una vez al mes Nathan salía a tomar unas copas con el marido de Brooke, Chase. Sí, estoy de acuerdo, todos esos nombres de pila parecían sacados de un directorio apropiado para blancos, anglosajones y protestantes. Nathan también jugaba al golf con su padre y enviaba flores a su madre el primer día de cada mes. No iba a ser yo quien perturbara ese maravilloso estatus.

Pensé en el test de embarazo, ahora enterrado en el cubo de la basura del cuarto de baño número seis, por orden de lejanía a la puerta. Las tan deseadas dos líneas habrían hecho felices a muchas personas. Dos líneas y habríamos podido informar a los Coburn mayores de que iban a tener un nieto Coburn. Habríamos podido anunciarlo justo antes de la fiesta de aniversario, y para entonces ya sabríamos si se trataba de un Coburn o de una Coburn.

También mis padres se alegrarían mucho. Mamá pensó en su momento que Nathan y yo habíamos ido demasiado deprisa y quizá tuviera razón, por lo que el anuncio de un embarazo la tranquilizaría bastante. A mi padre le encantaban los niños, en plan juguetón, del tipo: «¡Mira hasta donde puedo mandar a este renacuajo, casi hasta el techo!». Ainsley sería una tía de lo más divertida, de eso estaba segura. Mi hermano Sean ya tenía dos adolescentes, Esther y Matthias, y hacía tres años su esposa Kiara se quedó embarazada sin esperarlo, cuyo resultado fue la deliciosa y adorable Sadie.

Un primo, un niño más en la familia, sería absolutamente bienvenido. Puede que el mes que viene.

Pero, por supuesto, Nathan estaría muerto a las ocho de esta noche.

Lo que pasaba era que yo aún no lo sabía.

CAPÍTULO 2
Ainsley

Ahí, escondida debajo de los calzoncillos con banderines azules y rojos de Eric, estaba la cajita de color azul turquesa, con el logo de Tiffany's & Co bien visible en la tapa.

¡Gracias al Niño Jesús!

Por supuesto que no estaba registrando sus cosas, ni mucho menos. Solo estaba investigando. Me comportaba como un sabueso de raza tras la pista de un niño desaparecido al que la policía buscara desesperadamente. Era como Heathcliff buscando a Cathy.[2] Era como el equipo de *Navy: investigación criminal.*

Llevaba años esperando esta caja, pero durante los últimos meses se había convertido ya en una obsesión. No obstante, era muy de Eric eso de esperar a esta noche, a su fiesta por la vida, a que hubiera delante toda una multitud. Había desarrollado un gran sentido del dramatismo, en su acepción más teatral, desde que le diagnosticaron el cáncer. Y yo con él, hombro con hombro, mano con mano. El que me pidiera hoy en matrimonio era la celebración no solo de la vida, sino de nuestra vida juntos, de nuestro futuro... bien, la verdad es que resultaba perfecto.

—¿Cariño? —Tenía que asegurarme de que de verdad estaba en el piso de abajo, retocando por décima vez la decoración y el montaje fotográfico. *Ollie,* nuestro perro salchicha, que era la mascota más dulce y encantadora del mundo, estaba echado sobre la cama, mordisqueando la deshilachada manta que arrastraba por todas partes. Alzó las orejas, pensando seguramente que me había dirigido a él.

—¿Qué quieres, nena? —En efecto, estaba abajo.

---

2   N. del Trad.: Referencia a dos personajes protagonistas de la novela *Cumbres borrascosas,* de Emily Brontë.

—Nada, no importa. Es que no encontraba mi teléfono móvil —mentí—. ¡Ah!, aquí está.

¿Debía esperar a ver el anillo? Sí, claro que sí. Eric quería darme una sorpresa y debía permitírselo. Le pregunté a *Ollie* en un susurro y meneó la cola.

—Pienso lo mismo que tú. Nada de esperar —murmuré.

Al fin y al cabo, ya había abierto antes otras cajitas de color azul turquesa, pero ninguna de ellas contenía un anillo de compromiso. Durante nuestra cuarta navidad juntos, una vez que comprobé el contenido de la caja, estallé en lágrimas y me lancé a sus brazos.

Unos pendientes de oro.

Para mi veintinueve cumpleaños, un colgante de ópalo.

Ambos preciosos, por supuesto. Pero no contenían exactamente lo que una mujer espera que contenga una caja de determinado tamaño y de cierto color. Así que, por si acaso la cajita contuviera cualquier otra cosa que no fuera un anillo de compromiso, necesitaba saberlo antes de esta noche, cuando más de cien personas me observarían mientras la abría.

Como una vulgar ladronzuela, la saqué del cajón y deshice con mucho cuidado el envoltorio de color azul turquesa. Dentro había una caja de terciopelo negro, exactamente igual que las de los pendientes y el colgante.

La abrí, y aspiré con fuerza.

¡Esta vez sí, era un anillo de compromiso!

El diamante titiló para mí, como si me hubiera hechizado y quisiera atraerme hacia la profundidad de su brillo y de su misterio. Era simplemente perfecto. Un maravilloso solitario, sencillo pero muy elegante, con pequeñas piedras alrededor de una grande en el centro. Y era grande, vaya si lo era. Un quilate y medio o puede que más. ¡Bien por Tiffany's!

—Échale un vistazo a esto —le susurré a *Ollie* mientras se lo mostraba. Se relamió y acaricié con mimo la sedosa cabecita marrón, mirando el anillo casi embobada.

Tenía los ojos húmedos cuando cerré la caja y volví a rehacer el envoltorio azul turquesa. Después la dejé otra vez debajo de los calzoncillos.

Por fin. ¡Por fin!

Levanté un puño al aire e interpreté una especie de baile de la Victoria por toda la habitación, lanzando ligeros gruñidos de pura alegría.

Ollie, siempre dispuesto al jolgorio, se unió a mí, como si fuera un bailarín consumado.

¡Por fin! ¡Me iba a casar! ¡El anillo era precioso! ¡Y ya iba siendo hora!

Eric era el amor de mi vida. Llevábamos juntos desde nuestro último año de secundaria. ¡Once años, se dice pronto! Nunca había habido nadie más. Fue el tercer chico al que besé, el primero con el que me acosté y el único del que había estado enamorada.

Y después del último año y medio, mientras sufría el terror de su diagnóstico, que nos había cambiado la vida, mi deseo de casarme con él había aumentado hasta convertirse en absoluta necesidad. Nada de compañero, nada de novio, nada de persona especial. Quería que fuera mi marido y nada más que mi marido. La palabra era tan reconfortante y tan sólida como un león.

En lo más íntimo de mi alma sabía que nuestro compromiso era como el de un matrimonio, pero quería eliminar de una vez el «como». Sí, mucha gente dice que no hace falta un papel para ratificar el compromiso. Mienten. Por lo menos puedo asegurar que yo mentía y que llevaba diez años mintiendo.

La espera había terminado.

Eché un vistazo al reloj y me lancé al cuarto de baño. Si esta noche me iba a convertir en una mujer comprometida en matrimonio, ya sabía lo que pasaría después, sin ninguna duda. Así que tenía que depilarme las piernas. Hasta arriba del todo.

Dos horas más tarde, la fiesta estaba en pleno apogeo. Yo llevaba un vestido blanco, aunque no de novia... todavía, y zapatos de tacón rojos. Me estaba tomando un vaso de *cabernet* aparentando mucha tranquilidad, pero lo cierto era que tenía las manos sudorosas y el corazón me latía a mil por hora. *Ollie* no paraba de corretear entre los invitados, husmeando zapatos y moviendo la cola, siempre amigable y, además, oliendo bien, puesto que lo había bañado a fondo ese mismo día.

Era la gran noche de Eric y pronto sería nuestra gran noche.

La casa tenía un aspecto fantástico. No era tan grande ni tan fabulosa como la nueva de mi hermana, pero tampoco estaba mal. Y, al contrario que la de mi hermana, mi casa estaba como estaba, preciosa, gracias solo a mi trabajo. Kate había tomado posesión de una vivienda completamente decorada, diseñada por su marido arquitecto, llena de muebles hechos a medida y de cuadros y otras obras de arte de un gusto exquisito.

Nuestra casa era obra mía. Desde que mi carrera en televisión se derrumbó, nuestro estilo de vida pasó a depender en un noventa por ciento de los ingresos de Eric, que era un auténtico mago de Wall Street. No obstante, nuestra casa era mi territorio. Cada mueble, cada fotografía, cada cojín, el color de la pintura de cada cuarto, se debían a decisiones que había tomado yo para convertir esta casa en nuestro hogar.

¿Acaso nuestra relación era un tanto antigua? Pues sí, probablemente. Y a mí me parecía muy bien que lo fuera. Y aunque la casa de Nathan y Kate era realmente impresionante, me gustaba pensar que la nuestra era más acogedora, más cálida, más colorista. En fin, algo semejante a lo que pasaba con Kate y conmigo: ella siempre había sido bastante reservada, y yo había puesto mucho más de mi parte en nuestra relación fraternal.

La gente del *catering* no paraba de ofrecer vino y platos a cual más apetitoso. El vino también era bueno, pues Eric le había pedido consejo a Nathan a la hora de elegirlo. Al fin y al cabo Nathan tenía una bodega de verdad. Habían montado una barra solo para cócteles cerca de la entrada y todo el mundo charlaba y reía. Lógico: Eric había vencido al cáncer y esta fiesta era para darle las gracias a todos ellos por su cariño y su apoyo desde aquel nefasto día en el que descubrió el bulto.

Como si me estuviera leyendo el pensamiento, Eric me buscó con la mirada, sonrió y mi corazón se fundió como un caramelo en la boca. No llevaba el pelo oscuro igual de largo que antes de la enfermedad; solía dejárselo crecer bastante, pero, tras afeitárselo por completo en previsión de los efectos secundarios de las terapias, lo cierto es que le gustó su aspecto con el pelo corto y lo mantuvo así tras la recuperación. Las gafas de montura negra le daban un aspecto de despistado atractivo, pero la verdad es que era muy guapo, y desde el diagnóstico, con la dieta macrobiótica que siguió y el plan de actividad física, su cuerpo estaba para comérselo.

En el bolsillo delantero del pantalón se dibujaba una forma de caja, que yo sabía que era de terciopelo.

Mi novio. Mi marido.

La primera vez que vi a Eric Fisher pensé que era el hombre con el que me casaría. Esas, exactamente esas, fueron las palabras que se formaron de inmediato en mi mente. Jamás lo dudé desde entonces. La pregunta no era si ocurriría, sino cuándo. Y esa pregunta iba a ser contestada esta misma noche.

—¡Ainsley, la casa está maravillosa! —dijo Beth, la vecina de enfrente, que se había portado de maravilla, trayendo muchísima comida y un montón de ramos de flores de su jardín durante la época en que Eric había estado enfermo—. ¡Qué día tan feliz!

—¡Muchas gracias, Beth! Te has portado maravillosamente. Nunca podremos agradecértelo como te mereces. ¡Vamos, tómate un martini! —Ella sonrió y, obedientemente, tomó una copa.

Habíamos juntado a muchísima gente: los amigos de la universidad de Eric, sus compañeros de trabajo de Wall Street, sus padres, sus abuelos... Y los míos también, amigos del pueblo, del instituto y de la revista, aunque ninguno de mi antiguo trabajo en la NBC, a los que ni siquiera había invitado. Mi hermano mayor y su mujer me dijeron que no podrían acercarse, pero sus dos hijos mayores sí que estaban aquí, probablemente obligados. Yo tenía la impresión de que Sean y Kiara habían dejado a Sadie con una canguro, habían soltado aquí a los dos adolescentes y habían aprovechado para salir a cenar solos, en vez de acudir a la fiesta.

Esther, que tenía trece años, estaba tirada en un sillón, y las únicas señales de vida que transmitía eran los movimientos de los dedos pulgares sobre la pantalla de su móvil. Matthias, de quince, estaba igualmente sobre un sillón, mirando disimuladamente a las camareras, todas jóvenes y guapas, cuando pensaba que no le observaba nadie.

—Chicos, si os apetece bajad al sótano a ver la tele —les dije, revolviéndole el pelo rizado a Esther. Los dos se pusieron en pie de un salto y prácticamente echaron a correr hacia la puerta de las escaleras. Fue casi milagroso que no se tropezaran, y Esther se tapó los ojos al pasar por el montaje fotográfico. Pobre niña. Ninguna adolescente debería ver cosas como esas.

—Hola, Ainsley.

Tuve que controlar el estremecimiento al escuchar esa voz. Aquí estaba mi jefe, el Capitán de Hielo, como le llamábamos. *Ollie* salió corriendo hacia él, le husmeó los zapatos en señal de bienvenida y apoyó una pata sobre su rodilla. Jonathan pasó olímpicamente de él. No me sorprendió.

—¡Hola, Jonathan! —dije sonriendo alegremente. En la revista, casi todo el mundo le llamaba formalmente «señor Kent», pero yo no. Yo tenía un Emmy y eso no es cualquier cosa. Aunque quizá debería haberlo devuelto tras el gran desastre.

—Gracias por invitarme. —Parecía como si estuviera en un funeral. No se había quitado el traje y la corbata del trabajo y su cara era tan alegre como la de un difunto.

—Me alegro de que hayas podido venir —mentí—. ¿Eso es para nosotros? —pregunté mirando la botella de vino que llevaba en la mano.

—Sí —contestó acercándomela—. Espero que os guste. —Ni una sonrisa todavía—. Siento que esta tarde no pudieras hacer la evaluación de desempeño.

—Sí, yo también —dije, fingiendo que fruncía el ceño—. La conversación con el dueño de la granja de calabazas se alargó mucho más de lo que pensaba.

Jonathan levantó una ceja. Ambos sabíamos que yo evitaba realizar esas revisiones. La verdad es que el trabajo no era tan duro, y yo lo hacía bien. Bueno, más bien habría que decir que no lo hacía del todo mal. Como editora de los reportajes principales, formaba parte de mis obligaciones el asignar artículos a nuestro amplio grupo de colaboradores externos. Todos ellos, sin excepción, querían ser el siguiente presentador de *This American Life*[3] y/o ganador del Premio Pulitzer.

En todo caso, nuestra revista, *Hudson Lifestyle,* era una menudencia adornada con brillantina. Reportajes y artículos sobre bares sin licencia para la venta de alcohol, restauraciones de granjas, la historia del cementerio de Overlook, inauguraciones de restaurantes y todas esas cosas. Antes de trabajar en la revista había sido productora del programa diario de noticias de Ryan Roberts, el segundo más visto del país. Sin duda podía hacerme cargo de artículos como *Diez ideas para decorar el porche en otoño.*

---

3 N. del Trad.: Programa de gran audiencia de la radio pública estadounidense, de reportajes e información general. Se emite en todos los estados de los EE.UU., además de en Canadá y Australia.

Dicho esto, lo cierto es que tenía ciertas dificultades a la hora de seguir al pie de la letra las muchas normas de Jonathan. Quería que estuviéramos en el trabajo a las ocho y media en punto todos los días, sin fallar ninguno, y sin tener en cuenta que muchas veces consideraba imprescindible cambiarme de ropa en el último momento o que no me era posible desatender ni cortar abruptamente la llamada telefónica de mi abuela. No permitía que se dejara comida en el frigorífico de empleados durante más de cuatro días. ¿Y eso de no recibir llamadas personales en el trabajo? ¡Anda ya! ¿Ni entrar en Facebook? ¿En qué siglo estábamos?

Esos eran los temas que Jonathan había mencionado en mi evaluación del desempeño del año anterior, antes de averiguar que había una sana y amigable competencia entre todos los empleados de la revista para ver quién era capaz de esquivar dichas evaluaciones con más pericia. El actual campeón era Deshawn, del departamento de Ventas, que llevaba nada menos que tres años saltándosela y que en este momento flirteaba con Beth en la barra de los martinis.

—¡Hola! ¿Estás casado? —Abu, como solíamos llamar a la alegre y algo senil madre de mi madrastra, apareció de repente a nuestro lado y miró con gran interés a Jonathan.

—Abu, este es mi jefe. Jonathan, te presento a mi abuela, Lettie Carson.

—¡Hola! —dijo ella, tomándole la mano y besándosela.

Él me miró con cara de alarma antes de devolver, evidentemente con gran formalidad, el curioso saludo.

—Me alegro mucho de conocerla, señora.

—¡Y yo también! Ainsley, ¿podrías ayudarme, cielo? Me he apuntado en una web de citas, pero no sé qué pasa que ahora no soy capaz de entrar. ¿Cómo me puedo conectar por teléfono? Yo creo que está estropeado...

—Ya... Bueno, ahora lo miramos y a ver qué puedo hacer. —De inmediato me pasó el teléfono.

Por lo que parecía, Jonathan no tenía la menor intención de moverse. Se quedó mirándonos sin mover un músculo de la cara.

—¿Te has apuntado a Tinder, Abu? Yo diría que es... basura, por llamarlo de alguna manera. Y... ¡oye, que esa foto es mía, no tuya! Tienes que usar una foto propia, ¿sabes?

—Odio mis fotos —respondió Abu indignada—. Además, tú eres guapísima.

—Bueno, pero así confundes a la gente.

—Puede que me pidan una cita si piensan que soy como ella —le dijo a Jonathan guiñándole un ojo.

—¿No te da vergüenza? —pregunté—. ¡Venga, sonríe! —. Antes de que pudiera protestar le saqué una foto, abrí Tinder y cambié la foto de su perfil.

—Muy bien —gruñó mientras la miraba con el ceño fruncido—. Supongo que debo darte las gracias. ¡Voy a por más champán! ¡Encantada de conocerle, joven!

—¡Ojo con la bebida, Abu! —Avanzó un tanto tambaleante, tropezando con la gente conforme se acercaba a la barra. Miré a Jonathan forzando una sonrisa—. Es todo un carácter.

—Ya veo.

Contuve un suspiro. Aunque mi jefe y yo éramos más o menos de la misma edad, él tenía todo el aspecto de un lord inglés de poca monta, que se movía entre el resto de los mortales como si se hubiera tragado un sable. Ya llevaba dos años en la revista y no le había oído reír ni una sola vez.

—Bueno, Jonathan, no sabes lo que te agradezco que hayas venido. Y gracias también por el vino, has sido muy considerado. Mira, voy a presentarte a mi hermana. No creo que la conozcas. ¡Kate! Te presento a Jonathan Kent, mi jefe.

Sí, que Kate se las apañara con él. Como Nathan, y por tanto Kate, Jonathan era miembro de platino del Club de Campo de Cambry-on-Hudson. Rachel, que, entre otras funciones, contestaba el teléfono en las oficinas de la revista, me lanzó una mirada de comprensión desde una esquina. Para ser sinceros, la única razón por la que había invitado al jefe era que esta misma mañana me había oído hablar de la fiesta. Por decirlo con amabilidad, Jonathan era una persona deprimente.

No obstante, le había dado a Eric una columna en la versión en línea, un derivado de la de papel que desarrollaba el propio Eric. En otras palabras, la página web de la revista, en la que Eric escribía con mucha dedicación y apego sus *Crónicas del cáncer*. Evidentemente, le teníamos que estar agradecidos por ello, aunque no resultó nada fácil convencerle de que le permitiera hacerlo.

—Encantada de conocerle —dijo Kate muy formal—. Le presento a mi marido, Nathan Coburn.

Dado que estábamos en Cambry-on-Hudson, Nathan y Jonathan se tenían que haber encontrado alguna vez. ¡Ah, claro! La revista *Hudson Lifestyle* había publicado un artículo acerca de la casa de Nathan hacía algunos años, antes de que yo empezara a trabajar en ella.

Me preguntaba si debía pedirle a Kate que fuera dama de honor en mi boda, pese a que ella no me había pedido ni siquiera que fuese testigo en la suya. Si se lo pidiera, ¿me sentiría estúpida en cierto modo? Pero bueno, era mi hermana al fin y al cabo... bueno, mi media hermana, pero eso era lo de menos. Nathan también formaría parte del comité de organización de la boda. Ese hombre era un cielo. Me descubrió cuando lo estaba mirando y me guiñó el ojo. En cierto modo lo consideraba casi más como un hermano que al propio Sean, que ya tenía once años cuando yo nací y catorce cuando me fui a vivir con ellos.

Kate tenía mucha suerte de estar con Nathan, aunque la verdad es que no pegaban nada el uno con la otra. Pero parecían muy felices los dos. Estaban tomados de la mano, ¡qué dulce!

—¡Oye, Ains! —dijo Rob, uno de los compañeros de universidad de Eric—. ¿Me puedes decir otra vez qué tipo de cáncer era?

La pregunta me irritó bastante. Si Rob fuera un amigo de verdad habría leído las *Crónicas del cáncer,* o las *CCs,* como las llamaba Eric. O al menos habría llamado alguna vez durante el último año y medio. Igual que muchos de los amigos de Eric de esa época, y del instituto, el tal Rob era un poco estúpido. Tomé en brazos a *Ollie* y le acaricié la suave cabecita.

—Testicular —contesté, aunque no me gustaba tener que pronunciar la palabreja. Todas esas partes masculinas me sonaban fatal. Pene. Escroto. Saco escrotal. Sin embargo, las partes de las chicas tenían nombres bastantes bonitos, e incluso exóticos: monte de Venus, labios, vagina. Cuando estaba en la NBC hicimos un programa sobre el embarazo en la adolescencia, y había una chica que quería llamar a su hija Vagina. Resultaba de lo más visual, ¿verdad?

—¿Testicular? ¡Mierda! —Rob hizo una mueca bastante ridícula y se volvió hacia Eric—. ¡Vaya! ¿Estás chiflado? ¡Joder, oye!

—Es uno de los mejores, ¿verdad? —preguntó la mujer de Rob.

—No hay ningún cáncer «mejor» —respondí con acritud.

—Quiero decir que la tasa de curación es muy alta. ¿Un noventa y ocho por ciento, más o menos?

—Sí. —La verdad es que la estadística que citó era bastante precisa.

—Así que no era como el de Lance Armstrong, ¿no? Ese sí que era peligroso, tengo entendido.

¿Pero de qué iban estos? ¿Estaban haciéndome un tercer grado?

—Era exactamente del mismo tipo que el de Lance, pero en nuestro caso, gracias a Dios lo descubrimos más a tiempo. Y todos los cánceres son peligrosos. No me gustaría que los experimentaras por ti misma.

Ya, ya, sé que eso sonó muy mojigato e incluso algo agresivo, pero es que la gente no podía ser tan imbécil. Eric había hablado de esto en su columna, de la facilidad con la que la gente soltaba conceptos como «cáncer bueno» y «alta tasa de curación», sin tener ni la menor idea de lo que estaba hablando.

Sea como fuere, Eric había tenido miedo de morir.

Yo sabía que una parte de él habría deseado que su batalla fuera un poco más... digamos que un poco más dramática. Estaba preparado para comportarse de una forma noble y nada quejumbrosa. Por eso me pidió que le consiguiera la columna en *Hudson Lifestyle*. Decía que su experiencia podría servir de inspiración a la gente.

Y lo consiguió. Más o menos. Por supuesto, a mí me inspiró. El blog no produjo demasiadas visitas, y Jonathan protestó bastante al respecto, así que le mentí a Eric sobre los datos. Después de todo, luchaba contra el cáncer, nada menos. No necesitaba saber que generaba solo unas docenas de visitas, y a veces ni eso.

La verdad es que las *CCs* eran un tanto... insípidas y repetitivas, digamos, cuando no directamente desagradables. Eric hablaba de buscar siempre el lado positivo de las cosas, de vivir el momento, de aferrarse al presente, de la transformación de la crisálida en mariposa y todas esas historias. También daba muchos detalles acerca de su tratamiento. Hasta colocó fotos del escroto antes y después de la operación, que naturalmente tuvimos que quitar del blog en cuanto las vio Jonathan, dado que violaban las reglas contra la pornografía de la revista. Tengo que deciros que aquella reunión fue muy, pero que muy difícil.

A Eric le gustaba poner citas. Por ejemplo: «El valor no es la ausencia de miedo, sino la comprensión de que hay algo más importante que el propio miedo»; «Vive para poder luchar un día más»; «Eres más valiente de lo que piensas, y más fuerte de lo que crees»; «Antes del amanecer siempre hay oscuridad»... Hasta a mí se me escapaba una mueca cuando leía alguna.

No se puede decir que lo que escribía fuera novedoso o territorio inexplorado. Cada lunes por la mañana Jonathan me lanzaba una mirada desmayada inmediatamente después de leer el blog. ¡Pero el *Hudson Lifestyle* no era el *Newsweek,* por favor! Además, Eric era muy halagador cuando hacía referencias a mí. En el blog me llamaba «mi sol», en lugar de utilizar otro alias o mi propio nombre. Era para proteger mi intimidad, decía, aunque a mí no me habría importado en absoluto que me citara por mi nombre real.

—¿Por qué nadie hace comentarios? —preguntó Eric unas semanas después de empezar a escribir, y en ese momento empecé a usar un montón de alias y a mandar comentarios al blog. Lucy1991, Ganaalcáncer9339, EdouardaParis, VivodesdeNuevaYork28, DaveMatthews-Fan! y Meencantaleerte288 en realidad eran alias que yo utilizaba.

También estaba esa mujer a la que administraron quimio en el mismo sitio al que iba Eric. Noreen. Se había quedado tan delgada y con las piernas tan finas que parecía un auténtico milagro que la sostuvieran. No tenía pelo en la cabeza, ni cejas, el cuerpo estaba lleno de abrasiones, desarrollaba infecciones de hongos en la boca, encías sangrantes, piel amarillenta, ojos turbios y hundidos y una tos tan tremenda que parecía que se le iban a salir los pulmones y hasta el estómago por la boca. Era la tercera vez que sufría un cáncer. Lo cierto es que no le quedaban muchas papeletas en la rifa.

Pero Noreen siempre estaba sonriente, preguntaba a las enfermeras por sus hijos... ¡diciendo el nombre de cada uno!; a veces hasta hacía mantitas de ganchillo para los recién nacidos cuando reunía la fuerza suficiente. Nunca perdía el sentido del humor y llevaba camisetas con lemas como «Mi oncólogo es mucho mejor que el tuyo», o «Esta camiseta hace que parezca calva, ¿no?» Siempre era amable, simpática y parecía feliz. Cada vez que iba allí con Eric me aterraba la posibilidad de que ya no estuviera, de que el cáncer la hubiera devorado del todo.

Contra todo pronóstico, sacó la papeleta buena. De hecho, corrió una media maratón el mes pasado y recaudó más de veinticinco de los grandes para la investigación contra el cáncer. En ese momento Eric empezó a entrenar para correr él también.

Pero el paso por el cáncer de Eric, a decir verdad, había sido... bien, había sido sencillo, casi diríamos que inapreciable. Lo cierto es que yo no había desarrollado el arte de la exageración dramática igual que él. Bueno, todo lo sencillo que puede ser un cáncer, claro. No perdió el pelo, aunque se afeitó la cabeza. Solo dos días de vómitos y diarrea, que casi seguro que se debieron a una ración de *sushi* en mal estado. Perdió unos seis kilos, pero ya os he dicho que necesitaba perderlos en cualquier caso, y estoy segura de que fue más por la dieta macrobiótica que empezamos a seguir que por la quimio. Y hubo una semana en la que se echó la siesta cada día.

Así que lo que había dicho la mujer de Rob era cierto. Si tenías que tener un cáncer, el testicular era el más recomendable. Y eso sí: Eric lo había superado como un auténtico campeón.

Yo sabía que en su blog exageraba, pero no dije ni esta boca es mía. ¡Tenía cáncer, por el amor de Dios!

Y lo venció. Puede que su batalla no fuera tan dura como la de otras personas, pero la ganó.

Tenía los ojos llenos de lágrimas de felicidad. Volví a colocar a *Ollie* en el suelo para que pudiera recibir más arrumacos de otras personas y respiré hondo, intentando grabar para siempre en mi memoria esta tarde, nuestra tarde. Tres colegas de Wall Street reían en una esquina. Lillie, mi compañera de habitación en la universidad, también reía entre dientes mientras hablaba con su novio. Todo el mundo parecía feliz.

Casi todo el mundo, quiero decir.

—Has tirado la casa por la ventana, ¿verdad? —Candy, mi madrastra, apareció repentinamente a mi lado—. No quiero ni pensar lo que ha costado esto.

—Pero ha merecido la pena en cualquier caso —contesté, absolutamente decidida a no permitirle que me pusiera de mal humor.

—Si tú lo dices... —Me dirigió su habitual miradita de desaprobación. La verdad es que debería patentarla. Podía leerle el pensamiento: «He hecho lo que he podido, pero con esta materia prima no ha habido manera...». O algo así.

Unas palabras acerca de Candy.

Ella y mi padre habían sido al mismo tiempo esposos y futuros esposos. Me explico: se conocieron en la universidad, se casaron y tuvieron a Sean y a Kate. Después, cuando Kate tenía siete años, se divorciaron.

Según me han contado, solo unos meses después del divorcio papá se casó con mi madre, Michelle, que murió cuando yo tenía tres años. Un domingo por la mañana, cuando montaba tranquilamente en bicicleta, un camión de reparto se la llevó por delante. Seis meses después de eso papá volvió con Candy y se casó con ella otra vez.

Candy no había sido como una madrastra mala de cuento. Me cuidó cuando estuve enferma y me preguntaba si había hecho los deberes, pero... en fin. Ella tenía sus propios hijos, que ya habían superado con creces la edad en la que se necesita ayuda hasta para lavarse los dientes. En ningún momento me animó a llamarla mamá. «Tu madre está en el cielo», me decía siempre que estaba a punto de decir la palabra, en cuanto escuchaba la primera letra eme, cosa que ocurría de vez en cuando. «Puedes llamarme Candy.»

Papá, que en su época universitaria había sido un gran jugador de béisbol, aunque no lo suficientemente bueno como para dedicarse a ello como profesional, era árbitro de las Grandes Ligas.[4] Viajaba durante siete meses al año, así que la mayor parte del tiempo yo quedaba al cuidado exclusivo de Candy. Y aunque se volvió a casar con mi padre, nunca se recuperó de que la hubiera abandonado por otra mujer más joven y más guapa. Cada pocos años anunciaba a los cuatro vientos que se iba a divorciar de papá, aunque nunca había llegado a hacerlo.

Candy tenía un doctorado en Sicología y había escrito varios libros sobre relaciones familiares, entre ellos *La mamá tóxica* y *¡La que te ha caído!: Ideas para criar un hijastro recalcitrante*. No, no se conformó con otros adjetivos, como «difícil», o «complicado», o lo que fuera. Tenía que ser «recalcitrante». Algunos otros títulos significativos, aunque algo menos personales por lo que a mí respecta, eran *Cómo*

---

4   N. del Trad.: En Estados Unidos y Canadá, el béisbol profesional, como otros deportes, se organiza sobre una base geográfica y por conferencias, en las que se agrupan los distintos equipos. Dichas conferencias conforman las denominadas Grandes Ligas. Los árbitros profesionales dirigen partidos de todas las conferencias, sin distinción geográfica.

liberarse de la propia familia y *La crianza cuando no tienes otra cosa que hacer*. Era una especie de celebridad en el ámbito de la sicología parental, y también la columnista de referencia del *Hudson Lifestyle* para temas de familia y de sicología en general, bajo el seudónimo de «Doctora Adorable».

Era una excelente oradora y se tomaba muy en serio su aspecto físico. Iba a la peluquería más cara para cuidar a fondo su melena rubia, se había blanqueado los dientes, seguía con la talla 36 sin el menor esfuerzo, medía alrededor de uno sesenta y tenía abdominales de acero. Durante las sesiones de firmas, y siempre que se encontraba con un lector, se metamorfoseaba en una persona sonriente, cálida y maravillosa, a la que jamás le importaba posar en una foto.

Con nosotros, o más bien conmigo, seguía siendo frágil, y su defensa era el distanciamiento. Era normal. Tenía sus razones. Nunca se portó conmigo de forma cruel, ni perdió los nervios. Simplemente se resignaba a mi presencia. Recuperó a su hombre, pero pagando el precio de un molesto equipaje en forma de niña pequeña.

—¡Oh, cariño, es una fiesta preciosa! —dijo la madre de Eric, Judy, lanzándose sobre mí para darme un abrazo—. Eres una persona maravillosa, ¿sabes? ¡Y mírate, estás guapísima!

—¡Muchas gracias, Judy!

—Hola, Candy, ¿cómo estás? ¡Qué día tan especial, ¿verdad?

—Sí, así es. —Mi madrastra forzó una sonrisa y se retiró de inmediato. Judy y yo intercambiamos una mirada. Ya cotillearíamos mañana sobre todo y un poco más. Mañana ya estaría prometida.

—¡Me encanta tu vestido! ¡Es perfecto para esta noche! —exclamó.

¡Así que lo sabía! Excelente.

—Bueno —dije, fingiendo inocencia—. Blanco para un nuevo y limpio comienzo.

Ella apretó los labios, como si con ese gesto estuviera evitando dejar escapar la noticia. Sus ojos se llenaron de lágrimas.

—No sé qué hubiera hecho él sin ti, Ainsley —dijo—. Eres un tesoro.

—¡Oh, Judy! —acerté a decir con voz ronca. Le di un abrazo, y mi hermana dirigió su cámara hacia nosotras. Kate sacaba unas fotos excelentes.

—¿Dónde está mi segunda chica preferida? —preguntó el padre de Eric al tiempo que se unía a nosotras. Su matrimonio era exactamente el que yo quería para mí misma: lleno de afecto, abierto a los demás, feliz y divertido. Mi novio tenía unos magníficos modelos en los que fijarse, eso era una verdad como un templo. Todos los años nos íbamos de vacaciones con ellos y nos lo pasábamos de maravilla, cosa que dejaba patidifusas a mis amigas.

Judy y yo nos volveríamos locas planificando la boda. Sería por el rito judío, ya que eso era importante para ellos, lo que me proporcionaría más puntos en mi carrera hacia el título de mejor nuera de la historia. Tendríamos el dosel, romperíamos el vaso, bailaríamos con las sillas, etcétera.

Miré a mi novio. Estaba de pie, junto al gran montaje de fotografías que él mismo había organizado. Eric antes del cáncer, un poco regordete. De camino al hospital para la cirugía. En la sala de recuperación, después de ser intervenido. Con la bolsa de suero. Me había pedido a mí que le sacara las fotos, para después guardarlas. Justo antes de afeitarse la cabeza. Con la camiseta del lema «¡Cáncer, que te den...!», sentado en su sillón favorito con siete frascos de medicación al lado...

Se encontró con mis ojos y sonrió, e inmediatamente golpeó con un tenedor su copa de champán.

¡Dios, había llegado el momento! Miré alrededor, con el corazón revolucionado y poniéndome de puntillas con mis zapatos rojos. Jonathan y Candy hablaban en un rincón. Los chicos de la universidad estaban haciendo fotos. Rachelle sacaba también una foto de Kate y Nathan, a los que llamaba Kate y Nate en plan de broma, y le preguntaba a mi hermana cómo tenía que ajustar la cámara.

—¡Amigos! ¿Podéis prestarme un momento de atención? —dijo Eric. Tragué saliva. Todo el mundo dejó de hablar y se acercó hacia donde él estaba. Los retazos de conversación y las risas se fueron apagando. Yo esperaba que Kate pudiera sacar una buena foto del gran momento. ¡Caray, estaba muy nerviosa! ¡Tantos años esperando esto y ahora no paraba de temblar!

—Amigos —repitió Eric—, quiero agradeceros a todos que hayáis venido a esta fiesta. ¡Desde hoy al mediodía estoy oficialmente curado del cáncer!

Sonaron felicitaciones y se alzaron varias copas. Yo noté como las lágrimas me resbalaban por las mejillas.

—Ha sido un camino largo y duro —continuó—, y no estaría aquí si no hubiera sido por todos y cada uno de vosotros. Así que esta fiesta es en vuestro honor, en el de mis amigos y mi familia, que no habéis dejado de estar a mi lado durante estos tiempos oscuros. ¡Por la vida!

—¡Por la vida! —repitió todo el mundo, como un coro bien entrenado.

—¡*L'chaim*! —exclamó Aarón. ¡Claro, la canción en honor de la vida de *El violinista en el tejado*! ¡Me encantaba ese musical!

—Y, si me lo permitís —siguió Eric—, hay algunas personas a las que quiero dar las gracias de forma especial. Por supuesto, a mis padres, que para mí son las mejores personas del mundo. Os quiero, mamá y papá, mucho más de lo que soy capaz de expresar.

Judy hizo un puchero de felicidad y Aarón se secó los ojos.

—Nosotros te queremos muchísimo también —fue capaz de decir.

—A mi extraordinaria unidad médica de St. Luke, el doctor Benson, el doctor Ramal, la doctora Williams, y a todo el increíble equipo de enfermería y de apoyo del centro de tratamientos. —Siguió un aplauso cerrado, pese a que nadie del equipo había acudido a la fiesta.

—A mis compañeros de trabajo, que tan bien se han portado durante todo el tiempo que ha durado este sufrimiento.

Los chicos de Wall Street se dedicaron unos hurras a sí mismos.

—¡Daría mi huevo izquierdo por ser la mitad de hombre de lo que tú eres! —gritó Blake.

Eric simuló una sonrisa, porque en realidad odiaba ese chiste, que había escuchado cientos de veces. En la lista de agradecimientos siguió su jefe, su secretaria y la recepcionista.

«¡Venga, Eric!», pensé. Si seguía adelante con toda la lista, como parecía que era su intención, nos íbamos a tirar toda la noche. Vaya, le encantaban los discursos. Mostró su agradecimiento a su primo, que había volado desde Boca Ratón para visitarle. ¡Y quedándose nada menos que nueve días!, lo cual significaba que no fue precisamente un favor. Luego le tocó el turno a su compañero de golf, Nathan, el marido de Kate, por mantener la esperanza en todo momento. Que yo supiera, solo habían jugado una vez en todo ese tiempo.

Los siguientes de la lista: todos los que habían hecho comentarios en las *CCs*. Miré a Jonathan de soslayo y vi que seguía con su habitual cara inexpresiva, o sea, de acelga. Eric agradeció a Beth su contagiosa alegría, a los Hoffman por limpiarnos el camino de entrada a casa, aunque en realidad solo lo hicieron una vez; todas las demás fueron cosa mía. Y no se olvidó de *Ollie*, su amiguete de cuatro patas que no le abandonaba cuando se echaba una siestecita.

«¡Vamos, Eric!», se estaba empezando a pasar de la raya.

—Y, la última de la lista pero la primera en mi corazón, alguien muy especial a quien quiero mostrarle todo mi agradecimiento.

Por fin me miró, con los oscuros ojos húmedos, y de inmediato olvidé el enfado. De hecho, creo que se me paró el corazón y que inmediatamente volvió a latir lleno de calidez y amor.

—Alguien que ha permanecido conmigo en todo momento, que me animó cuando miraba de frente a la mismísima muerte, cuando estaba tan débil que ni siquiera podía levantar la cabeza.

De acuerdo, de acuerdo, en ningún momento había estado tan débil como para ser incapaz de levantar la cabeza y la muerte seguro que ni sabía aún de su existencia, pero no pasaba nada, era metafórico. Yo lo había hecho maravillosamente bien. Judy reanudó los sollozos y me dedicó una mirada húmeda. Aarón me apretó los hombros.

—Mi Sol, ven aquí, a mi lado —pidió. Y allá que fui, con el corazón palpitante y casi levitando por la felicidad y la adrenalina. Estaba hipersensible y me daba cuenta absolutamente de todo, como Peter Parker en *Spiderman*: de la etiqueta que asomaba del escote del vestido de Rachelle, del agradable aroma a naranjos en flor del perfume de Beth, del modo en el que Esther daba golosinas a *Ollie*, de la cara de estreñimiento de Jonathan, de la sonrisilla sardónica de mi hermana...

Eric se tocó el bolsillo, del que sobresalía la prometedora forma de la caja, y yo sonreí entre lágrimas de felicidad.

¡Ya iba siendo hora, caramba!

CAPÍTULO 3

Kate

Intenté acordarme de la época en la que todavía me gustaban las fiestas. ¿Tal vez en la universidad?

Y esta clase de fiesta era la peor de todas, con diferencia. Aparte de a los miembros de mi familia, apenas conocía a nadie, así que hablé con Esther y con Matthias todo el tiempo que ellos me aguantaron, incluso los acompañé al sótano, donde se pusieron a ver, y yo con ellos, *Mad Max: furia en la carretera.* Cuando la sensación de culpabilidad se volvió excesivamente intensa y me obligó a volver arriba, vi a Nathan dándole a mi abuela un plato lleno de comida.

Me oprimió el pecho una maravillosa sensación de cariño. Él me vio mirándole y sonrió.

—¡Kate, tu marido es un cielo! —gorjeó Abu—. Como no sabía muy bien lo que quería, ¡me ha puesto un poco de todo! —Se metió en la boca una bolita de queso *mozzarella* y empezó a masticar—. ¡Mmm, delicioso!

—Ha sido un placer, Lettie —dijo Nathan, rodeándome la cintura con el brazo—. ¿Es cosa mía, o toda la comida que han puesto aquí tiene forma de testículo? —me susurró.

Solté una carcajada ahogada. Ahora que lo pensaba, sí, era cierto. Bolas de *mozzarella,* bolas de melón, uvas, trocitos de cebolla formando esferas, trocitos de carne empanada...

—Me alegra mucho verte tan feliz —dijo Abu dándome unos cariñosos cachetes en la mejilla—. ¡Nathan, gracias por casarte con esta chica! Ya pensábamos que se iba a quedar solterona de por vida.

—Sí, Nathan, gracias —dije asintiendo y dándole un codazo, tal vez algo fuerte, pero que merecía por su sonrisa irónica—. Por los servicios comunitarios, las obras de caridad y todas esas cosas.

—No es nada. En todo caso, mucho mejor que retirar basura de las cunetas de la carretera. —Me dio un beso en la sien y bajó la voz para que Abu no pudiera escuchar lo que decía—. Y gracias a ti por el sexo desenfrenado de hace un rato.

—Ha sido un placer —dije, notando que me ruborizaba.

La abuela se tomó otra cosa más o menos redondeada.

—¡Estás enamorada! ¡Vaya, Kate, ya habíamos perdido las esperanzas!

—Ya está bien, Abu —la reñí dulcemente y sonriendo.

En ese momento, Eric empezó a golpear la copa con un cubierto.

—Bueno, aquí lo tenemos —murmuré, y me terminé la copa de vino. Pensé en la posibilidad de sacarle una foto, pero finalmente no lo hice. Estaba claro que ya tenía muchísimas.

Dio las gracias a una lista de gente tan interminable que me empezó a entrar sueño. Nathan me miró y sonrió.

—¡Nada de dormirte! —dijo entre dientes—. Si yo debo y puedo mantenerme despierto, entonces tú también.

Tuve que ahogar otra carcajada.

—... y a mi compañero de golf, Nathan.

El aludido levantó la copa en gesto de reconocimiento y sonrió.

—Solo jugamos una vez —susurró mientras Eric proseguía con su interminable lista.

¡Ay, ay, ay! Aquí estaba otra vez la risa nerviosa.

—¿La copa de mi esposa está vacía? Vaya, habrá que tomar medidas.

—Sí, por favor, tómalas —rogué acercándosela. Fue hacia la zona donde habían montado la barra.

Eric se detuvo y miró a mi hermana de forma significativa.

—Y, la última de la lista pero la primera en mi corazón, alguien muy especial a quien quiero mostrarle todo mi agradecimiento. Alguien que ha permanecido conmigo en todo momento, que me animó cuando miraba de frente a la mismísima muerte, cuando estaba tan débil que ni siquiera podía levantar la cabeza.

«¿No estás exagerando un poco, Eric?», pensé, e inmediatamente me reñí a mí misma por ello.

Llamó a Ainsley para que se pusiera a su lado.

¡Ya iba siendo hora de que Eric la pidiera en matrimonio, caramba! Porque de eso se trataba, claro. El hecho es que la cosa iba a tener lugar en medio de un montaje de fotos suyas y, aunque no era nada sorprendente, me molestaba de todas formas. Bueno, el que me molestaba en realidad era él. Por lo que a Eric respectaba, Ainsley siempre había sido lo más parecido a una fan incondicional.

A cada uno lo suyo. Ainsley parecía flotar mientras se acercaba a él, y yo debía centrarme en eso. Ajusté la lente de forma sutil, confiando en saber captar el momento desde ese punto de vista.

—Os pido a todos que levantéis vuestras copas en honor de Ainsley —dijo Eric.

Nathan estaba todavía en la barra. Debía darse prisa para que pudiera brindar por mi hermana. Debía hacerlo rápido para poder concentrarme en evitar el dichoso *collage*. ¡Hasta había fotografías de su escroto, antes y después, con un texto debajo parecido al de una valla publicitaria! Me hacía falta más de un trago de vino para poder lidiar con eso. La maldita foto parecía rogarme que le echara un vistazo.

Escuché suspirar a mi madre detrás de mí. Sus suspiros eran muy característicos. Lógico, pues tenía muchos años de práctica. Papá no estaba. Arbitraba un partido en alguna ciudad del Oeste. Una pena. Ainsley, el producto de la mujer a la que de verdad había amado, era su favorita.

—Querida, no podría haber encontrado alguien mejor, ni aunque buscara toda mi vida —afirmó Eric, agarrándole la mano—. Desde que nos conocimos supe que eras especial, pero mi experiencia con el cáncer me ha demostrado que no solo eres especial. ¡Eres extraordinaria!

Pero ¿es que la palabra «cáncer» tenía que aparecer en todas y cada una de las frases que pronunciaba? De todas maneras, noté que el pecho de Ainsley subía y bajaba. No debía resultarle nada fácil contener el llanto. Lloraba hasta con las eliminaciones de *Master Chef.* Se mordió el labio y sonrió, aunque le temblaba un poco la boca. ¡Qué niña más dulce! Bueno, la verdad es que ya tenía una edad, treinta y dos. A veces se me olvidaba, y es que parecía tan... ingenua.

Eric miró a la multitud. La verdad es que dominaba el momento.

—Os pido a todos un brindis por esta mujer, que no solo es amable, generosa, fuerte y bella, sino también... —se llevó la mano al bolsillo, y yo alcé la cámara—... sino también la mujer con la que quiero pasar el resto de...

Detrás de mí se produjo un pequeño grito de sorpresa, y capté un movimiento con el rabillo del ojo.

Nathan.

Tropezó. Resultó un tanto violento, justo en el momento crucial.

Fue una décima de segundo. El vino se derramó y una mujer se apartó al notar que el líquido caía sobre la espalda. Nathan dio otro traspiés, e inmediatamente alguien se apartó de su camino. Cayó al suelo.

Sonó un ruido sordo y dejé de verlo.

Se formó cierto revuelo y también se oyeron algunas risas.

—¡Alguien se ha pasado un poco! —exclamó uno de los de Wall Street.

—¡Qué desperdicio de vino!

—¡Que lo pague!

Mi cámara todavía apuntaba a Ainsley. La miré. Había dejado de sonreír.

Tenía la cara muy pálida.

Su jefe, Jonathan, se arrodilló junto al cuerpo de Nathan.

Me dio un vuelco el corazón.

«¡Levántate, Nathan, vamos, levántate!»

—¡Llamad al 911! —gritó Jonathan, y en ese momento solté la cámara que me golpeó en el cuerpo al tiempo que la correa me apretaba el cuello.

Nathan estaba boca abajo.

Un momento, un poco de tranquilidad.

Solo había tropezado. No le gustaban nada las escenas dramáticas, no era como Eric.

Pero estaba allí, tirado en el suelo.

¿Una convulsión?

Ollie, el perro de Ainsley, soltó un ladrido.

—¿Cariño? —acerté a decir, pero mi voz sonó débil e inconsistente.

Jonathan le dio la vuelta a Nathan y apretó los dedos contra su garganta.

¿Le estaba buscando el pulso? Pero ¿por qué? Nathan había tropezado, eso era todo. Tampoco era para tanto. Puede que mis piernas también estuvieran un poco débiles, porque sí, lo habíamos hecho contra la pared hacía apenas dos horas, y eso tampoco era tan fácil como parecía en la tele. Jonathan empezó a practicarle la reanimación cardiopulmonar.

¡Oh Dios, Dios, Dios, esto no podía estar pasando! Tenía que tratarse de un error. Era la primera vez que veía a alguien haciendo un masaje cardíaco. Las presiones me parecieron demasiado fuertes. Seguramente dolerían. ¿Resistirían las costillas de Nathan? ¿No podría apretar un poquito menos?

—¿Cariño? —repetí. Estaba ya en el suelo. Ni me di cuenta cuando me arrodillé—. «¡Por favor, por favor, por favor!»

Los ojos de Nathan estaban solo ligeramente abiertos, inmóviles.

—¿Nathan? —susurré.

—¡Ayudadle! —gritó alguien—. ¡Llamad al 911! —Pero eso ya lo había dicho Jonathan. Seguro que ya habían llamado a emergencias.

Noté un ligero olor a *chardonnay*.

—¡Ayudadle! —Esta vez fue mi madre la que gritó—. ¡Qué alguien le haga la respiración artificial! —Y alguien se la hizo, uno de los amigos de la universidad de Eric, el que había hecho el chiste del huevo izquierdo.

Alguien repetía su nombre, «¡Nathan, Nathan!», con voz aguda e histérica, y estuve bastante segura de que era yo misma. El perro todavía ladraba. En ese momento noté que mi hermana me agarraba por los hombros y que le pedía a la gente que se apartara, que hiciera sitio, que trajeran una manta.

Pero una manta no le serviría de nada, de nada en absoluto.

Nathan estaba muerto.

CAPÍTULO 4
Ainsley

Era la primera vez que veía morir a alguien. Ya podía borrar eso de mi lista. Aunque, por supuesto, jamás estuvo en ella, ¡por Dios!

Observé como la expresión de Nathan pasaba de la sonrisa a la proximidad de la muerte. Sin más. Mi hipersensibilidad seguía funcionando, pues estaba a punto de producirse el momento más feliz de mi vida. O al menos eso creía yo en ese momento.

Por el escote de Rachelle asomaba una etiqueta. Jonathan tenía cara de estreñido. Nathan le llevaba una copa de vino a Kate.

Y entonces tropezó con el pie de Rob. No fue culpa de Rob, en absoluto. Aquella zona estaba atestada de gente. El vino se deslizó por la copa y después por la espalda de Beth, que se estremeció, y Frank se dio la vuelta. Si Frank no se hubiera dado la vuelta, Nathan habría caído encima de él, pero se la dio y Nathan cayó hacia delante, sin ningún obstáculo que lo detuviera.

Se golpeó la cabeza con el borde del mostrador de granito y se produjo un ruido sordo; sus ojos se abrieron mucho y así, sin más, ya estaba muerto.

Sabía lo que había pasado antes de que nadie lo dijera. Las maniobras de reanimación eran inútiles, no iban a funcionar.

Eric y yo seguimos a la ambulancia, con Candy y con Kate, todos en el automóvil de Jonathan, que estaba aparcado en la calle y pudo salir de inmediato sin necesidad de que se tuvieran que mover otros diez automóviles para dejar salir al nuestro.

Mientras conducíamos a bastante velocidad, yo sabía perfectamente que, pese a sus esfuerzos, los médicos de urgencias no tenían nada que hacer. No sé por qué lo sabía, pero lo sabía.

—Esto no puede estar pasando —dijo Eric mientras tomábamos una curva demasiado bruscamente.

Me di cuenta de que tenía que llamar a Sean. Me respondió la segunda vez que lo intenté. Al descolgar oí ruido de vajilla y cubiertos entrechocando, y risas al fondo. ¡Así que era verdad que se habían ido a cenar en vez de venir a la fiesta!

—Los chicos están bien, Sean, pero Nathan está en urgencias. En el hospital Hudson. Está... bastante mal. Esther y Matthias se han quedado en nuestra casa con los padres de Eric.

—¡Oh, Dios mío! ¿Qué ha pasado?

—No estamos seguros del todo. Tropezó y... se golpeó en la cabeza. Le han hecho la reanimación cardiopulmonar.

—¡Joder! —espetó Sean. Era médico, y su reacción no me pareció nada optimista—. Voy para allá enseguida —dijo, y colgó.

—No me lo puedo creer, no me lo puedo creer —seguía diciendo Eric mientras dejábamos el automóvil en el aparcamiento del hospital—. Tiene que salir de esta. Tiene que tirar para adelante.

No podría. Le pedí a Dios estar equivocada, por una vez.

Nos instalaron en una sala privada mientras atendían a Nathan. Tomé de la mano a mi hermana y ella abrió mucho los ojos, como si no supiera quién era yo.

Al cabo de un rato llegaron Sean y Kiara, que nos abrazaron y esperaron. También los Coburn. Gracias a Dios, alguien se había acordado de llamar a los Coburn. Así que aparecieron los padres de Nathan, su hermana y su cuñado, con las caras absolutamente pálidas y llenas de pánico. Candy, sin decir una palabra, abrió los brazos y se apretó contra la señora Coburn. Después murmuró algo a su oído, muy bajito. No entendí lo que le dijo.

Poco después entró el médico y nos confirmó lo que yo ya sabía.

Me gustaría ahorraros la descripción de la siguiente hora.

Con voz muy baja, me ofrecí a llevar a Kate a casa y acompañarla, pero Candy dijo que ella se encargaba. Lógico. En una situación como esa a quien uno necesita es a su madre. Tenía sentido. Llamé por teléfono a papá y le dejé un mensaje, pidiéndole solo que me llamara, que no importaba la hora a la que lo hiciera, aunque fuera muy tarde, porque el asunto era muy importante.

Me acordé de que papá ya había pasado por esto cuando murió mamá. Me acuerdo borrosamente de cuando apareció la policía para informarnos. Uno de ellos me dio un juguete, un gatito que movía la cabeza. Me llamó tanto la atención y me gustó tanto que no quería dejar de jugar con él. Mi padre, llorando, me dijo que mamá nos había dejado y se había ido al cielo.

¿Estaría ya Nathan en el cielo? Había pasado tan rápidamente... ¿O se habría quedado merodeando, incapaz de separarse de Kate?

Me sequé los ojos y me soné la nariz.

—Voy a llamar a mis amigos —dijo Eric. Tenía los ojos rojos. Me apretó el hombro y salió.

Me dolían muchísimo los pies. Sí, claro, todavía llevaba los zapatos rojos de tacón y el vestido blanco.

Salí de la habitación, agobiada por todo lo que estaba sucediendo allí: los lamentos de Brooke y los sollozos de la señora Coburn, que no paraba de decir: «¡Hijo mío, hijo mío!». ¡Dios, era insoportablemente triste! La sala de espera principal de cuidados intensivos estaba atestada de sospechosos habituales: alguien con una toalla llena de sangre tapándose una zona de la cabeza; una adolescente medio derrumbada sobre su madre, con la cara verde después de haber ingerido a saber qué; una señora mayor en una silla de ruedas con una cuidadora que se preocupaba más de su teléfono que de la pobre vieja...

Y Jonathan. Casi me había olvidado de él. Se levantó en cuanto me acerqué.

—No lo ha superado —susurré, después de tragar saliva y con un hilo de voz. Hasta me dolió la garganta.

—Ya, eso suponía. Por... por las caras de todos. —Se metió las manos en los bolsillos, apesadumbrado.

—Muchísimas gracias por intentarlo —. Empezaron a brotar las lágrimas, incontenibles en su descenso por las mejillas.

Una persona normal me habría abrazado en ese momento. Acababa de producirse una gran tragedia familiar, por el amor de Dios, y nadie podía saberlo mejor que la persona que había intentado fallidamente reanimar al afectado con un masaje cardiovascular.

Pero Jonathan no era una persona normal. Parecía un extraterrestre con aspecto de ser humano que acabara de bajarse de una nave espacial procedente de otra galaxia. Si sentía alguna emoción, no la mostraba en absoluto.

Así que, en vez de abrazarme, me miró sin pestañear con sus claros ojos azules y me ofreció la mano abierta, como si acabaran de presentarnos.

Suspiré y le di la mía.

Y entonces sacó la otra mano y cubrió la mía con las dos suyas. Durante más de un minuto lo único que hizo fue mirar las tres manos.

«¡Vaya! Manos humanas, cálidas y suaves. Interesante», pensé que pensó.

—Lo siento muchísimo —dijo, sin levantar la vista. Tenía una voz muy agradable.

—Gracias.

—Nos vemos el lunes. —Hizo el gesto de marcharse.

—Jonathan. Mi cuñado acaba de morir. El lunes no iré a trabajar a la revista.

—¡Ah! De acuerdo. —«¡Mmm...! Los humanos necesitan tiempo para recuperarse cuando pasan estas cosas. Fascinante.»—. Llama a Rachelle y comunícale tus planes.

—De acuerdo, lo haré —dije entre dientes.

Finalmente se marchó y Eric volvió a entrar. Tenía las gruesas pestañas brillantes por las lágrimas y el corazón volvió a latirme con fuerza. Era bastante blandengue, las cosas como son.

—No me puedo creer que haya pasado esto —dijo con voz trémula.

—Lo sé.

—No me lo puedo creer —insistió, y me abrazó durante más de un minuto. Le mojé la camisa con algunas lágrimas—. Te quiero —dijo. No había recuperado el tono de voz normal.

En ese momento empecé a llorar a lágrima viva.

Mi pobre hermana. ¡Nathan era tan encantador! ¿Cómo podía estar muerto, así, tan de repente?

—¡No puedo creer que me haya pasado esto! —casi aulló Eric, apretando más su abrazo.

Me eché de repente hacia atrás y me lo quedé mirando atónita.

—Que nos haya pasado esto, quiero decir —se corrigió—. La noche más importante de nuestras vidas, ya me entiendes.

Claro. El anillo. La fiesta. Parecía como si hubieran pasado cien años.

—Vámonos a casa —dije, dándome cuenta de forma muy intensa de la enorme suerte que tenía por poder decir eso, de tener a alguien con quien poder irme a casa. Kate ya no podía. Lo había perdido en un instante.

Se suponía que era una recién casada, no una viuda. Nathan había muerto en la fiesta que había organizado Eric en honor de la vida. Se había ido. Para siempre. ¿Cómo era posible?

No podía dejar de ver una imagen concreta, una y otra vez.

A Jonathan, con la cara tensa y ceñuda, el pelo cayéndole sobre la frente, haciendo presiones rítmicas sobre el pecho de Nathan.

Él también lo sabía: Nathan ya estaba muerto. Hizo lo que hizo para dilatar el espantoso momento, para aportar un poco de consuelo a los vivos.

A mi hermana.

CAPÍTULO 5

Kate

No me sorprendió quedarme viuda.

A ver si me explico: por supuesto que me sorprendió la mierda de la situación, y que tuviera que pasarme a mí. ¿Quién narices se muere de esa manera? ¿Qué demonios había pasado?

Lo que quiero decir es que Nathan siempre me pareció un tanto... ¿fortuito, podríamos decir? ¿Demasiado bueno para ser verdad? ¿Exactamente lo que me hacía falta, lo inconcebible?

Pues sí, todo eso.

Tenéis que entenderme, aunque os cueste. Llevaba soltera ¡veinte años! Encontrar al hombre de mi vida... ¡anda ya! Esa frase se convierte en una ridiculez más o menos cuando has superado los veintiséis.

Salí con chicos en secundaria y en la universidad. Fueron relaciones cortas y poco importantes, bastante felices, y que nunca terminaron mal, o por lo menos no de una manera horrible. Tras graduarme, salí con hombres agradables, aunque siempre tenía la impresión de que aparecería alguien mejor, alguien que me esperaba en alguna parte y a quien aún no conocía, mi compañero del alma. Nunca sentí esa especie de bombazo que te deja patidifusa y te hace pensar eso de «¡Dios mío, es él!». Así me había descrito mi hermana el momento en el que conoció a Eric a los veintiuno. Por otro lado, hay que decir que mis padres no me servían de modelo, al menos desde el punto de vista sentimental.

Pues nada, si tenía que suceder, que sucediera.

No sucedió.

Durante mis dos décadas de vida adulta tuve tres relaciones serias. La primera fue con Keith, un compañero de la universidad. Era extraordinariamente atractivo, el tipo de hombre que hace que las mujeres se tropiecen contra las farolas. La piel suave y perfecta, los ojos verdes, rastas, uno ochenta y cinco y un cuerpo hipnóticamente perfecto. Esa relación fue bastante picante y tumultuosa, con muchos altibajos y montones de estallidos incontrolados, sobre todo por su parte. Al final rompí con él para siempre, incapaz de imaginarme un futuro con tanta dosis de dramatismo. Después se hizo modelo y lo pasé de maravilla señalándole en las revistas y diciendo a mis amigas que sí, que en serio, que lo había visto desnudo; y que había hecho otras cosas además de mirar, claro.

Mi siguiente novio, Jackson, era exactamente lo contrario. Empezamos a salir cuando los dos teníamos más de veinticinco años, lo cual, desde el punto de vista neoyorkino, es casi la infancia. Era un tipo muy agradable. La relación era tranquila, estable... y también insulsa. Después de un año más o menos, es decir, al acabar el periodo de estabilización que necesitaba después del batiburrillo anterior, se nos acabaron los temas de conversación y empezamos a pasar mucho tiempo viendo la tele con aburrida tranquilidad, hasta que finalmente fue él quien practicó la eutanasia a la relación, y de una forma nada violenta. Simplemente se mudó a Minnesota.

Y queda Louis, para terminar. Nos conocimos en la inauguración de una galería, sí, tan cursi como suena. Yo tenía ya treinta y dos. La verdad es que lo pasábamos bien, y nos fuimos a vivir juntos al cabo de un año, nos divertimos y nos reímos muchísimo. Nos conocíamos lo suficiente como para que él supiera que si yo mezclaba las palomitas con Nocilla es que se acercaba la menstruación y que si él tomaba repollo, iría al baño de forma matemática al cabo de seis horas. Me sentía completa y feliz. Louis era inteligente. Trabajaba como sicólogo clínico, comprendía a sus pacientes y contaba magníficas historias procedentes de su trabajo.

En un momento dado se hizo un tatuaje. Y después otro. Y un tercero, y un cuarto. Y entonces, tras hacerse otro con caracteres chinos que significaban compromiso, me dejó por la chica que se los hacía. Los tatuajes, quiero decir, aunque supongo que le hacía también otras cosas.

A partir de ese momento empezaron a llegar las citas por Internet. Sí, sí, todos hemos conocido parejas que se habían encontrado en la red, que empezaron a intercambiar bromas, correos en los que flirteaban más o menos, que finalmente quedaron y... ¡*voilà*! Se habían enamorado. ¡Qué divertidas también las historias de lo que les pasó a muchos después! Por ejemplo Daniel, el Bombero sexi, y Calista, que vivía en la misma calle que yo, Park Slope: se conocieron por Internet, pero se divorciaron al cabo de pocos años para que Calista pudiera dedicar más tiempo al yoga. No obstante, otras parejas que se conocieron de esa forma se casaron y todavía permanecían juntos y felices. Yo era un buen partido. Le daría una oportunidad al método.

Fue un fracaso, sin paliativos. Igual le pasó a Paige, mi mejor amiga. Igual que yo, Paige era incapaz de encontrar un hombre que le durara. Igual que yo, tenía éxito profesional, era abogada, atractiva e interesante. Igual que yo, tuvo una serie de citas prometedoras, o no tan malas, pero no supo nada más de ninguno de los hombres con los que quedó. Las dos nos compramos unos cuantos libros de autoayuda para encontrar pareja y seguimos las reglas de forma escrupulosa. Las dos tiramos el dinero a la basura.

Eso de ligar a los treinta y tantos es una especie de segundo trabajo. Muchos de los libros de autoayuda te recuerdan que debes divertirte, que si no te diviertes la cosa no tiene el menor sentido. Pero el problema era encontrar con quién. Eso no implicaba la menor cuota de diversión, dijeran lo que dijesen. La diversión podría venir después, cuando pudiéramos ponernos sandalias cómodas y quitarnos el maldito Wonderbra.

Lo digo en serio, para mí suponía más esfuerzo y dedicación que mi propio trabajo profesional. Por lo menos, cuando tomaba fotografías sabía lo que hacía y por qué. Pero eso... Escribir perfiles con pies de plomo, intercambiar correos inteligentes pero cautos, bloquear a los pervertidos, y tal y tal. Había que tener en mente una lista concienzuda respecto a qué era lo que se podía o no revelar, qué decir para parecer interesante pero no mentalmente deficiente... Por ejemplo, ¿debía decir que le tenía terror a las lombrices? ¿Era adecuado mencionar que mis padres se habían casado dos veces el uno con el otro? Hasta explicarlo podía resultar confuso... ¿Y que me tragué las cinco temporadas seguidas de *Juego de tronos* en un solo fin de semana, sin ni siquiera ducharme o comer, ni tan solo una zanahoria?

A veces, hombres que de entrada parecían agradables resultaban unos auténticos desequilibrados. Después de intercambiar varios mensajes divertidos con Finn y una primera cita perfecta en un pequeño restaurante colombiano, después de muchas risas y mucha química, me llegó una carta que contenía un solo y gigantesco párrafo, sin una sola mayúscula ni signos de puntuación, por no hablar de las faltas de ortografía.

kate eres estupenda odio las citas no te pasa a ti lo mismo no deveriamos salir con nadie mas ninguno de los dos solo nosotros juntos porque esta noche me has demostrado que eres una persona estupenda tuve una novia que era tan puton que dejo encerrado a mi hermano en el vater de una gasolinera por cierto cuando ibamos al funeral de mi madre y no entendio que me volbiera loco de rabia hay gente que puede ser muy jilipollas pero esta noche con solo mirarte a los ojos e descubierto que me comprendes que eres dibertida y que no me juzgaras mal por haber hecho ciertas cosas que quiza no deberia haber echo

Supongo que os hacéis a la idea, aunque esto es solo una mínima parte. Lo imprimí para la posteridad, en beneficio de todas las generaciones futuras. Eran cinco páginas de letra a mano, bastante apretadita. ¡Qué peligro!

Incluso cuando ya había aprendido a tener conversaciones educadas aunque sinceras, con cierto sentido del humor sin perder la seriedad y con la seguridad de mostrarme atenta sin ser agobiante... ¡Caramba, ahora que veo esto escrito me parece que Finn influyó en mí más de lo que creía! Insisto, ¡qué peligro! Todas esas características me agotaban.

Pero pese a todo, a los esfuerzos y al agotamiento, cuando una cita con un tipo marchaba bien, la cosa no pasaba de ahí, no había continuidad. Tras cinco años de citas por Internet, solo tuve dos segundas citas. Y ninguna tercera.

Tanto Paige como yo estábamos jovialmente obsesionadas: «¿Por qué no había vuelto a llamar? ¡Dijo que lo haría! ¡Lo pasamos bien! ¡Nos reímos! ¡Caramba, dos veces!». Pero también nos quejábamos: «Le olía el pelo a maceta. Se le quedó un fideo en la barba y se enfadó cuando se lo dije. Salió echando chispas del restaurante porque no tenían queso de oveja». Nos reíamos y lo intentábamos de nuevo, eso sí, procurando protegernos, tanto de las excesivas esperanzas como de las decepciones.

A los solteros que conocimos, como por ejemplo Daniel, el recién divorciado y todavía bombero, de treinta y tantos como nosotras, los denominábamos «falsas alarmas», porque de ellos no se sacaba nada en limpio. Todos estaban cortados por el mismo patrón: generalmente recién salidos de un fracaso, muy guapos, y casi igualmente insulsos. Cada uno o dos meses solía aparecer uno nuevo. Y casi siempre rodeados de mujeres espléndidas, más que eso, espectaculares, veinteañeras y babeantes ante ellos. ¡Puro ventajismo!

Ocasionalmente quedábamos con Daniel, pues su nube de feromonas nos atraía como la miel a las moscas. Paige le llamaba Thor, el dios del Trueno, y lo cierto es que daba lugar a ese tipo de efecto. Una vez Paige y yo estábamos sentadas en el bar Porto's, junto al Hudson, y Daniel pasó por allí justo en ese momento. Por si fuera poco, empezó a sonar *Hot Stuff,* de Donna Summer. Hasta la máquina de los discos se daba cuenta de quién pasaba. Nada menos que Thor.

Era muy simpático, sin duda, y me pasó el brazo por los hombros al tiempo que me saludaba. Después de todo, lo había conocido cuando formaba parte de una pareja, cuando Calista y yo acabábamos de empezar a salir con nuestras respectivas parejas. Le había visto sentado en las escaleras, esperando a que ella llegara a casa y sin saber muy bien dónde estaba. También sabía que lo pasó muy mal cuando ella lo dejó, que se le partió el corazón, y que a ella no. Tras el divorcio, Calista se mudó a Sedona, a enseñar meditación trascendental y otras memeces espiritualistas. Cada solsticio de invierno sigo recibiendo una tarjeta postal con el típico saludo de los que practican el yoga: *Namasté.*

Pero ni Daniel ni los demás tipos de su cuerda, ese grupo de niñoshombres de Brooklyn que tanto habían empezado a abundar, nos dirigían ni siquiera una segunda mirada a mujeres como Paige y yo. ¿Matrimonio? Ni soñando. Además, no funcionaría. Esa gente seguían invitando a martinis con unas gotitas de limón a sus chicas estupendas recién licenciadas, diez años más jóvenes que nosotras, o incluso más, que opinaban que las canciones de Britney Spears eran clásicos de la música popular. A ellas la posible maternidad o las bases sobre las que se asentaba el carácter les importaban un pimiento. Simplemente se quedaban con la boca abierta al ver la insignia del Departamento de Bomberos de la ciudad de Nueva York sobre la camiseta de Daniel, y la impresionante musculatura que asomaba por sus mangas. Lo demás se lo imaginaban, supongo. Tengo que confesar que una vez vi a Daniel sin camiseta y, en ese momento, pensé en lo que conduce a la paternidad, pero me quedé ahí.

Los demás solteros que conocí... bueno, tengo que confesar que solo fueron unos pocos. Y la mayor parte de ellos exconvictos, dado que trabajaba como voluntaria en un centro de reinserción de Brooklyn, al que iban los que estaban en libertad condicional a recibir cursos que les ayudaran a adaptarse de nuevo a la vida normal. Yo enseñaba cómo gestionar un pequeño negocio o trabajar de autónomo, e incluía algunas clases de fotografía por diversión. Y aunque era teóricamente partidaria del perdón y de las segundas oportunidades, lo cierto es que nunca consideré seriamente la idea de relacionarme, y menos casarme, con un tipo que llevara tatuada una lágrima debajo del ojo. Hay distancia entre la teoría, que no compromete, y la práctica, compromiso puro. Lo reconozco.

Paige y yo nos asegurábamos mutuamente cada dos por tres que estar solteras era algo fantástico. Nuestras vidas eran divertidas y nos gustaba mucho nuestro trabajo. No había más que fijarse en otras mujeres. Sus vidas no eran significativas ni interesantes, precisamente debido a sus relaciones sentimentales. Paige tenía dos hermanas y siete sobrinos, y ambas estaban siempre agobiadas y exhaustas. Una de ellas estaba pensando en operarse para recuperar la tersura de las tetas y eliminar la grasa sobrante acumulada tras los embarazos, para así conseguir que su marido volviera a acostarse con ella. Y la otra, según aseguraba Paige, estaba a punto de salir del armario.

Mi propia hermana... bueno, es cierto, Ainsley era feliz, pero en cierto modo... no sé cómo decirlo, la verdad. Ingenua. Anticuada en su adoración por todo lo que tuviera que ver con Eric, siempre colocándose en segundo plano respecto a él, pese a que había tenido un trabajo realmente impresionante. Se preocupaba muchísimo por Eric y él no correspondía de la misma forma, nunca. Él era la estrella de la pareja, ella una secundaria. Me ponía enferma.

Yo era distinta, y Paige también. Éramos autosuficientes. ¿Y qué decir de aquel maravilloso viaje a Londres que hicimos el año anterior, eh? ¿Ahora tocaba Viena? ¿O Provenza?

Si bien una pareja tenía cierta libertad de movimientos, un niño siempre era una carga, y normalmente para la mujer. Sí, sin duda sería adorable ir con un bebé en brazos y después cogiditos de la mano, pero la verdad era que no lo veíamos claro, sobre todo porque no nos fiábamos del compromiso de hipotético padre.

—¡Mierda! —solía decir Paige—. ¡Si se pudiera encargar un marido por correspondencia, con manual de instrucciones y una explicación sencilla sobre las características técnicas!

También podía haber tenido un gran amigo homosexual que aportara lo que debía y aceptara compartir conmigo la paternidad. No solo tendríamos un precioso bebé, sino que hasta podríamos escribir un guion estupendo sobre el asunto. Pero no. Mis amigos gais, Jake y Josh, ya tenían a su nene, Jamison, así que eso no podía contemplarse.

Me decía a mí misma que todo estaba bien. Al fin y al cabo, no necesitaba ningún niño. El mundo estaba superpoblado, podía adoptar a un adolescente, etcétera.

Pero fui a visitar a mi hermano y lo vi con Kiara y sus hijos. Me inundaba una gran sensación de amor y de gratitud cada vez que mis dos sobrinos corrían a abrazarme cuando eran niños o, últimamente, cuando salían de su habitación para darme un beso. Sadie todavía me abrazaba. Sí, es cierto, yo no era como mi hermana, que prácticamente tenía que olisquear a cada bebé que veía y preguntarle a su madre los detalles del alumbramiento. Pero, de todas formas, me encantaban los niños.

Brooklyn estaba lleno de niños. Me apetecía acurrucar a uno, tener alguien a quien mirar mientras dormía, no de forma extraña, sino amorosa y maternal. Alguien que me llamara mamá y buscara mi mano sin ni siquiera pensarlo, de la misma forma que hacía Esther con Kiara, y de la misma forma que Sadie buscaba la compañía de mi hermano. Me sorprendía a mí misma mirando a adolescentes embarazadas, preguntándome qué dirían si les preguntara, así como quien no quiere la cosa, si estarían dispuestas a cederme su bebé aún no nacido.

Allí estaba siempre, esa llamada ancestral a la procreación y la protección. El instinto maternal es la fuerza de la naturaleza más potente, se suele decir. Pero yo quería también todo lo que acompañaba a la maternidad. Quería que allí hubiera un padre. Junto al asunto de la maternidad, había un deseo secreto de ser... bueno... adorada.

No era algo que estuviera dispuesta a admitir. Cada año que pasaba, la idea de enamorarme de alguien, y de que alguien se enamorara de mí, se volvía cada vez más lejana, más inalcanzable, algo así como pensar que Papá Noel me lo traería de regalo por Navidad.

Mis cumpleaños se convirtieron en una especie de conmoción. Los treinta y cinco, los treinta y seis... esos estuvieron más o menos bien. Muy bien, incluso. Sabía quién era, mi reputación profesional crecía, ganaba dinero, daba clases, viajaba...

Pero los treinta y siete, los treinta y ocho... Hasta los números tenían un aire siniestro, de desesperación. Treinta y muchos suena infinitamente peor que treinta y tantos. La etiqueta de solterona me hacía sentir tan aislada como un paciente con el virus del Ébola. Me fui sintiendo cada vez más obsesionada, mirando a cada hombre que pasaba como un marido potencial: el chico de la tintorería, el que me llevaba a casa la *pizza,* el que tropezó conmigo en el supermercado.

Por fin llegaron los treinta y nueve, y pasó algo excepcional.

Simplemente... se acabó.

Mis amigos y familiares, o sea, Paige, Ainsley y Eric, Jake y Josh, Max, que era mi ayudante ocasional y su esposa, y Sean y Kiara, me organizaron una cena sorpresa. Se rieron de mí con tarjetitas y regalos burlones, pero después brindaron en mi honor. Paige me regaló una bolsa de pañales de incontinencia para mayores, lo cual me pareció un tanto excesivo, la verdad. Ella solo tenía dos meses menos que yo. Jake y Josh me compraron un lote completo y carísimo de productos para el cuidado facial, más concretamente, para prevenir el envejecimiento, las arrugas y toda la parafernalia. Por parte de Sean y Kiara, un bono-regalo con un «programa de rejuvenecimiento» en un balneario urbano. Ainsley y Eric exactamente igual: el mismo programa y el mismo establecimiento. Naturalmente, se miraron mal entre ellos un rato.

—¿Nadie se ha acordado del líquido para embalsamar? —pregunté risueña.

—El caballero de la barra la invita a esta copa —me dijo nuestro camarero, colocando delante de mí un martini. Me volví: era de parte de Daniel, el Bombero sexi, que me guiñó un ojo e inmediatamente siguió conversando con su última conquista. Lo tenía más claro que el agua: podía invitarme a una copa, pero jamás se acostaría conmigo. Yo sobrepasaba por unos quince años su edad de referencia.

Le di las gracias agitando la mano, me volví otra vez hacia mis amigos y familiares, sonreí y me di por vencida. Eso fue todo.

Se acabaron las citas. Retiré mis perfiles en línea, dejé de acudir a los partidos de *softball* de Prospect Park y me prohibí a mí misma ver los programas del canal Hallmark.

Me quedé muy sorprendida de lo aliviada que me sentí.

De repente, estaba más feliz de lo que había estado en muchos años. Desde que terminé la universidad vivía en el mismo y precioso apartamento, que había comprado gracias a un generoso y cómodo préstamo de mis padres justo antes de que se dispararan los precios en Brooklyn. Si alguna vez necesitara el dinero, podría venderlo por cinco veces el precio que pagué por él. Mis clases en el centro de rehabilitación estaban siempre hasta los topes. Tenía un grupo de amigos reducido, pero muy sólido, y una familia algo disfuncional (¿hay alguna que no lo sea?) pero soportable, incluso bastante buena.

Mi carrera profesional iba viento en popa, y me encantaba lo que hacía. Generalmente a mis clientes les gustaba muchísimo mi trabajo. No había nada más agradable que enseñar a una pareja sus fotos de boda, prueba de su amor, o ver a una madre estallar en lágrimas al contemplar la foto de su entrañable bebé riendo alborozado, un momento único en la vida en el que ves cumplido uno de tus deseos más íntimos. Me encantaba que mi cámara fuera capaz de captar las imágenes de esos momentos y poner de manifiesto las emociones que afloraban. Una buena foto podía detener el tiempo y guardarlo para siempre.

Todas las noches regresaba a casa, en el tercer piso de un edificio de ladrillo oscuro típico de Brooklyn en el mejor sentido del término, me hacía la cena o me calentaba unas sobras, me sentaba en los escalones si hacía buena noche para charlar de todo y de nada con los vecinos, los Kultarr, la familia que vivía en el primer piso, o la señora Wick, la de la casa de al lado, que tenía un caniche. En invierno me retrepaba en mi sillón de colorido terciopelo, abría un libro y me servía una copa de vino más o menos bueno. El cine, algún concierto de vez en cuando, paseos por Prospect Park y copas con los amigos.

Si quería niños, ahí tenía a mis sobrinas y a mi sobrino. Ainsley y Eric llevaban mil años juntos y me imaginaba que tendrían críos dentro de poco. De vez en cuando hacía de canguro para Jake y Josh y obtenía mi cuota de cariño filial por parte del precioso Jamison, que me adoraba porque no me cansaba nunca de llevarlo a caballito, de darle raciones extra de postre y de leerle cuentos hasta que se dormía profundamente.

Sí, eso era todo, pero la verdad es que era mucho. Buscar más constantemente, una pareja o un niño, me había socavado el alma. Mi vida estaba bien, por muy soltera o solitaria que me mantuviera. Podéis pensar que era una especie de budista, pero me iba bien así.

Poco después de mi cumpleaños me contrataron para hacer las fotos de la boda de una mujer que me recordaba a mí misma en mi anterior etapa. Tenía treinta y siete años, y me dijo muy deprisa que ella y su novio llevaban juntos casi doce años, aunque yo me barrunté que en realidad había estado sola hasta entonces. Siempre reflexionaba sobre ese tipo de parejas, entre las que incluía a mi hermana y a Eric. Una década o más es tiempo suficiente como para saber si debes o no casarte con tu pareja.

La novia hizo una triste ostentación de su victoria. Llevaba un vestido bastante aparatoso, seis damas de honor, cuatro niñas para llevar flores y una misa anglicana por todo lo alto en la iglesia de Saint Thomas de la Quinta Avenida. Sus padres, bajitos y ya bastante ancianos, la acompañaron hasta el altar mientras sonaba la *Marcha nupcial* de Wagner. El concepto de «esto me lo he ganado» flotaba en el ambiente de una forma tan espesa como la niebla en Londres.

Como solía pasarme, con el objetivo de la cámara era capaz de captar lo que no veía a simple vista. Al novio se le notaba impaciente, y con sus burlonas payasadas lo único que hacía era enmascarar torpemente la mala baba y el resentimiento. Estaba segura de que ella le había planteado un ultimátum respecto a la boda y de que habían discutido mucho, hasta que él por fin accedió.

La sonrisa de la novia era tensa en las comisuras de la boca. Sus ojos no sonreían y la frente la tenía muy tersa: el bótox, sin la menor duda. Hasta el beso del final de la ceremonia en el propio altar fue frío y rápido. Algunos de los invitados pusieron los ojos en blanco, y en lugar de esa alegría que suele emanar de las bodas, independientemente de la edad del novio y de la novia, o de si son religiosas o civiles, el ambiente de esta era tenso y aburrido.

Se siguieron todas y cada una de las tradiciones nupciales: un programa enmarcado indicando las lecturas de la ceremonia, el alzamiento del velo de la novia y la *Marcha para trompeta* de Händel al final. Durante la recepción, que tuvo lugar en el Hotel Península, los novios fueron anunciados como el señor y la señora Whitfield, y los más o menos trescientos invitados cumplieron con su deber y aplaudieron, mientras la novia reñía gruñendo a su hermana por no haber seguido adecuadamente el camino del cortejo. Hubo baile inicial, baile entre el padre y la hija, baile entre la madre y el hijo, corte de la tarta y lanzamiento del ramo de la novia.

Cuando sostuve la cámara para sacar una foto de la novia mientras se preparaba para lanzar las flores, pude ver que, en efecto, las acariciaba y llamaba por su nombre a algunas de sus amigas, renuentes a participar en la pantomima, para que se colocaran en un sitio donde estuvieran en condiciones de conseguirlo. Era como si quisiera restregarles que ya no era como ellas, que todo el mundo se diera cuenta de que todavía seguían solteras y ella no.

Las mayores, más o menos de mi edad, mascullaban resentidas mientras permanecían de pie en la pista de baile, con su tercer martini entre las manos, sin siquiera preocuparse de por dónde podría caer el ramo. Al final fue a parar a una sobrina de la novia que estaba en la universidad, por lo que podía permitirse el lujo de pensar que la cosa era divertida.

Después llegó el momento de llamar a los solteros para que optaran a la liga. Otra tradición absurda: «¿Os apetece quedaros como recuerdo una prenda íntima recién adquirida de mi esposa? Puede que os ponga a tono guardarla debajo de la almohada y olerla de vez en cuando, ¿no?». Los hombres que acudieron eran también los sospechosos habituales: adolescentes, amigos del novio ya medio o completamente borrachos, un tío anciano y otros tipos cuyas acompañantes fingían mirar para otro lado, pero que sin duda observarían con atención hasta qué punto se esforzaban para agarrar la dichosa liga.

Por supuesto, alguien se quedó con ella. No pude ver ni fotografiar quién, pues estaba en medio del tumulto. Pero después venía el baile obligatorio entre la chica del ramo y el chico de la liga, así que me vi profesionalmente obligada a tomar las fotografías reglamentarias que dejaran constancia para la posteridad de su afortunadísimo momento. La sobrina era muy guapa y el chico tenía buena pinta, aunque no era demasiado agraciado. El pelo rojizo y los ojos azules le daban cierto aspecto de vecino de al lado. Me apostaría el dinero que llevaba encima a que llevaría a casa a la sobrina.

Imaginaos la sorpresa que me llevé cuando el pelirrojo que había atrapado la liga se dirigió directamente a mí después de que terminara el baile. Me preguntó por la cámara y escuchó con mucha atención mis explicaciones. Después confesó que ya solo sacaba fotos con el teléfono móvil. Y, una vez terminada la conversación acerca de mi actividad profesional y su escasa afición por la fotografía, admitió que la única razón por la que estaba hablando conmigo de cámaras era para saber si yo estaba soltera y si, por casualidad, estaría dispuesta a salir a tomar una copa con él.

—Si la traducción de lo que dices es «Tengo habitación en este hotel. ¿Te apetecería darte un revolcón?», entonces la respuesta es no —dije, puede que un tanto ácidamente.

—¿Es que hay un código? Bueno es saberlo, para no hacer el ridículo más veces —dijo sonriendo.

—Pues sí, lo hay.

—De acuerdo, pues entonces dime cómo se dice «¿Te apetece tomar una copa cuando termines de trabajar y acabe esta historia? ¿O esta semana, en otro momento?».

«Se dice simplemente: "Hola, soy un extraterrestre"», pensé.

Y es que no había hombres de buen aspecto y de la edad apropiada que quisieran quedar con mujeres de treinta y nueve años. Bueno, Daniel, el Bombero sexi, y ya. Incluso si un hombre de mi edad, lo que no era el caso exacto de Daniel, tuviera la intención de sentar la cabeza, lo probable era que su campo de búsqueda se ciñera a mujeres de entre veintimuchos y treinta y pocos, es decir, todavía con la fertilidad asegurada. Nunca incluiría a mujeres que durante las dos décadas de su vida adulta hubieran permanecido solteras.

Nunca había sucedido hasta ese momento, al menos. Nunca se me había aproximado un extraño para invitarme a salir. Ni una sola vez. Y no creía que fuera a suceder jamás.

Le pasé mi tarjeta profesional y sonreí, procurando que no se notara demasiado mi desconcierto, y de inmediato me acerqué a fotografiar a los novios, ella ya con cara de cabreo y él medio pedo, que iban a brindar por su espléndido futuro juntos. Estaba dispuesta a apostar mi ovario izquierdo a que no volvería a tener noticias del «atrapaligas».

Y lo habría perdido. ¡Me llamó al día siguiente y me propuso ir a tomar una copa a un bar del Lower East Side! Sin saber cómo manejar tan extraño giro de los acontecimientos, acepté sin pensármelo mucho.

El sitio era casi insoportablemente moderno. Lo había buscado en Google y averigüé que era uno de los bares más de moda de Nueva York, con cócteles de vanguardia y una iluminación muy bien diseñada.

—Bonito sitio —dije, aunque en realidad no era de mi estilo.

—Lo he escogido porque se puede sacar una foto directa del East River, sin que haya ningún edificio en medio —explicó.

—Muy considerado por tu parte —dije, apoyándome en la mesa—. Estoy intentando decidir qué eres. ¿Homosexual? ¿Un asesino en serie? ¿Un asesino en serie homosexual? ¿Un bígamo que recorre toda América y que de vez en cuando se equivoca con los nombres de sus hijos y sus esposas piensan que está distraído porque trabaja demasiado?

Soltó una carcajada y sentí una pequeña punzada de atracción en el estómago.

—No, nada de eso, aunque no suena mal... para una película —dijo—. Solo puedo presumir de una exmujer. Siento defraudarte.

Su nombre era Nathan Vance Coburn III, arquitecto y vecino de cuarta generación de Cambry on Hudson. Le conté que mi familia era de allí y que mi hermana y su novio acababan de comprarse una casa en ese mismo pueblo. Basándonos en la teoría de los seis grados de separación de Kevin Bacon, intentamos averiguar a quiénes conocíamos ambos. Él leía la columna de mi madre en la revista local y le habían presentado a Eric en una reunión para recaudar fondos.

No me molesté en absoluto en intentar impresionarle ni parecer mejor de lo que era. Aquellos días habían pasado para siempre, con sus inacabables listas mentales sobre qué se podía contar, qué se podía preguntar y qué temas había que evitar a toda costa. Su aspecto general era atractivo. Vestía americana, pero sin corbata. Las pestañas, largas y rubias, le conferían un aspecto dulce e incluso un tanto tímido, aunque se mostraba relajado y era divertido.

Este tipo de hombres no podían estar solteros.

Parecía contradictorio, pues yo conocía por lo menos cinco mujeres estupendas de treinta y muchos o cuarenta y pocos que buscaban pareja, o más bien un amor que se pusiera consolidar. Las estadísticas tendrían que indicar que debía de haber al menos otros cinco hombres de características similares y buscando lo mismo, pero seguro que, como casi siempre, las estadísticas se equivocaban. No conocía ni un solo hombre de mi edad que buscara citas para consolidar una relación, y creedme si os digo que mis criterios no eran nada exigentes. Por ejemplo, ni se me ocurría pedir que no viviesen con su madre o tuvieran trabajo. Cuando me dedicaba semiprofesionalmente a la búsqueda de pareja, al rellenar los criterios simplemente eliminaba a los que habían matado a alguien, al menos recientemente.

Así que con Nathan Vance Coburn III... por narices tenía que haber gato encerrado.

Nos despedimos con un apretón de manos y le dije que había sido muy agradable conocerle y hablar con él. Me volvió a llamar dos días después. Quedamos para cenar, e insistió en invitarme. Le permití que me diera un beso de despedida y eso fue lo que hizo: nada de lengua, y además lo suficientemente largo como para convencerme y lo suficientemente corto como para evitar avergonzarme.

En el metro no podía quitarme la sonrisa de la boca. Si habéis visitado Nueva York seguro que ya sabéis que era la única que sonreía en el vagón.

Empezamos a salir habitualmente, y con salir quiero decir vernos, charlar y besarnos de vez en cuando. A veces también nos tomábamos de la mano. De entrada, nada de sexo, porque estaba a gusto con cómo se iban desarrollando las cosas. Mi recientemente adquirido estado de ánimo me condicionaba a enfriar el tema. Si la cosa se consolidaba, estupendo. Y si no, qué le vamos a hacer.

Nathan parecía extrañamente magnífico. Fui tanteando acerca de los temas sociales que eran importantes para mí y le enseñé fotos de los hijos de mi hermano, de distinta raza. Solo hizo un comentario: «¡Magníficos!». Su sonrisa me pareció dulce y hasta un tanto melancólica. Le mencioné a mis amigos homosexuales. Mi historial electoral. Mi opinión acerca de que a la gentuza que aparcaba en plazas reservadas para discapacitados habría que dejarla, como poco, coja. Le hablé de mi pánico a las lombrices. Me entendió y a su vez me confesó su aversión a los ojos de las patatas.

A Nathan no le importaba un inicio de relación tan a la antigua. De vez en cuando me traía un ramo de flores. En una ocasión apareció con una cajita de cartón atada con cordón de bramante y que contenía una magdalena de terciopelo absolutamente perfecta. Yo le enviaba fotos que tomaba durante nuestras citas, por ejemplo la de una anciana sentada en un banco, u otra del sol brillando sobre el One World Trade Center, y es que yo no iba a ninguna parte sin mi cámara. Le llevé al mejor restaurante polaco de Brooklyn y lo introduje en las maravillas de los tradicionales *pierogi* polacos hechos en casa. Fuimos a dar una vuelta por el Jardín Botánico de Brooklyn, cuando las temblorosas y doradas hojas de los álamos no dejaban de moverse a nuestro alrededor, y también subimos a la plataforma superior del Empire State, cosa que, aunque parezca mentira y me resultara incomprensible, él no había hecho nunca. ¡Y eso que era arquitecto!

—¿No nos vamos a acostar juntos nunca? —me preguntó amigablemente la tarde que estábamos allí, contemplando el indescriptible, único y para mí milagroso espectáculo que suponen los edificios de Nueva York, observados desde allí.

—Podría ser, algún día —contesté, pasando un dedo por su muñeca y notando la firmeza de su pulso—. Si tienes suerte. Insiste con la política de las magdalenas.

Al día siguiente me llegó al estudio una docena de magdalenas.

Lo cierto es que casi me daba miedo acostarme con él. ¿Y si descubría que le gustaba azotar a sus amantes con una fusta o que no se empalmaba a no ser que le llamara Julio César?

Para nada. Cuando llegó el día, después de siete semanas y media y diecinueve citas, me rogó que tomara el tren y fuera a su casa de Cambry-on-Hudson. También me pidió que preparara una maletita para una noche. Me enseñó su imponente y preciosa casa como si fuera una atracción turística y, al llegar al dormitorio principal, lo soltó, recitando como un guía.

—Como puede ver, señorita, la cama doble tamaño *king size* al estilo californiano puede acomodar perfecta y confortablemente a dos usuarios.

Hizo la cena. Nos bebimos una botella de vino a medias. Y nos acostamos juntos.

Fue bien. Él estaba muy bien.

Finalmente, le hice la pregunta que me rondaba por la cabeza desde el momento en que nos conocimos.

—Nathan, ¿por qué me pediste salir contigo el día de la boda?

—Fue un impulso —dijo, y para mí ganó muchos puntos por no darme una respuesta sensiblera—. Parecías, cómo decirlo... una mujer de una pieza. Y feliz.

Eso me gustó muchísimo.

Una noche, después de un largo beso de despedida que me hizo sentir mariposas en el estómago, y tras el primer polvo realmente magnífico (para todo hace falta práctica), me lo dijo por primera vez.

—Te quiero, ¿sabes? —murmuró, y sentí por todo el pecho una oleada de calor.

—Yo también te quiero —contesté sin pararme a pensar. Un impulso.

Pero mi siguiente pensamiento fue «demasiado pronto, demasiado pronto, demasiado pronto». Sí, tres veces.

Seis semanas después me pidió que me casara con él.

Fue muy rápido. Pero es que no éramos ningunos niños. Él ya había estado casado. Y lo de tener hijos, algo para mí tan poco probable hasta hacía muy poco como pasar un verano cabalgando por Montana con Derek Jeter,[5] ahora sí que era una posibilidad real. De una forma u otra, fuera biológicamente o mediante la adopción, ambos deseábamos ser padres. Él quería con locura a sus dos sobrinos y siempre quiso ser padre. Madeleine, su ex, cambió de opinión al respecto poco después de casarse y por eso terminó el matrimonio.

Además, pensaba yo, la vida es muy incierta. Mira a Eric, golpeado por el cáncer a los treinta y dos años, aunque, afortunadamente, lo detectaron a tiempo, y además las tasas de recuperación en su tipo de cáncer eran muy altas. Mi hermana podría haberlo perdido. Hay que vivir la vida a tope. *Carpe diem*. Etcétera.

Sus padres se quedaron de una pieza; bueno, su padre parecía encantado, me besó en la mejilla pero, de forma bondadosa y muy escocesa,

---

5   N. del Trad.: Jugador de béisbol de los Yankees de Nueva York, equipo con el que ganó cinco veces las Series Mundiales de las Grandes Ligas, aparte de numerosísimos premios individuales. Respecto a su vida sentimental, tuvieron gran impacto mediático sus relaciones con Mariah Carey y Jessica Biel, entre otras mujeres famosas.

olvidó inmediatamente mi nombre. Su madre parecía educadamente perpleja, pero resolvió la situación con mucha elegancia.

—Estoy segura de que nos vamos a llevar muy bien.

Su hermana Brooke era cariñosa y cercana y su marido muy agradable. Los críos eran riquísimos: dos primitos para mis futuros hijos. La sola idea me produjo un estremecimiento de gozo.

Las reacciones de mi familia fueron bastante diversas. Papá, que estaba aprovechando la fase entre dos temporadas para ver partidos que él no había arbitrado personalmente, apartó por un momento los ojos de la tele y me jaleó.

—¡Estupendo, chica! ¡Ya iba siendo hora! ¿Cuánto llevas ya con él? ¿Diez años?

—No, papá, esa es Ainsley —aclaré—. Lo nuestro ha sido una especie de relación relámpago.

—Esas son las mejores. Como la mía con Michelle —recordó con nostalgia, sin evitar recordar a la madre de Ainsley. Los labios de la mía desaparecieron por completo—. Bueno, pues bien por ti —continuó—. ¿Vamos a tener que pagar la boda?

—Tranquilo —dije, dándole unos golpecitos en el brazo—. Apenas habrá celebración. Puede que hasta nos fuguemos y la hagamos en secreto. Después de todo casi tengo cuarenta años.

—¿En serio? ¡Madre mía! De acuerdo, lo de fugarse es una buena idea. Muy romántica. Tráelo alguna vez a casa. ¿Le gusta el béisbol?

—Es seguidor de los Mets[6] —dije guiñándole un ojo. A ese respecto éramos muy diplomáticos con los extraños, por supuesto —¡mi padre era árbitro de las Grandes Ligas!—; pero para nosotros en Nueva York solo había un equipo que contara, y no eran precisamente los Mets.

—Lástima. Bueno, seguro que es un gran muchacho pese a todo.

—¿Por qué quieres casarte, Kate? —me preguntó mi madre mientras comíamos ella, Ainsley y yo—. Vivid juntos y ya está. Es menos traumático cuando las cosas dejan de funcionar.

---

6   N. del Trad.: Abreviatura por la que se conoce a los Metropolitans, equipo de béisbol de Nueva York fundado en 1962, y por tanto con menos tradición y títulos que los Yankees de la misma ciudad, cuyos inicios datan de principios del siglo XX.

—Gracias por el voto de confianza —dije—. Además, ¿no eres defensora del matrimonio? Estoy segura de que es lo que dices como mínimo en uno de tus libros.

—En mi caso, llevas años diciéndome que tenía que estar ya casada —intervino Ainsley.

—Bueno, lo que pasa es que tú estás malgastando tu vida con Eric, querida. Como dice la canción, «si quisiera ya te habría puesto un anillo».

—¿Tienes un doctorado en Yale y lo único que se te ocurre es citar una letra de Beyoncé? —explotó mi hermana—. Además, Eric se está recuperando del cáncer, por si no te acuerdas. La boda no está en nuestra lista de prioridades en estos momentos.

—¿Cómo va la cosa? ¿Sigue limpio? —pregunté con cierta precaución, y confié en que no se lanzara a detallar los aspectos médicos de sus partes pudendas.

—Sí —contestó con satisfacción—, pero está esperando a que pasen dieciocho meses. En ese momento estará oficialmente curado.

—Crucemos los dedos —dije.

—Kate —continuó mamá a lo suyo, volviéndose hacia mí—, no pretenderás que me vuelque incondicionalmente en tu boda. ¿Desde cuándo lo conoces? ¿Desde hace seis meses?

—No, cinco.

—Cinco. ¿Has leído las estadísticas acerca del éxito en los matrimonios entre personas que se casan antes de que pasen dos años desde que se conocen?

—No. Pero tengo casi cuarenta, así que soy lo suficientemente mayor como para tomar mis propias decisiones, mamá.

Ainsley se había puesto a charlar alegremente sobre flores y vestidos, pero dejó de hacerlo con cierto aire de confusión. Después de todo, y tal como había señalado mamá por medio de Beyoncé, ella era la que llevaba más de diez años de relación. Además, ya vivía con Eric en Cambry-on-Hudson. Parecía claro que era ella la que debía casarse primero.

—¡Eric tiene una magnífica opinión sobre Nathan! —dijo con valentía—. ¡Es un partido estupendo! —Hice una mueca cuando escuché eso. Parecía una frase sacada de los años 50 del siglo pasado, cuando las mujeres tenían que pescar hombres adinerados y llevarlos al matrimonio a rastras.

Pero lo cierto era que reunía todas las cualidades que una mujer soltera podría apreciar en un hombre: amable, firme, interesante, inteligente, atractivo y financieramente estable, por no decir rico. Hasta su divorcio hablaba bien de él, pues no había estado mariposeando ni evitando el compromiso, sino precisamente todo lo contrario. En su sótano no había ningún esqueleto enterrado, ni instrumentos de tortura de mujeres, ni una colección de uniformes nazis. Y busqué, lo creáis o no, hasta que hice que se riera a carcajadas y no parara en bastante rato al tiempo que yo escudriñaba cada rincón de su enorme casa.

No había ninguna razón, absolutamente ninguna, que me impidiera casarme con él.

Salvo...

Siempre hay alguna salvedad, ¿a que sí?

El matrimonio, por muy agradable que resultara, pondría mi vida patas arriba. Nathan quería que me mudara a su casa, a Cambry-on-Hudson, que cambiara de localización el estudio y que vendiera el apartamento de Brooklyn. Evidentemente. Era su pueblo natal, y aunque yo no había crecido allí, era adonde iba durante las vacaciones y las fiestas importantes. Tenía todo el sentido. Su casa era maravillosa, perfectamente adecuada para tener hijos y para que se divirtieran en ella, igual que nosotros mismos. Había espacio de sobra para todos y dinero para mantenerla.

Pero aun así. El reajuste, la mudanza, la mayor parte de los cambios me obligaban a mí. Idealmente, hubiera preferido tener más tiempo para hacerme a la idea. Sabía que no estaba acostumbrada a formar parte de una pareja, a tomar decisiones conjuntamente con nadie.

Por no mencionar que cinco meses no eran tiempo suficiente como para que dos personas se conocieran de verdad. Era un verdadero acto de fe el hecho de pensar que lo que pensaba de Nathan, que era bueno, terminara siéndolo de verdad. De no ser así, si estaba equivocada o si lo estaba él, pareceríamos dos idiotas.

Yo pensaba que, finalmente, los cambios merecerían la pena. Pero en todo caso supondrían un fuerte trastorno, y después de veinte años viviendo sola y por mi cuenta... bueno, no era nada fácil dejar eso atrás. No me decidí a vender el apartamento. Lo que hice fue alquilarlo y llevar mis cosas a un guardamuebles. Estábamos en diciembre, no era época para vender ni comprar muebles.

De haber sido unos años más joven, habría esperado. Había una vocecilla bastante molesta, la de mi madre, que me decía que el que no hubiera ninguna razón para no casarme con él no era en sí misma una buena razón para hacerlo. Que no es posible amar a una persona a la que conoces desde hace solo cinco meses.

Le conté mis preocupaciones a Paige. Estábamos en nuestro bar favorito, el Porto's, uno de los pocos lugares de Brooklyn que habían conseguido librarse de la depredación de los invasores modernos y que, por lo tanto, no estaba a la última, no servía alimentos ni otros productos desarrollados en granjas locales, ni ecológicos, ni solo cerveza artesanal, ni comida «sin». Por el contrario, servía bebidas consideradas «asquerosamente retro» por los muchachitos de pantalones a la altura de las caderas.

Bebíamos vodka con tónica en una mesa y observábamos al eterno Daniel, el Bombero sexi, ligando con lo que parecía un grupo de chicas clónicas rubias, de no más de veintidós años.

—Puede que deba esperar y ver cómo se desarrollan las cosas —dije, algo desalentada.

—Puede que seas gilipollas —dijo Paige tranquilamente, dándole un sorbo a su tónica.

—¡No vayas por ese camino! —le pedí—. Dime lo que piensas de verdad, y no seas burra.

—En serio, Kate, es magnífico. Cásate con él. Múdate a las afueras y ten gemelos. Estoy tan celosa que te ahogaría si supiera que así podría quedarme con él.

—¿Querrías ser mi dama de honor, en caso de no asesinarme? —le pregunté sonriendo.

—¡Qué te den!

No sonreía. Y mi sonrisa murió al instante.

—Paige... —empecé.

—No quiero hablar de eso, ¿de acuerdo? Eres la única amiga soltera que me queda. Mataría por encontrar un hombre como Nathan y tú vas y te sientas enfrente de mí preguntándote si debes casarte con él. Pero ¿quién te crees que eres?

—Esto... ¿una persona? ¿Con sentimientos y capaz de pensar? Vamos, Paige, creía que podía hablar contigo tranquilamente y de todo ...

—Sí, bien, pues no puedes, ¿de acuerdo? Llevas un anillo con un diamante de dos quilates en el anular. Ponte un vestido blanco, encarga una vajilla nueva de porcelana china y, para terminar, ¿por qué no buscas un lugar para la boda en el que tus amigos tengan que usar sus días de vacaciones y gastarse un montón de dinero para acompañarte?

Tras decir esto, arrojó al suelo la servilleta y se marchó a toda prisa.

—¿Paige y tú os habéis enfadado? —preguntó Daniel, apareciendo a mi lado de inmediato—. ¿Habéis discutido por mi culpa?

—No —respondí riendo sin ganas—. Me voy a casar. Paige es... —Aquí me tembló la voz.

—¿Una zorra?

—No. Puede que se sienta un poco abandonada, o eso me parece. Me mudo a Westchester.

—¡Vaya! —exclamó, y me pareció que se estremecía—. Muchas felicidades, Kate —dijo, utilizando el signo hebreo de felicitación—. Me alegro de haberte conocido.

—No voy a morirme.

—Te vas de la ciudad. No voy a volver a verte. Para el caso es lo mismo. —Sonrió, se volvió algo cabizbajo y se dirigió de nuevo hacia su club de fans.

Le perdoné a Paige su mal genio, pero sabía que ella no iba a perdonarme a mí. Yo había conseguido lo que ambas deseábamos fervientemente, mientras que ella no. La voz que sonaba machaconamente en mi cabeza y que me advertía de los posibles peligros, se esfumó del todo.

El día de Año Nuevo Nathan y yo fuimos a cenar a un restaurante con vistas al puente de Brooklyn. Estábamos en una mesa pegada a la ventana y nevaba. Yo llevaba un reluciente vestido de fiesta y unos zapatos negros muy elegantes. Nathan me regaló una rosa roja. Llegó un juez de paz y, en medio de un restaurante lleno de extraños y con la maravillosa ciudad de Nueva York brillando frente a nosotros, me convertí en la esposa de Nathan.

Noventa y seis días más tarde me convertí en su viuda.

CAPÍTULO 6

Kate

La verdad es que hacerme un test de embarazo antes de salir para el velatorio de mi marido... ¡tremendo! No había perdido del todo el sentido del ridículo, por lo que se ve. Algo es algo.

Eché el pestillo del cuarto de bano de invitados y respiré lo más hondo que pude. Desde que Nathan se desplomó, hacía ya cuatro días, mi estado vital había sido una brumosa y somnolienta mezcla de pánico e incredulidad, siempre al borde de la risa histérica y tratando de controlarla. Tenía la impresión de que Nathan, de un momento a otro, saldría dando un salto del armario de las escobas gritando: «¡Sorpresa!».

Todavía no había llorado. No exactamente. Sí que había producido algún que otro... digamos... ruido. La sensación era como si unas manos invisibles me estuvieran estrangulando mientras dormitaba. Lágrimas no, todavía no. Lo que sí hacía era hiperventilar cada poco rato.

Ainsley tenía ataques de pánico cuando era pequeña. Mamá, con mucha paciencia, la enseñó a respirar muy despacio, contando hasta tres cada vez, «inspirar, cuenta hasta tres, mantén el aire en los pulmones, cuenta hasta tres, suelta el aire, cuenta hasta tres». Cuando era pequeñita y había tormenta, trepaba a mi cama y se apretaba contra mí temblando. Yo le repetía la cantinela en voz alta para que se calmara.

Intenté volver a hacerlo ahora, pero no funcionó. El aire parecía actuar por su cuenta, entrando y saliendo a toda velocidad por las fosas nasales, o por la boca cuando me descuidaba.

«¡Dos líneas, dos puñeteras líneas!», ordené mentalmente al destino, o al universo. «¡Me lo debes, mierda!»

Volví a colocarme las medias con mucho cuidado, pues al funeral del marido se debe ir elegante y bien arreglada, no hecha una ruina.

Al menos por fuera. Así que me estiré el vestido y esperé. Igual que hacía cuatro días. O cuatro siglos.

«¡Vamos, universo, échame por lo menos un huesecito!»

No conté los segundos. No había prisa. No iba a salir a divertirme, ni mucho menos. Controlé un sollozo, y me dolió el pecho. Alguien me había dicho que estaba en estado de *shock*. Fue Kiara, eso es. Era médico, sabía de esas cosas. Además, también dijo que ante una muerte de estas características ninguna reacción podía calificarse de normal o de anormal. Así que nada de lo que sintiera estaría mal.

No quería interpretar el papel de viuda, eso por descontado. Durante una fracción de segundo pensé que podría decir algo así como: «Bien, no pasa nada. Yo también me voy a morir». Y que después Nathan y yo resucitaríamos en otro momento y volveríamos a estar juntos.

Eloise y Nathan padre esperaban abajo con Brooke, Chase y los desolados chicos. Pensar en sus caras, dulces e infinitamente tristes, me hizo sentir como si me pasaran una aguja por la garganta. Un clavo, más bien, un clavo grande y roñoso, de los que suele haber en las puertas viejas y desvencijadas. Su tío, su único tío.

Hacía cuatro días yo estaba casada. Me había costado una eternidad llegar a eso. Y ahora estaba viuda. ¿Cómo me podía haber pasado algo tan extraño, tan absurdo? Mi cerebro solo producía este tipo de pensamientos, como los de un escritor que abusa de los efectos dramáticos.

Brooke había perdido a su queridísimo hermano pequeño. Y los Coburn ya no tenían un hijo.

Nathan estaba muerto.

De verdad, ¿cómo narices podía ser?

Quizá debería pasarme aquí toda la tarde y la noche. Seguro que era mejor que lo que me esperaba abajo. Aguardar a que todo el mundo se fuera, salir subrepticiamente del baño y ver un capítulo de *Orange is the new black*. Podría hacerme unas palomitas. O todavía mejor, podría comprarme unas de esas que vienen con crema de caramelo y virutas de chocolate. Sacaría una botella de la bodega de Nathan y me metería en nuestra enorme cama, frente a la también enorme pantalla de televisión. Nathan no podría resistirlo, lo sé. Regresaría de entre los muertos para no perderse el plan.

Tenía gracia..., bueno no, en la situación actual me resultaba terrible comprobar lo rápidamente que me había acostumbrado a dormir con otra persona. Durante veinte años, prácticamente ininterrumpidos, había dormido sola, en mi propia cama y siguiendo mis propias rutinas. Y, en solo dos semanas de matrimonio, Nathan y yo ya habíamos averiguado cuál era la mejor manera de dormir juntos, de acoplarnos, cuándo nos apetecía acurrucarnos el uno contra el otro, cuándo separarnos.

Y ahora la cama me parecía como el océano Ártico, enorme, frío y carente de vida.

Ya estaba ahí otra vez el ataque de pánico. Surgían de mi garganta una especie de chirridos. Apreté los labios con mucha fuerza.

«Por favor, Nathan, no me hagas esto. Por favor.»

Sonó un ligero ruido en la puerta y di un respingo.

—Kate, ¿estás bien? —Era Brooke.

—Ya voy —respondí, tal vez en un tono demasiado abrupto. El reloj me informó de que llevaba en el cuarto de baño siete minutos.

Si esto fuera una película, con toda seguridad habría dos líneas en el papelito. Al fin y al cabo habíamos follado antes de la fiesta. Durante mi periodo de duelo un niño iría creciendo dentro de mí y sería una especie de monumento vivo en memoria de Nathan y de nuestra trágica historia de amor, aparte de un gran consuelo para los Coburn. Sería Nathan IV, eso estaba fuera de toda duda. En la peli yo sería amable y muy guapa. Seguramente mi papel lo interpretaría esa actriz tan mona y que llora tan bien... ¿Cómo se llama? Rachel MacNosequé. Sí. Nate IV y yo construiríamos una nueva vida juntos y él habría heredado de su padre esos preciosos ojos azules.

Miré el papel de la prueba.

Una sola línea.

—¡Qué te jodan, puto test! —susurré, sin poder evitar las palabrotas. Al fin y al cabo estaba sola—. Estás equivocado.

La moqueta de la funeraria era tan suave y mullida que, cada vez que alguien me abrazaba, no podía evitar bambolearme. Y todos, sin excepción, me abrazaban. Estaba claro que no tenía que haberme puesto tacones. ¿Por qué nadie me advirtió? Además, los pantis amenazaban en todo momento con bajar por los muslos. Tras cada tres o cuatro abrazos, tenía que ocultarme en algún sitio para subírmelos un poco. Ahora tenía ganas de hacer pis, así que podría subirlos hasta arriba del todo. ¿Podía permitirme abandonar la fila un rato? Seguramente no.

—Siento muchísimo su pérdida.

—Muchas gracias —le contesté a una corbata que estaba frente a mí. Si miraba solo al nudo me resultaba más fácil evitar perder la compostura y empezar con los ruidos de la hiperventilación. La verdad es que me daba muchísima vergüenza. Sonaba como un maldito pato a punto de ser sacrificado.

La verdad es que mi lenguaje se había deteriorado mucho tras el fallecimiento de mi marido.

—Bernard, no sabes cuánto te agradecemos que hayas venido. Gracias por tu amabilidad —dijo Eloise, que estaba a mi lado. Llevaba un vestido negro de punto y un collar de perlas. Tenía los ojos secos, pero el corazón roto en mil pedazos. Su saber estar dejaba a Jackie Kennedy a la altura del betún—. Esta es nuestra nuera, Kate. Kate, te presento a nuestro muy querido amigo Bernard Helms.

—Me alegro de conocerle —dije, e inmediatamente me tapé la boca con la mano—. ¡Oh, mierda, no quería decir eso! Obviamente, me habría alegrado mucho conocerle en otras circunstancias. Pero, en todo caso, gracias por venir. —Mi talón izquierdo se tambaleó. Me sentía como borracha de pena y cansancio. Y ahora también seguro que parecía borracha, tambaleándome y casi perdiendo el equilibrio cada dos por tres. Los tacones de Eloise eran más altos que los míos, pero ella no se tambaleaba ni una micra. Brooke llevaba zapatos lisos. Chica lista—. ¿Conocía usted bien a Nathan?

—Nos conocíamos desde niños —respondió Bernard con los ojos brillantes—. Era un hombre estupendo. Me acuerdo de esa terrible tormenta de nieve, la de hace unos diez años. Mi esposa tenía cáncer. Se fue la luz. Miré por la ventana y allí estaba Nathan, acercándose por la calle. Su casa tenía un generador individual, así que nos llevó con él y nos trató como reyes durante nada menos que cuatro días. Cocinó para los dos, jugó con nosotros al Scrabble... —En esos momentos Bernard lloraba ya a lágrima viva—. Lo siento muchísimo por ti, querida. Es una pérdida tremenda.

Hice un ruido parecido a un eructo, o a un ladrido, qué se yo. Fue lo que me salió. Me llevé la mano a la boca de nuevo y miré a Eloise pidiendo ayuda. Tenía el dolor tan esculpido en el rostro que daba pena mirarla, pero sonrió tristemente y dio unos golpecitos a Bernard en la mano, murmurando algo que no entendí.

A su lado me sentía como una yonqui.

Mi hermana se acercó con una caja de pañuelos de papel. Yo no los necesitaba. Lo único que estaba haciendo era gruñir como un perro, o como un zorro, o como un... un... estegosaurio. Aunque no estaba segura de que esos bichos gruñeran. ¿Qué me había preguntado? ¡Ah, sí! Que si quería un pañuelo. Eran de los buenos, con loción. Ainsley aún esperaba, así que tomé uno, me soné y me limpié. Mi hermana me sujetó y la verdad es que hasta odié que se estuviera portando de una forma tan amable. Yo no quería que ella fuera amable. Lo que quería de verdad era estar en casa con Nathan.

—Aguanta —me susurró, y después se fue a su sitio.

—Lo siento muchísimo —dijo otra de las amigas de Eloise, con los ojos rojos y húmedos—. ¡Acababais de casaros! ¿Cómo puedes soportarlo?

«No tengo ni puta idea, señora.»

—Ha sido... ha sido terrible. —Eso era lo que repetía una y otra vez la propia Eloise, así que me aferré a ello para salir del paso.

—¡Tremendo! —exclamó. Después bajó la voz—. ¿Hizo... hizo algún ruido?

¡Santo cielo, qué pregunta! ¿De dónde salía esa tipa?

—Pues... no... no lo sé. Todo fue muy rápido.

—Por eso las mujeres indias se arrojan a la pira funeraria, ¿verdad? Seguro que te gustaría hacer lo mismo. —Después de decir tamaño despropósito, miró hacia el ataúd—. Parece casi vivo, ¿no?

Sí, ya lo habréis deducido. El ataúd estaba abierto. No estaba muy segura de quién había dicho que sí a esa pregunta del personal de la funeraria. Puede que fuera yo misma.

La mayoría de las personas que habían venido eran extraños para mí: amigos a los que aún no conocía, amigos de los Coburn padres, amigos de Brooke. Vinieron los compañeros de colegio de los chicos, y fue tremendo ver cómo Miles y Atticus procuraban a toda costa no llorar. Y, por supuesto, no lo lograban. El equipo de chicos a los que Nathan y

Chase entrenaban también acudió, y sus pequeñas y casi siempre sudorosas manos estrecharon la mía. Los críos eran incapaces de mirarme a los ojos.

Como esposa, bueno viuda, yo era la primera del grupo. Después estaba Eloise, tiesa y firme como si acabara de terminar la universidad, y a continuación Nathan padre, que con toda seguridad se había tomado algún antidepresivo o lo que fuera. Suerte para él. No, por Dios, no tenía nada de suerte. El jodido clavo oxidado me dio otra vuelta en la garganta.

Después estaba Brooke, que se estaba portando con gran valentía y presencia de ánimo, aunque no era capaz de imaginarme cómo. Chase actuaba con bastante solemnidad, asintiendo, hablando en voz baja, invitando a la gente a que avanzara y poniéndole el brazo sobre el hombro a Brooke. Y finalmente los pobres Atticus y Miles cerraban el grupo, con sus trajes de marinerito. Eso terminó de destrozarme.

Mi hermana y Eric estaban sentados enfrente, en primera fila, junto a Matthias y Esther, que lloraba continuamente pero de forma tranquila y sin ruido. Matt me dirigía una sonrisa triste cada vez que nuestros ojos se encontraban. Y allí estaba también mamá, con esa expresión de «tenías que haberme hecho caso» grabada a fuego en la cara. ¿Acaso era una maldita gitana cuyas maldiciones se cumplían indefectiblemente? Sean y Kiara hablaban en voz baja en la parte de atrás, saludando a la gente y escuchando con fingida atención lo que les decían. Habían dejado a Sadie con una canguro, pero me trajeron un dibujo que me había hecho, lleno de colorines rosas y verdes.

—¡Oh, Kate, lo siento tanto! —Ahora me abrazaba una de las compañeras de trabajo de Nathan, una arquitecta cuyo nombre no era capaz de recordar. No paraba de sollozar—. ¡Lo siento mucho, mucho, mucho, de verdad!

Tres «muchos». Se los merecía.

—Era muy feliz contigo —musitó, mirándome con cara de inmensa pena.

—Ah. Sí. Gracias. —Tenía la garganta tan agarrotada que prácticamente no me salían las palabras—. Te tenía... —«¿Tenía? ¡Mierda de conjugación en pasado!»— mucho aprecio. —«¡Quienquiera que seas!»

—Si necesitas algo, sea lo que sea, llámame —susurró la compañera de trabajo. Le temblaba la boca, y tenía los ojos muy rojos.

—Susannah —dijo mi suegra, que no olvidaba ni un solo nombre. Su acento de Boston era siempre acusadísimo, pero ahora me parecía que incluso más que otras veces—. Has sido muy amable por venir. Sé que Kate te lo agradece mucho, igual que nosotros.

Nathan y yo nunca volveríamos a bromear sobre su madre. Él la quería mucho, por supuesto, pero también era capaz de hacer una imitación tronchante de su acento esnob, que suavizaba las erres hasta casi hacerlas desaparecer, alargaba las vocales y aspiraba las haches como un presentador clásico de la BBC.

Nunca volvería a escuchar ninguna de esas imitaciones... ¿Cómo podía ser posible?

—Hola. Gracias por venir —le dije con voz temblorosa a siguiente corbata.

—Kate, son los Parkenson —dijo Eloise, con un ligero temblor en la voz—, nuestros vecinos de al lado cuando Nathan era niño.

—No nos lo podíamos creer —dijo la señora Parkenson con lágrimas en los ojos—. No, todavía no nos lo creemos. ¡Era tan buena persona!

—Soy Kate —dije—. Muchísimas gracias por venir.

—Hemos volado desde Arizona. En Chicago había una tormenta tremenda.

—Ya. Se lo agradecemos mucho.

—Nos recogía las hojas —dijo el marido—. Le pagábamos un dólar, ¿te acuerdas, Eloise? ¡Lo que son las cosas! Los niños de hoy en día no se despegan ni un momento de sus tabletas y Nathan nos limpiaba todo el jardín por un dólar.

«Así que erais unos tacaños que os aprovechabais de un pobre crío. Ya lo entiendo.»

—Por lo menos no tenéis hijos —dijo la mujer. Sus palabras me sentaron como un puñetazo en el estómago. ¿Qué se puede decir ante semejante afirmación? Antes de que pudiera contestar, noté aliviada que habían caído como vampiros sobre la pobre Brooke.

Y también pobre Eloise. No me explicaba cómo se podía mantener tan entera. Siguiendo un impulso, me volví para tomarle la mano y apretársela, pero se movió para decirle algo a los vecinos antes de que pudiera hacerlo y mi mano se quedó flotando, solitaria y extraña.

Las impresiones de la gente pululaban ante mí como murciélagos en la oscuridad. Ahí estaba ese hombre, «cómo-se-llame», el que tenía la oficina al lado de la de Nathan, llorando y tapándose la cara con las manos. Creía recordar que llevaban muchos años siendo vecinos de oficina. En esos momentos entraba por la puerta con su actual pareja, la propietaria de una de las tiendas del centro, Jenny. ¿Cómo se llamaba él, Lenny? No, era un nombre más moderno, seguro. Leo, creo. Ella tenía una tienda de trajes de novia. Habían sido muy amables por venir. Fuimos a cenar juntos una vez, Jenny y Leo, Nathan y yo. Ya no podríamos. No más salidas de parejas. A no ser que encontrara otro marido, y muy rápido.

La sola idea por poco me hizo soltar una carcajada. Estaba claro, cada vez me acercaba más a la histeria. La convertí en una tosecilla. No estaba segura de si logré engañar a alguien.

También vino el jefe del grupo de *scouts* de Nathan, la mujer de la oficina de correos, el alcalde de Cambry-on Hudson, que había hecho de canguro con él. Su entrenador de campo durante la secundaria, sus compañeros de equipo, sus compañeros de clase, de universidad, de trabajo. Todo el mundo conocía a Nathan. Todo el mundo tenía algo que contar.

Había en la cola otra persona del centro del pueblo. Kim, de Cottage Confections, que nos hizo un pequeño pastel de bodas cuando se enteró de que nos habíamos casado en la intimidad. Ella, Jenny y yo nos tomamos unas copas cuando me cambié a mi nueva oficina, pues a las tres nos unía el negocio de las bodas. Kim había ido al colegio con Nathan, y me contó una historia muy divertida acerca de una fiesta que hicieron en octavo, en la que Nathan se puso a bailar, se chocó contra un poste y terminó sangrando por la nariz.

Vio cómo la miraba y me saludó discretamente con la mano. Ella lloraba como una magdalena.

Me costaba entender que pudiera seguir respirando. El dolor era insoportable, me partía en dos. Iba a desmayarme de un momento a otro, lo cual me vendría bien. No tendría que estar aquí de pie durante más tiempo si perdía el conocimiento.

Ainsley había enviado un correo electrónico a todos mis amigos, informándoles de lo que le había ocurrido a Nathan. Pero me imaginé que

Cambry-on-Hudson era un sitio excesivamente alejado como para venir. La gente de Brooklyn solía ser bastante reacia a ir más allá de Manhattan. ¿Salir fuera de la ciudad de Nueva York? ¡Por favor...! Había un montón de correos que aún no había leído, así como unos cuantos centros de flores y cestas de fruta, así como donaciones a obras de caridad. También estaba recibiendo decenas de tarjetas de condolencia.

El único representante de mi vida en Brooklyn era hasta el momento Max, mi ayudante, siempre discreto y tranquilo, que estaba al fondo de la habitación con su esposa, observando a la multitud como si fuera un miembro de los servicios secretos. No le gustaba mucho la gente, lo cual era irónico, pues nos pasábamos el tiempo fotografiándola. Así que el hecho de que hubiera venido... Era un amigo de verdad.

Ainsley volvió como si fuera un perrito bien entrenado y me ofreció más pañuelos de papel, dando por hecho que estaba llorando. Pero no, las lágrimas todavía no habían hecho acto de presencia. El miedo sí. Sentía la piel de la cara erizada, como si la estuviera atacando un ejército de hormigas rojas. La adrenalina, el *shock*, vaya usted a saber qué... Agarré los pañuelos e hice una bola con ellos.

Detrás de mí se encontraba el cuerpo de Nathan, al que le habían hecho la autopsia.

¿Estás bien?   preguntó Ainsley.

—No. Estoy hecha una mierda —susurré. La moqueta volvió a tirar de mí y me tambaleé un poco.

De repente, apareció mi padre delante de mí.

—Hola, guapísima. No sabes cómo lo siento. —Su cara se arrugó un poco.

A veces se me olvidaba que papá también había perdido una esposa.

Se recompuso enseguida y puso esa cara de «qué han hecho los Yankees», es decir, la suya habitual. Me abrazó fuerte, uno de esos abrazos de los que me solía dar hacía veinte años y que nunca me había vuelto a dar en los últimos veinte.

—Gracias papá —susurré. A mi padre le gustó Nathan, pese a los Mets. Seguro que, de haber tenido tiempo, lo habría arrastrado al lado luminoso de la Fuerza después de llevarlo a un partido de los Yankees.

Pero eso ya era imposible.

Papá me dejó bastante repentinamente y pasó a darle el pésame a Eloise. No le gustaban nada los funerales ni los duelos. Igual que a mucha gente. Igual que a mí, por supuesto. Me preguntaba qué pasaría si lo dijera así de claro, que odiaba estas cosas y que si no sería mejor que nos fuéramos todos a tomar una hamburguesa y/o unas copas.

¿Habría sentido miedo Nathan? ¿Se habría enterado de lo que pasaba? Le pedía a ese poder superior al que me había estado aferrando durante estos cuatro días que, por favor, no lo hubiera tenido, que no se hubiera asustado. El cielo, en el que no creía realmente, esta vez se había convertido en algo extrañamente importante para mí.

Nathan se merecía ir al cielo.

Quizá si fuera capaz de llorar conseguiría librarme de ese horrible clavo herrumbroso que me estaba atravesando la garganta. Pero las lágrimas no terminaban de acudir.

Delante de mí se puso otro hombre. No llevaba corbata, lo cual resultaba bastante refrescante. Simplemente un polo gris desabrochado que dejaba ver un cuello masculino bastante atractivo y algo de pelo del pecho. Esperé a escuchar la fórmula habitual, «Siento mucho su pérdida», pero no llegó. Levanté los ojos.

La cara era preciosa. Y también familiar, pero durante un momento me quedé desconcertada. Ojos verdes, Hoyuelos. Unas pestañas increíbles.

—¡Hola, guapa! —dijo en voz baja, y me dio un abrazo. En ese momento supe de quién se trataba, y me sentí tan inesperadamente feliz que me sorprendió. ¡Alguien de mi antigua vida estaba aquí, alguien a quien de ninguna manera esperaba! Su cuello era sólido y cálido.

—¡Dios, qué bien hueles! —murmuró—. ¡Lo siento! Es poco apropiado, ¿verdad?

—Muy inapropiado —confirmé, y lo volví a abrazar—. Pero ¿qué diablos está haciendo aquí Daniel, el Bombero sexi?

Por un momento toda la habitación se quedó en un silencio absoluto.

¡Vaya, mierda! Bueno, así lo llamábamos, pero claro, en estas circunstancias...

—Está trastornada por la pena —le dijo a Eloise para disculparme, al tiempo que se separaba de mí—. Hola, soy Daniel Breton, un amigo de Brooklyn. Lo siento muchísimo. —Se volvió de nuevo a mirarme—. ¡Mierda de vida!, ¿verdad?

—Sí.

Nos miramos durante un buen rato.

—¿Cómo estás? —le pregunté. No quería que se marchara.

—Pues mejor que tú, claro —contestó, alzando una ceja.

—¡Ya lo creo! —Era muy raro verle en mi nueva vida, aquí, en el condado de Westchester. Aparte de unas pocas fiestas y reuniones en el apartamento que compartió con Calista, solo lo había visto en barcs o pasando por la calle en un camión de bomberos.

En realidad, no se podía decir que hubiéramos sido amigos en el sentido estricto de la palabra. Calista había sido amiga mía antes de volverse tan espiritual y sexualmente abierta. Y Daniel solo era su ex, muy masculino pero también muy crío, como una golosina que difícilmente puedes resistirte a probar. Como mucho, Paige y yo le habíamos dejado que se sentara con nosotras a la espera de que llegara una veinteañera a la que él quisiera echarle las redes.

Pero aquí estaba. Y seguramente habría tardado más de dos horas en llegar.

—¿Erais felices juntos? —me preguntó.

La pregunta tuvo la virtud de hacer que apareciera de nuevo el clavo de la garganta.

—Sí —susurré.

—Bien. Eso está bien.

La interminable fila se había detenido y todos esperaban a que Daniel y yo acabáramos.

—Gracias por haber venido, Daniel.

—¡Cómo no iba a hacerlo! Nos vemos por ahí —se despidió, y después le dio la mano a los Coburn.

Durante un segundo imaginé a los cuatro, Daniel y una de sus rubias clónicas, Nathan y yo riéndonos en el bar Porto's. De haber tenido tiempo, alguna vez lo habríamos hecho. Seguro que los dos se habrían gustado, y puede que se hubieran llevado bien.

Por desgracia, Nathan seguía estando muerto.

Así que nada de cervezas con Daniel, el Bombero sexi, y sus rubias clónicas.

Miré al féretro, pese a que me había propuesto no hacerlo.

Nathan llevaba el traje azul y la corbata que le había regalado por Navidad. ¿O tal vez era otra que ya tenía? De las muchísimas que tenía. Esta era de fondo púrpura y con lunarcitos rojos. De ahora en adelante me vería obligada a odiar los lunares rojos.

La cosa no tenía ninguna gracia. De verdad. No me divertía nada. Durante un momento estuve tentada de acercarme al féretro, agarrar a Nathan por las solapas y gritarle:

«¡Vamos, despierta, egoísta de las narices! ¡Mira a tu pobre madre! ¡Mira a Miles y a Atticus! ¿Qué crees que va a ser de tu hermana sin ti? ¿Y de mí? ¿Y de nuestro hijo? ¿No te acuerdas de ese proyecto, de nuestro proyecto? ¿Eh? ¿Eh? ¡No puedes irte así y huir de todo esto! ¡No puedes!

—Siento mucho su pérdida.

Otra corbata. Esta era azul marino con alguna raya plateada.

—Gracias —respondí mecánicamente y levanté los ojos. Era Jonathan, el jefe de Ainsley.

Aquella noche se portó magníficamente. En el instante en que empezó todo, cuando me puse a gritar y todo eso, cuando vi sus ojos azules, incapaces ya de ver nada y, por favor, que ese poder superior haga que me olvide de esa imagen más pronto que tarde, Jonathan se puso a hacer lo que debía inmediatamente. Masaje cardíaco hasta que llegaron los de emergencias. Llevarme en automóvil al hospital, creo recordar, aunque esos momentos los tenía algo borrosos. Pero no, eso lo recordaba bien. Sí que fue él.

—Me pareció que era una persona muy agradable —dijo Jonathan, y esas palabras, que me resultaron poco exageradas y sinceras, me obligaron de nuevo a tragar saliva con un dolor inmenso.

—Gracias —pude susurrar, y él inclinó la cabeza con mucha cortesía y se movió para darle la mano a Eloise.

—Kate. —Una voz suave me llamó. Era Brooke—. ¿Podemos hablar un momento? —. Me agarró con delicadeza del brazo y me llevó unos pasos en dirección al... al... al féretro. Después me habló en una voz tan baja que casi me resultó inaudible—. Kate, Madeleine está aquí y quiere presentar sus respetos. ¿Te parece bien?

—¿Madeleine? ¿La ex de Nathan?

—Sí. Cuando la llamó ayer mamá se quedó... desolada. —Brooke tenía los ojos bañados en lágrimas.

—Ya. De acuerdo, está bien... Siempre que... por vuestra parte no haya inconveniente, quiero decir, la familia...

—Lo que tú decidas.

Bueno, no era cosa de cerrar la puerta con llave, no debía, ¿verdad?

—Muy bien. Por supuesto.

Brooke asintió, salió de la habitación y yo retorné a la odiosa fila.

Nathan no me había contado muchas cosas de Madeleine. Apenas hablaba de ella. En realidad era uno de los poquísimos temas que le resultaban espinosos, por no decir el único. Me constaba que ni los últimos tiempos de convivencia ni la ruptura habían sido nada fáciles para él. Fueron seis años. Al parecer, ella había tenido una infancia y una juventud difíciles y, en palabras de Nathan, era una persona brillante. Trabajaba en algo... en algo estupendo. No podía recordarlo. Y no sabía nada más.

—Gracias por venir —dije, dirigiéndome a la siguiente corbata.

—Lo siento mucho —dijo el individuo, pero estaba tan cansada que ni me molesté en preguntar quién era ni de qué conocía a Nathan.

—Gracias —dije.

—Menos mal que no teníais hijos —dijo su esposa dándome unos golpecitos en el brazo. Me entraron ganas de apuñalarla.

Y después llegaron Madeleine y Brooke.

La ex esposa de mi marido era absolutamente deslumbrante. Ese detalle no me lo había mencionado Nathan.

«¡Con que estabas casado con una modelo de alta costura!, ¿eh? —pensé—. ¿Por qué no es tu viuda? No me parece justo que estuviera contigo durante seis años y que ahora sea yo la estúpida que tenga que estar aquí, aguantando el chaparrón. Y encima, los pies me están matando.»

Madeleine estaba muy delgada. Según me contó Nathan era vegana, un día que di buena cuenta delante de él una hamburguesa con beicon y queso, lo cual le pareció estupendo, y me dijo que lo normal en la especie humana era comer carne, y que, de hecho, la evolución intelectual de la especie tenía seguramente mucho que ver con la ingestión masiva de proteínas, o sea, de carne. Concluyó la conversación informándome de que los veganos eran gente de trato bastante difícil.

Pero, a la vista estaba, podían tener unas figuras magníficas. Llevaba un vestido azul marino, muy sencillo pero precioso. El corte de pelo muy chic, y unos pendientes de oro con pinta de ser muy valiosos que se bamboleaban al compás de sus movimientos.

Miró al ataúd y se quedó helada, con la cara blanca como la cera.

Inmediatamente lanzó un gemido que me heló la sangre en las venas.

Se produjo un silencio sepulcral.

Allí mismo cayó de rodillas, con elegancia, la verdad, y se llevó las manos a la cara.

—¡No! —balbuceó—. ¡No, Nathan, no!

Yo no había gemido, ni había caído de rodillas. ¿Eso era un punto a mi favor o en mi contra?

En mi contra, por lo que se ve. Eloise se apresuró a ponerse a su lado y rodearla con sus brazos.

—¡Querida Madeleine! —dijo, con su acento esnob aún más acusado de lo habitual, aunque pareciera imposible—. ¡Oh, querida! —Se abrazaron y, al parecer, Eloise se derrumbó por fin. Contrajo la cara terriblemente.

Solo fue un momento, no obstante. Condujo a Madeleine hacia el féretro y Madeleine puso la mano sobre el pecho de mi marido, mi marido muerto, y estalló en sollozos.

Seis años, la zorra suertuda. Eloise le dijo algo murmurando y Brooke se unió al abrazo en grupo.

Ellas, las chicas populares de secundaria. Yo, con los pantis a medio caer otra vez.

—¿Dónde está el baño? —preguntó mi abuela en voz bastante alta—. No tenía que haber tomado tanta Pepsi en la comida.

—Ven conmigo, Abu —terció Ainsley con enorme eficacia.

—Kate. —La exmujer estaba frente a mí, temblorosa, apretando los labios tanto que los tenía blancos. ¿Debía darle yo el pésame a ella? ¿Debía gemir y caer de rodillas?

Entonces la miré a los ojos y todo mi rencor se evaporó.

Le había amado de verdad.

—Hola. Lo... lo siento mucho —dije, y me tembló la voz, porque de verdad que sentía mucho, muchísimo, no haber sido capaz de cuidar mejor de Nathan. Ella lo había mantenido con vida durante seis años. Yo lo perdí en el primero.

—Perdóname por... eso —susurró mientras las lágrimas fluían incontenibles de sus bonitos ojos.

—No, no. Ha sido muy sincero, no hay nada que perdonar. —¡Fíjate! Sí, era yo la que había dicho eso. ¡Increíble!

—Estoy segura de que te quería mucho.

—Lo mismo digo.

Eloise me miró extrañada.

¿Cómo pudo abandonarla? Era extraordinariamente guapa. Hasta yo me habría casado con ella. ¿Y por qué no querría tener hijos? Las cosas habrían sido mucho mejores para los Coburn si hubiera un pequeño Nathan correteando por aquí, eso seguro. Probablemente Madeleine era una puta egoísta.

Eloise le puso un brazo sobre el hombro y tiró de ella. Me pregunté si se habría oído eso de «puta egoísta».

—Gracias por venir —dije tardíamente, y mi voz sonó quizá demasiado alegre, como si estuviera despidiendo a unos amigos que hubieran venido a casa a cenar.

«Causa de la muerte: fuerte impacto traumático en la cabeza.»

¿Seguiría vivo Nathan si mi hermana hubiera tenido muebles de madera o de esteatita?

Al parecer, tenía de nacimiento una pequeña compresión en uno de los pequeños vasos sanguíneos que riegan el cerebro. Ningún problema, siempre que su mujer no le pidiera un segundo vaso de vino.

«Causa de la muerte: su mujer quería un trago para poder soportar al plasta del novio de su hermana.»

¿No podía Eric haber pedido matrimonio a mi hermana en privado, como hacen las personas normales, y haberse casado con ella, digamos, hace cinco años? Y en lugar de eso, tuvo que montar una superproducción delante de todo el mundo, con el atrezo de un montaje fotográfico dedicado a su enfermedad. Y, por cierto, ¿a quién diablos se le puede ocurrir fotografiar la eliminación de un testículo? No, no podía ser normal. Todos teníamos que brindar por mi hermanita, a Nathan le entraron las prisas, tropezó y... ¡catapún! Aquí me tenéis, soy una maldita viuda.

Miré la fila de gente, que llegaba hasta la puerta, atravesaba el vestíbulo y salía hasta la calle. Cuando llegamos a la funeraria la gente hacía cola de cuatro en fondo y daba la vuelta a toda la manzana. Había tantas personas vestidas de negro que parecía como si la Guardia de la Noche de *Juego de tronos* hubiera cruzado el Hudson. Eso fue hacía dos horas y la fila no parecía menguar.

Todo el mundo lo quería.

Hacía nueve meses, yo no. Hacía nueve meses yo ni siquiera lo conocía. De hecho, por fin había alcanzado ese estado zen que me permitía plantearme incluso la felicidad.

Si se hubiera tropezado hace nueve meses, ni me habría enterado. Si lo hubiera hecho hace siete, habría perdido a un tipo muy agradable y dulce con el que había salido unas cuantas veces. Habría estado triste durante un tiempo. Hasta podría habérmelo tomado con humor negro, pensando que el universo no estaba por la labor de que yo lograra salir con alguien. Hace cinco meses me habría sentido muy afligida, y me habría preguntado si realmente estaba enamorada de él o solo era un capricho pasajero. Habría ido a su funeral y le habría dado el pésame a su madre diciendo que era una amiga, y sonreiría con tristeza al pensar en él.

Hace cuatro meses habría perdido a mi prometido, pero aún no conocería la realidad de vivir día a día junto a él.

Noventa y seis días de matrimonio.

Me acerqué al ataúd y, por primera vez en esa inacabable tarde, miré durante largo rato el cadáver de mi marido.

Aquella mujer no tenía razón, ni mucho menos. Tenía todo el aspecto de un muerto: la cara tensa y dura, como la de esos adictos a la cirugía plástica, que se la rellenan de yo qué sé qué. Me pregunté si las funerarias utilizarían el mismo material. ¿Se llama Juvederm? O bótox.

«¡Oh, Nathan!»

Por lo menos su pelo tenía el aspecto de siempre. Se lo acaricié suavemente, sin llegar a tocarle el cuero cabelludo. Solo su pelo, su suave y sedoso pelo que se rizaba ligeramente cuando sudaba. El pelo de un emperador romano, le dije una vez. Estábamos en la cama cuando se lo dije. Su sonrisa...

—Hola.

Era Eric. «Causa de la muerte: una pesadez de discurso.»

—Hola —respondí.

—¿Estás bien?

—La verdad es que no.

Me rodeó los hombros con el brazo y sentí una punzada de arrepentimiento. Eric siempre había sido un buen tipo, aunque ensimismado.

—Le estaba diciendo a Sean lo extraño que ha sido esto, teniendo en cuenta lo del cáncer. Tiene que significar algo.

La irritación volvió a inundarme como una catarata.

—No significa nada. No me vengas ahora con tus clichés, Eric.

—Yo... —titubeó, pestañeando varias veces—, yo solo quería decir que la vida es corta. Tienes que vivirla a tope.

—Eric, ahora no... —dije entre dientes y con tono amenazante.

—Es casi un mensaje del universo. Sabes que yo lo quería también. Y pensé que era yo el que debía morir. ¿Entiendes? Por mi cáncer...

—Lo recuerdo vagamente, sí.

—¡Todo es tan aleatorio! Cuando me estaban dando la quimio, había días en los que pensaba que era el fin, y me dije a mí mismo...

—Hola, Kate. —Mi hermana llevaba un vaso de agua en la mano—. La señora Coburn quiere que conozcas a alguien. Un amigo de Nathan de Columbia, creo.

Salvado por los ayudantes, o por la campana. Mi hermana se llevó casi a rastras a Eric antes de que le marcara la cara de un arañazo y yo eché otra larga mirada a mi marido.

«Te quiero», pensé llena de desesperación, pero exactamente al mismo tiempo, me asaltó otro pensamiento, oscuro, desafiante y desagradable. «Preferiría no haberte conocido.»

CAPÍTULO 7
Ainsley

—Justo cuando yo había aceptado el divorcio como un hecho sin vuelta atrás, Phil apareció con esta niña. —En las presentaciones de sus libros, a Candy le gustaba enseñarle a la gente los álbumes fotográficos y explicárselos como si fueran una excursión turística.

A la edad de tres años y medio pensaba que sería divertido vivir con una señora que se llamaba Candy,[7] su casa siempre estaría reluciente y casi todo lo que comiéramos sería dulce y de color rosa. También me imaginaba que cantaríamos mucho.

Pero no fue así. Candy no paraba de suspirar. Y todos los días le dolía la cabeza.

De ahí el sentimiento de culpabilidad que tuve durante mi niñez. Candy me tomaba en brazos para sentarme en el automóvil e inmediatamente hacía una mueca de dolor al incorporarse, llevándose las manos a la espalda. Tenía más de cuarenta años cuando me fui a vivir con ella, y le decía a todos sus amigos que había olvidado lo duro que era vivir con una cría pequeña y cuidarla. Cumplía con su obligación e iba a las reuniones de padres del inicio del curso, porque papá ya estaba arbitrando los amistosos de verano. Se encargó de que todo lo que yo comiera fuera nutritivo y sin el más mínimo gusto, pero, pese a todo, la cosa estaba más clara que el agua: yo no era su hija. Ella ya tenía una.

Cuando llegué, Candy estaba trabajando en su doctorado. Tardó cuatro años en leer la tesis, que después se convirtió en su libro más

---

7   N. del Trad.: Juego de palabras intraducible. En inglés *candy* significa golosina, y además es la designación familiar o amistosa que se les da a muchas mujeres cuyo nombre de pila es Candice.

famoso, *¡La que te ha caído!: Ideas para criar un hijastro recalcitrante*. Me llevó décadas caer en la cuenta de que trataba sobre mí.

Al contrario que Sean y Kate, parece que yo fui una niña difícil, que necesitaba atención diaria. Por lo que contaba, era como si ellos hubieran crecido en un reino de mágica fraternidad y placer parental. Por aquel entonces, en los tiempos previos a mi advenimiento, Candy hacía tartas, galletas de chocolate y pastelitos de cabello de ángel. Kate y Sean se acordaban de aquella vez que su madre, una tarde de invierno, montó una tienda como la de los indios en el cuarto de estar y les leyó en alto *El viento en los sauces,* imitando a la perfección las voces de los distintos personajes. Sean y Kate incluso compartieron habitación hasta los siete años.

Había docenas de fotos de ellos de pequeños, antes de que yo llegara, riendo, abrazándose, Sean sosteniendo a Kate en la bicicleta, los dos comiendo polos en verano o de pie junto a la casa el primer día de colegio, Kate con dos coletas perfectas y Sean con el pelo recién cortado.

Lo de la atención diaria estuvo bien. Por lo que sé, nunca me tiró al suelo de cabeza, ni me quemó con la brasa de un cigarrillo, ni me obligó a pelearme con otros niños abusones y más fuertes que yo. Cuando empecé a ir a la guardería, a los cuatro años y medio, me apuntó a clases extraescolares, y les tenía envidia a los que tomaban el autobús del colegio para volver a casa.

Según me fui haciendo mayor, Candy me apuntaba a cualquier actividad que me mantuviera alejada de casa el mayor tiempo posible. Fui guía *scout* y no sé cuántas cosas más, jugué al fútbol europeo desde los cinco años y me obligó a apuntarme como voluntaria en el programa «Adopta a un abuelo», así que me pasé muchas tardes de mi época de secundaria hablando con personas mayores de residencias, que siempre terminaban pidiéndome que los llevara a mi casa.

Mi padre me gustaba mucho, aunque apenas aparecía por casa, siempre volando de un sitio a otro para arbitrar sus dichosos partidos. Pero cuando estaba, la vida era muchísimo más divertida y feliz.

—Me llevo por ahí a la pequeña Ainsley —le decía a su familia 1.0, y una o dos veces al mes me tomaba de la mano, pequeña, feliz y perdida entre la suya y, en efecto, nos íbamos por ahí. Visitábamos a alguna de sus amigas, me daban helado y me ponían a ver la tele, y hasta puede que jugara con algún ordenador, cosa que Candy me prohibía taxativamente.

Papá y su amiga se metían en el dormitorio «para charlar un rato en privado» y vaya, a mí me daba igual, no me importaba ni lo más mínimo. Tras la visita, papá me llevaba a una tienda de juguetes para comprarme algún muñeco de peluche. Durante muchos años pensé que «ir por ahí» significaba visitar a señoras, siempre más jóvenes que Candy.

Kate y Sean no estaban mal. No me odiaban, ni me pegaban, ni me molestaban. Simplemente... era como si yo no estuviera allí. No lo hacían a propósito, era algo más difícil de apreciar. Recuerdo una vez que llamé a la puerta de Sean para preguntarle si quería jugar conmigo. Pareció perplejo, mirando por todo el cuarto y el escritorio a ver si encontraba algo que pudiéramos hacer juntos. Al final me enseñó cómo lanzar un papel con una goma elástica y después me dijo que tenía mucho que estudiar. Por su parte, Kate no era de las que les gustara cepillar el pelo o jugar a las muñecas, al menos conmigo, aunque lo hacía si se lo pedía.

Lo que pasa es que al final me harté de tanto tener que pedírselo.

Así que, en lugar de relacionarme con ellos, empecé a inventarme amigos. Por ejemplo, Lolly y el señor Brewster, unos personajes muy chiquititos que vivían en las montañas de mis mantas y sábanas, que esquiaban y se deslizaban por las colinas que formaban mis rodillas, que se daban golpes tremendos y se ponían a discutir sobre quién había tenido la culpa. También estaba Igor, un elefantito que vivía en cajas de zapatos que yo decoraba con pintura y trozos de tela.

La cosa suena bastante trágica, ¿no? Pero no os preocupéis, no lo era, estoy segura de ello. Cuando tenía ocho o nueve años ya tenía amigas, y eso fue un gran alivio, conocer a gente a la que de verdad le apetecía hablar conmigo. Al empezar la secundaria me apuntaba a todo, y hacía todo tipo de trabajos de a pie: siempre de secretaria, nunca de presidenta, por supuesto, o de utillera en vez de jugadora estrella. Durante el final de la secundaria y el bachillerato fue igual. Siempre fui como Suiza, amiga de todo el mundo, pero sin tomar partido.

No tuve ningún novio en esa época. Pero era estupenda dando consejos a las amigas que sí los tenían, y hasta hice de celestina de vez en cuando, por ejemplo para decirle a Seth que le gustaba mucho a Lucy y preguntarle si ella le gustaba a él.

Cuando Kate se fue a NYU, mis padres y yo nos mudamos a Cambry-on-Hudson, y aproveché la ocasión para actuar como la chica nueva. Hacía tiempo que había aprendido que actuar como una gran amiga era la mejor manera de gustarle a la gente. Si adoras, te adorarán.

Sean se cambió de Harvard a la Facultad de Medicina de Columbia, porque era un cerebrito (y se lo tenía un poco creído). Después de graduarse en la Universidad de Nueva York, Kate hizo un master en fotografía en la Escuela de Arte y Diseño de Savannah e inmediatamente empezó a trabajar como fotógrafa profesional. Me deslumbraba, tan sofisticada y urbana, y viviendo en Brooklyn. En ese momento casi ni sabía dónde estaba ese barrio, pero sonaba modernísimo.

Yo fui a una pequeña y agradable universidad de la ciudad de Nueva York. Se trataba del Wagner College de Staten Island, o sea, fuera de la Gran Manzana, pero literalmente a la sombra de los deslumbrantes rascacielos y, técnicamente, dentro de la ciudad de Nueva York.

Al contrario que mis hermanos, yo no me sentía llamada a estudiar nada en especial. Ir a la universidad fue una experiencia magnífica, y me encantaba vivir fuera de casa. Mis hermanos estaban por ahí, viviendo sus espléndidas vidas de adultos. Sean se casó con Kiara, de su misma profesión, pero especializada en algún tipo de cirugía cerebral de la que de vez en cuando soltaba la típica charla de jerga incomprensible. Kate vivía en su casa de ladrillo marrón, como si estuviera en otro mundo, aunque de vez en cuando quedábamos a cenar, y siempre resultaba agradable, aunque casi siempre me sentía un poco insegura con ella.

Finalmente, en mi último año de universidad, apareció Eric.

Wagner era una universidad pequeña pero, por lo que fuera, no nos conocíamos. Él estudiaba Contabilidad y Finanzas y yo Filosofía. ¿Acaso no necesita el mundo más filósofos a los que escuchar para que la gente deje de hacer barbaridades?

Le conocí el día anterior al comienzo del nuevo curso, cuando los dos llegábamos al campus. Sus padres se estaban despidiendo de él, abrazándole, y su madre reía, aunque con lágrimas en los ojos. Él la besó en la mejilla, después abrazó a su padre, pero no le dio ese abrazo torpe que suelen dar la mayoría de los chicos, sino uno de verdad, que dejaba ver el cariño que le tenía.

Y era guapo. El pelo y los ojos oscuros, algo desgarbado, con gafas que lo hacían atractivo.

Miró alrededor, me pilló observándole y sonrió. Y eso fue todo. En ese momento me enamoré de él. A primera vista.

Me costó dos semanas decidirme a hablar con él, y mira que era raro, porque ese año nos tocó estar en el mismo edificio. Pero una feliz noche, mi llave no funcionaba, y tras intentarlo unas quince veces Eric apareció por detrás... ¡y me habló!

—¿Me dejas que lo intente, chica que no habla conmigo?

Me ruboricé.

—Igual podríamos tomar un café juntos —propuso sonriendo después de abrir la puerta, y pensé que el corazón se me iba a salir del pecho.

Tomamos ese café.

El fin de semana ya éramos pareja. Le costó dos semanas llevarme a la cama. Básicamente, el tiempo que hizo falta para que la píldora cumpliera con su cometido fisiológico. No me podía creer que, por fin, el amor me hubiera alcanzado en forma del afable, muy querido y despistado Eric Fisher... ¡mi novio!

Y, lo que todavía resulta más extraordinario, ¡él sentía lo mismo por mí!

Podíamos hablar durante toda la noche. Era mucho más importante hablar que dormir. Era tan divertido y tan agradable que se me cortaba la respiración. Nunca había conocido a un chico como él. Un chico que, en cuanto te ponías enferma, salía por la puerta para comprarte la medicina que necesitaras y además te subía una magdalena de frutas del comedor, simplemente porque te gustaban.

Con Eric me sentía querida por alguien, especial, parte de algo muy importante: una pareja.

Ese verano los dos hicimos prácticas en Manhattan, yo en una pequeña agencia de publicidad y él en un banco. Sus padres nos permitieron vivir en su apartamento de la calle 102, en un edificio que se llamaba The Broadmoor, cosa que a mí me pareció de lo más sofisticada. Nunca había vivido antes en un edificio con nombre propio. El apartamento había pertenecido a la abuela materna de Eric y era un sitio pequeño y sin el más mínimo encanto, con un dormitorio tan pequeño que en él solo cabía una cama doble normal. La cocina estaba incluida en la sala de estar y en la mesa solo se podían sentar dos personas, y rozándose las rodillas.

El señor y la señora Fisher me aprobaron inmediatamente, lo cual me sorprendió bastante.

—¿Eres creyente, querida? —me preguntó su madre la tercera vez que cenamos juntos.

—La verdad es que no, señora Fisher. No deje que el apellido O'Leary la confunda —dije—. No recuerdo cuando fue la última vez que fui a la iglesia. Puede que en la boda de mi primo hace unos cuantos años.

—Llámame Judy, querida —dijo sin más, pero con una amplísima sonrisa.

—Perdona a mi madre —dijo Eric, sonriendo en dirección a la mujer—. Solo quería asegurarse de que nuestros hijos van a ser educados en el judaísmo.

¡Hijos! ¡Educados! Me temblaron las rodillas de amor, o quizá debido a una descarga de adrenalina (esa parte de las charlas de Kiara y Sean sí que la había entendido).

Tras la graduación permanecimos juntos. Todo nos lo planteábamos juntos, en primera persona... del plural.

—Tenemos que ir a San Francisco —me dijo una vez Eric—, aunque seguro que mi madre se disgusta mucho. Por cierto, quiere llevarte otra vez a ver *El fantasma de la ópera*. No sabes cómo lo siento.

Le adoraba. Era inteligente, amable y juicioso. Contaba muy bien las cosas, de tal forma que convertía anécdotas normales de niñez y adolescencia en historias hilarantes, aunque sin burlarse jamás de sus padres. Su devoción por mí no decaía en ningún momento. Esa era otra de las cosas que me apasionaban de él, su constancia.

La diferencia entre ser amiga de alguien, hermana, o más bien medio hermana, e hija, o más bien hijastra, y ser la persona amada por alguien me dejaba sin aliento. Me sentía la criatura más maravillosa del mundo.

Después de la graduación tanto Eric como yo encontramos trabajo en la ciudad, lo cual significó una alegría increíble para Judy, casi más que para nosotros mismos. Ellos vivían cerca de Greenwich, en Connecticut. Mi media de notable, alto, eso sí, y la graduación en Filosofía no me cualificaban para nada en especial, pero conseguí un puesto de recepcionista en la NBC. A Eric le ofrecieron un trabajo fijo en el banco en el que había hecho las prácticas, y nos volvimos a cambiar al sobrevalorado The Broadmoor, para envidia de nuestros amigos, que tenían que realizar complicados traslados cada día desde Queens o Yonkers. Los alquileres en Manhattan o Brooklyn eran demasiado caros.

Todo era perfecto. La emoción de nuestros primeros trabajos de verdad, ir a ellos en metro, cenar comida tailandesa en casa, hacer el bobo en nuestro diminuto dormitorio... Todo era exactamente lo que yo pensaba que debía ser una vida adulta perfecta.

Me encantaba trabajar en el Rockefeller Center y ver a los famosos entrar y salir. Me gustaba arreglarme para ir a trabajar con vestidos o con faldas y jerséis un tanto retro. Era extravertida, alegre, saludaba a los famosos pero no les pedía un *selfie*, ni tampoco intentaba besar a los productores o a los guionistas, aunque, eso sí, varias veces le mandé mensajes a Eric diciendo que acababa de ver a Tina Fey. Tampoco es que el trabajo fuera de ingeniería aeroespacial, pero lo que hacía lo hacía bien.

Eric tenía un trabajo mejor pagado y lo animé a que buscara algún MBA, ya que tenía buena cabeza para los números. Después de solo un par de meses en el banco ya se sentía aburrido e inquieto respecto a su puesto, de nivel inicial evidentemente. Quería algo con más estatus, con despacho y asistente personal.

Por mi parte, yo pensaba que un trabajo sin especial responsabilidad y no demasiado duro era algo muy agradable. Además, mi vida adulta aún me aguardaba y para mí era una especie de vaga fantasía que implicaba vestir de marca, Armani a ser posible, aunque sin dejar de ser una madre muy casera y ocupada en criar a sus hijos. Seguramente Eric y yo nos casaríamos pronto. Hablábamos de ello sin ninguna reserva, no de forma específica, pero sí utilizando fórmulas como «cuando nos casemos», o «este sería un buen sitio para establecerse», o «cuando tengamos un hijo». No había prisa. En realidad, acabábamos de terminar la universidad.

La NBC era magnífica. No me importaba en absoluto llevar bocadillos a la sala de redacción o esperar bajo la lluvia buscando un taxi para alguien que hubiera olvidado reservar el servicio de conductores de la cadena. Entonces, un día como cualquier otro, uno de los periodistas del telediario me pidió que saliera y le comprara una camisa y una corbata nuevas. Tenía que aparecer en antena inesperadamente y había sudado mucho al tener que volver corriendo del almuerzo, así que la camisa que llevaba estaba hecha un desastre.

—Siento muchísimo tener que pedírtelo —me dijo—, pero estoy en un aprieto, y mi asistente no ha venido hoy a trabajar.

—¡No te preocupes! —le tranquilicé—. No me importa, en absoluto.

Me dio cuatrocientos dólares.

—Cómprate algo tú también, por las molestias —me dijo—. Y muchísimas gracias, Ainsley. No sabes de qué apuro me estás sacando.

¡Qué agradable, sabía mi nombre! Bueno, lo cierto es que llevaba una tarjeta de identificación con mi nombre, pero todo el mundo me llamaba «¡Hola!», por ejemplo, «¡Hola! Necesito un taxi», o un bocadillo, una reserva...

Fui a unos grandes almacenes, le compré una camisa azul que iría muy bien con sus bonitos ojos azules y una corbata preciosa de tonos escarlatas y también azules, que quedaría estupendamente en pantalla. Se lo llevé todo al despacho y dejé el recibo y el cambio en un sobre, encima de su escritorio.

Dos días después me encontré un paquete magníficamente envuelto encima de mi mesa, con una nota que decía: «Te pedí que te compraras algo. Muchísimas gracias. Ryan Roberts». Dentro había un pañuelo de seda impresionante, de tonos rosas y rojos, tan suave que prácticamente flotaba. Siguiendo las normas de educación que Candy había grabado a fuego en mí, le escribí una nota de agradecimiento.

Tres semanas más tarde, Ryan me preguntó si quería trabajar en su telediario como asistente de producción. Había una vacante y pensó en mí. Eric estuvo a punto de desmayarse cuando se lo conté.

—¡Es maravilloso, cariño! Estoy muy orgulloso de ti.

Así que, aunque solo tenía una idea algo borrosa de cuáles eran las funciones de un ayudante de producción, dije que sí.

Y ahora os contaré un secreto: si no os importa hacer todo lo que la gente pide, sea lo que sea, seréis unos maravillosos ayudantes de producción. Hacer café, conseguir el almuerzo, corregir pruebas de guion, pedirle al departamento de diseño que corrija un gráfico, recortar esta noticia de forma que solo dure tres minutos, llamar a tal restaurante y hacer una reserva para tal patrocinador... La verdad es que era sencillo. Otros ayudantes de producción corren de acá para allá sudando, presas del pánico, intentando sudar más y aparentar más pánico que todos los demás para demostrar lo imprescindibles que son. Yo no. Sabía perfectamente que era prescindible y no me preocupaba.

Eso era lo que de verdad me hacía sobresalir en la NBC: mi absoluta falta de ambición. No deseaba ser periodista ni reportera. No quería ir a Beirut, por supuesto. ¿Es que estaban de broma? Que fueran otros a sitios llenos de edificios en ruinas, en los que había bombazos y tiros por doquier. A mí lo que me gustaba era llevar una vida normal y flirtear inocentemente con el portero de setenta y cinco años de The Broadmoor. Me gustaba dormir con Eric, porque aunque nuestras jornadas de trabajo eran largas, podía pasar las noches abrazada a él.

No quería un despacho de esquina. Jamás pedí un aumento de sueldo, ni un ascenso.

Y gracias a eso, cada seis meses más o menos conseguía un ascenso y un aumento. Por alguna razón, Ryan pensó que yo no tenía precio.

Sé lo que estáis pensando. Que quería llevarme a la cama. Pues para nada, os equivocáis de medio a medio. Nos invitó a cenar a Eric y a mí con su esposa. Me enseñaba fotos de sus hijos, a los que adoraba de verdad. Me agradecía que le recordara que era el cumpleaños de su madre cuando se le olvidaba.

Pasé de asistente de producción a asistente del productor, y a mis compañeros les rechinaron los dientes. Seis meses más tarde a Ryan le ofrecieron ampliar su tiempo de programa, de modo que yo conseguí otra promoción para poder estar a la par con él, que era el productor asociado. Un año y medio más tarde tomó las riendas del telediario principal de la NBC, Noticias diarias, y, a la edad de veintiséis años, me convertí en productora ejecutiva del segundo telediario más importante del país, con cobertura nacional.

Eric estaba henchido de orgullo. Para celebrarlo, invitó a cenar a un restaurante absolutamente sofisticado a las familias O'Leary y Fisher, y vino todo el mundo, hasta papá, que milagrosamente estaba en Nueva York arbitrando una semifinal entre los Yankees y los Orioles de Baltimore. Judy y Aarón no pararon de brindar por mí y de alabarme, y Kate me pidió que les contara cotilleos de los famosos. Hasta Sean estaba impresionado. Candy se preguntó asombrada cómo habría logrado el puesto y Eric la puso en su sitio.

—Lo hace todo bien, sea lo que sea. Bien es poco, lo hace maravillosamente.

La popularidad de Ryan se disparó. Todavía era lo suficientemente joven como para parecer el vecino guapo de la puerta de al lado, pero también lo suficientemente mayor como para ser tomado en serio.

Tenía mucho sentido del humor, y hasta acudió como invitado a *Saturday Night Live*.[8] Pude conseguir entradas para Judy y Aarón. Todo el mundo me adoraba en la NBC: me trataban como a una igual, escuchaban mis sugerencias y a veces hasta las ponían en práctica.

Cuando entrevistó al presidente, le sugerí a Ryan que le preguntara cómo fueron los días en los que nacieron sus hijas y, lo creáis o no, el líder del mundo libre lloró en antena y las audiencias se dispararon hasta cotas desconocidas. Ryan estaba absolutamente encantado conmigo después de la entrevista y me presentó al presidente. ¡De los Estados Unidos!

Mientras tanto, Eric obtuvo su título de MBA por la Universidad de Rutgers y consiguió un trabajo en Wall Street, así que empezamos a formar parte del sueño de la Gran Manzana. Cambiamos The Broadmoor por un apartamento de dos dormitorios en Chelsea, aunque el edificio no tenía nombre, ¡vaya por Dios!

Pese a mi brillante trabajo y a los contactos continuos con los famosos, yo ganaba bastante menos que Eric en su nuevo puesto. Al contrario que yo, él era muy ambicioso. Pero también muy entregado a su trabajo. En Wall Street, en un trabajo en el que te enfrentas con otros trescientos tipos muy brillantes y a cual más ambicioso, era muy difícil sobresalir.

Así que yo, su arma secreta, entré en acción. Invité a cenar a su jefe, lo encandilé cocinando y contándole historias divertidas de mi trabajo, además de hacerme amiga de su mujer. Le dije a Eric que se incorporara inmediatamente al equipo de *softball* de la empresa y que se apuntara como voluntario a la «Asociación Americana contra el Cáncer de Pulmón», que precisamente tenía una oficina en el edificio donde trabajaba. Cuando la directora general tuvo gemelos, le dije que hiciera una donación a Save the Children en honor de los recién nacidos. Por cierto, ella bajó al despacho de Eric para agradecérselo personalmente.

Eric solía decir que yo le tomaba el pulso a la humanidad (sí, lo reconozco, una expresión un poco pasada de rosca), pero sí que era verdad

---

8   N. del Trad.: SNL, de la cadena NBC, es el programa de entretenimiento de cobertura nacional más longevo (más de cuarenta años en antena) y de más audiencia de la televisión estadounidense. Siempre tiene un invitado, al que se le gastan bromas en directo.

que podía entender con facilidad a las personas y adivinar sus gustos y preferencias. Eric... no tanto. Estaba demasiado acostumbrado a ser el hijo único, tan idolatrado que le resultaba muy difícil leer qué era lo que necesitaban los demás. Yo era todo lo contrario. Nada idolatrada, pero muy atenta y perceptiva.

Muy a menudo, cuando pasábamos por el escaparate de una joyería, Eric se volvía a mirarme y sonreía. Yo fingía inocencia.

—Estoy intentando adivinar qué estás mirando —decía.

Así que me daba pistas que indicaban que pronto me pediría en matrimonio... pero, de momento, nada de anillo.

Una noche, mientras cenábamos juntos en nuestro bonito apartamento, lo cual empezaba a ser bastante raro, y estando los dos satisfechos y contentos tras tomarnos una botella de buen vino, me sorprendí a mí misma preguntando:

—Cielo, ¿cuándo tienes pensado que nos casemos?

Dejó el tenedor sobre la mesa. Había cocinado él, *risotto* con gambas, uno de mis platos favoritos. Asintió y me miró con sus ojos amables y tranquilos.

—Lo deseo mucho, ya lo sabes. Te quiero muchísimo, Ains. Pero lo último que deseo hacer es empezar nuestra vida de casados en un momento en el que tenga tantísimo trabajo que apenas pueda estar junto a mi esposa. Puede que dentro de un año y medio o dos, y ya estaré en la cresta de la ola. ¿Me puedes esperar todo ese tiempo?

—¡Por supuesto! —contesté. De ninguna manera quería parecer una mujer débil y dependiente—. Yo también tengo mucho trabajo. Simplemente... me lo preguntaba.

—Está claro que vamos a casarnos, cariño. Eres el amor de mi vida. —Sonrió, me sirvió más vino y pasamos una noche maravillosa. He de añadir que con sexo del bueno.

Y de repente... bueno... nos cayó encima un chaparrón de mierda, y perdón por la expresión, pero es que no encuentro otra más adecuada.

Además de ser la fuente de información más respetada del país, Ryan Roberts parecía una especie de imán, alrededor del cual pasaban todo tipo de cosas.

Por esa época, una bala perdida le pasó rozando la cabeza durante un atraco con rehenes y el cámara resultó herido durante el reportaje en directo, mientras él señalaba el edificio que se encontraba delante. ¿Y qué decir de aquella vez en la que su automóvil resultó arrastrado por el agua durante el huracán Alley? Y el incendio en Queens, el ataque terrorista en California... Cosas apasionantes y terroríficas, ¿verdad? No tendría ningún problema a la hora de escribir el anuncio del programa: «Esta tarde, en *The Day's News,* Ryan Roberts en pleno centro del secuestro de Washington, ni más ni menos. ¡Sintonícenos a las cinco!»

Así, de entrada, no me di cuenta de que algo iba mal. Pensé que la cosa había sido peor de lo que pensaba cuando me contó los detalles por teléfono.

—Estaba en medio del tiroteo, en plena calle —me dijo por teléfono, pero después, en la reunión, lo planteó con mucho más dramatismo—. Las balas me pasaban rozando la cabeza, literalmente. —La enorme explosión que destruyó todas las ventanas de ese edificio y de los colindantes fue realmente de poner los pelos de punta, pues salió una auténtica bola de fuego digna de un bombardeo en plena guerra.

El recuerdo de los detalles hace sufrir a la gente más incluso que las situaciones vividas. Ocurre siempre. Además, yo confiaba plenamente en Ryan. Era el mejor jefe del mundo.

Pero la cosa se convirtió en un patrón. Su vehículo blindado fue tiroteado en Afganistán. En Bostwana, un enfermo de SIDA murió en sus brazos. Las noticias eran mucho más vívidas y, por supuesto, tenían mucha más audiencia si Ryan estaba en medio de ellas, no solo informando, sino formando parte. Y, en realidad, así tenía que ser. Era su trabajo.

No ocurría siempre. Puede que una vez cada varios meses, pero mi antena empezó a captar señales. Finalmente le pregunté una noche en la que estábamos cenando tarde en su despacho. Hacía pocas horas un huracán había azotado Brooklyn y, por supuesto, allí estuvo Ryan, en mitad de la acción.

—Allí estaba, intentando hacerme una idea concreta de lo que estaba pasando —me contó—, cuando oí los gritos de una señora desde dentro de una estación de metro. ¡Estaba ahogándose, Ains! Bajé corriendo por las escaleras, chapoteando en el agua, que estaba asquerosamente sucia, por cierto, y la saqué. Estaba semiinconsciente.

Mi antena se conectó. ¿Por qué había esperado todo el día para contármelo?

—¿Adónde la llevaste? —le pregunté, sin mostrar recelo.

—¿Cómo? ¡Ah, alguien la acompañó al hospital. Se recuperó enseguida.

La antena vibró a toda potencia.

—¿Te dio su nombre? Podríamos hacer un reportaje fantástico.

—Sí, debería habérselo preguntado, pero supongo que la situación me desbordó y no pude pensar. —Sonaba lógico, pero con una pequeña salvedad: era periodista. Los buenos reportajes eran su medio de vida.

La antena se volvió loca, al estilo Madonna.

Me tomé unos pocos tallarines.

—Tiene gracia. A veces parece que solo te acuerdas de los mejores detalles después de que hayan pasado un par de horas. —No lo miré mientras hablaba, y además adopté un tono poco serio.

Era mi jefe. Ganaba dieciséis millones al año. Me había facilitado una carrera profesional increíble y tampoco se podía decir que me sobrara entrenamiento en las capacidades básicas para la vida.

Ryan no contestó. Simplemente me miró y dio otro bocado a su sándwich.

—Solo quería asegurarme de que la historia es... limpia —dije.

—Pues claro que lo es, Ainsley —dijo con ese tono adusto que le encantaba a todo el país—. A veces te lleva un poco de tiempo filtrarlo todo y ponerlo en orden. La adrenalina, ¿entiendes? Bueno. —Hizo una pausa de lo más significativa—. Puede que no lo entiendas. Al fin y al cabo, nunca estás en el jaleo.

En otras palabras, «deja de presionar».

Puede que en todos los noticiarios hicieran lo mismo, ¿no? Quiero decir, para un telediario no deja de llover y ya está: hay que crear noticias a partir del acontecimiento y cuanto más alarmantes mejor. Avisos de niebla. Envío de unidades móviles a algún edificio abandonado para crear falso dramatismo: «Hace unas horas ha tenido lugar una situación angustiosa...»

En realidad, ¿qué sabía yo? No había estado allí. Mi antena no podía saber nada. Solo era hipersensibilidad.

No tenía que haber llegado a mayores. De todas las exageraciones de Ryan capaces de causar cierto frenesí en la audiencia, la que os voy a contar era una de las menos dañinas. Pero el frenesí se produjo de todos modos.

Ryan estaba haciendo un reportaje sobre los recortes que había hecho el Congreso a los beneficios de los veteranos. Estaba entrevistando a una de ellas, que había perdido las dos piernas y parte de la cara en la explosión de un artefacto casero. Estaban todos sentados en el cuarto de estar de la casa; la voz del marido sonaba ronca al referirse al valor y la determinación de su esposa. Detrás de él, en una estantería, se veía la bandera de Estados Unidos en una caja triangular.

Ryan parecía tan amable y tan implicado que hasta a mí se me cayeron las lágrimas. Preguntó qué significarían para la familia los anunciados recortes, hasta qué punto le había ayudado la terapia física, que ya no iba a estar cubierta, y cuánto podría costar la cirugía plástica adicional.

Y después el golpe de gracia. Una niña de unos tres años apareció en el plano y se subió al regazo de Ryan.

—Hola, cariño —dijo, y continuó con la entrevista como si nada. La cría se quedó dormida apoyada sobre su hombro.

Se podía sentir el suspiro amoroso de todo Estados Unidos.

¡Era televisión de la buena! La valiente guerrera, su recio y trabajador marido, su adorable bebé y la cara más fiable del país. Eso no se podía fingir.

Pero sí que se podía.

Dos semanas más tarde, el *New York Post* lo puso en primera página: «Ryan Roberts soborna a la familia de una soldado estadounidense para hacer llorar al país». Había salido a la luz un correo electrónico en el que el marido de la veterana escribía a Ryan para agradecerle que hubiera hecho el reportaje y se disculpaba por que «hubiera sido tan difícil preparar a Callie para la grabación. ¡Espero que no le duelan los oídos de tanto llanto!»

¿Llanto? ¡Pero si no había llorado!

Pero el correo no se había acabado: «El dinero extra nos vendrá muy bien. Se lo agradecemos mucho».

Ryan declinó hacer cualquier declaración al respecto.

El caso es que ofreció a la pareja mil dólares para que la niña se sentara a su lado durante la entrevista, y hasta el momento de aparecer la estaba cuidando su abuela. Hasta que la pequeña Callie se sintió a gusto con Ryan hicieron falta por lo menos tres tomas.

Bill, el cámara que ya estaba en edad de jubilarse, lo filtró. Aunque ya había sido testigo de varias de las exageraciones de Ryan, siempre a cambio de mil dólares extra, esta historia fue para él la gota que colmó el vaso. Él mismo era veterano de guerra. La familia admitió que el dinero le vino muy bien para comprar prótesis que le procuraran mayor calidad de vida a la exsoldado, debido a los recortes del Congreso.

Por decirlo brevemente, los congresistas movieron el trasero como si los asientos les quemaran.

Se abrió una cuenta de apoyo a la familia que recaudó casi millón y medio de dólares solo el primer día.

Salieron a la luz otras historias de Ryan de parecido tenor. El «salvamento» de la mujer que se ahogaba en el metro durante el huracán. Las balas «rozándole». Etcétera. Le despidieron de la NBC, y después de seis meses de estar en la picota y de profusas y sincerísimas disculpas, otra cadena lo contrató por un salario muy inferior, solo la mitad de sus antiguos dieciséis millones al año.

A mí también me despidieron. Pero no me contrató ninguna otra cadena, ni por la mitad de mi salario en la NBC ni por nada. Una parte importante de mi trabajo era asegurarme de que las noticias eran limpias en su totalidad, que no había trampa ni cartón en ninguna de ellas. O sea, saber que Ryan decía toda la verdad y nada más que la verdad, «¡Hay que mantenerse atenta a esas cosas, joder!», como bufó un jefazo de la NBC.

Así que, en plena crisis, pasé a formar parte de las huestes de desempleados. Resultaba tan interesante para el resto de las cadenas como una enferma de ébola que llevara en la mano un tubo de ensayo abarrotado de bacterias.

Después de ser rechazada más de ciento cincuenta veces en unas cuatro semanas (ni siquiera Starbucks me aceptó), me pasaba la mayor parte del tiempo tirada en el sofá, cinco kilos más gorda que hacía un mes. No pasaba nada. O al menos eso era lo que me decía a mí misma después de muchos sollozos y montones de helados Ben & Jerry's. Para empezar, nunca fue mi intención ser productora. Por lo menos me quedaba Eric. Y Ben. Y Jerry.

Eric suspiraba siempre al volver. Yo estaba en la fase de lamentos que denominaba «de pijama».

—¡Venga, mujer! En cualquier caso lo ibas a dejar cuando tuviéramos hijos.

—Pero es que... Yo no hice nada malo. Al menos técnicamente.

—Ya lo sé. Y ya lo hemos hablado.

¡Por Dios! Si Eric no quería hablar sobre ello, Eric, la sólida roca a la que agarrarme, mi amor, mi mejor amigo, entonces es que mi situación era muy, pero que muy patética.

Y en ese momento me lanzó precisamente el hueso que necesitaba, y yo a mi vez me lancé a por él.

—Escucha: con mi salario no necesitas trabajar. Tómate tu tiempo, encuentra algo que realmente te guste, algo que puedas mantener en la próxima fase de nuestras vidas. Además... —Hizo una pausa y me acarició el pelo, que no estaba limpio, por cierto—, ¿no crees que ya va siendo hora de que compremos una casa?

¿Cómo demonios iba a decir que no? Eso era lo que necesitaba exactamente. Creí adivinar a qué se refería con lo de «la siguiente fase». Sí, gracias por aclarármelo, el matrimonio y los hijos. ¡Mira que sois listos! Y el primer paso, un hogar para la familia.

Encontramos una casa en Cambry-on-Hudson, donde yo había pasado mi adolescencia, donde vivían Candy y papá, y a cuarenta y cinco minutos de la de Judy y Aarón en Greenwich. Eric podía desplazarse cada día al trabajo en tren con bastante facilidad y la ciudad estaba lo suficientemente cerca como para ir a algún espectáculo o salir con amigos, y lo suficientemente lejos como para sentir que vivíamos en el campo. El pueblecito, lleno de gente de alto nivel adquisitivo, estaba a rebosar de tiendas interesantes, tenía algunos restaurantes estupendos, un par de galerías de arte y una panadería/pastelería/repostería que solo podía compararse con el paraíso. Había un pequeño puerto sobre el Hudson, fundamentalmente deportivo, y arriba, sobre una colina, un club de campo enorme al que pusimos el sobrenombre de Downton Abbey. Sin duda sería el lugar perfecto para celebrar nuestra boda.

—Ya verás cuando tengamos críos —me advirtió Eric cuando encontramos la casa—. No te sorprendas si mis padres compran la de al lado. —Por mi parte no habría el más mínimo problema.

Por fuera, nuestra casa era un tanto impersonal, pero por dentro podía calificarse de magnífica. Los dormitorios eran enormes, tenía una sala de estar en el piso de abajo, la cocina con encimeras de granito y un porche precioso. Lo habían agrandado a costa del jardín, cosa que a mí no me terminaba de encantar. No obstante, el pequeño patio tenía muchas plantas y era bonito.

Fuimos al refugio de animales y nos quedamos con *Ollie,* que en aquel momento no era más que un saquito de huesos. Lo habían encontrado atado a un poste de teléfonos. De todas formas, cuando nos acercamos a acariciarlo se revolvió tanto que se cayó.

—Nuestra familia ya ha empezado a crecer —dijo Eric, dándole un beso al perro en la cabeza.

Cuando llegó el momento de firmar los papeles de la compra, me quedé bastante sorprendida.

—Esto... mi nombre no está —le dije al agente inmobiliario.

—¡Vaya! ¿He cometido un error? —preguntó—. Puedo prepararlos otra vez, si lo desean... Lo siento, seguro que ha sido un malentendido.

—No, vamos a hacerlo así, cariño —dijo Eric—. Lo podemos arreglar después. —Firmó con gesto exagerado y muy contento, y cuando el agente se hubo marchado hicimos el amor en el cuarto de estar, completamente vacío de muebles. Sus padres vinieron esa noche, y pese a que bebimos champán y nos reímos mucho, yo seguí dándole vueltas al asunto. Eric Fisher. No Eric Fisher y Ainsley O'Leary.

—Me pregunto si alguna vez tendremos nietos, Aarón —dijo Judy, tan sutil como una leona cazando. Sostenía en brazos a *Ollie,* mientras el perrito ronroneaba de placer—. Los perritos son muy agradables, pero...

—Mamá —intervino Eric—. ¿Por qué crees que la casa tiene cuatro dormitorios?

Me besó, Judy suspiró y Aarón rio entre dientes, así que dejé de lado mis preocupaciones y esperé la propuesta de matrimonio. Seguí esperando. Esperé un poco más. Empecé a trabajar como voluntaria en la residencia de mayores en la que vivía Abu, y llevaba a *Ollie* para que los viejos jugaran con él. Planté bulbos de tulipanes. Pinté las habitaciones, recompuse una mesa, compré muebles.

Dos meses después de que nos mudáramos volvieron a ascender a Eric. Se disculpó, me dijo que de verdad, de verdad, quería consolidar la relación y pasar más tiempo en casa, pero que este trabajo nos ponía en lo más alto. Procuré no sentirme abatida. Su carrera estaba en plena ebullición, mientras que yo era una anomalía en Cambry-on-Hudson, una persona que no salía de casa para ir a trabajar. Como una confinada, se burlaba Kate, o una mujer en conserva. Sonreía al decirlo, pero yo sabía que lo pensaba de verdad.

Echaba de menos mi antiguo trabajo mucho más de lo que hubiera podido ni siquiera imaginar.

En ese momento fue cuando Candy me consiguió una entrevista para el puesto de editora de contenidos en la revista *Hudson Lifestyle*.

—No lo estropees —me dijo por teléfono mientras yo estaba de pie delante del frigorífico tomando helado de Chunky Monkey, muy agradecida a mis amigos Ben y Jerry. Eric estaba otra vez en Dallas.

—Gracias por tener tanta fe en mí, Candy —dije sin poder evitar el sarcasmo—. Procuraré que no la pierdas.

—Es que yo tengo una buena reputación profesional ahí y te he recomendado para este trabajo. Si no causas buena impresión, eso repercutirá en mí, y déjame que te diga que he trabajado mucho para estar donde estoy. No me ha resultado nada fácil, sobre todo teniendo en cuenta que me cayó encima la responsabilidad de cuidar a una niña algo mayorcita cuando tenía cuarenta años.

En fin, olvidémoslo.

—Ya me doy cuenta, Candy. Y, en serio, muchísimas gracias. —Colgué y me zampé el helado completo como una buena y patriota estadounidense.

Las oficinas de *Hudson Lifestyle* estaban en un edificio de ladrillo, en la zona antigua del centro del pueblo. Había seis empleados y la mayoría de ellos trabajaba en cubículos y se dedicaba a contratar los anuncios o a la contabilidad.

Os contaré un secreto acerca del periodismo impreso: los que escriben, o sea, los periodistas, generalmente son la gente menos valorada. La publicidad mantiene a flote el negocio, los maquetistas y diseñadores gráficos montan la revista o el periódico, y después está esa gente que llama por teléfono a las casas, siempre en los momentos más molestos, para ver si quieres suscribirte. También alguien tiene que encargarse de sacar la basura y de limpiar los baños. Pero ¿los periodistas? Bah. Los encuentras a cinco centavos la docena. Además, la mayor parte de la gente solo lee por Internet el *Huffington Post* y el *BuzzFeed*.

Esperé en la zona de recepción, que era pequeña pero agradablemente amueblada. Los lustrosos ejemplares de la revista llenaban la mesa de café. En una portada había una foto de una granja muy bonita, en otra una lechuga y en otra un pequeño barco de vela. Los titulares eran del siguiente tenor: «¡Los mejores cirujanos plásticos de Westchester!»,

«¡Cultiva tus propios alimentos!» o «¡Los mejores centros de jardinería de la zona!». Leyéndolos averigüé todo lo que necesitaba saber acerca de la revista, aunque nunca la había leído antes. La recepcionista me dijo que me sentara y desapareció; seguramente se marchó a sacar la basura y limpiar los baños.

Echaba de menos mi antiguo trabajo. Echaba de menos el Rockefeller Center. Echaba de menos a Ryan. Echaba de menos ser importante.

Se me llenaron los ojos de lágrimas y empezó a cosquillearme la nariz. ¿Tenía un pañuelo de papel? No, no lo tenía. Lo cierto es que este trabajo... después del que había tenido... era un gran paso atrás. Era humillante. Había producido reportajes sobre los rebeldes en Afganistán. Me habían presentado al líder del mundo libre. Y ahora tendría que escribir sobre lechugas. Me limpié los ojos con la manga y la manché de rímel. ¡Estupendo!

Vino a recibirme un hombre que ya parecía cabreado, como si fuera capaz de leerme la mente.

—¿Ashley? —preguntó.

—Ainsley. Ainsley O'Leary. Encantada. —Me levanté y adelanté la mano. Él la miró pero no me la estrechó.

—¿Está llorando?

—¡Ah!... Yo... Es solo que tengo, eh..., el síndrome premenstrual.

—Mierda.

Me echó una larga mirada, prácticamente sin pestañear. Era raro, con los ojos azules y muy claros, como si fuera un extraterrestre.

—¿Eso supondrá para usted un problema durante esta entrevista? —preguntó.

—Esperemos que no. Pero los dos primeros días son infernales. —Sonreí. Él no. Os juro que noté una contracción uterina, como si su mirada de desaprobación fuera a causarme directamente la menopausia.

Al fin pestañeó. ¡Albricias!

—Mi nombre es Jonathan Kent. Por aquí. —Lo seguí hasta una habitación amplia y con mucha luz, en la que había bastantes cubículos. Uno de los hombres me dedicó una media sonrisa y, si no me equivoco, puso los ojos en blanco.

—Tiene usted una cita a las once, señor Kent —informó la recepcionista.

¡Vaya, «señor Kent»! No debía de tener ni cuarenta, pero apuesto lo que sea a que no trataba a sus empleados de la manera informal y abierta de, digamos, un jefe como Mark Zuckerberg.

En la planta solo había un despacho, el suyo. Estaba tan limpio e impoluto que casi daba miedo. La mesa completamente ordenada, lo cual denotaba una mente enferma, con una foto de cara a él. En la pared una foto de... ¡lo habéis adivinado!, el río Hudson. Una estantería que solo tenía libros: ni esculturas, ni fotos, nada personal, vaya.

—Recuérdeme por qué está aquí, por favor —empezó, al tiempo que sentaba detrás del escritorio—. Su madre dice que le gustaría hacer unas prácticas, ¿no es así?

—No, no es así. Y no es mi madre, sino mi madrastra. Candy, quiero decir. Según me dijo, están buscando una editora de contenidos.

Otra mirada larga, incómoda, de las que hacen que se te revuelvan las tripas, el útero en mi caso.

—¿Qué edad tiene?

—Creo que va contra la ley hacer esa pregunta en una entrevista de trabajo. —Me miró fijamente—. Treinta —añadí.

—Parece bastante más joven. —No era un cumplido, lo tuve clarísimo.

Empezó a leer mi currículo, mirándome de vez en cuando. Yo sonreía, o seguía sonriendo más bien. Pero él seguía sin sonreír. Volvió a mirar los papeles. Supongo que mi sonrisa era bastante rígida. Me temblaba la comisura izquierda de la boca.

Lo normal era que, nada más verme, le gustara a la gente.

Jonathan Kent llevaba traje y el nudo de la corbata bien apretado. Estaba recién afeitado, lo que en estos días no es muy habitual. El pelo oscuro peinado severamente hacia atrás, los huesos de las mejillas como aletas dorsales, y aquellos pálidos ojos azules. No se podía decir que fuera ni atractivo ni feo. «Ejemplo de hombre caucásico normal, con potencial para ser un asesino en serie, por favor.» Cuando era recepcionista de la NBC escribía anuncios de este tipo para el director de casting.

—¿De verdad quiere usted trabajar aquí? —preguntó, mirándome de nuevo de forma inquisitiva.

—¡Sí, claro! Al fin y al cabo estoy haciendo una entrevista.

Pestañeó. Se mantuvo un rato callado.

—¿Por qué? —preguntó finalmente.

Seguramente «porque me aburro» no sería una magnífica respuesta, aunque sí honesta.

—Bien, la verdad es que, eh..., respeto mucho lo que hacen y pienso que podría contribuir positivamente al contenido de la revista. —¡Toma ya! La respuesta perfecta.

—¿Qué es lo que hacemos? —preguntó.

—¿Perdón?

—¿Qué es lo que cree usted que hacemos?

—La pregunta tiene truco, ¿verdad? —No hubo respuesta—. Publican una revista local.

—¿Y por qué lo hacemos?

«Pues porque es productiva como una vaca lechera, me imagino», pensé.

—Para poner de manifiesto la belleza y el interés de la vida en el valle del Hudson —dije finalmente, con mi mejor sonrisa de guía *scout*.

—Su currículo dice que se graduó en la Universidad de Wagner. ¿Debo asumir que en periodismo?

—¡Oh, no!

—¿Filología?

—No.

—¿Tengo que seguir intentando adivinarlo, señorita O'Leary?

Hice una mueca e inmediatamente sonreí para disimularla.

—Filosofía. —Una vez más, abrió mucho los ojos—. Es una de esas disciplinas útiles para todo —afirmé, repitiendo palabra por palabra lo que en su momento me dijo mi tutor de la Wagner cuando me preparaba para futuras entrevistas de trabajo.

—¿De verdad? —preguntó retóricamente el señor Kent—. Usted trabajó para Ryan Roberts —afirmó de forma inexpresiva.

—Sí.

—Que fue despedido por quebrantar de forma flagrante la ética profesional.

—Y que fue contratado poco después por otra cadena nacional. Pero sí. De la NBC fue despedido por esa razón.

—Dejando a un lado su posible colaboración para perpetrar aquellos actos tan denigrantes para el periodismo profesional, ¿tiene usted algunas aptitudes reales o algún curso que puedan avalarla para trabajar en una revista periodística como esta?

De repente, me encolericé. ¡Que tipo tan grosero! ¿Qué culpa tenía yo de lo que hizo Ryan? Bueno, la verdad es que algo de culpa sí que tenía, por fiarme de él y no seguir las indicaciones de mi antena...

—¡Caramba, Jonathan! —dije—. Eso ya son palabras mayores. No sé si termino de entenderle. —Estaba claro que no iba a obtener el trabajo, así que me podía permitir el lujo de entrar a saco—. Y es que después de siete años en la NBC, creo que puedo perfectamente escribir, o corregir lo que otros escriban, acerca de lo excelentes que son las lechugas del condado de Westchester o de qué clínica de la zona hace los mejores implantes de te... mamarios, quiero decir.

No se le movió un solo músculo de la cara.

—Que pase un gran día —dije, levantándome y dirigiéndome hacia la puerta. Lo tenía muy claro: cerraría dando un portazo.

—Está contratada —dijo, con igual expresividad que la que traslucía su cara—. Estableceremos un periodo de prueba de tres meses. Incorpórese mañana. Entramos a las ocho y media. No llegue tarde, señorita O'Leary.

Y así fue como pasé de escribir noticias que escuchaban más de diez millones de personas a redactar y editar menudencias, como el desfile del Día de la Marmota en Smithville o la entrevista a un artesano que fabricó un instrumento para la Casa Blanca. También dónde se podían comprar los vestidos de novia más bonitos de la zona, y debo reconocer que con ese artículo me lo pasé bien, y cómo había evolucionado el transporte por barco en el Hudson.

Estaba bien. Era agradable. Hice amigos deprisa, como me pasaba siempre, aunque Jonathan no sucumbió a mis encantos y ni probaba las galletas que llevaba de vez en cuando a la oficina. Simplemente pasaba el tiempo, esperando a que Eric me pidiera por fin matrimonio y tuviéramos hijos.

Y lo que pasó fue que enfermó de cáncer.

CAPÍTULO 8

Kate

Tras la muerte de Nathan, mi hermano y su familia se quedaron conmigo en casa durante tres días, y la verdad es que le doy gracias a Dios por ello. Papá estaba abrumado, y reaccionaba intentando decir cosas ocurrentes en todo momento. Y mamá... aunque no lo decía en voz alta, su mirada no dejaba de lanzarme el mismo mensaje de hacía unos meses: «Ya te dije que no te casaras tan rápido».

Estaba bien que hubiera chicos alrededor. Los dos adolescentes hacían esfuerzos heroicos y entrañables por hablar de películas, de libros o de cosas del colegio. Kiara se portó de una forma adorable, contándome anécdotas del hospital no excesivamente dramáticas, y ninguna de ellas con resultado de muerte, claro. Me sugirieron que pasara con ellos una temporada en la ciudad. Esther dijo que me cedería su cama y Matthias que me llevaría a tomar *sushi*.

Sean no hablaba mucho. Y la verdad era que no había mucho que decir, naturalmente. Pero en cierto modo esperaba que dijera algo a lo que pudiera agarrarme, al fin y al cabo era mi hermano mayor; algo que proporciona un cierto aire de superioridad por ser el primero y el único varón.

Se limitó a darme de vez en cuando ligeros apretones en los hombros.

Por otra parte, Ainsley se había portado de una forma eminentemente práctica y eficiente, lo cual era raro en ella. Dividió la comida que trajo la gente en raciones individuales, las envolvió con papel de plástico y hasta puso etiquetas, dejándolas después en el frigorífico, y la mayoría en el congelador. Ella y Eric vinieron a cenar la noche anterior, además de nuestros padres, y vi que se llevaban las bosas de basura al contenedor. Ayer, cuando Sean y yo fuimos al despacho del abogado y Kiara estaba fuera con los niños, Ainsley vino a casa y limpió la cocina,

111

que estaba sucia después del desayuno. Dejó una nota muy cariñosa y una jarra llena de tulipanes sobre la encimera.

A quien me apetecía tener alrededor de verdad era a la pequeña Sadie, de tres añitos. Apenas había conocido a Nathan y no se acordaba de él, solo sabía que «la pobre tía estaba muy triste», así que decidió cuidar de mí. Cada mañana que estuvieron en casa, mi sobrinita se subía a mi cama y me decía que imitara ruidos de animales. Por supuesto, la obedecía tan contenta, acariciaba sus suaves ricitos y la apretaba contra mi pecho.

—¡El gatito! —decía.

—¡Miau, miau!

—¡Ahora el perrito!

—¡Guau, guau!

—¡El efalente!

Yo interpretaba que se refería al elefante y barritaba obediente.

—¡El patito!

—¡Cuá, cuá!

Su risa sonaba como el agua que salpica las rocas, y durante unos segundos pensaba que, si ella se quedaba, superaría sin problemas mi viudedad. Seguro que Sean y Kiara me la dejarían. Ellos ya tenían dos niños, los muy egoístas.

Pero claro, también era su hija y la querían con locura.

Cuando por fin se fueron el viernes, Kiara y Sean me abrazaron y los niños intentaron sonreír; por mi parte, yo intenté no aferrarme mucho a ella cuando Sean agarró a Sadie de entre mis brazos.

Así que enfilaron con el automóvil el camino de piedra y me dejaron sola en la casa de Nathan.

Una tormenta de pánico se cernió sobre los escombros de mi cerebro. ¿Qué iba a hacer? ¿De verdad que esta iba a ser mi nueva vida? ¿Sería posible rebobinar y cortar todo lo que tuviera que ver con la fiesta de Eric? O quizá..., sí, eso, rebobinar y decir que no la primera vez que Nathan me pidió una cita. ¿Cómo era posible que estuviera muerto? ¿Qué se suponía que debía hacer? ¿Y qué iba a hacer de verdad durante las siguientes horas?

No tenía la menor idea.

No tenía la menor idea de cómo ser viuda. Quería ser valiente. Conseguir que Nathan se sintiera orgulloso de mí. Ser elegante y amable. Me imaginaba a mí misma en París, con un jersey negro de cuello de cisne y con una copa de vino tinto en la mano mirando hacia la calle, melancólica pero firme y noble. Hasta puede que fumara, aunque solo fuera un día, y por el efecto estético. Los hombres me mirarían intrigados, pero ese aire de pena los mantendría a distancia. Después volvería a mi buhardilla y me pondría a trabajar otra vez en mi..., veamos, sí, en mi poema. Lo prefiero a un escenario más realista como el que sería abrir una bolsa de patatas fritas y ponerme a ver una serie de la HBO.

Me estremecí. Hacía más fresco de lo normal y llovía.

Supongo que tenía que pasar dentro, a esa casa enorme y vacía.

Muy bien. Primer paso. Probablemente una ducha. Y después a la compra. La gente había traído comida a montones, pero yo no había salido de casa desde el entierro. Necesitaba leche semidesnatada, porque Matthias se había equivocado de envase esa mañana y se había terminado ese tipo de leche, que era la que yo tomaba. Antes, cuando era feliz, no podía enfrentarme a la mañana sin tomar un café, así que ahora, calcula. Seguro que Ainsley me la traería encantada, pero necesitaba dejar la casa un rato para hacer algo normal, no para hablar con el abogado.

El albornoz de Nathan todavía estaba en la percha de la puerta del cuarto de baño. Ni lo toqué, por miedo a que algo se rompiera dentro de mí. Su cepillo de dientes descansaba todavía sobre la repisa de la ducha. A mí no me gustaba nada que se lavara los dientes allí, no sé por qué. Me parecía que no era lógico eso de escupirte en los pies. Pero hasta ahora no le había dicho nada.

Me detuve. «Hasta ahora...» Ya no tendría la oportunidad de decirle nada nunca. La herencia de Nathan, consistente en escupir en la ducha, sería mía para siempre.

«No, eso no está bien», me dije a mí misma. «No era perfecto.»

¡Recordar sus defectos! ¡Escupía en la ducha! ¡No tendría que volver a soportar esa guarrada! ¡Mi primer éxito como viuda!

El pecho me dolía tanto que me costaba respirar. Casi deseé que se tratara de un ataque al corazón. Así podría ir al hospital a que se ocuparan de mí. Puede que me indujeran un coma medicamentoso y que cuando me despertara todo estuviera bien otra vez. Incluso hasta es posible que Nathan estuviera a mi lado en la cama. O puede que muriera y lo viera en el cielo, un cielo cuyas características no me podía siquiera imaginar.

Me duché deprisa y me puse una especie de pantalones de yoga y una sudadera. Tuve mucho cuidado de no mirar en el armario de Nathan, lleno de ropa bonita. Le encantaban los jerséis de cachemira. Probablemente tenía más de veinte, y si veía uno ahora me caería redonda.

Bajé, no encontré mi teléfono móvil y pasé al estudio. Allí estaba, frente a la pecera de *Héctor*.

—Me voy —dije en voz alta, despidiéndome de mi pez, que boqueó, como debe ser—. ¿Necesitas algo? ¿Tampones? De acuerdo.

Y hablando de tampones, todavía no me había venido el periodo. Era probable que estuviera embarazada. Que les dieran a esas pruebas que decían que no lo estaba. Simplemente era demasiado pronto para que se viera, sin más.

Me subí a mi automóvil, un Volkswagen Golf bastante machacado pero suficiente para llevar sin problemas todo mi material fotográfico. Ya tenía más de ciento sesenta mil kilómetros, y Nathan y yo habíamos hablado de comprar otro automóvil, uno con tracción a las cuatro ruedas y lo suficientemente grande como para poder meter carritos de bebé. Él se había sonrojado, y lo extraño de la situación volvió a ponerse de manifiesto: no era muy habitual hablar de niños con un hombre al que solo conocía desde hacía unos meses.

Esa conversación se había producido apenas hacía tres semanas. Me di cuenta de que estaba apretando el volante con todas mis fuerzas, tanto que tenía los nudillos blancos.

—Kate, pon la radio —dije en voz alta. Últimamente no había dormido demasiado. Puse el automóvil en marcha, di marcha atrás con cuidado para entrar en el sendero, no fuera a ser que me llevara por delante el buzón que, la verdad, estaba un poco en medio. En la radio, un hombre con voz de pito se quejaba de que su pareja lo había abandonado.

—Igual si te hubieran bajado los huevos al escroto ella se habría quedado contigo —dije otra vez en voz alta. ¡Y me reí de la bobada! ¡Fíjate! ¡Me estaba riendo! No todo estaba perdido...

Bajé las ventanillas y sentí de repente el olor a lluvia y a tierra mojada. La primavera ya estaba aquí. La estación de las bodas. Tenía ocupados prácticamente todos los sábados desde mayo hasta agosto. Puede que ir a bodas no fuera una buena idea. ¿Lloraría? ¿Saldría huyendo en un mar de sollozos? ¿O simplemente haría lo mismo que llevaba haciendo durante los últimos cinco años, o sea, sacar fotos?

¡Sonó una canción que me gustaba, estupendo! *Lose yourself,* de Eminem. Bien, bien. Podía servir para animarme: vive el momento, aférrate a tu fuerza, en fin, todos esos lugares comunes que no paran de utilizar los presentadores famosos, pero con una palabrota detrás de otra.

Al pararme en un semáforo me di cuenta de que estaba tarareando la música y la letra del estribillo, fáciles, claro, pues no se puede decir que, musicalmente, las canciones de Eminem sean muy ricas. Pese a que no recordaba exactamente la letra, tarareaba de todas formas. ¡Gracias, Eminem, genio listo del lado oscuro! ¡Gracias por decirme que las oportunidades solo aparecen una vez en la vida!

Miré distraídamente el automóvil que estaba a mi lado. La conductora me saludó con una inclinación de cabeza. Puede que le gustara Eminem. Sonreí y seguí tarareando. Pero no me devolvió la sonrisa.

¡Vaya, mierda! Era Madeleine, la primera mujer de Nathan.

Ahí estaba yo, fingiendo ser una rapera blanca y escuálida, mientras que ella tenía todo el aspecto de... bueno, de estar de luto por alguien.

Alguien hizo sonar el claxon detrás de mí y arranqué de repente. Tuve que frenar un poco bruscamente antes de entrar al aparcamiento de Whole Foods.

Durante un segundo me había olvidado de que Nathan estaba muerto.

El supermercado estaba helado como una morgue. ¡Vaya, ya podía haber elegido mejor la comparación!

No me acordaba de lo que quería comprar. ¿Verdura? ¿Por qué no? Whole Foods tenía las mejores verduras del mundo, aunque los precios oscilaban entre los billones y los trillones de dólares. Metí unos pepinos en el carrito. Lástima que no hubiera traído la cámara. Las berenjenas tenían un aspecto de lo más seductor, tan suaves, oscuras y brillantes. También me llevé una. Me encantaban las berenjenas con queso parmesano, aunque no las había hecho nunca. Pero ahora iba a tener muchísimo tiempo para aprender, ¿no?

Sí, me convertiría en una cocinera excelente. Le pediría ayuda a Ainsley, me pondría un delantal y prepararía platos estupendos. No solo ensaladas, cualquier cosa apetecible. Y pondría velas en la mesa, porque Nathan tenía unos candelabros preciosos. Además había comprado velas de marca, de esas de Jo Malone que cuestan un ojo de la cara y que huelen de maravilla. ¿Los hombres como Dios manda compran velas de Jo Malone? ¿De verdad? Supongo que ahora ya daba igual.

Nathan también tenía muchos cacharros de porcelana y vasos y copas diferentes para cada tipo de bebida, prácticamente para cualquiera que uno pudiera imaginar: agua, vino (tinto, blanco y rosado, por supuesto), champán, vasos altos y anchos de *whisky,* altos y estrechos para el vermú, etcétera. Y todos a juego, cosa que ya me parecía una auténtica pasada. Por no mencionar su magnífica vajilla de plata, diseñada por una húngara y que se vendía en Cooper Hewitt. Eso lo sabía simplemente porque él me lo había contado. Estaba muy orgulloso de sus cucharas y sus tenedores.

Nunca volvería a comer en esos platos de porcelana. Nunca volvería a sentarse en su sitio a la mesa. Nunca volvería a utilizar esas cucharillas para el helado perfectamente equilibradas y adorables.

Volviendo a lo de antes, podría pintar el comedor. Todas las habitaciones de la casa tenían paredes blancas. Me moría por darle un toque de color (¿rojo, por ejemplo?) a alguna habitación.

El tristemente reconocible clavo herrumbroso de la garganta parecía que volvía a clavarse con fuerza. Lo sentía casi físicamente, en su intento por acabar conmigo.

—Eres Kate, ¿verdad?

Me volví. La que me había saludado era una mujer mayor.

—Sí. Hola.

—Soy Corinne Lenster, una amiga de Eloise. Estuve en el funeral, pero claro, es que estuvo todo el pueblo, casi sin excepción.

—¡Ah, claro! —dije, aunque la verdad es que no me acordaba de ella—. ¿Cómo estás?

—Muy apenada por ti, querida, la verdad —dijo con una sonrisa triste—. Nathan era un joven magnífico. Él y mi hijo eran muy amigos cuando estaban en el colegio. Robbie, mi hijo, quiero decir, y él se fueron a esquiar a Utah durante su último año de universidad y se quedaron atrapados en el remonte. Entonces Robbie...

Dejé de prestar atención a lo que me decía, aunque las palabras seguían sonando como un monótono fondo musical.

Nathan no me había contado esa anécdota. Ni siquiera sabía que hubiera ido a esquiar a Utah, ni que le gustara esquiar. ¿O sí? Sí, sí, eso sí que lo sabía. De hecho, hasta fuimos a esquiar a Vermont el fin de semana de Acción de Gracias. Claro, claro.

Pero ¿esta historia? ¿Robbie atrapado en un remonte? No le conocía. ¿Por qué no me había contado eso? ¿Qué otras cosas no sabía? ¿Qué pasaría si hubiera otras grandes e interesantes anécdotas de su infancia, o de su juventud, que yo no conociera? ¿Eh, qué pasaría? ¡Me las debía!

La señora cómo fuera que se llamara seguía hablando. Iba extraordinariamente bien vestida para estar en la compra, me di cuenta. Yo llevaba una camiseta vieja con un texto relativo a la serie *The Walking Dead* («¡Si Daryl muere, la armamos!»), lo cual no es muy adecuado para una viuda, eso de acordarse de los muertos vivientes. También tenía que acordarme de que en el valle del Hudson suele ser conveniente llevar sujetador.

¡Dios! Ella seguía hablando sin parar. ¿Era normal, que la gente se enrollara con las viudas para contarles historias acerca de sus maridos que ellas no sabían? Yo asentía como si estuviera siguiendo sus explicaciones, y el clavo de la garganta amenazaba con asomar a la superficie.

Repentinamente noté que, por los altavoces que reproducían la música ambiental del supermercado, empezaba a sonar la canción de Whitney Houston, quien, por cierto, también estaba muerta, *I will always love you*, sí, la de esa horrible película, *El guardaespaldas*.

—¿Te estás burlando de mí? —dije, probablemente en alto.

—¿Perdona? —dijo la mujer, claramente perpleja.

—Es la pena la que se ha puesto a hablar. —Estoy segura de que acababa de citar a alguien, no importa a quien, porque venía a cuento. Sin poder evitarlo, me entraron ganas de reírme a carcajadas. Apreté los labios con fuerza.

«Nathan, ¿te lo puedes creer?», pensé.

La mujer asintió, comprensiva.

—Querida..., ¿te has dado cuenta de que no llevas zapatos?

—¡Anda, fíjate! Ya me parecía a mí que el suelo estaba demasiado frío... —Además, todavía llevaba las uñas de los pies pintadas de color rojo sangre. Fue el propio Nathan el que me las pintó, ya hacía dos semanas, una noche en el sofá...

—Igual deberías irte a casa —dijo la señora.

—Necesito algunas cosillas —Dije. ¡Claro, por eso estaba aquí!—. Bueno, adiós. Ha sido muy agradable charlar con usted. —Sin más, empujé el carrito hacia la caja como si estuviera participando en una carrera; los pepinos y la berenjena temblaban debido a los saltitos del carro. Cuando estaba en otro pasillo, Whitney subió el registro: «¡¡And a-aa-aa-aill olueis lof yu-uuu...!!»

Igual debía ponerme a cantar con ella. «¡Va por ti, Nathan Coburn!». Podía agarrar el pepino fingiendo que era un micro, dejándome ir y poniéndome a dar berridos... con toda seguridad no tan bien entonados como los de la difunta Houston, pero llenos de pasión.

Casi me atraganto de la risa. La pobre Whitney, tan muertecita ella, me estaba matando...

¡Pero bueno!, ¿qué era esto? ¿Helados de calabaza ecológica en plena primavera...? ¡Viva! A alguien de por ahí arriba debía de gustarle. ¡Tres hurras en honor de quien fuera! Tuve que contener otra vez la risa histérica, y del esfuerzo me dolió el pecho y solté una especie de gruñido gutural.

Seguramente parecía una loca. Sin zapatos, sin sujetador, con una foto de Daryl Dixon en el pecho y el carro con pepinos, una berenjena y muchos, demasiados helados de calabaza, seguramente en cantidades bastante superiores a las habituales y recomendables.

El suelo estaba helado, la verdad. Además, los pies se me iban a poner asquerosos. Y la pintura de las uñas se estaba yendo. De todas maneras, si me la quitaba, el trabajo de Nathan se perdería para siempre. Y no regresaría de entre los muertos para volver a pintármelas.

Las ganas de reír acabaron de inmediato.

Me dejaría la pintura, color rojo sangre, hasta que desapareciera por sí misma.

«Causa de la muerte: hemorragia cerebral.»

Por favor, quien fuera allí arriba que tuviera poder. Por favor, que la muerte fuera indolora. Por favor, que no se hubiera sentido asustado.

Su expresión no parecía asustada. Solo parecía... pues eso, la de un muerto.

Por delante de mí, en la cola de pagar, había una señora muy mayor que prácticamente se arrastraba, y a duras penas. Al llegar a la caja abrió el bolso, rebuscó en él y sacó un montón de cupones de descuento, probablemente miles, de todos los tipos y colores. Sopesé la posibilidad de rodearla y ponerme delante de ella mientras los estudiaba, pero me pareció que sería de muy mala educación. Esperé. Esperé un poco más.

Y de pronto sentí la urgente necesidad de atropellarla con mi carrito.

¿Por qué estaba viva todavía? Parecía tener..., no sé, unos ciento cuarenta y tres años, ¡y aún estaba viva! ¿Por qué no se tuvo que morir ella, eh? Resuelve ese enigma, Batman. ¿Por qué mi marido, con solo treinta y ocho años, tuvo que morirse, y esta arpía de las narices tenía que seguir aquí, intentando ahorrarse cinco centavos al pagar la leche?

—¿Me puedes ayudar, querida? —me preguntó en ese momento—. No soy capaz de leer si estos cupones están pasados de fecha o no. —Me pasó unos papelitos con dedos arrugados y llenos de manchitas de la edad. Los agarré para mirarlos, naturalmente.

—Valen hasta la semana que viene.

—Muchísimas gracias, cariño.

—De nada, señora. Ha sido un placer. —Esperé hasta que volvió a recoger los papelitos e inmediatamente después salí pitando hacia las cajas automáticas.

De camino a casa pasé por el cine al que Nathan y yo habíamos ido la semana pasada. ¡La semana pasada! La semana pasada estaba vivo. De hecho, fue la noche anterior a la fiesta de Eric, y la emoción de ir al cine con mi marido me había envuelto como solo un abrazo es capaz de hacerlo. Me tomó de la mano. Devoró las palomitas como si no hubiera comido en varios días. La película era horrorosa, pero nos dio igual porque la vimos juntos.

La semana pasada.

¿Qué película vimos? ¿Una de ciencia ficción? No. ¿Una de miedo? No. ¿Una estupidez de jóvenes descerebrados? No.

De repente, el acordarme de qué habíamos visto se convirtió en algo tremendamente importante para mí. Me paré en la cuneta después de dar un volantazo y saqué el teléfono del bolso. Apreté el botón del calendario y fui pasando los días hacia atrás.

6 de abril. *Fiesta de Eric. Llevar vino.*

Me pregunté si el vino que llevamos fue el que utilizó Nathan para rellenarme la copa.

Aquí estaba. 5 de abril, jueves.

Nada. Allí no tenía anotado nada.

Claro. Porque lo de ir al cine surgió en el momento, no estaba planificado. A ninguno de los dos nos apetecía ni cocinar ni cenar fuera, así que decidimos que cenaríamos palomitas y de paso veríamos una peli. Pero ¿qué peli? Nada, que no me acordaba. Vaya mierda de esposa que era. Bueno, de viuda. Era una mierda de viuda. Apuesto lo que sea a que Madeleine se acordaría; sí, esa, la de las caídas y los lamentos dramáticos.

Cuando llegara a casa lo buscaría y lo encontraría. Me pondría a escribir y sería capaz de recordar cada detalle de lo que habíamos hecho en estos nueve meses. Cada cosa, por insignificante que fuera. Nueve meses, lo mismo que un embarazo. Y si ahora no estaba embarazada, alguien pagaría por ello, sí señor. El universo y también ese poder superior borroso y en el que no creía me lo debían.

Y un momento después no pude recordar ni siquiera su cara.

Solo era capaz de rememorar esa máscara sin vida del ataúd, extraña y artificial. Madeleine rota, Eloise consolándola.

Me empezaron a temblar las manos.

Sentí como si perdiera el aliento y lo volviera a recuperar, pero sin ser capaz de dominarlo. Estaba hiperventilando. No recordaba que me hubiera pasado nunca.

Me llevó diez minutos recuperarme, y al final estaba sudorosa y blanda, con las manos y los brazos tan débiles que apenas podía siquiera mover el volante.

«Esta es la vida que te espera.»

El pensamiento estuvo a punto de partirme en dos.

CAPÍTULO 9
Ainsley

Un par de semanas después de la muerte de Nathan, Eric me llamó para que saliéramos a cenar juntos esa noche. «Una cena especial», dijo. Después de que él saliera del trabajo nos encontraríamos en *Le Monde,* el restaurante más reciente de Cambry-on-Hudson, justo a la orilla del río.

Yo sabía que estaba a punto de pedirme en matrimonio. Llevaba nervioso toda la semana.

Sé que puedo parecer egoísta si digo que ansiaba tener por fin el anillo en el dedo. Pero habían sido unas semanas de mucha tristeza. Sufría mucho por mi hermana y también echaba de menos a Nathan, pese a que apenas lo conocía. Muchas veces me sorprendía a mí misma llorando sin saber siquiera por qué. *Ollie,* ese perro era un cielo, me lamía la cara y hasta parecía como si me ofreciera su carcomida manta.

Eric también lo había llevado mal. Sería bueno y agradable tener alguna perspectiva de felicidad de cara al futuro, tener algo esperanzador.

Dudé durante un momento, pero después tomé el teléfono y llamé a Kate. No estaba segura de que fuera a venirle bien, pero era mejor intentarlo que dejarlo pasar. Al menos eso pensé yo.

—¿Sí? —contestó, con voz un tanto insegura.

—¡Hola! ¿Te he despertado?

—Eh..., sí pero no te preocupes. De todas formas tenía que levantarme.

Hubo una pausa. En las últimas tres semanas mi hermana y yo nos habíamos visto más veces que durante los últimos tres años. Nunca habíamos dejado de estar en contacto, pero tampoco se podía decir que este fuera muy cercano. Después de todo, yo le había robado el padre. La única razón por la que vivimos juntas era porque mi madre murió joven y, aunque nunca me culpó de nada abiertamente, yo había tenido toda mi vida ese sentimiento.

—¿Qué tal lo llevas hoy? —le pregunté, quizá con un tono excesivamente animado.

—Estoy bien —mintió.

—¿Te has puesto en contacto con el grupo? —Incapaz de hacer algo que de verdad la ayudara, había navegado por Internet para ver si obtenía alguna información útil. Averigüé que existía un grupo de personas en una situación semejante a la suya en el mismo Cambry-on-Hudson.

—¿Con qué grupo?

—El..., bueno, ¿el grupo de luto? Puede que sea agradable..., mejor dicho, útil o bueno para ti, hablar con otras personas que... ya sabes. —Siempre utilizaba palabras o expresiones inapropiadas cuando hablaba con Kate.

—De acuerdo. Lo miraré otra vez.

Sonó una llamada en la puerta de mi cubículo.

—Ainsley, ¿has terminado el artículo de...? Ah.

Ahí estaba Jonathan, con su cara de jefe cabreado. Le susurré que era mi hermana. No le gustaba nada o, para ser más exactos, odiaba literalmente las llamadas personales en el horario de trabajo. Pero, por el amor de Dios, había intentado con todas sus fuerzas salvar a Nathan. ¿Cómo no iba a dejarme hablar un poco con mi hermana?

Suspiró y se fue a por otra víctima a la que dar la tabarra.

—Igual tendrías que volver a ponerte a trabajar —dijo mi hermana—. En cualquier caso, gracias por preocuparte.

—¿Puedo hacer algo más por ti? ¿Quieres que vaya mañana un rato a verte?

—No te preocupes. Creo que voy a ir a ver a Brooke.

Sentí una fuerte punzada de envidia, seguida por otra de su hermana gemela, la vergüenza. Sean y Kiara, doña Perfecta, habían pasado unos días con ella inmediatamente después de la muerte de Nathan; Kate y Sean siempre habían estado muy unidos, ya que por una parte estaba la diferencia de edad, y por otra que yo era solo media hermana de ambos. Y ahora ahí estaba Brooke que, por supuesto, también sufría mucho.

Pero yo deseaba desesperadamente ser útil. Cocinar para ella, por ejemplo, pero decía que tenía demasiada comida. Dejar que llorara sobre mi hombro... aunque en realidad no la había visto llorar. Ojalá lo hubiera hecho. En vez de eso, se parecía a un niñito al que hubieran dejado en medio de la carretera, solo y aterrorizado.

—Bueno, ¿y tú no tienes nada nuevo que contarme? —preguntó—. ¿Cómo está *Ollie*? —Le encantaba mi perro.

—Bien. Si te apetece quedarte con él una noche, no tienes más que decirlo.

—Puede que lo haga.

—¡Oye, creo que igual Eric me pide en matrimonio esta noche! —exclamé después de otro largo silencio. Hice una mueca de disgusto conmigo misma—. Perdóname, Kate. No debería haberlo mencionado.

—No, no te preocupes, es estupendo. Sí, será estupendo. Me alegro muchísimo por ti.

—Gracias —balbuceé.

—¿Vais a ir a algún sitio especial?

—A *Le Monde*.

—¡Ah, está muy bien! Nathan y yo... —se le apagó la voz.

—¿Fuisteis a cenar allí? —pregunté con voz ronca. Deseé decirle que estaba bien, que era lógico que hablara de él. Pero las palabras se me quedaron atascadas en la garganta.

—Teníamos intención de ir, pero no tuvimos la oportunidad. Vaya, espera, está llamando Eloise. Mejor te dejo. Ya me contarás cómo te va esta noche, con pelos y señales, ¿de acuerdo? Felicidades. Estoy segura de que lo hará bien.

Y colgó.

Kate siempre había sido como su nombre: directa, enérgica, eficiente, con estilo. No es que fuera una mala hermana, todo lo contrario. Se preocupó por mí y cumplió con sus obligaciones familiares. Jamás compartimos risitas sobre chicos, pero me enseñó muy eficazmente a utilizar un tampón. También dejó que creyera en Papá Noel hasta que yo descubrí la verdad por mí misma, que tardé bastante, la verdad sea dicha y para mi vergüenza posterior. Me llevaba con mis amigas al centro comercial, y mientras ella se sentaba con su cámara en el patio nosotras probábamos todos los tipos de maquillaje que hasta ese momento se habían inventado para la mitad femenina de la humanidad.

Pero nunca me pareció que de verdad le gustara. Después de todo, yo era la hija de la mujer que le robó a su padre. A veces la sorprendía mirándome como si me estuviera juzgando y me preguntaba a mí misma qué sería lo que estaba haciendo mal. Nunca se portó mal conmigo, pero tampoco estuvo nunca conmigo de verdad.

Cuando yo me hice adulta la dinámica de la relación se mantuvo más o menos igual. Kate vivía en Brooklyn. Era moderna, estaba en la onda. Yo no. Ella era delgada y muy elegante y yo rellenita y mona. Ella era una fotógrafa de éxito y realmente buena, de verdad: sus fotos eran impresionantes. A mí se me daba muy bien desatascar la impresora. Ella nunca había necesitado ningún hombre para vivir su vida y yo vivía con mi novio desde los veintiuno.

Probablemente tras darse cuenta de que había colgado el teléfono, Jonathan reapareció.

—¿Has acabado con tus llamadas personales?

—Sí, Jonathan, he terminado. Kate te manda recuerdos.

—¿Y se te han pasado por fin los dolores?

De acuerdo. Era cierto que había jugado el comodín del periodo tras llegar tarde después de comer.

—Me siento bastante mejor, muchas gracias. Eres muy amable por acordarte.

—Créeme si te digo que me encantaría olvidarlo. ¿Y hay algún otro problema personal que interfiera con tu capacidad para trabajar? ¿Un gatito que se te haya perdido, quizá? ¿Un pececillo enfermo?

—Creo que no —dije, tras fingir que pensaba en ello.

—Entonces, por favor, termina de editar la columna de tu madre—. Sus ojos azules eran bastante inquietantes. Y además no pestañeaba. Estaba prácticamente segura de que era un extraterrestre.

—Madrastra. Es mi madrastra. Y sí, prácticamente está terminado. Te lo llevaré en cualquier momento.

—Tenías que haberlo entregado a mediodía.

—Mi familia está pasando por un momento muy difícil, Jonathan —dije, alzando una ceja.

—Y pese a ello, tu madre ha entregado su trabajo a tiempo.

¡Madrastra, joder! Cerré los ojos durante un momento.

—Bueno, a Candy le encanta su trabajo. —Entonces, dándome perfecta cuenta de cómo había sonado eso, procuré arreglarlo—. Como a todas las mujeres de la familia O'Leary. Lo termino inmediatamente. Siento el retraso.

Me miró con intensidad y se fue a molestar a otro.

Abrí el correo de Candy y empecé a leer:

Querida doctora Lovely:
Mi hija perdió a su marido de repente y no sé qué hacer
para ayudarla. Es como si estuviera entre la niebla. Lo que
pasa es que no estoy segura de si realmente estaba enamorada
de él, así que yo creo que sufre más por el shock que por el
desamor. A veces me entran ganas de abofetearla, pero otras
quiero abrazarla. Ella...

Levanté el teléfono inmediatamente y marqué el número.

—Candy, no puedes escribir acerca de Kate.

—¿De qué estás hablando? —dijo con tono de falsa inocencia. Para ser loquera, mentía horrorosamente mal.

—Tú has escrito la supuesta carta para la doctora Lovely.

—No, Ainsley. Yo soy la doctora Lovely.

—¡Vamos, por favor! A mí no me engañas. —Me había enterado de que hacía más o menos dos años hubo una columna acerca de una hija a la que habían despedido de su trabajo y que estaba encantada de hacer la limpieza para su novio y prepararle la comida—. No me obligues a decírselo a Jonathan.

¿Decirle qué a Jonathan?

—Que eres tú misma la que escribes algunas de esas cartas.

—Demuéstralo.

—Candy, está en juego tu reputación profesional.

—Tengo que reconocer que es mucha coincidencia —dijo tras un largo suspiro—. Pero la escogí porque me recordaba mucho el caso de Kate, y además ella necesita salir de su ensimismamiento.

—Han pasado solo tres semanas, mamá. —¡Vaya! La denominación, tan poco apreciada por ella, todavía se me escapaba de vez en cuando.

—Sé perfectamente cuánto tiempo ha pasado —dijo Candy tras una pausa—. Y puede que le venga bien saber que otra gente también pasa por situaciones similares.

—Claro. Yo misma le he recomendado que se una a un grupo de personas que han enviudado —informé.

—¿De verdad? ¡Muy bien! Necesita ayuda. Espero que acuda a un profesional especialista en la superación de pérdidas familiares y que no haga caso de cualquier basura que encuentre en Internet.

—Yo también. Entonces, ¿qué hago con esta carta? —pregunté con tono áspero.

—Pues elimínala si quieres —dijo—. Hay otras dos más después.

—De acuerdo, lo prefiero. Que pases un buen día, Candy.

—Tú también. —Colgó sin despedirse.

En ese momento Rachelle se acercó a mi cubículo y se apoyó contra la madera. Llevaba en la mano una taza de té.

—Ayer por la noche estaba en el parque, al lado del río. ¿Sabes con quién me encontré? —Tenía la rara habilidad de ver a gente más o menos famosa, y a veces hasta ponía en su muro de Facebook fotos de ellos, tomadas por detrás o de perfil, con comentarios *ad hoc*: «¡Las nalgas de Robert Downey Jr. en Southampton!», o «¡Sí, tienes razón, es Jennifer Hudson!»

—¿Viste a Chris Hemsworth? —probé.

—No.

—¿A Derek Jetter?

—No. A Jonathan.

—¡Vaya! Me esperaba algo más, la verdad —dije poniendo cara de desilusión.

—Con su exmujer.

—¡Caray! ¡Vamos, cuéntame! —La mujer que se hubiera casado con nuestro jefe tenía que tener una vena masoquista. Me apiadé de ella inmediatamente.

—Parecía como si la estuvieran apuñalando en el hígado, o algo así de malo, ¿entiendes?

—Lo mismo que nos pasa a los demás cuando estamos con él. ¿Qué más? ¿Es guapa?

En ese momento se abrió la puerta del despacho de Jonathan.

—¡Hola, señor Kent! —dijo Rachelle, rápida como el rayo—. ¿Cómo está? Me encanta su corbata.

—¿Necesita algo de Ainsley? —preguntó, mirándonos a las dos.

—Sí, lo necesitaba. Y ya lo tengo. ¡Muchas gracias, Ainsley, querida!

—¿Has terminado con la columna de tu madre? —me preguntó—. No son más que seiscientas palabras.

—¡Sí! La envío ahora mismo —respondí sonriendo. Anduvo por el pasillo y yo leí a toda prisa el trabajo de la doctora Lovely, corregí una coma o dos y se lo reenvié a Tanya, la maquetista.

Para ser justos, Jonathan no era un jefe tan horrible. Increíblemente estirado, rígido e irritante, sí. Y muy reservado. Nunca hablaba de sus hijas. La única foto que había en su despacho era de dos niñas rubias, y yo di por hecho que eran suyas. Nunca venía con nosotros al bar, ni siquiera a la hora feliz, ni se dejaba caer por la cocina del personal para preguntarnos qué tal el fin de semana. Pero en fin, éramos sus empleados y no teníamos por qué saber que tenía su corazoncito, como todo el mundo. La verdad es que su apodo, el Capitán de Hielo, era merecido.

Durante el resto del día me concentré lo mejor que pude en el trabajo, pero mi pensamiento se deslizaba a cada momento hacia la prometedora noche que me esperaba. Pensaba en el precioso anillo y en el diamante que lo presidía. En el pasado, Eric y yo habíamos hablado acerca del tipo de boda que nos gustaría tener, divertida, relajada y con un buen grupo musical. O sea, la clase de boda en la que la gente come bien, bebe lo que quiere, baila y no tiene ganas de marcharse.

Y después, la dicha de estar casada. Yo me encargaría de que fuéramos esa clase de pareja que contrata una canguro agradable y sigue divirtiéndose. Quería tener por lo menos dos hijos. Puede que a uno de ellos hasta le pusiéramos el nombre de Nathan. O que lo utilizáramos como segundo nombre. Kate podría ser la madrina, si es que los niños judíos tienen madrinas. Miré hacia el despacho de Jonathan y lo busqué en Google. Sí, podían tener padrinos y madrinas. Perfecto. Kate sería la madrina del pequeño Nathan.

Se me llenaron los ojos de lágrimas al pensar en eso, así que agarré un pañuelo de papel y me sequé, justo en el momento en que Jonathan abría otra vez la puerta, al parecer buscando gente que vagueara. Pareció sentir pena al verme pero no dijo una palabra.

Por fin llegaron las cinco. Todos nos levantamos al mismo tiempo, como si fuéramos un pelotón de soldados bien entrenados. Con la excepción de Jonathan, naturalmente. Después de todo, era el jefe del pelotón.

—Buenas tardes, señor Kent —se despidió Rachelle, dirigiéndome una mirada traviesa.

—Que pase un buen fin de semana, señor Kent —dijo Deshawn, sujetando la puerta para dejar pasar a las damas.

—Adiós, señor Kent. —Era el turno de Francesca, la contable.

—Hasta el lunes, señor Kent. —Ahora fue Tanya.

—Buenas noches, Jonathan —dije yo por último.

—Buenas noches —contestó, dignándose a mirarnos durante un brevísimo instante antes de reanudar el trabajo.

Pues muy bien. Tenía un perro al que alimentar y una melena que rizar. ¿Me pondría el vestido ajustado de terciopelo negro? Demasiado frío. ¿El blanco con lunares rojos? Demasiado Betty Boop. ¿El verde y dorado? Demasiado navideño.

Pues, a este paso, tendría que comprarme uno nuevo.

Le Monde era un restaurante precioso, con amplios ventanales de suelo a techo con vistas al Hudson, iluminado sobre todo con luz de velas. Me puse un vestido de color azul marino con cuello amplio y un lazo, y unos zapatos de tacón alto, nuevos. Bolso de color crema de satén (nuevo, por supuesto) y una pulsera de oro en la muñeca derecha. Seguro que al diamante le gustaría tener un poco de competencia.

—Su pareja ya ha llegado —dijo el *maître* sonriendo—. Por aquí, por favor.

Según avanzaba entre las mesas vi una cara familiar.

Jonathan, hablando con una mujer atractiva. ¡Dios bendito! ¿Una cita? ¿Su hermana? ¿Su ex? ¿Una prostituta de lujo? ¿Una androide de compañía, si es que él no era también un robot? Se lo contaría a Rachelle en cuanto tuviera oportunidad.

Me detuve a la altura de su mesa y sonreí.

—¡Hola!

Él me miró, movió la cabeza casi imperceptiblemente y siguió desmenuzando el pescado. ¡Que educado!

—Soy Ainsley. Trabajo con Jonathan —le dije a su acompañante.

—Adele. Me alegro de conocerla —contestó ella con amabilidad.

—No es mi intención interrumpir.

—Pero lo has hecho —dijo él, ladeando la cabeza. «Se comporta como un humano y contradice mis palabras. Qué extraño.»

—Jonathan —le reprendió la mujer con afecto—. Sé agradable.

—Que disfrutéis de la cena —dije, despidiéndome. Puede que tuviera el síndrome de Asperger. Y sin embargo, él se comportaba de forma grosera solo conmigo. Con los demás era simplemente seco.

¡Allá él! Allí estaba mi querido Eric, vestido con un traje gris, camisa blanca y la corbata roja que le compré el Día de San Valentín. Esta noche estaríamos prometidos. Me detuve un momento y aspiré profundamente para empaparme de todo, para empaparme de Eric.

A veces la imagen de adolescente que recordaba del día que nos conocimos no me cuadraba con la del atractivo adulto que tenía enfrente. Después de todo, por aquel entonces éramos unos críos. Tenía el pelo negro, rizado y bastante largo. Ahora lo llevaba corto, y entre el color mayoritariamente negro asomaban algunas canas grises, aunque lo tenía más fuerte que antes. El año pasado se le habían ensanchado los hombros, probablemente gracias a los ejercicios que incluyó su programa de recuperación y a la dieta. Pero los ojos eran los mismos, oscuros, pensativos y amables.

Mi chico. Se levantó al ver que me acercaba.

—Hola, muchacho —dije, con entonación feliz.

—Hola —contestó, dándome un beso en la mejilla. No dijo una palabra sobre mi aspecto, lo cual era un tanto extraño. Siempre se daba cuenta de si un vestido era nuevo, y además este era impactante: elegante aunque sexi, exactamente tal y como debes desear que vista tu mujer.

—Gracias por haber pensado en esta cita —dije, al tiempo que me ponía la servilleta en el regazo—. Es muy agradable salir después de tanta tristeza.

—Aún no me puedo creer que se haya ido —dijo Eric—. La vida no será nunca igual que antes.

Contuve un ramalazo de enfado. Pese a que, con el tiempo, podría haberse establecido una amistad verdadera entre Eric y Nathan, cuando murió no eran más que conocidos. Durante su matrimonio solo habíamos visto a Kate y Nathan dos veces, aparte de la infausta tarde... Una cena en nuestra casa y otra en la de ellos. La de ellos fue mejor. Encima de todo lo demás, cocinaba de maravilla.

—Esta tarde he hablado con mi hermana —comenté, a ver si de verdad se daba cuenta de para quién la vida nunca iba a ser igual que antes.

—¿Cómo está?

—Bueno, va tirando. Siempre ha sido muy fuerte.

—Bien, bien. Yo también tengo que tirar de mis propias fuerzas.

—Eric, ¿no te parece que Kate probablemente esté sufriendo un poco más que tú? —Levanté una ceja al decirlo.

—Bueno, no creo que unos estén sufriendo más que otros —dijo, pestañeando varias veces—. Para eso no hay medidas. A todos nos duele mucho.

—No, no. Kate es la que más sufre, por descontado. Ha perdido a su marido. Y el señor y la señora Coburn, y Brooke y sus hijos... ellos han perdido a su hijo, a su hermano, a su tío. No todo gira a tu alrededor, cariño.

—Lo único que quiero decir es que lo ocurrido me ha afectado muy profundamente. ¿Acaso es tan malo? ¿Y desde cuándo gira todo a mi alrededor?

Suspiré profundamente, recordando que probablemente esta noche estaríamos prometidos.

—Lo siento. Hablemos de otra cosa, ¿de acuerdo?

—De acuerdo —gruñó, o casi.

Ya sabía que Eric era algo egocéntrico, el clásico hijo único y heredero de unos padres que lo adoraban. Eso deja huella. Pero también era generoso e inteligente. Amaba la vida que habíamos construido, nuestra casa, estas cenas en compañía. Sus jefes solían reír entre dientes mientras le comentaban la suerte que tenía de estar con una chica tan estupenda. Y es que yo sabía cómo tratar con la gente. También era fiel, divertido y amable.

Y además, era realmente bueno en la cama. ¿Lo había mencionado antes? Tampoco es que tuviera mucho con lo que comparar, la verdad sea dicha... pero sí, estoy segura de que lo era.

El cáncer... bueno, ya estaba un poco cansada de pensar en eso, pero él se había llevado un susto de muerte, pese a todas sus reacciones positivas. Nadie sale completamente indemne de una experiencia como esa.

—La columna de Candy de hoy era realmente hilarante —dije cambiando completamente de tema. Los ojos se le alegraron mientras escuchaba atentamente mis explicaciones: se trataba de una mujer con una suegra horrible, un problema que yo no tendría jamás. Pedimos vino y unos entrantes, y procuré mostrar mi mejor versión, hablando mucho y flirteando, para intentar mejorar su estado de ánimo. De vez en cuando echaba un vistazo en dirección a mi jefe, pero ninguna vez lo sorprendí mirándonos a nosotros.

Por fin, más o menos en mitad de la cena, Eric precipitó las cosas.

Se aclaró la garganta y dejó junto al plato el cuchillo de carne. Siempre pedía *filet mignon*. Siempre. Yo estaba comiendo langosta, elección que no pareció ser demasiado acertada, pues tenía las manos algo pringosas de mantequilla. De todas maneras, así el anillo se deslizaría con más facilidad por el dedo. Hay que decir también que fue la mejor langosta que había tomado en mi vida, tierna y suculenta. Y la mantequilla, ¡madre mía! Me la habría bebido.

Ejerciendo gran control sobre mí misma, tomé otro bocado de langosta y después me limpié las manos sutilmente con la servilleta. Eric me besaría, a mí, a su prometida.

—Hay una cosa que te quería pedir —dijo.

¡Por Dios! Me dio un vuelco el corazón, tan fuerte que me pareció que se me iba a salir del pecho. ¡El amor, amiga, el amor!

—¿Sí? —. Mantuve un tono de voz relajado e informal. Estaba claro que quería sorprenderme, así que no le iba a estropear el momento.

—Sí, pero... no estoy muy seguro de cómo vas a reaccionar.

Bueno. Pues prueba a ver qué pasa —dije, sonriendo. En unos treinta segundos, nuestros vecinos de las mesas cercanas, y probablemente todo el comedor, vería a Eric con una rodilla en tierra, me escucharía dar el sí y seguramente hasta Jonathan se alegraría por nosotros. Puede que hasta sonriera, aunque en tal caso igual la cara se le rompía en pedazos.

—Muy bien —dijo Eric respirando muy hondo.

Y entonces... no hizo nada. Permaneció sentado, sin fruncir el ceño, sin sonreír, simplemente mirándome.

«¡Vamos, busca en el bolsillo!», le ordené mentalmente, sonriendo aún más abiertamente. Pero siguió sin hacer nada.

—¿De qué se trata, cariño? —pregunté. Empezaba a notar que mi sonrisa se iba convirtiendo en forzada. ¿Se le habría olvidado el discurso que iba a pronunciar? Le encantaban los discursos.

—Mmm... de acuerdo. —Se puso un poco más derecho sobre el asiento. Casi rígido. Yo levanté el dedo anular izquierdo esperando el momento. Me miró a los ojos, con la cara muy seria, y habló por fin—. Me gustaría que te marcharas de casa.

Aunque escuché y entendí las palabras a la primera, mi cerebro tardó un poco más en procesarlas.

«¿Algo de lo que ha dicho se puede interpretar como una propuesta de matrimonio?», preguntó mi cerebro.

«Pues no, creo que no, de ninguna manera», respondí yo.

«¿Me puedes repetir lo que te ha pedido?» ¡Vaya! Hasta mi cerebro vacilaba.

«No estoy segura del todo.»

—¿Perdona? —respondí por fin. Todavía tenía la sonrisa en la boca. Todavía tenía el dedo anular esperando.

—Me resulta muy duro —dijo—, pero es el momento. Siempre recordaré con adoración los años que hemos pasado juntos.

—¿Cómo dices?

—Es que la muerte de Nathan… fue algo muy profundo, ¿sabes? En realidad creo que fue un mensaje.

—¡Espera, espera, espera! Espera un momento. —Mis pensamientos eran un auténtico batiburrillo sin color, grisáceos—. Dices… ¿la muerte de Nathan? ¿Y qué tiene que ver con nosotros dos la muerte de Nathan? Quiero decir, más allá de lo obvio.

—Fue un mensaje. Para mí. Lo sé. Un momento muy, muy profundo.

—¡No, no lo fue! Se tropezó, se golpeó la cabeza y se murió. Eso no es… profundo. Eso es un accidente, Eric. Es exactamente lo contrario a algo profundo.

Pero ¿de qué narices estaba hablando? ¿Había dicho algo de que tenía que mudarme, que «me marchara de casa»? Bueno, después de todo sí que me había sorprendido, y de qué manera. Pero yo, mi cerebro, mi inteligencia, mi sensibilidad, lo que fuera, estaba en *shock*. En ese momento Jonathan sí que me estaba mirando. ¡Vaya, hombre, qué oportuno! Me llevé a la boca otro trozo de langosta y la mastiqué, dedicándole una sonrisa a mi jefe. Era una forma de mandar el mensaje de que no había nada que mirar. De que todo iba bien.

Eric, por su parte, volvió a aclarase la garganta.

—Mira, he estado pensando. Por alguna razón no nos hemos casado, ¿no? Eso nos indica algo.

Me tragué por fin el trozo de langosta y por poco me atraganto.

—Sí, por supuesto que hay una razón. Y no, no indica nada en absoluto. ¡La razón es que no me lo has pedido! O, por lo menos, no oficialmente. —Elevé el tono de voz y la gente empezó a mirar. ¡Qué les dieran!

—Sí, ya lo sé —dijo Eric—. Hemos hablado de ello, pero no seguimos adelante. —Me miró con detenimiento—. Eso lo explica todo bastante bien, ¿no te parece?

—¡No, no me parece, de ninguna manera me parece! —Mi cerebro me preguntaba continuamente que dónde estaba el anillo, que le gustaría ver ese anillo—. Vivimos juntos. Hemos comprado una casa juntos. ¡Hasta nos vamos de vacaciones con tus padres un montón de veces!

—Sí, todo eso es verdad, lo hicimos.

¿Lo hicimos? ¿Por qué hablaba en pasado?

—Eric... no es posible que... que estés rompiendo conmigo... —Se me quebró la voz de pura incredulidad.

Hizo un ruido ininteligible, al tiempo que asentía y después se encogía de hombros. Pues sí, era precisamente lo que estaba haciendo, romper conmigo.

—¿Y qué pasa con el anillo? —pregunté—. Me compraste un anillo de compromiso.

—¿Cómo lo sabes? —preguntó con una mueca.

—Porque yo lo sé todo. —Sí, la madre enfadada surgió de muy dentro de mí. Eric era un agradable chico judío, así que la voz de madre enfadada lo asustó—. ¡Eric David Fisher, me compraste en Tiffany's un anillo de compromiso de un quilate y medio porque querías casarte conmigo! ¡No puedes romper conmigo! —En estos momentos, la gente ya estaba contemplando abiertamente nuestra dramática escena, con la excepción de Jonathan, que seguía comiendo. Pero a mí me eso me daba igual.

—Ains, escucha. Es verdad. Yo quería casarme contigo. Te lo iba a proponer en la fiesta, tienes razón. Y entonces, literalmente, el universo me detuvo de forma trágica, nada menos que matando a un hombre.

—¡Vamos, Eric, por el amor de Dios! ¡Se tropezó! ¡Fue casual! ¡El universo no tiene voluntad!

—Bueno, pues yo pienso que fue mucho más que una casualidad. Que era el universo diciendo claramente que la vida es corta, que la vida es incierta, que hay que vivirla en toda su extensión. ¡Claro que tiene voluntad!

—Te voy a clavar este cuchillo donde el universo quiera como no dejes de decir gilipolleces.

—Ainsley. Cariño. No sabes lo agradecido que te estoy por todo. De verdad que lo estoy. Ha sido increíble conocerte y vivir contigo. Pero voy a vender la casa. Hoy he dejado el trabajo y me voy a Alaska.

—¿A Alaska? Pero ¿estás bebido, o te has pinchado? ¡Qué demonios te vas a ir a Alaska!

—Sí que me voy a ir.

—¿Sabe tu madre todo esto? —Judy se metería en la cama durante un mes si se mudase a Nueva Jersey, o sea que si le decía que si iba a Alaska, figúrate.

—Todavía no. Pero tienes que dejar la casa.

—¡No voy a dejar la casa! ¿Me tomas el pelo? Todo esto es un mal chiste, ¿verdad?

—Lo siento mucho. De verdad, de verdad que me duele en el alma herirte de esta forma. —Me miró fijamente, amablemente.

Había algo... no sabía qué... en su expresión. También en su voz. Mi cerebro me informó de lo que era: sinceridad. Le dije que se callara inmediatamente. A mi cerebro, claro.

—No puedes romper conmigo. —Lo afirmé tajantemente—. Te cuidé como una enfermera durante el cáncer, Eric. —Elevé la voz para que todos los improvisados pero muy atentos espectadores pudieran entenderme sin dificultad—. Fui tu enfermera. Durante el cáncer. ¿Te acuerdas?

—Claro que sí. Y te lo agradeceré siempre.

Me temblaban las manos. Quería estrangularlo. Inspiré profundamente. Miré a los vecinos de las mesas, que estaban absolutamente cautivados, con la excepción de Jonathan. «Gracias por no preocuparte por nada, Capitán de Hielo.» Por una vez, estaba en el hoy escaso grupo de los que hacían lo que debían.

Me bebí el vino de un trago y rellené el vaso.

—¿Qué tal la cena, señores? —preguntó el camarero sonriendo, muy en su papel.

—¡Magnífica! ¡Fantástica! ¡La mejor de mi vida! —respondí, engullendo desafiante otro trozo de langosta, bastante grande—. Mi novio está a punto de pedirme en matrimonio.

—No, no es verdad —contradijo Eric—. Estamos rompiendo.

—¡Ah! Eh... entonces les dejo para que tomen su decisión tranquilamente. —El pobre camarero se dio la vuelta y se alejó casi corriendo.

Eric empujó un poco la mesa como si fuera a marcharse.

—No, no, no —dije, limpiándome los labios con la servilleta—. Todavía estamos hablando. Quédate aquí. —Cerró los ojos durante un momento, pero finalmente obedeció.

De acuerdo. Cuando me enfadaba mucho, Eric siempre se quedaba callado, así que mantendría la calma. Intentaría aplicar la lógica.

—Eric —empecé con voz tranquila—. Cariño, sé que te gustaba Nathan, que lo apreciabas. Y sé, créeme, lo sé, lo terrible que ha sido este último año y medio. Es lógico que te hayas replanteado tu vida.

—Gracias por entenderlo —dijo.

—No, no, todavía no he terminado. Es más, solo acabo de empezar —advertí—. Mira. Puedo entender que quieras, eh..., vivir la vida en toda su extensión, o a tope, si lo prefieres. Pero no puedes mandar a hacer gárgaras a la persona que ha estado contigo, a tu lado, durante nada menos que once años, que te adora y quiere ser la madre de tus hijos, que te ayudó a luchar contra el cáncer —el cerebro me dijo que sí, que sí, que sacara a colación su tema favorito, aunque a mí me repugnara un poco—, que limpió tus vómitos y te lavó todo el cuerpo con una esponja.

Que los que estaban escuchando pudieran contar este chisme cuando relataran el drama que tuvieron la suerte de presenciar. Sí, de acuerdo, solo lo bañé una vez con una esponja y solo fue una especie de ensayo, que propuso el propio Eric, por si en algún momento se quedaba tan débil que fuera incapaz de hacerlo él mismo. Lo cierto es que terminamos jugando a la enfermera traviesa, con final feliz. Le dejé que lo masticara durante un rato.

—Te portaste maravillosamente —admitió.

—Gracias, cariño. En la salud y en la enfermedad, ¿no es así? Para mí estábamos tan casados como si hubiéramos celebrado la ceremonia. Y tú decías lo mismo. El papel es solo una formalidad, decías.

—¡Mira por dónde! Mi antiguo novio siguió conmigo exactamente la misma línea argumental —murmuró una rubia que estaba a mi izquierda—. Hasta que me dejó por su prima tercera. Jovencita y de entrada como una mosquita muerta, pero terminó siendo una zorrona.

No le hice caso. Estaba claro que la rubia y yo no teníamos nada en común.

—Eric, creo que simplemente estás... reaccionando. La muerte de Nathan nos ha afectado mucho a todos. Pero romper... no, es demasiado.

No lo debía permitir. No, no lo permitiría.

—Sí. Y... sabía que dirías eso —afirmó, asintiendo lentamente—. Lo siento, Ains. Sabes que no era mi intención herirte y reconozco que lo he hecho, que lo estoy haciendo. Lo asumo y sufro por ello. Pero necesito empezar de nuevo. Necesito ir a Alaska.

—¿Por qué? ¿Vas a pescar cangrejos?

—Me voy a ir durante tres meses por lo menos, a un campamento en Denali.

—Y esto lo dice una persona que no puede salir de noche en primavera y verano por los mosquitos. ¿Y qué me dices de los osos y de los lobos? En menos de una hora te habrán devorado.

—Tengo que cambiar, lo sé —dijo sonriendo—. Tengo que vivir la vida a tope. Se me ha concedido una segunda oportunidad. A Nathan no. No puedo olvidarme de eso, Ainsley.

—Bueno, pero tampoco puedes romper conmigo. —Sonreí con firmeza—. ¿Y qué pasa con *Ollie*? No puedes dejarnos a los dos.

Me devolvió una sonrisa triste. Sus ojos, esos ojos marrones que yo amaba tanto, brillaban ligeramente.

«Siento tener que transmitirte esto pero tiene toda la pinta de que está decidido», me dijo mi cerebro.

Mis propios ojos empezaron a llenarse de lágrimas también.

—Eric —susurré—. Yo te quiero. Te llevo queriendo durante toda mi vida adulta. Si crees que tienes que irte a Alaska, de acuerdo, vete. ¡No pasa nada, está bien! Iré contigo. O no, como quieras. Vete y después vuelve. Pero nosotros... nos queremos.

Extendió la mano hacia mí por encima de la mesa. Esa mano tan familiar.

—Si, así era.

—¡Todavía es así!

—Por tu parte es posible que sí. Pero yo tengo que hacer lo que te he dicho. Sé que piensas que es una reacción irresponsable, casi refleja, pero llevo pensando constantemente en esto desde la muerte de Nathan. Y, por otra parte, llevo mucho tiempo sin sentirme feliz.

Eso sí que me rompió el corazón. Era como un niño que le dice a su madre que ya no la quiere, aunque ella sepa perfectamente que no es verdad. En todo caso, sus palabras me hirieron profundamente.

—No te creo. —Me salió una voz baja y ronca, de pura pena.

—Es la verdad. La vida que vivimos no es la que yo deseo.

No, claro. ¿Quién iba a desear amor incondicional, diversión, amistad, felicidad, seguridad, magnífico sexo..., y..., y...? El pecho estaba a punto de estallarme.

—Entonces eres un completo imbécil. —Conseguí decirlo con convicción.

—Tú no eres feliz tampoco. Ese trabajo tuyo no te llena. Supone un paso atrás enorme en comparación con la NBC. Te quejas de eso a todas horas.

Miré en dirección a Jonathan durante un instante. Seguro que ahora sí que estaba escuchando.

—Pero nuestra vida sí que me llena —repliqué—. Soy muy feliz. Mi trabajo... —añadí, y pese a lo complicado de la situación, me acordé de bajar el tono—, mi trabajo está bien de momento; ya surgirá otro mejor.

—¡Pero esa es precisamente la lección que nos da lo que le ha pasado a Nathan! ¡Puede que no surja nada mejor! —Se inclinó hacia delante, mirándome con intensidad—. ¿Es que no te das cuenta, Ains?

—¡No, no me doy cuenta, joder! Te lo repito: no piensas con claridad. Tenemos que casarnos, es el momento. ¡No seas ridículo!

—Siento mucho hacerte daño. De verdad que lo siento.

—No puedes haberme invitado a este restaurante tan maravilloso para darme la patada en el trasero, Eric.

—Pensé, equivocadamente, ahora lo veo, que no harías ninguna escena aquí.

—¿Quieres que monte una escena? ¡Pues lo vas a conseguir! ¿Cómo es posible que me hagas esto? ¿Cómo puedes ser tan egoísta?

—Creo que, por eso entre otras cosas, te conviene librarte de mí, ¿no crees?

No podía estar hablando en serio. Seguro que se lo pensaría mejor.

—Me voy ahora mismo —dije. Sentía la garganta como si me hubiera tragado un montón de cristales rotos—. Nos vemos en casa.

—Esta noche dormiré en casa de mis padres.

—¡Muy bien! Vete a casita con mami. Puede que ella te devuelva el sentido común.

—Una vez más, Ainsley, lo siento mucho, y siempre te agradeceré que estuvieras a mi lado durante mi lucha contra el cáncer.

—¡Cierra el pico!

Me levanté de la mesa y eché una mirada a la langosta que quedaba, sopesando la posibilidad de llevármela. Decidí que no hacerlo aportaría un poco más de dignidad a mi salida. Llevar un crustáceo pegado al pecho no daría muy buena imagen, la verdad.

Esto no podía estar pasando. No podía romper conmigo. Éramos especiales.

Pasé una noche fatal. Mi estado de ánimo iba de la furia a la confusión y a la urgencia de ir a toda pastilla a Greenwich con el automóvil y darle de bofetadas al muy imbécil, aunque fuera delante de sus padres. Igual su madre hasta lo sujetaba para que no pudiera defenderse. También registré toda la casa, con *Ollie* siguiéndome de cerca arrastrando su manta, intentando encontrar el anillo de compromiso.

Pero no lo encontré. Lo que sí abrí fue la caja en la que guardaba todas las cartas que me había escrito Eric, todas sus notas, cada dibujo, todo, sin que faltara ni una sola cosa.

Al leerlas estallé en lágrimas. Él me quería. Lo sabía perfectamente. Allí estaba, se demostraba con pruebas, negro sobre blanco.

Encontré en el garaje una caja enorme de *Eastern Mountain Sports,* que contenía una tienda de campaña, material para cocinar, botas, calcetines, camisetas, pantalones, gorras y demás disfraces y parafernalia de senderismo. Después de todo, Eric era un adicto a los motores y lo de ir andando a los sitios no era su fuerte. Hasta ahora, por lo que podía ver. También había un saco de dormir especial para heladas, una mochila casi más alta que yo y unos bastones de *trekking.* No me cabía la menor duda de que, cuando se pusiera o utilizara todo eso, parecería un completo idiota, si es que llegaba siquiera a encontrar el camino que buscaba, o cualquier camino. Hasta había un espray repelente de osos.

¿Así que de repente se había convertido en Cheryl Strayed, la bloguera que había ido andando a todas partes? ¿Se iba de paseo para encontrarse a sí mismo? ¡Eso mismo hizo el año pasado y apenas llegó a la esquina!

Resistí la tentación de prenderle fuego a todo lo que tuviera que ver con acampadas y senderismo, volví dentro y encendí la tele gigante. Vi *Juego de tronos* y comí galletas saladas con Nocilla. ¡Tenía que haberme traído la langosta, maldita sea! En fin, intenté distraerme comiéndome con los ojos a John Nieve, con *Ollie* en el regazo.

No hubo manera.

Las lágrimas eran incontenibles. Era la peor pelea que habíamos tenido nunca. La peor.

Y estaba aterrada. En once años de relación, jamás habíamos hablado de romper.

Tenía que tratarse de un ligero corte en la secuencia de nuestra relación. Algo pasajero. Me quería. Quería a nuestro perro. Le encantaba la vida que llevábamos. ¿Cuántas veces me lo había dicho? ¿Cien? ¿Más?

Pero tenía el corazón estremecido.

Esa noche apenas dormí.

A la mañana siguiente me llamó la madre de Eric.

—Está aquí —me dijo—. No sé qué demonios le está pasando. Se está comportando como un idiota.

Escuché una especie de repiqueteo de fondo.

—¿Le estás haciendo tortitas? —pregunté. Las tortitas de Judy eran legendarias y las hacía siempre que íbamos a desayunar.

—Tiene hambre. Vamos, Eric —dijo, al tiempo que su voz se perdía al alejar el teléfono. Sí, la conocía muy bien—. Ya está el beicon. Estoy hablando por teléfono con Ainsley, ¿sabes? ¡Con Ainsley! —De nuevo su voz se volvió más alta—. La mujer que te quiere, ¿la recuerdas? Ainsley, cariño, debo decirte que tanto Aarón como yo estamos avergonzados por la forma en que te ha tratado Eric.

—Os lo agradezco.

—Es como si se hubiera olvidado de quién es la persona más importante que hay en su vida —estalló—. Aquí tienes la miel, querido. ¿Dejar su trabajo? ¿Un trabajo con ese salario, un Cadillac, un seguro de salud de alta gama, además de ese despacho tan estupendo y secretaria? ¡Y el gimnasio, Ainsley! ¡En el propio edificio! ¡El gimnasio! —A Judy siempre le había maravillado la oficina de Eric en Wall Street—. No te pongas tanto sirope, cariño, es puro azúcar, ya sabes. De todas maneras, ya le hemos dicho que se está comportando como si estuviera loco. ¡Alaska! ¿Quién vive en Alaska? Morirá en Alaska.

—Un montón de gente muere en Alaska —dijo Aarón como un eco.

—Exactamente —dije yo a mi vez.

—Ya recapacitará, cariño. No es tan estúpido. —Hubo una pausa, en la que me la imaginé mirando hoscamente a su hijo y después poniéndole otra tortita en el plato—. ¿Mantenemos la cita para ir de compras este jueves? No tengo nada para el crucero.

¿Veis? Si seguía teniendo la intención de ir de compras conmigo es que las cosas iban bien. Le aseguré que sí y colgué.

Había quedado a comer con Rachelle. Eso estaría muy bien. Me olvidaría de esta pesadilla y, ¿quién sabe? Quizá cuando volviera Eric estaría sentado en el porche delantero, esperándome con un ramo de rosas en la mano para disculparse de todo corazón.

No le contaría a nadie lo que había pasado. Solo serviría para que la gente pusiera cara rara al verlo cuando todo volviera a la normalidad.

Me duché y me vestí con esmero, intentando vaciar mi mente. Me puse un vestido agradable y sencillo, pendientes de plata y sandalias de tiras. Eso es. Volvía a parecerme a mí misma, ligeramente rechoncha (con curvas, como solía decir Eric), más bonita que un San Luis.

Salvo que, al menos para mí, esa sombra de inquietud en la expresión de los ojos era perfectamente reconocible.

Nunca antes nos habíamos peleado con acritud. Nunca nos habíamos ido a la cama enfadados. Éramos una pareja perfecta, las dos mitades de un todo.

Rachelle y yo habíamos quedado en Blessed Bean, un pequeño restaurante y cafetería del centro histórico de Cambry-on-Hudson, no muy lejos de la oficina. Fui en bicicleta hasta el centro, pasé por el estudio nuevo de Kate, el escaparate lleno de fotos de novias, bebés, niños y animalitos. Le gustaba decir que las fotos mostraban el lado real de las personas y, a lo largo de los años, a Eric y a mí nos había sacado unas cuantas. Y en todas ellas parecíamos felices. No se veía por ninguna parte la más mínima pista del jodido «llevo mucho tiempo sin sentirme feliz».

O quizá sí. Igual debería comprobarlo.

Al pasar por Bliss, la tienda de novias, intenté no mirar el escaparate ni asomarme dentro. Los vestidos eran auténticas obras de arte, sobre todo uno corto de encaje que vi con el rabillo del ojo. Pero ahora no podía pensar en bodas. Para nada. Antes, Eric tenía que dar algunos pasos. Y desandar otros.

Allí estaba Rachelle, comprobando su teléfono enfrente del restaurante.

—¡Hola! —la saludé, componiendo una falsa sonrisa.

—¡Tienes un aspecto estupendo! —me piropeó. Como a mí, le encantaba la ropa. Ir de compras contribuyó mucho a que nos hiciéramos amigas—. ¿Te has fijado en ese vestido de encaje en Bliss? ¡Dios mío, tengo que casarme, aunque solo sea para ponérmelo!

—Te sentaría de maravilla, seguro. Estoy muerta de hambre —informé—. Vamos a entrar.

Nos sentamos al lado de una ventana y ella flirteó con el camarero. Rachelle era soltera y siempre estaba de pesca. Además, era bastante guapa.

—¿Sabes una cosa? —dijo después de que pidiéramos la comida—. Tengo cotilleos de la oficina.

—¡Por favor, suéltalos!

—El Capitán de Hielo tuvo una cita anoche. ¿Te lo puedes creer?

—¿En serio? —Bebí un poco de agua para cubrirme. Evidentemente había visto a Jonathan anoche, aunque no pude discernir si se trataba de una cita en toda regla. En principio me pareció una situación tan romántica como una operación de juanetes, pero no quería hablarle de ello a Rachelle. Después de todo, Jonathan me había visto durante mi momento de humillación y no me hizo ni caso cuando me marché del restaurante, lo cual era de agradecer. Sabía que nunca hablaría de eso con nadie.

Rachelle se puso a especular a todo trapo, y yo sonreía y asentía, pero sin decir ni una palabra. Después cambió de tema, y se refirió a su búsqueda de un novio agradable (el último había intentado convencerla de que se convirtiera a la religión de los druidas). Le prometí que le daría el teléfono de alguno de los compañeros de trabajo de Eric, a los que conoció en la fiesta.

¡Dios, si pudiera volver a vivir esa condenada fiesta! Me aseguraría de que la copa de Kate estuviera siempre llena. Nathan estaría todavía vivo, y nosotros prometidos.

Cuando llegó la cuenta la miré, entregué la Visa y eché un disimulado vistazo al teléfono.

—¿Qué vais a hacer esta noche? ¿Algo divertido? —preguntó Rachelle.

—Todavía no tenemos planes. —Forcé otra sonrisa.

El camarero volvió con la cuenta.

—Lo siento mucho —dijo—, pero su tarjeta ha sido rechazada.

Me quedé con la boca abierta y la humillación me inundó el pecho y la garganta, hasta terminar anidando en las mejillas.

—¡Ah... es verdad! Lo... lo había olvidado. Nos piratearon el número de la tarjeta. Lo siento. Tenía que haberla destruido. ¡Vaya!

Nadie nos había pirateado la tarjeta de crédito, por supuesto.

Hurgué en el monedero y le di dos billetes de veinte.

—Lo siento. Quédese con el cambio.

Eric había cancelado la tarjeta. Estaba segura, lo sentía en las entrañas. ¡Vaya toalla! El miedo hizo que me temblaran las rodillas.

—Escucha, tengo que ir a ver cómo está mi hermana, así que me marcho pitando —le dije a Rachelle.

—Por supuesto —respondió—. Dale muchos recuerdos de mi parte, ¿de acuerdo?

—Sí. ¡Nos vemos el lunes! —El corazón me latía de una forma bastante errática.

«Me gustaría que te marcharas de la casa.»

Fui a casa a toda la velocidad que me permitieron las piernas y la bici, entré por la puerta como una tromba y me fui directa al portátil, el último modelo de Mac, que Eric me había regalado. Entré en mi cuenta corriente, con la que pagaba los recibos de la casa.

La contraseña todavía funcionaba, gracias a Dios, pero el susto no se me pasaba. *Ollie* se me acercó y empecé a acariciarlo de forma automática, esperando a que apareciera en pantalla la dichosa cuenta. Nuestra cuenta.

Ahí estaba:

Cuenta corriente terminada en 7839: Saldo actual, $ 35,17.

La frente y la espalda se me llenaron de sudores fríos.

La semana pasada teníamos más de veinte mil en esa cuenta.

Cuenta de ahorro terminada en 3261: Saldo actual, $102,18.

La semana pasada, cincuenta mil y pico. Respiraba entrecortadamente.

Todo nuestro, su, dinero estaba invertido en una cartera de valores conservadora. Dejaba unos miles aparte para jugar con ellos y arriesgar un poco. Era su trabajo, al fin y al cabo. Le gustaba invertir en compañías nuevas, siempre a la caza de la siguiente Google.

Me puse derecha y procuré respirar con calma.

Cuando Eric empezó a ganar mucho más dinero que yo, insistí en seguir pagando nuestros gastos a medias, salvo el alquiler, porque no había manera de que yo pudiera permitirme el precio de nuestro segundo apartamento. Pero pagaba la mitad de los recibos del gas, de la electricidad y del resto de los gastos. No quería convertirme en una mantenida, pese a que su trabajo en Wall Street nos había colocado en un nivel de rentas muy alto. ¡Y ahora esto, por favor! Yo no ganaba lo suficiente en *Hudson Lifestyle* como para permitirme vivir en la zona de influencia de la revista. No dejé de captar la ironía del asunto.

Cuando compramos la casa, Eric me dijo que me guardara mi parte para cuando tuviéramos un hijo. En realidad no podía aportar ni siquiera la décima parte de eso, así que lo de la mitad era utópico. En su momento me preocupé por ello, aunque tengo que confesar que solo un poco, y propuse que compráramos una casa más modesta, pero Eric me sonrió, me dio un beso y me dijo, textualmente: «Cariño, podemos pagar esta fácilmente».

Lo que quería decir en realidad era que él podía pagar esta fácilmente.

Por otra parte, yo apenas me preocupaba del dinero. Estúpida, estúpida, estúpida. Y las escrituras... solo a su nombre. Nunca cambiamos eso, claro que no. ¿Lo habría hecho deliberadamente? O, planteándolo de otra manera, ¿lo había hecho previendo lo que iba a ocurrir?

Yo nunca puse en duda que era nuestro dinero, nuestra casa, nuestra familia.

Una o dos veces al año agarraba a Eric por el cuello y le decía que «eso era cosa mía». Nos reíamos y me dejaba pagar.

Me di cuenta de que estaba sudando a chorros.

Yo tenía mi propia cuenta de ahorros, y la comprobé también. El saldo era igual que el de la semana anterior, 12.289,43 dólares. No se puede decir que demasiado por toda una década de trabajo.

Lo lógico sería que tuviera el corazón roto, o que me sintiera furiosa, pero en ese momento solo estaba aturdida.

Él no quería hacerme esto. Dentro de un día, o de una semana, volvería y caería de rodillas, suplicándome que lo perdonara. Que me quería. Que siempre me había querido.

Pero una voz dentro de mí, que se parecía mucho a la de Candy, me decía que Eric estaba haciendo exactamente lo que quería hacer, ni más ni menos.

CAPÍTULO 10

Kate

El vigésimo segundo día del periodo que había bautizado con el título de «Mis emocionantes aventuras como viuda» me sorprendí a mí misma en el baño de una gasolinera haciendo pis sobre una tirita de papel.

¿Qué por qué estaba haciendo eso? Pues por el puro placer de hacerlo, solo por eso. Os percatáis, ¿no?

Todavía no me había venido el periodo.

Así que tenía que estar preñada, ¿de acuerdo? ¿¡De acuerdo!?

Reconocía mi propia desesperación. Once pruebas de embarazo habían dado resultado negativo. Opté por no fiarme de ellas. ¡A la mierda con las rayitas! ¡Y a mí que más me daba que la Clínica Mayo, la web de Ginecología de América y el Servicio Público de Salud británico afirmaran que era precisa al noventa y nueve por ciento! Si así fuera, ya me habría venido el periodo, así que estaba embarazada, y punto.

—Voy a tener a tu hijo, Nathan —dije en voz alta, dejando que el test se hundiera. Mi voz rebotó en los azulejos de la pared de los servicios—. ¡Vamos a ser padres los dos, cariño!

Seguía manteniéndome a flote, agarrada al lado bueno de las cosas. ¡Esa era yo! Viuda, pero no destrozada.

¿Y por qué en la gasolinera? Bueno, digamos que estaba un poco harta de esconderme en mi propia casa para hacerme las pruebas de embarazo. Un poco harta de mover las manos como si bailara para mantener las luces encendidas durante todo el tiempo, que yo pensaba que iba a ser muy especial. Además, ¿y si Brooke aparecía sin avisar, como solía hacer estos días bastante a menudo, y me ayudaba a sacar la basura, pongo por caso? Eso no lo había hecho nunca, la verdad, pero bueno, cabía dentro de lo posible, si no de lo probable. Podría encontrar los restos del test de embarazo y abrigar esperanzas, que yo tendría que disipar.

¿Y si mi suegra, aunque no sé si técnicamente Eloise seguía siendo mi suegra, puesto que yo ya no estaba casada con su hijo; en fin, me estoy liando..., y si Eloise traía a sus perritos y empezaban a corretear, entraban en el cuarto de baño, sacaban la basura del cubo y dejaban los restos de la cosa a los pies de mi suegra, quiero decir... bueno sí, mi suegra, igual que hizo el perro que había en casa cuando era niña, que dejó un tampón usado a los pies de mi primer novio?

Se me habían acabado las pruebas de embarazo hacía dos días, así que tuve que irme a una farmacia de tres pueblos más al norte, no fuera a ser que me encontrara con alguien que conociera a Nathan, y es que los que lo conocían eran legión. La farmacia estaba convenientemente localizada al lado de una gasolinera, así que ya lo sabéis todo.

Y la verdad es que era mucho más fácil que las dos malditas líneas aparecieran aquí, ¿verdad? Todo era bastante... sórdido. Si fuera una adolescente, con toda seguridad estaría embarazada.

Tenía que estarlo. Nunca me había saltado un periodo, ni una sola vez. De hecho, la cosa había sido como una especie de grano en el trasero durante toda mi vida, pues la primera regla me vino nada menos que a los doce años, durante la fiesta en la que celebrábamos el cumpleaños número cien de mi tía abuela Marguerite.

—Veo que ya eres toda una mujer —me susurró la anciana al oído.

De entrada pensé que chocheaba, o que le había dado un ataque. Pero me volví y me di cuenta de que tenía una gran mancha parda en el vestido de verano, blanco por supuesto, en la zona del trasero. Ainsley pensó que me estaba muriendo y a la pobre no había quien la consolara.

Y desde entonces, ahí estaba, cada condenados veintiocho días.

Así que, ¿dónde demonios estaba mi menstruo, eh? Fabricando una placenta, ahí estaba, dijeran lo que dijesen las autoridades mundiales en detección del embarazo mediante rayitas.

—¡Placenta! —dije en voz bastante alta, solo para asegurarme de que no estaba dentro de un mal sueño. A veces me resultaba difícil distinguir los sueños de la realidad. Estaba ebria de puro agotamiento.

Desde la muerte de Nathan solo dormía durante periodos de unos veinte minutos, y me despertaba de repente presa del pánico. ¿Era cierto? ¿De verdad se había ido? ¿O lo había soñado todo, fallecimiento incluido? O puede que todo nuestro tiempo juntos fuera el sueño, que eso nueve idílicos meses que habían transcurrido desde que le conocí fueran solo producto de mi imaginación.

Ahora parecía como si nuestro matrimonio se estuviera disolviendo. Solo podía reconstruir la imagen de Nathan a oleadas relucientes, como si apareciera y desapareciera en medio del mar durante un día soleado de agosto. Podía pensar y reconstruir fotos suyas, pero no en la vida real.

—Por favor, vuelve —susurré—. Nathan, por favor.

Naturalmente, no hubo respuesta.

Miré el reloj. Dentro de veinte minutos había quedado con Eloise a comer, en el Club de Campo de Cambry-on-Hudson. Las dos compartíamos el luto, de momento sin poder superarlo. Iba a ser mi primera salida, descontando aquella extrañísima visita al supermercado, tres paseos nocturnos en automóvil y el divertidísimo viaje de hoy a la farmacia, pasados tres pueblos.

Veinte minutos. Tiempo más que suficiente como para que mis hormonas crearan las dos líneas sobre la tira de la prueba de embarazo. No pensaba decirle a Eloise que estaba embarazada hasta que no hubiera superado con creces los tres meses y la cosa fuera absolutamente segura. En ese momento la noticia supondría un estallido de felicidad.

Miré la prueba.

Una línea.

—¡Que te den, imbécil de los cojones! —exclamé, y tiré a la basura con todas mis fuerzas el dichoso papel.

—Kate, querida —saludó Eloise según entraba en el edificio del club—. Gracias por haber venido.

—Gracias por invitarme. —Me incliné para besarla y, en lugar de eso, me abrazó, por lo que el resultado fue que besé a mi suegra, o lo que fuera, en el cuello, como un adolescente que buscara un chupetón en el cuello de una chica. Educadamente, ¡cómo no!, hizo como si no se hubiera dado cuenta, aunque retrocedió un poco. No se lo podía reprochar. Miré hacia abajo y me di cuenta de que mis zapatos no estaban emparejados. ¡Madre mía! Intenté disimular poniendo un pie detrás de otro, como un equilibrista andando sobre el alambre.

Mirar a los ojos a Eloise me resultaba muy difícil. Aunque no era madre (gracias por tu amabilidad, test de embarazo), pensaba que si se pierde un hijo sería normal considerar el suicidio como una alternativa razonable. Pero también era cierto que a Eloise le quedaban Brooke y sus nietos. Y, por supuesto, Nathan padre.

—Por aquí, por favor, señora Coburn, señora Coburn —dijo el *maître*.

Técnicamente (la vida de una viuda está llena de tecnicismos, empezaba a darme cuenta) yo no era la señora Coburn. Hacía unos meses el cambio de apellido me parecía extraño y pretencioso, como si presumiera de mi estado de casada. Pero ahora desearía estarlo de verdad.

Seguimos a Les, o a Stu, o a Cal, pues de lo único que me acordaba era de que su nombre solo tenía tres letras, hasta una mesa al lado de la ventana.

—Por favor, permítanme expresarles lo mucho que sentí enterarme de lo que le había pasado al joven señor Coburn —dijo, con cara de pena.

—Gracias Bob —respondió Eloise. ¡Eso, Bob!—. Es usted muy amable.

—Sí, muchas gracias —añadí.

—Recuerdo cuando celebramos aquí su dieciséis cumpleaños. Él… —En ese momento se le quebró la voz. Tragué saliva. Todo el mundo lo conocía. Mejor que yo misma, en bastantes casos. Y, en lugar de reconfortarme, esas historias hacían que me sintiera celosa y confundida.

«¿Qué dices, que jugaste al póker con él? ¡Pero si nunca jugaba al póker! ¡Ni una sola vez en los nueve meses que pasé con él!»

Eso era lo que me apetecía ladrar. O alguna otra cosa aún más grosera.

«¿Y a quién le importa una mierda que te ayudara a entender el álgebra? ¿Te han dado el Nobel? ¡Era mi marido, el mío, y ahora está muerto!»

—Fue un día muy feliz —intervino Eloise para cubrir al pobre Bob, que luchaba por mantener el control. Nos indicó a duras penas que pronto nos atendería nuestro camarero y se marchó.

Sin poder dilatarlo más, Eloise y yo nos miramos de frente.

—¿Bueno, cómo estás? —empecé. Me temblaba la voz, pues el clavo seguía allí, bien instalado en mi garganta.

—Pues más o menos como se podría esperar.

Tenía buen aspecto, sin lugar a dudas. Alta y delgada, el pelo rubio grisáceo y muy denso en una melena corta, casi de hombre. Eloise era el tipo de mujer que nunca se ponía *jeans* ni zapatillas de deporte. Llevaba un vestido beis, con rebeca de punto a juego y zapatos bajos. Muy elegante y muy discreta.

¿Qué llevaba yo? Pues apenas lo recordaba, así que miré hacia abajo para comprobarlo. Unos pantalones de lino que estaban muy bien y un suéter blanco con una mínima mancha, que no salía por mucho que lo lavara, probablemente de salsa de espaguetis. ¡Claro, ya me acordaba! La mancha de carne de una noche en el Porto's. Una mancha anterior a la era Nathan.

—¿Y tú cómo estás, Kate? —preguntó Eloise mirándome con intensidad.

Mi estómago escogió ese momento para emitir un gruñido indeseado. Intenso y largo, como un trueno que avanzara sobre las colinas.

—Pues parece que hambrienta —dije, al tiempo que me reía.

¡Vaya! La risa estaba prohibida. Mi marido había muerto. Su hijo. Dejé de reírme inmediatamente.

Eloise no movió ni un músculo de la cara. Se limitó a asentir mínimamente.

—Perdón —susurré, y miré para otro lado.

—¿Has vuelto a trabajar? —preguntó, cruzando las manos.

—Todavía no —respondí—. Tenía una boda el fin de semana pasado, pero la cubrió mi colaborador, Max. Creo que lo conoces.

—Sí. Un hombre muy agradable.

—Sí. —Otro gruñido del estómago. Esta vez ninguna hizo caso. Inmediatamente después apareció el camarero.

—Tomaré un martini con tres aceitunas, muy seco —dije, pese a que solo eran la una y diez del mediodía. Pero... ¡un momento! Pudiera ser que estuviera embarazada—. Perdone, por favor, pero he cambiado de idea. Tomaré solo agua. Y después ensalada César y *filet mignon*. —El feto necesitaría hierro y todas esas cosas. Hasta que viniera la regla, hipotéticamente podía estar preñada, mierda.

—Para mí la ensalada de la casa, por favor —pidió Eloise—. Yo misma la aliñaré, gracias.

El camarero asintió y se marchó.

Desde donde estábamos sentadas se veía el campo de golf, hectáreas y hectáreas de hierba artificialmente perfecta. Nathan había patrocinado un campeonato de golf benéfico. Yo no estaba del todo segura de cómo funcionaban esas cosas, y se iba a celebrar en agosto. ¿Quién se encargaría? De todas formas, ¿qué más me daba?

—¿Cómo está Na... el señor Coburn? —pregunté.

—Pues... intentando superarlo —contestó Eloise, algo dubitativa. Se produjo una pausa—. ¿Y tú qué tal te las arreglas?

Respiré hondo, de forma algo temblorosa.

—Es muy duro —dije por fin.

—Tenemos que ser fuertes.

Asentí apretando los labios.

¿Y eso cómo se hacía? ¿Qué podía hacer, incluso para lograr levantarme cada mañana?

—Eloise —dije, poniendo las manos encima de la mesa para tomar las suyas—, siento muchísimo que tengas que...

Me apretó las manos con fuerza durante un momento, pero después las retiró.

—Por favor, Kate. Aquí no, querida.

Me quedé con las manos encima de la mesa durante un momento, como si fueran peces muertos.

—Por supuesto, tienes razón.

Cada uno lleva el luto a su propia manera, o al menos eso dicen. Y yo sabía que Eloise estaba rota por dentro. Su chico. Su niño. Era el hijo que cualquier madre querría tener, el mejor que podía esperar. Nunca la había defraudado... al menos que yo supiera, claro. Salvo, quizá, por su boda conmigo.

—¿Has visto a alguno de tus amigos, querida? ¿O a tus hermanos?

—Mi hermana me llama cada día —contesté, tras volver a respirar hondo—. Por lo demás no, todavía no.

Tenía miles de mensajes de texto y de correos electrónicos, eso sí. La frase más repetida era: «No sé qué decir»; y después: «Llámame si necesitas cualquier cosa».

Ni una palabra de Paige. Eso me había dolido mucho. Éramos amigas desde hacía mucho tiempo.

Daniel, el Bombero sexi, había enviado un correo. Simplemente decía «Creo que esto te va a gustar», e incluía un enlace a un artículo de *BuzzFeed* que explicaba por qué los hombres no deberían tener gatos en casa. La razón número cuatro era porque «intentarán averiguar si la cabeza del gato les cabe en la boca», y había a su vez un enlace a un vídeo de un tipo intentando hacer precisamente eso. Me reí a carcajadas, lo que me sorprendió a mí misma y parece que también a *Héctor,* que nadó a toda velocidad de un lado a otro de la pecera.

Por lo demás, en casa de Nathan apenas se escuchaba un ruido. Era un silencio agobiante. Estaba sopesando seriamente la posibilidad de hacerme con un perro.

El estómago me sonó otra vez.

—Seguro que no comes bien, ¿verdad? —Más que a pregunta, lo que dijo Eloise sonó a afirmación.

Asentí con la cabeza, tragando, forzando a los músculos de la garganta a hacer caso omiso del clavo roñoso que parecía haberse instalado allí.

—Eso no está bien. Al menos hoy comerás adecuadamente.

Pero cuando llegó la comida, apenas tuve ganas ni de probar bocado.

No obstante, lo hice. Por la salud del bebé, independientemente de lo que dijeran esas estúpidas e ignorantes pruebas. Mastiqué y mastiqué y mastiqué. Tragar se convirtió en un puro acto de voluntad.

Así era mi vida en esos momentos.

—El señor Coburn y yo hemos decidido seguir adelante con nuestra celebración de aniversario —me dijo Eloise. Comía al estilo europeo, con el tenedor en la mano izquierda y el cuchillo en la derecha—. Y, por supuesto, nos encantaría que hicieses tú las fotos.

—Claro. Por supuesto.

—Lo que no vamos a hacer es seguir con lo de la beneficencia.

—Supongo que eso... os vendrá bien.

Iría a la fiesta sin Nathan. Sus padres llevaban cincuenta años juntos. Nosotros no llegamos ni siquiera a uno.

Hasta el 6 de abril había mantenido una relación digamos que bastante civilizada con mis suegros. Nathan padre normalmente me llamaba Karen, y encontrar intereses comunes con Eloise resultó prácticamente imposible. No leíamos los mismos libros y ella ni veía la tele ni iba al cine. Una vez que agotamos el tema de lo estupendos que eran Atticus y Miles, puede decirse que se nos acabó el repertorio.

Por su parte, Brooke se comportó estupendamente mientras Nathan y yo estuvimos saliendo juntos y ordenó inmediatamente a sus hijos que me llamaran tía Kate en cuanto nos casamos. Me invitó a una de esas fiestas en las que los invitados compran bisutería hecha por escolares africanas, y allá que fui, intentando mostrarme abierta, interesada y positiva con todo el mundo. Hasta compré un montón de cosas que sabía que no me pondría jamás.

Antes del 6 de abril, mi posición en el seno de la familia, todavía inestable, había sido bastante normal y natural. Todo lo que tenía que hacer era comportarme de una manera amable y aparecer por allí de vez en cuando. Con el tiempo me aceptarían y yo les aceptaría a ellos.

Ahora me había convertido para siempre en un recuerdo de su hijo y su hermano perdido, que quedaría grabado a fuego en el seno de la familia, y también en mí, durante el resto de nuestras vidas.

¿Cómo puede la gente superar cosas como estas?

«No me puedo creer que nos hayas abandonado de esta forma, Nathan. Has sido bastante egoísta, ¿no te parece?»

Evidentemente, no respondió.

—Repitamos esto la semana que viene, ¿te parece? —propuso Eloise cuando la interminable comida estaba por fin a punto de acabar. No pude evitar encogerme un poco.

—¡Claro! —mentí—. ¡Me parece muy bien!

La comida me pesaba en el estómago mientras conducía camino de casa. Eloise me siguió durante todo el camino, lo cual me puso nerviosa e hizo que llevara el automóvil de forma un tanto errática. Su casa estaba más o menos a un kilómetro de la de Nathan. De la nuestra, quería decir. Ahora mía, en realidad.

Entré en el sendero. Había alguien de pie en la puerta, rodeada de maletas. Alguien que llevaba un perro en el regazo.

—¿Ainsley?

—Eric y yo hemos roto —me informó, y me quedé con la boca abierta—. Me dio la patada en el trasero, vació nuestras cuentas del banco y me dijo que me fuera de casa. ¿Puedo quedarme unos días contigo?

—¡Pues claro! Venga, vamos dentro.

La alegría que me invadió era ciertamente vergonzosa. Pero, gracias a Dios, no tendría que permanecer otro día sola en esta casa.

CAPÍTULO 11
Ainsley

Mientras Kate me ayudaba a meter las tres maletas y *Ollie* corría por todas partes investigando el terreno, desconocido y amplio, siempre arrastrando con su boca la raída manta, yo me comporté como si de repente me hubiera dado un ataque de diarrea verbal, deseando con auténtica desesperación que a mi hermana no le importase que me hubiera presentado allí así, de improviso. Mientras conducía, y durante una fracción de segundo, me olvidé de que Nathan acababa prácticamente de morirse, y lo cierto es que sentí tal alivio... ¡Qué agradable Nathan, a quien de verdad parecía caerle bien! Seguro que se habría puesto de mi parte, sin ningún género de dudas.

Pero estaba muerto. Y fue su muerte la que hizo que Eric tomara la decisión de irse a Alaska. Hasta el nombre del estado me resultaba sarcástico. Conocía a gente que se llamaba así. ¿Cómo se podía tener tan mal gusto, por favor?

—Sí. Me dio la patada el viernes. Yo pensaba que iba a proponerme matrimonio; la cosa es que la langosta estaba deliciosa, y me pasé el rato pensando en eso. ¡Y el anillo, Kate! ¡El anillo era precioso! Lo encontré en el cajón de su ropa interior la tarde de... bueno, hace unas pocas semanas. No obstante, no hubo petición. Me dio la patada, así que debí figurarme que iba a actuar de esta manera con el dinero, ¿verdad? Me quería fuera de su vida, y me he ido a todos los efectos.

—Bien hecho, Ainsley. —En lugar del típico gesto de ligera preocupación y condescendencia que casi siempre ponía cuando me veía, parecía realmente contenta.

—He pensado que si lo dejo solo durante unas semanas, o quizá sea suficiente con unos días, puede que se dé cuenta de lo que es estar sin mí y recobre el sentido común. ¡Vaya, esta casa es preciosa! A Eric siempre le ha encantado. Te juro por Dios que le gustaría ser como Nathan.

Pero bueno, ¿es que era idiota? ¿Quién se murió golpeándose contra mi maldita encimera de granito? Tenía que cerrar el pico, ya mismo.

—Bueno, sube y elige un dormitorio, ¿de acuerdo? —dijo Kate.

Así lo hice. Anduve por el largo pasillo, pintado de blanco, que *Ollie* estaba utilizando como pista de carreras, feliz como una perdiz. Me asomé al primero de los dormitorios.

—Este está bien —dije.

—No, Ainsley, no. Tómate tu tiempo. Echa un vistazo antes de decidirte. El de la esquina tiene una bañera enorme. Pero este tiene una claraboya. Y me encantan esos cojines rojos. —Se detuvo, echándose el pelo para atrás. Los zapatos que llevaba no estaban emparejados. Sentí una punzada de pena.

—Todos son preciosos, Kate. Te agradezco mucho esto.

—Nathan tiene, tenía, muy buen gusto.

—¡Sin ninguna duda! Todavía no puedo creerme que vivas aquí. Eres muy afortunada.

¡Mira que...! La frase más adecuada para una mujer que acababa de enviudar. Tenía que cambiar de trabajo y dedicarme a escribir postalitas de esas con textos de ánimo. «Sí, tu marido ha muerto, pero piensa en el espacio extra que vas a tener en el armario.»

—Quiero... quiero decir que me encanta esta casa.

—Lo sé. Y no te preocupes, no hace falta que andes con pies de plomo. —Me dirigió una sonrisa triste y yo me sentí como una hermana pequeña que necesita la ayuda de la mayor para no meter la pata. Durante toda mi vida había sentido eso al menos una vez al año.

—Gracias. Vamos a pasárnoslo muy bien juntas. —¡Caramba, ya había vuelto a decir otra estupidez!—. Creo que voy a cerrar el pico durante un rato. Lo siento, una vez más.

—No te preocupes —dijo, riendo quedamente—. Eres un soplo de aire fresco.

—¿Tienes hambre? —pregunté.

—Bueno... la verdad es que sí. Acabo de comer con Eloise, pero apenas he probado bocado.

—¡Voy a hacer la cena para las dos!, ¿te parece?

—Todavía hay muchísima comida en el frigorífico. Bueno, eso ya lo sabías. Por cierto, muchas gracias. Por venir y organizarlo todo, quiero decir. —Me pareció que tragaba saliva con cierta dificultad—. En cualquier caso, acomódate y después te pondré una copa de vino y me lo cuentas todo. Me vendrá bien no pensar durante un rato en... lo mío.

—Kate. —Dudé un momento, pero después le di un abrazo—. Era el hombre más agradable del mundo.

—¿Sabes una cosa que me parece chocante? —dijo con voz ronca—. Pues que tú lo conociste antes que yo. —Me dio un golpecito en la espalda y se retiró—. Bueno, mira todas las habitaciones y quédate con la que más te guste.

Ella bajó al recibidor, hacia su propio dormitorio, y pude entrever la enorme cama. Sentí tanta pena que me dio un vuelco el corazón. Con treinta y nueve años y ya viuda.

Y ahí estaba Eric con su estúpida crisis de adulto/niño mimado. De servir para algo, la muerte de Nathan debería de haberle enseñado a amar y cuidar a la gente que le quería, al pedazo de imbécil.

Esta fase estilo Jack London no podía durar. De verdad. Eric se estremecía cuando en el Discovery Channel ponían documentales sobre las montañas de Alaska. Ya me sorprendería si conseguía irse de Nueva York. Pero, de momento, lo que estaba era muy furiosa. Merecía estar casada. Quería ese anillo, ese trozo de papel, ese inicio de «Señora» delante de mi nombre. ¡Me lo había ganado!

Amaba a Eric, siempre lo había amado, era su admiradora número uno.

¡Qué estúpida! Me limpié la cara con el dorso de la mano.

Bueno, vamos. Tenía que deshacer el equipaje. Abrí la puerta de la habitación de la esquina y me quedé sin aliento. Era impresionante, para empezar, y desde luego no tenía nada que ver con la de casa. Una pared entera era de ladrillo, y frente a ella había una gran cama moderna con dosel, de madera negra y con toda la ropa blanca. Las almohadas, suaves y níveas, el edredón y hasta una suavísima colcha. La decoración se completaba con un enorme escritorio negro, sobre el que descansaban tres esculturas muy modernas representando pájaros de cuello largo, negros por supuesto. El suelo, de color cerezo, estaba cubierto por una alfombra tupida, ¿adivináis de qué color? ¡Blanca, en efecto! *Ollie* se dejó caer sobre ella, absolutamente encantado. Contra una de las paredes había un sofá asimétrico, de terciopelo gris y con un pequeño cojín rojo. Los amplios ventanales se abrían al patio. El cerezo japonés estaba en plena floración y sus elegantes ramas se movían ligeramente con la brisa.

No pude evitar sentir una punzada de envidia infantil. Las cosas como son: hasta entonces Kate había avanzado por la vida sin tener que hacer apenas ningún esfuerzo. Un marido maravilloso, con el que yo habría intentado quedar alguna vez si hubiera estado soltera, el prestigio que da el integrarse en la familia Coburn, esta casa tan increíble...

Yo había trabajado mucho para conseguir todo lo que tenía. Lo había ansiado. Había pasado años planificándolo.

Mi propia casa, bueno, la casa de Eric, era colorista y confortable. Sí, claro que teníamos muebles estupendos, pero nada que ver con estos. Por ejemplo, esta sería una habitación adecuada para la ganadora de un Óscar.

Bueno, pero de momento era mi habitación. Podría leer en el sofá, tomarme un té y ver como florecía el almendro mientras Eric se lamentaba durante todo el día.

Y el baño, ¡madre mía! Entré y las luces se encendieron automáticamente, poco a poco, hasta alcanzar la máxima potencia. ¡Qué bárbaro! El aseo aparte, como la ducha, y una enorme bañera de hidromasaje con ocho chorros, que los conté, sí. La encimera de cuarzo, un lavabo extraño pero bonito y cuatro jugosas plantas colocadas en fila.

Volví al dormitorio y saqué mi peluche de Winnie the Pooh, que tenía prácticamente desde que nací. Durante los últimos once años había estado exiliado en un armario o un sillón de la habitación de invitados, ya que no me parecía bien que mi adorado peluche nos viera a Eric y a mí en plena faena cada dos por tres. Pero ahora quería que estuviera conmigo otra vez.

—Te quiero más que a Eric —le dije a Pooh, besándole la nariz, pequeña y raída. No era el Pooh clásico, sino la versión de Disney, con la camiseta roja y un mono de denim. Tras treinta y dos años de amor, le faltaban los dos ojos y de una de las cuencas asomaba un trozo de hilo negro, como una especie de gusano. La camiseta roja tenía más zurcidos que tela original. Kate solía cosérmelo cuando le hacía un roto.

Lo coloqué en la cama, entre las almohadas, poniendo un pequeño toque de reconfortante cutredad entre tanta sofisticación.

Después saqué la foto de mi madre conmigo y la coloqué sobre la mesita de noche. Era la única foto que tenía con ella.

Mi madre fue una belleza, eso seguro. Tenía el pelo negro, igual que el mío. En la foto lo llevaba rizado, siguiendo la moda de los cincuenta, como si hubiera llevado los rulos toda la noche. Por lo que sabía, los rizos eran naturales. Aunque el ambiente nunca había sido muy propicio para hablar de ella o preguntar detalles.

Una vez, cuando tenía siete años, le pregunté a Candy si la había conocido. «Solo supe que tu padre y ella tuvieron una relación adúltera», me contestó, abortando así con eficacia quirúrgica toda conversación posterior. Papá, por su parte, tendía a decir cosas como: «Oh, Michelle era... bueno, ¡qué decir! Tu madre era fantástica». Y poco más.

En la foto me sostenía en la cadera, y sonreía mirando directamente a la cámara. Yo tenía bien agarrado a Pooh, aún con los dos ojos intactos y una piel amarilla completamente artificial. El cabello de mi madre parecía oscilar con la brisa y yo estaba haciendo una especie de puchero ciertamente adorable.

Miles de veces había intentado acordarme de ese momento, pero era incapaz. Lo intentaba, pero no lo lograba.

Me gustaba pensar que ella y yo seríamos buenas amigas. Que seguiríamos unidas, más o menos como lo estábamos Judy y yo, pero incluso mejor. Que me habría venido a ver a la NBC y que le habría encantado Eric. También me habría ayudado a pintar las paredes de nuestra casa, y me habría acompañado a comprar todas las cositas que hacen que una casa sea divertida y acogedora.

Solía pensar que se sentiría orgullosa de mí.

Y sin embargo, hoy, aquí estaba yo: una mujer abandonada, con un empleo muy por debajo de su nivel y que no deseaba otra cosa que volver con el hombre que la había puesto, literalmente, de patitas en la calle . Ahora ya no estaba tan segura de que mantuviera ese hipotético orgullo materno.

El lunes por la mañana seguía sin tener noticias de Eric.

Estaba aterrada, pero procuraba no pensar en ello. después de todo, solo habían pasado dos días. Y Kate parecía contenta con mi compañía, aunque sin alharacas. El sábado por la noche vimos más de la mitad del partido de los Yankees para poder contemplar a nuestro padre tras la posición del receptor, aunque tampoco es que se le distinguiera mucho con el uniforme de árbitro y las protecciones.

Mientras veíamos la tele, Kate acariciaba a *Ollie,* que estaba sentado en una silla a su lado. Así como de pasada me dijo que no le había venido el periodo desde la muerte de Nathan, pero que tampoco le parecía que estuviera embarazada.

—Siempre he pensado que serías una gran madre —dije, metiendo la pata hasta el fondo una vez más. Hizo una mueca de pena y no me miró. Cuando nuestro padre dictaminó que el bateador estaba eliminado, Kate me dio las buenas noches. *Ollie,* como el buen perro que era, trotó detrás de ella para hacerle compañía.

Y, pese a todo, ayer por la tarde jugamos al Trivial. Era la primera vez que lo hacíamos desde que dejamos la casa de Candy. Llamó Sean y hablé con él un rato, lo cual era raro, pues nunca me llamaba, y eso que hasta Kiara lo hacía, eso sí, muy de vez en cuando. A Sean le daba la impresión de que yo estaba en casa de Kate por simple bondad, sin darse cuenta de que en ese momento era una sin techo.

Sería bueno para mí ir a trabajar. Dejaría de pensar en lo que estaba ocurriendo con mi vida, y me ocuparía de las últimas tendencias relativas a la fabricación artesanal del queso de cabra, entre otros aspectos de rabiosa y cosmopolita actualidad. Me serví un poco más de café, excelente, por cierto: una mezcla procedente de Etiopía por la que Eric habría pagado a mil dólares el kilo de haber sabido que Nathan lo consumía cuando estaba vivo.

Kate se movía erráticamente por la cocina, con el pelo un poco encrespado.

—¿Qué tal has dormido? —me preguntó.

—Cómo si me hubiera muerto —contesté—. ¡Mierda, soy idiota! ¡Perdóname, de verdad! De un tirón, estupendamente. En esa cama se duerme de cine. —Cerré los ojos un momento, todavía avergonzada por mi torpeza. ¡Había estado a punto de decir también que como un bebé!—. ¿Y tú?

—No del todo mal —mintió. Sus ojeras decían la verdad, ella no.

—Tengo que irme a trabajar. Jonathan es un plasta con eso de que lleguemos en punto.

—De acuerdo. Que pases un buen día —dijo.

—¿Puedo hacer algo por ti mientras estoy fuera?

—No, no, estoy bien —contestó, y se frotó los ojos—. Tengo que ir al estudio, devolver algunas llamadas y todo eso.

—Muy bien, muy bien —asentí—. Saluda a Max de mi parte. —Hacía mucho, mucho tiempo, tuve un cuelgue con Max y su voz susurrante y profunda.

—Así lo haré. Y Ainsley... ya sabes, puedes estar aquí conmigo todo el tiempo que quieras. Incluso si Eric volviera arrastrándose, como creo que terminará haciendo, aquí siempre puedes disponer de un sitio al que venir a refugiarte. Pero tampoco creas que necesito que te quedes para acompañarme, ya me entiendes. Lo que quiero decir es que hagas lo que te parezca, lo que realmente quieras hacer, sin preocuparte por mí. Siempre serás bien recibida y bien acogida. —La pena y el cansancio la habían ablandado, eso estaba claro. Siempre había sido mucho más arisca, al menos conmigo.

—Gracias Kate. ¡Ah! —añadí—. Y acuérdate de, eh..., ese grupo de personas en tu misma situación que encontré. Se reúnen los lunes por la tarde. O sea, hoy. Si no quieres ir sola la primera vez, puedo acompañarte. O ir contigo y esperarte fuera, lo que quieras.

—Sí —dijo, moviendo la cabeza lentamente—. Podría... estar bien. —Supe por instinto que su mente ya estaba divagando. Me apetecía abrazarla, pero siempre me sentía un poco estúpida al abrazar a mi fría hermana, o media hermana, como siempre puntualizaba Candy. Era como si la estuviera escuchando.

Salí hacia el automóvil, respirando con avidez los dulces aromas de la primavera, procedentes de las maravillosas flores y árboles del terreno ajardinado. El exterior de la casa era tan elegante y fabuloso como el interior y estaba igual de cuidado. Por los escalones empezaban a crecer los nazarenos, y un grupo de tres perales marcaban el borde del camino de entrada.

Yo no estaba segura de si mi presencia aquí era buena para Kate.

Pero, por otra parte, no tenía ni idea de a qué otro sitio podía ir. Desde luego, con papá y Candy de ninguna manera. Candy no me impediría vivir con ellos, por supuesto, pero lo que no iba a permitir era que mi presencia le aportase un nuevo clavo para su auto crucifixión. Además, no quería que papá y ella pensaran mal de Eric, porque cuando volviéramos a estar juntos las cosas se pondrían raras.

Pasaría lo mismo si me iba a casa de alguna amiga. Así que solo quedaban Kate y también Abu. Pese a que no era mi abuela biológica, Abu me adoraba. Y recordando a la dulce viejecita, cedí a la tentación de llamarla por teléfono.

—¡Hola, Abu!

—¿Eres Ainsley? ¿Hola? En mi teléfono aparece el nombre de Ainsley, y no suele equivocarse. ¿Eres tú, cariño?

—¡Sí, soy yo! ¡Hola, Abu! ¿Cómo estás?

—¡Hola, cariño! ¿Te has casado ya?

—No, no me he casado. Solo llamaba para decirte hola.

—¡Oh, querida! ¿Fue tu marido el que se murió?

—No, Abu, fue el de Kate, pobre. ¿Te acuerdas? Nathan era su marido, no el mío.

—¡Qué triste! —dijo, y suspiró—. ¿No crees que deberíamos arreglar eso? Conozco a un joven muy agradable.

—Puede que sea un poco pronto, ¿no crees?

—¿Y qué me dices de ti? ¿No quieres conocer a alguien?

—No, ahora no. Me tengo que ir a trabajar, Abu. Solo quería decirte hola y también que te quiero mucho.

—¡Qué rica eres, cariño! ¡Muchas gracias! ¡Acabas de alegrarle el día a esta vieja! ¡Ah, déjame que te diga una cosa! ¡Esta noche he escuchado un ruido en la casa! Y ya sabes que vivo aquí sola, por supuesto...

No era así exactamente. Recientemente se había mudado a un moderno y cuidado complejo residencial para personas mayores, al que yo iba a visitarla con *Ollie* una vez a la semana como mínimo. Tenía su propio apartamento, pero había por lo menos otros trescientos residentes.

—De todas maneras salí, por supuesto, con un cuchillo de cocina en la mano, por si acaso.

—¡Vaya, Abu, no creo que debas hacer esas cosas!

—Bueno... ¿A que no sabes qué era lo que pasaba?

Miré el reloj. Eran las ocho y veintiocho y a Jonathan le repateaba que llegáramos tarde.

—¿Qué, Abu? —dije, mientras me dirigía a las oficinas de la revista para aparcar. Por supuesto, no había sitio, así que conduje hacia el bloque de al lado para buscarlo.

—¡Una mofeta! ¿Te lo puedes creer? ¡Una mofeta pequeñita y adorable, blanca y negra...! Bueno, como todas las mofetas, claro. Volví para recoger un poco de comida para gatos y dársela.

Apagué el motor y agarré el bolso y el teléfono.

—No creo que debas alimentar a esos bichos, Abu. Si lo haces acudirán todas las noches.

—Bueno, pues lo hice. Soy una mujer independiente. Puedo hacer lo que me parezca.

—¡Claro que sí, tienes razón! —dije sin poder contener la risa—. Bueno, tengo que colgar. ¡Te quiero!

—Y yo a ti, cariño. ¡Ven a verme! Podemos ir de compras juntas a Walgreens.

—Eso suena de maravilla —dije. Era su tienda favorita y a mí me encantaba la zona en la que ponían los productos que se anunciaban por la tele.

—También podemos ir a un velatorio. Seguro que alguno se muere dentro de nada, con tanto viejo como hay por aquí. ¡Cada día viene por lo menos una ambulancia! Nunca se sabe. Los velatorios son estupendos para conocer gente.

—Adiós, Abu —gruñí. No me apetecía lo más mínimo ir a un velatorio con mi abuela, pero sus amigos caían como moscas y a ella le encantaba presumir de nieta en los funerales. Siempre decía que era su nieta, nunca le ponía más adjetivos a la relación, como hacía Candy.

Subí a toda prisa las escaleras de la oficina. Cuando entré todos me miraron sin decir una palabra, casi sin hacer un gesto. Llegar tarde era un comportamiento tan horrible como cortarle la cabeza a los animales domésticos, al menos por lo que concernía a mi jefe. Por lo menos tenía cerrada la puerta.

—¡Hola a todos! —dije en voz baja, y me deslicé en mi cubículo como un ladrón en la noche. Pero ni por esas: su puerta se abrió de inmediato.

—Llegas tarde —dijo, con su habitual cara de acelga—. Ven un momento, por favor.

—¡Hola, Jonathan! —. Me levanté, con la cara completamente arrebolada. ¿Iría a sacar a colación lo del viernes por la noche? ¿O el comentario que hizo Eric acerca de que me quejaba continuamente de mi trabajo? Aunque lo más probable sería que fuera a darme otra charla acerca de la necesidad de ser puntual y de hacer las cosas como Dios manda. A veces parecía un pastor calvinista.

Jonathan cerró la puerta detrás de mí y se sentó, mirándome sin pestañear con sus pálidos ojos azules. Su despacho no era un sitio en el que tuvieran lugar conversaciones agradables. O por lo menos no en lo que a mí se refería.

—Siento haber llegado un poco tarde. Estaba hablando con mi abuela, y tiene demencia senil, al menos a ratos, así que me costó un poco colgar el teléfono. Pero es una persona muy dulce y lleva mucho tiempo viuda. ¿Qué tal tu fin de semana?

—Siéntate, por favor —me dijo. Tenía la voz muy profunda. Era casi un gruñido, como el del dragón Smaug de la película *El Hobbit.* Rachelle estaba convencida de que se trataba de su único atractivo, pero en mi opinión simplemente era desdeñosa.

—¿Has leído esta mañana *Crónicas del cáncer*? —me preguntó.

—¡Ah! Pues no... —Se suponía que eso ya se había acabado, aunque Eric había publicado una última reflexión, muy emocionante, tras la muerte de Nathan—. Jonathan, a propósito de Eric, quiero disculparme de la... eh... escenita de la otra noche en el restaurante. Nosotros... nosotros volveremos a estar juntos pronto.

—¿En serio? —levantó una ceja.

—Sí. Probablemente. Quiero decir que creo que no es más que un arrebato pasajero.

Suspiró y le dio la vuelta a su pantalla, para que yo pudiera verla.

Se trataba del blog de Eric, como siempre bajo la cabecera de *Hudson Lifestyle Online.*

Crónicas del cáncer, por Eric Fisher, decía, y debajo el titular:

Liberándome del cadáver de mi antigua vida.

Y empezaba así:

El viernes por la noche tomé una decisión, muy difícil pero fascinante: vivir la vida a tope. Pero para hacerlo, tenía que tener claro qué era lo que me lo impedía. Ahora que mi travesía por el cáncer ha terminado, y dado que el universo me ha mostrado lo frágil que es la vida, tenía que hacer algunos cambios.

*El primer paso fue muy difícil e importante. Tuve que sepa-
rarme de una persona muy cercana a mí, aún a sabiendas de
que iba a causarle mucho dolor. Pero muchas veces el dolor
te hace más fuerte. En mi caso fue así. El dolor del cáncer fue
el fuego que terminó de fraguar mi alma.*

Suspiré. La verdad es que tampoco le dolió mucho. Apenas nada, vaya.

*El viernes por la noche utilicé toda mi fuerza interior para
liberarme de la persona, de la mujer, que representaba a mi
viejo y enfermo yo: mi sol.*

Así que el cadáver de su antigua vida era yo.

Empezaron a temblarme los labios y las palabras empezaron a dar
saltos por la pantalla.

El blog decía que no tuvo más remedio que romper conmigo pese a
que le había atendido con gran ternura durante «su batalla contra la
muerte». Y todo porque yo era «la argolla en el tobillo», literal, que
no lo dejaba vivir su vida. Mi falta de apoyo, mi amor al *statu quo*, mi
falta de comprensión frente al hecho incontestable de que la vida «de-
mandaba más de él» ahora que «la muerte le había mirado a la cara».

*En lugar de centrarse en la raíz de la cuestión, ella me inqui-
rió repetidamente sobre el anillo de compromiso de Tiffany's
que le había comprado. Y en efecto, se lo había comprado,
pero eso fue antes de que comprendiera el nuevo sentido que
tenía mi vida.*

Y aunque se arrepentía de haberme herido, de todas maneras decía
que «estaba preparado para asumir el reto de vivir la vida al día y a
tope».

Jonathan se mantenía en silencio. Fuera, en la zona común de la oficina, todo el mundo se mantenía también en silencio. Así que ya estaban al tanto.

—Por favor... —susurré—. Elimínalo.

—Mira los comentarios.

Lo intenté. Pestañeé varias veces, como si el ordenador fuera a darme una bofetada. Lo cierto es que, en sentido metafórico, ya me había dado no una, sino varias.

Había 977 comentarios.

El blog se colgaba los lunes a las seis de la mañana.

977 comentarios en dos horas y media. No, 979. No, 985, 993, 1001, 1019...

¡Santo cielo!

El primer comentario decía:

> *Este tipo es un absoluto gilipollas. Ella tiene suerte por haberse librado de tanta estupidez.*

Y el segundo:

> *¡Bravo, hermano! Las mujeres siempre se creen que son el centro del mundo.*

> *Como superviviente de una leucemia, también tuve que deshacerme de algunas personas tóxicas.*

> *Esta columna me pone enferma. La ha utilizado, ni más ni menos. «Vivir la vida a tope»... ¡Vete a la mierda! Tendría que estar... ya sabéis cómo.*

El teléfono empezó a sonar fuera del despacho de Jonathan. Otra línea. Y otra. Podía ver las luces rojas desde la mesa. La revista tenía cinco líneas diferentes y todas estaban encendidas.

—Elimínalo, Jonathan, te lo pido por favor —dije con un hilo de voz.

—No lo voy a hacer. Lo siento.

—¡Tienes que hacerlo! Odias esa columna, lo sé.

1034. 1041. 1075. ¡Dios, era de locos! Me llevé la mano a la boca, incapaz de encajar lo que estaba viendo.

—Desde ayer nuestra página de Facebook tiene setecientos y pico más «me gusta» —dijo Jonathan mientras movía de nuevo el monitor—. La historia se ha compartido en las redes sociales más de mil veces.

¡Oh, mierda, mierda! El blog comunicaba directamente con la página de Facebook de la revista y con las cuentas de Tumblr y de Twitter. Todas ellas las preparé yo misma cuando me incorporé a la redacción.

—¡Elimínalo!

—Ainsley, no puedo. Se ha hecho viral. Lo siento mucho. —Sonaba casi sincero.

—¿Y qué? Ahí se está hablando de mi vida. ¡Es una humillación. Por favor, elimínalo. —Las lágrimas empezaron a brotar de mis ojos como de una cascada.

Jonathan juntó las manos y se las frotó como si tuviera frío.

—Tú luchaste a brazo partido por esta columna. Siento que salga a la luz parte de tu vida personal, pero recuerda que eso era exactamente lo que queráis Eric y tú. Y está claro que no es precisamente el momento de acabar con ello.

—¿Acaso tienes un corazón ahí en el pecho, Jonathan? ¡Vamos, por favor!

Se abrió la puerta y Rachelle asomó la cabeza, echándome una mirada de disculpa.

—Señor Kent, le llaman del programa *Good Morning America*.[9]

—Tengo que contestar —dijo—. Perdóname.

9   N. del Trad.: *Good Morning America,* en español «Buenos días, América», de la cadena ABC, es el programa de televisión nacional que tiene la mayor audiencia en su franja horaria en los EE.UU.

CAPÍTULO 12

Kate

Pocos minutos después de que se marchara Ainsley me llamó mi madre.

—¿Cómo estás? —me preguntó. Pude escuchar un ruido de fondo. Mi madre era una mujer multitarea. A no ser que la raptaras, no era capaz de sentarse en un sillón simplemente para charlar—. ¿Va todo bien?

—Sí... muy bien —Tan bien como podía ir, teniendo en cuenta que mi marido seguía muerto, claro. No le dije que Ainsley se había instalado en mi casa. Mi madre no lo aprobaría.

Hoy era 1 de mayo. Nuestro cuarto mes. Hasta ahora nadie había reparado en ello, o por lo menos no lo habían mencionado. Aunque probablemente yo era la única persona que lo sabía. Nathan se habría acordado, claro, y me habría comprado flores.

—Cuando te enfrentas al luto es importante cuidarse y mantener las rutinas. —Seguramente era una cita exacta de alguno de sus libros.

Sí. Hoy voy a ir al estudio.

—¡Muy bien! En momentos como estos, el trabajo es un bálsamo para el alma.

—Ya.

—Bueno, nos llamamos pronto. Si me necesitas, aquí estoy.

—De acuerdo. Gracias por... —Nada, ya había colgado.

Mi madre nunca había sido cariñosa ni tierna.

Tenía un recuerdo algo vago de la segunda esposa de mi padre, Michelle. Sonreía muchísimo. Hacía galletas los fines de semana que íbamos Sean y yo. Cuando Ainsley nació, Michelle me dejó darle el biberón, aunque en ese momento yo solo tenía siete años. De todas formas, Sean y yo íbamos poco. Al ser árbitro de béisbol, mi padre viajaba continuamente desde abril hasta octubre, y en esos meses casi nunca estaba en casa, y si lo estaba, era por poco tiempo. Y a mamá no le gustaba que fuéramos estando sola Michelle.

Y después murió Michelle.

En casa nunca se hablaba del divorcio, ni tampoco de Ainsley. Sean y yo éramos pequeños, después de todo. Al menos relativamente. Nuestra madre había sufrido la humillación de ser abandonada por una mujer más joven y más atractiva, cosa bastante habitual por otra parte, que además se quedó embarazada antes del matrimonio, antes de que papá se marchara. Después del divorcio, mamá tuvo que trabajar más horas y las cenas eran bastante tensas y nada apetecibles, con pollo seco y verduras de bote.

Todo esto fue antes de que se publicaran sus libros, antes de que ganara dinero y se lo gastara en estirarse la cara, en teñirse el pelo constantemente y en aprender kárate. En el momento previo era como una bolsa de papel vieja y muy usada.

Y entonces Michelle murió, papá llamó a la puerta y mamá le permitió pasar otra vez. A él y a la hija de la otra mujer.

Sabía que mi madre quería a Ainsley... aunque a su manera. Lo que pasaba es que esa manera no era muy expresiva, aunque ni siquiera lo era con sus propios hijos, todo hay que decirlo. Y el hecho de que Ainsley se pareciera tanto a Michelle no fue de ninguna ayuda.

A mí me alegraba que Ainsley estuviera en casa en estos momentos, aunque siguiera diciendo alguna inconveniencia que otra. Aportaba muchísima energía y vitalidad y aunque a veces me ponía un poco nerviosa, no me importaba demasiado. Sin ella la casa se me caía encima de puro silencio.

Le puse comida a *Héctor* y se la tragó inmediatamente. Este pez estaba conmigo antes que Nathan y seguía conmigo después de que él se hubiera ido. Curioso. Un pez tiene una esperanza de vida de... ¿cuánto? ¿Unos tres años? Testigo mudo y probablemente aburrido del comienzo, el desarrollo y el final de mi relación con Nathan.

—Esto no me parece nada bien —le dije, sopesando la posibilidad de tirarlo por el retrete para equilibrar la balanza de la justicia biológica—. Solo era una broma, amigo, no te preocupes.

En el estante de encima de la pecera estaba mi Nikon de diario, la misma que llevaba la tarde de la muerte de Nathan.

Todavía no había mirado las fotos, pues me aterrorizaba lo que iba a encontrar. Tras la muerte de Nathan, mis recuerdos de aquella horrible tarde se habían vuelto borrosos. Creía que no había sacado ninguna foto de él. ¿O sí? Lo cierto es que siempre me guiaba por el instinto profesional. ¿Y si había alguna foto de mi marido muriéndose... o muerto ya?

Sonó un aviso en el reloj.

Pues sí, hoy tenía una cita. Jenny Tate, que era la dueña de la tienda de vestidos de novia que estaba muy cerca de mi estudio, necesitaba algunas fotos para su página web. Yo no caí en la cuenta de lo importante que era su negocio en el mundillo de los trajes de novia hasta que entré en su sitio web. Había hecho un vestido de novia para una mujer de la familia real de Liechtenstein y otro para una actriz ganadora de un premio Emmy, además de haber salido en todas las revistas importantes que cubrían bodas.

Ya iba siendo hora de regresar a la tierra de los vivos.

Me duché sin mirar el cepillo de dientes de Nathan y me puse unos *jeans* y una camiseta, unas Converse y una rebeca de punto color melocotón.

Hacía un tiempo absolutamente magnífico. Casi había olvidado que estábamos en primavera, pues los días anteriores habían sido lluviosos y grises. Pero hoy el aire era limpio y claro, y el manzano silvestre y los perales estaban llenos de flores. Saqué mi bicicleta del garaje pensando en qué demonios iba a hacer con el automóvil de Nathan y me puse en marcha.

Mientras pedaleaba contemplé las casas, la mayoría de ellas muy bonitas, y los cuidados jardines. Qué porche más bonito el de esa casa. Me gustan esos pensamientos. Quizá debería plantarlos en nuestro jardín. ¡Mira, en este también hay! Aunque seguro que no quedan tan bien en casa de Nathan. Mejor algo más austero e intenso. Un cactus, por ejemplo. O un sauce llorón, nombre que utilizó sin la más mínima ironía la primera vez que me enseñó el jardín.

Me parecía que había pasado muchísimo tiempo de todo eso, años incluso.

«¿Estás ahí?», pregunté, naturalmente para mí misma. «¿Me estás observando? ¿Estás bien, Nathan?»

Ninguna respuesta. Ninguna señal. En realidad, tampoco esperaba que la hubiera.

Pero yo había salido, el día era precioso y tenía que seguir adelante, seguir viviendo mi vida, si no quería que me inundara la espesa niebla del dolor.

Fui a la cafetería Blessed Bean, con su toldo a rayas blancas y verdes y sus magníficos aromas. Ya había pasado la hora de las prisas mañaneras antes de entrar a trabajar, así que no tuve que esperar cola. Pedí un café con leche largo y una magdalena de las grandes. ¡Casi tenía el tamaño de un cerebro humano! De repente estaba muerta de hambre.

Sin Nathan a mi lado, o su madre, o Brooke, seguía siendo una extraña en Cambry-on-Hudson. En estos momentos lo agradecía. Simplemente era una desconocida que se estaba tomando una magdalena, no una madre con pendientes de brillantes en las orejas, ni una mujer de negocios que acababa de aparcar su Mercedes. Solo alguien que pasaba por allí. Alguien a quien probablemente no conocía nadie.

—Eres la viuda de Nathan Coburn, ¿verdad? —me dijo la camarera al tiempo que me daba el cambio.

Mi estado de ánimo cambió de repente. Para mal, claro.

—Sí —dije—. Que pase un buen día.

—Su hermana hizo de canguro para mí de vez en cuando —continuó—. Algunas veces Nathan venía a ayudarme con los deberes de matemáticas; siempre era tan...

—Muy bien, adiós —dije, al tiempo que me alejaba bruscamente. Anduve por la calle hasta mi estudio, y pasé por otra tienda, Bliss and Cottage Confections.

Estaba muy bien eso de que hubiera tres mujeres que tenían negocios relacionados con las bodas prácticamente en el mismo bloque. Kim y yo nos dedicábamos a otras cosas, además de a las bodas, pero eran la parte principal de nuestro negocio. Nathan se alegró mucho la primera vez que las tres nos juntamos a tomar algo.

—¿Ves? Te dije que muy pronto harías amigas —comentó cuando volví, lo que me irritó un poco, porque yo nunca había dicho que no fuera a pasar. También parecía implicar algo más, no sé exactamente qué... Algo así como que mi marcha de Brooklyn no había sido tan difícil para mí como en realidad fue.

Y es que sí, echaba de menos el barrio más bonito de la ciudad. Algunas veces mencionaba cuánto echaba de menos el olor a ajo de Porto's o de Ronny, o al tipo que vivía en la calle al que todos regalábamos comida, y Nathan me miraba algo molesto, como se sintiera decepcionado al no escucharme decir: «¡Cielos! Cambry-on-Hudson es el mejor lugar del mundo. ¡Ya odio Brooklyn!»

Y ahora aquí estaba, atrapada en Cambry-on-Hudson, sin marido en el pueblo de mi marido, donde todo el mundo le conocía mucho mejor que yo.

Echaba de menos estar sola por decisión propia, no debido a un extraño accidente y a una pequeñísima malformación venosa y a las encimeras de granito.

Ahí estaba otra vez el clavo roñoso.

—Hola —me saludó un hombre mayor que paseaba a su perrito.

—Hola —le respondí sonriéndole brevemente mientras abría con llave la puerta de mi estudio. Gracias al cielo no me atacó con otro recuerdo lacrimógeno, aunque sin duda agradable para él, de lo estupendo que era mi marido en todos los aspectos. De haberlo intentado, puede que le hubiera dado un puñetazo.

Bueno, ya estaba dentro, y a salvo. El cartel, cuyas letras eran muy bonitas, resultaba un poco pretencioso para mi gusto: «Kate O'Leary, fotógrafa premiada». El lugar todavía se me hacía nuevo. Nuevo, pero limpio, espacioso y lleno de luz. El suelo era de roble y sonaba bastante al caminar y en la parte de atrás había un patio pequeño en el que Max y yo comimos el día en que murió Nathan.

Mi despacho estaba tan desordenado como siempre. Después de la muerte de Nathan había pasado por aquí para algo, pero no me acordaba de para qué. A recoger papeles, seguramente. En la estantería de detrás del escritorio había una foto de los dos. La puse boca abajo.

¿Por qué estaba aquí otra vez? ¡Ah, sí, tenía que sacar unas fotos en unos diez minutos! Max me ayudaba con las fotos de exteriores, cuando había que cuidar la iluminación, y también en los grandes acontecimientos. Tenía tiempo más que suficiente para tomarme el desayuno. Era fundamental que me mantuviera físicamente fuerte y toda esa historia. Le di un buen bocado a la magdalena. ¡Vaya, arándanos y naranja! ¡Estaba buenísima! Y el café también. La camiseta se me llenó de migas, las sacudí y cayeron en cascada sobre el teclado. Me encantó que el bollo fuera casi tan grande como mi cabeza. Hasta puede que fuera a por otro más tarde. Dos magdalenas de tamaño natural en una sola mañana.

Lo cierto es que hasta a mí me pareció que el curso de mis pensamientos era un tanto enloquecido.

Puede que esta tarde fuera al grupo que me había comentado Ainsley.

Tres semanas y media ya desde su muerte. Casi la cuarta parte de nuestra vida de casados. Poco menos de un mes. Me pregunté si mi forma de medir el tiempo sería esa a partir de este momento. Los días, las semanas, los minutos desde...

Creo que sabía la respuesta.

Ah, y por cierto, sin periodo todavía. Estaba dejando de lado las precauciones. «¿Ves este café gigantesco? ¡Pues ya lo sabes, me lo voy a beber enterito! ¡Zas, en toda la boca, doble línea! ¡Cuando aparezcas me voy a quedar de una pieza, yo y todo el mundo!»

Sí, seguramente el grupo me vendría bien.

Pasé a la otra habitación, en la que hacía los retratos de interior, y empecé a preparar las cosas, colocando la iluminación para evitar los contrastes de luces y de sombras en la cara de Jenny. Revisé la cámara de retratos y me aseguré que el ángulo del espejo fuera el adecuado para que se viera bien.

Sonó la campanilla de la puerta.

—¿Kate? ¡Hola, soy Jenny! —Entró, con un gran bolso negro colgado del hombro y el pelo oscuro brillante.

—¡Hola! —dije, y mi tono de voz alegre me sonó raro. Llevaba una cazadora negra de cuero suave, que si pudiera le robaría, o me casaría con ella. ¡Vaya, por favor, nada de juegos de palabras acerca de casarse! Ahora era viuda. También traía un bolso de tela. Le había dicho que viniera con distintas cosas, para ponerlas por detrás como decoración.

—¡Cuánto sitio hay aquí! —dijo mirando alrededor admirativamente—. ¡Mira, he traído café! —dijo, y me pasó un vaso bastante grande—. Uno de esos con caramelo, ya sabes.

—Gracias. —Quizá no debería tomar más cafeína. Ya sabéis, por si las moscas. Mi útero se rio siniestramente.

—De nada. Y oye... en cuanto a lo de Nathan... —Sus ojos oscuros expresaban dolor y amabilidad a partes iguales—. Ya sabes, lo siento muchísimo —dijo, y me apretó los hombros—. Te voy a mandar un correo cada semana para que salgamos a cenar. Puedes decirme que no todas las veces que quieras, pero cuando te sientas preparada, te llevaré a un sitio fantástico en el que ponen unas bebidas enormes, querida. Y podrás hablarme de él si quieres, pero si no hablaremos de novias empantanadas, o cotillearemos, o iremos al cine si no estás para cenas y copas. Y ahora, si quieres, podemos hablar, y si no, pues nos ponemos a trabajar. Lo que tú digas.

Tenía que haber apuntado lo que Jenny acababa de decirme para mandárselo a todos los que me habían escrito con el consabido «No sé qué decir». Pues esto. Esto es lo que tenías que haber dicho, joder.

—Vamos a trabajar —respondí con voz un poco ronca—. Y gracias. Alguna vez me apuntaré al plan.

—Lo que tú digas. —Hizo una pausa, como dudando—. Por cierto, ¿sabes que Leo, mi novio, es viudo?

—No, no lo sabía. —¡Santo cielo!—. Me pareció muy, como decirlo..., normal cuando me lo presentaste.

—Sí, lo va llevando y tiene sus altibajos. Una vez al mes va a ese grupo que se ha formado. ¿No has pensado en hacer algo de eso?

—Pues mira, mi hermana ha encontrado uno. Se reúnen en la iglesia luterana.

—Sí, es al que va él. Dice que le ayuda. —Sonrió como si le diera verguenza. Era una persona muy agradable. Intenté contestar, pero el clavo no me dejó.

—De acuerdo —dijo—, vamos a quitarnos esto de encima y vamos a hacerlo bien. Ayer por la noche estuve mirando una revista de supermodelos para ponerme a tono. Estoy preparada para sonreír con los ojos, como dice Tyra Banks. —Sonrió abiertamente y me di cuenta de que de nuevo era capaz de hablar.

—Esas estupideces están volviendo idiotas a las niñas de secundaria.

—Sí, pero no puedo evitar leer las revistas o ver los programas de la tele. Es como una droga, estoy enganchada.

—Sí, claro, yo veo de vez en cuando *Pasarela a la fama*. —contesté—. No me pierdo los maratones, como el del verano pasado. —Antes de conocer a Nathan. Antes de estar casada. Antes de ser viuda.

—¡Yo conozco a Tim Gunn! —me dijo, logrando sacarme de la niebla mental en la que había vuelto a introducirme. Empezamos a hablar de los famosillos que puedes encontrarte paseando por Nueva York y su zona de influencia y que salen en esa basura de programas.

Le saqué fotos mientras hablaba. Tenía una sonrisa muy luminosa y la nariz un poco grande, lo que evitaba que fuera guapa de portada y la convertía simplemente en una mujer atractiva, que no es poco.

Así que su chico era viudo y había elegido ponerse del lado de los vivos... Puede que el grupo de ayuda sirviera para algo, después de todo.

Una media hora después conseguí la foto que, en mi opinión, iba a dar mejor resultado.

—Ya podemos parar. Esta es la buena —dije. La descargué al ordenador e hice una copia en blanco y negro.

Perfecta. Jenny estaba sentada en el suelo en medio de una montaña de tul blanco, con las piernas cruzadas y la centelleante cazadora de cuero negro. No miraba directamente a la cámara y su expresión era amigable y abierta, con una sonrisa mínimamente traviesa. Destilaba oleadas de felicidad.

—¡Caramba! —dijo— ¡Es perfecta, Kate! ¡Me encanta!

—Estupendo —dije al tiempo que sonreía—. Te la mandaré por correo electrónico.

—Fenomenal. ¿Me puedes imprimir también algunas copias? Le voy a dar una a mi hermana y otra a Leo, si es que la quiere el pedazo de bobo.

—Pues claro.

Recogió todas las telas que se había traído y las volvió a meter en la bolsa.

—Oye, tu madre trabaja en el *Hudson Lifestyle,* ¿no?

—Sí, tiene una columna fija en la revista. Mi hermana es la editora. ¿Por qué?

—Ah, entonces seguramente ya lo sabes.

—¿Qué es lo que tengo que saber?

Metió el teléfono móvil en el bolso y se lo colgó del hombro.

—Lo del tipo del cáncer. Ahora que ha superado la enfermedad, le ha dado la patada a su novia. ¡Y el muy idiota lo ha publicado en su blog! El asunto ha corrido como la pólvora por Internet, es viral. ¿Le conoces?

Se me puso la carne de gallina.

—Un poco —dije evasivamente.

—De verdad, a mí me parece un cretino. Bueno, tengo que salir pitando. Te veré por aquí. Y muchas gracias, Kate. Ha sido muy divertido.

—Sí, desde luego. Nos vemos pronto.

Un segundo después de que se hubiera marchado, me senté al ordenador. Tecleé en Google *Crónicas del cáncer,* Eric Fisher.

0,0042 segundos más tarde obtuve respuesta.

¡Pedazo de cabrón!

¡Maldito gusano! Cuando terminé de leer el artículo, lo releí otra vez. Me entraron ganas de ir a su casa y golpearlo hasta quedarme sin fuerzas y dejarlo a él sin vida. Después de todo, acababa de enviudar. Seguro que el jurado me absolvería.

Empecé a leer comentarios.

¡Había más de cuatro mil!

Por lo que pude ver, la cosa estaba más o menos empatada en cuanto a preferencias: gente que decía que Eric tenía derecho a hacer lo que le viniera en gana y gente que opinaba que se había portado fatal con Ainsley.

—¿Qué te parece? —pregunté sin dirigirme a nadie en concreto. Por supuesto, yo estaba sola en el estudio.

Menos mal que en el blog no citaba a Ainsley por su nombre. No, siempre era en estilo indirecto, o ponía «Mi sol brillante», u otras memeces.

La llamé y se disparó el contestador de forma automática.

—Hola —dije—. Acabo de leer el blog. Lo siento muchísimo. Nos vemos en casa, ¿de acuerdo? Llámame si quieres. Tengo toda la tarde libre.

Durante el resto del día no paré de pensar en mi hermana. Me sentí algo culpable porque agradecía el poder hacerlo. Al menos me libraba de pensar si estaba o no embarazada, de comerme el coco con Nathan y de luchar contra ello.

Sean me llamó a eso de las cinco.

—¿Has visto el blog de Eric? —preguntó casi sin saludar.

—Sí.

—Nunca me gustó.

—Ni a mí tampoco. —Estuvimos un rato callados, reconcomiéndonos de cabreo con el exnovio de nuestra hermana. Sean ya me había dicho hacía tiempo que lo consideraba un poco estúpido.

Eric tenía sus virtudes. Siempre había sido muy amable conmigo, amigable y optimista. Pero, aunque sin hacer ostentación, yo pensaba que ninguneaba a Ainsley. Él era la estrella de la pareja, y ella, la secundaria.

—¿De verdad estaba tan unido a... a Nathan? —A Sean nunca le había gustado hablar de cosas desagradables, y esta lo era en grado sumo.

—No. El año pasado estuvieron los dos en un comité benéfico. Ese asunto del golf de Nathan, ¿te acuerdas?

—Ya —gruñó mi hermano—. Y, por cierto, ¿tú cómo estás?

—Pues creo que bien, más o menos. Hoy he trabajado por primera vez desde... ya sabes. ¿Y los niños?

—Estupendamente. A ver si te apetece llamarnos por Skype una tarde de esta semana. Esta noche no, porque Matthias va a kárate.

—De acuerdo. Me apetece.

—Dile a Ainsley que... bueno, dile algo. Por ejemplo, que he llamado.

—No te preocupes, lo haré. Gracias, Sean.

Me colgué la mochila y empecé a pedalear de camino a casa. Cuando llegué Ainsley estaba allí. Como casi siempre, iba muy bien vestida, aunque de una forma que a mí no me iba: falda color marfil con dibujitos de bicicletas negras, suéter rojo con el cuello redondo y blanco y botas tobilleras negras. En fin, con ese vago aroma a ama de casa de los cincuenta.

No tenía los ojos rojos, lo que me pareció buena señal.

—Mira tú —dije.

—Sí —respondió, sirviéndose un buen vaso de vino.

—¿Puedo hacer algo?

—No.

—¿Vas a matarlo?

—Supongo que será su madre la que se encargue de eso.

Sonreí. Los padres de Eric eran muy majos.

—Bueno, ¿entonces vais a... hacer algo, hablar?

—Me da la impresión de que ha tenido un ataque de nervios.

Pues en el blog a mí me pareció que estaba de lo más calmado. Un mojigato del demonio, sin duda, pero calmado y sabiendo lo que hacía. En primer lugar, había roto con ella. Después lo había pregonado a los cuatro vientos, para que todo el mundo se enterara. Y, conociendo a Eric, estaría encantado con el revuelo y de ser el centro de atención.

—Pareces bastante tranquila —dije, aceptando el vaso de vino que me ofrecía.

—Bueno, he tenido todo el día para leer los comentarios. Ese imbécil de jefe que tengo se ha negado en redondo a borrar el blog.

—Mucha publicidad gratis como para que la revista renuncie a ella, ¿no?

—Exactamente. En este momento no soy capaz de dilucidar a qué individuo odio más, si a Eric o a Jonathan. Aunque, ahora que lo pienso durante una décima de segundo, es a Eric. Definitivamente, a Eric.

—Podemos quemar su retrato, si te parece. La madera de arce japonés es perfecta para esas cosas.

—Te lo agradezco —respondió gruñendo. Pero sus ojos empezaron a brillar más de lo normal, y al cabo de un momento los noté húmedos. Era una persona normal, así que lloraba cuando la situación lo requería, claro. Yo, por mi parte, seguía seca. Le pasé un pañuelo de papel y se sonó la nariz. Inmediatamente dio un sorbo a la copa.

—¿Vamos a ir esta noche a la reunión de ese grupo del que te hablé? —me preguntó.

—No, no hace falta si no quieres —contesté—. Has tenido un día duro.

—Tranquila, prefiero que vayamos —dijo—. Puede ser divertido.

Vacilé.

—De divertido nada, maldita sea —rectificó—. Lo que puede ser es útil. Puede ser útil y servirte de catarsis. Aunque también puede ser horrible, y si es el caso nos vamos a jugar a los bolos. ¿Pedimos una *pizza*? Necesito lactosa y gluten, lo noto.

—Adelante —asentí.

A las siete de la tarde mi hermana y yo conducíamos de camino a la iglesia de St. Andrew's, que era donde se reunía el grupo. Al salir del automóvil la humedad se me impregnó inmediatamente en el pelo. Nadie me había contado lo muchísimo que llovía en Cambry-on-Hudson. El patrón climático era absolutamente diferente del de Brooklyn.

—No es necesario que pases, Ains, en serio —dije—. Puedo volver andando o en taxi.

—No, tranquila. Estoy aquí porque quiero ayudarte. —Me miró como si fuera la primera vez que lo hiciera hoy, y me sonrió—. Nadie debería venir a esto solo. Al menos no la primera vez.

—De acuerdo, gracias. —¡Mira que era encantadora, la condenada! Era el momento de abrirse una vena.

CAPÍTULO 13

Ainsley

Al parecer, St. Andrew's era el lugar al que había que acudir si tenías algún tipo de problema. En una de las salas había una reunión de Alcohólicos Anónimos, otra estaba reservada para Drogadictos Anónimos, no faltaban los divorciados y finalmente estaban los nuestros, quiero decir los de Kate, claro. El lema era: «Un paso adelante: grupo de apoyo para viudas y viudos».

Noté cómo a Kate se le encogían los hombros hasta casi subírsele a la altura de las orejas.

—Puede que no haya sido una buena idea —masculló.

—¿Por qué no les das una oportunidad y pruebas? —dije para intentar contrarrestar su miedo—. Igual te llevas una sorpresa.

—Pero te quedas, ¿eh? ¡Dios, ha sonado patético!

—¡Pues claro que me quedo! —dije, sintiendo una punzada en el corazón. Por fin alguien me necesitaba. Me sentí bien después de la paliza que había recibido hoy mi ego. ¡Por Dios!, ¿había sido solo hoy? Me sentía como si hiciera un millón de años.

Mi teléfono vibró. Era un mensaje de Eric.

> ¿Sabes qué? ¡*Good Morning America* quiere que vaya a un programa! ¡¡¡Y También Jimmy Kimmel!!! Parece que las *Crónicas del Cáncer* han tocado por fin la fibra sensible de la gente. ¿Has visto el blog de hoy? ¡Se ha vuelto absolutamente viral!

Miré alrededor. Si hubiera estado allí le habría tirado el teléfono móvil a la cabeza, concretamente al lóbulo frontal. O se lo hubiera metido por el culo.

Había recibido trescientos diecisiete mensajes. Once de ellos fueron de Judy, en su mayoría mostrando su consternación y pánico a propósito de lo que su hijo había escrito sobre mí, pero también dejando traslucir un cierto orgullo materno por la trascendencia que había tomado el asunto. «¡Y ahora *Men's Health* quiere que escriba una columna sobre su régimen alimenticio! La verdad es que últimamente tiene bastante buen aspecto, ¿no te parece?», decía en uno de ellos. No obstante, solo unos segundos después me llegó otro: «Pero no te preocupes. Recuperará la cordura. Te quiere».

Me entró una urgencia enorme por volver a la fabulosa casa de Kate para que nos tomáramos unas piñas coladas.

Entonces Kate se adelantó y me tomó de la mano. Mi hermana me necesitaba. Fuera lo que fuese lo que me estaba pasando, lo de Kate era mucho peor. En los treinta y dos años de mi vida nunca la había visto así, sin saber qué hacer.

El grupo se reunía en lo que durante el día era un aula de preescolar. Había mesas y sillas diminutas y las paredes estaban llenas de bolitas de algodón representando las letras del alfabeto y todos los números de una cifra. En una zona de la habitación el suelo estaba cubierto de moqueta y también había estanterías con libros infantiles. El sitio olía a pintura reciente. En el centro se apilaban unas cuantas sillas metálicas de color gris, de tamaño normal, que discordaban bastante respecto al colorido y la alegría de la decoración del lugar.

Ya había seis o siete personas. Dos hombres, uno de ellos extremadamente atractivo... Tal vez era demasiado pronto para intentar recolocar a Kate. Sí, claro que era pronto. ¡Vaya! Empezaba a parecerme a Abu. El resto eran mujeres, una más o menos de la edad de Kate, una más joven y otra mayor.

—Hola. Me llamo Lileth —dijo con voz suave una de las mujeres—. Soy trabajadora social y dirijo este grupo. Os doy la bienvenida y me alegro mucho de veros aquí. Estas son las reglas de funcionamiento del grupo. —Sonrió con cierta tristeza profesional y nos pasó un buen montón de papeles.

—¡Vaya, cuánta información! Me llamo Ainsley, y ella es mi hermana Kate —dije. Kate no pronunció una palabra, así que me sentí obligada a llenar el vacío—. Su marido murió hace solo unas semanas.

—Sí, el 6 de abril —confirmó Kate, tras aclararse la garganta.

—¿Nathan Coburn? —preguntó una de las mujeres.

—Sí.

—Conozco a su hermana. —Sonrió.

—Hola, Kate —dijo el tipo atractivo—. Siento que tus circunstancias te hayan obligado a unirte a este grupo de mierda. Jenny me dijo que igual te pasabas. —Sonrió.

—Hola, Leo —contestó Kate.

¡Ah, claro! El guapo vino al velatorio con la diseñadora de vestidos de novia.

La que no haría mi vestido, ya que no me iba a casar. Pero no era el momento de sentirme mal. Estaba aquí por Kate.

—¿Me puedo quedar? —pregunté a Lileth—. Como es el primer día de Kate...

—Pues preferiríamos que no —contestó.

—A mí no me importa —dijo Leo, después de suspirar con cierto dramatismo.

—Ni a mí —dijo una de las mujeres.

—A mí tampoco —indicó otra.

—Pues a mí tampoco —dijo un señor mayor bastante bajito.

—Lo único que pasa es que tú no has compartido la experiencia —aclaró Lileth—, y puede que el grupo no se sienta cómodo con alguien que no es viudo.

—Bueno, pues no es viuda —dijo una de las mujeres—. Mejor para ella. No creo que vayamos a lapidarla.

—Me siento aliviada —dije inmediatamente.

—Las reglas, que tienen su razón de ser, indican que el grupo es solo para personas que han enviudado. —Lileth inclinó la cabeza, compuso una falsa sonrisa y me invitó con un gesto a que dejara la habitación.

—¿Tú eres viuda? —le pregunté, levantando una ceja.

—No, pero soy trabajadora social graduada y formada para llevar este tipo de grupos.

Se me erizó el pelo. Kate seguía agarrándome de la mano, y bastante fuerte. Estaba claro que me necesitaba en ese momento, y eso me gustó.

—Piensa que soy una especie de perro para terapia —dije.

—¡Vamos, Lileth, déjala que se quede, por el amor de Dios! —dijo una de las mujeres. Tenía un marcado acento del Bronx, la piel anaranjada típica de una adicta a los rayos UVA y el pelo negro y rizado—. Ya estamos un poco aburridas de nuestros habituales y conocidos lloriqueos. —Le dio a Kate nos golpecitos amistosos en la espalda—. Así que siéntate con tu hermana y cuéntanos tu historia, querida.

Lileth no parecía nada contenta. La odié de inmediato. Finalmente nos sentamos en las sillas frías y duras.

—Unas primeras reglas básicas —empezó la trabajadora social—. Por supuesto, todas ellas están en la información que te he facilitado.

—Evidentemente, yo ya había dejado de existir para ella—. Primera. Nuestro grupo, «Un paso adelante...»

—Y dos pasos hacia atrás —interrumpió Leo. Lileth no le hizo caso.

—... es estanco. Todo lo que aquí se diga no debe salir del grupo, en ningún caso. Segunda. Debe respetarse la confidencialidad. —Me miró intensamente, como si ya estuviera escribiendo en Twitter acerca del asunto—. Y, solo por esta vez, creo que no importa que... perdona, ¿me puedes recordar tu nombre?

—Ainsley.

—... que Ainsley asista a la reunión. A no ser que a alguien le suponga un problema. Es vuestro grupo, y si alguno se siente siquiera mínimamente molesto...

—No insistas, deja que se quede —dijo el hombre que no era Leo—. Es guapa.

Tenía más o menos ochenta años y me dirigió una sonrisa. Yo se la devolví. «¡Zas, en toda la boca, Lileth!»

—Tercera. Se habla por turno. Cada persona decide lo que quiere contar, pero también...

—No estamos hablando de Ingeniería Aeroespacial, Lileth —interrumpió Leo de nuevo—. Kate, si te apetece hablar, habla. Como a mí me conoces un poco, empezaré yo. Te resumo mi triste historia en pocas palabras. Mi esposa embarazada, Amanda, murió en un accidente de automóvil. Conducía yo. Murieron ambos, nuestro hijo aún no nacido y ella. —Su cara pareció cambiar, aún sin que realizara el más mínimo movimiento, y es que la tragedia, tan sencilla de contar, llenó por completo sus ojos. De hecho, llenó toda la habitación. Por mi parte, se me llenaron los ojos de lágrimas. No podía ni hacerme a la idea de lo que el pobre Leo habría sentido en ese momento, ni tampoco después. ¡Era tremendo!

»Eso ocurrió hace tres años —continuó Leo, después de aclararse la garganta—. Ahora estoy con Jenny, y es fantástica, pero sigo teniendo momentos de mucha desesperación. Ella pensaba que este grupo podría servirme de ayuda. Y así ha sido. —Sonrió, y pareció que su pena se aliviaba, aunque sin desaparecer del todo. Inmediatamente me gustó.

Miré a mi hermana. Todavía tenía aspecto de ciervo al que le deslumbran las luces de un automóvil.

—Me llamo LuAnn —dijo la mujer de la piel naranja. Su acento del Bronx era tan fuerte que casi podías oler los perritos calientes del Yankee Stadium—. Casada con un policía. Bueno, viuda. ¡Dios, cómo odio esa palabreja! En cualquier caso, el año pasado mi marido, Frank, fue a atender un caso de violencia doméstica, os lo digo en civil, los polis lo llaman VD. Es una de las peores situaciones, ocurre muchas veces. El poli llama a la puerta, el marido abre y dispara sin más. Muerto. Tenemos cuatro hijos.

—¡Oh, Dios, cuánto lo siento! —exclamó Kate con voz tensa.

—Y eso es todo, Kate, bonita —dijo LuAnn negando con la cabeza—. Estoy cabreadísima con Frank, ¿sabes? De verdad. Pero ¿cómo ha podido hacerme esto? Si estuviera vivo me lo cargaría. Sí, acabaría con él a sangre fría.

—Por supuesto que no es eso lo que sientes —intervino Lileth—, aunque es muy natural disculpar esos pens...

—¡Vamos, Lileth, corta ya y dame un respiro! Hoy estoy absolutamente cabreada, creo que las loqueras lo llamáis «la fase del enfado y la negación», ¿no? ¿Sabes que nuestro hijo, Frankie Jr. ha venido hoy a casa con un cero, ¡un cero!, en el examen de matemáticas, y yo le he dicho algo así como: «¡Si tu padre supiera hasta qué punto la estás cagando, seguro que te haría entrar en razón a tortazos! ¡Y no pongas los ojos en blanco, lo digo en serio!»

Lileth hizo un ruidito, al parecer de comprensión antes de intentar intervenir de nuevo.

—Ya, claro. Los niños pueden...

—Y va Frankie y me dice: «Jefa, ¿y a quién le importa? Papá está muerto. No puedes volcar en mí tu rabia toda la vida.» Así que tengo que lidiar con esto también, un hijo con mala baba. ¿Y quién sabe qué es lo que va a pasar con las niñas? Seguro que se quedan embarazadas más pronto que tarde. Por ejemplo, la de doce años, Marissa. ¿Pues no viene y me dice que tiene novio? Y yo le digo algo así como que ni en broma, mientras me quede un aliento de vida no puedes tener novio tan joven, y después vienen las lágrimas y el drama, ¡y mierda, tengo ganas de desaparecer del mapa, como lo oyes!

¡Qué mujer más estupenda! La entendía perfectamente y me encantaba lo fuerte que se mantenía dentro de su desgracia. Me volví hacia Kate con una sonrisa triste, pero ella seguía allí sentada, como si se hubiera quedado helada.

—Yo soy George —dijo el abuelete—. Mi mujer y yo estuvimos casados cuarenta y tres años y la pobre se murió mientras dormía. Tenía problemas de corazón. Eso fue el año pasado. —Hizo una pausa—. No me puedo creer que haya aguantado tanto tiempo sin ella. Los días se me hacen eternos. Pero no me quejo, no puedo quejarme. Annie y yo tuvimos suerte. Vivimos muy buenos momentos.

Mi hermana soltó un pequeño gritito y yo le apreté la mano. La tenía húmeda.

Le tocó el turno a la otra mujer. El marido de Janette había muerto de cáncer de páncreas precisamente el día de su decimoquinto aniversario de bodas.

—Las últimas palabras que me dijo fueron: «Siento que me esté muriendo precisamente hoy», y yo le contesté: «Siempre fuiste un cerdo egoísta». Él se rió e, inmediatamente, se hundió un poco más en la almohada. Había muerto en ese mismo momento. Me entró el pánico, ¿sabes? Me dije: «¿De verdad que ha sido eso lo último que ha escuchado de mí? ¿En serio?» Así que le tomé la mano, lo sacudí, y dije: «¡Escucha, idiota, te quiero!». Espero que me escuchara. —Lloraba como una magdalena, pero también se reía.

Mi hermana tenía la frente perlada de sudor.

—¿Estás bien? —le pregunté.

Asintió.

El marido de Bree había muerto el pasado invierno, cuando un trozo de hielo salió despedido del camión que iba delante de su automóvil, en la interestatal 87.

—Me resulta difícil hablar con los niños sobre él —dijo dirigiéndose a Kate—. Camden tiene cuatro años y Fiona dieciocho meses. No sé cómo mantener vivo su recuerdo. El otro día le pregunté a Cam si se acordaba de cuando iba a pescar con papá, y el pobre me dijo que no. Ya se le había olvidado. Y Fiona cree que «papá» es la palabra que se usa para designar una fotografía. El otro día fuimos a unos grandes almacenes, y cuando pasamos por la sección de marcos de fotos empezó a señalar a las estanterías diciendo «¿Papi, papi, papi?»

Escuché un jadeo.

Era Kate.

Al principio pensé que estaba llorando, pero no, en realidad estaba hiperventilando. Y también estaba empapada en sudor.

—¡Vamos, vamos! —le dije—. De acuerdo, tranquilízate. Espira a la de tres, y después inspira a la de tres. Y mantén el aire dentro tres segundos más. —Esa fue una de las pocas cosas para las que la profesión de Candy me resultó de ayuda. Durante mi niñez sufrí bastantes ataques de pánico, y ella me enseñó la técnica física para superarlos.

Kate parecía un perro excesivamente acalorado en un día de verano.

—Uno, dos, tres, dentro. Mantén el aire, uno, dos , tres. Fuera, uno, dos, tres. De acuerdo, creo que se va a desmayar. Échate, Kate.

Leo me ayudó a doblarla para que pusiera la cabeza entre las piernas.

—Lo si... siento mu... mucho —se disculpó entrecortadamente. Me agarró de la mano con tanta fuerza que pensé que me iba a tronchar algún huesecillo—. Creo que me está dando un ataque al corazón.

—No, qué va. Solo estás hiperventilando —dije—. ¿Te acuerdas de las tormentas con truenos y rayos? —Asintió—. ¿Tiene alguien una bolsa de papel?

George encontró una y Kate se la puso en la boca, abriendo mucho los ojos y con la cara completamente blanca.

—Hasta tres y dentro, hasta tres y fuera, hasta tres quieta —insistí, acariciándole la espalda.

—Bueno, a todos nos pasa de vez en cuando —dijo LuAnn con tono de no darle importancia—. A mí la primera vez que me pasó después de la muerte de Frank fue viendo la tele, concretamente *Amas de casa de verdad*. Lo veíamos juntos. Así que dos o tres semanas después de que le dispararan, me senté delante de la tele y, lo creáis o no, grité: «¡Frank! ¡Va a empezar *Amas de casa*...!» No vino, claro, y lo llamé otra vez. Y en ese momento me dio el telele. «¡Pero si está muerto!», pensé. Se acabó lo de ver la tele juntos. Me desmoroné, exactamente igual que te ha pasado a ti.

—A veces nuestro cuerpo reconoce lo que nuestro cerebro no quiere o no puede reconocer —intervino Lileth. Me pregunté en qué puñetera galletita de la suerte de qué puñetero restaurante chino habría leído esa perogrullada.

—¿Vas mejor? —Ella respondió asintiendo con la cabeza, pero seguía respirando afanosamente en la bolsa.

—Bueno, retomemos el hilo, querida —dijo LuAnn—. ¿Cómo murió tu marido?

La verdad es que Kate todavía no estaba en condiciones de responder, así que intervine.

—¿Quieres que se lo cuente yo, Kate?

Asintió.

—Bueno... —empecé, un tanto dubitativa, mientras seguía acariciándole la espalda—. Pues, veréis,... se tropezó y se golpeó en la cabeza. La verdad es que fue un accidente de lo más absurdo.

—Había ido a servirme una copa de vino —dijo Kate como pudo, todavía con la bolsa, que se expandía y se contraía, puesta en la boca—. La necesitaba, porque el novio de Ainsley estaba hablando y nos había pedido que bridáramos con él. Como odio las fiestas, me había bebido la primera copa demasiado deprisa, y necesitaba otra, así que Nathan fue a por ella, y ahora está muerto y es culpa mía. —La bolsa empezó a inflarse y a desinflarse más deprisa.

Se produjo un silencio embarazoso, solo roto por el sonido de la bolsa llenándose y vaciándose de aire. Habría jurado que Leo hacía esfuerzos por no reírse.

—Pues yo creo que, en realidad, la culpa fue de Eric, ¿no os parece? —dije, mientras seguía acariciándole la espalda. Si seguía así le iba a hacer un agujero en la parte de atrás del suéter—. Él fue quien pidió que alzáramos las copas. Y, además, es un gilipollas integral.

Ahí Leo ya no pudo contenerse y empezó a reírse a carcajadas. Inmediatamente le siguió LuAnn. Juraría que Kate sonrió, pero no estoy del todo segura. La bolsa en la boca solo me dejaba verle los ojos, claro.

—Hablando de gilipollas integrales —dijo Bree—, ¿habéis leído el blog de ese tipo que ha dejado a su novia después de superar un cáncer?

Durante un instante no me di cuenta de que estaban hablando de mí, o más bien de Eric. Y es que yo era la chica afortunada, ¿no habíamos quedado en eso?

—Ese era mi novio, aunque os parezca mentira —dije—. Yo soy la chica a la que se refiere en *Crónicas del cáncer*.

Bree se quedó con la boca abierta.

—¿Ese tonto del bote era tu novio? —preguntó LuAnn con su mejor acento del Bronx—. ¡Pedazo de hijo de puta! ¿Quieres que nos lo carguemos de tu parte? Sería un verdadero placer...

Resultó que la mayoría de ellos habían leído o escuchado la historia del blog, con su maravilloso título *Librándome del cadáver de mi antigua vida*. En realidad todos menos Lileth, que seguramente estaba por encima del bien y del mal y solo leía libros de autoayuda en plan Candy.

¡Era famosa!

Como me frieron a preguntas, hablando casi todos a la vez, relaté mi historia de la cena con langosta, el anillo y la tarjeta de crédito denegada. Mi despido, vaya, por decirlo en plan metafórico, aunque sin alcanzar el nivel poético y científico de Lileth.

—¿Así que te dio la patada en el trasero en toda regla? —dijo Janette alzando las manos asombrada—. ¡No me lo puedo creer!

—Ni yo... Gracias por tu comprensión.

—Pero hay otra cosa —reflexionó LuAnn, inclinándose hacia delante. Salvando las distancias, pues no era tan fea, se parecía un poco a Steve Van Zandt, el genio de la guitarra que toca con el Boss, pero en su papel de gánster de Nueva Jersey en *Los Soprano*—. ¿Os habéis fijado en la cantidad de gilipollas, también integrales, que están de acuerdo con lo que ha hecho y les parece de puta madre? Pero ¿qué coño le está pasando a esta sociedad?

—Esta semana va a salir en *Good Morning America* —dije.

—¿Me tomas el pelo? —preguntó Kate, sentándose como si hubiera resucitado de repente. Hasta había recuperado el color. Mínimamente, eso sí.

—Se me había olvidado decírtelo —me disculpé—. Y agárrate: mi jefe quiere que le haga firmar un contrato en exclusiva con nuestra revista. Ponerle en nómina, y todo eso.

Me senté a disfrutar del furor de los miembros del grupo, a los que todos esos acontecimientos les parecían inmorales y un preludio de la destrucción de nuestro modo de vida, al estilo *La caída del Imperio Romano*.

—Pues a mí me da la impresión de que has esquivado un disparo entre las cejas —dijo Leo. Tardé en entender lo que quería decir...

—¿Sabes lo que necesitas, chica? —intervino de nuevo LuAnn—. Devolvérsela multiplicada por dos, o por tres. Deprisa y, si puede ser, con publicidad. Tengo hermanos, si quieres te puedo ayudar.

—Estoy bien —dije—. De todas formas, gracias por ofrecerme tu ayuda. La verdad es que... bueno, creo que al final volveremos a estar juntos. Creo que... en fin, que se le ha ido la olla, o algo así. Una especie de lapsus.

—No, no lo es, no te engañes —me contradijo Leo—. Lo siento chica. Hay una perrera en Tarrytown. Creo que deberías hacerte con una mascota, y te recomiendo un perro. Los gatos a veces son también unos gilipollas integrales.

—Bueno, la verdad es que no creo que sea como dices —expliqué, negando con la cabeza—. Sé que lo que ha hecho es una idiotez, pero ha sido un novio magnífico durante mucho tiempo. Once años. Simplemente se volvió loco cuando murió Nathan. Antes era casi perfecto, ¿verdad, Kate?

—Al otro lado del vestíbulo hay un grupo para divorciados o similares —cortó Lileth con su falsa sonrisa—. Estoy segura de que sabrán apoyarte con tu, eh... drama público. Pero nosotros tenemos nuestros propios asuntos.

—¡Estoy hasta las narices de nuestros asuntos! —estalló Janette.

—Y yo —la apoyó George tranquilamente, y continuó sin mirar siquiera a Lileth—. Kate, ¿de verdad era perfecto?

—Bueno... —Kate pestañeó—. Como dice Jack Lemmon, nadie es perfecto.

—A ver, yo sé idiomas, y lo que he entendido es que es un hijo de puta egocéntrico —tradujo Leo.

—No, no,... lo cierto es que no era un hijo de puta hasta el punto de inflexión. Era, es quiero decir, egocéntrico, eso sí. ¿No te parece, Ainsley?

—Bueno sí... —Me removí en la silla—. Pero también es inteligente, divertido y agradable.

—Te ha llamado cadáver —ladró Leo.

—Metafóricamente. —Noté que me ardía la cara. Defender a Eric no me resultaba nada fácil, la verdad, pero tuvimos once años estupendos, magníficos—. Pasó lo del cáncer, e inmediatamente después murió Nathan. Simplemente le ha entrado el pánico. Recuperará el juicio y volverá.

—¿Antes o después de su aventurita en Alaska? —preguntó George.

—El Discovery Channel pone a Alaska por las nubes, ¿no os parece? —intervino Bree—. Me pregunto si podría empaquetar a los niños y largarme para allá.

—¡Hay un montón de hombres solteros, mujer! —dije—. Bueno, ya sabes, para cuando estés preparada.

—No perdamos el hilo —nos reprendió Janette, pero sin sonrisa falsa.

—No, no.

Parecía como si mi ciclópea humillación pública hubiera alegrado el día a los asistentes, haciéndoles olvidar su luto por un rato, lo cual me agradó muchísimo. Ya había pasado la hora. Lileth señaló las galletitas y el café que estaba preparado, e indicó que era el momento de las conversaciones individuales. También le recordó a Kate que leyera el tomo de las normas y se las aprendiera para la reunión de la semana siguiente. Finalmente sonrió con su expresión de impostada tristeza, de luto profesional.

Me comí un par de galletitas de chocolate (sí, soy una zampabollos) y crucé el vestíbulo con mi hermana.

—¿Cómo te encuentras? —le pregunté una vez que salimos. La humedad de antes había desaparecido. Ahora olía a tierra mojada y a hayas.

—Estoy bien —contestó—, aunque un poco avergonzada.

—Es normal, Kate. Todos los del grupo han pasado por lo mismo, y ya ves, ahí están —afirmé—. Más o menos bien, con su pena a cuestas, claro. Pero vivos y con curiosidad por las cosas de la vida.

—Es verdad.

—Me ha encantado Leo. Y LuAnn. ¡Dios, esa sombra de ojos es increíble! Y me da la impresión de que podría juntar a Abu con George, cuando él esté preparado, claro.

—Sí —dijo Kate sonriendo un poco—. Todos han sido muy... amables.

—¿Vas a volver? —Puesto que había acudido a sugerencia mía, me apetecía mucho que la cosa funcionara. La verdad era que siempre estaba intentando ganarme la aprobación de Kate, y de todo el mundo... Por un segundo me la imaginé llamando a Sean para poder quejarse de mí a gusto: «Ainsley me obligó a ir a ese horrible grupo, y resulta que todo el mundo se puso a hablar de la hazaña de Eric».

—Puede que sí. Seguramente. Ha sido una idea estupenda, Ainsley. Y gracias por venir conmigo.

—Por supuesto. Y ya sabes que puedes pedirme lo que quieras.

Se abrió la puerta del sótano de la iglesia, y allí estaba Jonathan Kent, todavía con su traje y una gabardina doblada en el brazo. Se quedó parado sin la más mínima sutileza al verme.

¿Alcohólicos o Drogadictos Anónimos? Si así fuera, su personalidad adquiriría una nota de color, aunque fuera debido a una adicción poco menos que inconfesable.

—Hola —le saludé. Estaba claro que él no iba a tomar la iniciativa.

—Ainsley. —Después, sus claros y extraños ojos azules se volvieron hacia Kate—. Hola —dijo.

—Hola, Jonathan, ¿cómo estás?

—Bien, gracias. Me alegro de verte.

—Gracias. Yo también. —¡Sonó sincera!

Por un momento me los imaginé como pareja, e inmediatamente procuré borrar la imagen. No. Jonathan Kent no era su tipo, ni mucho menos.

Ni aunque lo fuera.

Que no lo era, para nada.

—¿Puedo robarte un minuto, Ainsley? —me preguntó tímidamente. ¡Qué raro!

—Por supuesto, señor Kent . —Abrí y cerré las pestañas varias veces, repentinamente irritada—. Será solo un segundo, Kate. O al menos eso espero.

—Tómate tu tiempo —dijo moviendo la mano. Entró en el automóvil y se puso a mirar el móvil.

Jonathan se acercó a mí y se quedó mirando al suelo. Le cayó un mechón de pelo sobre la frente, como si fuera un duque inglés de la época de la Regencia.

—Necesitas un corte de pelo —dije; reconozco que sin venir a cuento.

Miró para arriba bastante desconcertado.

—Perdona, no es cosa mía —me disculpé—. ¿De qué se trata, Jonathan?

Bajó la mirada y la fijó en mi barbilla. Igual tenía una espinilla. Me pasé los dedos para buscarla a tientas.

—Te agradecería mucho que no le mencionaras a nadie mi presencia aquí esta noche.

—¿En la reunión de Alcohólicos Anónimos? —sugerí.

Ni pestañeó.

—¿Drogadictos Anónimos?

Nada.

—No diré ni una palabra, descuida. Ahora en serio, doy por hecho que se trata del grupo de divorciados.

Su expresión no cambió. ¿Cómo era posible que no pestañeara? Aunque la verdad, nunca lo hacía.

—¿Todavía no has hablado con Eric? —me preguntó—. Resultaría espléndido que se comprometiera.

«¿Resultaría espléndido?» ¡Vamos! La gente no habla así en la vida real.

—No. No lo he hecho. ¡No me apetece una mierda, como podrás comprender! —Introduje la jerga del Bronx para compensar su cursilería. ¡Gracias, LuAnn!

—Ya me lo imaginaba. Le mandé un mensaje esta tarde, después de que te fueras, muy temprano por cierto. Hemos quedado con él para tomar algo en la ciudad el viernes por la noche. Eric, tú y yo.

—¿Cómo dices? ¿A quién se le ocurre? ¡Ni de broma! ¿En qué estás pensando?

—Ainsley —empezó, apretando la mandíbula y mirando hacia la izquierda—, presionaste muchísimo para que las *Crónicas del cáncer* se vincularan a la web del *Hudson Lifestyle*. Ahora, por fin, a la gente le ha dado por leer ese ridículo y absurdo blog. Y eso ha traído consigo que el tráfico de la página haya crecido un nueve mil por cien. Si quieres mantener tu puesto de trabajo o, dicho de una forma más benigna, si quieres cumplir con los cometidos de tu puesto de trabajo, lo cual sería una novedad interesante, te sugiero con énfasis que nos permitas contar contigo. Nos vemos mañana.

«¿Novedad interesante? ¿Te sugiero con énfasis?» ¿Sería sobrinonieto de Jane Austen? Yo, por mi parte, no paraba de balbucear, pero fui incapaz de contestar de forma coherente. En resumen, no dije ni una palabra. Lo cual probablemente fue lo mejor que me podía haber pasado. Lo de mandar a tu jefe directamente a la mierda no era muy recomendable, sobre todo dada mi situación. Pero ¿cómo se atrevía? ¡Yo no quería ver a Eric ni en pintura!

Y sin embargo, sí que lo deseaba. Deseaba ver al antiguo Eric, el que me quería y no pensaba ni mucho menos que fuera un cadáver, a no ser que siempre hubiera padecido necrofilia, y eso no me constaba.

Jonathan ya se había marchado. Entré en el automóvil y cerré de un fuerte portazo.

—¿Estás bien? —me preguntó Kate con cara de preocupación.

—¡De puta madre! —Lo cierto es que yo no solía decir muchas palabrotas, pero estaba desbordada. Encendí el contacto, arranqué y me dirigí a casa de Kate. Mira por donde, iba a empezar a disfrutar de las delicias de esa bañera de hidromasaje. Y también vería alguna serie de la tele, cuanto más violenta, mejor. *¿Juego de tronos?*

Si yo no podía cortarle la cabeza a alguien o ir echando fuego por las narices, al menos disfrutaría viendo cómo lo hacían en la tele.

CAPÍTULO 14

Kate

La mañana posterior a la reunión del grupo de viudos me desperté pensando en una especie de gloriosa revelación.

¡Ya no tenía por qué estar triste! Durante las semanas anteriores lo había estado, y enormemente; había dormido mal y casi siempre me despertaba temblando, por el amor de Dios, asustada y asombrada, sintiéndome como si me hubiera atravesado el pecho una bala de cañón.

¡Pero ya estaba bien! Ya había cumplido con mi deber. De verdad que el dichoso grupo me había sentado de maravilla, era casi un milagro.

Como si fuera algo simbólico, allí estaba yo, en medio de nuestra enorme cama. ¡De mi enorme cama, basta de plurales! Se acabó lo de dormir a la izquierda. Además, el sol entraba a raudales por la ventana, y podía ver el cerezo japonés, absolutamente abarrotado de preciosas florecitas que se movían ligeramente con la brisa.

El periodo de luto se había terminado.

Todos los de la noche anterior, Leo con su mujer embarazada, la pobre Bree con sus pequeñines, Janette y la absurda muerte de su marido, George y sus cuarenta y tres años de amor, entrega y compañía, ellos sí que lo tenían crudo. Ellos tenían que procesarlo, pasar las etapas y todas esas cosas.

Sin embargo, por lo que a mí respectaba, la cosa no tenía nada que ver. Había conocido a Nathan durante solo nueve meses. Era terriblemente triste, pero no devastador. Tendría que ser valiente y, en fin, volver a ser limpia, en el sentido más literal de la palabra. Volvería a ducharme todos los días y volvería a disfrutar de nuevo de la vida de soltera.

Sería una persona buena y agradable, un auténtico modelo para todos. Mis antiguas compañeras, que me habían mandado una tarjeta conjunta, por cierto, volverían a llevarse bien conmigo y me admirarían mucho y las adolescentes verían en mí un ejemplo de cómo hay que vivir la vida, una persona a la que merece la pena conocer e imitar. Todo lo haría con dignidad, pero también sería el alma de las fiestas, pues aunque nunca lo hubiera sido hasta ahora, sabía que sería capaz si me lo proponía. La gente, cuando descubriera que era viuda, se quedaría impresionada. «¿Kate viuda? ¡Pero si se la ve muy feliz! ¡Es tan abierta, tan maravillosa, tan divertida!»

Estuve tirada en la cama por lo menos un minuto, imaginándome todo eso y sintiéndome bien por primera vez desde la muerte de Nathan.

E inmediatamente después noté un movimiento muy familiar en las entrañas y los habituales tirones en la parte alta de los muslos. Salté de las sábanas y me fui corriendo al baño. El movimiento de manos de primeras no sirvió de nada. Hice como si volara, salté y por fin conseguí que se encendieran las luces, así que pude bajarme los pantalones del pijama.

Mi periodo. Y no uno cualquiera, no, sino uno de esos que vienen solo dos o tres veces en la vida, de proporciones bíblicas, de los que, al ver lo que está pasando, piensas: «¿Es el periodo o me he cortado por accidente la arteria femoral?». El periodo que destruye pijamas, que arruina colchones... ¡Dios! ¡Qué cosa tan injusta!

Parecía evidente que no estaba embarazada. Pues no, no estaba embarazada. Y como no estaba embarazada, apareció ahí, donde siempre últimamente, el clavo oxidado. «¡Lo siento, lo siento mucho, pequeñín que no existes!» Empecé a respirar entrecortadamente. Me temblaban con tal fuerza los brazos y las piernas que hasta me dolía.

Probablemente me estaba muriendo. Podía sentir la arritmia de mi corazón, y mi visión se empezó a volver gris. Me di cuenta, realmente me di cuenta, de que se me escapaba la vida y el miedo y la ansiedad me invadieron como una ola helada. ¿Qué pasaría con mis sobrinas y mi sobrino? ¡Sadie se olvidaría de mí! ¿Vería a Nathan en el cielo?

Me doblé sobre el inodoro. «No me dejes morir aquí», le rogué a ese vago e inconcreto poder superior. «Por favor, no permitas tampoco que los de las urgencias me encuentren así. No me importa demasiado morir, pero hacerlo en un charco de menstruo con los pantalones del pijama en los tobillos es indigno...»

Inspiraba, intentaba contar hasta tres, pero no podía mantener el aire, no podía pensar, sonaba como una vaca en un establo. Inspirar, contar hasta tres, espirar, ¿o expirar?, contar hasta tres...

«Nathan, no sabes cuánto siento no poder tener a tu hijo, lo deseaba con todas mis fuerzas, y te echo mucho de menos, mucho, mucho, quiero que estés junto a mí, que parpadees con esas pestañas tan largas, tan rubias y tan bonitas, que me digas cosas dulces, por favor, vuelve, no puedo con esto, ayúdame, ¡por favooor!»

Me agarré la cabeza mientras intentaba no escorarme y caerme de lado.

En las profundidades de mi cerebro, alguna neurona, o un grupo de ellas, sonreía irónicamente. Seguramente se acordaba de lo de hacía un momento, de eso de «se acabó la tristeza», que había quedado en fuera de juego en cuestión de un minuto.

Inspirar contando hasta tres, espirar contando hasta tres, contar hasta tres sin hacer nada.

Inspirar contando hasta tres, espirar contando hasta tres, contar hasta tres sin hacer nada.

—Kate, ¿estás bien?

—Sí, estoy bien —contesté apretándome los ojos con las manos. La voz me salió vacilante y extraña—. Me ha venido el periodo.

—¿Quieres que entre?

—No, no. Estoy...

—Estoy aquí. No me iré a ninguna parte.

Gracias a Dios. No estaba sola.

Se apagaron las luces. Agité los brazos y volvieron a encenderse.

—Gracias, Ains.   Bueno, ahora había sonado más normal.

¿Podría ponerme de pie? ¿Me funcionarían las piernas? Las respuesta resultó ser que sí. Me lavé bien, saqué la caja de tampones, hice lo que tenía que hacer y me puse el albornoz de Nathan.

Todavía olía a él.

«Nathan, por favor, ayúdame. Envíame una señal.»

Por supuesto, no hubo respuesta.

—Hola —dije, al tiempo que abría la puerta.

Ainsley ya había hecho la cama. Me abrazó con fuerza.

—Lo siento mucho —dijo.

—Ya sabía que no estaba embarazada. Me he hecho catorce pruebas, ya sabes. —Ahí estaba otra vez, el jodido clavo herrumbroso.

—De todas maneras tenía esperanzas —dijo, riendo un poco.

—Yo también. —Nunca me sentía del todo a gusto con el contacto físico, salvo cuando estuve casada, por supuesto, así que di un paso atrás—. ¿Ibas al trabajo?

—¿Sabes qué? El blog de Eric se ha compartido más de cincuenta mil veces. Estupendo, ¿verdad? —Puso los ojos en blanco. Como siempre, su forma de vestir me recordaba a la de aquella muñeca de los años cincuenta, Betty Boop. Adorable, en cualquier caso. Una falda de tubo con dibujitos de paraguas, una blusa blanca de cuello Peter Pan y los labios pintados de rojo cereza. Lo único moderno que tenía era el corte de pelo, corto y casi a lo *garçon,* que le sentaba de maravilla.

La noche anterior la había oído llorar en su habitación, pero ahora sonreía, probablemente porque yo necesitaba que lo hiciera.

Eric había sido un gilipollas por dejarla. Medio mundo tenía razón, y el otro medio era tan gilipollas como Eric.

—¿Qué tienes pensado hacer hoy? —preguntó.

—Pues tengo que hacer un reportaje. De una adolescente que quieres ser modelo.

—¡Anda, qué divertido! Y seguro que será en un sitio bonito, ¿no?

—En Prospect Park. Ya sabes, Brooklyn.

—¡Suena de maravilla! Mucho más divertido que lo mío. Voy a cenar con Abu. Necesita ayuda con su perfil en la web de citas.

En principio sentí una pequeña punzada de celos por el hecho de que Abu no me lo hubiera pedido a mí, pero inmediatamente me entró un gran alivio.

—Eres una santa.

—Ni te cuento. —Sonrió otra vez, y le brillaron las mejillas como si fueran manzanitas—. ¿Estás bien? Me pareció escuchar que te había entrado otro ataque de pánico y que hiperventilabas.

—Estoy bien, tranquila —confirmé.

—De acuerdo. Tengo que irme. A Jonathan le sale una hemorroide cada vez que alguien llega tarde.

—Que pases un buen día, Ainsburger.

Se rio al escuchar el apodo que solía utilizar papá y salió de la habitación, dejando tras de sí un agradable perfume a naranjas.

Me sentía muy feliz por tenerla en casa, y no estaba muy segura de merecerla.

Siempre había intentado ser amable con mi hermanita pequeña, pero de vez en cuando me portaba con dureza. Para empezar, Sean y yo no recordábamos ningún momento en el que estuviéramos el uno sin el otro. Ainsley nos cayó encima sin avisar. Y siempre había una contradicción latente: quería mucho a Ainsley y me sentía muy triste cuando se terminaban nuestros fines de semana con papá. Pero si me descubría a mí misma echándola de menos, sentía como si no quisiera a mi madre tanto como debiera.

Cuando Ainsley se vino a vivir con nosotros fue incluso peor. Y es que era tan pequeña, tan linda... pero a pesar de todo papá no debía habernos dejado deshechos marchándose con Michelle. Durante tres años había contemplado como, poco a poco, el corazón de mamá se iba convirtiendo en piedra. Y de repente, ahí estaba otra vez, y encima con una cría de tres años que parecía un angelito. Todo el tiempo que pasaba con ella sentía como si estuviera traicionando a mi madre.

Podía haberme esforzado más con ella. Solo era un niña pequeña. No tenía que haber sido desagradable en ningún momento.

Otro ladrillo en la columna de la culpabilidad.

Bueno, tenía trabajo, un reportaje que hacer. Y había que estar en Brooklyn a las diez. El tráfico iba a ser infernal: era Nueva York. Max me estaría esperando allí. Metí unos cuantos tampones en el bolso y me tragué un analgésico, sin agua ni nada.

La modelo en cuestión se llamaba Elizabeth Breton y era la hermana pequeña de Daniel, el bombero. Me había mandado un correo la semana pasada diciendo que su hermano le había dicho que conocía a una fotógrafa profesional, y preguntándome si hacía fotos para *books* de modelos. Tenía el día libre en el colegio y había ahorrado cien dólares trabajando de canguro, algo así como la décima parte de mi tarifa habitual.

Me pareció tan dulce e ingenua que dije que sí, que le haría el reportaje. Las fotos de ese tipo no eran mi especialidad, pero ya había hecho unas cuantas y sabía que era suficientemente competente.

Y, por otro lado, me gustó bastante que Daniel me recomendara.

No podía olvidarme de lo mucho que me sorprendió qua apareciera en el velatorio, viviendo tan lejos, en Park Slope.

Sin embargo, Paige no se dignó venir. Recibí la típica tarjeta con una paloma, solo con el mensaje impreso en la propia postal: «Con un recuerdo muy cariñoso». Simplemente firmó.

No importaba. Tenía penas más serias que una amiga que resultó no serlo.

Después de ducharme y vestirme con *jeans* y una camisa de franela (yo no tenía que ponerme guapa, eso era cosa de la aspirante a modelo), fui abajo para asegurarme de que lo llevaba todo.

Allí estaba la Nikon de paseo, en la estantería del estudio, o cuarto de estar, no lo tengo claro. Ahora que Nathan no estaba, nunca averiguaría si había bautizado la habitación de una manera o de la otra.

Lo normal sería que me llevara esa cámara y también la Canon. Me gustaba utilizar dos cámaras diferentes, pues cada una tenía sus virtudes. Pero las últimas fotos de Nathan estaban en la Nikon. Cuando las viera...

Me temblaron las manos y el clavo de la garganta pareció materializarse, como si se tratara de magia negra. Le eché un vistazo a mi pez, que nadaba con indiferencia en su bonita pecera.

—Hola —lo saludé. Abrió y cerró la boca, como si me devolviera el saludo. O sea, como siempre.

«Tranquila, chica», imaginé que diría. «Aún me tienes a mí.»

Cuando llegué al parque, llevando a cuestas la bolsa llena de lentes y de filtros y con la cámara colgada del hombro, el lugar estaba lleno de niños, de todas las formas, tamaños y colores posibles. Niños preciosos y adorables que corrían, saltaban, reían y gritaban a pleno pulmón; generalmente, sus padres o sus cuidadores estaban al tanto, pero también vi al menos una mamá solo pendiente de quejarse amargamente a quien la estuviera escuchando por teléfono. Por un momento sopesé la idea de darle un buen empujón a la mujer y robarle el niño, pero no lo hice, entre otras cosas porque se dio cuenta de que la estaba mirando mal y me devolvió la mirada, también aviesa.

En realidad nunca había pensado que estuviera embarazada.

Cuando tenía unos diez años, una prima segunda me invitó a hacer un viaje. Nuestras madres, de niñas, habían estado muy unidas, y Mimi y yo teníamos más o menos la misma edad y jugábamos juntas en Navidad. Era hija única, y cuando sus padres reservaron un viaje a Hawái me invitaron a que fuera con ellos. ¡Íbamos a sobrevolar en helicóptero un volcán activo, y a nadar, y a recibir lecciones de windsurf!

Sin lugar a dudas, era la mejor invitación que me habían hecho en toda mi joven vida. Mimi y yo hablamos por teléfono un día sí y otro también durante semanas: nadaríamos al lado de los delfines, montaríamos a caballo por la selva y comeríamos piña y helados de coco. Me encantaba la idea de ir a un sitio tan distinto y exótico y saber que correría aventuras de verdad.

Pero el día anterior al viaje Mimi sufrió un ataque de apendicitis, así que todo se canceló. Me quedé destrozada, pero mientras lloraba sobre la almohada para que mi madre no me escuchara, también reconocí que nunca me había creído del todo que fuera a hacer el viaje. Era demasiado bonito para ser verdad.

Algo parecido había pasado con Nathan, conmigo y con el hipotético niño. Inimaginablemente extraordinario, absolutamente cercano... y, de repente, se estropea todo.

—¡Hola, Kate! ¿Cómo estás? —. Allí estaba Max, sin afeitar, de modo que con la piel tan blanca, los ojos oscuros y la barba incipiente parecía una especie de vampiro enclenque, o al menos con necesidad de repostar algo de líquido rojo. No obstante, tenía un no sé qué. Medio calvo, más cerca de los sesenta que de los cincuenta, con esa voz de matón a sueldo de las películas de serie B... Vaya, que tenía un enorme éxito con las mujeres.

—¡Hola, Max! —Nos dimos un corto abrazo, pues ni a él ni a mí nos entusiasmaba el contacto físico.

—¿Ya estás bien como para salir a trabajar? —preguntó.

—Sí, aquí me tienes. Hemos quedado al lado del cobertizo de las barcas.

Pasamos por el arco de Cleft Ridge, en el que un niño pequeño estaba probando el eco, y después por los senderos del parque. La hierba estaba recién cortada y el olor era muy agradable. Por encima de nosotros, la brisa hacía que las ramas se entrechocaran entre sí, como si estuvieran dándose la mano.

Una joven, muy guapa y con aspecto de gacela, vestida con *jeans* y camiseta, estaba de pie junto a uno de los semáforos de hierro. Junto a ella había una maleta, seguramente llena de ropa para cambiarse unas cuantas veces.

—¿Elizabeth? —pregunté.

—¡Hola! ¿Eres Kate?

—Sí. Y este es mi compañero Max —dije—. Encantada de conocerte. ¡Vaya, eres guapísima!

—Gracias. —Sonrió encantada—. Os estoy muy agradecida por tomaros tantas molestias. Miré lo que cobran los fotógrafos que se dedican a la moda y por poco me da algo. Entonces me dijo Daniel que me pusiera en contacto contigo.

—Me alegro de que lo hicieras. ¿Te va a maquillar algún profesional?

—No. Lo haré yo misma.

—Muy bien. Max puede echarte una mano si hace falta.

—He trabajado para Bobbi Brown —explicó.

—¿Sí? Me encanta su brillo de labios.

—Hola. Siento llegar tarde —dijo una voz, y allí estaba Daniel, el Bombero sexi, embutido en sus *jeans* ajustados y con la camiseta del Departamento de Incendios de la ciudad de Nueva York. Llevaba una cazadora corta colgada del hombro. Vamos, como diría Donna Summer, «esta noche necesito marcha de la buena, muchacho...»

—Te dije que no vinieras —protestó Elizabeth mirándolo con el ceño fruncido.

—Lo siento Lizzie pero, por el bien de la familia, tengo que asegurarme de que no salgas en las fotos con pinta de fulana. Son órdenes de mamá, y ya sabes, lo que ella ordene... —Daniel me guiñó el ojo, rebosando la testosterona reglamentaria que todo miembro del cuerpo de bomberos debe rebosar—. Daniel Breton —dijo, extendiendo la mano hacia Max.

—Max Boreo.

—Bueno, la cosa es que aquí, mi hermanita Lizzie, opina que es lo suficientemente guapa como para ser modelo —explicó Daniel.

—Mucho más que suficientemente —dije, mostrándome de acuerdo, aunque en realidad para ser modelo no solo había que ser guapa. Lizzie tenía el pelo castaño oscuro y los ojos verdes, una piel perfecta y la boca llena, expresiva y sonriente.

Nos pusimos a hablar sobre las poses que quería para su *book,* incluyendo las habituales y muy extrañas de una modelo de alta costura, esas tipo garza que a mí no me gustaban nada, pero las cosas son como son... También haríamos otras en plan «chica de la puerta de al lado», y yo estaba segura de que, en su caso, esas serían auténtica dinamita. No nos olvidaríamos de las poses dramáticas, con mucho maquillaje y primeros planos muy, muy cercanos, etc.

—Daniel dice que podemos utilizar su casa para las fotos de interior —indicó.

—¿Dónde vives, Daniel? —pregunté.

—En St. Jones Place. No está muy lejos.

De repente me acordé de una noche, hacía nueve o diez años, que pasé en su apartamento, cuando todavía vivía con Calista. Entonces vivían en la calle 4, entre la Quinta y la Sexta Avenida. A Daniel se lo veía absolutamente feliz, sirviéndonos vino y contemplando a Calista como si fuera el sol y las estrellas, todo a la vez. Esa era una de las cosas que lo hacían tan interesante: había sido un marido completamente entregado.

Me preguntaba si una persona podía superar del todo un amor de esas características, desencanto incluido. Analizando la carrera amorosa, o lo que fuera, de Daniel a raíz de su divorcio, salpicada de crías recién salidas del cascarón, pensé que la respuesta a mi pregunta era que no.

Daniel me sorprendió mirándole y yo inmediatamente me afané en ajustar la cámara y las lentes.

Mientras Lizzie se cambiaba en el cobertizo, Max y yo lo preparamos todo. Daniel se apoyó en un árbol y se puso a enviar mensajes de texto. Max sacó el reflector para asegurarse de que Lizzie tuviera la cara bien iluminada. Yo comprobé la intensidad haciendo varias fotografías de los edificios cercanos.

En ese momento reapareció Lizzie. Llevaba un vestido dorado que resaltaba la forma de su cuerpo. El pelo liso le brillaba, la sombra de ojos hacía juego con el vestido y se había coloreado las mejillas.

—¡Joder! —exclamó Daniel—. ¿Cuántos años dices que tienes?

—Casi diecisiete.

—Pues pensaba que eran veinticuatro.

—Esa es Sarah, tontorrón. Yo todavía voy al colegio. Si tuviera veinticuatro sería demasiado mayor para empezar la carrera de modelo.

Daniel gruñó y Max le dijo algo a Lizzie, que abrió la caja del maquillaje, sacó un lápiz de labios, se lo pasó y le dejó que le diera unos toques.

—¿Estamos ya? —pregunté, y ambos asintieron—. De acuerdo, señorita Elizabeth. Demuéstreme lo que sabe hacer.

Casi sin transición, Lizzie dejó de ser una chica descarada que discutía con su hermano mayor y se convirtió en una mujer preciosa, que miraba con cierto desdén a la cámara mientras se pasaba un brazo por encima de la cabeza.

Yo empecé a moverme a su alrededor, disparando fotos desde todas las posiciones y distancias, y ella enseguida se acopló, siguiendo la cámara con los ojos y colocando el cuerpo en distintos ángulos. Después cambió de postura y apoyó una mano en la cadera, al tiempo que colocaba una pierna detrás de otra, como si estuviera andando. Compuso una mirada por encima del hombro y después arqueó la espalda y se puso la mano en la clavícula. Un perfil. Un tres cuartos. Giraba el cuello con gracia y naturalidad y sabía cómo hacer que las líneas de su cuerpo se alargaran y resultaran atractivas.

—Es buena —murmuró Max, y viniendo de él he de decir que significaba un aprecio fuera de lo común.

Se reunió bastante gente alrededor para admirar las poses y los movimientos de Lizzie: cómo hacía flotar el vestido, cómo se subía un poco la falda, cómo se inclinaba hacia delante y sonreía, o hacía un mohín, o miraba con cara de enfado... De vez en cuando le daba algunas instrucciones: relaja la mano, baja la barbilla, mira para abajo, cierra la boca, utiliza el cuello. Max movía el reflector y alguna vez que otra le ponía un poco de laca en el pelo. Mientras, Daniel se limitaba a observar.

—Ven a echar un vistazo —dije transcurrida una media hora, y ella se sujetó el vestido y salió corriendo. Fui pasando las fotos para que las viera, señalando las que a mí me parecían mejores.

—Cuando prepares el *book*, escoge solo dos o tres de cada postura —le sugerí—. Lo bueno, si breve, dos veces bueno, ¿entiendes? Y ahora vamos con las estupendas. Por ejemplo esta —dije, mostrándole una en la que tenía una postura casi imposible, de pie y con su largo, delgado y flexible cuerpo doblado desde la punta de los pies hasta el extremo de la cabeza—. O esta. —Me miraba como si fuera a matarme, con ojos de mujer fatal.

Sonrió encantada. Otra vez se convirtió de repente en lo que en realidad era, una niña que jugaba a disfrazarse.

—Déjame ver. —Daniel se acercó y se puso de pie detrás de mí—. ¡Caray! —murmuró, con la barbilla casi pegada a mi oreja y el cuerpo apretado contra mi espalda—. ¡Mira que es guapa! —Sentí su aliento en el pelo y mi pobre y vacío útero tembló, atraído por su masculinidad.

¿Cómo no iba a estarlo? Era Daniel, el Bombero sexi, en todo su esplendor. Estaba convencida de que a todos los úteros del vecindario, qué digo, de Brooklyn entero, les pasaba lo mismo que al mío.

—Esta también está bien —dijo cuando pasé a la siguiente, y toda mi zona izquierda se estremeció. Apreté otra vez el botón—. Pero en esta tiene pinta de golfa. Golfa. Golfa. Golfa. Esta es bonita. —Ahí estaba otra vez mi zona izquierda, temblando de deseo.

—Daniel, cierra la boca —dijo Lizzie enfadada—. Kate, ni puñetero caso a este idiota.

Sí, sí, era un consejo estupendo. Después de todo, yo era una viuda afligida a la que no debía caérsele la baba, por mucho que estuviera al lado, pero que muy al lado, de lo mejorcito de Brooklyn en cuanto a especímenes masculinos se refiere. Todo lo más que podía permitirme pensar era que se trataba de un peluche adorable o por ejemplo de un Collie de la frontera, mi raza perruna favorita.

Lizzie fue a cambiarse otra vez, acompañada por Max, que iba a ayudarla a maquillarse para desarrollar el personaje de la chica de al lado. Cuando salió parecía otra persona: el pelo más hueco y con raya en medio, top corto y encima una preciosa americana de tweed, *jeans* ajustados y unas botas tobilleras muy bonitas.

Nos dirigimos hacia otra zona para cambiar el fondo.

—Dile que se tienda sobre ese banco y deje que le cuelgue el pelo —sugirió Max.

—No. Parecerá un putón —protestó Daniel.

Max suspiró.

—Bueno, empecemos con poses dulces y felices —propuse—. Piensa en anuncios de champú y ese tipo de cosas. Imagina que estás esperando a un chico que te gusta y que, finalmente, te ha pedido una cita.

—¿Y por qué no se imagina que está a punto de entrar en un convento y deseando dedicar su vida a servir a Dios? —dijo Daniel hablando entre dientes.

—¡Mira que eres cenizo! —dijo Lizzie sonriendo con pillería—. Muy bien, espero a mi futuro novio. Adelante.

Pero cuando la enfoqué con la cámara, me detuve.

Ahí estaba de nuevo, ese detalle que solo podía ver a través del objetivo. Aunque Lizzie sonreía, sus ojos tenían un aspecto distinto. Miró a su izquierda e intentó fijar la sonrisa con más firmeza, pero una esquina de la boca se le torció de forma casi imperceptible.

Estaba preocupada. Nerviosa.

Cerré el obturador, la miré y sonreí.

—Dulzura y ligereza —dije, intentando calmarla—. Habéis comprado unos helados y os los vais a comer tranquilamente, disfrutándolos. Tiene una sorpresa para ti, ¡un gatito! ¡Qué chiquitín y qué rico es!

Intentó parecer contenta y entusiasmada, pero fuera lo que fuese, algo la estaba sacando de quicio. Tenía la cara extraña y los hombros tensos.

—¿Tiene novio? —le pregunté en voz baja a Daniel, que seguía de pie a mi lado.

—Mejor que no lo tenga.

—¿Pero lo tiene?

—¡Lizzie! —ladró—. ¿Tienes novio?

Suspiré y puse los ojos en blanco. Tenía mis razones para preguntarle a él y no a la chica.

—No —contestó—. Y, de todas formas, no es asunto tuyo. —Pero empezó a tocarse las uñas, aunque paró inmediatamente. Intentó recobrarse, pero seguía teniendo el cuello tenso. Miró otra vez hacia la izquierda.

Dejé la cámara en el suelo y me acerqué al banco para sentarme junto a ella.

—¿Viene al parque muy a menudo?

Me miró un momento e inmediatamente se le llenaron los ojos de lágrimas.

—He roto con él y... no se lo ha tomado bien. Creo que me está acosando.

Daniel se puso a su lado inmediatamente, rodilla en tierra.

—¿Quién? ¿Quién es? ¿Dónde vive? ¿Qué quiere decir eso de que no se lo ha tomado bien y de que te está acosando? ¿Te ha amenazado? ¿Quieres que hable con él? Vamos ahora mismo.

—¡No! ¡Daniel, eso solo empeoraría las cosas! —Me miró con cara de culpabilidad—. Lo siento.

—¡No seas estúpida! —gruñó Daniel.

—Lo más probable es que no haga nada. —Finalmente las lágrimas empezaron a rodar a raudales por sus mejillas perfectas.

—No me convence, pero nada —dijo Daniel—. Vamos. Dímelo. Ahora mismo.

Lizzie me miró a mí, no a su hermano, y empezó a hablar.

—Es solo que... el otro día, cuando volvía andando a casa, oí su risa, pero me volví y no vi a nadie. Además... no sé. De repente me suena el teléfono a las dos de la mañana, y pone «número desconocido». Nunca le gustó la idea de que intentara ser modelo. Ayer había una nota en mi taquilla que decía que yo era fea.

Daniel iba a decir algo, pero le puse la mano sobre el brazo para que se detuviera.

—Vamos a ver, Lizzie —empecé, hablando con mucha tranquilidad—. Si yo tuviera un ex molesto y plasta y además un hermano que es bombero y está cachas, probablemente enfocaría por ahí las cosas con el plasta.

—Escúchala. Es inteligente —dijo Daniel.

—Lo único que quiero es que me deje en paz. De verdad, no creo que vaya a hacerme nada malo, quiero decir, ya sabes... pegarme o algo así.

Bajo mi mano, el brazo de Daniel pasó de estar duro a volverse de hierro. Le apreté el bíceps para que se calmara, y confieso que también porque me apetecía.

—Muy bien —dije—. Pero incluso aunque no sea peligroso y solo se esté portando como un imbécil, puede venirte bien que sepa que tienes por hermano a esta especie de guardaespaldas del alcalde, ¿entiendes lo que quiero decir?

Volvió a tocarse la cutícula de una uña.

—Sí, supongo que sí.

—Igual tu hermano debería tener unas palabritas, y repito, solo palabritas, con el muchacho.

—Tiene toda la razón —confirmó Daniel—. Venga, vamos.

—¡Daniel, ahora precisamente no! ¡Tengo que hacerme las fotos!

—¿Qué es más importante, so boba? —explotó su hermano—. ¿Las fotos o tu seguridad?

—¡Dios! ¡Ya sabía yo que no debería haber dicho nada!

—Vamos a ver, tranquilos. Os propongo una cosa. ¿Ese chico vive cerca?

—Sí, cerca de la Octava avenida.

—Bueno, pues vamos a terminar esta parte de la sesión. Después Daniel y tú os vais a hablar con el muchacho, Max y yo nos tomamos un café y después nos encontramos todos en casa de Daniel.

—Por mí, perfecto —aceptó Daniel, cruzando los brazos como si fuera Thor.

—No. Por favor, ven con nosotros —me rogó Lizzie—. Daniel le dará una paliza a Ewan, lo despedirán por eso y a mamá le dará un ataque de nervios. Además, dime cómo se las iba a arreglar ahora volviendo a tener cinco hijos en casa, en vez de cuatro, que ya es bastante a su edad.

—¿Ewan? —dijo Daniel, asombrado—. ¿Has salido con un chico que se llama Ewan? No te habrás acostado con él, espero. Porque eso le rompería el corazón a tu madre, yo me vería obligado a matarlo sin remedio y tú irías derechita al convento del que hemos hablado antes.

—Daniel, cállate, anda —intervine—. No creo que estés en posición criticar los nombres de la gente. ¿No saliste una vez con una chica que se llamaba Pocahontas? Y no lo niegues, porque creo que la broma todavía dura...

Si las miradas mataran, habría caído fulminada allí mismo.

—No me acuerdo.

—¡Pues claro que no, pedazo de pendón! —exclamó Lizzie.

Max suspiró casi estentóreamente, y así logró que los demás nos calláramos.

—A ver, preciosa, deja que te arregle el maquillaje, que te puedes imaginar cómo se te ha quedado esa carita angelical que tienes. Hagamos las fotos, después te vas con tu hermano para que haga de Sonny Corleone con Ewan, aunque sin llegar a mayores (con un sustito será suficiente, que luego pasa lo que pasa al ir a pagar los peajes) y, una vez hecho todo eso, seguro que estaremos en perfectas condiciones para afrontar la parte dramática de la sesión.

—Como si no tuviéramos ya suficiente drama con ella —dijo Daniel entre dientes.

Pero Lizzie se espabiló, y en menos de un cuarto de hora le saqué un montón de fotos estupendas, con el pelo brillante y una sonrisa maravillosa y despreocupada. Así son los jóvenes.

—En esta estás impresionante —dije enseñándole una de las fotos—. Y en esta los ojos han salido preciosos.

Daniel paseaba de un lado a otro a grandes zancadas y con los brazos cruzados, con expresión entre enfadada y desconcertada. No obstante, su atractivo podía calificarse casi de salvaje.

—¿Podemos terminar aquí cuanto antes? Alguien ha amenazado a mi hermana pequeña. Me gustaría encargarme de él.

—Cálmate, Daniel —intervino la hermana pequeña. Ahora que pensaba que el problema iba a solucionarse parecía haber recobrado la normalidad.

Max miró su reloj.

—Pese a que me encantaría observar desde el fondo la escena que se va a desarrollar, como un ángel de la muerte, —empezó a decir, imitando la voz de Marlon Brando en su personaje de don Vito Corleone. ¡Lo hacía de maravilla!—, tengo que ir a recoger a los chicos —concluyó con voz normal—. Está a punto de acabar su partido de fútbol europeo.

—No te preocupes, ya me encargo yo de lo que falta. —No fui capaz de imitar la voz de Pacino—. Muchas gracias, Max.

—Hablamos mañana. —Se marchó andando bastante rápido. Un pequeñajo que estaba en su camino lo miró y salió corriendo despavorido en busca de su madre, lo que me hizo sonreír. ¡El bueno de Max!

—¿Estáis seguros de que queréis que vaya con vosotros, chicos? —pregunté mientras metía la cámara en la bolsa.

—¡Sí! —dijo Lizzie inmediatamente—. Ven, por favor... si no te importa, claro.

—No, no, no me importa. Lo que pasa es que es un poco... —Raro, es lo que estuve a punto de decir. O divertido, que también lo era en cierto modo. Desde luego, mucho mejor que volver a casa, de lejos.

Daniel cargó con la bolsa y el reflector de luz. Ya tenía en la otra mano la maleta de Lizzie.

—¿Quieres que lleve algo? —me ofrecí—. Como comprenderás, estoy acostumbrada.

—¡Anda ya! Soy bombero de la ciudad de Nueva York. Puedo cargar con esto y de paso contigo, con mi hermana y con un pastor alemán, sea hombre o perro.

—Pues ten cuidado. En estos momentos mis ovarios son como una fuente —dije, lo cual dio lugar a un gruñido por parte de Lizzie—. ¿De verdad que eres bombero? Se me había olvidado, ¿será posible?

—¿En serio? —dijo la chica—. ¡Pero si no tiene una sola camiseta que no tenga el emblema del cuerpo!

—Bueno, vámonos de una vez. Tu nos llevas, Lizzie —ordenó.

Pese al hecho de que nos dirigíamos a poner en su sitio a un acosador potencial o real, por medio de una amonestación verbal y no física, o al menos eso era lo que yo esperaba, lo cierto es que había algo que me encantaba en todo el contexto de la situación. Eso de ver a un hombre colérico salir en defensa de su hermana pequeña, una de los suyos, hizo que me sintiera inesperadamente... feliz, sí, esa era la palabra que servía para describir mi estado de ánimo. Por el camino saqué varias fotos de Lizzie, que trotaba alrededor como un perrillo, sin que ella se diera cuenta: dando saltos alrededor de una farola, subida a una roca y hasta dando una voltereta sobre la hierba.

Por fin salimos del parque y empezamos a andar por mi antiguo barrio. ¡Qué preciosidad de vecindario!

Debería existir un término adecuado para describir a los que, como yo, nos quedamos literalmente con la boca abierta al ver estos edificios, sus puertas, sus maceteros, sus portales, todo en fin. Lo de urbanita indica más bien un modo de vida. Yo me refiero a la admiración que sentimos, como si estuviéramos contemplando obras de arte. Y es que lo son. También saqué unas cuantas fotos de ellos, de sus agradables fachadas de ladrillo oscuro, y eso que tenía ya cientos. Un crío de unos siete u ocho años nos sobrepasó a toda velocidad con su monopatín. Sus *jeans* partían casi de la altura de las caderas y llevaba una camiseta del sobrevalorado David Bowie. Era como ver la semilla en pleno crecimiento de los *hipsters,* esa extraña y realmente deplorable estética de los pantalones caídos y de aspecto ruinoso. Pero, pese a eso y a otras cosas, era mi barrio, y no solo es que me gustara: lo amaba.

¿Cuándo fue la última vez que estuve en Park Slope? ¿Hacía dos meses? ¿Más? Nathan y yo habíamos venido en febrero a la cena bianual de recaudación de fondos para el centro de reinserción y él no paró de protestar por el tráfico de la autovía del West Side. Fue una de las pocas veces que lo vi malhumorado. Hacía un tiempo infernal y, por supuesto, aparcar fue una pesadilla. Tampoco estaba acostumbrado a ese tipo de «cenas de gala»: espaguetis mal cocinados para ganar tiempo y en un comedor lleno de gente en libertad condicional, algunos con el tatuaje de una lágrima.

Daniel no fue a esa cena porque estaba de servicio. Recuerdo que me hubiera gustado verle para que conociera a Nathan y viera que estaba felizmente casada. Y quizá, solo quizá, también para que Nathan comprobara que tenía amigos muy, pero que muy guapos. Ya sabéis cómo somos las mujeres.

Y hablando del tipo, de la leyenda del barrio, del bombero incandescente, Daniel iba casi media manzana por delante de mí. Sus largas piernas y el cabreo hacían que anduviera a toda velocidad. Eché una carrera para alcanzarlo. Lizzie señaló una puerta y se encogió apreciablemente cuando Daniel subió las escaleras y llamó a la puerta con fuerza.

Un joven abrió la puerta.

—¿Es él? —le preguntó a su hermana.

—Sí —casi susurró Lizzie.

Daniel lo agarró por la camiseta, tiró de él y le hizo bajar los escalones, supuse que para que sus padres no tuvieran oportunidad de interferir. El chico soltó una especie de gruñido. Era bastante guapo y ya apuntaban en su cara algunos rasgos varoniles, pero en comparación con Daniel era como un corderito.

—¿Has amenazado a mi hermana pequeña? —espetó Daniel sacudiéndolo—. ¿A este ángel? ¿A esta preciosa chica que lo es todo para mí? ¿La has asustado de alguna manera? ¿Has hecho que su vida fuera más triste y difícil aunque sea durante un solo minuto?

El chico abrió unos ojos como platos y, sabiamente, decidió no pelearse, ni verbal ni físicamente.

—Yo... eh... Hola, Elizabeth. Mmm, yo... no. Quiero decir que, si lo he hecho, no ha sido mi intención.

—¿Qué fue lo que hizo o te dijo, Lizzie? Repítemelo.

—Me dijo que me arrepentiría de haber roto con él.

—Bueno, pues yo diría que eso significa que la amenazaste con hacer que su vida fuera más triste y más difícil, ¿no te parece, Ewan? —afirmó Daniel mirando amenazadoramente al chico—. ¿Qué querías decir exactamente con eso, Ewan?

—Eh... pues no lo sé. Supongo que nada, en realidad.

—O sea, que no querías decir que fueras a golpearla, ni a asustarla, ni a acosarla, ni a propagar rumores sobre ella, ni a fastidiarle la vida de ninguna manera.

—No —balbuceó Ewan—. Ni... se me ocurriría hacer nada de eso.

—Así que lo único que te pasaba es que estabas triste porque había dejado de salir contigo.

—Sí, eso.

—Y ella está a salvo en absolutamente todos los aspectos que uno pueda imaginarse, al menos por lo que a ti respecta, ¿no es así?

—Sí.

—¿Sabes que, además de yo mismo, hay otros cuarenta y nueve bomberos en Park Slope a los que les importa muchísimo su felicidad y su seguridad personal? Y no solo eso, Ewan. Nosotros, los bomberos, nos consideramos una familia, como hermanos, y hermanas, que también las hay. Así es exactamente. Así que, en cierto modo, Lizzie tiene en toda la zona metropolitana de Nueva York, la más grande del mundo, más de diez mil bomberos que son hermanos suyos. ¿No te parece impresionante?

—Eh... sí, por supuesto. Es impresionante, muy impresionante.

—Lo es, Ewan —confirmó Daniel asintiendo despacio—. Tanto que creo que Lizzie es, muy probablemente, la chica más querida y protegida de todo Nueva York. ¿Estás de acuerdo?

—Sí.

—¿Hay algo que quieras decirle a mi preciosa, angelical y perfecta hermanita pequeña, Ewan?

—¿Lo siento?

—¡Vamos, Ewan! Seguro que puedes hacerlo bastante mejor.

Tengo que admitir que la cosa estaba siendo completamente tronchante.

El pobre Ewan miró a Lizzie y tragó saliva, buscando palabras que no la decepcionaran, ni a ella ni, sobre todo, a la fiera de su hermano, el bombero más cabreado de la inmensamente numerosa familia de bomberos de Nueva York.

—Siento mucho si te he asustado. Te juro que jamás te habría hecho nada malo, en absoluto. Simplemente estaba... —miró hacia abajo—... triste.

—Y, de ahora en adelante, quédate con tu tristeza y supérala si puedes, Ewan, que podrás. Vive con tus sentimientos, pero deja a mi hermana en paz. ¿Lo entiendes?

—Sí.

—¿Sí qué más?

—Sí, señor.

—Si le pasara cualquier cosa —dijo Daniel—, si la muerde un perro, si le cae un ladrillo del puente de Brooklyn sobre la cabeza o si la ataca un tiburón, te haré responsable de ello. Bueno, no solo yo, sino toda mi gran familia neoyorquina. —Miró a su hermanita, que no era capaz de cerrar la boca ante lo que estaba contemplando y escuchando—. ¿Nos quedamos todos tranquilos?

Lizzie cerró por fin la boca y asintió sonriendo.

—Pues muy bien. Puedes irte, Ewan. –El chico salió escaleras arriba como alma que lleva el diablo.

Daniel las bajó.

—¡Qué cantidad de testosterona! —le dije a Lizzie, lo que arrancó a Daniel una sonrisa de satisfacción—. ¿Dónde la guarda?

—En barriles, en un rincón del garaje —contestó ella, sonriendo también—. ¿Nos dará tiempo a hacer las fotos serias?

—Mi casa está al otro lado del parque. Es una buena caminata —dijo Daniel volviendo a agarrar todos los trastos, maleta incluida.

—¿Y? —dijo la chica—. Acabo de descubrir que eres Supermán, así que llévanos volando.

—¿Sabéis qué? Voy a llamar a mis inquilinos a ver si están en casa —dije—. Mi antiguo piso está solo a tres manzanas de aquí. Si no les importa, igual podemos utilizarla para hacer las fotos.

Les mandé un mensaje; eran médicos, y los dos estaban trabajando. El precio que les cobraba por el alquiler era bastante más bajo que la media del mercado, y eso porque me habían caído muy bien. Los dos eran residentes de oncología pediátrica y en cada sobre con el dinero del alquiler incluían una nota diciendo lo mucho que les gustaba el piso. «¡Úsalo todo el tiempo que necesites!», me contestó el marido.

Así que Daniel, Lizzie y yo nos dirigimos a la calle 4. Lo miré cuando pasamos por la casa en la que él había vivido con Calista, pero él ni volvió la cabeza. Si Lizzie sabía que había vivido allí bastante tiempo, no dijo nada. Lo cierto es que debía de ser una niña muy pequeña cuando él estaba casado con Calista.

Los sentimientos que experimenté al entrar en mi antiguo edificio fueron curiosos y contradictorios. Familiares por una parte, extraños por otra, pues no iba allí desde diciembre. La barandilla de nogal seguía tan suave y acogedora como siempre. Cuando llegamos al tercer piso, el olor era distinto, un poco a *curry* y cardamomo. No olía a mi casa, sino a la de otras personas. Abrí la puerta.

Mi casa, aunque no del todo.

Muebles distintos, alfombras y cuadros de distintos coloridos, una fila de tiestos en el alféizar de la ventana de la cocina. En vez de mi sofá rosa y verde había un futón y la tele estaba directamente sobre el suelo, en medio de un montón de cables y una consola de videojuegos. De todas formas, la vista de la calle, a través de las ramas del algarrobo, me oprimió el corazón.

Lo echaba de menos. Todo.

—Muy bien —dije, aclarándome la garganta—. ¿Por qué no te cambias, Lizzie? El cuarto de baño está al final del pasillo.

Una hora más tarde habíamos sacado unas cuantas fotos magníficas de la camaleónica Lizzie, que se había decidido por un maquillaje estilo Kabuki muy logrado: piel blanca, como las pestañas, sombra negra para el contraste y labios absolutamente rojos. Daniel suspiró con fuerza, mascullando algo relativo a que hasta hacía nada estaba jugando con muñecas y se puso a mirar por la ventana.

—Muchísimas gracias por hacer todo esto —me dijo la chica, una vez que se hubo puesto de nuevo la ropa de calle—. Aquí está tu cheque. Muy poco para lo que merece el trabajo.

Daniel se adelantó, agarró el cheque y lo rompió en pedacitos.

—Yo me encargo de esto.

—¿De verdad? ¡Daniel! ¡Ahora que creía que te odiaba a muerte, resulta que te quiero mucho! —Le dio un puñetazo cariñoso en el estómago.

—Voy a parar un taxi —dijo él poniendo los ojos en blanco.

—Mamá cree que vas a venir a cenar.

—No. Voy a salir con ella —dijo señalándome con la cabeza.

—¿Ah, sí? —pregunté.

—Sí. Si no tienes otro plan, claro.

—Eso está bien, Daniel —dijo Lizzie—. ¡Buena pieza, hermano mayor!

—Cierra el pico. Su marido acaba de morir.

—¡Oh, Dios mío! ¡Cuánto lo siento! —exclamó Lizzie, cubriéndose la boca con la mano.

Me encogí de hombros, un poco apenada porque el fantasma de mi viudedad hubiera salido a pasear, con sus clavos y cadenas.

—Gracias.

—¿Me dejas que te invite a cenar? —dijo Daniel mirándome—. Es lo mínimo, dado que nos has dedicado el día entero a mi hermana y a mí. Si es que no tienes otros planes y te apetece, claro, como te decía antes.

Dudé por un momento. La cosa sonaba un poco a cita. Pero, por otra parte, se trataba nada menos que del ansiado Daniel, el Bombero sexi, y yo había dejado atrás el estatus de jovencita estupenda clónica hacía eones.

—Será muy agradable —dije finalmente.

Él sonrió y me invadió el pecho una calidez que hacía tiempo que no sentía.

No sé si esto era muy permisible para una viuda aún en pleno periodo de luto, pero en todo caso me sentí bien.

Paramos un taxi para Lizzie y su maleta, y le prometí que prepararía sus fotos tan pronto como pudiera. La saludé con la mano mientras se alejaba en el vehículo amarillo.

—Gran chica —dije.

—Bueno, la verdad es que tampoco es tan horrible —matizó él.

—Creo recordar que usaste las palabras perfecta y angelical. Literalmente, si no me falla la memoria.

—Es posible. Las circunstancias lo demandaban —dijo riendo—. ¿Crees que podría ser modelo?

—Pues no lo sé. A ver si me explico: en mi opinión, por supuesto. Es muy versátil, domina la cámara de forma espontánea y natural y, de paso y sin lugar a dudas, es muy guapa.

—No deja de ver ese estúpido programa de modelos desde que tiene uso de razón. Algo se le habrá quedado.

—Yo también veo ese programa. Es televisión de calidad.

—¿Te apetece ir a Porto's? —propuso, mirándome sonriente—. Me muero de hambre.

El viejo sitio en el que Paige y yo habíamos pasado tantas tardes juntas.

—Sí, claro.

Una suave noche de primavera, paseando por mi antiguo barrio con Daniel, al que ya no veía como esa especie de mito erótico con el que fantaseábamos Paige y yo pero que, en cualquier caso y con gran galantería, insistió en llevar toda mi impedimenta, una magnífica cena italiana por delante... En fin, era como una especie de escapada de mi actual vida. Podía sentir la pena que me esperaba una vez que cruzase de vuelta el río Harlem y me dirigiese a Cambry-on-Hudson, pero de momento... de momento todo estaba bien.

Porto's estaba exactamente igual que siempre, a Dios gracias. To-davía era bastante pronto, poco antes de las seis, así que no tuvimos problemas para encontrar mesa.

—Me alegro de volver a verte —dijo Al, el dueño cuyo apellido daba nombre al establecimiento—. ¿Queréis vino?

—Eh... sí, claro.

—Os traeré la carta de bebidas. —Me dio un ligero apretón en el hombro antes de irse. Pensé que alguien le habría contado lo que le ocu-rrió a Nathan.

Iba a ser la primera vez que bebiera alcohol después del fallecimiento de Nathan. Cuatro semanas. Ahora que era absoluta y físicamente evidente que no estaba embarazada, podía beberme sin problemas uno o hasta dos vasos de vino.

Era raro eso de echar de menos algo que nunca había existido. Pero echaba de menos esa remota posibilidad de estar embarazada de mi ma-rido muerto.

—Entonces, ¿qué tal lo llevas? —preguntó Daniel.

—Bien —respondí, saliendo rápidamente de mi ensimismamien-to—. Bueno, si te digo la verdad... pues no lo sé. Hoy ha sido un buen día, pero otros no son tan buenos. No sé si me explico bien.

Asintió mirándome de frente. Últimamente eso no era demasiado habitual, pues al parecer la gente no soportaba mirarme a los ojos.

Todos esos años que había estado alrededor de Daniel él había flirtea-do, sonreído, hecho demostraciones de fuerza y mostrado atractivo se-xual, y yo lo había apreciado, pero realmente no lo había sentido, aunque parezca difícil de explicar. Era como ver un actor de una película, o mirar sus fotos en una revista. Bajaba los ojos un poco y tenía una sonrisa real-mente destructiva, y él lo sabía perfectamente. El pelo muy corto, casi ra-pado, probablemente debido al trabajo. Como todos los demás hombres de Brooklyn, generalmente inmaduros y renuentes a serlo de verdad, no se afeitaba a diario. Era alto y tenía unos brazos fuertes y bien torneados. Una vez forzó el bíceps delante de una rubia clónica y, podéis creerme, ¡rompió la camiseta! Así que sí, ya sabía todo lo que había que saber.

Pero hoy, eso de verlo comportarse como un buen hermano mayor, y ahora con educada galantería y hasta cierta timidez,... bueno, parecía muy... Parecía amable.

—Es muy agradable estar aquí otra vez —dije, y la voz me salió un poco ronca.

—Me alegro. ¿Cuánto te debo, por cierto?

—Cien pavos.

—No sé por qué creo que tu caché es mucho más alto.

—Pero no hoy.

—¿Qué te parecen trescientos? Se acercaría un poco más, aunque ni mucho menos del todo, ¿verdad?

—Daniel, me hiciste un favor. Además, pienso ponerme morada en la cena, así que con cien basta.

—Entonces haz el favor de pedir una botella de vino caro —dijo sonriendo.

Pedimos y escogí una botella de vino bastante pasable, pero de precio medio.

—¿Cómo van las cosas en el centro de reinserción? —le pregunté.

—No van mal. Este año tengo un buen grupo.

—Carpintería, ¿no?

—Eso es.

De repente, tuve una idea

—Oye, ¿tú fabricas muebles?

—Claro.

—¿Crees que podrías fabricar unas mecedoras para un porche? —Se me ocurrió que sería un regalo estupendo para mis suegros en su cincuenta aniversario. Unas bonitas mecedoras, únicas, en las que pudieran sentarse y recordar a su hijo.

Tragué saliva. Ahí estaba otra vez el clavo.

—Sí, por supuesto que podría —dijo Daniel—. Hace dos años hice una para mi madre. ¿Serían para ti?

—No, para mis suegros.

—Sin problemas. Te mandaré varias fotos y me dices cómo las quieres. —Su teléfono vibró y le echó un vistazo a la pantalla—. Es mi teniente. Tengo que devolver la llamada, pero volveré enseguida, ¿de acuerdo?

—¿Seguro que es trabajo? ¿No será una rubia clónica?

Pareció confundido. Claro, no sabía cómo llamábamos a sus ligues ocasionales.

—Vuelvo en un segundo.

—De acuerdo. Ve a servir y proteger.

—¡Por Dios, Kate! —dijo poniendo los ojos en blanco y revolviéndome el pelo—. A ver si te enteras. Son los polis los que sirven y protegen. Nosotros somos «los más valientes de Nueva York».

—Muy bien. Sé valiente. Haz tu llamada. —Le sonreí.

Al trajo una botella de vino blanco seco y me sirvió una copa. Di un sorbo. Remedando la antigua y preciosa canción de Simon y Garfunkel, tarareé para mí: «Hola, vino, mi viejo amigo».

La última vez que había bebido vino fue la tarde en la que mi marido murió.

El vino se me agrió dentro de la boca y tuve que hacer un gran esfuerzo para tragarlo. Si a partir de ahora siempre me estropeaba el placer de beber a gusto, la muerte de Nathan nunca dejaría de ser una tragedia. ¿Estaba claro? Un poco de humor negro no me vendría mal. Así que me obligué a mí misma a dar otro trago para intentar librarme del puñetero clavo que seguía atravesándome la garganta.

Había venido con Nathan a este restaurante un par de veces. Nos habíamos sentado en esa otra mesa, la que estaba junto a la ventana. Una vez habíamos quedado con Paige, antes de que él y yo estuviéramos prometidos, antes de que Paige hubiera sacado los pies del plato. Algo hizo que nosotras dos nos quedáramos calladas, no recuerdo qué, y Nathan se quedó allí sentado, sonriendo un poco burlonamente. Recuerdo lo intensamente que lo amaba en ese momento, con calidez, con alegría...

Se abrió la puerta del restaurante y allí estaba Paige, como si acudiera a mi conjuro. Tuvo que mirar dos veces para convencerse de que era yo, y después se acercó.

Como siempre, iba extraordinariamente bien vestida, como corresponde a una abogada con responsabilidad en una gran corporación. Incluso tacones. Tenía un aspecto fantástico.

Sentí ciertas trazas de mal humor.

—¿Kate?

—Hola.

—¿Qué estás haciendo aquí?

—Trabajar.

—¡Ah! —. Dejó en el suelo su preciosa y carísima cartera de cuero negro—Ya. ¿Me puedo sentar un minuto?

La verdad es que no me apetecía, pero me encogí de hombros. Así que se sentó.

—Bueno, ¿cómo estás?

«Pues ya ves. Mi marido se murió y a mí me dan ataques de pánico, que yo pienso que son accidentes cardiovasculares, una vez cada dos o tres días y, gracias a Dios, a mi hermana su novio le ha dado la patada y se ha venido a vivir conmigo, porque estoy tan triste que me duelen hasta los huesos, Paige. Te juro que me duelen.»

—Estoy bien, gracias.

¿Por qué son así las amistades femeninas? ¿Por qué te quedas tan desarmada, tan destruida, cuando fallan?

—Mira —empezó, y su tono me sonó un tanto impaciente—. Quería llamarte, pero lo cierto es que no sabía ni qué decirte. Pero ¿estás bien?

—Sí, estupendamente.

Supongo que fue capaz de leer algo en mi cara.

—Bueno, aquí estás, me imagino que cenando con alguien. Eso es un paso en la buena dirección. Es algo bueno. Tienes que salir, ver gente.

—Valoro tu consejo.

Encajó el no tan velado sarcasmo.

Había hablado bastante con Nathan acerca de Paige después de que montara aquella escenita. Él pensaba que para mí sería mejor no volver a verla. Los hombres son incapaces de entender cómo funciona la amistad entre mujeres.

Pero yo estaba un poco obsesionada. ¿Quién se aleja de una amiga porque esa amiga logre por fin ser feliz del todo? Aunque discretamente y sin dejar rastro, seguí sus páginas de Facebook y de Twitter, y miré su muro de Pinterest. ¡Tenía una carpeta con vestidos de novia, por el amor de Dios, pública y con su nombre real! Si había una forma más directa de alejar a un potencial novio, yo no la conocía.

Había sido mi mejor amiga y lo cierto es que nunca me había resultado nada fácil hacerlas. Ahí estaba, mi gran amiga, y todo lo que fue capaz de hacer tras mi desgracia fue poner su firma en una triste tarjeta.

—Así que lo que vas a hacer es quedarte ahí sentada y juzgarme —dijo.

—Pues sí, básicamente.

—Hola, Paige. —Daniel volvió y se guardó el móvil en el bolsillo de los *jeans*.

Ella se quedó con la boca abierta y con los ojos como platos.

—¿En serio? ¿Daniel?

—Sí —dijo él con toda naturalidad—. Hola, ¿cómo estás? —Se sentó—. ¿Te unes a nosotros?

—No —respondió—. ¡Caramba, Kate! Veo que estás mucho mejor. Ni me podía imaginar que estuvieras así de bien.

Las trazas de mal humor dieron paso a un cabreo difícil de controlar.

—Paige, no te comportes como una bruja, anda —dijo Daniel con naturalidad—. Kate me ha hecho el favor de sacar unas cuantas fotos a mi hermana y acaba de terminar. Es la hora de la cena, más o menos, así que eso es lo que vamos a hacer, cenar, no es que vayamos a casarnos. Y, por otra parte, ¿por qué no muestras un poquito de humanidad con tu amiga? Su marido ha muerto, por si no te acordabas.

¡Joder! ¡Había sido perfecto! Este tipo tenía muchos valores ocultos...

—¿Quién puede olvidarlo? —Se levantó—. Que lo paséis bien los dos... en la cena —dijo con retintín.

Y se marchó muy digna. Noté que se me habían encendido las mejillas, sobre todo pensando lo que podía haberle dicho para poner las cosas en su sitio. Ahora el vino pasó bastante deprisa y sin obstáculos.

—¿Estás bien? —preguntó Daniel.

—Sí. Muy bien.

—¿Por qué dices que muy bien? Seguro que te ha sabido a cuerno quemado. No pasa nada si lo admites.

—Hemos sido muy amigas, y muchos años.

—Ya lo sé. —Ahí estaba otra vez esa mirada amable.

—Bueno, dejémoslo. ¿Y a ti cómo te va ahora? ¿Sales con alguien?

—No. La verdad es que no. Ya me conoces. —Sonreí dando a entender que sí, que más o menos—. La familia bien... bueno, no, la verdad es que no, ¿para qué ocultarlo?. Mi hermana Jane, ¿la conoces?

—No. —Hasta hoy nunca había visto a ningún familiar de Daniel.

—Bueno, su marido la dejó. Y está embarazada de siete meses.

—¡Madre mía!

—Sí. Así que le he estado echando una mano. Además tiene ya tres críos. Mi otra hermana tiene seis.

—¡Qué bien! Yo tengo dos sobrinas y un sobrino. La pequeña tiene tres añitos.

—Esa es una edad preciosa —dijo, y sonrió.

Cenamos. Yo una berenjena al parmesano, mientras que él pidió un bistec acompañado con pasta y también una ensalada César. Además, se zampó por lo menos cuatro trozos de pan de ajo. Un tipo hambriento.

Me habló de su trabajo, sin hacer mucho hincapié en el peligro, la tristeza y el miedo asociados a su trabajo, y que, sobre todo tras el ataque a las torres, todo el mundo sabía lo que conllevaba su profesión. Por mi parte, le conté que Ainsley se había venido a vivir conmigo, aunque no le dije por qué, y también algunos de los detalles menos tristes a los que me enfrentaba cotidianamente como viuda que era: no entendía la complejidad de las luces de la casa de Nathan y su comportamiento, a mi entender caprichoso, que me obligaba a moverme como una danzarina egipcia en el cuarto de baño y a comer en la cocina bajo una luz de interrogatorio, porque no encontraba el mando para regular la intensidad.

Nunca habíamos hablado antes, salvo algún que otro «hola, cómo te va», con contestaciones llenas de lugares comunes y cosas así. Cuando era amiga de Calista hablaba con ella, pero casi nada con él. Y de vez en cuando nos encontrábamos al salir de clase con los expresidiarios. Pero nada más.

Fue muy agradable. Daniel rio cuando debía y en todo momento fue simpático, atento y amable.

Ahí estaba otra vez la palabra.

Pagó la cena y se asombró un poco de que fueran ya más de las ocho.

—Te acompaño hasta donde has aparcado —dijo.

—No, no te preocupes. Es mi barrio, recuerda.

—Te acompaño, Kate.

—De acuerdo. Gracias, Daniel, bombero valiente. Y gracias por la cena.

Avanzamos por la calle, él llevando al hombro la bolsa y el reflector. Las luces de las casas estaban encendidas y salía música de algunas ventanas entreabiertas, pues la noche era agradable. De todas maneras, el ambiente era tranquilo, lo normal en la zona de Park Slope. Prospect Park también estaba muy tranquilo. Ni te dabas cuenta de que te encontrabas en plena ciudad.

En la zona verde sentí un poco de frío, y me estremecí. Sin decir una palabra, Daniel me echó la mano por los hombros.

No estuve muy segura de lo que sentí cuando lo hizo. Se trataba simplemente de Daniel, el Bombero sexi. Pero también era Daniel, el hombre atento y amable que acababa de descubrir. Su olor era agradable, a una mezcla de jabón, un poco de sudor y ajo.

Dejé de tener frío. Eso estaba bien.

Cuando llegamos a mi automóvil, metí todos los trastos en el maletero.

—Gracias —le dije—. Ha sido un día inesperadamente entretenido.

—Bueno, gracias por hacer esto por Lizzie. Ya me ha mandado seis mensajes diciéndome lo estupenda que eres.

Sonreí.

—Kate... —Se apoyó sobre el otro pie y cruzó los brazos. Fuera lo que fuese a decir, le costaba—. ¿Mi hermana Jane? La que está embarazada, ¿recuerdas?

—Sí. ¿Qué?

—Bueno, vive en Tarrytown. —Era el pueblo más cercano a Cambry-on-Hudson por el sur—. Voy por allí alguna que otra vez, así que podría llamarte para tomarnos una cerveza, si te apetece.

Dudé, seguro que visiblemente.

—Como amigos —añadió.

—Será estupendo —dije, y me invadió una oleada de alivio. Me gustaba Daniel. Siempre me había gustado. Pero no para salir. Y, además, ahora no quería salir con nadie, obviamente.

—De acuerdo. Tengo tu número. De la página web. Ya te llamaré.

—Muy buenas noches, Daniel. Cuídate.

Me guiñó un ojo, lo cual lo convirtió de nuevo en Daniel, el Bombero sexi, el gran conquistador de vaginas, y se marchó.

Emprendí el largo regreso a casa, y esa noche opté por cruzar el East River por el puente de Brooklyn y subir por la autovía del West Side. Era el camino más bonito, con diferencia. Había ido por él muchas veces, cuando Nathan y yo estábamos saliendo.

Durante un momento, que después se me hizo cruel, olvidé que había muerto. Imaginé que le contaba el día con Lizzie y Daniel y mi encuentro con Paige. Me lo imaginé esperándome, con su sonrisa dulce y algo tímida y su olor limpio y agradable.

La imagen era tan poderosa que no me di cuenta de que el disco se había puesto verde, pero el rugido de las impacientes bocinas hizo que se desvaneciera de inmediato.

CAPÍTULO 15

Ainsley

La semana pasada Eric salió cuatro veces en la tele.

Parecía que dejar tirada a tu novia después de «sobrevivir a una horrorosa batalla contra el cáncer» vendía bien en los medios. *Good Morning America, The Doctors, Live with Kelly* (¡Y mira que me gustaba ese programa, demonios!), y *Jimmy Kimmel Live!*. Los grabé todos, pues claro que sí. Y los vi en la habitación de la tele de Kate, comiendo palomitas con auténtica furia, lloriqueando, gritando en algún momento y atragantándome por lo menos un par de veces, que yo recuerde.

El muy cabrón tenía un aspecto fenomenal, no como yo, con los ojos rojos, de llorar y de furia, y restos de palomitas hasta por dentro de la camiseta. No paró de decir bobadas mojigatas acerca de «la muerte de ese gran amigo mío» (¡Coincidir en una fiesta, un partido de golf y el hecho de que tropezara en tu cocina no lo convertían en tu gran amigo, imbécil!) y que «su sol», o sea, yo, «era una de esas personas que tienen su propia e inamovible visión de las cosas y que no cambian aunque el mundo cambie a su alrededor. (¿Se referiría a cuidar de sus hijos? ¿Esa era la visión inamovible? ¿No fue por eso por lo que se lanzó, conmigo claro, a comprar una casa de cuatro dormitorios para una pareja y lo que viniera?)

El vino desapareció de la botella en un santiamén, debo confesarlo.

Con cierto alivio, también vi que los entrevistadores le intentaban hacer pasar algún mal rato. Pero contestaba sus preguntas con facilidad. «Siento mucho haberle hecho daño, créame. Pero no se puede seguir viviendo de la misma forma cuando algo tan radical como una muerte cercana hace que tus prioridades cambien de manera absoluta.»

A lo largo de las cuatro entrevistas utilizó la expresión «vivir la vida a tope» en once ocasiones. Después de escribir el artículo del blog relativo al «cadáver» se había hecho dos tatuajes. Uno decía «¡Vive la vida a tope!» (¡sorpresa!) Y el otro «NVC», o sea, las iniciales de Nathan.

Esperaba de verdad que los Coburn no estuvieran viendo como mi exnovio utilizaba a su hijo muerto para lograr sus quince minutos de fama.

Eric no fue el único a quien buscaron los medios de comunicación. Por supuesto que no. También me llamaron a mí. Hola, pero no, muchas gracias. No respondí a nadie, por supuesto.

La reunión del viernes que Jonathan había programado con Eric era para mí como un huracán en el horizonte. ¡Eric se había atrevido hasta a mandarme un correo electrónico para confirmarla! Y también mandó otro a Jonathan, con copia a mí, diciendo que le apetecía mucho verse con nosotros, conocer nuestra oferta y compararla con otras que ya había recibido.

Jonathan me envió un informe con los puntos clave a tratar en la reunión. Tenía hasta un código de colores.

Por lo menos estaba Kate y podía dedicarme a estar pendiente de ella. Aunque me sentía un poco culpable por ello, al menos tenía algo que hacer, y muy importante. Hice una tarta de chocolate para contrarrestar sus dolores de regla y busqué varias películas de ciencia ficción para que las viéramos juntas. Brooke y sus hijos vinieron de visita una tarde, pero en el mismísimo momento en el que entró en la casa, Brooke rompió a llorar. Yo me llevé a los niños al salón de la tele y jugué con ellos a los astronautas, haciendo la cuenta atrás e imitando ruidos y explosiones como una demente. Por lo menos conseguí que sonrieran.

Kate estaba tranquila y agradecida. Siempre había sido muy reservada y controlada, siempre tan entera, siempre un paso por detrás de los sentimientos complicados, contradictorios e intensos con los que lidiábamos los demás. Puede que fuera por su dedicación a la fotografía, por llevar siempre la cámara con ella, como si en lugar de dedicarse a vivir la vida lo que quisiera fuera documentarla, sin participar.

Y, pese a todo, me sentía un tanto inútil. Era incapaz de pensar en el futuro, al menos en el más o menos lejano. Mi trabajo no podría cubrir ni mucho menos un alquiler en un sitio decente del pueblo y a mí me encantaba Cambry-on-Hudson. Busqué trabajos en Internet que pudieran estar mejor pagados que el que tenía en la revista, pero apenas encontré ninguno. Desde luego, nada para licenciados en Filosofía, ni para productoras de noticiarios caídas en desgracia.

La decoración de interiores podía ser una profesión divertida, pero enseguida me di cuenta de que había sobreabundancia de amas de casa que pensaban que tenían buen gusto, como era más o menos mi caso. Para hacer carrera de verdad en ese campo era necesaria una formación académica y unas prácticas, eso como mínimo.

¿Lavar perros? ¿Pasearlos? Con sus maravillosos ojos marrones, *Ollie* me confirmó que, para él, yo era la mejor persona del mundo. Por lo menos él estaba de mi parte, pero igual no era suficiente.

El lunes por la tarde Kate me dijo que iba a volver a ir a la reunión del grupo de viudos, y yo me alegré.

—¡Eso está muy bien! —dije—. Oye, ¿no te importa llevarme? Esta vez no iré a tu grupo, sino al de divorciados y separados.

Así que bajé al sótano de St. Andrew's, saludé con la mano al adorable Leo y al aún más adorable George y entré en la sala contigua. ¡Vaya, era la de Alcohólicos Anónimos y estaban cantando un himno religioso! Me uní a sus cánticos por puro impulso. Eso de «Y la sabiduría para entender la diferencia» se podía aplicar a muchísimas cosas, después de todo. Finalmente encontré la sala que buscaba, al menos según el cartel: «DCI, divorcios con integridad».

«¡Menudo lema!», pensé.

Y allí estaba Jonathan, que se asombró al verme entrar. Estupendo. Aun así, no me marché y sonreí. No me devolvió el gesto.

En este grupo no había nadie equivalente a Lileth y solo lo formaban cuatro personas: dos mujeres de mediana edad, una de ellas con *leggings* y una camiseta bastante usada, y sin maquillar; y la otra con unos pantalones ajustadísimos, zapatos de tacón alto y un top mucho más apto para una prostituta francesa de dieciocho años que para una mujer que ya había superado los cincuenta y sus hijos seguramente los veinte. Delgada, pechos y rostro operados y unos dientes tan blancos que eché de menos las gafas de sol. Parecía como si se hubiera enfrentado al divorcio haciéndose una adicta a la cirugía estética. Me recordó un poco a Candy.

Respecto a los hombres, uno de ellos era Jonathan, claro, y el otro tenía unos cuarenta años.

—Hola —saludé—. Me llamo Ainsley. Trabajo con Jonathan, en la revista. Mi pareja, con quien llevaba viviendo once años, me dio la patada por medio de un blog. ¿Puedo incorporarme a este grupo? Los viudos también me han dado la patada, aunque en ese caso creo que con razón. Por otro lado, el día que fui solo acompañaba a mi hermana.

Me acogieron con alborozo, con la obvia excepción de Jonathan. Las mujeres se llamaban Marley y Carly; las dos se habían divorciado el año anterior y las dos tenían hijos. El otro hombre se llamaba Henry. Cuarenta y tantos, bien parecido y bien vestido y, posiblemente, a punto de salir del armario, si es que no lo había hecho ya. Si no fuera así, podría presentárselo a Kate. En su momento, por supuesto.

Las sillas metálicas estaban colocadas en círculo, igual que en el otro grupo.

—Siéntate, siéntate —sugirió Carly, o Marley—. Nos encantaría conocer tu historia de primera mano. Tu eres «Mi sol», ¿verdad? Lo siento, pero leí el blog. ¿Quién no?

—Sí. Aunque estos días me siento más bien como una nube negra. —Miré hacia las sillas—. ¿Puedo hacer una sugerencia? ¿Hay algún motivo por el que tengamos que reunirnos aquí en lugar de ir a tomar algo?

—Siempre nos reunimos aquí —dijo Jonathan.

—Pues creo que tienes razón —me dijo Marley, o Carly—. Me vendría bien un daiquiri de fresa. ¿Y por qué nos reunimos aquí, si puede saberse?

—¿Para no desarrollar alcoholismo resentido? —sugirió Jonathan.

—¿Y quién está resentido? —preguntó Henry—. Pienso en una piña colada y se me hace la boca agua. Y si las cosas se tuercen, ahí al lado están los compañeros de Alcohólicos Anónimos.

Veinte minutos después estábamos sentados en una mesa de Cambry Burgers & Beer. Yo sugerí Hudson's, que estaba más cerca, pero Jonathan insistió tozudamente en este sitio, que resultó animado y divertido. Una sorpresa, la verdad, dado que lo había sugerido Jonathan.

Pedimos las bebidas y algo para picar e intercambiamos la típica charla intrascendente para ir conociéndonos. Con excepción de Jonathan, que por supuesto ya me conocía y apenas abría la boca.

—Así que este fin de semana he tenido mi decimoquinta primera cita —dijo Marley. Dado que fui junto a ellas en el paseo hasta el bar, ya tenía claro quién era quién. Tenía por lo menos dos milímetros de raíz gris en cada diente y hacía sonar los nudillos cuando hablaba—. No volverá a llamar. Incluso me sorprende que aguantara hasta terminarse la copa.

—¿Qué llevabas puesto? —pregunté.

—¿Y eso qué importa? —dijo Jonathan.

—Mucho —dije volviéndome hacia él—. La primera impresión es fundamental, señor Kent. —Me giré de nuevo hacia Marley—. Me encantaría ayudarte a encontrar un nuevo *look*.

— Llevo diciéndole lo mismo desde hace un año —intervino Carly.

—¿Así que debo conseguir un par de tetas como esas? No, gracias —dijo, dándole un afectuoso golpecito a Carly.

—Quizá sea buena idea que nos aconsejemos mutuamente —sugerí—. Las mujeres solemos tener mejor ojo con las demás que con nosotras mismas.

—Salvo por lo que respecta a ti, Ainsley, tu aspecto es adorable. No te cambiaría ni un pelo —dijo Marley, bebiéndose de un trago media margarita—. ¿De verdad crees que podrías ayudarme, querida? Ya soy vieja, tengo cincuenta y cuatro, nada menos.

—¡Eso no es ser vieja! Y sí, claro que podría —dije al tiempo que sonreía—. Me entusiasman los vestidos, el maquillaje y los zapatos.

—Eso sería muy divertido —intervino Henry—. Soy peluquero, y me encantaría trabajar con vosotras dos. Contigo no, querida, tú estás perfecta —dijo, dándole un ligerísimo toque a mi pelo—. Aunque una mecha gris te haría todavía más interesante.

—La verdad es que ya lo había pensado —dije sonriéndole—. Entonces, Marley, ¿le hablaste de tu divorcio en esa primera cita?

—Pues claro. Tenía que saber de qué voy.

—Ah, no, de eso nada. Mi madre es la doctora Lovely, la columnista de autoayuda. Escribió acerca de eso precisamente.

—¿De verdad? ¡Me encanta! Todos los días leo su columna en línea. Ahora me explico que sepas tanto.

Sonreí. Me sentía extrañamente orgullosa de Candy.

Jonathan miraba con fijeza a un punto más allá de mi cabeza. Carly nos detalló una desgraciada primera cita que tuvo con un viejo ¡de noventa y un años! que en la página había rebajado su edad real en más de treinta, y Henry dijo que aún no estaba seguro sobre si era el momento de empezar a buscar pareja.

Me preguntaba cuál sería la situación de Jonathan. Lo había visto en aquella cita, coincidente con la noche en la que Eric me mandó a freír espárragos. Y me moría por saber lo que mi jefe, que siempre parecía que tenía metido un palo desde la garganta hasta el colon, hacía en su tiempo libre. La taxidermia me parecía una opción más que posible.

—Muy bien —dijo Marley una vez que llegaron las raciones—. Lo cierto es que solemos hablar de lo relacionado con nuestras respectivas separaciones, Ainsley, así que empecemos. Todo es confidencial, ¿eh?, es una de nuestras reglas.

—Nada es confidencial, puesto que estamos en un lugar público —puntualizó Jonathan—. Cualquiera podría escucharnos sin que nos diéramos cuenta.

—¿Quién empieza? —preguntó Carly, sin hacerle caso—. ¿Y si lo haces tú, Ainsley, ya que eres nueva?

Acababa de meterme en la boca un trozo de quesadilla, que estaba buenísima, pero asentí mientras masticaba un poco más rápido. No obstante, piqué otro trocito y lo mastiqué con fruición antes de empezar.

—Bueno —dije por fin—, creo que mi novio ha sufrido un ataque de nervios, o que se le ha cruzado un cable, o algo semejante. El hombre al que amo no es el hombre que está haciendo todas estas cosas. Pero, de cualquier manera, el caso es que lo está haciendo, ¿entendéis? Entonces, ¿cómo encajar las piezas? Quiero decir que quiero volver con él, pero, ¿hasta qué punto puedo soportar esta situación? ¿Y cómo podría perdonar lo que me ha hecho? ¿Y cuándo va a salir de ese desvarío en el que se encuentra? Os aseguro que era un novio extraordinario, para mí el mejor.

Tres caras tristes y comprensivas se quedaron mirándome. Pero Jonathan puso los ojos en blanco.

—Jonathan, no pongas en duda lo que digo —protesté—. No lo conocías antes del cáncer. Era magnífico antes del cáncer.

—Es tu primer y único novio, ¿no es cierto? —preguntó Jonathan.

—Sí. ¿Y...? —Me sorprendió un poco que Jonathan lo supiera.

—Pues que no tienes elementos de comparación.

—No los necesito —repliqué.

—Yo pensaba lo mismo —intervino Henry—. Quiero decir, que Kathy estaba sufriendo una crisis de madurez, que no era ella misma y que recuperaríamos nuestra relación habitual. No ha sido así, y la verdad es que estoy empezando a sentirme... feliz. Algo así como que me puedo librar de todas las expectativas que me generaba nuestra vida juntos y puedo empezar a ser yo mismo, de verdad, sin riendas.

Peluquero, piña colada, ser yo mismo, sin riendas... Sí. La próxima primavera Henry desfilaría en la fiesta del orgullo gay, sin duda. Puede que Deshawn y él hicieran buenas migas. El famoso y más que comprobado principio de la atracción de los opuestos.

Carly nos contó que su ex nunca pasaba tiempo con sus hijos, que se limitaba a pasar los cheques, y que los niños pagaban con ella su amargura. Eso a Henry le apenó mucho, pues echaba muchísimo de menos a sus hijos y deseaba que cada noche estuvieran con él. Por su parte, Marley se iba a quedar sola en casa este otoño y le daba pavor.

—Para mí es como si se fuera a terminar el mundo, y sin embargo tengo que sentarme y fingir que me siento feliz —dijo. Henry le pasó una servilleta para que pudiera limpiarse las lágrimas.

Empecé a pensar si podría conocer a alguien que le fuera bien a Marley. Parecía extraordinariamente agradable. Iría a visitar a Abu y averiguaría cosas acerca de los residentes más jóvenes. Puede que le gustara sentirse un premio para alguien no mucho mayor que ella.

—¿Y tú qué nos cuentas, Jonathan? —preguntó Carly, inclinándose hacia delante y mostrando unos centímetros más de canalillo—. La semana pasada nos dijiste... ¿cómo fue? Que había alguien por quien creías sentir algo, ¿te acuerdas? Fue eso, ¿no? Pero que era difícil, añadiste.

«Alguien por quien creía sentir algo.» El tipo parecía el doctor Spock. «¿Qué emociones estoy experimentando? A ver, háganme un escáner cerebral, analicen los resultados y dénmelos.» Seguro que hablaba de la mujer con la que lo vi aquella maldita noche. Me pareció muy agradable. Mucho más que él.

—Prefiero no hablar de ello —dijo—. Soy el jefe de Ainsley y la verdad es que no me siento demasiado cómodo compartiendo con ella detalles de mi vida personal.

—¡Pero si es estupenda! —dijo Marley. ¡Vaya, qué simpática!—. Igual puede ayudarte. Y la doctora Lovely es su madre.

—Bueno, madrastra en realidad —aclaré—. Jonathan también la conoce. Escribe para su revista.

—Por supuesto, por supuesto.

Me volví para mirar de frente a mi jefe.

—Ese tipo de cosas se me dan bastante bien. Igual podría ayudarte.

—No podrías.

—Apuesto a que sí.

—Aunque admiro tu confianza en ti misma, no, gracias.

—Ya veo. Eres un gallina.

—No, Ainsley, no es eso —respondió con un suspiro de cansancio—. Tengo que tener en cuenta a mis dos hijas.

—Yo también solía utilizar esa excusa —indicó Henry.

—Y, en segundo lugar, no sé hasta qué punto estás en condiciones de ofrecer consejo sentimental. Perdóname si eso ha sonado un tanto grosero.

—Ha sido grosero, que lo sepas —espeté—. ¿Era esa mujer de *Le Monde*? Apúntate un tanto por haberla llevado a un sitio tan magnífico.

—¿Así que ya has tenido una cita con ella? —intervino Marley—. ¿Vais a quedar otra vez? ¿En la segunda cita se suele tener sexo ya?

Jonathan cerró los ojos.

—Ya os he dicho que no me siento a gusto hablando de...

—Mándale flores —le interrumpió Carly sin hacerle el menor caso—. A todas las mujeres nos encantan las flores.

—¡No, qué va! —opiné—. Eso hay que dejarlo para más adelante, cuando la relación haya avanzado. Lo primero que él debe hacer es demostrarle que tiene lo que ella quiere. Lo que quieren todas las mujeres.

—¿Mucha pasta? —sugirió Carly.

—No, no. Aunque eso nunca está de más.

—Y, dada tu vasta experiencia, ¿nos puedes ilustrar acerca de qué es lo que quieren todas las mujeres? —preguntó Jonathan.

—Honestidad —sentencié, y me eché hacia atrás, muy satisfecha de mi respuesta.

—Eso es cierto —dijo Carly—. Mi ex tenía un apartamento en Manhattan del que yo no sabía ni una palabra. Pero dado que estábamos en régimen de gananciales, me tuvo que dar la mitad de lo que valía, así que no tuve problemas para hacerme los implantes —dijo señalando con orgullo sus pechos, lo suficientemente generosos como para sujetar un plato sopero—. También me hice otros arreglitos y, para acabar, invité a mis hermanas a Francia durante todo un mes. ¡Eso sí que terminó de volverlo loco! —dijo sonriendo ampliamente.

—El sentido del humor es otro atractivo importante —dije. Pobre Jonathan. Lo mismo podía haber dicho «unas alas brillantes», o una cabeza de unicornio—. Estar abierto a nuevas posibilidades. —Hice una pausa para reírme. Ojo por ojo—. Y amabilidad, eso es lo más importante —rematé.

Sus esfuerzos por salvarle la vida a Nathan... eso había sido mucho más que amable, encomiable. O quizá solo un acto reflejo. Pero fue al hospital y se quedó allí. Sí, realmente encomiable en lo que respectaba a su comportamiento aquella noche.

—También lo son las pequeñas cosas, como dejar pasar delante y eso —continué—. Dejar que ella hable y fingir que se presta atención.

—¿Fingir? ¿Ese es tu consejo? ¡Qué cosa tan fascinante!

—¿Ves? —dije—. Ya lo estás haciendo.

—Sigo opinando que con las flores nunca te vas a equivocar —insistió Carly—. O también puedes llevarla a cenar a la ciudad. Sorpréndela, haz algo llamativo y deslumbrante.

Los demás siguieron aportando sus sugerencias. Cómprale un perrito, mándale notas anónimas, flirtea con ella (como si fuera capaz, pobre hombre).

—Os agradezco vuestras sugerencias —dijo—. Igual es hora de que nos recojamos.

—¿Te han dicho alguna vez que hablas como en Downton Abbey? —pregunté sonriéndole.

—No, hasta este momento no.

—Pues sí, tienes una forma de hablar muy formal.

Pestañeó mientras le miraba. Me pareció que sufría.

—A mí me encanta —dijo Marley—. Si tuvieras diez añitos más, Jon...

Él sonrió.

¡Vaya! No recordaba haberlo visto sonreír. Su sonrisa fue inesperadamente dulce, aunque muy leve: una ligera curvatura de los labios y un brillo especial en los ojos.

Todavía llevaba el traje que se había puesto para trabajar, aunque se había aflojado un poco el nudo de la corbata, y... bueno..., de repente me pareció... ¡atractivo!

—Creo que me voy a ir —dijo.

—¿Serías tan amable de llevarme a casa? —La petición que le hice me sorprendió; sí, incluso a mí.

—Por supuesto. —La sonrisa se había esfumado.

—Ha sido estupendo conoceros —dije, poniendo sobre la mesa mi parte de la cuenta y también para una generosa propina—. Espero veros de nuevo. —Se produjo un coro de despedidas.

Caminamos hacia el automóvil de Jonathan, un Jaguar de lo más elegante. Puede que ese negocio de la revista no fuera tan malo después de todo.

Sostuvo la puerta para que entrara. Me dio la impresión de que temía que su cuidadora le reprendiera, o incluso le diera un azote, de no hacerlo.

—¿Y por qué te divorciaste, Jonathan? —le pregunté cuando entró.

Durante un minuto más o menos no dijo una palabra, simplemente condujo con cuidado hasta llegar a la calle principal.

—Prefiero no hablar de ello —dijo finalmente.

—De acuerdo. Perdona por haber preguntado.

—No pasa nada.

—De verdad que podría aconsejarte respecto a tus citas, ¿sabes? —tanteé.

—Te agradezco la oferta, pero no, muchas gracias.

—¿Qué edad tienen tus hijas? —Está claro que yo no soy capaz de estar sentada y calladita.

Esa sonrisa, no obstante... Había sido muy, pero que muy agradable.

—Emily tiene ocho y Lydia seis.

—¿Tienes oportunidad de verlas a menudo?

—Sí. Mi exmujer y yo compartimos la custodia. Una semana con ella y otra conmigo. —Torció por donde debía, claro. Seguro que sabía dónde estaba la casa de Kate, ya que debía de conocer la zona al dedillo. En todo caso, era una casa muy famosa en nuestro pueblo.

—¿Tu ex vive en Cambry-on-Hudson?

—Sí —contestó, y me miró durante un instante—. No queríamos que las niñas sufrieran más cambios de los estrictamente necesarios.

—Claro. Muy juicioso.

Estuvimos callados durante un rato, y yo aproveché para observar por la ventana las bonitas casas. Si torciéramos a la derecha en la señal de stop, después a la izquierda y luego otra vez a la derecha, llegaríamos a mi casa.

A mi antigua casa.

—No diré ni una palabra —dije, sin dejar de mirar por la ventana—. Ni sobre tu divorcio ni sobre nada. No debes preocuparte por eso.

—No estoy preocupado.

Eso fue todo lo que dijo. No supe dilucidar si era un cumplido o una amenaza.

Un minuto después entró en el sendero que conducía a la casa de Kate. La casa estaba iluminada por las luces exteriores, que mi hermana no tenía ni la más remota idea de cómo se apagaban. Algunos árboles y una escultura moderna estaban iluminados desde abajo.

—¿Qué tal está tu hermana estos días?

—Tranquila. Y triste.

—Por favor, dile que le deseo lo mejor —dijo asintiendo.

Por una vez, su manera de hablar tan formal no me sacó de quicio. Me miró largamente, sin pestañear.

De estar con otra persona, con otro hombre, habría jurado que quería decir algo más.

No estaba acostumbrada a mirarle; de hecho, me había especializado en evitar hacerlo, ya que lo normal era que, al mirarme, frunciera el ceño con expresión de desaprobación. Pero, al fijar a vista en él a la escasa luz del automóvil, me pareció que uno de sus ojos tenía un reflejo dorado. Sí, lo tenía. Y el otro no.

—Tienes los ojos de distinto color —dije. Me sonó rara mi propia voz.

—Heterocromía sectorial —dijo, después de pestañear. Se miró las manos y después me volvió a mirar—. Una pequeña anormalidad del color del iris en uno de los ojos de una persona.

—¡Ah! —Ese misterioso toque dorado en medio del azul ... o verde pálido, no podía asegurarlo ahora. En fin, resultaba hipnótico. Sus ojos no eran de ese color en exceso claro y medio alienígena, o falto de vida, que yo había pensado desde que lo conocía. No. Vistos más de cerca, parecían formar un mosaico de azul y verde, aparte de esa mota dorada de su iris izquierdo, situada a las ocho en punto de la circunferencia.

Lo miraba de hito en hito.

La cara de Jonathan se movió ligeramente. No fue exactamente una sonrisa como la de antes... bueno... la verdad es que no sabría decirlo.

—Buenas noches, Ainsley. Intenta llegar a tiempo mañana.

—Sí, lo haré —dije tras aclararme la garganta—. Y gracias por traerme.

Salí del automóvil y agradecí el fresco aire primaveral que me enfrió la cara.

A la mañana siguiente entré en la oficina a la ocho y treinta y uno. Habría llegado a las ocho y media en punto si un conductor de autobús escolar no hubiera decidido tener una amigable charla con un papá. Me deslicé en mi cubículo, pero no sin antes vislumbrar el gesto de irritación de Jonathan. ¡Porque había llegado sesenta segundos tarde! Madre mía...

Seguro que ese momento especial que creía que tuvo lugar en el automóvil la noche anterior solo había sido producto de mi imaginación. Sí, analizándolo bien, ahora estaba segura de ello.

Diez minutos después de que me sentara, se oyó la voz de Rachelle por el intercomunicador.

—Ainsley, hay aquí alguien que quiere verte. —Su voz, habitualmente dulce, sonaba tensa.

¡Por Dios, Eric! ¿Sería Eric? ¡Por fin! Me empezaron a temblar los codos y las rodillas y el corazón pareció treparme hasta la garganta.

—Voy enseguida.

Todo iba a arreglarse. Todo iba a volver a la normalidad. Traería el anillo. Se disculparía. Una vez que viera lo mucho que lo sentía, el amor volvería a inundarme y lo perdonaría. Nunca habíamos pasado tanto tiempo sin vernos y el solo hecho de pensar que iba a estar de nuevo junto a él hacía que me temblara todo el cuerpo. Todavía no me había permitido a mí misma echarlo de menos, pues habían podido el enfado y la vergüenza. ¡Pero, Dios mío, cómo lo echaba de menos!

Me miré en la pantalla del ordenador, me ahuequé un poco el pelo y me pellizqué las mejillas, como Scarlett O'Hara. ¡Eric! Por fin volvería a ver a Eric. Lo dicho, me temblaban las rodillas al dirigirme a la recepción.

No era Eric.

Era su madre. Se me cayó el alma a los pies.

—Cariño —dijo, incorporándose del sillón. Tenía los ojos llenos de lágrimas—. ¿Podemos hablar?

—¿Eric está bien? —pregunté.

—Sabía que ibas a preguntármelo. Sé qué todavía le quieres, lo sé, querida. Sí, está bien. Bueno, si es que puedes calificar de bien esa fijación insana con la tierra de los osos grizzli. ¿Podemos ir a algún sitio privado? ¡Está perdiendo la razón!

Llevé a Judy a la sala de reuniones. Jonathan se presentó casi inmediatamente. Sabía perfectamente que lo haría. Después de todo, era su revista, y tenía que controlar todo lo que ocurría en ella. Sobre todo si era algo personal.

—Buenos días —dijo, apoyándose en el quicio de la puerta—. Soy Jonathan Kent.

—Judy, te presento a mi jefe, el señor Jonathan Kent. Jonathan, Judy Fisher. La madre de Eric. ¿Os conocisteis en la... eh... reunión de Eric? —Me tembló la voz.

—Se comportó usted de maravilla intentando ayudar a Nathan —dijo ella, tomándole la mano con las dos suyas—. Y, por supuesto, a Eric le encantaba tener el blog en su revista. ¡Oh, querido, vaya despropósito!

—¿Le apetece un café? —pregunté.

—No, no. Será solo un momento. Muchas gracias.

Me miró, y pude ver la irritación en sus ojos hetero... lo que fuera.

—Bueno, Ainsley, ¿me vas a pasar pronto ese artículo sobre las celebraciones del Día del Trabajo? —Ahí lo tenía, el recordatorio de que estábamos en horario laboral, por si se me había olvidado.

—Claro. —La verdad es que aún no había ni empezado con ello. Se fue, y tuvo el detalle de cerrar la puerta.

—¿Viste a Eric en la tele? —preguntó Judy—. ¡Nos ha roto el corazón! Pero estaba guapísimo, ¿verdad? ¡No sé qué hacer, Ainsley! ¡Por favor, no renuncies a él todavía!

—Judy, créeme, yo...

—Ya sabes cómo es cuando está estresado. ¡Mojó la cama la primera vez que salió de acampada! Cuando tenía once años y tuvo su primera erección, se temía que fuera cáncer. ¡Oh, Dios! ¿No es irónico? Igual teníamos que haberle llevado al médico entonces. Igual lo habríamos parado a tiempo.

—Lo paró a tiempo. El cáncer, quiero decir...

—Escucha —me agarró las manos—. No puede hacer la mochila e irse a Alaska así, sin más. ¿Y si se cae y se hace daño? ¿Quién va a cuidar de él?

—No lo sé. Y, si te digo la verdad, en este momento no me importa.

—¡Ojalá fuera verdad!

—¡Oh, cariño! ¡No digas eso! Solo está hecho un lío. ¡No puedes dejar de quererle! ¡Eres lo mejor que le ha pasado nunca! Todavía le quieres, ¿verdad?

Me solté las manos y me pasé la derecha por el cuello.

—Pues, si te digo la verdad, no lo sé, Judy. A ver, por supuesto que le quiero. Pero a ese nuevo individuo... que se atreve a llamarme cadáver y sale en la tele diciendo barbaridades sobre mí, además de estupideces de tamaño natural... ese es otro, completamente distinto del que yo quiero.

—Es solo el *shock*, lo sé. Quería a Nathan como a un hermano.

—De eso nada, Judy, no te ciegues. ¡Pero si apenas lo conocía! Nathan era mi cuñado, ¡y yo apenas lo conocía!

Me miró con cara muy preocupada.

—Ainsley, querida, has pasado once años con nuestro hijo. Eso es un tercio de tu vida. ¡No puedes olvidarlo!

—Sí, lo sé, pero... —Se me entrecerró la garganta y se me llenaron los ojos de lágrimas—. Es él el que se ha olvidado, Judy. Se comporta como si yo fuera una extraña que no le importa ni lo más mínimo. —Contuve un sollozo—. Ni siquiera ha venido a ver a *Ollie*.

Teníamos a *Ollie* desde hacía más de dos años. ¿Cómo puede una persona dejar de lado a su perro de esa forma?

¿Y a su mujer?

—Él te sigue queriendo —afirmó Judy con vehemencia—. Date un poco de tiempo y lo comprobarás. Por favor. Ese cáncer le dio un susto de muerte. Tú lo sabes mejor que nadie. Yo creo que se trata de un caso de estrés postraumático. Sí, estoy convencida de ello.

Respiré hondo y me froté los ojos con las yemas de los dedos.

—Puede que tengas razón —concedí.

—La tengo, te lo aseguro. Soy su madre y lo sé. —Me besó en la mejilla con vigor y me miró fijamente a los ojos—. Aarón y yo te queremos, hija. Queremos que seas la madre de nuestros nietos. Que te llame hija no es gratuito, te consideramos como tal, y lo sabes. Por favor, no te cierres, todavía no.

—De acuerdo —dije; me levanté y la abracé—. Tengo que volver al trabajo. Te llamaré pronto.

—Te quiero.

Esa afirmación hizo que se me saltaran las lágrimas en plan torrente.

—Yo a ti también —susurré.

Sentía como si Judy y Aarón fueran o se comportaran más como mis padres que Candy y el propio papá. Si perdiera a Eric del todo, los perdería también a ellos. Se acabó el ir a Broadway una vez al año, y también las manicuras y pedicuras con Judy, en las que cotilleábamos y nos reíamos acerca de casi todo. Se acabaron esas preciosas celebraciones de Hanukkah a la luz de las velas, con las exclamaciones de Judy al abrir los regalos que yo había escogido con tanta dedicación. Se acabaron las vacaciones en las que los hombres jugaban al golf y Judy y yo tomábamos cócteles en la playa.

Se acabó el cariño incondicional.

Fui al baño para retocarme el maquillaje, que por supuesto se había arruinado del todo. Me pasé un pañuelo de papel por debajo de los ojos, me soné la nariz con fuerza y me lavé las manos.

Cuando volví al escritorio, había un correo de mi jefe en la bandeja de entrada:

Por favor, tenga en cuenta lo que indica la página 29 del reglamento de empleados, en relación con los asuntos personales durante el horario de trabajo.

Jonathan Kent, Director.
Hudson Lifestyle

Le respondí de inmediato, aporreando las teclas:

Por favor, tenga en cuenta el hecho de que el Director del Hudson Lifestyle me obliga a encontrarme fuera del horario de trabajo con un bloguero problemático, por lo que recibir información procedente de su madre acerca de su estado mental no parece una mala idea, y en tales circunstancias una conversación con ella a ese respecto debe considerarse un tema de trabajo y no un asunto personal.

Ainsley O'Leary, Editora
Hudson Lifestyle

Un segundo más tarde, o al menos eso me pareció, sonó en el ordenador un nuevo aviso de correo entrante:

> *Puede que tenga razón. No obstante, y por favor, procure evitar el llanto en los servicios. No es bueno ni para el estado de ánimo del personal ni para el suyo propio.*
>
> Jonathan Kent, Director.
> *Hudson Lifestyle*

Escribí una respuesta, aunque inmediatamente borré lo que podrían considerarse sin exageración minas antipersona, pero enseguida me di cuenta de que todo el correo en sí lo era.

Daba igual, lo dejé. Tenía que escribir un artículo crucial sobre calabazas.

CAPÍTULO 16

Kate

Esa noche, cuando llegué a casa, olía maravillosamente. Ainsley se había conectado en modo ama de casa de los años cincuenta: ni se había quitado los zapatitos de tacón bajo, muy apropiados para su bonito y floreado vestido.

—¿Quieres vino? —me preguntó sonriendo—. Estoy haciendo un asado con puré de patatas, pero no de sobre, con acompañamiento de zanahorias a la brasa y espinacas escurridas. Y de postre una tarta de coco.

—Eres increíble, Ainsley. —Tomé la cámara y le hice una foto.

¡Claro, ahí estaba el quid de la cuestión, lo vi por el objetivo! Estaba confundida, furiosa y triste. Lo que estaba haciendo Eric no era más que una estupidez, que pronto sería sustituida por la presencia de otro idiota controvertido y que acabaría con sus quince minutos de gloria en los medios.

—¿Qué tal el día? —preguntó mientras me servía un poco de vino.

Dejé la cámara y me senté en una banqueta, apoyándome sobre la encimera.

—Bastante bien —mentí—. He comido con mi suegra en el club de campo. —Hubo una fila de mujeres mayores, ¡una fila bien larga!, que querían presentarme sus respetos. Me habían besado en la mejilla tantas veces que hasta me dolía la cabeza del olor a perfume de Estée Lauder. Al parecer, llevar ese perfume era un requisito básico para ser miembro femenino de ese club, al menos si superabas los sesenta años—. Eloise está... —se me quebró la voz.

—Ni me puedo imaginar cómo lo está pasando.

—Siempre dice lo correcto —dije, negando con la cabeza—, y se comporta amablemente con todo el mundo. —Dudé un instante—. Pero no quiere hablar de Nathan. Por lo menos, no conmigo.

—¿Y cómo está el señor Coburn?

—Aguantando a base de ansiolíticos. Y también bebiendo mucho. Los niños, Miles y Atticus, son el único tema de conversación no problemático.

—Son muy lindos.

Atticus se parecía muchísimo a Nathan. Me resultaba difícil mirarlo. Me aclaré la garganta.

—La acompañé a casa, y el señor Coburn me dijo que si podríamos incinerar una foto de Nathan en su fiesta de aniversario. Como una especie de homenaje, ya sabes. Había estado bebiendo, y...

Empezaron a salirme de la garganta esos ruidos espasmódicos y ahogados. No lloraba, no. Eso hubiera sido muy normal. Eran solo espasmos de las cuerdas vocales, como si el aire quisiera escaparse a tirones entre las rejas de mi garganta.

—¡Oh, cariño! —Mi hermana rodeó la encimera y me abrazó. Su perrito se acercó también, y me pareció que hasta me ofrecía la raída manta. ¡Que mascota tan encantadora!

La noche pasada había soñado con Nathan. Dábamos una fiesta. Yo no conocía a nadie, pero sin duda era en nuestra casa. Cuando fui a buscarle, lo encontré junto a la puerta del sótano. Supe que si cruzaba esa puerta no volvería a verlo nunca, que habría cruzado al otro lado de manera definitiva. Lo llamé, se volvió y me sonrió de esa manera tan dulce, tan suya... pero de todas formas traspasó la puerta. Intenté seguirlo, pero la puerta había desaparecido, mientras que todo el mundo me decía que qué fiesta tan magnífica. Por mi parte, buscaba un hueco, una grieta o lo que fuera en la pared, tocándola desesperadamente, intentando ir a buscar a Nathan y traerlo de vuelta a casa.

Ainsley volvió a acercarse al horno para controlar el asado.

—No sabes hasta qué punto me alegra que estés aquí conmigo —dije, y su cara se iluminó.

—¿En serio? Si te digo la verdad, la mayor parte del tiempo me siento como una idiota.

—¡Ni se te ocurra decir eso! Me estás ayudando muchísimo, Ains. —*Ollie*, notando al parecer que alguien que no era él mismo estaba recibiendo halagos, me puso las patas sobre las piernas—. Y tú también, chucho envidiosillo —dije, tomándolo en brazos. Sus orejas eran lo más sedoso que había tocado en toda mi vida. Ahora entendía perfectamente lo útil que, con toda seguridad, era la terapia sicológica con perros.

—Bueno, ¿y tú qué me puedes contar? ¿Algo nuevo? —pregunté, metiendo un dedo en el vino y dejando que el perro lo olisqueara. Al parecer, el aroma no terminó de gustarle, porque de inmediato se separó de mí, saltó al suelo y se sentó sobre su manta.

—Bueno, pues la verdad es que sí. Empezando por el principio, te diré que Judy vino a verme al trabajo esta mañana, bastante pronto —explicó Ainsley—. Me rogó que no renunciara a Eric todavía. Ella cree que tiene estrés postraumático.

Inmediatamente pensé que lo que tenía, y diagnosticado desde hacía tiempo, era gilipollez crónica postnatal, o sea, de nacimiento. El término seudomédico no era mío. Surgió en una conversación con mi hermano y mi cuñada, y creo recordar que estuve a punto de atragantarme de la risa cuando lo oí. Por cierto, había visto un fragmento de una de sus entrevistas en la tele y la apagué tan rápido que por poco me cargo el mando.

—¿Y qué pasaría si volviera a ti arrastrándose y pidiendo perdón, Ainsley? ¿Le darías una oportunidad?

No respondió de inmediato. Parecía concentrada en lo que estaba haciendo, en ese momento poner espinacas en la sartén.

—Nunca me había imaginado la vida sin él —contestó al fin, sin mirarme—. Sé que teníamos una relación un poco... pasada de moda, pero lo cierto es que eso era exactamente lo que lo que yo siempre había soñado. Así que supongo que intentaría perdonarlo. Seguramente, sí. Supongo que después de once años se lo merece, ¿no crees? Y por otra parte, ¿qué otra cosa podría hacer? Mi trabajo no me llena. Nunca he sido una persona enamorada de su profesión, como Sean y tú.

—Lo hiciste maravillosamente en la NBC —dije.

—¿Quieres decir tapando las miserias del periodista más mentiroso de la radiotelevisión de este país?

—No te eches la culpa de eso. No lo sabías.

Durante un minuto se quedó callada.

—También Eric exageraba en su blog —dijo por fin.

—¿Sí? ¡No me digas! —respondí, poniendo los ojos en blanco.

—¿Lo sabías?

—Por supuesto que sí —gruñí.

—¿Piensas que todos los hombres mienten? —preguntó.

—Todos mentimos acerca de algunas cosas. —Hice una pausa—. Papá le mintió durante años a mamá.

—Cierto. —Dio la vuelta a las patatas—. ¿Nathan también?

Pensé durante un buen rato.

—No. Creo que no.

—Me encantaba. Era una maravilla de hombre.

Durante un momento me imaginé a Nathan entrando en la cocina, vestido con uno de sus bonitos trajes, arrojando las llaves de casa y del automóvil a un cuenco de madera que teníamos solo para eso y diciendo algo así como: «¿Era? ¿Qué quieres decir con eso de era?». Me daría un beso en los labios e iría a abrazar a Ainsley y le diría algo agradable... y... y...

Sus rasgos empezaban a resultarme algo borrosos.

Una vez más, el horrible clavo reapareció en mi garganta. Me tomé otro saludable trago de vino.

—¿Te ocurre algo? —preguntó Ainsley, mirándome amablemente con esa preciosa carita. Aún me parecía que tenía doce años.

Me tomé un buen rato para volver a hablar. Era como si me estuvieran arrancando la piel a tiras. Todo me causaba dolor, o me pinchaba, o me hacía sangre. Ya no me sentía como una persona real, sino como una especie de trozo de carne cruda que, por las mañanas, no tiene más remedio que levantarse de la cama y hacer cosas como un autómata.

Eran cosas que no te apetece decirle a nadie, ni siquiera pensarlas, aunque eso era inevitable.

—Es como estar en un sueño —terminé por contestar, escogiendo la versión edulcorada—. Como si me fuera a despertar en mi antiguo apartamento pensando que el sueño había sido extraordinariamente real.

—¿El grupo te ayuda?

—Sí, la verdad es que sí. —Ya había ido dos veces—. Por lo menos veo que están vivos, que tienen sentimientos. Leo está muy feliz últimamente. Hasta LuAnn, ya sabes, la del maquillaje y con acento del Bronx, tiene roto el corazón, pero sigue riéndose con todo. Así que creo que podré llegar a ese estado de ánimo, y eso me anima.

—Llegarás.

El vino me estaba poniendo alegre.

—¿Recuerdas el reportaje fotográfico que hice el otro día en Brooklyn? Fue un buen día. Coincidí con un viejo amigo y lo pasé muy bien.

—Es bueno que te diviertas.

—Mientras estuve allí me sentí algo mejor. Era como pensar que sí, que había perdido a mi marido, pero que podía sobrellevarlo. Pero luego volví aquí, a casa, y terminé durmiendo en el sofá, porque la cama se me hace enorme para mí sola.

No estaba acostumbrada a hablar tan a corazón abierto con mi hermana, que siempre me había parecido muy distinta a cómo yo era. Y sin embargo aquí estaba, conmigo, como un salvavidas al que podía agarrarme, pese a que no lo había hecho por elección.

—Pensaba que lo estaba engañando, o algo así —continué—. Ya sabes, porque había pasado un día agradable. Cené con un amigo muy guapo.

—O sea que una viuda no tiene derecho a pasar días agradables, y además tiene que olvidarse para siempre de sus amigos guapos. Ya veo. —Alzó una ceja y me miró burlona—. ¿Crees que Nathan desearía que lo pasaras fatal? ¿O, por el contrario, que lo más lógico es que se sintiera, o se sienta, yo qué sé, culpable por morir tan tontamente y dejarte sola? Sé lógica, Kate. Si un día lo pasas bien, o tienes la posibilidad de pasártelo bien, agárrate a ella. Y ahora siéntate. La cena está lista.

Charló sobre su trabajo, sobre una compañera que se llamaba Rachelle que había salido con un tipo que tenía diecisiete hurones a los que consideraba sus propios hijos, pero como tenía trabajo y además la invitó a cenar, aceptó salir con él por segunda vez. También me contó que la revista iba a patrocinar un concurso de tartas para Acción de Gracias, pero en el que todos los ingredientes tenían que provenir de una zona que estuviera dentro de un radio de ochenta kilómetros tomando el pueblo como centro.

Tenía el don del encanto. Hasta ahora nunca había reparado en ello, pero me apetecía darle un beso, aquí y ahora. Tenía que escribir a Eric para agradecerle el que fuera un imbécil egocéntrico.

Comí solo lo suficiente como para no hacerle un feo a Ainsley. La verdad era que había perdido todo el interés por la comida, incluso si era tan exquisita como esta, pues mi hermana era una magnífica cocinera. Le dije que fuera a hacer sus cosas y que yo me encargaría de limpiar la cocina. Aún no estaba segura de dónde había que poner cada cosa, pero lo de limpiar me resultaba satisfactorio, pues significaría dejarlo todo perfecto de nuevo, como le gustaba a Nathan. Engrasé la esteatita, fregué a fondo la pila y busqué el interruptor que encendía las luces de debajo de la encimera, simplemente porque eso era lo que le habría gustado a mi marido.

—Nathan —susurré—. ¿Estás bien?

No hubo respuesta.

Podría llamar a un médium, alguien que fuera capaz de contactar con él, que supiera dónde estaba. Para que me dijera que no sentía dolor, que me amaba y que quería que viviera una vida feliz.

Lo que pasaba era que yo ya sabía todo eso, más o menos. El forense dijo que había muerto de forma instantánea.

Renuncié a encontrar el dichoso interruptor y me dirigí al estudio, o cuarto de estar, o lo que fuera. Allí sí que encontré el interruptor a la primera y me senté. Era donde Nathan trabajaba cuando estaba en casa.

La habitación mantenía su olor.

Estaba haciendo un proyecto de reforma para la casa de sus padres, para que pudieran vivir en la planta baja sin subir y bajar escaleras. Su casa era muy grande, pero también muy tradicional, y su idea era tirar la pared de atrás, rehacer la cocina y añadir un gran dormitorio con un baño enorme, accesible para una silla de ruedas por si llegaba el día que fuera necesario. El plan iba a ser una sorpresa. Su regalo para el cincuenta aniversario.

Tuve una inspiración repentina. Le daría a alguien del estudio de Nathan el trabajo que había estado haciendo, probablemente a esa mujer tan agradable, Phoebe creo que se llamaba, para que ella lo terminara. Y le pasaría el proyecto a los Coburn, para que así tuvieran en su casa una parte de él, de su profesionalidad y su genio, para el resto de sus días.

Encendí su Mac de última generación y esperé. La pantalla de fondo era la foto de nuestra boda.

Ahí estaba. El pequeño lunar de la mejilla, su pelo rubio rojizo, las marcas, no hoyuelos, que se le formaban cuando sonreía. Sé que era patético, pero acaricié la pantalla, intentando recordar cómo era el tacto de su cara.

En la parte de abajo del rectángulo, un pequeño icono rojo indicaba que tenía setenta y cuatro correos electrónicos sin leer.

Mierda. Tenía que haber comprobado esto antes. Y tenía que cerrar su cuenta de correo.

Tecleé sobre el icono, abrí el correo y empecé a ver los mensajes.

Había tres de sus compañeros de trabajo y del día seis de abril, antes de que... se cayera. Los otros setenta y uno eran anuncios o basura, desde fantásticas oportunidades de inversión hasta algunos de Viagra barata.

—No la necesitaba —le dije al ordenador en voz alta.

Sus carpetas de correo estaban perfectamente identificadas: Wildwood, Jacob's Field, Oak Park, etc. Todos ellos eran proyectos en los que la firma estaba trabajando. Me pregunté si debía reenviar estas carpetas a sus compañeros. Ya le preguntaría a Phoebe, si es que era ese su nombre.

Había otra carpeta con la etiqueta «Viajes», y que contenía detalles de lugares a los que debía ir por razones de trabajo, y a los que ya no acudiría. Y otra acerca del ordenador, con información sobre la garantía, aspectos técnicos y esas cosas.

Finalmente, otra carpeta llevaba mi nombre, Kate. No pude resistirme y la abrí.

Allí estaban todos los correos electrónicos que le había enviado.

Desde el primero, que no tenía ni un año de antigüedad, hasta el último, del día en que murió, en el que le pedía que llevara vino, como ya sabéis.

Lo había firmado con un «Te quiero, pedazo de idiota», y el caso es que... había guardado hasta esa fútil nota. Algo tan poco importante y tan normal como eso, y se había tomado el tiempo y la molestia de almacenarlo.

Noté que acudían las lágrimas, que mis ojos se humedecían, y se lo agradecí a Dios. Durante todo este tiempo había sido incapaz de derramar ni una sola lágrima. Seguro que el llanto me haría sentir mejor, más normal, preparada para comenzar el proceso de curación. Si fuera capaz de soltar una buena llantina, seguro que el maldito clavo de la garganta desaparecería.

Con el rabillo del ojo vi otra carpeta.

MRT.

Las lágrimas se interrumpieron. «¡No, no paréis, venid, por favor!»

Todos esos correos eran de Madeleine Rose Trentham, la anterior señora de Nathan Coburn III.

Había bastantes. Entre veinte y veinticinco. Todos leídos, y algunos habían sido respondidos.

El primero de ellos databa del 28 de septiembre, cuatro o cinco semanas después de que empezáramos a salir.

El último era del cinco de abril.

El día anterior a su muerte, noventa y cinco días después de que nos casáramos, había estado hablando con su exmujer por correo electrónico.

CAPÍTULO 17
Ainsley

El viernes a las cinco y un minuto Jonathan y yo entrábamos en su estúpido Jaguar para dirigirnos a la ciudad.

—¿Estás preparada para lo que viene? —me preguntó Jonathan.

—¡No! —ladré—. Ya te he dicho que es una idea horrible.

Suspiró y puso el intermitente para torcer.

—Ainsley, me doy cuenta de que esto es muy difícil para ti en lo personal. Pero si lo consideramos desde una perspectiva estrictamente profesional, debes reconocer que fuiste tú quien forzó las cosas respecto a las dichosas *Crónicas del Cáncer*. Y la cuestión es que, finalmente, Eric se las arregló para escribir algo interesante, o si quieres dejémoslo en impactante, y ese era precisamente el objetivo de la columna. La notoriedad que ha alcanzado Eric incrementará el número de lectores, de anunciantes y de ventas. Ya sea porque a la gente le guste o para criticarlo.

—Lo sé perfectamente, Jonathan —volví a espetar—. Pero no se trata precisamente de la revista *Time*, que publica el diario de una madre dedicada a cuidar a su hijito de primaria. Se trata de Eric escribiendo estupideces. ¿Cómo cuadra eso en una revista cuya razón de ser es describir, promover y mejorar un estilo de vida determinado y formal? ¡Nuestra última portada ha sido sobre la desaparición del arte de la forja tradicional, maldita sea!

—Lo recuerdo —dijo secamente—. Y, por cierto, hiciste un magnífico trabajo al respecto.

—¿Eso ha sido un elogio?

—Lo ha sido.

Miré hacia delante, refrenando las ganas de sonreír que me entraron. No iba a ceder.

—Eso no mejora nada la mierda de situación a la que me obligas a enfrentarme.

—Ya que estamos hablando de trabajo, puede que sea un buen momento para poner fecha a tu evaluación anual del desempeño.

—Creo que ya estoy sufriendo bastante, Jonathan, ¿no te parece?

—No puedes esquivarla durante toda la eternidad.

—¿Que no? Eso es precisamente lo que voy a intentar.

—Pues mira, ahora que tú estás aquí y yo también...

—Jonathan, por favor. Ahora no. Voy a esta entrevista por ti, porque me lo has pedido, ¿de acuerdo? Ya haremos la condenada evaluación la semana que viene. —O no, si es que podía evitarlo de alguna manera.

—Esta semana has llegado tarde. Van diecisiete días seguidos, sin fallo.

¡Madre del amor hermoso!

—Estoy segura de que en el despacho tienes muchos más datos estadísticos, esperando a ser usados para humillarme. Así que vamos a esperar a que puedas dispararlos todos a la vez, ¿te parece?

Suspiró de nuevo.

—Siempre te queda la posibilidad de despedirme, ya sabes —sugerí.

—Pues lo que estaba pensando era que, dado que fuiste tú la que sugeriste que Eric fuera columnista, tendría que darte un aumento de sueldo.

No había tenido ningún aumento desde que entré.

Y ahora que no iba a tener más remedio que vivir por mí misma, no me vendría nada, pero que nada mal.

Jonathan me miró durante un momento.

Tenía gracia. Sus ojos, que esta mañana habría jurado que eran azules, ahora parecían absolutamente verdes. Y me apetecía ver otra vez esa motita dorada. Había buscado en Google el término «Heterocromía». ¡Qué interesante! Me hizo sentir que unos ojos marrones como los míos, absolutamente del montón, era muy aburridos y sosos.

Me ajusté la falda. Esta mañana me había vestido con mucho cuidado, para que lo sepáis. Quería tener un aspecto sofisticado y chic, tan guapa y tan calmada que Eric sintiera como si las piernas no fueran capaces de sostenerlo. Con grandes esfuerzos, pues había engordado un poquito, me embutí en una especie de bodi horrible que iba desde los tobillos hasta el cuello, para componer una figura suave y con curvas, aunque no se pudiera decir que completamente esbelta. Me puse un vestido negro sin mangas y de cuello alto, con un cinturón rojo de cuero, un bolso color mostaza y zapatos con estampado de piel de leopardo y suelas rojas, que eran una imitación muy asequible de unos Christian Louboutin. Me había tirado veinte minutos con el secador y diez con las planchas, y me había aplicado tres productos de cuidado capilar para que mi precioso corte de pelo pareciera absolutamente natural y elegantemente descuidado. ¿Cómo no llegar tarde a la oficina, con todo ese trabajo previo? ¡Sí, había estado trabajando en el cuarto de baño!

—El que Eric siguiera con nosotros supondría una magnífica publicidad para la revista —insistió Jonathan, que seguía a lo suyo.

—Ya lo sé. —Me irritaba muchísimo que tuviera una voz tan clara y profunda.

—Yo creo que la oferta será más efectiva si procede de ti.

—Ya lo sé.

—Y te agradezco mucho que lo hagas. De nuevo, gracias por no negarte. —Redujo la velocidad para meterse en el puente de Hudson.

¡Hay que ver! Jonathan estaba siendo amable, lo cual me terminó de descentrar del todo.

La cosa era que no había visto a Eric desde que me mandó a hacer gárgaras.

Lo echaba mucho de menos. Muchísimo. Echaba de menos sentirme especial. Echaba de menos su risa, su bonito y espeso pelo, la manera en que se tiraba en la alfombra para jugar con *Ollie*, que se ponía a ladrar y a correr a su alrededor, tan deprisa que casi parecía una pequeña mancha desdibujada. Echaba de menos el sexo. Echaba de menos sentirme en mi propia casa.

—¿Dónde hemos quedado? —pregunté.

—En el Blue Bar del Algonquin.

Por supuesto. Si eras un aspirante a escritor, y Eric ahora parecía serlo, tenías que escoger el bar más caro y pretencioso de todo Nueva York.

Solté una especie de bufido de enfado.

Una vez que nos metimos en el terrible tráfico de Times Square empecé a hervir por dentro. Amaba a Eric. Odiaba a Eric. Esto no podía salir bien, de ninguna manera.

Dejamos el automóvil en uno de esos aparcamientos subterráneos que cobran un riñón y los dos ojos de la cara por dos horas y fuimos caminando hasta el Algonquin. Tendría que recordarle a Eric que Ernest Hemingway había muerto hacía algún tiempo y que por eso no era posible que fueran a hacerse grandes amigos.

Jonathan sujetó la puerta para dejarme pasar y yo aspiré con fuerza y encogí el estómago. Me pregunté por qué no era como Kate, que en los momentos difíciles y de estrés perdía peso. Y pasé.

Ya estaba allí, en la barra, con un vaso de martini en la mano.

Todo se mezcló dentro de mí. Amor, sensación de traición, enfado, soledad..., formando una especie de amalgama de emociones imposibles de separar en sus partes componentes.

—Hola —dije, y me fastidió mucho que la voz me saliera ronca.

—Ainsley. —Se levantó y me besó en las dos mejillas. Su olor era distinto, pero igual. Había cambiado de colonia, pero seguía siendo mi Eric.

Tuve que apretar los labios con fuerza para no echarme a llorar.

—Tienes un aspecto estupendo —dijo, al tiempo que sonreía. No respondí. El primer asalto para Eric, pues a mí me había afectado más el encuentro que a él—. Jonathan, me alegro de verte. ¿Cómo van las suscripciones?

—Muy bien, gracias. Se ha producido un crecimiento desde tu última columna.

Eric sonrió con suficiencia. Sin duda resultaba de lo más gratificante para él que Jonathan, al que sabía convencido de que su blog era una absoluta imbecilidad, ahora lo adulara y lo invitara.

—¿Nos sentamos en una mesa? —sugirió Jonathan, y lo hicimos. Las luces azules hacían que todos, y no solo él, pareciéramos extraterrestres. El camarero acudió de inmediato.

—¿Qué te apetece beber, Ains? —preguntó Eric—. Yo me estoy tomando un Hemingway. Está delicioso.

Eché un vistazo a la carta de bebidas. Sin tener en cuenta el nombre, había un cóctel muy femenino, con distintos zumos de frutas y azúcar en el borde de la copa. Sí hubieran sido justos con Hemingway, el cóctel que llevaba su nombre tendría que haber sido una mezcla de bourbon barato y semen de toro de lidia.

—Tomaré un martini Ketel One, muy seco y con dos aceitunas, por favor. —Sí, quería un martini y podía bebérmelo, pero uno de verdad, no un sucedáneo, muchas gracias.

—*Whisky* de malta. Bowmore si es posible, por favor —pidió Jonathan.

—¿Con hielo?

—¡No, por Dios! ¿Cómo se le ocurre? —Estaba claro: el segundo asalto había sido para Jonathan.

—Yo me tomaré otro Hemingway, Jake —dijo Eric. ¡Vaya! Se había hecho amigo del camarero. Qué típico.

Sentí un pinchazo de dolor en el pecho.

Eric llevaba una camisa de vestir con un par de botones desabrochados, americana y *jeans*. Durante las semanas en las que no le había visto le había crecido el pelo, y se había puesto fijador para que no le cayera sobre la frente.

Tenía un aspecto estupendo, en otras palabras.

—Ollie te manda recuerdos —le dije.

—¿Qué tal está? —dijo, al tiempo que parpadeaba.

—Muy bien. Tan rico como siempre. Tal vez un poco confundido.

—Puede que me acerque a visitarlo antes de irme. —Miró al suelo durante un momento.

—Entonces sigues con la idea de irte a Alaska —afirmó más que preguntó Jonathan.

—Por supuesto. —Le miró mostrando mucha decisión—. Me comprometí en memoria de Nathan. En cierto modo, hago todo esto por él.

—¿Y qué hay de tu compromiso conmigo? —dije, sin poderlo evitar.

—Tú y yo ni teníamos ni tenemos ningún compromiso —dijo, componiendo una sonrisa forzadamente triste. No tuve más remedio que apretar los puños para controlarme.

—Un viaje como ese debe conllevar mucha preparación —dijo Jonathan, y a Eric se le iluminó la cara. Inmediatamente empezó a ilustrarnos acerca de bastones de marcha, picahielos y tiendas de campaña absolutamente aislantes.

Llegaron las bebidas. La mía duró poco en el vaso.

—No sé si te lo había dicho, Ainsley —comentó Eric como de pasada—, pero ya tengo casi cerrado con una editorial el acuerdo de publicación de mi futuro libro. ¿No es estupendo?

—Sí, estupendo.

—Tratará de mi experiencia con el cáncer, y por supuesto del futuro viaje a Denali —explicó Eric—. Mi agente está estudiando las ofertas.

¿Tenía un agente?

—Felicidades —intervino Jonathan—. Y aprovecho para sacar a colación el motivo por el que estamos aquí, y es que nos gustaría que mantuvieras tu columna en nuestra revista. Evidentemente, ha tocado la fibra de mucha gente.

«Incluida la de mi corazón, pedazo de capullo», pensé. Entrecerré los ojos para mirar a Eric, que respondió con una sonrisa.

—¿Ainsley? —Jonathan me miró—. ¿Por qué no le explicas a Eric lo que tenemos en mente.

—Antes de que empieces, Ains —se adelantó Eric—, quiero indicaros que mi agente está en negociaciones con *Outdoor Magazine*, *GQ* y *Maxim*. —Sonrió, encantado de haberse conocido—. Así que *Hudson Lifestyle,* en comparación, se nos hace un tanto… provinciana.

—¡Es increíble! —dije—. Quiero decir, que cuando el blog solo iba de tu testículo y tú no les interesó lo más mínimo, incluso ni creo que supieran de su existencia. Solo se han calentado las cosas cuando has empezado a contar intimidades y tonterías acerca de nuestra relación. ¿Cómo vas a mantener el interés? ¿Dándoles la patada a las mujeres que lo han dado todo por ti?

—Entiendo tu enfado —dijo—. Gracias por compartirlo conmigo.

—Y gracias a ti Eric, por tanta generosidad.

Jonathan dio un pequeño sorbo a su *whisky* de malta y no dijo una palabra.

Inmediatamente me di cuenta de por qué estaba aquí en realidad. Quería verlo, ver si realmente seguía con ese absurdo concepto de que yo era una especie de cadáver que lo arrastraba a una vía muerta.

¡Dios! ¿Qué pasaría si seguía en el *Hudson Lifestyle*?

Por una parte, sería agradable poder editar cada mes la columna de Eric, pues lo que haría sería poner una enorme X en rojo y escribir una nota indicando que dejara de escribir esas mierdas, todo de un modo constructivo y servicial, por supuesto.

—Un gran aumento —dijo Jonathan en voz muy baja.

—¿Perdona? —Eric frunció el ceño y miró a Jonathan.

—No, nada —respondió Jonathan.

La respuesta pareció irritar a mi exnovio.

—Dime por qué debería permanecer en tu revista —dijo, echándose hacia atrás en el asiento y sujetando su femenino cóctel de zumo de uva. Sonrió, al parecer preparado para disfrutar de nuestras dificultades.

—Bueno, Eric, como recordarás, el *Hudson Lifestyle* aceptó publicar tu columna cuando nadie más quería hacerlo —dije. Era mi turno de esbozar una falsa sonrisa—. De hecho, contactaste con bastantes revistas y blogs para intentar que le hicieran sitio a *Crónicas del Cáncer,* y la mayoría de ellos ni siquiera respondieron a los correos que les enviaste.

Su sonrisa desapareció durante unos segundos, pero se recompuso para responder.

—Las cosas han cambiado. *Fox News* ha dicho que soy la voz del hombre moderno.

—Perdona que te corrija, pero lo que hubo fue un comentario en la página web de *Fox News,* procedente por cierto de alguien que vive en Sioux City, Iowa, o sea, el centro del mundo, que decía que eras la voz del hombre moderno. No tomes la parte, y menos una parte tan escasa, por el todo, Eric. Otras personas te califican de una forma más... colorista, digamos. Si tienes interés, te las enumero. O también podría hacer mi propio blog, en el que hablaría, entre otras cosas, de los hombres que exageran cuando están enfermos.

Mi jefe me dio un codazo disimulado.

—En cualquier caso, Eric —dije entre dientes—, esperamos que te quedes con nosotros.

—¿Y por qué debería hacerlo? —dijo Eric negando con la cabeza.

—¡Por Dios! ¿Y me lo preguntas? —exclamé—. Igual porque me lo debes. Yo te limpié el sudor de la frente cuando tenías fiebre, ¿te acuerdas? —lo cierto es que tuvo fiebre una sola vez. Una, y seguramente por un catarro—. Limpié tus vómitos después de que te sentara mal el *sushi*... quiero decir, después de la quimio. Te hice una marca en el escroto para que el médico no se confundiera de huevo, perdón, de testículo.

Jonathan se atragantó. Lo sentí mucho por su *whisky* de malta.

—Te portaste muy bien conmigo, sol de mi vida —dijo Eric, y me entraron ganas de romper mi vaso de martini y cortarle la yugular con el borde. ¡En la vida real jamás me había llamado «sol de mi vida»! ¡Jamás!—. Pero ya no vivo en un mundo de deudas personales. Tengo que hacer lo que sea bueno para mí. Sé que no quieres recibir consejos míos, Ainsley, pero creo que deberías intentar... —se detuvo para incrementar el efecto dramático—... vivir la vida a tope.

—¡Madre de mi vida! —susurró Jonathan.

—Y también deberías librarte de esos sentimientos que te envenenan, querida. Acabarán comiéndote viva.

El furor que había estado acumulando estalló de repente, incontenible. Golpeé la mesa con ambas manos, haciendo temblar los vasos.

—¿Sabes una cosa, Eric? No te reconozco. No, no te reconozco, y eso que he vivido contigo durante once años. No sabes lo que daría por estar con ese muchacho aterrorizado, lacrimógeno y tembloroso que se pasó tres días seguidos sin parar de llorar de puro miedo después de recibir su diagnóstico, que tampoco era tan terrible, ya sabes, noventa y tantos por ciento de curaciones si el diagnóstico es temprano, como lo era el tuyo, en lugar de tener que soportar a este ridículo, egocéntrico y petulante capullo que tengo delante de mí.

—Me apena que te sientas como una víctima —dijo—. Yo he elegido no continuar mi viaje vital con esa actitud. El cáncer ha sido lo peor que me ha pasado nunca, aunque me ha enseñado muchas cosas. Solo existe el ahora, y hay que hacerle caso siempre a lo que te dice tu yo más profundo.

—Vámonos —dijo Jonathan—. Gracias por tu tiempo, Eric.

Me levanté temblando de pura rabia.

—El cáncer no ha sido lo peor que te ha pasado nunca, Eric, ni mucho menos. Admítelo. Te ha encantado tener cáncer. Te ha concedido la posibilidad de venerarte a ti mismo, y todavía no has parado de hacerlo. Has defraudado a tus padres y les has partido el corazón, y también a mí. Ni siquiera sé cómo puedes mirarte al espejo y no vomitar.

Eric sacó su móvil, apretó un punto de la pantalla y empezó a hablar.

—Tener cáncer no ha sido lo peor que te ha podido ocurrir. Venerarte a ti mismo. Partirle el corazón a tus padres. —Volvió a tocar la pantalla, y después levantó la cabeza para mirarme—. Gracias por mi siguiente columna.

Me lancé contra él.

Afortunadamente, Jonathan me sujetó con fuerza por la cintura y me detuvo antes de que pudiera golpearle.

—Nos vamos —dijo, arrastrándome unos pasos.

—Y después me atacó —le dijo Eric a su teléfono.

—Intenté atacarte —dije—. Has tenido suerte de que me hayan sujetado, porque Dios sabe que te hubiera hecho pedazos.

—Y me amenazó, aun sabiendo que estoy todavía en fase de recuperación.

—¡No, ni mucho menos! —grité, por si todavía no estuvieran todos los clientes del bar mirándonos—. ¡Te recuperaste hace por lo menos seis meses y eso te fastidia tanto que te estás volviendo loco!

—Vámonos antes de que nos echen, por favor —dijo Jonathan con calma, tirando de mí.

—Pero ¿has escuchado a este imbécil?

—Baja la voz. Y sí, le he escuchado, incluso a su yo más profundo. Venga, vámonos.

El aire era bastante fresco, enriquecido por el olor de Nueva York, esa mezcla extraña y dulce que formaban el metro, la comida de los puestos ambulantes y los tubos de escape.

—¿Te parece que caminemos? —sugirió Jonathan, y yo me lancé a la calle. No pensaba, sentía una especie de pulsaciones de furor. Torcimos por la Quinta Avenida y nos dirigimos hacia el norte, abriéndonos paso entre la multitud que poblaba la amplia acera.

Alimentadas por el enfado, mis piernas devoraron las calles, manzana a manzana. Movía los brazos como un recluta, el bolso me golpeaba en la cadera y los zapatos me hacían daño en los tobillos y me aplastaban los dedos de los pies.

Lo odiaba, sin paliativos. Pero ¿qué demonios le estaba pasando? ¿Dónde estaba ese hombre amable, simpático y leal que abrazaba a sus padres en cuanto los veía y que muchas veces me había dicho que sin mí no era nada? ¿Dónde estaba?

¿Y quién era ese otro tipo, ese imbécil pretencioso que grababa su voz en el teléfono para poder hacer un blog sobre mí?

¿Cómo demonios íbamos a superar esto?

Llegué hasta Central Park y me detuve de repente, sin saber hacia dónde dirigirme.

—Toma.

Jonathan. Casi me había olvidado de él. Me ofreció su pañuelo de tela, de un blanco inmaculado.

¡Vaya! estaba llorando a moco tendido.

—Vamos —dijo, tomándome del brazo. Aspiré aire con una especie de quejido y dejé que me guiara.

Se detuvo ante el primer carruaje, tirado por un gran caballo marrón que miraba al suelo con sus grandes ojos y tenía la nariz de color púrpura. Noté en la mano temblorosa la calidez de su respiración. Jonathan sacó la cartera, le dio unos billetes al cochero y le susurró algo.

Me ayudó a subir al carruaje y después se subió él y se sentó a mi lado. El conductor azuzó un poco al caballo y este empezó a andar al paso, metiéndose en el parque. Sus grandes pezuñas resonaban al avanzar sobre el pavimento.

—Ainsley, no sabes cómo lo siento —dijo Jonathan, y sonaba sincero—. Nunca debí pedirte que hicieras esto.

Me sequé los ojos. Necesitaba también sonarme la nariz, pero era su pañuelo y tenía bastantes mocos... ¡Bueno, que les dieran! Me soné con fuerza.

—No pasa nada.

—Sí, sí que pasa. Te pido perdón.

El ritmo del carruaje era tranquilizador, suave y pausado. Tragué saliva y miré hacia la izquierda.

Nueva York es el sitio perfecto para que uno olvide sus miserias. Tanta gente, tan distinta en edad, en aspecto físico, en actitudes, en vivencias. Se podía decir que virtualmente todos sus habitantes habían tenido una experiencia sentimental o personal dolorosa. Y había cientos, miles de historias peores que la mía.

Por eso había pensado siempre que mi relación con Eric era especial, que nuestro amor nunca sufriría por el egoísmo, los celos o las mezquindades. Estaba segura de que éramos las dos mitades perfectas de un todo, como explicaba Platón, según había aprendido en mi primera clase de filosofía en la universidad.

Estaba equivocada. Había estado equivocada durante once años. Volví a secarme los ojos.

—¿Cómo se llama su caballo? —le pregunté al conductor.

—*Truman* —contestó al volverse, muy sonriente.

—¿Disfruta paseando así?

—¡Pues claro, señorita! Mire sus orejas, fíjese cómo apuntan hacia delante. Lo está pasando muy bien.

—¿Y cómo se llama usted?

—Benicio.

—Me encanta ese nombre. Dígale a su madre que escogió muy bien.

—Se lo diré, señorita. —Otra sonrisa—. Muchas gracias.

Truman siguió trotando por los senderos. Los cerezos silvestres estaban en plena floración y una ligera brisa me movía el pelo y terminó de secar hasta la última de mis lágrimas. Jonathan me miraba de hito en hito.

—¿Por qué haces eso? —me preguntó.

—¿A qué te refieres?

—Intentar gustarle a todo el mundo. Esa ofensiva de encanto con la que vas por el mundo. Aquí estás, bañada en lágrimas por el imbécil de tu exnovio, y sin embargo...

—Tiene nombre, Jonathan: se trata simplemente de ser amable. De darse cuenta de que existe un mundo alrededor de uno. ¿Acaso preferirías que estuviera echándome cenizas por la cabeza mientras me rasgaba las vestiduras? Y, por favor, no pienses que intento ser amable. Simplemente lo soy. ¿Está de acuerdo, Benicio?

—*Sí, señorita*,[10] muy bien. —Volvió a sonreírme.

—Así que tome nota, señor Kent. Así es como actúan los humanos, o al menos muchos de ellos. —Estaba harta de él, de mí, de Eric y de sentirme triste.

—¿Quieres que vayamos a cenar? —preguntó.

Me quedé con la boca abierta, pero la cerré enseguida.

—¿La pregunta tiene truco?

—No. Es lo menos que puedo hacer después de haberte obligado a pasar por este trago. Me siento muy mal por tu... aflicción.

La cena significaría tener que hablar con él durante una hora y media o dos. Pero, por otro lado, volver a casa significaría echarme en el sofá

---

10 N. del Trad.: En español en el original.

o en la cama para revivir la escenita y recordar todas y cada una de las palabras intercambiadas con Eric.

—De acuerdo.

Una hora más tarde, después del encantador paseo por Central Park y una despedida de lo más cariñosa de *Truman* y Benicio, Jonathan y yo estábamos sentados en uno de esos restaurantes típicos del East Side, tranquilo, elegante y, por supuesto, caro. Jonathan había pedido una botella de vino y Carl, nuestro camarero, me sirvió una generosa copa.

—¿Ya han decidido? —preguntó.

—¿Cuál es su plato favorito de la carta, Carl? —pregunté.

—Bueno, la verdad es que todo está muy bueno —respondió—. Pero antes de entrar yo he tomado el *risotto* con langosta y espárragos y me ha parecido espectacular.

—Pues entonces tomaré eso.

—¿Algún entrante?

—¿Qué le parecen tres ostras Wellfleet?

—Magnífica elección —dijo, y me guiñó un ojo—. ¿Y para usted, señor?

—Tomaré la ternera Oscar —respondió Jonathan. Me estremecí. La ternera me repelía—. No, la ternera no —rectificó—. El pollo. Doy por hecho que ha crecido libre, con alimentación natural y que ha vivido una vida productiva y feliz, ¿no es así?

—Por supuesto, señor.

—Bien, pues eso y una ensalada de tomate.

—Magnífico. —Carl sonrió y se fue.

—Has hecho una broma —comenté.

—¿Sí?

—Estoy prácticamente segura. —Tomé un trozo de pan de la cesta—. ¡Fíjate, todavía está templado! —De repente, me había entrado muchísima hambre. Pan integral de trigo, suave y caliente, con mantequilla dulce y una pizca de sal—. ¡Oh, pan, como te quiero! —murmuré, mordiendo un trozo y cerrando los ojos—. Jonathan, por favor, sírvete un poco para que no me lo pueda comer todo.

Obedeció y tomó un trozo, que untó con mantequilla muy cuidadosamente.

—¿Cuándo conociste a Eric? —preguntó, y me pareció que con tiento.

—En el último año de universidad. Nada más verlo pensé que era el hombre con el que me iba a casar. Fue mi primer novio. —En fin, mejor no pensar en los buenos tiempos.

—Ainsley, ¿por qué no das a conocer sus exageraciones, cómo sugeriste antes? —me preguntó Jonathan con convicción, inclinándose hacia delante—. Podrías demostrar que no es más que un fraude, porque lo es, y de los grandes.

Ahí estaba otra vez la forma de hablar de lord inglés. Bajé la mirada hacia el mantel y suspiré.

—Sí, creo que podría —dije—. Pero me pregunto si pagar con la misma moneda a quien te trata mal, a quien te hiere, es lo correcto. Claro que podría, pero no me apetece ponerme a su nivel. Sé que sería muy gratificante... pero no lo sé. No me apetece comportarme así, o más bien no quiero ser así.

—Magnífica respuesta —dijo, y le brillaron los ojos.

De repente tuve la impresión de que Jonathan sabía exactamente a qué me refería.

—Cambiemos de tema. ¿Cómo conociste a tu esposa?

Miró hacia arriba, después hacia abajo, y finalmente fijó la vista en el trozo de pan.

—Éramos amigos desde niños.

—¿Fuiste con ella al baile de graduación?

—No —respondió. Esperé a que siguiera. Pero no siguió.

—Tengamos una conversación, Jonathan. Me has invitado a cenar, ¿no te acuerdas? Querías enmendar de alguna forma la debacle, que yo ya había predicho, por cierto. Siempre he odiado eso de «te lo dije», pero es que esta vez viene al pelo.

—Tienes razón —respondió—. No podía imaginarme que fueras a intentar pegarle, pero tampoco puedo decir que no se lo mereciera.

—Entonces vamos a imaginarnos que somos amigos y hablemos como tales.

—Muy bien. —Dio un sorbo de vino y no dijo una palabra.

Carl volvió con los entrantes y yo me tomé una ostra, que sabía maravillosamente a mar y, después, dejaba un mínimo aroma a mantequilla.

—¡Mmm, estaba buenísima! —Suspiré de felicidad y, como él hacía un momento, di un sorbo de mi copa—. ¿Quieres una? —tenía que ofrecérsela, era mi jefe y me había invitado...

Dudó.

—¿No has probado nunca las ostras?

—La verdad es que no.

—¡Qué divertido! ¡Inténtalo! Primero huélela. Tiene que oler a mar. Y después simplemente sórbela, que no te dé vergüenza, se hace así. Paladéala entera y después dale unos mordisquitos para desmenuzar la carne. No la conviertas en una pasta. Siente su textura al tragar.

Lo hizo exactamente como le había dicho.

—¿Qué te ha parecido?

—Excelente. —¡Y sonrió!

Esa sonrisa fue... algo así como... adorable.

«No soy yo, es el vino el que habla», me dije a mí misma. Me tomé la última ostra.

—Así que tú y tu ex... erais amigos de la infancia. ¿Y después?

—Nos casamos y tuvimos dos hijas.

—¡Mira que cuentas mal las cosas! ¿Y si rellenaras los huecos, por lo menos un poco?

Se puso un tanto rígido, pero habló. ¡Victoria!

—De acuerdo. Bueno, después de la universidad volvimos a encontrarnos, empezamos a salir y, a los dos años, nos casamos.

Todavía muy incompleto.

—¿Cómo se llama?

—Laine.

—¿Erais felices juntos?

—Lo fuimos. Al menos durante un tiempo. O por lo menos eso era lo que yo pensaba. —Suspiró y me miró—. ¿Eric y tú erais felices juntos?

—¿Sabes qué? —dije, inclinándome hacia delante. Sí. la verdad es que estaba empezando a sentirme a gusto—. Sí que lo éramos. Éramos muy felices.

—¿Hasta...?

—Hasta la muerte de Nathan. Y después Eric se partió como un palillo de dientes.

—¿Qué era lo que te hacía ser feliz? —preguntó. Una vez más, tuve la impresión de que estaba recopilando datos para poder hacer un informe en su planeta de origen. ¿Qué pregunta era esa?

Pero también podía ser que se tratara de su forma de ser, ni más ni menos. Reflexioné durante un momento.

—Me gustaba cada día. Me gustaba que hiciéramos cosas juntos. Hablar con él, el hecho de, simplemente, formar parte de una pareja. Demostrarle que lo quería.

—¿Y cómo lo hacías?

—Bueno, supongo que de la manera que suele ser normal. Le escribía notas y se las ponía dentro del maletín, o las pegaba en la pasta de dientes. Cocinaba lo que más le gustaba. Siempre le decía que tenía muy buen aspecto. Le hacía regalos, sin importancia. Le ayudaba un poco con el trabajo, ya sabes, sugiriéndole formas de lidiar con jefes difíciles y esas cosas. —Me encogí de hombros—. Nada especial.

Me miró con intensidad, aunque solo por un momento.

—Pues suena muy especial.

Tenía que tener cuidado con esa voz. El que hubiera sido bendecido con una espléndida voz de barítono no significaba nada. Era la mismísima voz que me indicaba, irritada, que me fijara en la luz de la tinta de la impresora y que me decía cada día cuántos minutos me había retrasado.

¡Pero, demonios, era una voz preciosa!

Nos miramos durante un rato bastante largo, y en eso apareció otra vez Carl y colocó el plato frente a mí. Mi *risotto* olía como esperaba que oliese el cielo cuando san Pedro abriera para mí sus puertas.

—¡Muchas gracias, Carl! —Probé un poco y gruñí de placer—. Tenía razón, está increíble. ¡Qué bien! ¡Gracias, gracias, gracias!

Carl sonrió resplandeciente y colocó el plato de Jonathan.

—¿La señorita o el caballero desean algo más?

—No, todo está perfecto —dije—. Solo decirle que me encanta la forma en que me llama «señorita».

Carl asintió y se dirigió hacia otros de sus clientes, seguramente menos encantadores. Estaba segura de que me echaría de menos.

—Ahí estás, haciendo amigos otra vez —subrayó Jonathan mientras me rellenaba la copa de vino—. El conductor del carruaje, la gente del grupo de divorciados, ahora el camarero... ¡No paras!

—Por cierto, necesitáis un nombre nuevo. ¿A quién se le ocurrió eso de «Divorciados con integridad»? —Movió la boca de esa forma que podría ser, o no, una sonrisa. Punto para mí—. Sí, sé que lo hago. Me gusta la gente.

—Ya me doy cuenta.

—¿Y eso es bueno o malo? Quiero decir, para mi evaluación del desempeño.

Otra sonrisa, o lo que fuera.

—Pues no lo sé. Tengo que pensarlo y decidir.

Si no hubiera estado a punto de hacer papilla a mi ex y si no me hubiera tomado un generoso vaso de vino, después de beberme de un trago un martini muy seco, habría pensado que a Jonathan Kent yo le atraía... más o menos.

O le daba pena. ¡Mierda, era eso, sin duda! Era su cena de disculpa, al fin y al cabo.

—Y entonces, ¿qué os pasó a ti y a Laine? —pregunté, y decidí además que el nombre no me gustaba nada. Demasiado altanero.

—Mi padre tuvo un accidente vascular muy grave —me dijo, sin levantar los ojos del plato—, y yo tuve que hacerme cargo de la revista de la noche a la mañana. Trabajaba muchísimo. Necesitaba mucho tiempo y dedicación para hacerme con las... riendas. Las niñas eran muy pequeñas, y para ella todo fue muy complicado.

—¿Y eso fue todo? —Me dio la impresión que en la historia faltaba algún elemento muy importante.

—Más o menos.

—¿Y no era lógico que ella te dejara hacer, al menos por un tiempo? Tu padre estaba muy enfermo, tú estabas intentando hacerte con el negocio, clave para tu bienestar y el de tu familia, y va y te da la patada. Parece un poco frío y egoísta.

—Fui yo quien la dejó —confesó, al tiempo que cortaba las judías verdes.

Pestañeé varias veces del asombro. Siempre me había parecido que tenía un cierto aire de mártir, y por eso pensaba que lo habían dejado a él.

—¿Por qué?

No respondió, y siguió cortando las judías verdes en trocitos minúsculos, que después se llevaba a la boca muy despacio.

¡Ah, claro!

—Lo siento —dije.

—¿El qué? —preguntó, pero sin mirarme. Evitaba el contacto visual.

—El que te engañara.

Durante un segundo dejó de masticar, y después tragó lo que tenía en la boca. También tomó un sorbo de vino.

—Sí.

—¿Quieres hablar de ello?

—No, lo siento.

Puse el tenedor sobre la mesa. Y entonces, puede que por el vino, o puede que porque me llevó de paseo por el parque en carruaje en plan Príncipe Encantador, estiré la mano y apreté un poco la suya.

Alzó un poco la vista y miró nuestras manos juntas («¡Mmm, contacto humano, qué curioso!»). Después me miró a mí.

—¿Quieres contarme alguna cosa más acerca de Eric? —preguntó.

Allí estaba, ese ligero resplandor dorado en el iris izquierdo.

—Sí, por qué no —respondí al tiempo que retiraba la mano, y me di cuenta de que estaba sonriendo. Yo, quiero decir. ¿Que por qué? Pues no estaba segura del todo. El vino. El haberme librado de la angustia y del estrés. De repente, nuestro incidente en el Algonquin, en el que parecíamos los protagonistas de un *reality show,* me pareció hasta gracioso—. La verdad es que se ha convertido en un imbécil de primera categoría, ¿no te parece? Pero te lo digo en serio, Jon, antes no era así. Antes... no sé cómo explicarlo... me necesitaba.

Tomé un poco de *risotto* y reflexioné... Jonathan esperó con paciencia.

—Y a mí me gustaba eso. Después, cuando se puso enfermo y se asustó tanto, fue como si... lo sobrepasara, no sé cómo explicarlo. Me hice cargo de sus citas con los doctores, de su medicación, lo acompañé a todas partes y todas esas cosas.

—Sí, lo sé muy bien —asintió Jonathan—. Todavía debes catorce días de vacaciones adelantadas.

—Gracias por recordármelo, jefe —dije, apartando lo que quedaba de mi excelente *risotto.* Un sitio como este tenía que tener unos postres como para chuparse los dedos, así que debía dejar un poco de sitio en el estómago—. Cuando Eric enfermó de cáncer, me convertí en absolutamente... necesaria para él.

—Me da la impresión de que ya lo eras bastante antes de eso.

Como le ocurría siempre, su forma de expresar las cosas establecía una amplia distancia entre las palabras y lo que realmente sentía. Estuve segura de que me había hecho un cumplido, eso sí, camuflado.

Además pensé que era un cumplido excelente, de los mejores que me habían hecho nunca.

Jonathan siguió mirándome fijamente, sin pestañear, con su traje impecable y su corbata perfectamente anudada. Con una mano sujetaba la copa, y sus largos dedos estaban grácilmente apoyados sobre el vidrio.

De repente noté que el corazón me empezaba a latir muy deprisa. También sentí como si se me tersara la piel, bajo el empuje de los huesos. Una cosa muy rara, vamos.

Jonathan Kent me sonreía. Un poquito. Lo suficiente.

—¿Has leído el artículo sobre la huerta de calabazas? —dije abruptamente—. Era bastante interesante, ¿verdad? Todas esas... calabazas.

—Sí.

—¿Estaba bien? El artículo, quiero decir.

—Sí, muy bien. Me gustó la parte que hablaba de los perros. Eso lo añadiste tú, ¿verdad?

Asentí.

—No eres tan mala en tu trabajo como finges ser, Ainsley. —Todavía me miraba. Su voz parecía deslizarse por debajo de mi vestido y acariciarme la piel. No había dicho ninguna cosa que tuviera algo que ver con flirteo, de ninguna especie, pero... En fin, sería que esta noche estaba sobreexcitada.

—¿Les apetece algún postre? —preguntó Carl.

—No gracias —contesté de inmediato—. Tengo que irme a casa.

CAPÍTULO 18

Kate

El viernes fui a casa de mis padres para una cena familiar. Ainsley tenía que ir a la ciudad por asuntos de trabajo, lo cual podía ser una coincidencia... o no. Mi madre solía organizar cenas familiares cuando Ainsley no estaba. De hecho, cada verano, cuando Eric y ella estaban de vacaciones con los padres del imbécil, mi madre hasta organizaba una merienda para los vecinos.

Me preguntaba si Nathan y Madeleine habrían ido alguna vez de vacaciones con los Coburn. Pero nunca lo iba a averiguar: no lo preguntaría.

Todavía no había leído aquellos correos. No había podido, pero se habían instalado dentro de mi cerebro, como una especie de tumor.

Estar con mi familia posiblemente me distraería.

Mis padres habían redecorado la casa desde mi última visita, que fue anterior a la muerte de Nathän. Ahora todos los muebles, y también la pintura, eran blancos, salvo la moderna y tan de moda nota de color que aportaban unos cojines de color naranja butano, tres sobre el sofá y uno sobre cada silla.

Entré en la cocina.

—¡Hola a todos!

—Me alegro mucho de que hayas venido —dijo mi madre—. Todos estamos deseando saber qué tal lo llevas.

—Estoy bastante bien —mentí. No iba a contarles bajo ningún concepto el asunto de los malditos correos.

—Al cabo de un mes suele producirse un cambio positivo —dijo—. Y sobre todo teniendo en cuenta que no conocías a Nathan desde hacía mucho. —Se sirvió una copa de vino y se ahuecó el pelo; sus palabras fueron para mí como una puñalada trapera, pero ella como si nada.

Recordé una vez que la acompañé a una de esas firmas de libros, en las que bastante gente se derrumbaba y le decía que su forma de ver las cosas y el modo de transmitirlas habían sido fundamentales para superar sus problemas. A veces hasta los abrazaba y lloraba con ellos. Sus lágrimas, aquellas lágrimas, eran auténticas, no de cocodrilo.

Siempre se portaba mejor con los desconocidos.

—¡Hola, cariño! —exclamó Abu—¡Qué guapa estás! ¿Quieres que comamos juntas algún día?

—Me encantará, Abu.

—Mañana tengo que ir a un funeral. ¿Quieres acompañarme? Después podemos ir a comer *sushi*. ¿Sabías que el *sushi* es pescado crudo? ¡Acabo de averiguarlo!

—Sí a lo del *sushi*, pero no a lo del funeral, Abu —dije, forzando una sonrisa.

—¿Cómo está mi princesa? —dijo mi padre, llegando de dónde fuera que estuviera, sin duda evitando coincidir con los demás. Me dio un apretón en el hombro.

—Estoy bien, papá. ¿Qué tal los Yankees?

—Esta temporada están fatal. Pero los Orioles van muy bien, lo cual no deja de ser sorprendente.

—La otra noche tomaste una decisión magnífica, por lo difícil. ¿Fue en la segunda base?

Sonrió. Seguía siendo como un adolescente en verano.

—Gracias, bonita. No era fácil de ver, pero la repetición demostró que yo había acertado.

—Hola, Kate. —Era el turno de Sean, que me dio el habitual y fraternal amago de abrazo. Pero lo mejor es que me trajo a Sadie.

—¡Hola, manzanita dulce! —dije, besándola en la cabeza y aspirando su suave aroma—. Hola, Esther, hola, Mattie. —Los otros niños me abrazaron, como era obligado—. ¡Caray, Matthias, cómo has crecido!

—¡Qué alegría verte! —dijo Kiara, dándome un beso en cada mejilla—. ¡Los niños te han echado mucho de menos!

—¿Es eso cierto? —le pregunté a mi sobrino.

—¡Naturalmente! —mintió el pobre, que siempre había tenido muy buen corazón.

Sadie se sacudió entre mis brazos y la dejé en el suelo. Inmediatamente le tiró de la falda a Esther.

—¡Ven a jugar! —exigió, la pequeña tirana. Experimenté cierta soledad por no tenerla en brazos.

—¡Por favor, no juguéis en las sillas ni en el sofá! ¡Son blancos y se manchan fácilmente! —gritó mamá.

—¿Qué tal has estado? —preguntó Kiara mirándome amablemente—. ¿Te puedo ayudar en algo?

¿Drogas? Al fin y al cabo, era médico. Por ejemplo, un poco de lo que se usara para anestesiar. Durante un segundo estuve a punto de pedirle que se viniera unos días con Ainsley y conmigo. Podríamos beber margaritas y ver telebasura constantemente.

Pero Kiara era cirujana y madre de tres hijos. No tenía tiempo para hacer de canguro de su cuñada casi cuarentona.

—Creo que estoy mejorando —dije—. Duermo mejor. —¡Vaya mentira!

—Me alegro, querida. —Se oyó un estruendo que procedía del salón.

—Kiara, las sillas y los sofás son nuevos —suspiró mi madre. Kiara levantó la ceja elegantemente en dirección a mí y se fue a comprobar el estado del blanco.

En cualquier caso, estaba claro que era la noche de «vamos a ver cómo está Kate», y en cierto modo me gustaba. Sean, que aportaba a las reuniones familiares nada menos que tres hijos y una cirujana, solía ser el centro de atención, y Ainsley también, cuando estaba... Aunque no siempre era bueno, pues mi madre solía adoptar con ella esa actitud medio triste, medio impotente, que tan bien se le daba y que resultaba tan molesta a quien la sufría. Por otra parte, Ainsley era la favorita de papá, por ser hija de Michelle.

Yo siempre era un tanto invisible. Y eso no estaba nada mal, porque me permitía aparecer y desaparecer sin levantar demasiadas críticas. Sean me llamaba la *ninja* de la familia. Pero ahora, con Nathan fuera de la escena, también me sentía invisible, aunque de otra manera, como si me estuviera haciendo pedacitos que se evaporaran poco a poco y se reconvirtieran en otra persona. No era tanto Kate O'Leary como la viuda de Nathan, que se había quedado sola ocupando la casa de él, el pueblo de él y, en resumidas cuentas, la vida de él.

Y dado que me había ocultado algo, y enormemente importante, me preguntaba incluso si tenía derecho a mantener mi condición de viuda. Guardaba luto por ese hombre al que había conocido hacía menos de un año, pero que quizá no fuera el hombre que a mí me había parecido.

Pudiera ser que esos correos ocultaran algo absolutamente diferente, por ejemplo infidelidad y añoranza por su antigua vida.

—Me alegra que estemos todos juntos otra vez —dijo mamá. La miré con intención, y captó lo que mi mirada quería decir—. Bueno, con excepción de Ainsley, por supuesto. ¿Cómo está? Por fin se ha librado de Eric. ¡Por cierto!, tu padre quería preguntarte algo. —Esa era su táctica cuando tenía algo desagradable que decir.

Papá permaneció mudo, así que mamá siguió adelante.

—Pues lo que quería preguntar era si Nathan tenía algún seguro de vida. O, dicho de otro modo, si tienes asegurada la estabilidad financiera.

—Puedo mantenerme a mí misma, mamá —dije soltando un suspiro—. Es lo que he hecho durante mucho tiempo, por si se te había olvidado.

—No lo he olvidado, ni mucho menos. Por favor, deja de tomarte todo lo que digo como si fuera una ofensa. Aunque resulta natural que, dada tu situación, te revuelvas contra los que sabes que van a encajar cualquier cosa que digas. —Pareció muy satisfecha tras decir esto, y es que básicamente lo que conseguía era librarse de cualquier responsabilidad por lo que ella dijera y dejarme a mí en una posición de estúpida inestable—. En todo caso, ¿dejó un seguro o no?

—Sí —contesté, después de una larga pausa.

—¿Es suficiente?

—Sí, la verdad es que sí. Era... generoso.

—¡Hurra! ¡Eres rica! ¿Por qué no nos vamos de viaje? —exclamó la abuela alborozada.

Sí, era rica. La póliza de seguro era por más de un millón de dólares, y la casa también había quedado a mi nombre. Le había dejado algo de dinero a Atticus y Miles, pero la mayor parte la heredé yo, su esposa durante noventa y seis días.

Y ahora me sentía algo culpable por ello.

¡Tenía que haber leído esos correos, demonios!

—¿Visteis a Eric en la tele? —preguntó Matthias—. ¡Ese tipo me deja pasmado! ¿Cómo puede ser tan I-M-B-É-C-I-L? —Se volvió hacia Sadie sonriendo—. Eso significa persona estúpida.

—¡Yo no estúpida!

—No, para nada. Tú eres súper lista.

Nos fuimos pasando las bandejas de comida, salmón, espinacas y la especialidad de mamá, cuscús con piñones. Todos me gustaban. Aunque no era la madre más encantadora del mundo, lo cierto es que estaba claro que había preparado la cena para agradarme.

Estuvimos en silencio durante unos minutos, que aproveché para observar a mis padres, a mi hermano y a mis sobrinos enfrascados en la comida. Kiara negó con la cabeza y me dedicó una sonrisa. Nathan me contó una vez que su madre tuvo que insistir, y mucho, para que aprendieran lo que ella llamaba buenos modales en la mesa: pinchar un trozo con el tenedor, llevárselo a la boca, volver a dejar el cubierto, masticar, tragar y hacer una pequeña pausa antes de pinchar otro trozo. Si mi familia hiciera eso se moriría de inanición, estoy segura.

Probé un trozo de pescado, y no me supo a nada. Su textura era muy blanda y no me gustó. Las espinacas tampoco estaban nada buenas, blandas y algo babosas. Tuve que hacer un esfuerzo para tragármelas.

—Todo está muy bueno, mamá —elogió Sean, sirviéndose más.

—Me alegro, hijo. He hecho tus platos favoritos.

Tenía que haberlo sabido.

Mi madre tocó repetidamente el vaso con el tenedor, de esa forma pretenciosa que siempre solía poner en práctica cuando iba a anunciar la publicación de un libro nuevo o una gira de promoción.

—Chicos, me va a resultar difícil deciros esto. Vuestro padre y yo, bueno, vuestro abuelo y yo, Matthias y Esther, nos vamos a divorciar.

—Y ya empezamos otra vez —masculló Sean.

Esther suspiró. Kiara dio un trago de vino.

—Esta vez va en serio. Phil, díselo.

—Chicos, nos vamos a divorciar.

—Kate, podría irme a vivir contigo —dijo mamá.

Me estremecí.

—No.

—¿Por qué? Cuidaría de ti.

—Estoy muy bien, gracias.

—Abuela —intervino Esther—, yo creo que es la quinta vez que nos dices esto.

—Bueno, cariño, pero esta vez va en serio.

—O sea que las anteriores simplemente jugabas con nosotros, ¿no? —dije yo.

—Kate —susurró mi madre—, sabes que tu padre es una especie de infiel en serie.

—¡Abuela! —Esther tiró el tenedor con estrépito—. ¡Es repugnante! No lo eres, abuelo, ¿verdad? —Mi padre sonrió, le guiñó un ojo y no respondió.

—A él siempre le han gustado las mujeres —dijo Abu, que tenía en el pecho un trozo de espinaca—. Después de todo así vino al mundo Ains.

—¿Me perdonáis? —dijo Matthias levantándose.

—En realidad nos vamos todos —espetó Sean. A Kiara no hizo falta decírselo dos veces, se levantó como un resorte—. Por la mañana tengo cirugía.

—Yo también —aprovechó Kiara—. Vidas que salvar y esas cosas.

—La verdad es que vosotros dos usáis a menudo ese comodín —dije.

—Lo siento —dijo mi hermano—. Hoy te las tienes que apañar sola. Siguiendo con tu metáfora, el comodín de viuda no se acepta para esta partida concreta.

—¡Sean! —Kiara me miró con expresión de disculpa—. De todas maneras, nosotros tenemos cirugía por la mañana y los chicos deberes. —Tomó en brazos a Sadie, que estaba apretando el salmón con el tenedor hasta convertirlo en puré, y diez segundos después se habían marchado todos, jodidos suertudos.

—Creemos que es el momento —dijo mamá—. Somos una pareja desacoplada que ya ha durado demasiado. —Mi padre se encogió de hombros y, de inmediato, dio un respingo. Seguro que mi madre le había dado una patada por debajo de la mesa.

—Sí, así es. Ya ha durado demasiado —dijo, como una marioneta a la que han tirado de la cuerda.

Abu agarró su teléfono y empezó a marcar. Ainsley me había dicho que tenía una cuenta en Tinder.

—Bueno, divorciaos o no, haced lo que os parezca bien —dije frotándome la frente—. Yo también me marcho. Y mamá, para dejar las cosas claras, tú no vas a venirte a vivir conmigo.

—Pues yo creo que es exactamente lo que necesitas.

—Ni mucho menos.

—¡Phil! —casi gritó mamá—. ¡No te quedes ahí sentado como si fueras un pasmarote! ¡Dijiste que hablaríamos los dos del asunto!

—De acuerdo, de acuerdo —dijo papá levantando la vista del teléfono. Estoy segura de que estaba mirando los resultados de los partidos de béisbol—. Tu madre y yo no tenemos relaciones desde hace meses.

—¿Acaso he preguntado? No, no lo he hecho. —Noté cómo me temblaban los músculos del cuello—. ¿Se os ha olvidado que cuando estaba en mi primer año de universidad me llamasteis para decirme que os ibais a divorciar? ¡Volví a casa esperando encontrarme un montón de maletas y lo que hice fue sorprenderos en la cama en plena faena!

—No me acuerdo de eso —dijo mamá frunciendo el ceño.

—Bueno, pues yo sí, y te aseguro que preferiría no poder hacerlo. Cuando Ainsley terminó la carrera volvisteis a las andadas. Esa vez anunciaste oficialmente que te ibas a vivir a Michigan con la tía Patty. Pero te quedaste. Y de nuevo, cuando nació Sadie, lo tenías todo preparado para comprar un apartamento en la ciudad, pero aquí estás. ¿Por qué te molestas?

—Esta vez va en serio. —Mi madre alzó una ceja, al parecer sintiéndose insultada porque estaba cuestionando su sinceridad.

—Muy bien, pues adelante. Yo te animo a ello. Quiero que te divorcies. Quiero que ambos os volváis a casar para poder tener padrastros. Y ahora me marcho, ya está bien. Adiós, Abu.

—¡Adiós, querida! Te quiero.

Mi madre puso los ojos en blanco.

—Kate, apenas has comido nada. No te pongas tan dramática.

Me puse que echaba chispas. ¡No me estaba poniendo dramática! Pero podía hacerlo, y muy deprisa.

—¿Has pensado siquiera que soy viuda? —ladré—. ¿Qué tengo problemas reales y que me están pasando cosas de verdad? ¿Qué ni puedo dormir ni tampoco estar despierta, que vivo como si fuera una especie de zombi? Igual podías sacarle un poco de partido a tu espléndida formación y ayudarme de verdad, mamá. Y tú, papá... ¡vamos! Tú también fuiste viudo. ¿No puedes decirme algo que me ayude, aunque sea un poco?

—Todo lo que estás sintiendo es normal —dijo mamá.

Por su parte, mi padre se encogió de hombros, pero no con gesto despectivo, sino de impotencia. Se lanzó.

—¿Preguntas que si se supera? Pues, si tengo que serte sincero, no, aunque consigues ir tirando con el tiempo. Y para lo que merece la pena, de ninguna manera te portas como una zombi, preciosa.

—Me encanta esa serie sobre zombis —intervino Abu—. ¡Qué hombres tan guapos! El que más me gusta de todos es Glenn.

—Bueno, pues yo soy uno de ellos, de los muertos vivientes —le dije dándole unos golpecitos cariñosos en el hombro—, y lo último que quería escuchar de vosotros es que, una vez más, no os soportáis el uno al otro y que, por decimoséptima vez, os vais a divorciar.

—No han sido diecisiete veces.

—Las que sean. Adiós.

Salí a toda prisa de la casa, entré en el automóvil y me dirigí al sur. Iría a la cafetería a tomarme un buen trozo de tarta de queso, o conduciría hasta Tarrytown para contemplar el puente, o..., o...

¿Por qué me había enfadado tanto? La cosa no era nueva, en absoluto.

Pues porque lo de estar sola para mí no era una elección. Porque no podía permitirme el lujo de pensar en divorciarme. Porque había pensado que todo el mundo estaba preocupado por mí, y que esa cena era para estar conmigo y consolarme, no por el estúpido de Sean, y estaba muy irritada por el hecho de que se hubiera aceptado sin más explicaciones mi tímida declaración de que «estaba mejor».

Necesitaba alguien que me ayudara, que me equilibrara, que me dijera qué podía hacer.

Cambié bruscamente de dirección y me encaminé a Bixby Park, al sur de Cambry-on-Hudson. Cuando llegué me bajé del automóvil. Era un sitio muy bonito, con umbríos senderos y árboles por todas partes, una magnífica vista del Hudson y una zona de juegos infantiles. Durante la última semana habían salido todas las hojas en los árboles, y me encantó escuchar el sonido de la brisa moviéndolas suavemente.

Caminé en dirección oeste, deprisa y con la cara muy caliente, seguramente roja; me hacían daño las articulaciones debido a la descarga de adrenalina.

En el parque había bancos con placas en honor de personas: «En recuerdo de Howard Betelman». «En homenaje a James Wellbright.»

Quizá debería dedicarle uno a Nathan. Seguro que le gustaría. El otoño pasado habíamos venido a este parque y nos sentamos en un banco. Estaba debajo de un árbol, me acordaba bien.

«En honor de Marine y Joel Koenig, de sus afortunados hijos.» Bonito. Puede que ese fuera el banco en el que nos sentamos aquel precioso día. Las hojas de los árboles tenían un color dorado tan intenso que el aire parecía brillar, y el momento fue intensísimamente romántico. Me recordaba algunas de las fotos que a veces vendía a Getty Images. Si entráis en la web y tecleáis «adultos, amor, romance, otoño», sabréis de lo que os estoy hablando.

Puede que no fuera este banco, sino el siguiente.

¿Traería aquí también a Madeleine?

Ese pensamiento tuvo el mismo efecto que si hubiera recibido un puñetazo en el estómago. Me resultaba muy duro pensar en ello, mucho más que el hecho de que mamá hubiera pensado en Sean y no en mí al preparar el dichoso salmón.

Anduve hasta el siguiente banco y me detuve a mirar la placa.

«En honor de Nathan Vance Coburn III, un maravilloso hijo, hermano, tío y amigo».

¿Cómo? ¿Cómo?

¿Así que ya tenía una dedicatoria en un banco del parque? ¿Quién había hecho esto? ¿Y por qué nadie me había dicho nada? ¡Yo era su viuda, por el amor de Dios! ¡Hacía exactamente dos minutos había tenido la idea de dedicarle uno de estos bancos!

Pero, además, mi cerebro cayó en la cuenta de algo, de algo muy importante. ¡Ahí faltaba una palabra, una palabra clave!

Sí, claro, esa era. Marido. La palabra marido no aparecía en la dedicatoria.

Así que los Coburn habían pagado una dedicatoria para Nathan sin decirme una palabra. ¿Por qué? Eloise y yo habíamos comido juntas otra vez esta semana en el club de campo... ¡y no me había dicho nada!

Saqué inmediatamente el móvil del bolso para llamarlos y exigir una respuesta inmediata, pero enseguida volví a guardarlo. Estaba demasiado enfadada. De hecho, estaba furiosa. Me di la vuelta. No quería leer su nombre ni sentarme en ese banco con su estúpida placa de bronce, y volví al de la pareja con los afortunados hijos.

Mi corazón rugía, y tenía la cara encendida.

La noche estaba siendo realmente penosa.

Allí estaba la zona de juegos. Pensé que sería mucho más agradable ver jugar a los niños, absolutamente despreocupados, sin ningún problema real todavía en sus vidas.

Tres niñas, más o menos de la edad de Sadie, jugaban a «tú la llevas», persiguiéndose y riendo encantadas. Su madre, o su niñera, tenía el pelo largo y rubio y ponía cara de absoluta serenidad. Un hombre de aspecto agradable se acercó y le dio un vaso de café, o quizá fuera té, y le tocó brevemente el hombro.

Puse el piloto automático, sobre todo para no pensar en lo del banco, saqué del bolso la Canon y los enfoqué.

Estos dos llevaban saliendo poco tiempo. Él tenía unos ojos sonrientes y rasgos faciales que no se parecían a los de las niñas. Y las niñas eran hermanas, hasta era posible que trillizas. Lo que sí que estaba claro era que la mujer rubia era su madre, aunque el hombre no fuera el padre. Pero estaba enamoradísimo de ella.

Seguro que la historia tenía que tener su miga.

Eso era lo que me encantaba de la fotografía. Me decía más cosas de la gente de las que podía discernir solo mirando, o incluso hablando.

¿Qué sería lo que vería en las últimas fotos de Nathan? ¿El rostro de un hombre que había cometido un error? ¿Que quería volver con su exmujer? ¿Qué estaba dejando pasar el tiempo hasta reunir el valor suficiente como para liberarse de su impulsivo matrimonio?

Bajé la cámara y me apreté el puente de la nariz.

Oí nuevos gritos de entusiasmo procedentes de la zona de juegos. Un grupo de críos se acercaba dando voces, corriendo, saltando y empujándose por la cuesta abajo hacia el tobogán, sin la más mínima noción de peligro en sus actos.

«¡Por Dios, tened cuidado!», pensé. «No vayáis a golpearos la cabeza. ¡Os podríais caer! No tengáis un pequeño defecto vascular. ¡No os muráis!»

Se me aceleró el pulso y la respiración. Otra vez la hiperventilación... Empecé a ver manchas grises y bajé la cabeza para ponerla casi entre las piernas. ¿Eso servía de algo? No, a mí no me sirvió. Estaba allí sola, nadie sabía quién era. Podría venir Ainsley, ella sí que me ayudaría, sabría cómo manejar esto; pero joder, estaba haciendo algo relacionado con el trabajo, y yo no podía ya ni respirar, se me habían cerrado los pulmones,... ¡me iba a morir!

Empecé a sudar como si tuviera fiebre alta, y me empezaron a temblar las manos.

Busqué el teléfono para llamar a mi padre, pero se me escurrió de las manos, incapaces de agarrar nada. Me incliné para recuperarlo y me caí del banco, golpeándome con las rodillas contra el asfalto.

Iba a desmayarme. O a morirme. Respiraba de forma atropellada e irregular.

—¿Kate?

Alguien me había agarrado por los hombros.

Daniel. Bien. Por lo menos no moriría sola. Me agarré a sus brazos.

—¡Ah, ah, ah, ah,...! —balbuceé.

—Estás teniendo un ataque de pánico, ¿verdad? De acuerdo, no te preocupes. No son mortales. —Tiró de mí para que me incorporara y me rodeó con el brazo—. ¡Jane! ¡Estoy aquí! —gritó mirando hacia un lado—. ¡Vuelvo en un momento!

—¡Ah, ah, ah, ah,...! —Si la tal Jane contestó yo no fui capaz de escucharla por encima de mis jadeos de terror. ¿Cómo se llamaba esa película del caballo que participaba en una carrera por el desierto y cabalgaba tanto de día como de noche? Sí, *Océanos de fuego*, eso era, y el caballo se llamaba *Hidalgo*. Bueno, pues yo sonaba como *Hidalgo* en sus peores momentos saharianos.

—Mira por donde, aquí estoy con mi hermana y sus hijos malcriados —explicó Daniel, hablándome como si fuera una persona normal y no un caballo deshidratado y a punto de morir. Sus dedos me agarraban la cintura—. Se acerca el carrito de los helados, así que estoy utilizándote como excusa. ¿La pequeña? Esa es un auténtico diablo, ¡qué digo!, ¡es el mismísimo diablo, lo juro por Dios! Ya le he dicho a mi hermana que tendría que llamar a un exorcista.

—Un ataque... al corazón —dije como pude.

—Seguramente no. Lo único que tienes que hacer es respirar muy hondo y calmarte.

—¡No! —Mi voz era chirriante, pues la garganta no me permitía hablar en tono normal—. Mi marido murió mientras me traía un vaso, ¡ah!, de vino. No puedo, ¡ah!-¡ah!, calmarme. ¡Haz algo! —Y es que el corazón me latía tan deprisa que, si no me ayudaba a pararlo, explotaría de un momento a otro.

—De acuerdo, de acuerdo —dijo, poniéndose de rodillas delante de mí—. Vamos a ver si puedes responderme a unas preguntas sencillas. Baja la cabeza e intenta no jadear, sé buena chica, anda. —Así lo hice. Sentía su mano sobre mi hombro—. Eso es. Tranquila, despacio. ¿De qué color son las bragas que llevas?

—¿Cómo? —Levanté la cabeza inmediatamente debido a la sorpresa.

—Responde a la pregunta —ordenó, bajándome de nuevo la cabeza con cierta firmeza—. O, si quieres, lo miro yo por ti, si tú no eres capaz de verlo.

—¿En estos casos no se suele preguntar por, ¡ah!, el presidente?

—Me importa un comino la ropa interior del presidente. ¿De qué color es la tuya, o sea tus bragas? Dame una alegría y dime que son rojas y tipo tanga, venga.

—Eres un auténtico, ¡ah! cerdo —dije, mirando la hierba. Las manchas grises se iban haciendo más pequeñas.

—De acuerdo, de acuerdo, rojas y tipo tanga, eso es un cliché, sí, de acuerdo. Pero soy un hombre. Reaccionamos a la estimulación visual, ya sabes. Aunque a mí me gustan casi todas: blancas y con lacitos, o negras. O incluso que no lleves, ahora que lo pienso. Sería estupendo que hubieras salido a correr esta mañana y ahora no llevaras por la irritación.

—No me cabe en la cabeza... que te dejen hacer esto... cuando trabajas. —Aspiré hondo, mantuve el aire contando hasta tres y lo exhalé. Volví a hacerlo.

—Buena pregunta, si es que era una pregunta. Pero ahora respóndeme quien se está recuperando del ataque de pánico en un periquete, ¿eh? —Me levantó la cabeza con las dos manos, me miró a los ojos y sonrió—. ¡Ta-chán!

Tenía razón. Todavía sudaba un poco y el corazón latía más deprisa de lo normal, pero había dejado de jadear y ya no veía manchas grises.

—¡Dios, mira que soy bueno! —dijo, y sonrió, sentándose en el banco junto a mí—. El cuerpo de bomberos de Nueva York, chica. Nos pagan por hacer estas bobadas. No, no me lo agradezcas todavía. Quédate sentada y recupera el resuello. Me quedaré contigo.

Una hora después, ya calmada del todo, me presentó a su hermana Jane, cuyo «mierdero marido con cara de rata inmunda» la había dejado en la estacada, y a sus dos adorables hijos. También a la demoniaca hija. Daniel le dio a su hermana algo de dinero para helados y le dijo que iba a llevarme a casa.

No protesté, por tres razones. Una, porque aún me sentía débil y un poco aturdida. Dos, porque no quería volver a casa sola. Y tres, por aquello de que tener un bombero cerca hacía que me sintiera más segura. Me obligó a que lo tomara del brazo de camino al automóvil. Después él mismo sacó del bolso las llaves y deslizó hacia atrás el asiento del conductor.

—Indícame el camino —dijo, y lo conduje directo a Cambry-on-Hudson, y a mi casa, o sea, a casa de Nathan.

—¡Dios, qué barbaridad! —dijo al tiempo que se internaba en el sendero de entrada.

—Sí. Es impresionante.

Tecleé el código de seguridad, abrí la puerta y después intenté encender las luces de la entrada. Se encendió la del estudio. Bueno, suficiente.

Entramos a la cocina y escuché los pasitos de *Ollie* bajando las escaleras y también la manta arrastrando. Cuando llegó movió la cola con tal fuerza que le tembló toda la espalda.

—¡Hola, *Ollie*! —dije, agachándome para acariciarlo—. ¿Te lo has pasado bien durmiendo la siesta? Sí, ¿verdad? ¿Me has echado de menos? —Miré hacia arriba—. Te presento a *Ollie*. *Ollie*, te presento a Daniel, el Bombero sexi.

Daniel miraba alrededor con la boca abierta.

—¡Menuda casa! —dijo con admiración.

—Nathan era arquitecto.

—Podría salir en una revista.

Ya había salido en varias, de hecho. Nathan tenía fotos enmarcadas en la oficina. Uno de sus compañeros de trabajo había recogido sus cosas y me las había enviado, pero todavía no había sido capaz de abrir la caja.

Dejé de acariciar al perro y me incorporé. De inmediato, *Ollie* se puso a corretear alrededor de los zapatos de Daniel, olisqueándolos.

—¿Quieres beber algo?

—Me muero de hambre —dijo—. ¿Tienes algo hecho?

—Tengo un congelador lleno de comida que me trajeron y que guardó mi hermana —dije— ¿Qué te apetece? Me parece que hay de todo, de verdad.

—Cualquier cosa servirá. —Parecía un tanto incómodo, y miraba continuamente alrededor. Lo cierto es que la cocina intimidaba un poco, debo admitirlo. Levantó a *Ollie*, que empezó a lamerle el mentón. A ese perro le gustaba todo lo que tuviera un corazón latiendo.

—¿Te apetece vino? —pregunté.

—¿Tienes cerveza?

—Puede que sí. —Empecé a buscar por el frigorífico. ¡Madre mía, qué cantidad de comida! Parecía el frigorífico de un anuncio, lleno de verduras oscuras y yogures ecológicos. Cosa de mi hermana.

Encontré una cerveza al fondo y la saqué. Miré la etiqueta.

Huracán Kitty IPA. ¿Qué demonios...?

¡Ah, claro! Fue Nathan quien la compró. Una tarde bastante fresca de marzo fuimos a visitar una fábrica de cerveza artesanal y al final del recorrido hicimos una cata. El olor a levadura se nos impregnó en la ropa. Nos llevamos una caja de doce.

Durante un segundo lo recordé con tanta claridad que me aturdí: Nathan metiendo las cervezas en el frigorífico, vistiendo aquel suéter azul con cuatro botones en el cuello.

—Tomaré vino. El vino es bueno —dijo alguien.

Claro. Daniel.

Volví a meter la especie de cerveza en el frigorífico, tomé también una botella de vino y saqué del congelador un *tupper* con Dios sabe qué.

—Estofado de pollo —leí en la etiqueta—. ¿Te suena bien?

—De maravilla. Oye, no hace falta que me quede, Kate. Tomaré un taxi para ir a casa de mi hermana.

—No, no, está bien. Aunque si tienes que irte...

—No tengo que irme. Lo que no quiero es sentirme como si tuvieras que entretenerme. —Cruzó sus impresionantes brazos. No llevaba cazadora pese a que la noche era fresca, solo una camiseta. Dios debería prohibir que la humanidad se perdiera la contemplación de tales bíceps.

Ese pensamiento hizo que acudiera una sonrisa a mi mente, pero no a la cara.

—Quédate —dije—. Y abre esta botella de vino.

Después de poner el bloque helado de estofado de pollo en una cazuela para calentarlo en el fogón, con la llama al mínimo, Daniel y yo nos fuimos al salón, probé con todos los interruptores hasta encontrar uno que al menos permitiera que nos viéramos el uno al otro, pero no con excesivo detalle.

Yo me senté en uno de los sillones de cuero y Daniel en el sofá gris, que para mí era algo duro. La verdad es que parecía un poco fuera de lugar, excesivamente grande para el tamaño del sofá. *Ollie* se subió también y apoyó la barbilla sobre su muslo. Al parecer hasta los perros sentían debilidad por los bomberos sexis. Daniel acarició a *Ollie* con su enorme mano.

—¡Ah! Por cierto, he empezado con las mecedoras.

—Estupendo. Estoy segura de que a los Coburn les van a encantar.

—Me había enviado tres diseños, yo elegí uno y se lo devolví. Ya ni recordaba cómo era.

—¿Qué tal está tu hermana? —preguntó.

—Bien. Vive conmigo por ahora. ¿Y Lizzie?

—¡Fenomenal! Esas fotos son de miedo. —Puso la copa de vino sobre la mesa del café—. Y, ahora que recuerdo, aún no te he dado las gracias por adivinar que tenía un problema con ese mierda de noviete.

—¡Ah, de nada! Es una especie de truco de magia que se me da bien. A veces se ven cosas a través de la cámara que no es posible ver con el ojo desnudo. —La verdad es que decirlo en alto sonaba un tanto simple—. Y tu otra hermana, Jane... ¿cómo está? Se la ve bastante entera.

—Sí, está bien. Su marido es un auténtico estúpido. Nunca nos gustó. O por lo menos a mí. —Se encogió de hombros—. Por otra parte, Jane odiaba a Calista, así que estamos empatados.

Empezó a llover, y las gotas de lluvia arrancaban sonidos metálicos de los canalones de cobre. La casa también era bonita cuando llovía. Además, al final de las conducciones el agua fluía de forma controlada hacia unas piletas formadas por rocas de color blanco antes de filtrarse por el sistema de irrigación. Tratándose de Nathan, todo tenía sentido y estaba controlado. Salvo su muerte, claro.

Lo que quería decir que había guardado esos correos por alguna razón.

—¿No tienes noticias de ella? De Calista, quiero decir.

—No. —Dio un sorbo a la copa de vino, e hizo una pequeña mueca. Tenía que haberse tomado la cerveza—. ¿Y tú?

—Recibí una tarjeta suya por Navidad —contesté, tras dudar mínimamente.

—Ella no celebra la Navidad.

—Claro, claro. Por el solsticio de invierno, quiero decir. —Daniel esbozó una sonrisa triste—. ¿Qué pasó entre vosotros dos? —pregunté. Al fin y al cabo, él me había preguntado hoy acerca de mis bragas. A cambio, supongo que podía husmear un poco en su pasado.

—No lo sé —espetó.

—Seguro que sí que lo sabes.

—Pues que me amaba y que después dejó de hacerlo —contestó suspirando. Miró por la ventana. Las luces exteriores se habían encendido por arte de magia. A estas alturas, yo no había encontrado todavía los interruptores—. La gente cambia.

—Descubrió el yoga.

—Sí —dijo con un gruñido—. Ese fue el principio del fin para nosotros. De repente empezó a hablar de equilibrio, de concienciación y de paz interior. Yo simplemente asentía y sonreía, y se empezó a enfadar cada vez más porque yo era un memo que lo único que quería era trabajar, llegar a casa, descansar y lo que ya sabes, y tener hijos y ser feliz. Realmente, sigo sin saber qué demonios significa estar concienciado internamente.

—Pues significa...

—Perdona que te interrumpa, pero es que me importa un rábano —dijo, al tiempo que sonreía para suavizar la expresión—. Así que no me dejó por otro hombre, o por otra mujer, sino por su «viaje interior». Del que yo no podía ser partícipe. —Hizo una pausa y dirigió la mirada a la ventana—. Si alguna vez quieres ningunear a una persona, eso es exactamente lo que tienes que hacer.

Las palabras se instalaron entre nosotros, duras y sinceras.

—Nunca me gustó su nombre, la verdad —afirmé, después de dar un sorbo a mi copa. No era verdad. Me parecía un nombre bonito, pero pensé que debía mostrar un poco de solidaridad. Yo sonreí, y Daniel también, aunque solo con la boca. Parecía aliviado.

—Prefiero que hablemos de otra cosa. El tema de mi exmujer no es de mis favoritos.

—De acuerdo, de acuerdo, pero quiero hacerte otra pregunta —dije—. ¿Por qué sales con todas esas adolescentes?

—¡Vamos, Kate, deja que me relaje un poco! Jamás he salido con una adolescente, ni siquiera cuando yo era un adolescente. Dejemos eso claro. Todas tienen más de veintiún años.

—¿Sus coeficientes de inteligencia también?

—Esa es buena, lo reconozco. —*Ollie* se movió un poco, y apoyó la cabeza cerca de la zona prohibida de Daniel. Por supuesto, no hice ninguna señal o comentario—. No me paro a averiguarlo. Supongo que les gusta fanfarronear y contarle a sus amigas que se han acostado con un bombero. Y yo me presto, como si fuera mi deber cívico. Igual lo es...

—Eres todo un caballero, por lo que veo.

—Por lo menos ellas no son complicadas.

—No creo que eso sea del todo cierto.

—Además —añadió—, si Calista me abrió en canal de la manera que lo hizo, imagínate lo que podría pasarme, digamos, con una mujer como tú, Kate. —Me guiñó un ojo, y yo puse los míos en blanco.

—Venga, por favor. Yo tengo edad para ser tu madre. Todo este flirteo es porque has puesto el piloto automático.

—Forma parte de mí, lo reconozco. —Miró la copa de vino—. Bueno, ¿cómo estás estos días?

—Bien. Como has podido comprobar en el parque, estoy de fábula. Soy completamente dueña de mis actos.

—¿Te sientes sola?

La pregunta hizo que el clavo de la garganta recuperara su posición habitual.

—Sí.

Daniel desvió la vista con gesto amable. Gracias al amplio ventanal, contempló como fuera caía la lluvia.

—¿Sabes una cosa que no soporto? —preguntó, todavía sin mirarme—. Bueno, no es lo mismo que el divorcio, pero... me molesta extraordinariamente hacer la colada solo para mí. Cuando estábamos casados hasta disfrutaba haciéndola... ¡Dios, debo parecerte un estúpido!

—¡No, qué va! Sé exactamente qué es lo que quieres decir. Es como si hasta tu ropa se sintiera solitaria.

—Exactamente —asintió.

—Mi marido tenía una exesposa —me escuché decir—. Y ahora sé que estuvieron en contacto hasta inmediatamente antes del accidente por el que murió, pero entonces no lo sabía. Guardó todos sus correos electrónicos, y sé que no debería leerlos, pero estoy bastante segura de que sí que lo voy a hacer.

—No.

—Para ti es fácil decirlo.

—Kate, no lo hagas.

—¿Por qué? ¿Porque me iba a enterar de que yo había sido su vía de escape? ¿Por qué me iba a enterar de que, de seguir vivo, una noche u otra, al llegar a casa, me diría: «Pensándolo mejor, Kate, debo decirte que sigo enamorado de Madeleine. ¿Te importaría mudarte este fin de semana?» —Di otro sorbo al vino—. E, independientemente de lo que digan o dejen de decir, seguirá muerto, y yo apenas llegué a ser su esposa.

Daniel no dijo nada.

—Lo siento —me disculpé—. Tengo diarrea verbal. Voy a ver cómo va el estofado.

Estaba listo, burbujeando y echando vapor, y además encontré una deliciosa barra de pan, con olor a romero y a aceite de oliva. Saqué un poco de queso y serví los platos. Nos sentamos a comer en la cocina, como dos buenos amigos.

Supongo que es lo que éramos.

—Tengo que marcharme —dijo Daniel después de devorar tres platos y media barra de pan—. Mañana tengo turno de mañana.

—Deja que te lleve.

—¿A Brooklyn? No, ni mucho menos.

—Bueno, pues a casa de tu hermana, o a la estación de tren.

—Iré en tren, pero prefiero caminar. Me gusta la lluvia. —Me dio un abrazo, y tomé nota de la potencia de sus músculos y de su fuerte complexión. También olía bien—. No leas esos correos, es mi consejo, pero si lo hicieras, llámame por si te apetece hablar.

Un beso en la mejilla y se marchó. El olor a tierra mojada se instaló en la cocina, lo mismo que mi soledad.

CAPÍTULO 19
Ainsley

Durante el fin de semana revoloteé por la habitación de Kate, compré unas cuantas macetas en el vivero para decorar el patio, que me parecía un poco vacío, y después hice espaguetis con albóndigas para la cena. Vimos una película en su sala de televisión (¡la pantalla era gigantesca, y sonaba como en el cine!), aunque Kate se quedó frita a la mitad. No obstante, fue lo mejor que le pudo pasar. El marido de la protagonista se moría, la verdad es que tenía que haber comprobado el argumento antes. Estaba catalogada como de suspense y con muchos puntos de giro, pero tendrían que haber puesto una advertencia para viudas.

El domingo fui a casa de Rachelle, por si a Kate le apetecía pasar algún rato sin que yo estuviera siempre en medio. Rachelle hizo margaritas, Dios la bendiga, y estuvimos echando un vistazo a los hombres que habían puesto «me gusta» en su perfil de Match.com. No consultamos nada que tuviera que ver con Eric.

Por la noche, en ese dormitorio tan elegante, pero en el que todavía me sentía como si estuviera en un hotel, apreté a Pooh contra el pecho y noté que estaba llorando. Sinceramente, aunque no envidiaba la situación de Kate como viuda de Nathan, por lo menos él permanecería... puro. Sin embargo, más de una década de felicidad con Eric quedaba completamente contaminada por su nueva forma de actuar, por su actual «yo». Ya nunca sería capaz de pensar en él sin recordar su petulante mirada en el Algonquin. Esperaba que en Alaska se lo comiera un oso y, a ser posible, los restos, estando aún consciente, se los zampara una orca asesina.

Pero, de todas formas, no podía parar de llorar. ¿Adónde había ido aquel chico que estuvo conmigo en el cuarto de baño cuando tuve aquella intoxicación alimentaria, en la que sudaba de tal modo que hasta me resbalaba en el baño? Olvidemos las rosas y los anillos de diamantes. Aquello era verdadero amor. ¿Dónde estaba el hombre que permanecía abrazado a mí durante toda la noche porque, tal como decía, le encantaba el olor de mi pelo y no podía dormir si no se acurrucaba contra mi cuerpo? ¿Habría encontrado a otra a la que le oliera tan bien el pelo, o quizá mejor incluso? ¿O habría sido capaz de meter en un frasco su propio olor para aspirarlo y extasiarse con él?

¿Cómo se puede dejar de amar a alguien solo en unas semanas? Ese tipo, bañado por una luz azul y bebiéndose un cóctel de color rosa... ese tipo era un extraño.

Tuve un sueño agitado, sin parar de dar vueltas y con el que no descansé. Soñé que no habíamos roto, soñé que era él el que se moría, en vez de Nathan. También que escribía otra columna sobre mí que yo no era capaz de leer, pero por la que todo el mundo se enfadaba muchísimo conmigo, incluso mi propio padre.

Así que no era de extrañar que ni siquiera la alarma fuera capaz de despertarme. La había puesto diez minutos antes de lo habitual para no llegar tarde al trabajo.

Por supuesto, no llegué a tiempo, sino con cuatro minutos de retraso.

—Ainsley, ¿puedes pasar a mi despacho? —Por supuesto, ahí estaba Jonathan, como buen cancerbero.

Me ruboricé inmediatamente.

El fin de semana también había pensado en él. En lo inesperadamente amable que fue el viernes. En lo especiales e hipnóticos que eran sus ojos vistos de cerca. En que estaba casi segura de que, al menos un par de veces, me había dicho cosas agradables.

Entré en su despacho y cerré la puerta.

—Hola. ¿Has pasado un buen fin de semana?

—Has vuelto a llegar tarde.

—Lo siento.

—¿De verdad te resulta tan difícil llegar a la hora, Ainsley? —Había irritación en su voz.

Pestañeé. No cabía duda de que esos supuestos cumplidos habían sido fruto de mi imaginación, un tanto exacerbada por las circunstancias.

—Lo siento, repito. Esta tarde saldré cuatro minutos después de la hora.

—Es que esto sucede por lo menos cuatro veces a la semana.

—¡Lo intento! Esta mañana he puesto el despertador para que sonara diez minutos antes, pero no lo he oído. El tono es el que imita el sonido de viento. Supongo que necesito una sirena de niebla o una alerta contra el fuego, porque cuando estaba soñando he pensado simplemente que hacía viento, y...

—No necesito más explicaciones, gracias.

Se quedó mirándome. Hoy sus ojos no eran ese bonito mosaico de colores, verde, azul y dorado. Eran simplemente glaciales. Eso me desequilibró. El viernes me invitó a un paseo por el parque en carruaje y a cenar. Y ahora actuaba como si no pudiera soportarme. Una vez más.

—¿Alguna cosa más, señor Kent?

—Sí. Necesito tus propuestas para el número de diciembre. A las diez.

—De acuerdo. —Hice ademán de levantarme, pero me volví a sentar—. Jonathan, no volveré a aparecer por tu grupo de divorciados. Es tu grupo, no el mío, y siento haberte puesto en una situación incómoda.

—Te lo agradezco —dijo, y le brillaron los ojos.

—No obstante, he organizado una reunión mañana por la tarde sobre cambio de imagen. Van a venir Carly, Marley y Henry. Por supuesto, estás invitado, y te esperamos.

Su boca hizo ese mínimo gesto, torciéndose hacia la izquierda, que yo ya interpretaba como una sonrisa. Noté una extraña punzada en el estómago.

—No iré, pero te agradezco muchísimo la invitación.

Busqué en mi bolso y saqué de él su pañuelo, el mismo que convertí en un desastre de mocos y lágrimas el viernes. Lo había lavado y planchado.

—Seco y limpio —dije, dejándolo sobre el escritorio.

—Gracias.

—Gracias a ti. —Lo sé, todo este despliegue de buenas maneras estaba empezando a ser un tanto raro. Me levanté y fui hasta mi cubículo. Por una vez, me sentí aliviada al ir a trabajar.

Aún notaba las mejillas calientes.

Abrí el correo y me encontré con un mensaje de Abu; como era habitual en ella, estaba en mayúsculas y con un tamaño de fuente muy grande. La pobre veía bastante mal de cerca:

QUERIDA AINSLEY, ESPERO QUE KATE O TÚ PODÁIS LLEVARME ESTA TARDE A UN FUNERAL. PONTE ALGO BONITO, PORQUE EN ESOS SITIOS

SUELE HABER HOMBRES SOLTEROS INTERESANTES. SIEMPRE QUE ESTÉS PREPARADA PARA CONOCER A ALGUIEN NUEVO, CLARO.

¡Vaya con la abuela! Siempre tiraba de mí.

YO TAMBIÉN ESTOY A LA QUE SALTA. PERO DIOS SABE QUE NO QUIERO SALIR CON NADIE DE POR AQUÍ. TODOS LOS SOLTEROS DE ESTE PUEBLO TIENEN UNA SEÑAL EN SU CASA, Y SENTARSE A SU LADO EN UNA CENA O CUALQUIER OTRA CELEBRACIÓN ES PELIGROSO. ¡SEGURAMENTE ESTÁN A PUNTO DE MORIR! JAJAJA

ABU

Contesté de inmediato que la acompañaría, pero que no se lo pidiera a Kate de ninguna de las maneras. La recogería a las cinco y media.

Después me puse a trabajar sobre algunas ideas acerca de historias de Navidad que no fueran demasiado parecidas a todas las historias de Navidad que había publicado el *Hudson Lifestyle* en el pasado.

A las cuatro Rachelle me avisó por el interfono.

—¡Tu preciosa abuela ha venido a verte! —dijo con voz alegre. Todo el mundo en la oficina adoraba a Abu. Acudí inéditamente.

—¡Hola, Abu! ¿Qué estás haciendo aquí?

—¡Tenemos que ir a un funeral, cariño! ¡Qué guapa estás! Seguro que encuentras un novio estupendo —me dijo, acariciándome la mejilla—. ¡Qué piel tan tersa! ¡Cómo me acuerdo de aquellos tiempos en los que yo la tenía así!

—Gracias, pero te dije que te recogería a las cinco y media, ¿no te acuerdas?

—¿De verdad?

—Contesté a tu correo inmediatamente.

—Se me olvidó mirarlo, querida. —Sonrió feliz—. Betty venía al centro y le pedí que me acercara.

—Abu, no puedo salir hasta dentro de una hora. Mi jefe es un poco rígido con los hora...

—Hola.

Cerré los ojos con gesto de desesperación. Más problemas con Jonathan.

—Abu, ¿te acuerdas de Jonathan Kent, mi jefe?

—Hola, querido —le saludó—. ¡Me encanta tu pelo!

Jonathan me echó una de esas miradas que suelen indicar al interlocutor que se está sufriendo un dolor intestinal agudo por su causa.

—Mi abuela y yo nos hemos confundido, Jonathan —expliqué—. Vamos a ir a un funeral e iba a ir a recogerla, pero ella ha pensado que nos encontraríamos aquí.

—La hora de cita era a las cuatro, hace unos minutos —explicó Abu—. Yo quería llegar antes que Anita Durán, que es como un zorro en un gallinero, o más bien como una zorra en la zona de los gallos, sería más apropiado para el caso. Seguro que lleva esas horribles bragas de viuda por las rodillas antes incluso de que lleguemos a la puerta si no nos vamos inmediatamente, Ainsley

Rachelle se tapó la boca con las manos. Jonathan se quedó con la mirada clavada en mí.

—Entonces es inevitable que te vayas, dadas las circunstancias —dijo.

—Gracias, Jonathan —masculló—. Recuperaré el tiempo.

—Sí, lo harás.

—Tic-tac, cariño —apremió Abu.

La fallecida, Darleen Richmond, había reunido una auténtica multitud. Mi abuela señaló a una mujer muy mayor, aunque con el pelo de color negro azabache, que estaba al principio de la cola. Había tomado la mano del viudo y le daba golpecitos.

—¡Oh, esta Anita! —siseó Abu—. ¡Es un zorrón! Sabía que debería haber ido a recogerte a las tres.

—Bueno, ya nos tocará. —La cola avanzaba lentamente—. ¿De qué la conocías?

—¿A quién?

—Pues a la señora; a la muerta, Abu.

—¡Ah! Pues no la conocía —respondió despreocupadamente—. Solo he venido a conocer a su marido, bueno, a su viudo. Leí la esquela esta mañana.

La mujer que estaba delante de nosotros se volvió y nos miró con cara de asombro y enfado.

—¿Ves alguno adecuado para ti? —preguntó la abuela, sin hacer caso o sin darse cuenta—. Creo que hay hombres bastante atractivos. Hasta puede que hubiera alguno para Kate.

¡Qué diablos! Paseé la mirada discretamente.

—¿Qué? ¿Te llama la atención alguno? —preguntó Abu.

Negué con la cabeza y sonreí con torpeza a uno de los familiares.

—¡Todavía es temprano! ¡No te des por vencida!

—¿Le importaría callarse? —espetó la mujer que estaba delante de nosotros.

—No, querida, en absoluto —contestó Abu amablemente—. Adelante, es su turno. No se entretenga mucho, ¿de acuerdo? —La mujer se acercó a los familiares, y Abu se volvió hacia mí—. ¡Caramba! El viudo es muy guapo, ¿no te parece?

—Eh... sí claro.

—Por cierto, ¡alguien me dijo que si quería acostarme con él por ese sistema al que me apuntaste, querida!

—Baja la voz, por favor Abu.

—Pensé que era un poco pronto, así que le sugerí que fuéramos a cenar primero. ¿Y sabes qué? ¡Pues que no volvió a escribirme! ¡Ah, nos toca! ¡Vamos, querida! —Se acercó casi corriendo al féretro, le echó una corta mirada y se volvió de inmediato hacia el apenado viudo. Le dio un abrazo muy apretado, que duró más de un minuto.

—Era una gran mujer —dijo Abu, sosteniéndole la cara entre las manos.

—Gracias, eh...

—Lettie. Lettie Carson.

—¿Y de qué conocía a mi esposa?

—¡Vaya, hace muchísimo tiempo! Fuimos juntas al colegio.

—¡Ah! ¿Entonces usted también es de Ohio?

—¡No exactamente! Bueno, ¿y tú como estás, eh... Edmond?

—Edward.

—Ya, ya. ¿Cómo lo llevas, querido? Si quieres puedo ayudarte, darte consejos o lo que necesites. Soy viuda desde hace treinta y cuatro años, ¿sabes? Y, sobre todo, no te aísles, no te conviertas en un ermitaño. ¡Mira, se me ocurre una idea! ¿Por qué no te vienes conmigo esta semana a la película que ponen en el club de personas mayores al que pertenezco, Overlook Farms Retirement Community? Bueno, ese es su nombre oficial, pero yo lo llamo el Pueblo de los Condenados. Esta semana ponen *Los Diez Mandamientos*. —Metió la mano en el bolso y le dio un trozo de papel—. Aquí tienes mi nombre y todos los demás detalles. ¡Nos vemos el jueves, no faltes! —Volvió a abrazarlo, me guiñó un ojo y, finalmente, se separó de él. pero aún no había terminado—. Y esta es mi nieta Ainsley, que, como puedes ver, es guapísima. También está soltera. Lo digo por si acaso tienes nietos de menos de cuarenta años. ¡Su novio la ha dejado después de que estuvieran juntos once años! ¿Te lo puedes creer?

—Bueno, ya nos vamos —dije, agarrando por el brazo a Abu—. Siento mucho su pérdida, señor... eh... Sí, eso.

La saqué casi a rastras del velatorio, y de paso contemplé la mirada de triunfo que le lanzó a la tal Anita.

—¿Te lo has pasado bien? —pregunté, de camino a su apartamento.

—¡Por supuesto, querida! —dijo—. Seguro que tu madre me echará la bronca pero, si no es en estos sitios, ¿dónde podría encontrar hombres interesantes?

Lo cierto es que nunca he sabido si la chaladura de Abu se debía a su personalidad o a la demencia senil. Pero Candy era bastante dura con ella, y Kate no se prestaba a hacer cosas tan poco dignas como intentar ligar con hombres en los velatorios, ni se hacía la tonta cuando llenaba el bolso de tarros de mermelada y jarritas de leche en polvo en el supermercado. A mí no me importaba en absoluto.

—Igual podríamos organizar alguna cosa en el Pueblo de los Condenados —sugerí según llegábamos a la gigantesca residencia—. Una tarde de citas rápidas, o algo así.

—Querida, la relación entre las mujeres y los hombres es más o menos de cinco a uno. De no ser así, ¿por qué crees que me limito a intentar cazar viudos antes de que entierren a sus mujeres?

—También podríamos montar un servicio de búsqueda de pareja para personas mayores, una especie de E-darling para abuelos. Hace poco he conocido a un viudo que se llama George. Es un encanto.

—Seguramente será gay —dijo Abu con rotundidad—. Pero adelante, querida, ¡lánzate sin miedo!

—Podría escribir un artículo para la revista: *Relaciones sentimentales después de los setenta. Dificultades y recompensas.* ¿Qué te parece?

—Me parece que tengo que ir al baño inmediatamente, cariño —respondió Abu mientras abría la puerta del automóvil. Tuve que frenar de golpe, pues todavía no nos habíamos parado—. ¡Date prisa si me vas a acompañar dentro!

Salimos a toda velocidad hacia su apartamento, y me las arreglé para darle una especie de beso de despedida mientras entraba atropelladamente.

—¡Te quiero! —le grité, y me volví hacia el largo pasillo.

Sería estupendo escribir un artículo acerca de las personas mayores, su modo de encarar las relaciones personales y sentimentales. Además, podríamos relacionar el artículo base con publicidad directa o indirecta: entrevistas con gerontólogos, lugares de encuentro, gimnasios de yoga o de otras actividades físicas que podrían anunciar sus ofertas especiales para los mayores. En la página web también incluiríamos concursos... por ejemplo: «Consiga una cita romántica para dos, con paseo en limusina. Regreso antes de las nueve de la noche».

El móvil vibró al recibir un mensaje. Era de Eric:

> *Ains, estoy trabajando en mi memoria del cáncer y no soy capaz de recordar el nombre de ese medicamento que me sentó tan mal. ¿Tú te acuerdas? ¡Ya estoy haciendo el equipaje para Alaska! Súper emocionado.*

Tuve que leerlo tres veces antes de contestar.

> *Lo que te sentó mal fue la lata de atún. La quimio fue como bailar la conga, rey del síndrome de Münchausen.*

Me respondió a los pocos segundos.

> *Por lo que veo sigues enfadada. Espero que encuentres el camino que te lleve por fin a la autorrealización.*

Respiré hondo. Otra vez. Apagué el teléfono.

Al pasar por la espaciosa y agradable recepción, oí jaleo en el pasillo. Junto a la puerta de una habitación vi a dos niñas, una bastante más alta que la otra. Dentro se escuchaban los gritos de un hombre. Vi correr por el pasillo a una enfermera o auxiliar, y las niñas parecían muy afectadas.

No supe qué hacer.

En ese momento Jonathan se acercó por el pasillo y se puso de rodillas frente a las niñas. Miró hacia la habitación, en la que el hombre continuaba gritando, y se pasó la mano por el cabello, desarreglando su siempre pulcro peinado y permitiendo así que cobraran vida algunos rizos rebeldes.

Estaba deshecho. Nunca lo había visto así. Jamás.

—Hola —dije tímidamente, según avanzaba hacia él—. ¿Puedo ayudar en algo?

—¡Esta no es mi casa! —gritó el hombre que estaba dentro de la habitación—. ¡Quiero ir a mi casa! ¡Ahora mismo!

A la niña más pequeña le temblaba visiblemente el labio inferior, mientras que la expresión de la mayor, cuyos ojos tenían el mismo e hipnótico color azul que los de su padre, era muy semejante a la de Jonathan cuando mostraba su irritación conmigo, con la mandíbula apretada.

Ahora se oyó un ruido en la habitación. Algo se había estrellado contra el suelo.

—Por favor, señor Kent, cálmese —dijo la enfermera.

—¡No pienso calmarme! —dijo el pobre viejo.

—¿Quieres que me lleve fuera a las niñas? —sugerí.

—Sí, eso sería de mucha ayuda —dijo Jonathan—. Emily, Lydia, esta es... eh..., mi amiga Ainsley. Trabaja en la revista. Estad con ella hasta que el abuelo se tranquilice. No tardaré. ¿Os parece bien?

—Odio venir aquí —dijo la más pequeña. Lydia, si es que me acordaba bien. Ella tenía seis y Emily ocho.

—No se pasa nada bien cuando los abuelos se enfadan, ¿verdad? Venga, vamos fuera. Hace un tiempo estupendo.

Jonathan asintió tenso y entró de nuevo en la habitación.

El sol todavía estaba algo por encima del Hudson. El Pueblo de los Malditos tenía unos jardines preciosos, con muchos senderos y rincones muy agradables pero, por supuesto, no había zonas de juegos para los niños. Deberían pensar que, de tenerlas, los nietos y los biznietos tendrían algún sitio en el que entretenerse cuando visitaban a sus familiares.

—Vamos a hacer casas de hadas.

—¿Cómo se juega a eso? —preguntó la pequeña.

—Pues se hace una casa por si pasase por aquí un hada y quisiera descansar, y hasta se le puede dejar un regalo o una golosina —expliqué.

—Las hadas no existen —dijo Emily. Hija de su padre, sin duda.

—Pues la verdad es que no lo sé muy bien —dije—. Lo que me han dicho es que se están volviendo más valientes, y que por eso hay más gente ahora que cree en ellas. Venga, vamos a hacerles una casa y a ver si nos hacen una visita. Yo os enseño cómo.

Las llevé hasta el final de los jardines, a la zona situada frente a la puerta principal, para que así Jonathan nos pudiera localizar de un solo vistazo en cuanto saliera..

—Lo primero que hay que hacer es encontrar un sitio un poco escondido, porque las hadas son algo tímidas.

—¿Qué te parece este? —dijo la pequeña, señalando un rododendro.

—¡Es perfecto! —respondí—. Tenemos que buscar algunas ramitas, y quizá también algo de musgo y unas cuantas hojas.

—¿Y guijarros?

—Sí, también guijarros. ¡Qué gran idea!

—¿Me puedes repetir tu nombre? Es que no me acuerdo... —preguntó Emily tímidamente.

—Ainsley. Tú te llamas Emily y tú Lydia, ¿verdad? Lo sé porque vuestro papá tiene una foto vuestra en su despacho.

—No me gusta nada visitar al abuelo —dijo Lydia— Huele raro.

—Siempre le grita a papá, y le odio —añadió Emily con los ojos llenos de lágrimas.

Se me encogió el corazón, y la rodeé con el brazo.

—A veces, cuando las personas se hacen mayores, se sienten confusas y asustadas.

—Eso mismo dice papá —respondió, secándose las lágrimas—, pero no me importa.

—Papá dice que es bueno para nosotras el que vengamos a visitarlo —intervino Lydia—, pero la mayoría de las veces ni sabe quiénes somos.

—Levantó una ramita para que yo la inspeccionara—. ¿Esta podría valer?

—Veamos. —Me senté en la hierba y empecé a construir una pequeña estructura, clavando los palitos en la tierra, bastante blanda, para hacer un mínimo cobertizo. —¿Qué os parece si hacemos un tejado de musgo? —sugerí—. Y también podríamos poner encima unos adornos con florecitas, para que sea más bonito y atraiga a las hadas. —Emily colocó con cuidado el musgo por encima y Lydia fue a buscar flores.

—Ha quedado muy bonito —dijo Emily—. Aunque no vengan las hadas.

¡Vaya! Progresamos. Hacía unos minutos ella había dicho que las hadas no existían, pero ahora al menos concedía una posibilidad. Le sonreí y me gané una tímida respuesta, un movimiento de la boca. ¿Os suena?

Las niñas siguieron jugando, dedicándose plenamente a ello. Hicieron un pequeño sendero con guijarros que salía del cobertizo, charlando sobre si podía gustarle a las hadas y preguntándome si podía darles algún regalito para ellas. Tendría que acordarme de volver pronto por aquí para dejar alguna cosita, no fuera a ser que a las hadas se les olvidara pasar después de todo...

Las dos se ensuciaron un poco, sobre todo las rodillas y las manos, que se les llenaron de polvo y algo de barro. Para mí eso siempre era señal de una niñez feliz. Candy siempre quería que estuviéramos limpios como patenas. Recuerdo que cuando era niña mis baños eran una especie de tortura, un puro fregoteo a toda velocidad, que a veces hasta me hacía daño. Los sustituí por baños de burbujas, largos y relajados, en cuanto que tuve la oportunidad de vivir por mi cuenta.

Bueno, no exactamente por mi cuenta, sino con Eric.

Pero me encantaban los baños de burbujas, sobre todo ahora que vivía con Kate.

Ella no había ni siquiera insinuado que me buscara un sitio para vivir. Ni tampoco que considerara mi presencia un incordio, o que le irritara mi tendencia a la cháchara, o a la lágrima fácil. No se quejaba de *Ollie*, ni siquiera cuando dejaba restos de hierba o de tierra en las alfombras.

Sentí una oleada de cariño por mi hermana. Saqué el móvil y tomé una foto de la casita de hadas, y después se la envié con un mensaje.

Jugando con dos niñas pequeñas y acordándome de ti. Me alegra que seas mi hermanita. JAJAJA.

Esperaba que no lo considerara una idiotez. Un segundo más tarde vibró mi móvil.

¡Eres un encanto, Ains! Gracias. Siento exactamente lo mismo por ti, cariño.

Era una paradoja, pero la pena nos había unido.

Jonathan tardaba más de lo que me esperaba. Pensé que ni siquiera sabía dónde vivía. Apostaría que en un piso impersonal.

—¿Os quedáis esta noche en casa de papá? —pregunté.

—No. Con mamá y el tío Matt. La mitad del tiempo estamos con ellos y la otra mitad con papá —respondió Emily.

—Sí, ya me lo contó. —¡Qué desagradable, hacer que le llamaran tío!

—A papá no le gusta nada el tío Matt, lo odia —dijo Lydia inocentemente.

—¡Lydia, no hables de esas cosas! —la riñó Emily al tiempo que me dirigía una mirada preocupada.

—¿Por qué? —preguntó—. Annie es muy simpática. —Siguió jugando tranquilamente, colocando un trocito perfecto de hierba alrededor de la casita para las hadas.

—Ainsley —corregí—. Yo también creo que sois muy simpáticas las dos. Y no te preocupes, Emily. No diré nada. —Arranqué un poquito de hierba también. Las hadas se merecían lo mejor.

—¿Qué es lo que habéis construido aquí? —Era la voz de Jonathan, que me hizo dar un pequeño respingo. No había notado que llegaba. Se quedó detrás de nosotras, con las manos en los bolsillos, sin corbata ni americana y los botones del cuello de la camisa desabrochados.

—¡Ashley nos ha enseñado a hacer casitas para las hadas, y seguro que cuando vengan nos dejan algún regalo! —dijo Lydia levantando la mano—. ¡Mira, papá, mira!

Jonathan se agachó y le echó un vistazo a nuestro trabajo.

—Me gusta mucho el caminito —dijo—. Y el tejado seguro que, si llueve, impedirá que se mojen.

Sentí una extraña presión en el pecho. Extraña y muy agradable.

—Papá —empezó Emily—, ¿las hadas no existen, a que no? —Leí en su cara que le estaba pidiendo a gritos que la contradijera.

La rodeó con un brazo y la miró a los ojos, serios y expectantes, con una expresión muy similar a la suya propia.

—No lo sé —dijo con esa voz suya, tan profunda y bonita—. Desde que era pequeño no he vuelto a ver ninguna.

—¿Viste alguna cuando eras pequeño? —preguntó Lydia entre entusiasmada y asombrada—. ¿Cuándo, papá, cuándo?

—Bueno, creo que tenía unos siete años —dijo Jonathan levantándose. Había escogido hábilmente una edad intermedia entre las de sus dos hijas—. Al principio creí que era una libélula, pero se paró en el aire delante justo de mí, y su cara era casi como la de una persona, pero un poco extraña, un poco distinta.

—¿Era muy guapa? —preguntó Lydia extasiada.

—¿Y tenía pelo? —intervino Emily.

—Pues sí a las dos cosas: era muy guapa y tenía el pelo del color de la plata. Parecía tener mucha curiosidad acerca de mí. Y después, salió volando a toda velocidad. —Chasqueó los dedos.

—¡Quiero ver un hada! —exclamó Lydia saltando de entusiasmo.

—¿Esa historia es de verdad? —preguntó Emily.

—Claro que sí. —Les sonrió con ese ligero movimiento de sus labios y con un brillo de cariño en los ojos, y volví a sentir ese extraño sentimiento. ¿Quién se podía imaginar que Jonathan Kent tenía un brillo mágico en los ojos?

—¿Por qué no hacéis otra casita? —sugirió Jonathan—. Lo digo por si acaso hay alguna otra hada que necesite un refugio—. Igual por allí, cerca de aquel árbol grande.

Las niñas salieron casi corriendo. Emily, muy en su papel de hermana mayor, tomó de la mano a Lydia.

El sol se estaba poniendo sobre el Hudson. Ya se podían ver las luces de las casas de Cambry-on-Hudson, parpadeantes y desperdigadas por la orilla; en la distancia, brillaban las del gran puente. La Casa de los Condenados tenía las mejores vistas de todo el pueblo.

—¿Cómo está tu padre? —pregunté, aún sentada sobre la hierba. Para mi sorpresa, se sentó junto a mí.

—Algo más tranquilo. —Hubo una pausa, y pensé que estaba sopesando hasta qué punto quería sincerarse conmigo—. El ictus le afectó mucho. —Su expresión apenas dejaba traslucir emociones.

—Lo siento —dije.

—Gracias —dijo, inclinando la cabeza—. Traigo aquí a las niñas porque... bueno, porque al fin y al cabo es su abuelo. Antes las quería muchísimo.

Esa frase, tan corta y discreta, guardaba mucho en su interior. Se me hizo un nudo en la garganta.

—¿Y tu madre? —pregunté.

—Murió hace once años. Cáncer.

—Lo siento.

—Gracias. —Seguía mirando al frente—. Mis hijas mencionaron a su tío, lo doy por hecho.

—¿A Matt?

—Sí.

—Pues sí, lo hicieron —dije—. También se les escapó que lo odiabas.

—Sí. Es bastante difícil perdonar el hecho de que tu hermano te engañe con tu mujer.

Me quedé con la boca abierta. ¡Toma castaña! Así que lo de «tío» no era un título honorario...

—¡Oh! —No fui capaz de decir otra cosa.

—Empezaron la relación poco después del ataque que sufrió mi padre —dijo, siempre mirando hacia delante—. Todavía están juntos.

—Jonathan, no sabes cómo lo siento.

Otra inclinación de cabeza.

—En parte es culpa mía, estoy seguro.

—No, no lo creo.

En ese momento me miró, y me sorprendió ver un pequeño destello de diversión en sus ojos.

—¿Tú mujer y tu hermano? —continué—. Para nada. De ninguna manera puede ser culpa tuya. Eso no se puede hacer entre parientes, y menos si estás casado. Es indecente. Un golpe bajo, un engaño despreciable. ¿Se llevó también al perro?

—¡Pues sí, has dado en el clavo! —Me dejó de piedra que soltara una carcajada.

Me incliné y mi hombro tocó el suyo por un momento.

—Bueno, por lo menos tienes el argumento para una canción *country* que se convertiría en superventas en unos días.

Me miró durante un momento, y se me encogió el estómago.

—Igual tienes razón, pero yo canto fatal y se me dan mal los versos. —¡No perdía la sonrisa! Bueno, quiero decir ese gesto con la boca que probablemente lo era.

En el horizonte, el cielo se había vuelto de un rojo intenso y, durante un rato, no dijimos nada; nos limitamos a observar cómo jugaban las niñas en el extremo del jardín. Dos golondrinas hicieron unos giros, probablemente de cortejo. El Hudson brillaba con tonos rosas y plateados.

—¿Has visto a Eric últimamente?

—Solo en otro programa de la tele.

—Parece que te lo estás tomando bastante bien.

—No te equivoques. Le clavaría un puñal en un ojo si estuviera segura de que no me iban a meter en la cárcel. —Me moví ligeramente, sintiendo la humedad de la hierba en las piernas—. ¿Tú lo has llegado a superar? —pregunté—. Quiero decir, ese sentimiento que te invade cuando te das cuenta de que no conoces en absoluto a la persona con la que vives y te acuestas. —Igual había ido demasiado lejos, porque no me contestaba, así que me disculpé— Perdona la indiscreción.

—No —dijo de inmediato—. No se supera del todo. Pero al cabo del tiempo deja de hacer tanto daño.

Todavía vas al grupo de apoyo.

—Lo cierto es que no sé cómo librarme de eso. Además son buena gente. Se han convertido en amigos, la verdad.

Me sorprendió que Jonathan tuviera a amigos o, más bien, que hubiera gente a la que considerara amigos suyos. Siempre me lo imaginaba solo. Lo cual no era muy justo por mi parte. Hasta hacía poco solo lo veía como un jefe robot obsesionado por el trabajo. El Capitán de Hielo.

Pero que le había dicho a sus hijas que había visto un hada cuando era pequeño y visitaba con lealtad a su padre enfermo, pese a lo desagradable que podría resultarle.

—¡Papi! ¡Ven a ver nuestra casa para las hadas! ¡Y tú también, Abby! —Las niñas prácticamente se abalanzaron sobre nosotros, felices y llenas de saludable suciedad infantil.

—Para ti es la señorita O'Leary, cariño —la corrigió dulcemente Jonathan.

—O Ainsley —dije yo.

Se incorporó y me ofreció la mano para ayudarme a hacer lo propio. La tomé y tiró de mí. Durante un instante estuvimos casi pegados el uno al otro, y aspiré su aroma, el suavizante que usaba para la ropa, y su jabón de tocador.

—Tengo que irme —dije con voz insegura, dando un paso atrás—. Me ha encantado conoceros, niñas. Dentro de una semana más o menos comprobad las casitas de las hadas, a ver si os han dejado algún regalo, ¿de acuerdo?

—¡Sí, sí, lo haremos! —confirmo Lydia.

—Encantada de conocerla. Lo he pasado muy bien —dijo Emily con cierta timidez.

Jonathan me sonrió, con su sonrisa torcida, como si aún no supiera exactamente cómo debía sonreírme. Y ahí estaba otra vez esa presión, esta vez bastante notable, en mis entrañas.

—¡Ah, Jonathan, por cierto! Aprovecho para decírtelo. He pensado que quizá podríamos hacer un reportaje, o un conjunto de reportajes, a propósito de las personas mayores y de sus relaciones de amistad y sentimentales —dije, casi balbuceando—. ¿Te acuerdas de mi abuela? ¿La que ha venido hoy al trabajo? En cualquier caso, ella... Bueno, creo que mejor lo hablamos en el trabajo.

—De acuerdo. Buenas tardes, Ainsley.

—Adiós —dije, y me alejé, sin saber si mi jefe me estaría mirando o no, pero deseando que sí que lo estuviera haciendo. Me costó no volverme, pero me contuve.

—Cálmate. Tranquila —susurré para mí misma.

Pero la extraña sensación de aturdimiento me acompañó durante todo el camino de vuelta.

CAPÍTULO 20

Kate

El 1 de junio, tras dos meses de continua diversión, entretenimiento y disfrute de mi nueva condición de viuda, volví a casa después de trabajar en el reportaje de una boda decidida por fin a leer los correos que Nathan y Madeleine se habían intercambiado.

No sé aún por qué pensé que ese y no otro era el momento. Puede que fuera porque al ver las caras de los novios a los que había fotografiado, me pareció que eran muy felices. De hecho, a través del certero ojo de la lente, no encontré otra cosa aparte de genuina felicidad. Y eso me hizo preguntarme si mi propio matrimonio había sido tan feliz como yo pensaba.

Y también podía ser porque había vuelto a acudir al grupo de viudos. LuAnn, la mujer anaranjada que había perdido a su marido policía, nos había dicho que, haciendo limpieza en el armario, se había encontrado un regalo de Navidad para ella, ya empaquetado, que quizá se tratase de un olvido de la Navidad anterior, y que no sabía si abrirlo o no.

O también podía ser porque la casa estaba muy tranquila. Ainsley había salido con unas amigas. Un día de estos llamaría a Jenny y Kim y les diría que ya estaba preparada para salir una noche. Jenny había dicho que también invitaría a su hermana, recién divorciada y madre de tres hijos. Todo lo que tenía que hacer era eso, decidirme, pero siempre me había costado hacerlo, desde que era muy joven.

También puede que me decidiera a leerlos esta noche porque había recibido una invitación del centro de reinserción. Era simplemente una cena para recaudar fondos que tendría lugar la semana próxima, una de las muchas que se celebraban a lo largo del año, pero que me recordó vívidamente a Daniel. La última vez que nos vimos le hablé de los correos, pero todavía no había apretado el gatillo.

Fuera por lo que fuese, me serví una buena copa de vino, di un trago que la dejó a la mitad y me metí en el estudio, o cuarto de estar. *Héctor*, que había pasado a ser la mascota número dos desde la llegada a casa de *Ollie*, se mostró evidentemente encantado de verme, pues empezó a nadar de lado a lado de la pecera.

—¡Hola, pequeño! —saludé, agitando la mano—. ¿Quieres que me siente aquí contigo? Bueno, pues eso está hecho.

Me senté en el sillón de Nathan y encendí su ordenador. Di otro trago al vino, también de Nathan, y abrí su correo. Allí estaba la carpeta etiquetada con las letras MRT.

La abrí y empecé a leer los correos muy despacio, empapándome de cada frase, tanto de las de Madeleine como de las respuestas de mi marido muerto.

Madeleine Rose Trentham escribía muy bien, había que reconocerlo.

A ver, el meollo de la cuestión era el siguiente: le había pedido a Nathan que me dejara y que le diera a ella una nueva oportunidad, porque ahora sí que quería ser la madre se sus hijos y el de ellos era un amor demasiado grande como para no reconocerlo y rechazarlo, incluso aunque eso supusiera un terrible golpe para «ella» (Yo, por supuesto. Madeleine solo se refería a mí utilizando pronombres. No escribió mi nombre ni una sola vez, la muy zorrona).

Él dijo que no.

Pero no dijo nada parecido a, pongo por caso: «Madeleine, no, porque amo a Kate más de lo que nunca te he amado a ti. Ella es la luna de mi vida, mi sol y mis estrellas». Sí, sí, había visto otra vez *Juego de tronos* enterita.

No decía: «Kate lo es todo para mí y adoro nuestra vida juntos».

No decía: «Madeleine, déjame en paz y desaparece para siempre de mi vida».

No, en lugar de eso decía que era demasiado tarde. Las cosas conmigo habían llegado a un punto de no retorno. Se había acostumbrado a vivir sin ella. Él y yo formábamos una buena pareja.

Si, estaba claro. Dejaba el corazón aparte.

Decía que me quería de una forma diferente, y que si su amor no era tan «tempestuoso» (textual) como el que había sentido por Madeleine, sentía que su vida conmigo iba a ser, no os lo perdáis, «satisfactoria».

¡Maldito desgraciado! Si hubiera podido, me habría quitado el clavo que sentía en la garganta para clavárselo a él. Lo habría hecho, no os quepa duda.

Satisfactoria, ¡hay que fastidiarse! Pero ¿de qué narices estaba hablando? ¡Pero si hasta follamos contra la pared en esta misma casa! Lo ponía a cien. ¡Pues claro que lo ponía a cien, ingrato de los cojones!

Y ahora, leer estas palabras hacía que me doliera el alma, y también el cuerpo, porque podía escuchar la voz de Nathan, aunque no se dirigiera a mí.

La dulzura, la amabilidad.

El amor.

Porque todavía la amaba.

También había enfado en sus palabras. Ese sentimiento nunca me lo transmitió mi marido. Habíamos discutido alguna vez, por una cosa o por otra, y también se había mostrado irritable y picajoso una o dos veces, bueno, una sola, la verdad, pero nunca había perdido los nervios del todo conmigo.

De repente, eso me pareció muy revelador.

Así que lo que estaba haciendo conmigo era, en cierto modo, asentarse. Pero era ella la mujer de su vida, la que le había hecho sentir pasión, enfado, fuego, amor. Yo era satisfactoria...

¡Vaya, qué cosas!

Los correos comenzaban de nuevo cuando Nathan y yo empezamos a ir en serio. Cuando yo estaba empezando a pensar que finalmente había encontrado a quien buscaba, Nathan debatía el tema con su exmujer:

> Él: *No puedo hacerle esto simplemente porque te dé miedo quedarte sola.*
> Ella: *Sabes lo que siento. Siempre lo has sabido.*
> Él: *No es lo mismo que contigo.*

¿Y eso qué quería decir, eh? ¿Era un cumplido o un insulto?

Los correos eran mucho más numerosos antes de que nos casáramos, cuando Madeleine pensaba que todavía tenía la oportunidad de hacerle cambiar de opinión. Pero, de todas formas, el 6 de enero, cinco días después de que nos casáramos, le había escrito esto:

No me puedo creer que hayas dado el paso. ¡Oh, Nathan!, ¿qué has hecho?

Él no contestó a ese.

Y otro más, en el que le decía que había soñado que tenían un hijo cuando estaban juntos, y que eran muy felices, y que eso estaba bien. ¡Vamos ya!

El Día de San Valentín, que por lo que parece era su aniversario, le había mandado otro:

Mi alma está inundada de pensamientos acerca de ti. ¡Nuestro décimo aniversario! ¡Diez años hoy! ¿Cómo puedo vivir sin ti? Lo he echado todo a perder. No paro de llorar, sola, rota, desesperada, y sé que no debería escribirte, pero es que lo siento tanto, todo, todo lo que he hecho, todo, Nathan. Te echo de menos más de lo que soy capaz de expresar, te quiero demasiado y sé que no tengo derecho a decírtelo, pero es la verdad.

Me dio la impresión de que en ese momento debía de estar borracha.

Ese Día de San Valentín, Nathan me había comprado un bonito ramo de orquídeas, una explosión de colores blancos y rojos. Hice la cena para él, lo cual era raro, y tiré la casa por la ventana: ostras, perdiz estofada con salsa de arándanos y pan de maíz, espárragos trigueros y patatas fileteadas. De postre, unos pastelitos caseros con forma de corazón. ¡Había comprado los moldes un mes antes! Le regalé una foto de los dos enmarcada, la que había sacado en septiembre, en la que yo le daba un beso en la mejilla y él sonreía directamente a la cámara.

Durante la cena lo noté preocupado. Un asunto complicado relacionado con las ordenanzas municipales, me dijo.

Ordenanzas, ya, ¡y un cuerno! Ni se le ocurrió mencionar que ese día habría sido el aniversario de su anterior matrimonio.

A ese lacrimógeno correo sí que contestó. Pero no de la manera que a mí me habría gustado, no, en absoluto. Lo que yo hubiera deseado leer era algo así como: «Kate me llena por completo. ¡Hizo para mí unos pastelitos de color violeta en forma de corazón, realmente fantásticos! Por cierto, ya es que ni me acuerdo de tu cara. ¡Y déjame en paz!». Me hubiera gustado que pidiera una orden de alejamiento.

Pero ahí estaba la verdad, frente a mí, porque respondió lo siguiente:

Yo también te echo de menos. Pero ahora mi esposa es Kate.

Daniel tenía razón, no tenía que haber leído esos correos.

El 12 de diciembre del año pasado había estado nevando copiosamente, y Nathan y yo salimos a dar un paseo. La mayor parte de Cambry-on-Hudson estaba intransitable, como suele ocurrir en los pueblos cuando caen ese tipo de nevadas. Nadie se atreve a sacar el Range Rover o el Mercedes a calles o carreteras con cinco centímetros de nieve.

Todo estaba tranquilísimo. Lo único que se oía era el crujir de la nieve fresca bajo nuestras botas. Caminamos y caminamos. Los dos teníamos la cara enrojecida y las manos frías pese a los guantes, pero la tarde era mágica, con las ramas de los árboles dobladas bajo el peso de la nieve. Anduvimos por la reserva natural que su bisabuelo había donado al pueblo, hasta que llegamos a un promontorio desde el que se contemplaba el río Hudson. El aliento formaba una neblina alrededor de nuestras caras, y nos reímos porque estuvimos a punto de resbalarnos. Nos agarramos de las manos para sujetarnos el uno al otro.

En ese momento Nathan clavó una rodilla en tierra.

—¿Quieres casarte conmigo, Kate? —preguntó, y recuerdo perfectamente la dulce timidez de su expresión, sus largas pestañas rubias, sus ojos azules, la nieve cayéndole sobre el pelo.

Por supuesto, dije que sí.

Ahora, mirando fijamente a mi pez y a su preciosa pecera, y las raíces de la planta acuática meciéndose a su alrededor, mi respuesta fue otra.

—Pensándolo mejor…, no —dije, en voz demasiado alta. *Héctor* pareció estremecerse.

Y es que si hubiera sabido que Nathan echaba de menos a su exmujer, si hubiera sabido que el adjetivo que resumía nuestra relación era «satisfactorio», yo ahora no sería su viuda. De ninguna manera.

El sábado fui a ver a mis suegros.

—Kate, querida —dijo Eloise con ese acento bostoniano que empezaba a hartarme—. Pasa, por favor. ¿Quieres un café? ¿O té helado? Si no te importa, ven conmigo al patio.

La casa era de estilo georgiano, antigua y muy bonita. En ella fue donde creció Nathan, y por sus rincones jugó al escondite con su hermana. Tanto él como su familia contaban la legendaria historia de cuando se escondió en una alacena de debajo de un asiento, junto a una ventana, se quedó dormido y tardaron horas en encontrarlo.

Seguramente él y Madeleine habrían venido aquí unas cuantas veces. Es muy posible que bastantes más que unas cuantas. Lo único que habíamos hecho nosotros dos había sido estar de la mano frente a sus padres.

—Hola, Kate —dijo el señor Coburn, levantándose para darme un beso en la mejilla.

—Hola —respondí. No era capaz de llamarlo por su nombre de pila—. Me alegro de verte.

Parecía estar sobrio, pero... ¡madre mía, lo que había envejecido en estos dos meses! Tenía la piel de la cara suelta, y los ojos totalmente faltos de brillo.

Nos sentamos los tres un tanto artificialmente en el patio de pizarra, el mismo que Nathan quería convertir en un dormitorio con baño y terraza para tomar el sol. Acepté un poco de té helado, aunque es una bebida que no me gusta nada. El limón siempre hacía que se me pasaran los dientes.

—¿Qué tal están Miles y Atticus? —pregunté.

—Muy bien. —Fue Eloise quien respondió—. Miles se va la semana que viene a un campamento, y Atticus se ha apuntado a una clase de arte. Brooke dice que dibuja muy bien.

Sentí un poco de angustia. Como siempre, me pregunté cómo podía Eloise convertir en agradable una charla trivial, e incluso mostrar ese brillo de orgullo en su mirada al hablar de sus nietos. Mientras tanto, el señor Coburn miraba a la lejanía, seguramente sin ver.

—El otro día estuve en el parque —empecé—. ¿Bixby Park, se llama?

—Sí, ahora es un momento estupendo para visitarlo —dijo Eloise.

—Sí, es cierto. Vi el... eh... el banco.

—¿De qué banco hablas? —preguntó ella levantando una ceja

—El banco dedicado a Nathan.

Se miraron el uno al otro, e inmediatamente me di cuenta de que no tenían la menor idea acerca de lo que estaba hablando.

—Lo siento —dije—. Es un banco que tiene una placa con una dedicatoria para Nathan. Pensé que la habíais encargado vosotros.

—¿Será cosa de Brooke?

—No lo creo —murmuró Eloise. Me miró con el entrecejo fruncido por la preocupación.

Yo miré con fijeza el vaso de té helado que tenía en la mano.

—Entonces puede que lo hiciera Madeleine.

—Supongo que, de ser así, lo haría de buena fe —dijo, dejando la taza de té sobre la mesa—. Pero siento que te haya preocupado, o molestado. La llamaré.

—No hace falta, no pasa nada —dije—. Escuchad, sé que es... En fin, he traído la cámara para sacar vuestra foto. No terminamos de ponernos de acuerdo para hacerlo, y he pensado que quizá sería mejor una foto espontánea, no de estudio.

—¿Nuestra foto? —preguntó el señor Coburn.

—Para nuestro aniversario —le recordó Eloise—. La fiesta.

— Pero ¿es que vamos a hacer la fiesta?

—Ya te lo dije, querido. ¿No te acuerdas? Para financiar la beca...

—Ya, ya.

—Intentaré que sea lo menos doloroso posible —dije, forzando una sonrisa falsa y triste.

Así que les indiqué dónde debían sentarse, le ajusté el cuello de la camisa que llevaba bajo el jersey marinero el señor Coburn y comprobé algo que yo no había percibido mientras estuve con Nathan, o simplemente no me había preocupado por ver: sus padres se querían. Nunca se recobrarían de la muerte de su hijo, pero se tenían el uno al otro. Se amarían, se respetarían y se cuidarían durante el resto de sus vidas, y la enorme magnitud de su pérdida los había acercado aún más.

—Sois una pareja entrañable —dije con voz algo ronca.

—Hemos tenido mucha suerte el uno con el otro, es verdad —confirmó la señora Coburn, con voz algo temblorosa—. Sin duda y pese a todo.

El señor Coburn le cubrió la mano con la suya y sonrió, mirándola con los ojos llenos de lágrimas. Ella le devolvió la sonrisa y le acarició la mejilla.

Muchas veces una simple sonrisa es el mayor acto de valentía que una persona puede realizar.

CAPÍTULO 21

Ainsley

El sábado fui a dejar los regalos de las hadas en las casitas que habíamos hecho las hijas de Jonathan y yo: dos pequeñas pulseritas con cuentas de flores y dos pequeñas figuritas de cristal, una de un caracol y la otra de un grillo. Pasé bastante tiempo pensando con cierta angustia qué demonios regalarían las hadas, pero lo compensé pensando en la alegría de las niñas cuando encontraran los regalos.

Y en la sonrisa de su padre cuando se los enseñaran.

Ese día fui a visitar a mi abuela, y resultaba que su apartamento tenía una magnífica vista de los jardines, así que allí estaba yo, asomándome a la ventana y mirando.

Abu intentaba acordarse de la contraseña de su ordenador. *Ollie* estaba sentado en su regazo, y de vez en cuando procuraba ayudar poniendo las patas sobre el teclado. Había bastantes posibilidades de que fuera él el que acertara y no mi abuela.

—¿Quieres un sándwich, querida? Esta semana he comprado jamón.

—¡Me encanta el jamón! —dije. Para mí comer siempre es una fuente de felicidad.

—Habrá que olerlo antes, no vaya a ser que esté estropeado.

—Entendido. —Pasé a la cocina y husmeé, en sentido estricto. Pero el jamón tenía suficiente sal como para matar a cualquier tipo de bacteria, salmonela, *E.coli* o la que fuera—. ¡A mí me huele muy bien! —Así que agarré un cuchillo y empecé a cortar lonchas.

—Gracias, querida. Tu madre es muy pesada con estas cosas. —Me dio un pequeño apretón—. ¡No utilices tú ese cuchillo, pequeña, está muy afilado! Ya lo corto yo.

¡Mi querida Abu! Le encantaba tener cosas que hacer y poder ayudar. Candy la trataba como si ya tuviera un pie en la tumba y cuando estaba con ella alzaba mucho la voz, pese a que la pérdida de audición no era precisamente uno de sus problemas de salud.

—¿Cómo está tu madre? —me preguntó, como si me estuviera leyendo el pensamiento.

—Bastante bien —contesté despreocupadamente. Me acerqué al ordenador para probar contraseñas al azar. «LettieCarson», «lettiecarson1», «Abu»...

Hacía unos días Candy había salido en el programa de las mañanas de la televisión local, donde tenía un pequeño espacio para temas relacionados con las relaciones paternofiliales. El presentador le preguntó cuántos hijos tenía, y ella contestó que dos hijos y una hijastra. Lo cual era estrictamente cierto, claro, pero, en fin...

Para desbloquear el ordenador lo intenté con el cumpleaños de Abu, su aniversario con su último marido, la fecha de la muerte de este... Nada.

—¿Cuando eras pequeña tenías alguna mascota?

—Sí —respondió de inmediato—. El gato *Blacky*. ¡Era precioso!

Probé con variaciones sobre ese nombre. No hubo manera.

—¡Voy a tirar por la ventana ese aparato infernal! —espetó Abu—. ¡Odio la tecnología! ¡Cómo echo de menos aquellos días maravillosos en los que la gente se hablaba y eso era todo! Bueno, aquí tienes. —Me pasó el sándwich, que por lo menos tenía medio kilo de jamón, y sonrió encantada.

Tecleé «SeanKateAinsley».

¡Bingo!

—¡Mira, abuela! —exclamé—. ¡Nosotros somos tu contraseña! ¡Qué rica eres! Mira, te la escribo aquí para que no la pierdas, ¿de acuerdo?

—¿Y si los terroristas la encuentran y piratean mi ordenador?

—Pues es un riesgo, no digo que no, pero yo lo correría.

—Bueno, eres un auténtico genio. ¡Muchísimas gracias, querida! Venga, cómete el sándwich antes de que se estropee.

¡Mmm!

—¿Te acuerdas de mi madre, Abu? —le pregunté, después de dar un buen mordisco al sándwich. ¡Vaya! Puede que, después de todo, el jamón no estuviera tan fresco. Discretamente lo escupí en una servilleta de papel y simulé que seguía masticando.

—¿Candy? ¡Por supuesto, cielo! ¡Soy su madre!

—Me refiero a Michelle, Abu.

—¿La que murió? —Abu frunció el ceño—. No cielo, no la conocí. O por lo menos no me acuerdo. Lo siento.

—No pasa nada. Simplemente me lo preguntaba. Y ahora vamos a revisar tu perfil de citas. —Finalmente encontré la página «ContactaCon Abuelos.com». Dejé a un lado el sándwich y entré en la página web—. ¡Anda, mira! ¡Hay cinco hombres interesados en tu perfil, so fresca!

—¿De verdad? —dijo aplaudiendo encantada.

—Mira, por ejemplo «TodavíaPuedo25». Me pregunté si el número se refería al año en el que nació.

—¡En ese caso solo tiene noventa y pocos! ¿Es guapo?

Apreté el botón, me estremecí y lo cerré de inmediato.

—Bueno, creo que no sería buena idea contactar con un tipo que para el perfil pone una foto suya en calzoncillos.

—¡No tan deprisa, no tan deprisa! Pon esa foto —ordenó mientras se colocaba uno de sus muchos pares de gafas y examinaba la pantalla—. ¡Huy, hija, no! Está hecho una verdadera pena. En esa foto parece un moco de pavo. A ver el siguiente. —Tomó el sándwich para morder un trozo.

—¡Oye, Abu, ese sándwich es mío, ya sabes! ¡Y tengo mucha hambre, así que déjamelo! Tendría que apañármelas también para deshacerme del resto del jamón, no fuera a ser que se intoxicara.

Pasamos al siguiente perfil. Había un conjunto de fotos de un anciano sonriente y de buen aspecto. Después otra con un niño pequeño. Y, en la más reciente, estaba en la cama de un hospital, con los ojos cerrados. ¡Madre mía! Su lista de intereses la encabezaba el puré. Sí, tenía toda la pinta de ser un tipo entregado a la dieta blanda, probablemente por obligación. Miré a mi abuela.

—¿No es Bill Parsons? —preguntó, pestañeando al mirar la foto—. Creo que sí. Murió hace unas semanas. El siguiente.

El siguiente perfil no tenía fotos. Simplemente decía: «Busco a alguien que cuide de mí. No debe ser remilgada a la hora de limpiar el resultado del trabajo fisiológico de los intestinos. Además, mis hijas no aprueban que me haya metido en esta web, así que tendría que irse o esconderse cuando ellas vengan a visitarme».

—Encantador —murmuré.

En ese momento, por el altavoz que tenían todos los apartamentos, sonó un mensaje: «¡Buenas tardes, residentes! Les recordamos que nuestra clase de salsa empezará dentro de diez minutos».

—¿Quieres que vayamos, Abu? —pregunté—. Muchas veces es mejor conocer a la gente en persona.

—A la clase de salsa solo van mujeres.

—Entonces igual deberías hacerte lesbiana, Abu. Seguro que así resolverías esa necesidad compulsiva de emparejarte que tanto te obsesiona.

—¡Mira que eres graciosa, condenada! —dijo riendo—. Venga, vámonos. Esto no nos lleva a ninguna parte. —Hizo una pausa—. Lo que pasa es que me siento muy sola, cariño. Tu abuelo murió hace tanto tiempo que ya ni me acuerdo de qué se siente cuando un hombre te da un abrazo, y no hablo de sexo. Espero que no te importe ayudarme un poco.

Le pasé los brazos por sus estrechos y frágiles hombros y la abracé dulcemente.

—¡Me encanta ayudarte, Abu!

No conocí a mi abuelo, bueno, al padre de Candy, pues murió antes de que yo naciera. Las fotos mostraban siempre un hombre sonriente y calvo, con gafas parecidas a las de Malcolm X. Recuerdo lo celosa que me sentía al ver en las viejas películas caseras cómo llevaba a hombros a Sean y tomaba en brazos a Kate cuando ella era un bebé.

Papá creció en un orfanato, en aquellos tiempos en los que en los Estados Unidos todavía había orfanatos. Según Candy, los padres de mi madre no me conocieron. Mandaron tarjetas de felicitación hasta que cumplí diez años. Pero, en todo caso, Abu había sido una abuela en toda regla.

Era fantástica. Esperé mientras se perfumaba con aquella colonia que olía a rosas, y que a veces me hacía estornudar, y la miré peinarse despacio, colocarse los pendientes, ponerse un pañuelo, volvérselo a quitar y terminar de arreglarse para salir.

—¿Podemos llevarnos a *Ollie*? —pregunté.

—¡Pues claro! Me ayudará a destacar entre esa multitud de arpías marchitas. A los hombres les encantan los perros.

—Bien pensado. ¡Venga, *Ollie*! Nos vamos. —Tomé en brazos a mi perro, que hoy se estaba comportando maravillosamente bien, y lo besé en la cabeza.

El Pueblo de los Condenados ofrecía un montón de actividades, lo cual estaba francamente bien. Clases de cocina, taichí, baile, trabajos manuales, fiestas de celebración, excursiones… Lo único que pasaba era que no acudía demasiada gente. Quizá porque muchos de ellos no podían.

Tal como había predicho Abu, en la sala de baile, que también era el gimnasio, había alrededor de treinta mujeres y solo tres hombres. Y cada uno de ellos estaba rodeado por al menos cuatro aspirantes a ser su pareja.

¡Un momento! Había cinco hombres...

Jonathan Kent estaba de pie en la puerta, con las manos apoyadas en el respaldo de la silla de ruedas de su padre.

Me ruboricé. O sea, más o menos igual que cuando, en primero de secundaria, me escondí en los vestuarios de los chicos para ver a Juan Cabrera sin camisa. ¿Acaso pensaría Jonathan que lo estaba acosando? ¿Lo estaba acosando de verdad? Lo cierto es que había estado asomada a esa ventana mucho rato, a ver qué veía...

Miró alrededor, me vio e inclinó mínimamente la cabeza. Mínima y fríamente.

Normal. Tocaba versión Capitán de Hielo.

Su padre parecía un tanto agitado. Y yo sabía cuál era la forma de solucionar ese problema.

—¿Conoces al caballero que está en la silla de ruedas? —le pregunté a Abu—. ¿Al señor Kent?

—No, me parece que no —contestó—. Es bastante guapo. ¿Tiene demencia senil?

—No estoy segura. Es el padre de mi jefe.

—Bueno, si es agradable, ¿a quién le importa que esté un poco ido? Vamos a decirle hola. —Avanzó decidida hacia ellos, utilizando esos codos puntiagudos y delgados que tenía para abrirse camino entre la multitud. Yo la seguí como pude. *Ollie* intentaba lamer a todo el mundo a nuestro paso.

—¡Hola, hola, hola, chicos! —dijo Abu, adelantándose a una mujer que también avanzaba hacia ellos, y ganándose una mirada de antipatía.

—Hola —saludé a Jonathan—. Tiene gracia que nos encontremos aquí.

—Hola. —Parecía tenso. Su estado normal, en otras palabras.

—¿Recuerdas a mi abuela?

—Por supuesto. Señora Carson, estoy encantado de volver a verla.

—¡Oh! ¡Mira que es usted educado, joven! ¿Es su padre?

—Sí, Malcolm Kent. Me temo que no...

Ollie, que estaba en mis brazos, captó la atención de Malcolm Kent.

—Bonito perro —dijo.

—¿Le apetece tenerlo en brazos? —pregunté—. Es muy sociable.

Abu tomó a *Ollie* de mis manos y lo colocó con suavidad en el regazo del señor Kent. El viejo levantó una mano nudosa, lo acarició y le dedicó una sonrisa a mi abuela.

—¿Vamos a bailar? —preguntó Abu—. ¡Venga, es muy divertido! —Prácticamente apartó a Jonathan y tomó los mangos de empuje de la silla de ruedas.

—¿Te parece bien, papá? —acertó a preguntar Jonathan, pero ellos ya estaban en medio de la improvisada pista de baile. Abu cabeceaba al ritmo de *Billie Jean,* de Michael Jackson. No se puede decir que fuera salsa, pero al menos tenía marcha.

Los ojos de Jonathan estaban fijos en su padre.

—Tranquilo, estará bien —dije, esperando que fuera cierto.

—Le gustan los perros.

—Y a *Ollie* le gustan las personas. Él y yo trabajamos aquí como voluntarios. Bueno, el que más trabaja es *Ollie.* Yo hago lo que puedo.

Apartó los ojos de su padre por primera vez y me miró.

¡Caramba! Esos ojos no jugaban limpio, ¡no señor! Esa brizna dorada del izquierdo hacía que no se pudiera apartar la mirada. Tuve que hacer un gran esfuerzo para volver la vista hacia mi abuela.

Me sentí tensa.

—¿Han venido las niñas?

—No.

Durante más o menos un minuto estuve observando a los mayores.

—¿Hay alguna persona de raza blanca que realmente sepa bailar la salsa? —pregunté—. ¿Dónde se puede aprender de verdad a bailarla?

—Tú deberías saberlo —afirmó Jonathan muy serio—. De hecho, el otoño pasado escribiste un artículo al respecto para la revista.

—¿Sí? De acuerdo. Así que lo hice, ¿no? Lo he olvidado.

—Ya me doy cuenta.

—De todas maneras, nunca he tomado lecciones.

—Yo sí.

Resoplé. ¡Jonathan bailando! Estaba segura de que eso iba en contra de las normas de su religión, fuera la que fuese.

—¿Ah, sí? ¿También aprendiste a bailar pasodobles?

—No, pero el *swing* no se me da mal.

—¡Anda ya! ¿Y cuándo te convertiste en John Travolta? ¿Lo hiciste para conocer mujeres?

—No. Tenía novia. Fue cuando mi mujer y yo empezamos a salir.

—Lo siento.

—¿Y por qué tendrías que sentirlo? —Me miró con esa expresión de estar pensando: «Los humanos se disculpan mucho y sin razón aparente. Curioso».

En la pista de baile, mi abuela meneaba los hombros frente al señor Kent, que parecía no darse cuenta de nada, y es que *Ollie* y él se miraban sin pestañear.

—¿Quieres bailar, Ainsley?

Pegué un brinco, lo juro.

—¿Cómo dices?

—¿Quieres bailar?

—Esto... no. Quiero decir, es que no lo hago nada bien. Lo he heredado de mi abuela, en otras palabras.

Torció la boca. ¿Sonrisa?

—Bueno, entonces y como poco, seguro que eres de lo más entusiasta.

—Y torpe, y descoordinada...

—No seas cobarde. —Me agarró de la mano y tiró de mí hasta donde estaba su padre. Me puso la otra mano en la cintura y, para mi gran sorpresa, parecía saber perfectamente lo que hacía.

Tropecé, claro, y choqué contra su pecho.

—Se parece en cierto modo al rocanrol. Ocho pasos. Adelante, en el sitio, atrás, pausa. O sea, en tu caso, atrás, en el sitio, adelante, pausa.

Pues nada, a ver qué pasaba. Me llevaba de la mano. Intenté seguir sus movimientos y, naturalmente, tropecé.

Esta vez nada de ligera inclinación de la boca: sonrió abiertamente. Estuve a punto de caerme de espaldas.

—Uno, dos, tres, atrás, cinco, seis, siete, pausa.

De nuevo tropecé con su pie.

Se rio con un tono bajo y profundo, y todo dentro de mí se estremeció.

—Bueno, pasemos al estilo libre, ¿te parece? —preguntó, y se alejó ligeramente de mí. Autoprotección, sin lugar a dudas. Pero siguió tomándome de la mano y moviéndome para que girara.

—¡Estupendo, Ainsley! —jaleó Abu—. ¡Pareces una profesional!

Jonathan hizo que girara de nuevo, y esta vez noté que mi espalda se apretaba contra su pecho.

—Gracias por los regalos de hadas que has dejado —murmuró, y mis huesos prácticamente se disolvieron—. Fui a dejar algo y me di cuenta de que te me habías adelantado. Y tus regalos son mejores, aunque eso no me sorprende nada. —Otro golpe de muñeca y ahí estábamos otra vez, frente a frente.

En ese momento le di un bofetón accidental en la cara a una de las residentes, que me miró como si quisiera matarme. Me disculpé y miré a Jonathan.

Sonreía, como cualquier humano. Bueno, no del todo. Su aspecto era absolutamente adorable, y tan atractivo que no supe ni qué hacer.

El Capitán de Hielo me sonreía. ¡A mí!

—Hijo —dijo el señor Kent, y la sonrisa de Jonathan se desvaneció de inmediato.

Inclinó la rodilla para ponerse a la altura de su padre.

—Sí, papá.

—Quiero irme a casa. ¿Me llevas a casa?

—Desde luego. —Se incorporó y, con mucha delicadeza, tomó a *Ollie* de los brazos de su padre para pasármelo.

Nuestros ojos se encontraron durante un instante.

—Gracias —dijo.

Después se volvió hacia mi abuela, le tomó la mano y se la besó.

—Señora Carson, ha sido un placer, como siempre.

—¡Oh! ¡Qué cortés! —exclamó.

Me miró de nuevo.

—Procura no llegar tarde mañana —dijo... ¿sonriendo?

Y se marchó empujando la silla de ruedas de su padre. No volvió la cabeza.

¡Maldita sea!

Abu se puso las manos en las caderas y miró alrededor.

—En fin, hija, no tengo ni la más mínima posibilidad de acercarme a un hombre. Así que vamos a bailar, cariño.

Y eso fue lo que hicimos. Como dijo Jonathan, suplimos la falta de estilo con entusiasmo desbordante. Después de todo parecíamos familiares directas.

CAPÍTULO 22

Kate

El jueves, cuando llegué a casa después de pasarme el día editando fotos en el estudio, con los ojos rojos de tanto mirar el ordenador, Ainsley me estaba esperando, rebosante de su habitual y contagiosa energía.

—¡Esta noche vamos a salir! —anunció exultante—. ¡Margaritas! ¡La panacea universal que lo cura todo! Conozco el sitio perfecto.

—Suena de maravilla, pero yo tengo que ir a Brooklyn, a una cena de recaudación de fondos. El centro de reinserción, ya sabes. Una cosa típica de esas, con *catering* a base de queso y vino, habitualmente mediocres —Yo no quería ir. Lo que de verdad quería era echarme una siesta hasta el año próximo.

—¡Ah, claro, los exconvictos! Ya. Bueno, iré contigo, y a lo mejor puedo ligar con alguno de tus alumnos. Esos tatuajes a veces resultan atractivos —dijo torciendo el gesto cómicamente—. Sobre todo me encantan las lágrimas chiquititas.

—Eso significa que han matado a alguien.

—¿De verdad? ¿Estás segura? —Asentí—. Bueno, pues mi plan para conseguir novio en ese sitio se ha ido al garete. Pero, en cualquier caso, vamos, será divertido.

Me quedé callada.

—Kate —dijo, con tono admonitorio—, sé que estás cansada, pero tienes que salir. Tienes que lavarte el pelo e hidratarte. Y depílate esas piernas, parece que tienes un bosque ahí abajo. ¡Vamos, a ello!

Cerré los ojos un segundo y después me puse en marcha para seguir sus instrucciones.

Una vez que estuve limpia, y más o menos suave, Ainsley trajo su enorme bandeja de maquillaje y se puso a trabajar a fondo conmigo.

—Cuando eras pequeña también hacías esto —dije, intentando no mover mucho los labios mientras me aplicaba el carmín.

—Sí, me acuerdo —dijo sonriendo—. Deberías maquillarte de vez en cuando. Sin potingues también estás estupenda, pero claro, un poquito de sombra por aquí, un reflejo por allá, un toque de color en las mejillas y te conviertes en la reina de la fiesta de guapa que estás.

Nathan también solía decirme que era guapa.

Ainsley tomó una brocha gigantesca y empezó a retocarme las mejillas.

—¿Ha habido algo nuevo estos días?

—La exmujer de Nathan ha hecho que coloquen una placa en memoria suya en un banco de Bixby Park.

—¿Lo dices en serio? —Me miró de hito en hito y con la boca abierta—. ¿Cómo se ha atrevido? ¡Eso no es cosa suya!

—Gracias. Estoy de acuerdo. —Pensé en contarle lo de los correos, pero después decidí no hacerlo. Era demasiado. Además, ella quería a Nathan.

Pero puede que, si veía a Daniel esta noche, a él sí que se lo contara.

—Bueno, yo creo que ya está —concluyó mi hermana con cara de satisfacción—. Mira. ¡Tachán!

Miré.

Por primera vez desde la muerte de Nathan no tenía aspecto de cansancio o de aturdimiento. Ainsley me había pintado los ojos con una sombra gris, y su base de maquillaje era bastante mejor que la mía, pues el color era más natural. Además, las pestañas parecían mucho más largas y frondosas. Labios rojos y piel aparentemente perfecta.

—¡Espléndida! —dijo—. Esos expresidiarios han encontrado la horma de su zapato, mujer fatal.

El centro de reinserción se me hizo extraño. No había estado allí desde febrero, cuando Nathan y yo fuimos a la cena de espaguetis. Seguía oliendo igual, como todas las escuelas, a desinfectante y a libros y a aburrimiento en potencia.

Ainsley se hizo con un poco de vino y de queso. Saludé con la mano a Greta, la directora, que me dedicó una amplia sonrisa. Estaba hablando con alguien, pero me hizo una seña con el dedo para que esperara.

Aparte de a Greta, apenas conocía a nadie, y me invadió esa sensación, tan habitual últimamente, de sentirme extraña. Le sonreí a la mujer que enseñaba los aspectos básicos de la informática; ambas llevábamos años aquí, pero no me acordaba de su nombre, y no era momento de preguntarlo.

—Muy bien —dijo Ainsley—. He visto a cuatro tipos con lágrimas. ¿De verdad estás segura de que significa lo que me has contado?

—Absolutamente.

—¡Kate! ¡Dios mío, qué alegría me da verte! Sentí muchísimo lo de tu marido.

Era Pierre, uno de mis alumnos en libertad condicional menos conflictivos. Sin lágrimas tatuadas, en otras palabras. Nos dimos un abrazo, y le presenté a Ainsley.

—¿Y tú qué hiciste? —preguntó Ainsley. Lo de la discreción no era lo suyo, estaba claro—. Lo sé, lo sé, no debería preguntar, pero cuéntamelo de todas maneras.

—Robé ciento diecisiete automóviles —dijo sonriendo—. Y después los vendí en el mercado negro, no sin antes tunearlos un poco, ya sabes, pintura, placas de matrícula y esas menudencias... El margen es bastante bueno, debo decirlo, aunque no tanto como el de Lehman Brothers.

En ese momento oí la voz de Daniel y me inundó una ola inesperada de felicidad. ¡Qué bien que Ainsley hubiera hecho tan buen trabajo para mejorar mi aspecto! Además, me convenció de que me pusiera tacones y un vestido de color, no el negro habitual que llevaba últimamente. Daniel y yo podríamos hablar, y no me sentiría tan rara.

¡Vaya por Dios! Había venido con una de sus rubias clónicas.

De acuerdo.

Se me habían olvidado. Como todas las demás, era muy joven. Me hizo daño adivinar que yo podría doblarle la edad, pero así era la cosa. Lo de rubia, en este caso concreto, era un genérico, pues la de hoy en realidad era pelirroja y llevaba una falda tan corta que no me hacía a la idea de cómo podría sentarse. En este caso, el cliché adecuado era «buenorra jovencísima».

Bueno, ese era el Daniel de siempre, tras su divorcio. Esto era lo que había, lo que le caracterizaba.

—¿Kate? —Me volví. Era Paige—. ¿Qué haces aquí? —preguntó.

¡Mira que era maleducada! ¿Había sido siempre así?

—Pues apoyando al centro de reinserción con mi dinero y con mi presencia. ¿Y tú?

—Ahora enseño aquí. Un curso sobre apelaciones. Daniel me lo propuso.

¿Seguro? Me resultó un poco difícil de creer. Pero lo cierto es que era abogada, y de las buenas, así que a la mayoría de los alumnos seguramente les vendría bien su consejo legal.

Se volvió hacia Ainsley.

—Hola. Soy Paige Barnett.

—Yo soy Ainsley, la hermana de Kate. Nos hemos visto por lo menos diez veces, pero nunca te acuerdas de mí. —El amor por mi hermana me inundó, y toda mi gratitud por sus formas llenas de franqueza y sinceridad, que me hicieron mucho bien.

—¿Ah, sí? Bueno. —Paige se volvió hacia mí—. Tienes... buen aspecto.

No respondí al elogio. Simplemente tomé un sorbo del vino peleón que estaban sirviendo y me quedé mirándola.

—Bueno, pues eso Kate —bufó, e inmediatamente se dio la vuelta, se lanzó hacia Daniel y le apretó el brazo. También apoyó la cabeza sobre su hombro y fingió reírse, siempre con los ojos fijos en mí.

—Nunca me ha gustado ni un pelo —dijo Ainsley.

—¿Sabes una cosa? —dije de repente—. ¡Me muero de hambre! ¿Y tú?

—¡Pues claro! O sea, como siempre, ya sabes, no es ninguna novedad.

—Pues vamos a algún sitio. —Saludé otra vez a Greta con la mano, señalé mi reloj como si me tuviera que marchar para atender otras obligaciones y salí a la calle con Ainsley. Caminamos por la avenida Flatbush, que era donde habíamos aparcado. Miré por encima del hombro. Daniel no nos seguía. Me da la impresión de que ni siquiera se había dado cuenta de que habíamos estado allí.

Subimos al automóvil, y Ainsley no me preguntó nada, ni me miró mal, ni emitió juicio alguno.

—Eres muy buena hermana —dije, y miré por la ventana, un tanto avergonzada por mi aseveración. Un instante después noté que ponía la mano encima de la mía.

—Tú también —afirmó. El clavo volvió a instalarse en mi garganta.

—La verdad es que no.

—Sí, claro que sí.

—Me gustaría volver atrás para poder portarme de otra manera, bastante mejor, contigo —dije, tragando saliva—. Estaba celosa de ti, la favorita de papá, la guapa, la del novio que te adoraba.

—¡Madre mía! ¡Pero si yo estoy celosa de ti! La lista, la tranquila, la segura de sí misma, la que tiene una carrera profesional de verdad! —Me miró brevemente—. En serio, hasta tenía envidia de Nathan. Conseguiste al mejor hombre del mundo.

El clavo parecía más afilado y más herrumbroso.

—Tenía que haber sido más agradable contigo.

—Yo era la hija de «la otra» —dijo en voz baja—. Tenías todo el derecho a experimentar una mezcla de sentimientos. —Durante un rato no dijo nada, y se limitó a conducir por las calles de Brooklyn sin dificultad—. Nunca me mandaste a la porra —dijo—. Tuvo que ser muy molesto eso de tener siempre a una niña pequeña dándote la lata y llamando a tu puerta. Pero siempre me dejabas pasar. Me cepillabas el pelo, me arreglabas las uñas, me dejabas estar contigo, venías a verme a la universidad, me invitabas a salir. ¡Y ahora me permites vivir contigo! Eres una hermana magnífica, ¡no se puede pedir más!

—Yo quería a tu madre, a Michelle —dije inesperadamente, y de nuevo las lágrimas que estaban contenidas en mi pecho pugnaron por salir.

—¿De verdad? —Ainsley me sonrió encantada—. ¿Qué recuerdas de ella? ¡Mierda, ese tipo por poco me da un golpe! ¡Mira por dónde vas, imbécil! Por cierto, ¿adónde vamos?

Le fui indicando hasta un restaurante con terraza del SoHo, en el que hacía tiempo trabajé en el reportaje de una petición de matrimonio. Las vistas de la ciudad eran impresionantes, y no sé cómo, pero conseguimos una mesa sin tener reserva, algo tan difícil como encontrar un unicornio en Manhattan. Milagroso, de verdad. Los clientes era demasiado sofisticados como para hablar a voces, así que pudimos entendernos sin problemas charlando a media voz.

—¿Quieres que llamemos a nuestro despegado hermano para ver si quiere acercarse? —sugirió Ainsley.

—Mejor no. Prefiero que esto vaya de chicas. —Hice una pausa—. ¿De verdad crees que es despegado?

—Bueno, la verdad es que no. —Se encogió de hombros—. Por lo menos contigo.

Tenía claro que Sean era bastante despegado por lo que se refería a Ainsley. Empecé a disculparme en su nombre pero enseguida me detuve, dividida como siempre entre la lealtad a mi familia de origen y la comprensión por Ainsley, la ajena.

—¡Ah! ¡Martini de espliego! ¡Me lo tomaré, lo tengo más claro que el agua!

Durante mucho tiempo había considerado la eterna alegría de Ainsley como un defecto de su carácter, que lo que en realidad escondía era cierta superficialidad. Sin embargo ahora, durante estos últimos tiempos, me había dado perfecta cuenta de lo dura que tenía la piel, de la gran cantidad de energía que hacía falta para ser tan flexible, tan alegre y tan... agradable todo el tiempo.

—Este sitio es estupendo —dije—. Gracias por obligarme a tomar una ducha.

Pedimos un martini para cada una y algunos entrantes. Mañana iba a fotografiar a un niño recién nacido y a sus padres en una de esas sesiones de fotos que tanto se estaban poniendo de moda, en la que los padres se hacían fotos cariñosas como Dios los trajo al mundo y después se las enseñarían al niño para explicarle cómo empezó todo, pero solo hasta que cumpliera los seis años. Después las esconderían bajo siete llaves, claro. No me vendría mal un poco de resaca para poder aguantarla. ¡Cuánta estupidez, madre mía! Por mucho que fueran unos ingresos fáciles y sustanciosos, me darían ganas de abofetearlos, seguro.

El camarero nos trajo la comida y la devoramos en modo O'Leary. Uno de los problemas del luto era que había perdido el apetito, y mi aspecto era un tanto esquelético. Pero esta noche tenía hambre, y la comida, por una vez, me sabía a comida.

—La vista es extraordinaria —dijo Ainsley, mirando los tejados del SoHo, preciosos desde tan alto. Visto desde aquí, el One World Trade Center tenía cierto parecido con un narval, y la antena hendía las nubes—. Deberíamos hacer esto más a menudo.

—Sí, deberíamos —confirmé, y al contrario que los otros cientos de veces que había dicho lo mismo, esta vez lo pensaba de verdad. Como si lo fuéramos a hacer.

—Bueno, pues cuéntame cosas de mi madre —dijo ella, juntando las manos.

Di un pequeño sorbo a la bebida.

—De acuerdo. Era guapísima, como ya sabes. Y muy agradable y cariñosa. Nunca nos reñía a Sean ni a mí cuando estábamos con ella, y preparaba cosas divertidas para cenar. —¿De verdad era la primera vez que se lo contaba? Me avergoncé de mí misma.

—¿Cómo qué?

—Bueno, macarrones con queso, pero caseros, con esa pasta rizada tan graciosa. Y nos compraba manteles individuales especiales. A Sean uno con el Sistema Solar y a mí con esos pollos tan divertidos que salían en la tele.

—¿Tú le gustabas? Quiero decir que era quizá demasiado joven como para ser madrastra.

—Era estupenda. Como esas tías solteras, jóvenes y marchosas. No como la tía Patty, que en cuanto te ve te empieza a hablar de su síndrome de colon irritable, no sé si me entiendes.

—Sí, creo que todos somos auténticos expertos en su colon.

—Michelle te quería muchísimo —dije, haciendo esfuerzos por recordar con nitidez—. Te tomaba en brazos sin ningún motivo especial, incluso cuando estabas dormida. Pero te compartía. Me dejaba jugar contigo, tomarte en brazos, nos sacaba fotos, a las dos, y a los tres. Y a la semana siguiente ya estaban enmarcadas.

—¿Qué pasó con esas fotos?

—Pues no lo sé —respondí frunciendo el ceño—. Siempre he pensado que las tenías tú.

—No. No me suena haberlas visto siquiera.

Permanecimos las dos sentadas en silencio y, sin lugar a dudas, pensando lo mismo. Por supuesto que nuestro padre no tendría la menor idea. No podía ni encontrar sin ayuda la mantequilla en el frigorífico. Lo cual dejaba la cosa en manos de mi madre, a quien le cuadraba perfectamente haberse deshecho de las fotos de la otra esposa de su marido, de su otra vida.

—Me imagino que Candy las tiraría —dijo Ainsley mirando a ninguna parte—. No... no lo sé. Sus razones tendría, claro.

—No, no las tenía. Seguro que es capaz de desarrollar un motivo para justificarlo, pero la única razón eran los celos. Tu madre era adorable, y eso volvió loca a la mía.

Ainsley abrió unos ojos como platos. Bueno, pues eso, había cruzado el Rubicón y había dicho la verdad desnuda. Y es que Ainsley se había portado maravillosamente durante estas últimas y horribles semanas. No le habían hecho falta palabras: simplemente, había estado allí, conmigo. Di otro sorbo a la bebida, disfrutando de las burbujas de sinceridad que parecían salir de ella.

—No me extraña que papá se fuera, y no le culpo, en absoluto.

—No digas eso —protestó Ainsley—. Engañó a Candy, y eso no estuvo bien. Y ella le dejó volver, y me acogió. Se comportó con mucha humanidad.

—Podía haberlo hecho mucho mejor contigo, Ainsley.

—No lo hizo mal. Quiero decir, al menos no me odió, y no me odia. Y yo tampoco a ella. —Hizo una pausa—. En cierto modo, la quiero.

—Yo también quería a tu mamá. Y te quiero a ti. Aunque seas la puñetera favorita de papá.

Nos miramos un momento y, enseguida, nos echamos a reír.

—Bueno, para ti se acabó el alcohol —ordenó Ainsley—. ¡Fíjate, hasta te estás poniendo sensiblera! —Me tomó la mano y la apretó—. Yo también te quiero.

—Lo sé perfectamente, créeme. —Estaba un pelín bebida, pero era completamente sincera. ¿Por qué habíamos esperado tanto a decirnos, y demostrarnos, esto? ¿Por qué no había habido más confianza entre nosotras?

«Porque no quería molestarme, por eso. Porque Sean y yo teníamos que demostrar nuestra superioridad respecto a Ainsley. Porque estaba celosa de ella.» Era mi cerebro el que hablaba.

A partir de ahora lo haría bien, como debía.

—¡Por cierto!, ¿te has enterado? —pregunté—. Mamá y papá van a divorciarse.

—¡Vamos ya! ¡Otra vez no, por favor!

—Ella quiere venir a vivir con nosotras.

—¡No, por Dios! Bueno, entiéndeme, yo no tengo nada que decir al respecto, pero...

—No te preocupes. Ya le he dicho que de ninguna manera. —Mi copa había desaparecido—. ¿Has tenido alguna noticia de Eric?

—Sigue mandándome correos para contrastar datos acerca de su enfermedad, de su «viaje a través del cáncer», como dice ahora. Y sus padres están empezando a cambiar de bando, por decirlo así. La última vez que hablé con Judy me dijo que estaba orgullosa de él.

—Una vez me dijo que para ella, cuando nació, era algo así como el mesías.

—No me parece descabellado que lo pensara, la verdad. —Su sonrisa me pareció un tanto triste.

—¿Sabes lo que tendríamos que hacer? Ir a su casa. A tu casa, quiero decir. Ahora está en Alaska, ¿no?

—Bueno, eso creo. Ha empezado otro blog, pero me he mantenido fuerte y no lo he leído.

—¡Venga! —dije buscando la cartera para pagar la cena—. ¡Espiémosle! Será divertido.

Cuarenta y cinco minutos después allí estábamos, a solo dos pasos de la casa. Estaba a oscuras.

—Vamos dentro —dije—. Podemos llevarnos algunas cosas que te pertenecen por derecho.

—¡Mírate! —dijo ella, negando con la cabeza y sonriendo—. Doña Perfecta proponiendo cometer un delito.

—Todavía tienes la llave, ¿no?

—¡Demonios, claro que sí!

La oscuridad era completa, y eso estaba bien, pues nos disponíamos a violar una propiedad privada. La seguí por el sendero de la entrada. Se asomó al garaje y negó con la cabeza.

—No hay ningún automóvil.

Un segundo más tarde estábamos dentro.

—No enciendas la luz —dijo Ainsley en voz baja—. No quiero que nadie sepa que estamos aquí.

—¿Y no te parece que el automóvil aparcado en la calle podría dar alguna pista?

—¡Es verdad, maldita sea! —dijo riendo nerviosamente—. De todas formas, ¿no es un Prius blanco? Es como el avión de Wonder Woman, invisible para todo el mundo. —Encendió la aplicación de linterna de su móvil—. Mira, da la impresión de que todavía no se ha ido. —En el salón había un montón de cosas apiladas: mochilas, botas de marcha y material de escalada—. Mira todas estas idioteces. ¡Un tipo que no era capaz de subirse a un árbol por si se rompía un brazo!

—¿Podría estar en casa? Igual ha vendido el automóvil. ¡Mira que si está arriba durmiendo...! —susurré. No sé por qué, pero la idea hizo que nos echáramos a reír sin control.

—Bueno, si está le metemos la mano en un cubo de agua a ver si se hace pis. —Y me reí tanto que fui yo la que tuvo que ir al cuarto de baño, pues estuve a punto de perder el control. Opté por no tirar de la cadena. Que se preocupara, el muy capullo.

Cuando salí del cuarto de baño allí estaba Ainsley

—No está en casa, lo he comprobado —me informó—. Venga, vamos a recoger algunas de mis cosas. —Miró alrededor, pues la luz del baño iluminaba tenuemente las habitaciones—. Me encantaba esta casa —dijo con voz algo triste.

—Siempre se respiraba felicidad aquí —dije, y lo pensaba de verdad.

Era la primera vez que hablábamos acerca de su ruptura, y lo cierto es que no sabía qué decir. No se podía decir que yo fuera ninguna experta en relaciones. No sabía ni mucho ni poco.

—Llévate ese cojín —dije, señalando al sofá. Tenía grabado en letras rosas la palabra «amor», y era algo muy de Ainsley—. Y ese florero. Es muy bonito.

—Yo no los quiero, pero venga, te los regalo —dijo al tiempo que se hacía con ellos—. No puede demostrar que no los comprara yo. Por lo menos creo que no puede. Yo me encargaba de llevar las cuentas cuando vivíamos juntos. Seguramente ahora se las lleve su mamá.

Subimos al piso de arriba, y Ainsley se llevó una pequeña escultura de un perro salchicha que estaba encima de una mesa.

—Ni siquiera se ha pasado a ver a *Ollie* —dijo con amargura—. ¡El muy cabrón!

—Sí, es síntoma claro de que es un sociópata —confirmé—. ¿Me puedo llevar eso? —dije señalando un reloj antiguo.

—No. Es de su abuela, lo siento. Mira, toma esto. —Me dio una jirafa de madera.

Entramos en el dormitorio principal. Estaba hecho un desastre: la cama sin hacer, una almohada por el suelo, etc. Ainsley se detuvo y entró en el cuarto de baño. Encendió la luz y empezó a recoger de un pequeño armario artículos de belleza y aseo personal que le pertenecían: crema hidratante, mascarillas, lápiz de labios, etc., y los metió en el bolso.

—Pero ¿no tienes ya de todo esto en mi casa? —pregunté.

—De acuerdo, de acuerdo, soy una adicta, lo reconozco. Pero cuestan una fortuna. No me da la gana dejarlos aquí.

El cepillo de dientes y la maquinilla de afeitar estaban en el lavabo, que además tenía restos de pasta y otras manchas indefinibles.

—Los hombres son unos guarros —dije.

—Ya lo creo. Estamos mucho mejor sin ellos. ¡Ah, vaya, lo siento! Yo estoy mejor sin este. Lo tuyo es mucho peor, por supuesto.

—Sí. Muy agradecida —gruñí.

Dejé en el suelo mi botín, agarré el cepillo de dientes de Eric, me levanté el suéter y me pasé las cerdas por la axila varias veces. Ainsley dio un gritito y después se empezó a partir de risa, casi literalmente. De hecho, se dobló durante un rato.

Mi imagen en el espejo era la de una persona feliz y un poco ruborizada. Me agradó contemplar una sonrisa en mi propia cara. Y, por una vez, esa idea no hizo que volviera a ponerme triste.

—¿Quieres que escupa en su almohada? —pregunté solícita, y Ainsley volvió a partirse de risa, esta vez procurando no hacer ruido.

Y entonces oímos el ruido de la puerta al abrirse. Nos quedamos heladas.

Se cerró de un golpe y sonaron pasos.

—¡Dios, ha vuelto! —siseó Ainsley—. ¡Escóndete!

Agarré las cosas (soy una profesional...) y obedecí, intentando por todos los medios no reírme de puros nervios. Salimos al pasillo y Ainsley abrió la puerta de la habitación de invitados, me empujó hacia la cama y me obligó a que me tumbara en el suelo, al lado de ella. Estaba riéndose también; de hecho, tenía los ojos llenos de lágrimas.

Entonces oímos su voz... y también la de una mujer, en contestación a la suya.

Nuestras risas se cortaron de raíz.

—Me encanta tu casa —dijo la mujer. Parecían estar justo debajo de nosotros, en lo que yo pensaba que era el cuarto de estar. Desde luego, en esta casa el aislamiento o no existía o era desastroso, pues se escuchaba perfectamente la conversación.

—Gracias. Es un tanto impersonal, pero cuando vuelva ya me encargaré de eso. Lo más probable es que la venda y done el dinero a mi organización benéfica.

¡Su organización benéfica! Claro, como hay tan pocas organizaciones de lucha contra el cáncer... El muy tarado tenía la necesidad de que hubiera una con su propio nombre, naturalmente.

Ainsley se había acercado mucho a mí, y la rodeé con el brazo.

—Es un capullo integral —susurré—. Te mereces algo mucho mejor.

—¿Y cómo es posible que un hombre como tú siga soltero? —preguntó la mujer con tono juguetón.

—Bueno, he estado mucho tiempo con alguien —contestó—. Creo que no llevó bien mi enfermedad. Decía lo que debía, pero creo que nunca respetó mi travesía por el cáncer. ¿Entiendes lo que quiero decir?

Ainsley tomó aire, y vi como entrecerraba los ojos peligrosamente.

—¡No me digas! —exclamó la mujer—. ¡Eso es horrible!

—Bueno, a veces pasa. No todo el mundo es capaz de enfrentarse a las adversidades de la vida. En fin, basta de hablar de ella. Ven aquí.

—Se están besando —susurró Ainsley—. Esa era su frase para entrar en faena, «ven aquí». Siempre le funcionaba.

—Pues es una estupidez —opiné.

—Van a hacerlo. Aquí. En mi casa. En nuestra cama.

—No, no lo harán —susurré sin convicción.

—¡Pues claro que sí! Dentro de dos minutos subirá con ella, se darán una ducha, porque esa es su idea de lo que han de ser los preliminares, y después harán el amor en nuestra cama. —Estaba temblando.

—Dame tu bolso —susurré. Encendí la linterna de mi móvil y me embadurné de maquillaje, sobre todo alrededor de los ojos.

—Pero ¿qué estás haciendo? —susurró mi hermana.

—Prepárate para salir mientras yo los distraigo. No deben verte aquí. —Por razones legales, pensé, pero no lo dije. Sin embargo, yo era una viuda en pleno periodo de duelo, o sea, como un puñetero silbo. Podía sacar algún provecho de esa situación tan triste.

Prácticamente me embadurné con lápiz de labios.

—¿Qué pinta tengo?

—De loca de atar.

—Perfecto.

Nos sentamos en el suelo y nos tomamos de las manos.

—No dejes aquí mi botín —le pedí, y empezamos a reírnos otra vez en silencio, sibilantes, e incapaces de mirarnos para no estallar en carcajadas. Tomó una almohada de la cama de invitados, le quitó la funda y puso dentro mis cosas, no sin añadir el despertador de la habitación, lo que produjo todavía más risas compartidas.

Tal como había predicho Ainsley, Eric y su amiga subieron. Pudimos escuchar murmullos y risitas cómplices.

—Me voy a dar una ducha rápida —dijo él—. Ponte cómoda.

—¿Por qué no nos duchamos juntos? —propuso ella en tono insinuante.

—Magnífica idea.

Eso pensé yo también. Oímos el ruido de la ducha. Más risas retozonas de la pareja.

—Bueno, es el momento de que te vayas, Ainsley —susurré al tiempo que me levantaba.

—¿Qué dices? No me perdería esto por nada del mundo.

Fuimos de puntillas por el pasillo hasta la habitación de Eric. Ainsley se colocó junto a la puerta, como un poli a la espera de un tiroteo.

Entré.

¿Follarse a otra mujer en la cama que había compartido con mi hermana? No lo permitiría.

La puerta del cuarto de baño estaba cerrada. Puesto que habían dejado las luces encendidas, pude contemplar mi imagen en el espejo de la cómoda. Sí, tenía una indescriptible pinta de loca. Me enmarañé el pelo para darle todavía más aspecto de hospital siquiátrico, respiré hondo y abrí de un tirón la puerta del cuarto de baño.

—¡Eric! —berreé.

Él gritó. Ella gritó. Y también resbaló, dándole un golpe en la cara con el codo. Él volvió a gritar, el muy gallina, mientras se tapaba la nariz con una mano y sus partes con la otra. Yo puse las manos en las caderas, con una pose muy de película italiana de los sesenta.

—¿Dónde está mi hermana, Eric? —grité a pleno pulmón—. ¿Qué le has hecho?

—¿De qué estás hablando? ¿Cómo has entrado? ¡Por Dios, estoy desnudo!

Desnudo, y desde luego, si antes lo había sido, o estado, ya no se podía considerar en absoluto un *Homo erectus,* lo cual me alegró y me hizo gracia. Además sangraba por la nariz.

—¿Dónde está Eric? ¡Confiesa!

—¿Qué pasa aquí? —La mujer volvió a resbalar mientras intentaba colocarse detrás de Eric, quien a su vez intentaba colocarse detrás de ella. ¡Vaya dos superhéroes!

—¿Dónde está? —volví a preguntar, esta vez con voz gutural. Me estaba gustando, viniéndome arriba—. ¿Qué has hecho con ella? ¿La has matado?

—¡Pues claro que no! ¡No sé dónde está!

—¡Oh, Dios mío! —exclamó la mujer. Salió de la ducha a toda prisa y empezó a recoger sus ropas.

—Si Ainsley no aparece, y pronto —dije con la voz más profunda que pude poner—, voy a llamar a la policía para denunciarte. Y te estaré vigilando, Eric. —Me toqué los ojos y extendí los dedos índice y corazón hacia él. Después me di la vuelta para dirigirme a la mujer—. Mi marido ha muerto, y fue por culpa de Eric —le expliqué, con tono apenadamente didáctico—. Puede que sea el dolor el que esté hablando, pero deberías tener mucho cuidado cuando este tipo esté cerca. —Le dirigí una mirada de profunda y alocada pena, y después me volví hacia Eric de nuevo—. Por cierto, Eric, debería darte vergüenza.

—Kate, estás... Esto es... —Se incorporó—. Será mejor que te vayas, o llamaré a la policía.

—O a lo mejor soy yo quien la llama, Eric, y les digo que mi hermana pequeña ha desaparecido... ¡Me marcho! Tengo cosas que hacer. ¡Que pases buena noche! —Volví a señalarle con los dos dedos.

Salí corriendo. Ainsley seguía allí, en las escaleras, y corrimos fuera, atravesando la hierba del jardín hasta llegar a su automóvil, con la bolsa blanca del botín brillando en la oscura noche. Ya estaba hecho, y Ainsley estalló, riendo con tal fuerza que las lágrimas le salían casi a borbotones. Pudimos salir sin hacer ruido gracias al motor eléctrico del Prius. Aparcó a unas pocas calles de allí y las dos nos reímos tanto que tuvimos que sujetarnos el estómago.

En ese momento sonó el móvil de Ainsley, que miró la pantalla.

—¡Anda, es Eric! —dijo, dando unos golpecitos al teléfono e intentando calmarse. Lo consiguió. ¡Menuda actriz!—. ¡Hola Eric! —dijo con voz muy tranquila—. Suenas un poco congestionado. —Pulsó la tecla de «Silencio» para que no pudiera oír nuestras risas. Cuando nos calmamos volvió a apretarla—. ¿Kate? Está fuera, en Brooklyn, con alguien. Una recepción para recaudar fondos, o algo así. ¿En serio? ¡Vaya! ¿Estás seguro de que era mi hermana? No, yo estoy aquí, leyendo, con *Ollie*. Escucha, parece que estás un poco fuera de ti. Respira hondo unas cuantas veces y habla con los osos grizzli o con los lobos. Me han dicho que eso calma mucho.

Jadeé. Me corrían las lágrimas por la cara. ¡Esto era desternillante! Se produjo una pausa mientras él hablaba.

—¡Ah! ¿Así que no estás en Alaska? Pensaba que te habías librado ya del cadáver de tu antigua vida. Es fácil de escribir en un blog, pero bastante más difícil de hacer, ¿verdad? Bueno, y no te atrevas a escribir acerca de mi hermana. Para empezar, no tienes pruebas, y no te creo. Para seguir, es la viuda de Nathan, y todavía está en periodo de luto. Y para terminar, puedo asegurarte que te pondrá una denuncia por difamación si te atreves a hacerlo. Que la Fuerza no te acompañe nunca, pedazo de imbécil.

Colgó y nos pasamos allí unos minutos, riendo, resoplando a veces, hasta que se nos agotaron las fuerzas y nos quedamos tranquilas.

Cayeron unas gotas de lluvia sobre el techo del automóvil, después unas cuantas más y finalmente el aguacero se hizo persistente. Los regueros corrían por las ventanas y el parabrisas, y la vista de la calle se volvió borrosa. Sonó el ruido de un trueno por el oeste, todavía algo lejano, y un relámpago surcó el cielo e iluminó las nubes.

—Creo que esto se ha acabado del todo —dijo Ainsley con voz tranquila—. El Eric que yo conocía ya no está. Estoy aquí sentada, sintiendo celos de ti, porque Nathan al menos permanecerá solamente en tu memoria, mientras que yo tendré que bregar, aunque sea en la lejanía, con este Eric nuevo, y evidentemente peor.

—Lo siento, Ains.

Asintió y se secó los ojos.

—¿Sabes?, después de su muerte Nathan me ha dado alguna sorpresita que otra —añadí.

—¿De verdad? —Me miró bastante asombrada.

—Seguía en contacto con su exmujer. He encontrado correos electrónicos.

—¿Me tomas el pelo?

—Me temo que no. Me da la impresión de que la cosa no... se había acabado del todo.

—¿Una aventura?

—No. Pero creo que él todavía... la amaba.

Pronunciado así, en la intimidad del automóvil, las palabras parecieron quedarse flotando delante de nosotras.

—Lo cierto es que nunca se sabe si se termina de conocer por completo a las personas —dijo Ainsley.

—¡Qué gran verdad!

La lluvia seguía cayendo contra el techo del automóvil, y ahí estábamos nosotras, más unidas de lo que nunca habíamos estado en toda nuestra vida.

—¿Sabes una cosa? —dije—. En casa hay un pastel de coco de la pastelería esa que tanto te gusta, ¿se llama Peperridge Farm?

—No me digas más. —Ainsley arrancó el automóvil y nos fuimos a casa.

CAPÍTULO 23
Ainsley

Aunque llegué a la hora ocho días seguidos, eso no sirvió para deslumbrar a Jonathan.

Tampoco es que lo estuviera intentando.

Bueno, en realidad sí que lo estaba intentando. Absolutamente. De todas formas, no sabía muy bien el porqué. Por una parte, todavía estaba furiosa con Eric, quien finalmente, y según el Facebook de Judy, se había ido a Alaska. Y por otra, deslumbrar al Capitán de Hielo era misión imposible.

No solo empecé a llegar a tiempo sistemáticamente a la oficina, sino que también dejé de hacer compras en línea. Me daba cuenta de que tales comportamientos tampoco es que fueran modelo de un comportamiento inalcanzable para cualquier empleado, pero al menos esperaba que Jonathan los tomara como una mejora sustancial. Si pasó eso, desde luego que lo ocultó bien.

En otro orden de cosas, no seguí ninguno de los blogs de Eric en las plataformas locales. Cuando me mandó una pregunta acerca de su alergia al látex que, por cierto, era completamente inexistente (simplemente le picó un mosquito ahí, justo donde os imagináis), me harté de estupideces y bloqueé su número de teléfono.

Eric había roto conmigo. Además, había llevado a nuestra casa a otra mujer. Y ahora estaba en Alaska, esperaba que entre las fauces de un grizzli.

Ya estaba bien, todo había terminado.

Su madre y yo llevábamos dos semanas sin hablar. Era lógico que los Fisher se pusieran del lado de su hijo. Eso lo entendía. No volvería a pasar con ellos la fiesta de Hanukkah, ni iría a ver un musical de Broadway con Judy, ni vería el partido de los domingos de fútbol americano con

Aarón, tumbada en el sofá y charlando de trivialidades mientras Eric leía y sonreía de vez en cuando.

Aquellos días ahora me parecían muy lejanos, como una especie de sueño.

El viernes por la tarde, a las cinco menos cuarto, vibró mi móvil. Mensaje de texto:

Por favor, prepárate para ir al Museo de Herramientas dentro de diez minutos. Gracias.

Jonathan Kent, Director.
Hudson Lifestyle

¿El Museo de Herramientas? ¿Sería una metáfora? Comprobé la agenda. MHATH. Busqué en Google para ver qué demonios era eso. Museo de Herramientas Antiguas para Trabajar con el Hielo.

¡Súper emocionante!

Le mandé un mensaje a Kate para que se enterara de que tenía un compromiso de trabajo. Iba a preparar una cena para algunas personas de su grupo de duelo, lo cual estaba muy bien. Yo tenía pensado encerrarme en alguna otra parte de la enorme casa y leer. Le pedí que diera de comer a *Ollie,* pues era posible que llegara tarde. Otras visitas previas de trabajo con Jonathan me habían enseñado que era de los que leen cada placa en cada museo, trataran de lo que tratasen. Y dado que el reportaje sobre este iba a ocupar una doble página entera de la revista, y tenía que coincidir con el tópico principal del número, resultaba obligado que estableciéramos una buena relación con el director, cosa que yo solita podía conseguir en quince minutos o menos, pero para Jonathan el único medio sería memorizar absolutamente todos los aspectos del dichoso museo, para quedar bien con su responsable.

Herramientas antiguas para trabajar con el hielo. ¿A quién demonios le podían interesar esas cosas?

—Podemos ir en mi automóvil —dijo Jonathan cuando entramos en el aparcamiento.

—Muy bien. —Entré. Su automóvil estaba ridículamente ordenado y limpio. En la parte de atrás había dos asientos infantiles—. ¿Cómo están tus hijas?

—Muy bien.

—¿Y tu padre?

—Bien también.

Ya estaba. ¿Este era el mismo tipo que me había obligado a bailar con él?

—Yo también estoy muy bien, Jonathan.

—Sí, me doy cuenta.

Puse los ojos en blanco y miré por la ventana.

El museo estaba aproximadamente a una hora de camino de Cambry-on-Hudson, en dirección norte. Era sorprendentemente encantador: una maciza construcción de piedra sobre el río, y estaba lleno de fotos, serruchos que daban bastante grima y otros utensilios y carteles. Como había previsto, Jonathan estudió a fondo cada palabra de cada cartel de cada lugar del museo, mientras que yo charlaba con el director, un hombre de sesenta y tantos (una de mis especialidades) que respondía al curioso nombre de Chip, o sea, bien patata frita o bien componente informático. ¡Era el primer tipo que conocía con ese nombre tan polivalente!

—¿La gente le llama «patata frita de hielo»? —pregunté, y él se rio con ganas. No obstante, noté que Jonathan se asustaba un poco—. ¿O «chip de congelación»? —insistí.

—Supongo que a partir de ahora podrían elegir. Haré una encuesta. —Evidentemente, la broma le había gustado.

—Corríjame si me equivoco —dije—, pero me resulta difícil pensar que el Hudson se hiele a esta altura de su curso, al menos con el patrón de mareas actual.

—¡La mayor parte de la gente piensa eso! —exclamó, encantado por tener la oportunidad de corregir mi error—. Pero en el siglo XIX se podía llegar patinando desde aquí hasta el puerto de Nueva York.

—¿De verdad? —Su entusiasmo era contagioso.

—Todo tiene que ver con la salinidad del agua —siguió, y sus ojos brillaban de emoción al dar las explicaciones. Se notaba que estaba enamorado de lo que hacía, y de su museo.

Cuando llegó la hora de irnos, el cielo estaba empezando a encapotarse con la típica tormenta de primavera. Las nubes negras se cernían sobre el curso del río y el viento me levantaba el vestido. Chip y yo nos despedimos amigablemente, como si fuéramos viejos amigos ya, y le prometí que volvería en invierno para visitar la exposición de esculturas de hielo.

—Muchísimas gracias por su tiempo —se despidió Jonathan, estrechando la mano de Chip.

—¡Menuda joya de chica tiene usted! —dijo Chip. Era lo mismo que solían decir los jefes de Eric.

—Sí —confirmó Jonathan. Pensé que no quedaría mal dentro del museo, como estatua—. Que pase un buen fin de semana.

El Capitán de Hielo, en su elemento, atacaba de nuevo, pensé al entrar en el automóvil. Le mandé un mensaje a Kate para preguntare cómo iba la cena mientras salíamos del aparcamiento.

¡Francamente bien! Gracias por preguntar. Ten cuidado, ¿de acuerdo? Hay alerta roja por tormentas.

—Viene mal tiempo —le informé a mi chófer—. Zambombazos.

—¿Perdón?

—Tormentas fuertes, Jonathan. —Lo de los ojos en blanco ya me salía espontáneamente y casi sin pretenderlo.

Puso la radio y, en efecto, los distintos meteorólogos competían entre ellos para ver quien conseguía ser el más alarmista.

—¡Los vientos superarán los cien kilómetros por hora! ¡Lloverá a cántaros! ¡Habrá inundaciones en algunas zonas! ¡Amigos, quédense en casa!

Jonathan suspiró.

—¿Tienes que recoger a las niñas?

—No, hasta mañana no. —Conducía con las dos manos en el volante, sin desviar la vista de la carretera—. Lo has hecho muy bien con el director del museo —afirmó—. Eres buena tratando con la gente.

—Me gusta la gente.

Su boca se curvó un instante. ¿Una sonrisa? Después recuperó su expresión habitual, es decir, su falta de expresión.

Una fuerte ráfaga de viento sacudió el automóvil, seguida de un aguacero repentino. Jonathan puso los limpiaparabrisas a la velocidad máxima.

Cuanto más nos acercábamos al sur, peor se volvía el tiempo. Los relámpagos se sucedían y la carretera se llenó de ramas. El ruido de los truenos nos rodeaba, y alguno era tan fuerte que hacía vibrar el automóvil.

Después se produjo un resplandor cercano y un estruendo, y a unos diez metros de donde estábamos cayó una gran rama sobre la carretera.

—Te vienes conmigo a casa —dijo Jonathan—. Está más cerca. Puedes esperar allí a que pase la tormenta. ¿Te parece bien?

Miré el reloj. Eran las siete y media. Y lo cierto era que no tenía planes.

—Muy bien. Gracias.

Parecía que se había cortado la electricidad, pues las casas estaban a oscuras. Vimos más ramas caídas y nos pasó un camión de la compañía eléctrica, con las luces de emergencia encendidas.

Jonathan torció por una estrecha carretera asfaltada que se internaba entre los árboles. La lluvia era fortísima y ensordecedora, y ni los limpiaparabrisas podían del todo con ella. Fuera, los árboles se movían y se doblaban, y montones de hojas y ramas caían sobre el automóvil. Esperaba que no cayera sobre nosotros algo más voluminoso. Me estaba poniendo un poco nerviosa.

Jonathan giró de nuevo por un camino aún más estrecho, sin asfaltar en este caso, que nos llevó a una especie de granja. Allí no había árboles que pudieran caer sobre nosotros, pero el camino era como un río y el agua fluía a los lados a borbotones. Las luces delanteras solo mostraban agua y barro y las nubes eran tan densas y negras que parecía como si fuera noche cerrada.

Otro giro, y a la luz de un relámpago pude ver una gran casa de campo, y al lado un granero rojo. Las luces del automóvil de Jonathan iluminaron una pared de piedra.

—Espera un momento —dijo, sacando las llaves de contacto. Salió y un segundo después, ya estaba abriéndome la puerta y poniéndome la americana del traje sobre la cabeza—. ¡Tendremos que correr!

El sendero de pizarra estaba lleno de ramas y de hojas, y un fuerte olor a agua y primavera inundaba el aire. Jonathan abrió la puerta y entramos. Estaba oscuro como la boca de un lobo. Me agarró de la mano y me arrastró al interior. Yo daba pasos cortos e inseguros.

—Quédate aquí —dijo—. Tengo un generador. Será solo un segundo.

Así que se fue, y me quedé sola, rodeada del estruendo de la tormenta.

Esperé, con la ropa absolutamente empapada pese a los esfuerzos de Jonathan por cubrirme. Olía bien, a madera y también un poquito a canela. La iluminación de los relámpagos, casi continuos ahora, me permitió ver que me encontraba en una especie de vestíbulo, con un banco a un lado y una puerta de entrada.

Había una mujer frente a mí.

Grité y levanté las manos para protegerme.

—¿Ainsley? —exclamó Jon con voz aguda.

—¿Quién está aquí? —aullé—. ¡Aquí hay alguien!

Se encendieron las luces, miré asustada y vi mi propia imagen.

Estaba enfrente de un espejo.

—No te preocupes —dije—. Yo... era yo. Perdóname. —Y, ya que hablamos de mí, tenía el pelo espeluznante. No me extraña que gritara al verme. Me lo ahuequé un poco, me pasé los dedos por los ojos y me sacudí el vestido, llenándolo todo de agua.

—¿Estás bien? —Jonathan estaba de pie delante de mí, exactamente igual de empapado, pero, cómo decirlo, con un aspecto de lo más romántico, tipo protagonista de una película basada en alguna novela de Jane Austen. Colin Firth se había convertido en el cliché por excelencia a la hora de hacer ese tipo de comparaciones. ¡Bien por él!

—Era solo mi imagen, pero como no sabía que había un espejo y además tengo una pinta horrible, me he asustado. Perdón por el grito.

Me miró de arriba abajo.

—¿Quieres ropa seca?

—Eh... sí, claro. Gracias.

Me invitó a que lo acompañara y recorrimos su casa, que no era ni mucho menos como yo esperaba. Me lo había imaginado... bueno, en muchos sitios. En el infierno, por ejemplo. O en un ataúd, como Drácula, que necesita la tierra de su Transilvania natal para dormir. O en un piso absolutamente esterilizado, tipo *2001: una odisea en el espacio,* la película de Kubrik.

Pero la casa era grande y un tanto inconexa, y estaba llena de muebles cómodos y algunas antigüedades. Pero no del tipo que o no te apetece tener o que son de mírame y no me toques, en plan «están aquí porque son caras y me las puedo permitir». No: estaba el reloj de los abuelos, un sofá grande con una especie de manta rosa en uno de los brazos, etc. Subimos al piso de arriba y Jonathan entró en su dormitorio, en el que había una cama grande y una chimenea. Muebles de madera con cajones, fotos de las niñas y una magnífica vista del campo desde las ventanas.

—No tengo ropa de mujer —dijo.

—¿En serio? —pregunté—. ¿No eres una *drag queen* en tus ratos de ocio?

No reaccionó al comentario.

—Y la ropa de mis hijas seguro que no te sirve.

—¡Pues claro que no, Jonathan! Soy una mujer adulta. Pero me valdrá un chándal, o algo parecido.

Eso fue lo que me trajo.

—Puedes cambiarte en la habitación del final del pasillo. Tiene también cuarto de baño.

—Gracias, señor Kent —dije, aceptando las ropas. Fui a la habitación del fondo e, instantáneamente, me encantó.

Estaba claro que era la habitación de las niñas; literas, un par de escritorios llenos de cosas desordenadas y alegres, incluido papel para envolver o hacer construcciones, y una especie de casa de muñecas a medio hacer, con puertas, ventanas, decoración y algunos muebles. Había un asiento tipo banco debajo de las ventanas, y las estanterías estaban llenas de libros, fotos y juguetes a cual más bonito: una cajira de música, un gato de porcelana y demás decoración infantil. En un rincón había una hamaca llena de peluches de animales y en otro un sillón muy mullido, perfecto para leer y acurrucarse.

Me quité el vestido, lo colgué de una de las sillas de los escritorios y me puse el pantalón de chándal de Jonathan, que me quedaba demasiado bien de talla. Estaba claro, me tenía que poner a régimen de inmediato. También me había dado una camisa de franela. ¡Vaya! No me lo imaginaba con ella puesta. De algodón sí, claro, pero de franela... no demasiado.

Algunas de las fotos de las estanterías me llamaron la atención.

¡Caramba!

Allí estaba, llevando a caballito a una de las niñas, que supuse que era Emily, y sonriendo a la cámara con toda la felicidad que un hombre puede desear. En la foto parecía muy joven. Y había otra, con Emily siendo un bebé en uno de los brazos y dándole la mano a Lydia. Sonreía ampliamente mirando a Lydia, que intentaba tocar con un dedo tímido la nariz de su hermana mayor.

Una más con las niñas en Halloween. Otra saliendo del agua con Lydia. Buenos abdominales, tomé nota. Los suyos, no los de Lydia, claro. Otra foto con Lydia en brazos, señalando un punto en el cielo.

Era un buen padre, eso estaba claro. De no haberlo sabido ya, esas fotos me lo habrían demostrado.

—¿Tienes hambre?

Di un respingo y seguramente me ruboricé, como si me hubieran descubierto haciendo algo que no debía. Jonathan estaba junto a la puerta.

—¡Sí, claro! ¡Gracias! —dije al tiempo que abría, y sonreí—. Es una habitación preciosa —dije—. Bueno, toda la casa lo es.

—Gracias. Ha sido el hogar de mi familia durante cinco generaciones. Por aquí, por favor.

Ah, claro. Yo era una criada y debía ir a la zona de la servidumbre.

Me guio hacia la gran cocina. El suelo era de láminas de madera, como los muebles. La encimera era de pizarra. El frigorífico estaba cubierto de imanes, fotos y objetos que seguro que procedían de la clase de trabajos manuales de las niñas.

—Tengo que llamar a mis hijas —dijo—. Siéntate, por favor.

Me encaramé a un taburete que estaba al lado de la encimera. Para mi sorpresa, Jonathan me sirvió una copa de vino tinto, y medio llenó otra para él. Después tomé el teléfono y pulsó una tecla.

—Hola, Laine —dijo—. ¿Estás bien?

Apretó la mandíbula, y eso que la pregunta solo había sido para comprobar que su ex estaba a salvo.

—Ahora estoy en casa. Sí. ¿Tienes electricidad? Bien. No salgáis. Hay ramas caídas por todas partes. ¿Puedo hablar con las niñas? Gracias.

Muy civilizado. Di un sorbo de vino.

—Hola, peluchito —saludó, y se me empezó a derretir el corazón. Se le suavizó la cara, y su voz se volvió incluso más profunda—. No, no es para tanto. No se ha roto nada. Simplemente hace mucho viento. No te olvides de que la casa lleva aquí mucho tiempo. —Durante solo un instante se le dibujó una sonrisa—. ¡Claro! Os recogeré a las diez.

Yo también te quiero, osito. Que se ponga Lydia, ¿de acuerdo? —Me miró, e inmediatamente miré hacia abajo, súbitamente fascinada por la antigua pero perfectamente conservada tarima.

—¡Hola, Lyddie! ¿Qué tal el día, corazón? ¿Qué has comido? ¿En serio? ¿Tres trozos? ¿Y no te duele la tripita? —Otra sonrisa relampagueante—. ¿Las hadas? —Me echó una mirada y alzó una ceja—. Supongo que tienen sitios en los que pueden resguardarse. Un tronco seco y vacío, por ejemplo. ¿En un panal de abejas? Se lo preguntaré. De acuerdo, preciosa. Te quiero. Nos vemos mañana por la mañana. Adiós.

Me dolía el corazón.

Un hombre que quería tantísimo a sus hijas no debería verse privado de su compañía. Odiaba a su esposa. La odiaba con todas mis fuerzas.

—A Lydia le preocupaban las hadas —me dijo—. Pero piensa que seguro que se llevan bien con las abejas y quería que te lo preguntase, ya que eres una experta.

Noté una punzada de calidez en el pecho.

—Claro, tiene toda la razón. Las abejas y las hadas se llevan de maravilla, son muy amigas. Las dos utilizan las setas como paraguas.

—Se lo haré saber —dijo, sonriendo con los ojos. Me miró—. Bueno, voy a hacerte la cena. —Abrió el frigorífico—. ¿Comes carne?

Sí, claro. Me encanta la carne.

—Me alegro.

De repente me puse nerviosa y bebí un poco más de vino.

—¿Puedo echar una mano?

—Podrías hacer una ensalada.

Sacó lechuga y unos tomates, y rebuscando en el frigorífico encontró también un pimiento. Me puse a la faena, lavando la lechuga, cortándola y secándola, y los tomates en trocitos. Abrí el frigorífico para indagar y encontré zanahorias y aguacate—. ¿Puedo utilizar esto? —pregunté.

—Por supuesto.

En el alféizar de una ventana había macetas con hierbas aromáticas.

—¿Y esto?

—Estás en tu casa —dijo.

Me resultaba muy extraño estar aquí. La lluvia todavía golpeaba con fuerza el tejado y el agua borboteaba por los canalones. Jonathan encendió el fogón de gas, colocó sobre él una sartén de acero inoxidable y empezó a cortar la carne de ternera.

Haciendo la cena con el Capitán de Hielo. Raro, raro.

—Así que esta casa tiene mucha historia. Me encanta —dije, cuando ya estuve segura de que él no iba a iniciar ninguna conversación.

—Gracias. El padre de mi tatarabuelo la construyó en 1872. Una parte se quemó en los años cincuenta, de modo que la cocina y el salón familiar son nuevos. Menos antiguos, quiero decir.

Se movía con rapidez y de forma eficiente por la cocina. De vez en cuando nos cruzábamos y nos esquivábamos como podíamos. El olor de la carne a la plancha llenó la habitación. Peló y cortó unas patatas, las salpimentó y les echó unas gotas de aceite de oliva. Después tomó un poco de romero de una maceta y también lo añadió.

No tendría ningún problema para enamorarme de un hombre que sabe moverse con eficacia en una cocina.

Llevaba *jeans* y una camisa marinera de manga corta, cuyas mangas estaban ligeramente abultadas. Los antebrazos eran bonitos, musculosos y suaves.

¿Siempre había sido así de alto, o me lo parecía porque yo iba descalza?

Acabé de hacer la ensalada y volví a sentarme en el mostrador para observar como colocaba en los platos la carne y las patatas. Di otro trago al magnífico vino.

Sentí cosas.

Sonó un tremendo trueno, y la lluvia cayó incluso más fuerte, si es que eso era posible.

—Pronto escampará —afirmó Jonathan—. Generalmente estas tormentas no duran demasiado.

—Lo sé.

Me serví un poco más de vino y después le rellené la copa a él. Me dio las gracias con un gesto.

Me estaba acostumbrando a estas formas tan educadas. Se me ocurrió que igual lo único que le pasaba es que era un poco tímido.

—La cena está servida —anunció, sin mirarme directamente a los ojos.

Era tímido, sin duda.

No me podía creer que no me hubiera dado cuenta antes.

Comimos en la mesa de la cocina, sin hablar, simplemente escuchando la lluvia y los truenos, y viendo los relámpagos. La carne era magnífica, como la cena en su conjunto, sencilla y sabrosa. Para variar, tenía un hambre canina.

Jonathan comía despacio y con mucha precisión, con el cubierto en la mano izquierda, como los europeos. Seguramente le habían enseñado en el internado. Me imaginé un sitio como los que se describen en las novelas de James Joyce, y a un niño contando ansiosamente los días, esperando a que llegara la Navidad para ir a casa.

Sí, Jonathan se adecuaba a esa idea.

—¿Fuiste a un internado?

—Sí —contestó alzando la vista.

—Me lo imaginaba.

Sonreí. Sonrió. Sonrió hasta el gato.

¡Tenía un gato!

—¡Tienes un gato! —exclamé. Puede que no debiera haberme tomado ese segundo vaso de vino. En fin, demasiado tarde.

—Ainsley, te presento a *Luciano. Luciano,* Ainsley. Para ti la señorita O'Leary.

—Puedes llamarme Ainsley, *Luciano.* ¿Lo llamas así por Pavarotti?

Jonathan pareció sorprenderse.

—Sí. ¿Cómo lo sabes?

—Fácil: ese cantante de ópera es el único hombre que sé que se llama *Luciano.*

—Ah. Ya. A este *Luciano* también le gusta cantar. —El gato intentó lucirse con un profundo maullido, y después me miró con esa falta de interés tan gatuna, y a la vez tan adorable.

—Me gustaría hacerte una pregunta, Jonathan.

—Profundamente personal, sin duda.

—Claro. —Dejé los cubiertos encima de la mesa y me retrepé en la silla. La intimidad a la que nos había conducido el mal tiempo y la agradable cena habían logrado relajarme por completo—. ¿Por qué diriges el *Hudson Lifestyle*?

Siguió masticando con cuidado. El movimiento de sus mandíbulas me resultaba hipnótico. Finalmente tragó, y me vi forzada a mirarle la garganta.

—Es el negocio familiar.

¿De qué estábamos hablando? ¡Ah, sí! De la revista.

—¿Y te gusta?

—Sí, me gusta.

Me removí en la silla.

—¿Por qué? Todos esos artículos de pacotilla sobre cirugía plástica y balnearios por horas, todos esos informes sobre restaurantes que en bastantes casos son un fraude, igual que las galerías de supuesto «arte contemporáneo»... Podrías estar haciendo otras cosas. Eres muy inteligente.

No contestó.

Mierda. Había sido una pregunta bastante brutal y maleducada.

—Perdóname por lo que he dicho.

—Ya. Bueno, los artículos de pacotilla y los informes sobre establecimientos que son un fraude son importantes, porque son nuestros anunciantes, y nuestros anunciantes pagan tu salario y los del resto de nosotros.

—Sí, tienes razón.

Me miró unas cuantas veces. Sus ojos ahora parecían verdes, pero allí estaba la pequeña pepita de oro.

—Me encanta esta zona —dijo finalmente—. El río, que parece fluir sin que nos demos cuenta; las granjas, que luchan a brazo partido por su supervivencia; los pueblecitos, sus museos, como el que hemos visitado hoy. La historia de nuestro país está comprimida aquí. Si algunos artículos de pacotilla y unos cuantos informes exagerados (decir fraudulentos quizá sea excesivo) permiten que la gente pueda al menos plantearse echar un vistazo a los reportajes sobre esos museos, y hasta se anime a visitarlos, es posible que cuando lo hagan aprendan algo y empiecen a amarlo. A apreciar lo que tenemos y lo que somos, que es mucho.

Volvió a enfrascarse en la cena.

—Ha sido una respuesta excelente —murmuré.

—¿Me permites usar mi turno de pregunta?

—Adelante. —Me preparé para lo que venía con otro sorbo de vino.

—¿Por qué trabajas en algo que no te gusta nada, por no decir que lo odias?

Me dio un acceso de tos, y derramé un poco de vino.

—¡Vaya! No odio mi trabajo —respondí, y me limpié los labios con la servilleta—. Yo... me divierto. Hoy me he divertido. Me refiero a Chip. Eso ha sido divertido.

Cruzó los brazos, me miró a los ojos con intensidad y suspiró.

—No lo odio tanto, aunque no me entusiasme, la verdad —dije—. Y seguramente me gustará mucho más cuando asimile lo que has dicho de una forma tan poética.

—Cuando prestas atención y te lo tomas en serio, no eres una mala editora. Aunque he de decir que creo que se pueden contar con los dedos de una mano los días que has prestado atención de verdad. Y la mayor parte de esos días han sido esta semana.

—Sí, bueno, vivimos en una sociedad que tiene muchas maneras de distraernos.

Se quedó mirándome. Por desgracia, él no se distraía.

—¿Por qué no me has despedido? —pregunté.

Se tomó su tiempo para contestar.

—Le tengo aprecio a tu madre —dijo finalmente.

—¡Bien por ti! —dije riendo—. Eso no es nada fácil. Además, es mi madrastra.

Volvió a concentrarse en la comida, manteniendo sus excelentes formas, por supuesto.

—¿Cuántos años tenías cuando tus padres se divorciaron?

—No lo hicieron. Mi madre murió cuando yo tenía tres años. Candy era la primera esposa de mi padre. Y también es la tercera. —Me levanté y recogí los platos—. Gracias por la cena. Ha sido magnífica.

—Siento lo de tu madre.

—Gracias.

—Y la ensalada estaba muy bien.

Sonreí ante su torpe intento de mantener la conversación.

—Cada cual tiene sus dones especiales, Jonathan. El mío son las ensaladas.

Me miró con inseguridad y después terminó de limpiar la mesa, y llenamos el lavavajillas sin pronunciar palabra.

—Voy a mirar la previsión del tiempo —dijo, dirigiéndose a la otra habitación.

Muy bien. Así me llevaría a casa.

Le seguí hasta la sala de estar. En la encimera de piedra que había sobre la chimenea descansaban más fotografías enmarcadas de las niñas. Por cierto, me encantaban los hogares de piedra.

Me senté en el sofá, que era blando y muy confortable. Había una pintura amarilla de cera entre dos almohadones, lo cual, no sé por qué, me llenó de alegría.

La pantalla de la tele mostraba otra mancha roja que avanzaba hacia la zona donde nos encontrábamos.

—¿Te importaría esperar a que pase esa tormenta? —preguntó.

—Si a ti no te importa, a mí tampoco.

—No, claro que no.

Fue de nuevo a la cocina y volvió con la botella de vino. Me sirvió un poco más.

—No tengo nada que ofrecerte como postre. Lo siento.

—La vida sin postre es triste, jefe.

Estalló otro trueno bastante cercano. Jonathan apagó la tele y se sentó en el sofá a mi lado. Yo me apoyé en la esquina y le miré. No apartó la mirada, lo que me permitió estudiar de cerca su perfil. Los dioses que gobiernan la estructura ósea seguro que se lo habían pasado bien construyéndolo: las mejillas estilizadas y la mandíbula potente y bien definida.

Tiene gracia que yo hubiera pensado hasta hacía poco que no era atractivo.

—¿Qué tal lo llevas con tu exmujer y con la... situación creada? —me atreví a preguntar.

La ceja que podía ver se alzó.

—Es... difícil.

—Por teléfono fuiste muy educado.

—Sí. Laine es la madre de mis hijas. De ninguna manera quiero que nos contemplen tirándonos los trastos a la cabeza o intentando mordernos la yugular.

Me resultaba imposible imaginar a Jonathan intentando morderle la yugular a nadie.

Sin embargo, sí que podía imaginármelo con el corazón roto.

—¿Has vuelto a hablar con tu hermano?

—No.

—Eso es duro.

—Sí, mucho. —Agitó la copa para mover el vino—. Mi padre, mi hermano y yo estábamos muy unidos, y cuando papá tuvo el ataque nos afectó muchísimo a los dos. En ese momento yo ya estaba trabajando en la revista y tuve que asumir las funciones de mi padre, aparte de las mías. —Hizo una pausa—. Seguramente habrás notado que no soy muy diestro en... —Mientras buscaba las palabras movió un poco la mano con la que no sostenía la copa.

—¿Transmitir emociones? —sugerí.

—Eso es, sí. —El gato se puso en su regazo de un salto, y él empezó a acariciarlo mecánicamente, lo cual hizo que, de inmediato, el animal empezara a ronronear. El felino me miró entornando los ojos y yo hice lo mismo con él—. Pues eso. Luchando por mantener a flote la revista, trabajando muchas horas y sin poder apoyarme demasiado en nadie. Mi hermano sufría la pérdida, mi esposa se sentía sola y, según ella, yo era emocionalmente inaccesible, es cita textual. Así que se consolaron el uno al otro. Por el bien de las niñas, intento ser lo más civilizado posible.

—Pero no deja de ser un enorme faena, Jon. Tenías todo el derecho a enfadarte, y mucho.

—Y me enfadé, te lo aseguro. —Allí estaba otra vez esa voz profunda baja y peligrosamente atractiva, sexi incluso—. Por cierto, nadie me llama Jon.

—¿No te gusta?

—No es eso, pero es que nadie me llama así.

—Salvo yo. Yo no soy nadie.

—Sí. —Sus labios volvieron a torcerse.

Luciano saltó al suelo y empezó a dedicarse a sus asuntos privados, que si eres gato se convierten en públicos. Jonathan le dio un pequeño empujón y el gato se fue con un fuerte maullido.

—¿Qué tal te va con la mujer de la que hablaste? —pregunté, y él puso cara rara—. ¿Te acuerdas? En el grupo de divorciados. Dijiste que había alguien que te gustaba.

—Estoy seguro de que no dije nada parecido.

—Bueno, Carly me contó que lo habías dicho en una reunión anterior a la que yo fui.

—Lo cual viola el acuerdo de confidencialidad del grupo.

—La noche en la que Eric me dio la patada tenías una cita. ¿Era esa mujer?

—No. Salí con mi prima.

—Ya. Pues según los rumores, hay una mujer que te gusta —afirmé, poniéndome un cojín en el estómago y apretándolo—. ¡Vamos! Está lloviendo y nos hemos tomado una botella de vino casi entera. Soy la hijastra de la doctora Lovely. Me lo puedes contar. ¿Cómo es? —Me sentía extrañamente celosa. Y es que con toda seguridad había estado saliendo con alguien. Aunque un tanto tenso, había comprobado que Jonathan era... en fin, que era un buen hombre. Un buen padre. Que además tenía unos ojos muy bonitos y esa voz tan insinuante. —Hay una mujer, ¿verdad?

Me miró muy brevemente.

—Sí.

—¿Y? ¿Qué tal te va con ella? ¿Cómo es?

—La cosa es... complicada.

—¿Por qué?

—Ella no sabe lo que quiere.

—¡Ah, una de esas! —Así que estaba jugando con él y tirando y soltando cuerda, ¿eh? Seguramente se merecía una buena torta.

—¿Le has dicho algo? —pregunté.

—No.

—¿Por qué?

—Ya te lo he dicho... es complicado.

—¿Y por qué es complicado? ¡Dios, esto es como sacar una muela! ¿Podrías decir dos frases seguidas, por favor?

Volvió la cabeza para mirar a la pared, o a las ventanas, o a ninguna parte. «Estos humanos y sus interacciones personales. ¡Qué molesto!»

—Acaba de salir de una relación muy larga.

—¿Y bien? Igual necesita una buena sacudida. Un buen meneo.

Jonathan no respondió. Sonó otro trueno, pero más tenue y lejano esta vez.

Y en ese momento volvió hacia mí sus bonitos ojos.

—Además, trabaja para mí.

Estiré la espalda de inmediato.

—¿De verdad? ¿Quién...? ¡Oh!

¡Oh!

Me inundó una ola de calor. Todo mi cuerpo se puso tenso, y seguro que se me ruborizaron hasta los dedos de los pies.

—Ni siquiera estoy seguro de si le gusto —dijo, volviéndose para mirarme—. Aunque, últimamente, parece que me mira con mejores ojos.

El corazón me dio un brinco en el pecho.

—Solo por dejar las cosas claras —dije, con voz un tanto ronca—, estamos hablando de mí, ¿verdad?

Cerró los ojos por un segundo. «¿Qué hago yo relacionándome con estos seres tan retrasados?» Pero casi inmediatamente los abrió.

—Sí —confirmó, con una voz tan profunda que casi parecía un rumor. No desvió la mirada y sí, allí estaba ese destello dorado en el azul metálico de su ojo.

—Me gustas —murmuré—, pero solo cuando sonríes.

Muy despacito me complació; uno de sus labios tomó la iniciativa, y después le siguió toda la boca, que dibujó una sonrisa leve, pero Dios, tremendamente atractiva. Mi corazón no podía acelerarse más, y retumbaba con furia, y estaba segura de que no sentía las piernas.

—¿Vas a besarme o te vas a dar por satisfecho con estudiarme y hacer un informe?

Se inclinó hacia delante, dejó la copa sobre la mesa, me quitó la mía y la dejó al lado de la suya, ambas perfectamente alineadas. Después me miró durante uno o dos segundos (o diecisiete, no podría decirlo) y, por fin, tomó mi cara entre las manos, con los largos dedos tocándome el pelo, y me besó, vaya si lo hizo.

Su boca era suave pero decidida, y los labios se acoplaron a los míos perfectamente. Lo noté cálido, y firme, y mi mano se deslizó sobre su cuello. Pude notar la firmeza de su pulso y la suavidad de su piel. Entonces empezó a mover la boca y puedo jurar que me di cuenta de que Jonathan Kent sabía besar como si no hubiera un mañana. Su lengua tocó la mía y, en ese instante, sentí que estaba perdida y, al mismo tiempo, que me había encontrado a mí misma. Todo mi cuerpo se estremeció, y estuve a punto de disolverme como un azucarillo, al tiempo que pensaba que sí, que eso era lo que buscaba desde hacía tiempo y sin siquiera saberlo.

Le sujeté la cabeza y le devolví el beso. Me deslicé en su regazo, sin dejar de besarlo, empujándolo contra los almohadones, apretándolo.

Empezó a manosear los botones de la blusa, y... ¡madre mía, su boca!, me encantaba su boca. ¿Cómo no me había dado cuenta hasta ahora? ¿Cómo iba a saber nadie que Jonathan Kent era capaz de besar de esta manera, larga, lujuriosa, cálida, que me llenaba de deseo? Pero, por otra parte, ¿qué más daba? Por fin había conseguido desabotonarme la blusa; él había hecho lo mismo, y ahora sus manos me acariciaban la piel, incendiándome de tal modo que dejé de pensar y me limité a sentir.

Solo fui capaz de pensar una cosa, que resultó realmente rara, pero que era una verdad como un templo.

Llevaba esperando este beso y estas caricias toda mi vida.

—Lo siento, pero te tienes que marchar.

Lo cierto es que no son las palabras que una mujer espera ni quiere escuchar al despertar por la mañana después de haber pasado una noche loca.

Pero la expresión de Jonathan, con una taza de café en la mano, no era tensa, ni enfadada, ni defraudada.

Tampoco era absolutamente feliz. Acepté el café y me incorporé, cubriendo con la sábana mi desnudez e insegura acerca de mis sentimientos. Por una parte, me sentía de maravilla. Aquella había sido una de las mejores noches de mi vida, la mejor vez. Bueno, habían sido tres veces, para ser precisos.

Pero, por otra parte, Jonathan me estaba echando.

—Tengo que recoger a las niñas dentro de media hora.

—Ya. Está bien. De acuerdo. —Di un trago de café y lo miré.

Se sentó en el borde de la cama.

—Gracias.

—De nada. Ensaladas y sexo. Mi especialidad.

Tenía el pelo alborotado, y le caían algunos rizos sobre la frente. Mi mano estaba deseando recolocárselos pero no fue lo suficientemente valiente como para atreverse a hacerlo; seguramente habéis escuchado alguna vez eso de «la fría luz del día». Además, había recobrado su expresión habitual.

O puede que fuera la timidez.

—Te llamaré mañana —dijo.

—De acuerdo, perfecto. Entonces... me voy a levantar ahora mismo.

—Bien.

Ahí estaba de nuevo el Capitán de Hielo. De todas formas, un hombre sin corazón no podía haber sido capaz de hacer las cosas que había hecho anoche conmigo. ¡De ninguna manera!

Pareció que me leía los pensamientos, porque se inclinó y me besó el hombro desnudo, y sentí el roce de su barba incipiente en contraste con la suavidad de sus labios. Mi mano acumuló el valor suficiente como para acariciarle el pelo.

—Tienes que irte —murmuró, pero no en tono robot, ni mucho menos.

Demasiado para mi estado de somnolencia.

—Y tú tienes que controlar lo que dices cuando estás dormido —dije. Asintió levemente, y no pude evitar una sonrisa.

Salí de la cama, tomé el vestido, que, ya seco, muy juiciosamente me había traído a la habitación, y entré en el cuarto de baño. El espejo me devolvió una penosa imagen de pelo desgreñado, lápiz de ojos en los párpados inferiores y un ligero resplandor por todo el cuerpo. No podía esperar a contárselo todo a Kate; la noche anterior le había mandado un breve texto, entre el primer y el segundo asalto, haciéndole saber simplemente que no iba a volver a casa esa noche.

Jonathan me esperaba abajo, de pie junto a la puerta.

—Bueno, ya te lo contaré mañana —dije.

—Sí... —Creí que iba a decir algo más, pero al parecer se arrepintió y me besó con suavidad.

Fue como si me derritiera por todas partes. El cerebro, el corazón, los huesos... Y también noté cómo me ruborizaba, igual que una colegiala.

—Adiós —susurré, y empecé a pelearme con el pomo de la puerta. A la derecha, a la izquierda, adelante, atrás... ¡no había manera!

Me rodeó, agarró a su vez el pomo y abrió la puerta sin dificultades.

—Adiós. —Su voz fue tan baja y tan profunda que pareció hacer que me vibrara el pecho.

Miré hacia él según avanzaba por el sendero.

Sonreía.

Tropecé y estuve a punto de caerme. Afortunadamente me recobré.

—Estoy bien —dije—. Pásalo bien con tus hijas.

—Ainsley —llamó.

—¿Sí?

—Tu automóvil está en la oficina.

Sí, claro. ¡Se me había olvidado!

—¿Entonces tengo que volver andando?

—No —dijo conforme avanzaba con las llaves en la mano.

Como casi siempre, la mayor parte del camino lo hicimos en silencio. Pero esta vez me pareció distinto. Empezaba a darme cuenta de que el silencio puede significar muchas cosas.

Cuando llegamos al aparcamiento del *Hudson Lifestyle* me incliné, besé a mi jefe en la mejilla y me gané un destello de sonrisa.

—Te llamaré mañana —repitió.

—De acuerdo —respondí, sin siquiera darme cuenta de lo que decía.

Estuve a punto de estrellarme contra un árbol mientras volvía, pensando en esa boca, en esas manos y en esos ojos. Y en su voz. Y en su sonrisa.

Me iba a llamar mañana. Y me encantaba.

CAPÍTULO 24

Kate

El domingo por la mañana, al salir del estudio tras revisar el millón largo de fotos que Max había alterado con Photoshop, vi a una mujer andando por la acera. Llevaba un ramo de flores amarillas en el brazo e iba muy bien vestida, con una falda roja de tubo y un top blanco de manga corta. Los zapatos, negros, de tiras, y con unos tacones tan altos que perfectamente podrían utilizarse como armas mortales.

Yo, por mi parte, me sentía cansada y sudorosa, ya que el aire acondicionado del estudio se había estropeado. Vestía *jeans* y llevaba una camiseta con la leyenda «I love Mac & Cheese» y el corazón estaba hecho de macarrones. Y unas sandalias bastante gastadas. En fin, un aspecto completamente normal para Brooklyn. Pero en Cambry-on-Hudson los que no me conocieran puede que me dieran limosna. O se cambiaran de acera al verme. Tendría que ir de compras un día de estos. Ahora era una mujer rica, que vivía en un pueblo rico. Si lo deseaba, podía vestir como esa mujer, incluso todos los días.

La miré durante un momento más, intentando absorber su sentido del gusto en el vestir, y de pronto me di cuenta de quién era.

Madeleine.

—¡Hola! —dije abruptamente—. ¡Madeleine! —Corrí calle abajo—. ¡Madeleine!

Se detuvo delante de Bliss, se volvió y me miró. Se quedó helada.

—Hola —saludé tras detenerme delante de ella, un poco sin resuello después de la carrera de casi media manzana. Tendría que utilizar el gimnasio de Nathan un poco más a menudo. Y la verdad es que la cosa no dejaba de tener su punto de ironía: la exmujer y la viuda delante de una tienda de trajes de novia.

Tenía los labios pintados como para una foto de anuncio. Perfectos. Y el corte de pelo. Demonios. Infinitamente mejor que mi cola de caballo, pero en sentido estricto... y chapucero.

Deslizó la mirada estudiándome y, sin la menor duda, juzgándome, y empecé a notar el enfado surgiendo como una especie de acidez de estómago.

—¿Qué? —dijo. Nada de amabilidades, al parecer.

En ese preciso momento Jenny abrió la puerta principal de la tienda.

—¡Hola, Kate! Me había parecido que eras tú —dijo, dándome un abrazo—. No sabes cuánto me alegro de verte. Un día precioso, ¿verdad? —Miró a Madeleine—. Hola. Soy Jenny, una amiga de Kate.

Madeleine no dijo una palabra.

—Es la exmujer de Nathan —expliqué desmayadamente.

Madeleine no dejaba de mirarme.

Jenny también me miró, ahora con cara de susto.

—Bueno, tengo que terminar un vestido. Eh... nos vemos después. —Me sonrió y volvió a entrar en la tienda bastante rápido, dejándome en la acera, sola con ella.

—Me recuerdas, ¿verdad? —pregunté ásperamente—. Kate O'Leary, la esposa de Nathan.

—Por supuesto que te recuerdo —contestó.

—Tenía ganas de hablar contigo. ¿Quieres tomar algo?

Miró su reloj de pulsera con un ligero gesto de desaprobación, levantando las cejas perfectamente delineadas.

—Son solo las dos de la tarde.

—Puedes beber agua si quieres —dije—. Me gustaría que fuera en un lugar poco concurrido. ¿Qué te parece ese bar de Tarrytown, donde han construido esos nuevos edificios de apartamentos?

Me hizo esperar.

El bar era nuevo pero intentaba parecer antiguo, con madera gastada y lámparas de baratillo. Estaba bastante vacío, pues era una hora intermedia entre la comida y las cenas tempranas. No obstante, fuera había muchísima gente. Había una banda tocando junto al puerto deportivo, y un castillo inflable en el que montones de niños daban brincos. Otros montones de críos, algo mayores, paseaban en bicicleta por la orilla del río, y muchas parejas caminaban tranquilamente. Todo muy alegre, muy americano y muy distinto del amargo estado de ánimo que me invadía.

Por fin llegó.

—Perdón por el retraso. He ido al cementerio.

Primer disparo.

—¿Qué les puedo ofrecer, señoras? —preguntó la camarera.

—Grey Goose sin hielo —contesté.

—Perrier fría, con una rodaja de limón, por favor —pidió Madeleine.

Esperamos en silencio, observándonos. Una especie de duelo de miradas. Finalmente la chica volvió con las bebidas.

—¿Algo para comer? —preguntó.

—Solo las bebidas, gracias. —dijo Madeleine—. Y también necesitamos un poco de privacidad. —Le sonrió a la muchacha, que asintió y desapareció de inmediato. Entonces me miró, y la sonrisa se evaporó—. ¿Y bien?

Di un mínimo trago al vodka, recibiendo con gusto la helada quemazón.

—¿Sabes qué es lo que he encontrado? Tus correos a mi marido, diciéndole que nunca dejaste de amarle.

—Nunca dejé de amarle —contestó, levantando una ceja.

—O a lo mejor lo que pasaba es que no querías verlo felizmente casado con otra y pretendías convertirte en un molesto grano en su trasero para hacer que se sintiera mal.

—Estoy segura de que se sentía mal, puesto que estaba con la mujer equivocada.

¡Caramba! Tenía que reconocer su osadía.

—Si hubieras sido la mujer adecuada, no te habrías divorciado. Habrías seguido casada con él. «Y tú serías ahora su viuda, no yo.»

—Lo tengo muy claro, créeme.

Me terminé el resto del vodka de un solo trago. Una no puede enfrentarse a la exmujer de su marido muerto sin cierta ayuda, no señor.

—¿Entonces por qué lo dejaste marchar? Y, por el amor de Dios, ¿por qué lo torturaste con todos esos correos incluso después de que nos casáramos?

Dio un sorbo de agua y se colocó el pelo rojo detrás de las orejas.

—No te contó nada sobre mí, ¿verdad? —preguntó, con voz baja y engreída. Sí, engreída.

—Bastantes cosas, la verdad —contesté. Era mentira, claro.

—Mmm, ya. ¿Te contó que fui una niña de acogida? ¿Qué cambié de casa catorce veces en dieciocho años? ¿Qué abusaron de mí y me abandonaron?

¡Mierda! Ahora resulta que iba a apiadarme de ella. No, no, para nada. Me imaginé a Ainsley dándome con el codo en las costillas, y no precisamente sin fuerza.

—Me da la impresión de que eso no lo sabías —continuó—. Pero no permití que todo eso controlara lo que yo iba a ser. Fui a la universidad con una beca completa. Y también a la escuela de posgrado. Allí nos conocimos. Y nos amamos de un modo que ni siquiera eres capaz de imaginarte.

Me quedé con la boca abierta.

—¡Caramba!... ¡Tu ego sí que me resulta inimaginable!

—Simplemente estoy constatando un hecho. Éramos extremadamente felices, nos queríamos muchísimo. Nuestra vida era perfecta.

—Salvo por el hecho de que os divorciasteis. Es un pequeño detalle, pero viene al caso.

—Fue una decisión impulsiva. Toda nuestra relación era muy apasionada. Nos peleábamos mucho... —Sonrió con deleite—. Y las discusiones siempre acababan en sexo. ¿Te contó que, tras el divorcio, seguimos viéndonos?

No, no me lo había contado.

Pero el Nathan que yo conocí no me habría engañado. ¿O sí?

—Pues sí, nos veíamos con regularidad. —Volvió a beber agua—. Justo hasta que te conoció. Pero yo sabía que todavía me amaba.

Conseguí desbloquear la mandíbula.

—Pero puede que no lo suficiente, ¿no te parece? Porque se casó conmigo, y esas cosas... —argüí, agitando levemente la mano.

—Iba a dejarte —afirmó, sonriéndome con pena.

—No estoy muy segura de que eso sea verdad. Queríamos tener un hijo.

—Sí, quería tener hijos. Y tienes razón. No me había dado cuenta de que la única razón por la que se casó contigo era para tener descendencia. —Me echó otro vistazo—. Quizá debería haber elegido a alguien un poco más joven.

—¡Madre mía! ¡Tu grosería es inconcebible!

—Eres tú la que has querido que tomemos una copa juntas. ¿No quieres otra? ¿Y tal vez unos macarrones con queso para que el alcohol no te caiga en el estómago vacío?

—Pues mira, ahora que lo dices... ¡Señorita! —dije, y le hice una seña a la camarera—. ¿Me puede traer un plato de macarrones con queso? ¿Y otra ronda de lo mismo?

—¡Por supuesto! —respondió—. ¿Quiere un poco de beicon o de bogavante con los macarrones?

—¿Y por qué no las dos cosas? —respondí, mirándola con una sonrisa resplandeciente. Por lo menos a la camarera le gustaría más, ya que a mi marido parecía que no—. ¿Tú quieres algo, Madeleine? ¿Una brizna de hierba para masticar? «Pues sí, zorra. Me dijo que eras vegana. Así que voy a comer carne delante de ti. De la tierra y del mar. Aguanta.»

Puso los ojos en blanco. Los sonidos de felicidad que llegaban desde la calle me perforaban el cerebro, como el sonido de un torno de dentista.

—¿Te visita? —preguntó, inclinándose hacia delante con fingida compasión—. A mí sí. Y deja señales, que solo yo puedo descifrar. A veces le escucho pronunciar mi nombre.

Generalmente después de alguna que otra copa, ¿me equivoco?

—No parece que sea yo la que tiene un problema con la bebida.

Mierda. Buen revés.

La chica volvió con la comida y la segunda ronda.

Lo cierto es que no tenía hambre, pero en estos momentos comer era un imperativo moral. Removí con la cuchara el viscoso plato y me llevé una cucharada a la boca. Los macarrones no estaban lo suficientemente calientes y tampoco sabían muy bien.

—¿Qué tal? —preguntó Madeleine con una sonrisa condescendiente.

—Delicioso. ¿Quieres un poco?

—No como nada que pueda producirme un ataque al corazón.

—Eso me dijo —murmuré con la boca llena.

Madeleine me miró con los ojos entrecerrados.

—Mira, Kate —dijo, logrando que mi nombre sonara como una maldición—. No sé qué puedo decirte. Yo lo amaba. Él me amaba. Debido a mi difícil niñez, yo estaba convencida de que no quería tener hijos. Cuando me di cuenta de lo desesperado que estaba por ser padre, tan desesperado que empezó a salir contigo, una extraña, cambié de opinión acerca de lo de tener hijos. Y, después de eso, solo era cuestión de tiempo que volviera conmigo.

—Entonces resuelve este acertijo, hermana de Batman. —Estaba claro: el vodka me había empezado a soltar la lengua—. Me conoció. Empezamos a salir. Nos acostamos y fue estupendo. Nos lo pasamos tan bien, nos quisimos tanto y fuimos tan felices juntos que, ¡tachán!, nos casamos. ¡Y nos fue de maravilla! Y sí, respondió a tus correos, patéticos por cierto. Amablemente, porque era una buena persona. Pero no me dejó. Me amaba.

—Puedes contarte a ti misma todo lo que quieras. En tu interior sabes perfectamente cuál es la verdad. Éramos... —negó varias veces con la cabeza, como si la imagen o la idea de su amor fuera demasiado grande como para expresarla en palabras—. Tenía una obligación contigo. Así que claro, no te abandonó. Pero por poco tiempo. —Se encogió de hombros con elegancia—. Y entonces, según me han contado, tú necesitabas otra copa de vino. Y ahora está muerto.

Me levanté de mi asiento un momento.

Y, con cierta tranquilidad, tomé el plato de macarrones con queso, más unos o dos trozos de langosta (¿sería bogavante?) y algunos más de beicon y se lo estampé en la cabeza.

Resopló y se tambaleó hacia atrás en la silla.

—La comida es cosa mía —dije—. Bueno, en sentido figurado, naturalmente. En sentido literal, la comida ahora es cosa tuya.

Diez minutos después me seguían temblando las manos.

Estaba demasiado cabreada como para conducir, y eso dejando aparte los dos vodkas, por supuesto. Así que me puse a pasear por el parque, sin hacer caso de los perros sin correa, de los que hacían *jogging* ni de los niños en bici o triciclo. Era un lugar amplio y plano, no como Bixby Park, con sus bosques y senderos umbríos, ni tampoco como Prospect, que prácticamente era un bosque.

Me acerqué a un mirador y contemplé el nuevo puente. Los barquitos de vela salpicaban el agua, mientras que los fuera borda entraban y salían constantemente del puerto deportivo. En algún lugar por detrás de mí un grupo tocaba el viejo tema de Van Morrison, *La chica de los ojos pardos.*

Yo tenía los ojos pardos. ¿Habíamos escuchado juntos alguna vez esta canción Nathan y yo? ¿Me había llamado alguna vez «su chica de ojos pardos»? Nunca la habíamos bailado. Lo cierto es que solo habíamos bailado dos veces, en uno de los eventos benéficos de sus padres, y la banda era más bien tipo Benny Goodman.

Bueno, resumiendo, lo de hablar abiertamente con Madeleine había sido un error monumental. Esperemos que no me demandara. Saqué el móvil del bolso y marqué el número de Eloise.

—Hola, soy Kate.

—¡Hola, querida! ¿Cómo estás? —Cada vez soportaba menos esa forma tan artificial de arrastrar las erres. ¡Qué estirada, por Dios!

—Pues... escucha. Me gustaría hacer desaparecer la placa de ese maldito banco de Bixby Park, ¿de acuerdo?. Me molesta muchísimo.

—Por supuesto, querida. Deja que yo me encargue. No hace falta que intervengas tú. La verdad es que fue muy inadecuado que se atreviera a hacer una cosa así.

Hicimos planes para quedar a comer, y esta vez no me sentí tan mal. Hasta me pareció que tenía una aliada.

Y hablando de aliadas, llamé a Ainsley. Saltó el contestador automático. Mierda. ¿Iba a ser siempre así? Justo cuando necesitaba hablar, no se ponía.

—Oye, estoy en la orilla del río, en Tarrytown —dije—. Llegaré más tarde de lo que pensaba. «Porque he bebido un poco hablando con la exmujer de Nathan y le he vaciado en la cabeza un plato de macarrones.»

Anduve sin rumbo durante un rato y después me senté y me apoyé en el tronco de un árbol. Saqué la cámara del bolso y empecé a hacer fotos del puente, de los barquitos, de niños, de perros... Ninguna de ellas era buena, lo sabía. Todo parecía falso y manipulado.

Además, el tronco me hacía daño en la espalda. Así que me tumbé en el suelo. Pero la hierba me arañaba los brazos. El cielo tenía un color azul tan intenso que tuve que cerrar los ojos.

«¿Nathan, estás ahí arriba? ¿Estás bien? ¿Me querías de verdad, o ella tiene razón?»

No hubo respuesta. Y me quedé dormida.

Me desperté al cabo de un rato, no sé cuánto. Seguramente debido a un ronquido típico de las posturas incómodas. Pestañeé. El cielo ya no estaba tan azul como antes.

Daniel, el Bombero sexi, estaba sentado junto a mí.

—Hola —saludé.

—Hola. Espero que no te importe, porque acabamos de pasárnoslo pipa juntos.

Solté otro bufido, aunque esta vez de risa.

—¿Se ha asustado algún niño?

Me echó una mirada torva, con ojos somnolientos y levantando una ceja.

—La verdad es que hiciste algunas guarrerías innombrables.

—¿Qué haces aquí? Aparte de molestar con insinuaciones indecorosas a viudas durmientes, claro.

—Estaba ayudando a Jane con sus tremendos hijos. Salí a tomar una cerveza para calmarme y llamé a tu teléfono de casa. Por alguna razón lo tengo confundido con el móvil, y tu hermana me dijo que estabas aquí.

—Sí, ya ves, pasando el rato.

—Pensaba que te vería en el centro de rehabilitación hace un par de semanas. En la reunión para recaudar fondos.

—Pues estuve.

—Pero te fuiste muy pronto. —Empezó a arrancar hierba del suelo.

—Sí. Mi hermana tenía otros planes.

Me entró calor en las mejillas, bien por la bebida, por el sol, por la siesta o por el hecho de que Daniel estaba sentado a mi lado. No lo tenía del todo claro.

También me avergonzaba un poco el que mi temprana marcha de la reunión de la semana pasada se debiera a que se había presentado con una chica.

—Bueno, ¿cómo están las cosas? —preguntó.

—Bien.

—Leíste esos correos.

Asentí sin hablar.

—¿Y te hicieron sentirte fatal?

—Sí...

—Tenías que haberle hecho caso al tío Dan. —Se acercó un poco más a mí, todo músculo y belleza masculina—. ¿De qué iban?

Observé a una niña correr detrás de su hermano mayor. Lo que me recordó que Sean llevaba varios, bastantes, días sin llamar, demasiado ocupado viviendo su vida perfecta. Me aclaré la garganta.

—Su ex todavía lo amaba y quería que me abandonara, pero él consideraba nuestra relación «satisfactoria» y no quería hacerme daño. —Mi uso de las palabras fue bastante cuidadoso.

—¿Y eso es todo?

—Creo que es bastante revelador.

—Pues la verdad es que no me suena tan mal, me esperaba otra cosa. —Lo miré de hito en hito—. Bueno, ten en cuenta que soy un hombre y, por tanto, bastante espeso, en el sentido de poco perceptivo. —Estuvimos callados un rato. Después volvió a hablar—. No, no está tan mal —repitió—. Decir que algo, una relación, es satisfactoria, significa mucho, la verdad. Significa que quieres lo que tienes y que tienes lo que quieres. No hay el más mínimo problema con la palabra, todo lo contrario.

—Ella dice que iba a dejarme. Que se sentía culpable.

—¡Normal! ¿Qué iba a decir ella? No te dejó, eso es lo que cuenta. Déjalo estar, Kate.

—Lo que pasa es que si yo hubiera tenido información sobre lo que estaba pasando —empecé, dando un profundo suspiro—, no me habría casado con él.

—¿Por qué?

—Pues porque estaba... desgarrado.

—¿De verdad? Se casó contigo. Eso me parece bastante decisivo.

—Y entonces murió, Daniel. Soy viuda. Si hubiera sabido que no estaba seguro, o que estaba preocupado, o lo que fuera, le habría dicho que esperáramos, que todavía no debíamos casarnos. Y, en ese caso... puede que todavía estuviera vivo ahora.

—Pero no lo está —dijo, suspirando con fuerza—. Así fueron las cosas. ¿Te apetece un helado? He oído el camión.

—¿Eso es todo lo que tienes que decirme?

—¿Quieres algo más que un helado? —Se puso de pie con un movimiento ágil y rápido—. Pues entonces vamos. —me ofreció la mano y yo la tomé.

Y él tampoco la dejó. Durante doce o trece pasos la mantuvo agarrada, y solo cuando llegó hasta nosotros un balón de fútbol fue cuando se soltó, se acercó a la pelota y le dio una patada para devolvérsela al niño que jugaba con ella.

Pedí un cono de vainilla y le dejé que me invitara.

—¿Le pediste a Paige que diera una clase en el centro de reinserción? —le pregunté mientras me comía con ansia el helado (mi almuerzo se lo había tirado a la cabeza a Madeleine).

—No —respondió, dándose un chupetón a uno de los dedos de la mano, sobre el que le había caído un poco de helado—. Pero me parece que alguien se lo dijo. ¿Por qué?

—Me sorprendió verla allí. Yo se lo había propuesto una docena de veces cuando éramos amigas.

—Bueno, pues ahora está haciéndolo. Comportándose un poco como un grano en el trasero, por lo que he oído. O sea, intentando dirigir el cotarro. Deberías volver. Todo el mundo te echa de menos. —Al decir eso me apretó amigablemente el hombro—. Sobre todo yo.

—¡Ah, gracias, pedazo de idiota!

Sonrió mientras le daba lametones a su helado para que no se le volviera a derramar. Si alguien era incontestablemente guapo, ese era Daniel.

Pero era algo más que eso. También era muy agradable.

—¿Te acompaño al automóvil? —preguntó.

—Claro.

De camino a mi vehículo no me tomó de la mano. Me molestó haber pensado siquiera en ello.

—Gracias por el helado, caballero —dije cuando llegamos al aparcamiento.

—De nada. —Me dio un abrazo, casi estrujándome entre sus poderosos brazos, y después me revolvió el pelo—. Quedemos a cenar un día de estos, ¿de acuerdo?

—Muy bien.

Y así emprendí el regreso a casa, sintiéndome muchísimo mejor que antes.

Daniel Breton era un hombre muy, pero que muy amable. Un buen amigo.

¿Quién lo hubiera dicho?

CAPÍTULO 25

Ainsley

Cabeza de chorlito no llamó el domingo. Estuve mirando el teléfono como una posesa todo el día, que se me hizo largo como una vida. Me quedé en casa, no fuera a ser que se le ocurriera pasar a recogerme.

No pasó.

Así que el lunes por la mañana, con un cabreo de no te menees, entré en la oficina como un obús a las ocho y veintinueve.

Ya estaba en su despacho, hablando por teléfono. Eché una fría mirada en dirección hacia allí, pero sin fijarla del todo.

—¿Qué tal el fin de semana? —me preguntó Rachelle.

—¡Estupendo! —respondí. Era una verdad a medias. Bueno, era la cuarta parte de la verdad, para ser más concretos. Cambié la expresión y dediqué una sonrisa a mi amiga—. ¿Y el tuyo?

—¡Estupendo también! He conocido a alguien. Parece normal, no tiene una colección de muñecas ni se deja crecer las uñas de los pies, y vive en un apartamento muy mono, pero que es de su abuela, así que allí hay bandera roja.

—Bueno, puede que entre dentro de la lógica —dije—. No viven juntos, quiero decir, él y su abuela, ¿no?

—No la vi —respondió Rachelle—. Me pareció que olía un poco a polvos de talco, pero eso no se puede considerar una evidencia.

—Ainsley, ¿puedes pasar un momento a mi despacho, por favor? —llamó Jonathan.

—¡Claro, Jonathan! —contesté con voz firme. Me di la vuelta y entré en su despacho.

Cerró la puerta y se sentó en la silla del escritorio.

—Gracias por la llamada de ayer —dije. Crucé los brazos y retomé la expresión de enfado.

—No te llamé.

—Ya me di cuenta.

Pestañeó. «No entiendo este sarcasmo; el ser humano de sexo femenino es incomprensible.»

—¿Qué quieres, Jonathan? ¿Vas a despedirme por fin?

—No. Necesito que firmes esto.

Me pasó varios papeles y se cruzó de brazos. Los miré.

Acuerdo de Relación Amorosa Consentida en el Lugar de Trabajo, en adelante RACLT.

Nosotros, los abajo firmantes, de manera voluntaria y consensuada… sin impacto negativo en el rendimiento profesional… muestras públicas de afecto…

Empujé los papeles hacia su lado del escritorio.

—¿Esta es tu manera de continuar?

—¿Perdón?

—¿Esta es la conversación que quieres que mantengamos —aquí bajé mucho la voz— después de habernos acostado? ¿No quieres decirme algo antes?

—No, absolutamente no. Necesito que leas eso. Si quieres demandarme ahora, lo entenderé. Estás en tu derecho.

—¿Por qué razón? ¿Porque lo hicimos?

Se encogió. No me resultó muy halagador.

—Te pido por favor que mantengas el tono lo más bajo que puedas.

—Eres la persona menos romántica que conozco.

—Solo estoy intentando proteger...

—Lo sé. No soy tan estúpida. Pásame el bolígrafo. —Lo tomé, garabateé mis iniciales en todas y cada una de las páginas, firmé al final y le lancé el bolígrafo. Empujé el escritorio al levantarme, tan fuerte que le golpeó en el pecho.

—Es necesario, Ainsley. Por favor, lee todo lo concerniente a expresiones públicas de...

—Jonathan, ya es suficiente, ¿de acuerdo?

—Perdóname si te sientes insultada de alguna manera por esto.

Levanté las manos para que dejara de hablar.

—Habría sido agradable que me llamaras. El sábado me sentía un tanto insegura, dado que la primera palabra que me dijiste cuando me desperté fue «vete».

—En realidad, creo que lo que dije fue...

—El viernes ni siquiera sabía que te gustaba, y lo siguiente que ocurre es que nos metemos en faena, eh..., alguna vez que otra. Y después tú ni me llamas, pese a que me dijiste que lo harías, lo cual implica incumplir uno de los mandamientos principales en el mundo de las relaciones amorosas, reales o potenciales. Y ahora me recibes con un formulario, o un acuerdo, o lo que sea esta mierda de papeles que te ha preparado tu abogado.

Respiró muy hondo y muy despacio.

—Ayer Lydia no se sentía bien, así que anoche las niñas se quedaron en casa en vez de volver con su madre.

—Pues me lo podrías haber dicho.

—No me apetece que mis hijas me oigan hablar con una persona... con la que potencialmente podría relacionarme. Su madre ya las tiene bastante confundidas.

—Un mensaje, Jonathan. O un correo electrónico. Vivimos en un mundo en el que las posibilidades de comunicarse son casi inacabables.

Inclinó la cabeza, sin mirarme de frente.

—No tenía claro qué decirte.

De acuerdo, lo vi claro. Ahora estaba hablando con el Capitán de Hielo.

—Te pongo un ejemplo: «Hola, Ainsley, espero que hayas pasado un fin de semana agradable. Yo sí que lo he hecho, sobre todo el viernes por la noche. Por desgracia, mi hija está enferma, así que no puedo hablar, pero nos vemos mañana y hablamos».

Su boca se curvó de una manera casi inapreciable. Empezaba a estar entrenada en su lenguaje de signos.

—He pasado un fin de semana de lo más agradable. Sobre todo el viernes por la noche.

Bueno, ahí estaban mis propias palabras, que con su voz profunda y oscura sonaron... deliciosas.

—¿Qué tal está Lydia ahora?

—Mucho mejor.

—¿Quieres decirme ahora algo personal, Jonathan?

—No. Estamos en el trabajo —respondió, pero su sonrisa se hizo apreciable para cualquier ser humano. Prácticamente.

Se la devolví, sintiéndome derretida, empalagosa y felizmente estúpida.

—¿No tienes que editar varios artículos?

—Claro que sí —contesté, pero no perdí la sonrisa, ni siquiera cuando me puse a leer que muchísimos médicos de familia de la zona de cobertura de la revista ofrecían a sus pacientes tratamiento con bótox.

Unas horas más tarde, mientras leía la última, cariñosa y sensible respuesta de Candy a una hija cuya madre se portaba con ella de una forma fría y distante, mi padre entró en la oficina.

—¡Papá! —casi grité, mientras el miedo me inundaba los huesos. Era la primera vez que venía a verme al trabajo—. ¿Quién se ha muerto?

—¿Se ha muerto alguien?

—¡Yo no lo sé! ¡Dímelo!

—¿Es Abu? —Parecía perplejo.

—¡Que no lo sé! ¿Le ha pasado algo? —Nos miramos durante un segundo—. Papá, ¿has venido a darme malas noticias?

—No, qué va —respondió—. He pensado que podíamos comer juntos. —Hizo una pausa—. ¿Quieres que llame a tu abuela?

—Ya la llamaré yo. —Mi padre y yo éramos muy supersticiosos. Él porque trabajaba con jugadores profesionales de béisbol, que se ponían histéricos si no llevaban determinado tipo de pantalones, o incluso de calzoncillos, o no se santiguaban tres veces antes de batear, o no daban tres vueltas alrededor de la primera base. Bueno, ya sabéis, habéis visto partidos, ¿no?

Y yo porque vivía en un mundo en el que las mamás iban a dar un paseo en bicicleta y las atropellaba un camión. Y se morían, claro.

—¡Hola, Abu! —Sonreí abiertamente cuando me contestó, y alcé el pulgar en dirección a mi padre—. Solo quería saludarte. ¿Cómo estás?

—¡Oh, cariño, eres un encanto! ¡De verdad! Estoy bien. Bueno, estoy solita. Soy una vieja solitaria esperando la muerte.

—¡No digas esas cosas! Te echaría muchísimo de menos.

—Bueno, es que es la verdad. No tengo nada que esperar ya.

—¿Cómo te fue esa cita? —Había organizado un encuentro con George, el del grupo de luto de Kate, y el otro día quedaron a comer.

—No habló más que de sopa.

—Bueno, a ti te gusta la sopa.

—Es verdad. Pero lo que me gusta de verdad es la crema de marisco.

—¿Lo ves? Es un comienzo.

—¡Eres maravillosa! ¿Sabes qué? Eres mi mejor amiga. ¡Te quiero mucho, preciosa!

- Yo también te quiero, Abu. —Colgué, sintiéndome aliviada, querida y un poquito crecida, por qué negarlo.

Jonathan me miraba desde el despacho con su expresión de jefe cabreado. No solo había un miembro de mi familia junto a mi escritorio, sino que acababa de hacer una llamada personal.

—Ainsley, quiero que le pongamos fecha a tu evaluación del desempeño —indicó en voz bastante alta.

Bueno, al parecer eso de acostarme con el jefe no iba a suponer ningún privilegio en el día a día de la oficina. No descubrí ni el menor rastro de una sonrisa en sus acerados ojos.

—Era una emergencia —informé—. Mi padre y yo pensábamos que Abu podría haber fallecido. Afortunadamente no es así. Me voy a comer. Te acuerdas de mi padre, ¿verdad? ¡Adiós!

Me subí al pequeño descapotable de papá y me acordé de los viejos tiempos, cuando yo era una cría e íbamos juntos a vagabundear por ahí, o a ver a alguna de sus amiguitas. Hablamos de béisbol, de lo mucho que echábamos de menos los dos a Derek Jeter, de dónde iba a arbitrar la próxima jornada y del incomparable sándwich de cerdo a la brasa que se había tomado en Kansas City.

—¿Comemos aquí? —preguntó, aparcando cerca del Hudson—. No he estado nunca. —Él y Candy apenas o, mejor dicho, nunca salían juntos, y el sitio era relativamente nuevo.

—Muy bien. Hace poco vine aquí con las chicas a tomar unas copas. Está muy bien.

Unos minutos después estábamos instalados en una mesa frente al río y ya habíamos pedido, fetuccini Alfredo para ambos, un plato delicioso y nada sano, es decir, el tipo de comida que Candy no hacía nunca.

—¡Vaya, papá, esto es estupendo! Y raro. Creo que no hemos salido a comer juntos en unos diez años.

—Ya lo sé, Ainsburger. Por mi culpa. ¡Viajo demasiado, ya sabes! —Pero sonrió. Lo cierto es que le encantaba su trabajo; y es que para él no era trabajo, sino una gran afición por la que le pagaban, y bastante bien—. Solo quería saber qué tal llevas lo de Eric.

¿Papá preocupándose por mí? ¡Eso sí que era nuevo!

Me di cuenta de que en los últimos dos días ni había pensado en Eric. Bueno, probablemente se me habría cruzado algún pensamiento relacionado con él; Jonathan era el segundo hombre con el que me había acostado, así que ya podía establecer algún tipo de comparación. Y me hacía muy feliz la conclusión a la que había llegado: Jonathan ganaba, y por goleada.

—Bueno —empecé—, lo estoy superando, o al menos eso creo. Me lo está poniendo fácil, la verdad, porque se ha vuelto idiota del todo.

—La verdad es que siempre pensé que se portaría bien contigo. Por eso me gustaba. Y sus padres son muy agradables.

Antes eran muy agradables. Pero la última vez que llamé a Judy no me devolvió la llamada. Pensar en eso hizo que se me formara un nudo en la garganta, pero de todas maneras me las arreglé para sonreír a mi padre.

—¿Cómo te las arreglas con el dinero? —preguntó.

—Tengo algo ahorrado —contesté con un suspiro—. Pero también tengo que encontrar una casa propia. Kate no me va a aguantar durante toda la vida.

—Es estupendo que vivas ahora con ella. Me emociona.

—Lo estupendo es que me haya acogido así, sin preguntar.

—Ella nunca pediría ayuda por iniciativa propia. Me alegra muchísimo que estéis juntas. —Llegaron los platos, y nos lanzamos a por ellos. Estaban indescriptiblemente buenos.

—Te he hablado del dinero porque tengo algo para ti, Ainsburger.

—No te preocupes, papá. No tendré problemas.

—Es de tu madre.

Me quedé con la boca abierta y parpadeé.

—¿Cómo dices?

—Tenía un seguro de vida —dijo asintiendo con la cabeza—. No era mucho, pero durante todos estos años ha ido generando intereses. Ahora son unos cien de los grandes.

—¿Cien mil dólares? —exclamé, y se me salió un poco de comida de la boca.

—Sí. Pensaba dártelos cuando te casaras pero, dadas las circunstancias, puedes disponer de él.

—¿Por qué no me habías dicho nada hasta ahora? —pregunté, echándome hacia atrás en la silla.

—Pues, si te digo la verdad, lo fui dejando y no pensé en ello. Tendría que habértelo dado cuando cumpliste los veinticinco, pero... —Se encogió de hombros.

Ese era mi padre, alguien capaz de olvidarse de esa enorme cantidad de dinero. Cerré la boca.

Mi madre tenía veinticinco años cuando murió, es decir, era bastante más joven que mi padre. ¿Es normal que las madres tan jóvenes contraten un seguro de vida?

—¿Cuándo... cuándo contrató el seguro? —pregunté.

—Una semana antes de que tú nacieras. Tenía... Bueno, ya da lo mismo, ¿verdad?

—No, papá, no da lo mismo. Nunca me has hablado de ella. Cuéntamelo, por favor. —La verdad era que había sabido más cosas de mi madre por la conversación con Kate de hacía unas semanas que por mi padre en tres décadas.

Suspiró y miró por la ventana.

—Soñó que iba a morirse —dijo en voz muy baja—. Que daría a luz, pero que no sobreviviría al parto, y lo único que quería era vivir lo suficiente como para poder verte. Se despertó desesperada. No paraba de llorar. —Se pasó una mano por la frente—. Solía tomarle el pelo al respecto después de que nacieras. Le decía que había podido tenerte en brazos, verte dar los primeros pasos, ver tu primer diente. ¡Cómo iba yo a pensar que...! —Se le quebró la voz.

—¡Oh, papá! —exclamé, tomándole la mano con las dos mías—. ¡Lo siento muchísimo!

—Su muerte me destrozó. Me sentía muerto yo también. —Se secó los ojos como suelen hacer los hombres, retirándose las lágrimas con una mano—. Te pareces muchísimo a ella, Ainsley. En todo lo bueno.

Le besé la mano, y a mí también se me llenaron los ojos de lágrimas.

Me apretó los dedos y después los soltó. Se secó los ojos con la servilleta de papel, sacudió la cabeza y empezó a comer otra vez. Lo observé mientras volvía a esconderse tras su máscara de amabilidad. En cierto modo parecida a la que se ponía para hacer su trabajo y protegerse de los pelotazos.

No todo el mundo es capaz de vivir con el corazón roto. Hay quien no se recupera nunca. Mi padre parecía ser una de esas personas.

Kate se recuperaría. Yo me iba a encargar de ello.

Nuestra conversación a corazón abierto había terminado. Le hablé del museo del hielo y le sugerí que lo visitáramos en otoño, una vez terminada la temporada de béisbol. Él me contó que había ido al cine en Seattle, y que las butacas de la sala eran reclinables, así que se echó para atrás, se quedó dormido como un tronco y no se despertó hasta la mitad de la siguiente sesión.

Nunca me había dado cuenta de lo solo que estaba mi padre. Todas esas amigas, todos esos engaños, todo ese tiempo con Candy, que no podía vivir sin él, lo mismo que mi padre no sabía vivir sin mi madre.

—¿De verdad os vais a divorciar Candy y tú? —pregunté.

—¿Cómo? ¡Ah, eso! —dijo—. No. A ella le gusta poner el tema encima de la mesa de vez en cuando para llamar mi atención.

Un hombre vestido de chef se acercó a nuestra mesa.

—¿Qué tal todo por aquí? Mi nombre es Matthew. Soy el chef y también el propietario.

—Fantástico —dijo papá, estrechándole la mano—. La mejor pasta que he probado en muchos años.

—Y mi padre come mucho fuera —presumí—. Por todo el país. Es árbitro de la Liga Nacional de Béisbol.

—¡Caramba! ¡Qué maravilla de trabajo! ¿Conoce a Derek Jeter?

—¡Claro! Es un gran tipo.

Hablaron de béisbol durante unos minutos, hasta que finalmente el chef nos dio la mano a ambos y nos agradeció la visita.

—¡Oiga! Soy editora de contenidos de la revista *Hudson Lifestyle* —dije, recordando de repente mi trabajo—. Creo que no hemos hecho ningún reportaje sobre su restaurante. —Eso, en sí mismo, ya era raro; de hecho, hicimos un reportaje sobre una tienda de abalorios que había abierto el año anterior. No había nada demasiado inconsecuente para nosotros, siempre y cuando estuviera en la zona. Y siempre, siempre, hacíamos un reportaje sobre nuevos restaurantes.

—Ya —dijo—. Mmm...

El teléfono móvil de mi padre vibró, y él leyó el mensaje.

—¡Vaya! Clancy no puede arbitrar el partido de esta noche. Tengo que ir a Camden Yard, ya sabéis, a Baltimore. ¿Puedes volver a la oficina por tu cuenta, Ainsburger?

—Pues claro, papá, volveré andando. Hace un día precioso.

Me besó en la mejilla, volvió a estrechar la mano del chef y salió pitando, avasallado de nuevo por el deporte nacional.

—¿Conoce nuestra revista? —le pregunté a Matthew—. Hacemos muchos reportajes sobre restaurantes, y el suyo es muy bueno y está en un sitio precioso.

Se sentó en el sitio que había dejado libre papá.

—Sí, conozco la revista. Me llamo Matthew Kent.

Me quedé con la boca abierta, noté como me ruborizaba de inmediato.

El hermano de Jonathan. El hermano de Jonathan, el que le había engañado con su mujer.

—¡Oh! ¡Usted!

—Sí, yo.

Ahora podía notar el parecido. El pelo de Matt era menos denso, y sus ojos carecían de la extraña belleza de los de Jonathan, pero tenía los huesos de la cara firmes y unas manos muy bonitas.

—¿Lleva mucho tiempo trabajando allí? —preguntó.

—Dos años.

—¿Y conoce bien a mi hermano?

Hasta en sentido bíblico.

—Eh... bueno...

—Y basándome en el odio que percibo en su mirada, creo que ha oído hablar de mí.

—Sí.

—Ya —dijo, y suspiró. Tamborileó los dedos sobre la mesa—. Bueno, no estoy orgulloso de lo que ocurrió, pero quiero a mi hermano.

—Extraña manera de mostrarlo.

—No hay excusa posible, lo sé —dijo mirando a la mesa—. Pero le garantizo que amo de verdad a Laine y a las niñas.

—¡Por supuesto! Son sus sobrinas.

—Vamos a ver —espetó, mirándome con cierta agresividad—. Yo estaba enamorado de ella antes de que Jonathan ni siquiera se diera cuenta de que existía, ¿de acuerdo? Y cuando nuestro padre tuvo el ataque, Jonathan se cerró. Del todo. No hubo nada para mí, ni compartió conmigo la pena, ni nada de nada. Laine se quedaba sola todo el día con dos niñas pequeñas. Él lo único que hacía era trabajar en la revista.

—Y pensó que la mejor manera de ayudar era acostarse con su mujer. Curiosa forma de echar una mano.

—Como le he dicho, no me siento orgulloso de lo que pasó —repitió mirando para otro lado—. Y acostarme con ella no fue lo único que hice. Bastante antes de llegar a eso, hacía la compra, cocinaba, jugaba con las niñas, arreglaba la caldera...

—¡Bravo! Deberían darle unos cupones...

—Sé perfectamente la putada que le he hecho, señorita...

—O'Leary.

—Señorita O'Leary. Pero si usted trabaja para mi hermano, ya se habrá dado cuenta de que no es la persona más fácil de llevar del mundo. Me gustaría arreglar las cosas con él, o intentarlo al menos. —Miró a través de la ventana, pero sin fijar la vista—. Lo echo de menos.

—Me da la impresión de que le gustaría comprar una tarjeta de esas que dicen cosas bonitas y lo arreglan todo —dije al tiempo que me levantaba. Sin querer desplacé con la mano el vaso de agua de mi padre, derramando el líquido en su regazo—. ¡Huy!

No dije nada más y me fui. Me zumbaba la cabeza con la acumulación de sentimientos.

Menuda comida. Y todo en una hora. Había comprendido por fin a mi padre. Había averiguado que, de alguna manera, mi madre sabía que no iba a estar conmigo durante mucho tiempo y procuró asegurar mi bienestar incluso antes de que naciera.

Y había conocido al hombre que le había arruinado la vida a Jonathan.

CAPÍTULO 26

Kate

—¡Levanta el trasero! —gritó la madre—. ¡Vamos, Brittannee! ¡Vas a ser una *top model!*

—¿Una *top model?* —susurró Max—. ¿O una estrella del porno?

Era jueves por la tarde, una magnífica tarde de julio, y estábamos haciendo una sesión de fotografía con una chica muy guapa cuya madre quería a toda costa que se convirtiera en modelo, en contra de la voluntad de la cría, que prefería entrar en Vanderbilt con una beca de baloncesto.

—¡Desaprovecha sus condiciones! —exclamó la madre, alzando los brazos en signo de desesperación.

—Mamá —dijo Brittannee con gesto de hartazgo—, no tengo la menor intención de aprovechar mis condiciones. Quiero ser médico.

—De acuerdo, pero las tienes y debes aprovecharlas. ¿No podrías colaborar conmigo? Seguro que hasta llegarías a salir en la revista *Elle*.

Estábamos en Bixby Park, y aunque a la chica de dieciocho años parecía bastarle con el concepto habitual, o sea, mirar a la cámara y sonreír, y que era el que mejor solía funcionar, la madre quería otra cosa. Se lanzó hacia el edificio de los servicios del parque haciendo un patético remedo de la forma de andar de algunas modelos en los desfiles (que muchas veces ya son de por sí patéticas, sin que haga falta que las imite una madre cuarentona).

—¡Así!, ¿no te das cuenta? —dijo, moviendo las caderas y el trasero con tal garbo que me pareció escuchar el sonido nada halagüeño de alguna articulación—. Dejándote ver. Bim, bam, bum. Tic, tic, tic. Y mueve también los brazos. ¡El toque Gucci, vaya!

—¿En qué idioma hablas? Solo entiendo palabras sueltas... —preguntó Brit, que me miró poniendo los ojos en blanco. Yo la miré a mi vez con una sonrisa de comprensión.

—Las fotos son para mí —dijo la madre—. Así es como quiero recordarte cuando te hayas marchado.

—Bueno mamá, ya es suficiente. Para empezar, no voy a morirme, o al menos eso espero. Simplemente me voy a la universidad. Y para seguir, ¿de verdad quieres recordarme con el culo en pompa? ¿No te vale con que sonría, como las personas normales?

Hablando de modelos y de personas normales, la hermana pequeña de Daniel, Lizzie, me había mandado un mensaje. Había firmado con una agencia, Ford Models, y estaba entusiasmada. Le respondí que, si necesitaba cualquier cosa, me lo hiciera saber, porque conocía alguna persona que trabajaba en el mundo de la moda. Lizzie tenía talento, o al menos eso me parecía a mí. Y ella sí que quería ser modelo, no como la pobre Brit. Prefiero llamarla así y no por su nombre completo y tan difícil de escribir; otro legado de su madre, supongo.

Me fijé en la madre, que tenía ese aspecto demacrado y artificialmente fibroso de la mujeres de mediana edad obsesionadas con su apariencia.

—Lori —dije, dirigiéndome a ella—. Tienes unos huesos de la cara fabulosos. ¿Te importa que te saque a ti alguna foto?

—¿A mí? —preguntó, asombrada—. Bueno, si quieres... —Reaccionó de inmediato, ahuecando los labios siliconados. No se contentó con eso, claro. Se colocó en posturas inverosímiles, que supongo que había visto en programas de televisión al uso. Brittannee me dio las gracias sin pronunciar la palabra y después le dedicó una sonrisa a su madre.

—Fantástico, Lori. ¡Me encanta esta! ¡Mantén esa postura, pero estira un poco el cuello! —En fin, la pobre chica se había librado. Y, al fin y al cabo, su madre era la que iba a pagar.

Media hora más tarde, cuando Lori estaba apoyada sobre una gran rama y entornando los ojos hacia mí en plan mujer fatal de las películas de género negro, pasé a centrarme en la chica.

—Brit, ¿por qué no te sientas sobre la hierba y te pones cómoda?

Y de esta forma conseguí por lo menos diez fotos magníficas de Brittannee, en las que parecía exactamente lo que yo pensaba que era: una chica adorable, de aspecto atlético y con una preciosa sonrisa. Y, de paso, la madre se sintió durante un rato como una modelo de alta costura, o quizá de lencería. Se marcharon de la mano, y a mí se me formó un nudo en la garganta.

Me encantaría tener una hija.

Puede que al final, dentro de un año o dos, me decidiera a adoptar.

Solo habían pasado tres meses, una semana y seis días.

El banco de Nathan había sido retirado, o al menos la placa conmemorativa. Tenía que llamar a Eloise para darle las gracias.

Los últimos cuatro días los había pasado en la ciudad cuidando de Esther, Matthias y Sadie, mientras Kiara y Sean acudían a Napa a una reunión de cirujanos patrocinada por una empresa de instrumental médico. Al parecer, visitaron la exposición de tecnología durante quince minutos y se pasaron tres días recibiendo baños de lodo y masajes.

Fueron unos días fantásticos, jugando al Scrabble con Matthias y Esther, viendo series de televisión por la noche y llevando a Sadie a Central Park durante el día, paseándola en su carrito y dejando que la gente pensara que era mi hija. Obligué a Sean y a Kiara a que me prometieran que, de ahora en adelante, iban a viajar más.

Pero hoy ya estaba de vuelta en Cambry-on-Hudson.

—¿Qué tal estás? —me preguntó Max cuando estábamos guardando el material.

—Pues algo mejor, supongo —le respondí sin excesiva convicción. Era imposible mentirle, me conocía como si me hubiera parido—. A veces me siento como si no me hubiera casado nunca. Es... —Me aclaré la garganta—. Es difícil.

—Sé un poco más indulgente contigo misma —dijo Max asintiendo. Su voz siempre sonaba un poco ronca—. No lo analices todo y diviértete un poco.

—Esto no necesita análisis. Me conoces bien.

—Debería, ¿no?

—Muchos recuerdos a tu familia. Los quiero.

Asintió y se dirigió a su automóvil.

Me estaba calentando la comida, una especie de crema de marisco, que era ya una de las últimas raciones que me habían traído tras el funeral, cuando Ainsley llegó a casa.

—¡Hola! —exclamó—. ¡Te he echado de menos! ¿Cómo están los niños?

—Estupendamente. Aunque de un momento a otro Esther va a poner firmes a sus padres. Le faltan dos telediarios para entrar de lleno en la terrible adolescencia.

—Bien. Sean siempre lo ha tenido todo muy fácil. Que aprenda. —Me miró resplandeciente. Estaba claro que tenía muchas noticias, y por su expresión deduje que muy buenas. Y, por supuesto, se moría por contármelas.

—Y tu semana, ¿qué tal ha ido?

—¡No te lo vas a creer, te lo aseguro! —dijo—. Te lo quería haber contado inmediatamente, pero sabía que sería mejor hacerlo en persona, y se me olvidó que te ibas a casa de Sean. ¿Estás preparada para el bombazo?

Asentí.

—¡Me he acostado con Jonathan! Y tengo razones para pensar que tenemos una relación de verdad, me ha hecho firmar unos papeles.

—¡Toma ya! ¡Esa sí que es buena! —exclamé sonriendo. No pregunté nada, segura de que me iba a dar todos los detalles de inmediato. Se movía por la cocina como un abejorro feliz, dándole empujones a *Ollie* y tocándole la cara. Finalmente se lo colocó en la cadera para abrir el frigorífico y sacar la botella de vino blanco.

—El viernes por la noche, después de una visita de trabajo, nos tuvimos que quedar en su casa, ya recordarás el tormentón. Preparó la cena, bebimos un poco de vino y, así, sin más, ¡me dijo que le gustaba! ¡No tenía ni la más remota idea de tal cosa, es más, pensaba todo lo contrario! Sin embargo, yo ya estaba empezando a sentir cosas por él, en ciertos momentos, y es que, aunque casi siempre se comporta como una especie de robot alienígena, también tiene a veces ese aire de protagonista de novela romántica, y más concretamente de héroe inalcanzable a lo Jane Austen, no sé si me entiendes. Bueno, un poquito, o me lo parece a mí. ¡Y me lo dijo de una forma tan dulce! Y entonces nos besamos, y después, sin saber cómo, estábamos haciendo todo lo que podíamos para romper el cabecero de su cama.

Lo dijo todo de un tirón, y solté una carcajada, claro. Me sirvió una copa de vino, dejó al perro en el suelo y se sentó en un taburete del mostrador. *Ollie* arrastró su manta, la colocó a mi lado y se tumbó como si la cosa no fuera con él.

—¿Bueno, qué te parece? ¿Demasiado pronto después de lo de Eric? —preguntó.

—No lo sé, la verdad. ¿Qué te parece a ti?

—¡Venga, mujer! ¡Necesito consejos de hermana mayor! He quedado con él dentro de cuarenta y cinco minutos. Fuera del pueblo, por supuesto. Le asusta muchísimo que alguien del trabajo se entere de lo que está pasando.

—Está divorciado, ¿verdad?

—Sí, y es una historia de miedo, para no creérsela. ¡Ni en las películas pasan esas cosas! Su mujer le engañó... ¡con su hermano!

—¿Me tomas el pelo? —¡Mira que es divertido cotillear! Esto me recordaba los buenos tiempos con Paige—. Ya veo. Pues entonces tienes que tener cuidado respecto a cómo te comportas con el, y él contigo, claro. Seguro que tiene problemas de confianza.

—¿Lo ves? ¡Eso sí que es un excelente consejo de hermana mayor! —Se terminó la copa de vino—. Bueno, tengo que cambiarme, y a ver qué zapatos me pongo. Y, ya sabes, igual no vengo a dormir...

Se me bajó un poco la moral. La echaría de menos.

—De acuerdo. Pásalo bien.

Debió de notar algo, porque reaccionó enseguida.

—¿Quieres que salgamos mañana por la noche? Tú y yo solas, o con algunas amigas si lo prefieres. ¡Noche de chicas!

¡Por supuesto que sí, demonios! Ya empezaba a hartarme de estar solo conmigo misma.

—¡Claro que sí! Puedo invitar a las del grupo de luto, ¿te parece? LuAnn es divertidísima, y espero que pueda organizarse para una noche sin los críos.

—¡Fantástico! Podemos organizar una pequeña fiesta. ¡Tienes que sacarle partido lúdico a este pedazo de casa! —Me dio un abrazo y corrió escaleras arriba.

Bueno, así es la vida. Esta noche el perro y yo solos en casa. Tampoco pasaba nada. Así podría editar las fotos que había hecho. O leer un libro. O limpiar el cuarto de baño.

O empezar a retirar la ropa de Nathan.

Alguna vez tendría que hacerlo.

Ainsley se marchó y yo me tomé mi solitaria sopa en el mostrador, sintiéndome un poco como un huérfano dickensiano.

—¡Por favor, señor, un poco más! —dije en alto con voz lastimera. *Ollie* ladró y se removió, imagino que preguntándose qué demonios pasaba. Lo coloqué en el regazo y le permití que lamiera el plato.

En la cazuela había más sopa, la suficiente como para tomar otra ración.

La tiré por el fregadero.

Ya estaba hasta las narices de comida de luto. Me ponía enferma.

Es curioso como se mide el tiempo cuando alguien ha muerto. Todo se relaciona con ese segundo preciso en el que la vida se te pone patas arriba. El calendario deja de estar gobernado por el nombre de los meses y las estaciones o el número de los días, y pasa a referirse a las fechas significativas, las de referencia. El día que nos conocimos. La primera vez que nos besamos. La primera cena con su familia. El aniversario de su muerte. La fecha de su funeral.

Y todas ellas te alejan de los momentos en los que estaba vivo, haciéndote ver con precisión de cirujano que jamás volverás a disfrutar de ellos. La fecha del cumpleaños de Nathan llegaría año tras año, pero él no se iría haciendo mayor. Y todos los aniversarios que no tendríamos. «Este sería el primero, el tercero, el vigésimo quinto.» Todas esas fechas que no tienen sentido para nadie más, pero que están grabadas a fuego en los corazones de las personas que han perdido a un ser querido.

En la pasada reunión del grupo, LuAnn habló precisamente de ese primer aniversario. «El día número trescientos sesenta y cinco, aunque... os lo tengo que confesar, por dentro me sentí relajada, ¿sabéis? Como si me hubiera demostrado a mí misma que podía sobrevivir, pese a que nunca creí que fuera capaz.»

Janette, cuyo marido había muerto precisamente el día de su aniversario, dijo que a ella le pasó todo lo contrario. «Cada mes se me hace más difícil. Pienso en lo que se está perdiendo él, y en lo que me estoy perdiendo yo también, que sigo aquí, envejeciendo patéticamente, dando tumbos por la vida sin él.» Reviví la conversación palabra por palabra:

—Para mí era como si tuviera un automóvil metido dentro del pecho —dijo Leo—, apretándome, y hasta me dolía respirar. Ahora ya hace casi tres años. El automóvil todavía está ahí, pero se ha movido y me ha dejado un poco de espacio.

—Para Jenny —dije yo.

—Sí. —Sonrió—. Para Jenny. Y también para otras personas. Mis alumnos. Y vosotros.

Todavía me quedaba mucho camino por recorrer. Era la más nueva del grupo.

Rellené la copa y me dirigí al estudio, o cuarto de estar. Puede que revisara esas últimas fotos de Nathan, que todavía estaban en la Nikon de la estantería.

Pero ¿qué pasaría si descubriera que no me amaba? ¿Qué haría en ese caso?

En cualquier caso... daba igual lo que fuera capaz de descubrir en su expresión, pues nunca volvería a poder ver ninguna otra imagen nueva de él. Mientras no viera esas fotos, sentiría como si todavía quedara en el mundo algo de Nathan.

— Esta noche no, *Héctor* —dije. Mi pez me respondió amablemente recorriendo la pecera con suavidad. Vivo, apurando sus expectativas de vida de pez.

Encendí el ordenador. Tenía que borrarles las espinillas a una docena de chicos de secundaria y organizar pases de diapositivas de dos recién casados. *Ollie* se acercó y extendió a mis pies su vieja y raída manta, organizando así su rincón móvil. Sus suaves y ligeros jadeos perrunos me hacían mucha compañía.

Ajusté la iluminación, suavicé las caras y eliminé parientes con cara de bobos. Un trabajo sencillo. ¡Ah, esta era una foto muy buena! La novia era negra, y estaba de perfil, recitando los votos, mientras le corría por la mejilla una solitaria lágrima, que hacía perfecto juego con el diamante del pendiente, y contrastaba con el tono de la piel y el resplandeciente blanco del vestido. La enviaría a alguna revista de fotografía.

—¡Buena foto! ¿No te parece, *Héctor*? —pregunté. El fin de semana pasado había estado en lo que estaba, vaya que sí.

Oí una fuerte llamada en la puerta principal y me llevé un susto tremendo, tanto que me hizo brincar en el asiento. ¡Bum, bum, bum! *Ollie* se puso de pie, agarró la manta con los dientes y se dirigió corriendo a la puerta principal, ladrando a toda potencia. Lo seguí.

Era Daniel. Y eran más de las nueve.

—¿Va todo bien? —pregunté.

—¡Soy tío otra vez! —exclamó, dándome un fuerte abrazo—. ¡Felicítame! He estado en la sala de partos, y créeme que eso no entraba en mis planes, ver a mi hermana contraerse de la cabeza a los pies. Necesito un poco de ácido para lavarme los ojos. —Por fin me soltó, sonriendo con cara de bobalicón—. ¡Oh! Quizá no debería haberte abrazado. Creo que estoy empapado de fluidos de todas clases. Vengo directamente del hospital.

La verdad es que su felicidad era de lo más contagiosa.

—¡Tranquilo, no te preocupes! ¿Niño o niña?

—Niña. Y, por favor, le ruego a Dios que no sea tan bruja como su hermana. ¡Maisy Danielle, no te lo pierdas! Y creo que me he ganado a pulso ese segundo nombre de pila, pues he ayudado a mi hermana a empujar, le he levantado las piernas y le he repetido dos mil veces que era muy valiente, siempre procurando, y logrando, no mirar donde no debía. ¡Cuatro kilos cien, y con la condenada cabeza más grande que una luna llena! Mi hermana va a tardar semanas en volver a andar, la pobre. —Cruzó los musculosos brazos sobre el pecho, todavía sonriente—. ¿Bonitos nombres, verdad?

—Muy bonitos. Felicidades, tío Daniel. Vamos. Creo que hasta podemos abrir una botella de champán.

—Me vale con una birra. Además, creo que estoy un poco sucio. He comprobado que un hermano como es debido, y yo lo soy, tiende a sudar por todos los poros cuando su hermana rompe aguas. Será una forma natural de solidaridad. ¿Me podría dar una ducha primero?

Estaba claro que tenía que soltar adrenalina cuanto antes, y una ducha le iría bien para lograrlo.

—Pues claro, entra. En esta casa hay siete cuartos de baño. Parece pensada para el FBI.

—¿Ves esta mancha? Pues es de sangre —dijo, señalando un pequeño punto en la camiseta—. ¡Qué guarrada! Y no quiero ni pensar en lo que es esta otra. —No paraba de hablar mientras subía las escaleras—. De todas maneras, mi hermana se ha portado como una campeona. ¡Ni un grito! Y después se presentó mi madre, protestando porque se lo había perdido todo. Pero es que ya es el cuarto hijo de Jane, ¿sabes? La cría se deslizaba como una nutria bien cubierta de grasa. ¡Casi ni llegamos al hospital! Creo que no empujó ni siquiera cinco veces.

Lo conduje por el pasillo hasta uno de los dormitorios libres. Ni recordaba la última vez que había estado allí, pero afortunadamente estaba limpio, con señales de la aspiradora en la alfombra y una pintura moderna en la pared.

¡Mira que era raro eso de que hubiese habitaciones en mi casa que prácticamente ni conocía!

Daniel abrió la puerta del cuarto de baño.

—¡Caramba, es más grande que mi apartamento!

Sí, la verdad es que era un poco exagerado. Moderno y de muy buen gusto, pero enorme, de un tamaño casi obsceno. A Nathan no le gustaban nada los cuartos de baño blancos y llenos de cristales, que se pusieron de moda en la primera década del siglo XXI, y por eso en este predominaba la madera oscura y la esteatita. A un lado había una repisa con dos lavabos, llena de lucecitas colocadas en lugares estratégicos, y también cuatro orquídeas naturales. Por lo visto, alguien se encargaba de que estuviera limpio y en perfecto estado para su uso; tal vez Ainsley, o el servicio de limpieza. La zona del retrete, aislada, tenía también bidet, cosa que, siendo estadounidense, me parecía algo chocante. Como no podía ser menos, la bañera era gigantesca, con muchos chorros de hidromasaje y, en una esquina, la ducha, aislada con una pared de vidrio ahumado gris.

—Hay toallas por todas partes —dije, señalando hacia una fila de no menos de una docena de ellas, blancas y colocadas de forma simétrica. —Tómate tu tiempo. Disfruta.

—¡No lo dudes, lo haré! Muchas gracias. ¡Ah! ¿No tendrás una camiseta limpia para prestarme? —dijo, quitándose de un tirón la que llevaba puesta. ¡Dios del cielo! Músculos por todas partes, y también piel, una piel gloriosa.

—Sí, claro. Enseguida vuelvo. ¡Pero déjate puestos los pantalones! No me gustan las sorpresas.

Me guiñó un ojo y me sorprendí a mí misma sonriendo mientras recorría el pasillo hasta mi habitación. Tenía una camiseta gigante de los Yankees que me había regalado mi padre y que de vez en cuando me ponía para dormir. No le iba a dar algo de Nathan. Eso... eso no.

Agarré la camiseta y volví al baño. Ahora Daniel estaba descalzo, enfrascado en entender los controles de la ducha. Sus botas de trabajo y los calcetines estaban junto a la puerta, y frente a mí se desplegaba en todo su esplendor el torso tipo Thor del bombero. Recé una oración instantánea en agradecimiento al Cuerpo de Bomberos de Nueva York, a su política de reclutamiento, a su programa de mantenimiento físico y a la al parecer excelente calidad de sus gimnasios. Era viuda, pero no estaba muerta. Tenía una tableta perfecta, y justo por encima de la cintura esas gloriosas líneas formando una V que parecía hecha con cincel. ¡Qué gozada!

—¿Cómo se enciende la luz? —preguntó. Yo me sobresalté y me aclaré la garganta. Estaba un tanto acalorada.

—Esto... pues... la verdad es que no estoy segura. Agita los brazos. No he logrado descubrir los interruptores, y funciona con sensores de movimiento.

El cuarto de baño era lo suficientemente grande como para que la ducha tuviera su propia iluminación. En esos momentos el sitio estaba bastante oscuro. Daniel movió un brazo, lo que hizo que a su vez sus músculos se forzaran. La luz no se encendió, pero a mí me dio la impresión de que mis ovarios sí que empezaban a brillar. A mi vez probé con diversos interruptores: bajo la bañera, cerca de la bañera, en el servicio, dentro de la bañera,...

Me acerqué a la ducha. Tenía tres alcachofas, dos a cada lado y otra hacia abajo, uno de esos sistemas de ducha escocesa y otra alcachofa extraíble. ¡Qué barbaridad, con lo fácil que es ducharse en un sitio normal! Sobre la estantería había un lote de productos de baño: jabón de citronela, champú, acondicionador y crema hidratante. Una maquinilla de afeitar desechable. Una esponja vegetal. Un panel de control para ajustar la temperatura del agua y qué alcachofa utilizar (por favor, no me juzguéis mal... todo esto fue idea de Nathan, no mía).

Agité una mano. Nada. Las moví como si bailara salsa. Nada. Me acerqué al panel de control, pensando que igual había allí un interruptor de la luz. Temperatura, vapor, calefacción para los azulejos... No había ningún dibujo de una bombillita, ni ningún rótulo, por supuesto.

Volví a mover las manos. Esta vez, por alguna razón inexplicable para mí, se encendió la luz.

Pero también empezó a caer agua, desde todas las opciones posibles. Y estaba helada. Salté hacia tras dando un grito y choqué con Daniel.

Se estaba riendo a carcajadas.

—¡Bravo! ¡La encontraste! —exclamó, sujetándome por los hombros.

El agua me había empapado, y también a Daniel. Se templó casi inmediatamente, cayéndome por la cara y la espalda, y empapándome la camiseta y los pantalones.

También formaba canales por todo el cuerpo de Daniel, sus clavículas, su hermoso y potente pecho y la cintura, por encima de los pantalones.

—Bueno, pues ya está. Pásatelo bien —dije con voz ronca.

—Eso voy a hacer —respondió, pero no me soltó, sino que me miró con una sonrisa extraña.

Y entonces me besó.

Durante un segundo ni me moví.

Pero inmediatamente reaccioné. Bueno, de entrada fue mi boca la que lo hizo, e inmediatamente la soledad y el vacío que había estado sintiendo pareció salir a borbotones por ella. Daniel deslizó las manos por mi pelo mojado, y yo le acaricié los brazos y el cuello, sintiendo el poder de sus músculos, y lo encontré tan agradable, tan hermoso, que estuve a punto de echarme a llorar.

Echaba de menos el que me tocaran y echaba de menos tocar a otra persona que no fuera ni mi hermana ni mis sobrinos. Echaba de menos que alguien me deseara.

Y os aseguro que el tipo sabía muy bien lo que hacía. Después de todo era Daniel, el Bombero sexi, y por fin me estaba enterando de qué iba la cosa. Me besó como si lo hubiera estado deseando desde hacía mucho, despacio, con intensidad, con besos húmedos, con la boca buscando y probando. Me puso sus grandes manos en la espalda y después se inclinó, me levantó y me empujó contra la pared de la ducha, todo esto sin dejar de besarme.

Me encantaba sentirlo. Físicamente hablando era como un dios, y transmitía una tremenda sensación de fuerza, de potencia; tenía la piel mojada, cálida y resbaladiza, y sus músculos me movían sin esfuerzo aparente. De hecho, las manos parecían rocas bajo mis brazos.

Noté que sonreía al tiempo que me besaba. No soy capaz de explicar por qué, pero eso me puso todavía más a tono.

Echaba de menos esto. El sexo. El hecho de sentir a un hombre, el roce de su barba incipiente, su fuerza. Después de todos esos meses en la sombra, alguien se había dado cuenta de que estaba aquí.

—No tengo preservativos —murmuró al oído—, pero creo que puedo complacerte de todas formas. —Entonces dejó de besarme en la boca y lo hizo en la garganta, y más abajo; lo agarré del pelo y tiré hacia arriba.

—Yo sí tengo. Solo un momento... vuelvo en un momento. —Las piernas apenas me sostenían. Salí de la ducha y fui por el pasillo hasta mi dormitorio, dejando a mi paso un rastro de agua. Ni me importó.

Había condones en la mesilla de Nathan, de antes de cuando decidimos ir a por un embarazo. De antes de que nos casáramos.

Pero ahora no debía pensar en Nathan. Se había ido, todavía sentía algo por Madeleine y yo ya estaba muy harta de tanta tristeza. Llevaba meses desaparecida de la vida.

Daniel sí que me había visto, había notado mi presencia, y no porque, por casualidad, hubiera estado delante de mí. Había venido aquí, a mi casa, a compartir conmigo su enorme alegría tras el nacimiento de su sobrina. Y el día del parque, cuando me quedé dormida, estaba sentado junto a mí cuando me desperté.

No debía darle a la situación más trascendencia de la que tenía. Max me había dicho que me cuidara, que fuera más agradable conmigo misma. Y Ainsley insistía continuamente en que me divirtiera.

Volví casi corriendo por el pasillo con la caja en la mano. Él estaba saliendo de la ducha.

Era realmente guapo; más que eso, era belleza pura. No había otras palabras para describirlo. Pero ahora tenía la expresión sombría.

—Siento mucho lo que ha pasado —dijo sin mirarme—. Obviamente no tenemos que hacer nada, y tengo la sensación de que... en fin, de que me he pasado de la raya.

—No lo has hecho, ni mucho menos.

Me miró durante un rato bastante largo.

—Has tardado un poco.

—Quería estar segura de que esto era una buena idea.

—¿Y lo es?

—Sí, lo es.

Una súbita sonrisa iluminó su cara.

—¡Gracias a Dios! Pensaba que estabas intentando discurrir la manera de librarte de mí.

Entonces cruzó la habitación y me besó de nuevo, un beso duro y muy corporal que, dados su metro noventa y su perfecta constitución, volvió a ponerme en la situación en la que me encontraba hacía tres minutos escasos. Me agarró en volandas y me depositó sobre la cama.

—Bueno, pues vamos a quitarnos la ropa, ¿no? —preguntó. Además de guapo era juicioso. Y cooperador: me quitó él mismo la camiseta y el pantalón, y muy deprisa.

Fuc fantástico. Sí, fantástico, y tórrido, y picante, como debe ser el sexo bueno, y él estuvo en todo momento sonriente, y terso, y cimbreante, y delicioso y apretado encima de mí. Así que, durante un rato, me sentí de nuevo yo misma.

Feliz.

CAPÍTULO 27

Ainsley

La casa de Jonathan me iba pareciendo más bonita cada vez que volvía a verla: una antigua granja, en lo alto de una colina, sin vecinos a la vista, con una magnífica panorámica de los campos y del bosque y, en la distancia, el plateado parpadeo del Hudson.

Pero ahora era viernes por la mañana y Jonathan, de nuevo en modo robot, me estaba echando de casa para que ambos pudiéramos llegar al mismo tiempo al trabajo, así que tenía que salir pitando. Los pájaros cantaban a pleno pulmón, la niebla se elevaba por encima del río y el mundo era nuevo y maravilloso.

La tarde anterior tuvimos una cita como Dios manda. Una copa de vino sentados en el patio, bajo un frondoso arce cuyas ramas se mecían levemente con la brisa, y observando como el sol iba descendiendo en el cielo azul veraniego, sin una sola nube. Después fuimos en su automóvil a un restaurante situado al otro lado del río, en el edificio de un antiguo molino de agua magníficamente restaurado, y en una mesa desde la que se veía una pequeña cascada.

Al principio desplegué mis habituales dotes para las relaciones públicas, demostré lo encantada que estaba con la belleza del lugar, flirteé con Jonathan y con el camarero (una de mis especialidades junto con las ensaladas, ya se sabe), para asegurarme de que, de verdad, mi forma de ser le gustaba a Jonathan. Eso de acostarse con el jefe era bastante más difícil de lo que inicialmente pudiera parecer. Durante esta semana no nos habíamos mostrado ni el más mínimo gesto de afecto en la oficina. Así que todo se desarrolló con normalidad, pero solo en cierto modo, porque cada vez que se acercaba a mi mesa, o yo a su despacho, o nos cruzábamos, se me encendían las mejillas por voluntad propia y autónoma. Era tan habitual que tuviera dificultes en el trabajo que, al principio, me costaba distinguir si lo que sentía era deseo o culpabilidad. Y él no se mostraba afectado en absoluto por el hecho de haberme visto desnuda. Mi viejo amigo el ego se sentía un poco traicionado, todo hay que decirlo.

Así que procuré con todas mis fuerzas que la cosa quedara clara en nuestra cita, por si él hubiera decidido ya que estaba cometiendo conmigo un terrible error. Conté lo que yo pensaba que era una historia de lo más divertida que me había sucedido cuando trabajaba en la NBC. Era una anécdota clásica en mi repertorio: una cabra había entrado sin que nadie se diera cuenta en una unidad móvil y había terminado dormida bajo la mesa del famoso presentador Matt Lauder, que pegó un grito al sentarse y despertó a la cabra, que salió pitando despavorida, tirándolo todo.

—¿Nada que decir? —le pregunté, al ver que, al acabar de contar la historia, se limitaba a asentir y ni siquiera sonreía.

Negó con la cabeza.

—Vaya, me decepcionas, porque es una de mis mejores historias.

Volvió a negar con la cabeza.

—No necesitas impresionarme, ¿sabes?

—De acuerdo, pero me gustaría. Me fastidia no impresionarte.

—Tu forma de ser está bien.

Estuve a punto de suspirar antes de darme cuenta de que, posiblemente, se trataba de un cumplido. Me miró fijamente desde el otro lado de la mesa. Todavía llevaba puesto el traje con el que había ido a trabajar, aunque se había quitado la corbata.

—Si te sientes bien hablando, habla —dijo—. Pero lo que me gusta es el hecho de estar contigo.

Y, más tarde, me lo demostró en la cama. De hecho, me lo demostró dos veces.

Mientras conducía, ya de vuelta a casa, pensé que la cosa tenía su gracia. Mientras estaba con Eric siempre había tenido que mostrarme encantadora, divertida, brillante y animada, no solo con él, sino también con sus padres, con sus amigos, con sus compañeros de trabajo y con sus jefes.

Simplemente ser... lo cierto es que no estaba del todo segura acerca de en qué consistía eso.

Pero de una cosa sí que estaba segura: no iba a cambiar mi personalidad ni mi manera de enfocar la vida por Jonathan, ni por ningún hombre. Los últimos once años mi vida se había fundamentado en Eric y en nuestra relación, y eso no iba a volver a pasar. O al menos eso era lo que me decía a mí misma. No obstante, ahora Jonathan era mi jefe y mi novio, así que podía decirse que un porcentaje enorme de mi vida giraba en torno a él, sin el menor género de dudas.

Ya de vuelta, entré por el sendero que conducía a casa de Kate. Una vez dentro, me dirigí a la cocina y pegué un grito.

Allí en medio había un tipo enorme.

—¡Hola! —dijo alegremente—. ¿Cómo te va?

—¿Quién es usted, y qué hace con la camiseta de mi hermana? —aullé.

—¿Y cómo sabe que es de su hermana? —preguntó con calma.

—Porque en la espalda está la firma de Derek Jeter, y hace unos años por Navidad nuestro padre nos regaló una a cada hermano.

—Soy Daniel Breton —dijo sonriendo.

—¿Daniel, el Bombero sexi?

—El mismo que viste y calza —afirmó, y volvió a sonreír.

—Y estás aquí porque... —Se me abrieron unos ojos como platos—... ¿te has acostado con Kate?

Su sonrisa se amplió.

—¡Caramba y más que caramba! ¡Falto una noche y esta casa se convierte en un antro de sexo! Sírveme un café y cuéntame inmediatamente qué ha pasado.

Obedientemente, tomó otra taza y sirvió café.

—Habla bajo. Ella sigue durmiendo. ¿Quieres leche?

Me conmoví un poco. ¡Se preocupaba porque mi hermana pudiera dormir! Empezó a gustarme directamente. Además, era guapo como él solo, el condenado. Durante los muchos años que había visitado a Kate en Brooklyn, siempre me pareció que el tal Daniel se trataba de una leyenda. Y lo era, pero vivita... y coleando, por lo que podía deducir.

Lo que se contaba de él no le hacía justicia.

—Si te parece, puedes contar que yo estaba atrapada en un edificio en llamas —dije—. Que entraste desafiando el fuego y me sacaste a rastras. Como no respiraba, puedes describir el boca a boca que me hiciste.

—Bueno, siento decirte que siempre utilizamos una máscara de ventilación. Es más higiénico —dijo riendo.

—¡Anda ya! ¡Maldita realidad! Has roto el encanto. Pero sigamos.

—¿Qué llevas puesto? —preguntó, levantando una ceja.

—Pues... algo muy ligero y vaporoso. Y tengo un pelo fantástico.

Sonrió. ¡Madre mía! Esa sonrisa era demoledora.

En ese momento se abrió la puerta de la cocina y entró Brooke. Cuando vio a Daniel se detuvo de golpe, y puso cara de horror.

¡Mierda!

—¡Hola, Brooke! —dije, lanzándome a darle un abrazo—. ¡Cuánto me alegro de verte! —Al parecer, se había quedado sin habla—. ¿Cómo están los niños? En un campamento, ¿verdad? Creo que algo me contó Kate. En cualquier caso, ¿conoces a..., eh..., mi amigo? ¿Mi amigo Daniel? ¡Es un buen amigo!

¡Mira que mentía mal, joder!

—¡Ah, es amigo tuyo! —dijo Brooke y, literalmente, todo el cuerpo se le relajó de puro alivio. De entrada había pensado que la situación era... la que realmente era.

—Daniel —dije— te presento a la cuñada de Kate. La hermana de Nathan.

—Viniste al funeral, ¿verdad? —dijo, entrecerrando los ojos.

—Sí —respondió—. Sentí muchísimo lo de tu hermano.

—Daniel es un buen amigo de la familia —dije, y él me miró raro. Acababa de conocerle, obviamente, pero no me contradijo.

—Tengo que hablar con Kate acerca de la fiesta de aniversario de mis padres —dijo Brooke.

—¡Claro! Va a ser... eh... sí.

En ese preciso instante, Kate entró en la cocina con todo el aspecto de haber pasado una noche de sexo con un bombero espectacular. Tenía el pelo largo revuelto y sin recoger, los ojos medio cerrados de sueño y a su alrededor flotaba una especie de halo. ¡Bravo, Daniel! Estaba descalza y llevaba un kimono corto que yo le había regalado hacía algunos años.

Vio a Brooke y dio un respingo. Sus ojos se deslizaron hacia Daniel.

Si yo mentía mal, mi hermana era simplemente incapaz de hacerlo.

—¡Hola, Kate! —ladré—. Llamé a Daniel para preguntarle si quería tomar café conmigo. Nosotros dos. Aquí. ¡Y fíjate, ha podido venir! No es lo habitual, ¿verdad? Siento que sea tan temprano. ¡Y resulta que Brooke acaba de llegar también, para hablar contigo de la fiesta de aniversario de sus padres!

Tuve claro que mi cháchara había parecido la de un mono loco, pero al menos conseguí que mi hermana se deshelara.

—De acuerdo. Hola. Hola, Brooke.

Bueno, que se deshelara un poco.

—¿Estás bien?

—Mmm, sí. Sí.

—Puedo venir en otro momento si no te encuentras bien.

Kate cerró los ojos brevemente.

—No, no, tranquila. Es que he dormido demasiado. Lo siento.

—Está claro que no duermes bien —dijo Brooke—. Tenía que haberte preguntado antes de venir. Lo siento mucho.

Kate tenía todo el aspecto de una mujer vampiro a la que le acabaran de clavar una estaca en el pecho.

—Daniel, vamos a desayunar, ¿quieres? —dije agarrando su esplendoroso brazo y tirando de él hacia la puerta.

—La verdad es que no puedo —dijo—. Gracias por el café... y me alegro de haberte visto, Kate.

Deseé con fuerza que no la mirara, porque era como si el aire vibrara entre los dos.

Y se marchó, diciendo adiós con la mano desde fuera.

—Un chico muy agradable, y guapo. ¿Estás saliendo con él, Ainsley?

—¡No! ¡Para nada! Quiero decir que podría, pero, uf... ¡Bueno! Quizá debería... Bueno, ya veremos. Voy a recoger alguna cosa y me voy, que llego tarde. Y esa no sería una buena cosa. —Definitivamente, un mono loco.

Veinte minutos más tarde, lo que para mí era un auténtico récord mundial, me había duchado, vestido, ¡y hasta maquillado! Me marché por la puerta de atrás sin decir adiós, pues no me apetecía volver a mentir. Me toqué la nariz apara comprobar que no me había crecido.

Pero bueno, necesidad obliga. La familia de Nathan no podía enterarse de que ella se lo estaba montando con el chico del calendario de los bomberos de Nueva York.

Las tiendas del centro de Cambry-on-Hudson iban a celebrar el sábado un día de puertas abiertas, con ofertas y descuentos. Naturalmente, el *Hudson Lifestyle* cubriría el evento con un reportaje en la página web de la revista. ¿Adivináis quién tenía que escribirlo? Exacto, la que suscribe, siempre a vuestra disposición. Así que tenía que pasarme la mañana paseando por la zona para conseguir información de primera mano con la que realizar el reportaje. Pero bueno, no me quejo. Ese tipo de trabajo es el que me gustaba de verdad.

Mi primera parada fue Bliss, la tienda de trajes y accesorios de boda cuyo escaparate había mirado tantas veces cuando estaba con Eric. Siempre había pensado que visitar este establecimiento antes de tener el anillo de pedida en el dedo podía traer mala suerte (recomiendo una pausa para saborear la ironía y soltar una carcajada ligeramente amarga). Pero ahora tenía una buena razón para entrar.

El interior era el paraíso. Quiero decir, ¿a qué mujer no le gusta ver trajes de novia? Y los que había allí eran etéreamente hermosos: el traje de tul rojizo con pequeñas rosas bordadas en el corpiño; el vestido de terciopelo con un lazo con el que la novia parecería una princesa de hielo, y tantos otros... Me pareció que cada uno que veía era más bonito que el anterior.

—¡Hola, soy Jenny! —me saludó una mujer muy guapa vestida de negro cuando estaba acariciando una manga—. Eres la hermana de Kate O'Leary, ¿verdad? Me sacó una foto hace poco. Todavía le debo una cena.

Practicamos el juego de dos grados de separación, en su versión Cambry-on-Hudson. Así, le expliqué que había conocido a Leo cuando acompañé a Kate al grupo de duelo y, por lo que a mí respecta, supe que Eric y yo habíamos sido vecinos de la hermana de Jenny.

—¡Así que Rachel Carver es tu hermana! ¡Vaya! Solíamos hablar cuando sacaba a *Ollie* a dar una vuelta. ¿Cómo le va? —Yo ya sabía que se había divorciado. Siempre había pensado que su marido era bastante engreído.

—Estupendamente —respondió Jenny—. Vendrá el sábado. Sus hijas van a hacer de modelos de niñas con los ramos de flores.

—¡Qué bien! Son preciosas. Echo de menos verlas. Yo, eh..., bueno, mi novio y yo rompimos, y de momento estoy viviendo con Kate en su casa.

—Es muy de agradecer por tu parte —afirmó—. Ya me lo contó. Mi hermana y yo también estamos muy unidas.

¿Le había dicho Kate que estábamos muy unidas? ¡Qué bien, eso me hizo muy feliz!

Le pregunté algunas cosas a Jenny para el artículo y me marché, bastante a regañadientes, después de darle las gracias por su tiempo. Siguiente parada: Cottage Confections. Kim, que Dios la bendiga, consideró necesario alimentarme con una magdalena de frutas del bosque mientras nos sentábamos para la entrevista. Y después me envolvió y metió en una bolsita cuatro más, que me llevé encantada, claro.

Lástima que el resto de mis días de trabajo no fueran como este. Y ahora que sale el tema, había llegado a la conclusión de que tenía que revisar a fondo mi planteamiento vital. Tenía bastantes posibilidades, siempre las había tenido, pero ahora además tenía dinero, gracias al seguro de vida de mi madre. ¿Qué habría querido ella que hiciera? ¿Viajar? ¿Vivir un año en París? ¿Hacer un viaje por toda América?

Pero es que a mí me encantaba este pueblo.

Y además estaba Jonathan. La verdad es que todavía era demasiado pronto como para que se convirtiera en un factor fundamental a la hora de tomar mis decisiones... aunque también era cierto que estaba muy colada por él.

Bueno, a lo que íbamos. Aún tenía que visitar dos tiendas de ropa y tres joyerías. Seguramente no tan entretenido como los trajes de novia y las magdalenas, pero bueno, tampoco estaba mal.

Una hora más tarde, cuando cruzaba la calle, alguien me llamó por mi nombre.

Era Matthew Kent, que bajaba de dos en dos los escalones de Hudson's (un establecimiento que no estaba en mi lista, por cierto).

—Hola, Ainsley.

Era un punto a su favor que se acordase de mi nombre, La mayor parte de la gente era incapaz, y menos a la primera.

—Eh... escucha, he intentado llamar a Jonathan esta mañana, pero estoy casi seguro de que ha bloqueado mi número.

—¡Qué raro! Me pregunto por qué lo habrá hecho.

—¿Me harías un favor?

—No.

Dio un suspiro de exasperación, que me hizo captar cierto parecido entre ambos.

—¿Te importaría decirle, por favor, que quiero verlo? Dile que no podemos seguir así toda la vida y que... ¡Mierda, no sé que más! En fin, esto tampoco resulta nada bueno para las niñas.

—Probablemente ver cómo su tío se acuesta con su madre tampoco sea nada bueno para las niñas. —Levanté la cabeza y lo miré con gesto desafiante.

—Ya han pasado más de dos años —explicó—. Ellas eran muy pequeñas. Y ya te lo he dicho, sé que lo que hice estuvo mal, pero lo hecho, hecho está, y no hay vuelta atrás.

—Me da la impresión de que quieres confesarte, y yo no soy la persona adecuada —dije—. Además, estoy trabajando. Adiós.

—Dile que lo echo de menos.

—No lo haré —contesté mientras me alejaba.

Cuando llegué a la oficina casi era la hora de salir.

—¿Qué tal con tu nuevo novio? —le pregunté a Rachelle al entrar.

Bajó la cabeza mientras exhalaba un suspiro de desesperación.

—¿Tan mal van las cosas?

—Es un delincuente sexual.

—¡Vaya por Dios! ¿Otro de esos?

—Hace exhibicionismo frente a ancianas en residencias y sitios así.

—¡Ah, sí! Ya... —asentí—. Mi abuela me dijo lo que estaba pasando. Me contó que, con eso, lo de ir a jugar al bingo adquiría un poco más de interés. Incluso que iba a proponer que lo contrataran. Por poco me muero de la risa. ¡Ah, perdona, lo siento! Estarás fatal.

—Renuncio a la búsqueda del tesoro —dijo medio sonriendo—. ¿Quieres que vayamos a tomar algo?

Eché una mirada al despacho de Jonathan. Estaba al teléfono.

—Tengo que hablar con el jefe —dije, encogiéndome de hombros.

—Pobre de ti.

—Bueno, tampoco es tan terrible.

Bufó y agarró el bolso.

—Nos vemos mañana, Ains.

Revisé mi correo electrónico esperando a que también se marchara Deshawn. Jonathan seguía al teléfono. Necesitaba hablar con él. Sabía que se iba a enfadar, pero debía saber que había hablado con su hermano. Dos veces.

Y quería besarle. Ya no estábamos en horas de oficina, ¿de acuerdo, asesor jurídico?

Colgó por fin, pero inmediatamente le sonó el móvil. Me hundí en el asiento para esperar lo que hiciera falta.

Casi todas las personas que conocía se habían separado o enfadado con alguien. Candy ya no se hablaba con su hermana porque la tía Patty nunca visitaba a Abu. Rachelle no quería ni ver a su tío, aunque en este caso por una buena razón: en las reuniones familiares se paseaba en ropa interior, con los testículos asomando por la parte inferior de los calzoncillos. Kate había tenido que dejar de hablar con esa zorra de Paige; bueno, en realidad la zorra le había dado la patada a ella... ¡por casarse!

Y aquí estaba yo, alejada de los Fisher y abandonada por el hombre al que sin duda había amado.

En contra de los consejos que me daba a mí misma, me metí en su blog, que ya no se llamaba *Crónicas del cáncer*. No. Ahora tenía el precioso nombre de *Nuevos horizontes vitales*. A mí eso me sonaba a secta, o a centro para perder peso.

Ahí estaba, cargando bultos como una mula pero con un aspecto bastante saludable, en una llanura cubierta de nieve. Por desgracia no había ningún grizzli a la vista. Tenía buen aspecto. Parecía... feliz. Con gafas de sol para protegerse del resplandor de la nieve y aspecto descuidado de varios días. Normal.

Eché un vistazo al blog. Utilizaba mucho el término «puro». Cielo puro, aire puro, nieve pura, avalancha pura... que parece ser que no le alcanzó. ¡Lástima! Si yo hubiera editado esos textos habría corregido tanta pureza.

¡Ah, vaya! Había una mención a mí. «Aunque sé que mi sol brillante todavía me echa de menos, no puedo evitar agradecer a mi ángel de la guarda, Nathan, el que pusiera en marcha todo esto.»

Estuve a punto de darle un puñetazo al ordenador. ¡Por el amor de Dios! ¡Pues claro, Nathan, bien por él! No me cabe la menor duda de que murió por esa buena causa.

Cuando llegué a los comentarios me llevé una sorpresa: solo había cuatro. Y el blog se había publicado hacía seis días.

Uno de sus amigos de la universidad:

¡Bonitas fotos, chico!

Otro de sus padres; bueno, de Judy, por supuesto. Aarón ni siquiera sabría como hacer comentarios en un blog. Decía:

¡También podrías llamar alguna vez! XD Mamá y Papá.

De Anónimo:

¡Qué bonito!

De Jeannie8393:

¡Toda mi vida luchando para perder peso y por fin he encontrado un suplemento que ¡¡¡FUNCIONA DE VERDAD!!!

Parecía que los quince minutos de fama de Eric habían pasado.

Salí del sitio web y busqué las páginas de Twitter y de Facebook de la revista. Jonathan todavía estaba hablando por teléfono. Abrió la puerta, miró un momento en dirección a mí, volvió a mirarme sorprendido, y finalmente volvió sobre sus pasos, dejando la puerta abierta esta vez.

Ahora podía escuchar lo que decía.

—¿Qué te dijo mamá? ¿Qué todos los demás estaban invitados? ¿Todos los demás? Ah... Bueno, a veces la gente puede ser muy irreflexiva y desconsiderada. Ya sé que es tu amiga, preciosa. Pero si no te ha invitado... ¡No, no, nada de eso, tú eres una niña maravillosa! Eso no hace que seas menos agradable. Ella es la desagradable y maleducada, no tú. Sí, ya sé que es su cumpleaños, pero... ¡Vamos Lyddie, no llores!

¡Vaya por Dios! A esa niña tan rica le había hecho un feo una supuesta amiga.

—Sí, ya sé que seguramente va a ser una fiesta divertida, pero tú y yo también podemos hacer algo divertido el sábado. Podemos ir a montar a caballo, por ejemplo. ¿No? Bueno, pues entonces iremos a ese taller de pintura que tanto te gusta, ¿qué te parece? Ya. De acuerdo, pues entonces a otro sitio.

Saqué mi móvil y le mandé un mensaje a Jenny Tate:

> *¿Hay alguna posibilidad de que puedas utilizar a una niña más como modelo? Una pequeña amiga, de seis años, está teniendo un mal día.*

Respondió de inmediato:

> *¡Por supuesto! ¿Puede venir sobre las diez?*

¡Hurra por Jenny! A toda prisa escribí una nota en un trozo de papel y corrí hacia el despacho de Jonathan, que todavía intentaba animar a su hija con planes alternativos.

—¿Y qué tal una peli? Sí, sí, tienes razón, las que ponen ahora son muy estruendosas.

Le mostré el papel. *Bliss, la tienda de trajes de novia, necesita niñas que hagan de modelos el sábado a las diez.*

—No, Lydia, no puedo comprarte un perrito —dijo, mirándome con expresión entre abatida y enfadada.

Agité el papel delante de sus narices y señalé el teléfono. Noté que, por fin, mi jefe caía en la cuenta de lo que le estaba sugiriendo.

—Un momento, Lyddie. ¿Te acuerdas de Ainsley? ¡La señora de las casas para las hadas? Sí, ella. Quiere hablar contigo.

Agarré el teléfono.

—¡Hola, Lydia! ¿Cómo estás, cariño?

—Estoy bien, gracias —dijo muy bajito con su dulce y ahora triste voz.

—Escucha, me estaba preguntando si podrías hacerme un favor el sábado por la mañana. ¿Sabes lo que son las modelos? ¿Esas señoras que se ponen vestidos preciosos para que les hagan fotos y salir en la tele?

—¿Cómo las señoras de *Project Runway*?

Me alegró comprobar que las hijas de Jonathan no estaban siendo criadas solo a base de lecturas y vivencias de Dickens.

—Si, exactamente. Bueno, pues es que hay una tienda que necesita niñas de tu edad que hagan de modelos para llevar sus vestidos, y he pensado que tú serías perfecta. Tendrías que ponerte un par de vestidos de esos que llevan las niñas de los ramos de flores en las bodas. Habría más niñas, muy simpáticas, y lo único que tendrías que hacer sería posar y sonreír.

—¿Qué clase de vestidos?

—Pues de esos que son preciosos. Ya te digo, los que llevan las niñas de las bodas. Y las princesas. —La sonrisa de Jonathan hizo que se me removiera la zona de los ovarios.

—¿De verdad?

—¡Claro! ¿Lo harías por mí? ¡Por favor, anda!

—¡De acuerdo! ¡Sí! ¡Suena muy divertido!

—¡Estupendo! Entonces nos vemos el sábado en la tienda. Yo estaré allí.

—Da las gracias, Lydia —ordenó Jonathan alzando un poco la voz.

—¡Gracias, Amy! —dijo la nena, encantada, y enseguida gritó—: ¡Mamá!, ¿sabes lo que voy a hacer el sábado...?

—Ha colgado —dije, pasándole el teléfono a mi jefe y sonriendo.

—La llamaré después.

—Problemas con niñas mezquinas, ¿no?

—Sí. —Se echó hacia atrás en el sillón, y me miró de frente por primera vez—. Gracias.

—De nada, señor Kent. —Cerré la puerta del despacho, empecé a avanzar de forma insinuante y me desabroché un botón de la blusa.

—¿Tiene la intención de seducirme en mi propio despacho? —me preguntó, con los ojos fijos en mis dedos.

—Sí, señor Kent. ¿Cómo es que se ha dado cuenta?

—Me temo que podemos acabar delante de un juez.

—Dependería del juez. Pero usted mismo.

Me coloqué delante de él, me senté a horcajadas en su regazo, tomé su cara entre mis manos y lo besé.

—Ainsley... —balbuceó.

—¿Acaso no te has leído lo que he firmado? —pregunté—. Pues nos permite, y de forma específica, hacer el amor en el lugar de trabajo, siempre que no haya nadie más que nosotros. —Hice una pausa—. Desde tu divorcio no has salido con nadie, ni a tomar una copa, ¿verdad?

—¿Estamos saliendo juntos?

—Pues sí, Jonathan —dije, poniendo los ojos en blanco—. Salimos a cenar, hablamos, nos acostamos... Eso, en esencia, es salir juntos.

Me agarró las manos con las suyas y las miró durante un momento.

—¿Y no sales con nadie más? —Alzó los ojos hacia mí, y allí estaba, la mínima mota dorada en sus ojos claros.

—No —respondí—. Y tú tampoco.

Volvió a sonreír con los ojos, y en ese momento me arrebató otro trozo de corazón.

Volví a besarlo, y me sorprendió levantándose y echándome sobre el escritorio. Salieron volando unos cuantos papeles y el teléfono cayó al suelo.

No pareció importarle demasiado.

Y es que estaba bastante ocupado quitándome las bragas.

Un rato después Jonathan me siguió en su automóvil hasta la casa de Kate. Ella no estaba, pero *Ollie* pareció muy contento de conocer a un nuevo invitado. Puso las patas sobre la rodilla de Jonathan y pareció rogarle con sus preciosos ojos marrones que lo levantara. Al final lo consiguió, claro.

Me puse a cocinar, concretamente pollo empanado con salsa italiana *piccata*, uno de los platos favoritos de Kate. Le puse un mensaje diciéndole que Jonathan estaba en casa, y que nos encantaría que cenase con nosotros. Contestó que seguramente no llegaría a tiempo. Estaba en Brooklyn, e inmediatamente imaginé y deseé que con Daniel, el Bombero sexi.

—Ha salido con amigos —le expliqué a Jonathan mientras sacaba la harina y el pan rallado—. Siéntate. ¿Quieres una copa de vino? —Era agradable que estuviera en casa, con mi perrito sentado sobre su regazo. *Ollie* se había quedado dormido casi inmediatamente y roncaba quedamente. Parecía obvio que echaba de menos las compañía masculina.

Me afané para preparar la cena: corté los limones y golpeé suavemente las pechugas de pollo.

—Esta casa es muy distinta de la tuya —comentó Jonathan.

—Sí, claro. Nathan era arquitecto.

—¿Kate piensa quedarse aquí o va a vender la casa?

Dejé el pollo en la sartén.

—Pues no lo sé. No me ha dicho nada respecto a que esté pensando en mudarse.

—Tiene que ser duro para ella, tratándose de la casa de Nathan. Su familia vive muy cerca, al final de la calle, ¿verdad?

—Sí. Y hablando de familia, he conocido a alguien hace poco. —Cubrí la sartén, bajé la intensidad del fuego, me lavé las manos y me acerqué para sentarme al lado de Jonathan—. A tu hermano.

—¿Dónde fue eso? —preguntó, casi sin pestañear.

—Mi padre y yo comimos en el Hudson's. No sabía que era el dueño.

—Sí, lo es.

—Se acercó a hacer relaciones públicas, y como la comida había sido excelente, le propuse que hiciéramos una reseña en la revista. Y entonces me contó quien era. —Jonathan tenía la expresión tensa, pero inescrutable—. Me pidió que te dijera algo —añadí.

—¿El qué?

—Que le gustaría verte.

Se bajó de la banqueta y se inclinó para dejar a *Ollie* en su manta. Después se incorporó de nuevo.

—Preferiría no tener este tipo de conversación contigo —dijo—. Yo... sí, prefiero no hablar de eso.

—Muy bien. Pensé que debía contártelo. —Me mordisqueé la uña del dedo gordo—. Bueno, he vuelto a encontrármelo hoy.

—¡Vaya!

—Sí. Mientras buscaba material para el artículo acerca del día de puertas abiertas de las tiendas, ya sabes, el sábado. Debió de verme por la ventana y salió para hablar conmigo.

—¿Le contaste que estábamos saliendo?

—¡No!

—De momento no quiero que las niñas lo sepan, y seguro que él se lo contaría.

—No dije ni una palabra.

—¿Estás segura?

—Sí. —De todas formas, pensé en ello y procuré recordar exactamente las conversaciones. Llegué a la conclusión de que no, no había dicho nada.

Jonathan miraba por la ventana. Tenía la mandíbula tan apretada que pensé que si le golpeara con una barra de hierro, sería la barra la que se rompería.

Se había puesto de mal humor, eso estaba clarísimo. Se volvió hacia mí, mirándome con cara seria, pero distinta a la que ponía en la oficina cuando me echaba una bronca. Muy distinta.

—Puede que debamos hablar un poco. Sobre... nosotros.

—De acuerdo. Adelante.

—Todavía no voy a implicar a las niñas en esto —dijo, tras aspirar muy profundamente—. No hace falta que sepan que estoy con alguien hasta que pase... bastante tiempo.

—Muy bien, pero ya me conocen.

—Saben quién eres, pero no te conocen. Lo único que saben es que trabajas para mí. —Abrió la boca, la cerró y lo volvió a intentar—. Prácticamente acabas de salir de una relación. Podría ser que yo fuera solo una especie de consuelo para ti en estos momentos.

—Puedo pensar en algún que otro hombre más fácil que tú para consolarme.

—No quiero que mis hijas se acostumbren mucho a ti a no ser que esté más o menos seguro de que la cosa va a funcionar. Durante los dos últimos años ha habido muchos cambios en sus vidas. No quiero hacer lo mismo que su madre y meter con calzador a alguien en sus vidas, en su día a día.

De ninguna forma podía reprochárselo. No obstante, la forma de expresarlo había sido bastante... brusca, por decirlo así.

—Lo entiendo.

—Bien.

No hablé durante un rato, esperando a que él dijera algo que le quitara hierro a la situación.

No lo hizo.

—Bueno, voy a ver cómo va el pollo.

Me levanté, me acerqué al fuego y le di una vuelta a las pechugas fritas. La verdad es que ahora no me apetecía volver a cocinar para él. De hecho, lo que me apetecía era estar sola.

En ese momento noté sus manos alrededor de la cintura y su boca pegada a mi oreja.

—Lo siento —dijo, y me estremecí—. Es muy complicado.

—Lo sé. —Mi voz fue apenas un susurro. Dejé la espátula y me volví hacia él—. Jonathan, a veces siento como si no te terminara de gustarte del todo.

Pasó un segundo. Dos. Tres. Cuatro.

—Te equivocas.

—Sí, sé que te estás acostando conmigo, pero no puedo...

—Me gustas, Ainsley.

¡Oh, esa voz, tan profunda y sugerente! ¡Eso no era justo!

Se puso detrás de mí y apagó el fuego. Después me tomó la cabeza con las manos, apretando los dedos con firmeza. Sentí un hormigueo en los huesos.

—Me gusta que siempre parezcas contenta. Me gusta cómo hablas con los extraños. Me gustan tus vestidos de los años sesenta. Me gusta que seas completamente distinta a mí. Me gusta tu olor. Me gusta tu pelo, y tus pestañas, y tu cara.

En sus labios se dibujaba ese amago de sonrisa tan suyo.

—De acuerdo, has aprobado —susurré.

En ese momento sonrió del todo, y a mí me fallaron las rodillas.

—Ve a sentarte —dije—. Yo prepararé la mesa.

No me cabía la menor duda. Me estaba enamorando.

CAPÍTULO 28

Kate

Tenía que hablar con Daniel.

La teoría de que tenía que darme un respiro a mí misma y divertirme un poco se evaporó en el mismísimo instante en el que vi a Brooke de pie en mi cocina.

Gracias a Dios que Ainsley fue capaz de hacer como si Daniel fuera su amigo y que, contra toda lógica, colara.

Y lo de sentarme en el salón de Nathan, hablar con la hermana de Nathan acerca de la fiesta de los padres de Nathan después de haber pasado la noche con alguien que, por supuesto, no era Nathan...

Brooke tenía un aspecto fatal. Me dijo que se le estaba cayendo el pelo. Que seguía soñando con que Nathan estaba vivo. Que Miles había vuelto a chuparse el dedo. Que tenía miedo porque su padre estaba empezando a descontrolarse con la bebida. Que no soportaba la idea de no volver a ver a su hermano. Que estaba planteándose hablar con una médium.

Cada cosa nueva que me decía era una auténtica punzada en mi corazón, y el clavo de la garganta volvía a abrirse camino.

—¡Oh, Brooke! —dije abrazándola mientras sollozaba, aunque tenía los ojos secos, duros, con una expresión que no iba con ella—. ¡Lo siento tanto!

—Tú le amabas mucho, ¿verdad? —preguntó, y yo asentí sin palabras, sintiéndome todavía más culpable.

Pero yo había amado a Nathan. Incluso aunque él no se hubiera librado del todo de su relación con Madeleine. Se me ocurrió que le podría preguntar a Brooke acerca de ese asunto.

Pero, por supuesto, eso era imposible. Dada la enorme pena que asolaba a Brooke, era una pequeñez y un niñería preguntarle a ella por su exmujer, e intentar averiguar cuánto la amaba, y si la seguía amando cuando se casó conmigo. Ya no estaba, y si yo era una viuda insegura, solo era asunto mío. Y más todavía después de haberme acostado con Daniel.

—Bueno, superaremos esto —dijo, sonándose la nariz—. Y, por Dios, no sabes cuánto siento haber venido aquí a llorar a tu sofá, cuando en realidad tú eres quien está sufriendo de verdad.

Sonreí débilmente, recordando las imágenes que en ese momento estaban grabadas en mi mente: Daniel y yo en la ducha, en la cama... Definitivamente, iba a ir al infierno.

Cuando Brooke se fue por fin, me di una ducha de castigo, frotándome con mucha fuerza hasta el último centímetro cuadrado de la piel. Me hice una cola de caballo para recogerme el pelo, me puse uno de los pocos vestidos que tenía estilo Cambry-on-Hudson, de florecitas rosas y verdes, y unas sandalias de tiras. El conjunto me ponía encima unos diez años más de los que tenía. Conduje hasta Brooklyn. El aire acondicionado del decrépito Volkswagen no era capaz de contrarrestar el calor húmedo de la ciudad. Y, por supuesto, había atasco. Como siempre.

Daniel estaba trabajando. Ni se me ocurrió comprobarlo previamente. Desde luego, estaba atontada. «Ven aquí», me respondió cuando le mandé un mensaje desde la acera de enfrente a la de su edificio de apartamentos. «Te presentaré a los chicos.»

Estupendo. Así que allá que fui, a Rescate 2, cuartel general de los mejores bomberos del mundo. Al salir del automóvil tenía la espalda empapada de sudor, y sentí la cara caliente, enrojecida y tirante. No me quité las gafas de sol.

En la puerta roja del edificio de ladrillo de dos plantas había un gran cartel de letras blancas. Como todos los servicios públicos de emergencias de la ciudad de Nueva York, los bomberos habían pasado por situaciones de enorme angustia y tragedia, sobre todo el 11S, y tras casi tres horas de tráfico insufrible, pensé que no debería haber venido.

Había dos bomberos sentados fuera del edificio, en el patio. Uno de ellos me guiñó un ojo.

—¿Está por aquí Daniel?

—¡Breton! —gritó el otro—. ¡Tu mujer está aquí!

¡Mierda! ¡Yo no era su mujer! Esperaba que él no hubiera contado tal cosa a sus compañeros.

Se abrió la puerta y apareció Daniel con una amplia sonrisa dibujada en la cara.

—¡Hola! —dijo mientras se acercaba. Se inclinó para darme un beso en los labios, pero yo torcí la cara y le ofrecí la mejilla.

—Hola —dije sin entusiasmo.

Se le esfumó la sonrisa, pero se volvió a los otros dos.

—Bruce, Jay, os presento a Kate, una vieja amiga mía.

—Encantados de conocerte —dijeron ellos, casi al unísono.

—Igualmente. Gracias por ser tan fantásticos, tan valientes y todo eso.

—De nada, guapa —dijo el que me había guiñado el ojo.

—Nuestra misión es servir a los demás —dijo el otro.

—Ven conmigo —intervino Daniel—. Por allí hay unos bancos.

El día era muy húmedo y caluroso, por lo que no había nadie fuera. El parque de bomberos estaba cerca de un colegio de secundaria, y a través de las rejas se veían canchas de tenis y una pista de atletismo. Había una fila de bancos en una sombra.

—¿Qué haces en Brooklyn? —preguntó—. ¿Y qué diablos llevas puesto?

—Ridículo, ¿verdad? —Me sequé el sudor de las palmas de las manos en el vestido. No tenía por qué sentirme mal con todo esto, me dije a mí misma. Éramos amigos. Se habían producido beneficios. Y esos beneficios ahora había que suspenderlos. Eso era todo—. Tenemos que hablar.

—Curioso. Generalmente soy yo quien suele decir eso —dijo, cruzando los brazos delante del pecho.

—Siento mucho lo que ha pasado esta mañana. La hermana de Nathan apareció sin avisar.

—Sí, ya me di cuenta. —Suspiró—. Así que has cometido un tremendo error que no piensas repetir, ¿no es eso?

—Ni que fueras vidente.

No sonrió ante el comentario.

—Daniel, durante estos últimos meses has sido un excelente amigo para mí. Yo... yo he disfrutado la noche pasada mucho más de lo que pueda explicar. Pero no puedo ir más allá. Ni repetir lo que he hecho. ¿Entiendes lo que quiero decir? Soy una viuda muy reciente. Yo... si tu crees que...

—No, no creo nada —espetó con voz tensa—. Ya me conoces. Pasamos un buen rato, y ya está.

—Sí, de acuerdo.

—Tengo que volver al trabajo.

—Muy bien.

Se levantó, me ofreció la mano para ayudarme a levantarme y la retiró en cuanto estuve de pie.

—No tenías que haber conducido hasta aquí solo para decirme que he sido simplemente un amante de una noche —dijo.

—Somos amigos. Es solo que... no quería... bueno, tenía que hacerlo. Perdóname si he herido tus sentimientos.

—Tranquila, no lo has hecho. Nos vemos por ahí, ¿de acuerdo? —Inmediatamente se dio la vuelta y entró en el parque de bomberos.

Me sentía fatal, y decidí ir de visita al centro de reinserción. Me metí en mi asfixiante utilitario y conduje hasta allí. La puerta estaba abierta y mis pasos resonaron por el pasillo. La directora, Greta, estaba en su despacho.

—¡Kate! —exclamó al verme—. ¡Cuánto me alegro de verte! —Se levantó del escritorio y me dio un abrazo—. Hace muchísimo calor ahí fuera, ¿verdad? ¿Cómo van las cosas?

—Bien —mentí—. Mejor. —A nadie le apetecía escuchar la verdad pura y dura. Era un asunto del que hablábamos continuamente en el grupo de duelo.

Charlamos sobre cosas sin importancia, sobre algunos de los alumnos y lo que estaban haciendo, de lo difícil que era que encontraran un trabajo adecuado y todas esas cosas.

—Dentro de unas semanas vamos a hacer una exposición. El arte de los expresidiarios está muy de moda, al parecer —dijo, torciendo la boca y poniendo los ojos en blanco—. ¿No te ha dicho nada Paige? —preguntó.

—No. La verdad es que ya no estamos tan unidas como antes.

—Ya —dijo asintiendo—. ¡Deberías venir! Habrá pinturas, esculturas, algunos muebles y, por supuesto, fotografías. Ahora que lo pienso, podrías ser la jurado de esa categoría. ¡Di que sí! No te miento, quiero que vuelvas; ya sé que te queda un poco lejos de donde vives ahora, pero, por favor, ¡hazlo por nosotros! ¿Quién mejor que nuestra Kate?

—Sí, claro que lo haré —dije—. Dalo por hecho. Pero ahora tengo que volver a casa. ¡Ha sido estupendo charlar contigo!

En vez de volver al automóvil vagabundeé por mi antiguo vecindario, eso sí, evitando pasar por mi calle, que me traería demasiados recuerdos. No vi a nadie conocido, ni siquiera a Ronny, el sin techo a quien solía llevar algo para el desayuno.

Me sentía como si fuera invisible. ¿Qué pasaría si me diera un ataque al corazón? ¿Quién me salvaría? ¿Se daría cuenta alguien siquiera? ¿Llamaría alguien al 112?

Inspira y cuenta hasta tres. Espira y cuenta hasta tres. No podía desmayarme. No podía morirme, al menos de momento. Pero era como si mi corazón fuera algo duro e inerte, ahí, dentro de mi pecho, pesado e inútil.

«Igual podrías ayudarme un poco desde donde quiera que estés, Nathan», pensé. Pero mi marido muerto no me respondió.

CAPÍTULO 29

Ainsley

El verano se arrastraba con su habitual pereza durante los días de canícula de agosto, en los que aproximadamente la mitad de la población de Cambry-on-Hudson se había ido a pasar las vacaciones a Martha's Vineyard, en la costa de Maine. Pese al tremendo calor y la humedad, iba a trabajar en bicicleta todos los días, atravesando el parque y el cementerio. Por alguna razón me las arreglaba para llegar siempre a tiempo, algo que no pasaba cuando iba en automóvil.

Jonathan y yo éramos pareja. Pareja de verdad, lo que muchas veces era una maravilla, pero otras me traía a mal traer. A veces tenía ganas de comérmelo vivo en el peor sentido de la expresión, pero otras me apetecía lanzarme sobre él y utilizar la boca, es decir, los labios y la lengua, para otros menesteres. En el trabajo se mostraba incluso más quisquilloso y puñetero que antes, si es que tal cosa era posible, y a mí me parecía que sí, que lo era. Pero yo procuraba con todas mis fuerzas darle menos razones para que se irritara conmigo. Hacía mi trabajo a tiempo, dejé de hacer compras por Internet... excepto ese día en el que Zappos hizo unas extraordinarias ofertas. ¡Todas las mujeres de Estados Unidos compraron por Internet en esa fecha, por favor! Hasta que la web se colapsó, claro. Afortunadamente, cuando ocurrió yo ya había comprado tres pares de zapatos preciosísimos.

Una tarde bastante suave, cuando el sol empezaba a hacer que el cielo se volviera de color violeta y refulgía con una insólita belleza, mientras pedaleaba por el parque vi a alguien sentado en el cementerio.

Al acercarme más comprobé que era Kate.

Si iba a visitar regularmente la tumba de Nathan, no me lo había dicho. Dado que pasaba por allí todos los días en la bici, generalmente me paraba a comprobar que las plantas estuvieran bien regadas. A veces había dibujos de sus sobrinos, que intentaba no mirar, puesto que no eran para mí. No obstante, me hacían llorar, pues eran dulces, infantiles y enormemente tristes.

—¡Hola! —saludé, bajándome de la bici. La dejé apoyada en un árbol—. ¿Quieres compañía?

—Claro —respondió.

«Nathan Vance Coburn III, amante marido, hijo y hermano, un hombre maravilloso, siempre sonriente.» Había un ramo de rosas blancas recién cortadas. Supuse que de Kate.

Me senté al lado de mi hermana, la rodeé con el brazo y ella apoyó la cabeza sobre mi hombro. Su pelo me acariciaba la mejilla.

Hace menos de un año, una interacción de estas características habría sido impensable. No podríamos haber sido nosotras.

Pero ahora sí que lo éramos.

—Hoy hace un año que nos conocimos —me dijo.

—¡Oh, cariño! —exclamé, y la abracé un poco más estrechamente.

—Fue en una boda en la que yo estaba trabajando. Me dijo que si quería salir con él a tomar una copa, y yo pensé que igual era un asesino en serie, o algo así.

—Pero no lo era. O, en todo caso, si lo era lo tenía bien escondido.

Dio un pequeño bufido.

—¿Qué tal Daniel? —pregunté.

—No estamos... Últimamente no lo he visto. Lo que pasó aquella noche fue un error.

Me quité una hebra de su pelo que me estaba rozando el ojo.

—¿Estás segura?

—Pues claro, Ainsley. No puedo tener una aventura. Soy viuda.

—¿Entonces se acabó el sexo por los siglos de los siglos?

—Probablemente.

—Bueno, en mi opinión deberías intentar analizar las cosas con una perspectiva algo menos pesimista. Puede que fuera la aflicción la que te echara sobre esos brazos tan magníficos... —Otro bufido—. Pero también podría ser que le gustaras y que necesitaras un poco de alegría y de diversión.

—Me siento como si hubiera engañado a Nathan.

—No lo hiciste. —Me interrumpí un momento—. Kate, hacía menos de un año que conocías a Nathan. Tienes derecho a superar lo que ha ocurrido, y lo sabes.

—Yo lo amaba —afirmó, moviendo la cabeza con cierta desesperación.

—Lo sé perfectamente, querida. Pero no tienes que hacer las cosas de una determinada manera, como si tuvieras que seguir un libro de instrucciones. Si Daniel te hace feliz, permíteselo, y también a ti misma. No tienes que casarte con él la semana que viene.

—Sí, todo eso suena muy bien —dijo dando un suspiro—, pero las cosas son un poco distintas cuando entras en la cocina, después de una noche de sexo, y te encuentras con la hermana de tu marido muerto, a la que se le está cayendo el pelo por la depresión.

—Sí, eso fue un desastre. Pero tienes todo el derecho a sentirte viva y a estarlo, Kate. Si hay algo que te hace sonreír, no te sientas culpable por ello. Sonríe, diviértete. A Nathan no le importaría. Estaba loco por ti.

—Sí. Loco por mí... y por su exmujer.

Para eso no tenía una respuesta coherente.

—Bueno, la odiamos, así que, ¿qué más da? Él te amaba, Kate. Tienes que saberlo.

Tragó saliva con fuerza.

—Lo sé.

Le acaricié el pelo y le di otro abrazo. Un mirlo de alas rojas empezó a cantar desde lo alto de un pino y en la distancia sonó el pitido de un tren.

—¡Ah, chicas, estáis aquí!

Las dos dimos un respingo y nos volvimos. Candy, en carne y hueso, avanzaba entre las tumbas; llevaba un vestido rojo y, sobre todo, unos Manolos negros que me hicieron babear de pura envidia.

—¿Cómo nos has encontrado? —pregunté.

—Tengo una aplicación que localiza tu teléfono por GPS, Ainsley.

—¿En serio? —pregunté, quedándome con la boca abierta.

—Pues claro que sí.

—¿Y por qué?

—Pues porque así sé dónde estás, vaya pregunta. —Me echó una mirada un tanto turbada y se sentó al otro lado de Kate—. ¿Hoy es un día significativo?

—Nathan y yo nos conocimos hace un año —dijo ella suspirando.

—En el proceso de curación es importante tener en cuenta ese tipo de hitos. —Como siempre que hablaba de temas que tenían que ver con las emociones, sonó bastante petulante.

—Mensaje recibido. —Kate era una maestra a la hora de encajar las bobadas que decía nuestra madre sin sentirse ofendida. Bueno, su madre. En fin, lo que fuera.

—¡Bueno! He dejado a vuestro padre, chicas —afirmó, echándose hacia atrás y cruzando las manos bajo su pelo artificial—. No te preocupes, no me voy a ir a tu casa. Me dejaste muy claro que no se me quiere.

—Se te quiere —corrigió Kate—, pero no viviendo en la misma casa.

—Acabo de firmar los papeles de un pequeño apartamento para mí. ¿Conocéis esos pisos que hay justo al lado del Hudson, en Tarrytown? Pues he comprado uno. Y también he firmado el contrato para otro libro: *El matrimonio tóxico: por qué seguimos con él*.

—¡Caramba! —dije, echándome hacia atrás yo también. La hierba, un tanto seca, me arañaba un poco los brazos, pero me encantaba ver el cielo así tumbada. Eran grandes noticias, por lo que me pareció apropiado tumbarme de espaldas—. ¡Caramba!

Kate terminó por hacer lo mismo.

—¿Por qué ahora, mamá? —preguntó.

—Bueno, recibí a una paciente que me recordó a mí misma —dijo suspirando—. Atrapada en un matrimonio estúpido, siempre infeliz, y me escuché diciéndole que tenía alternativas. Que una de esas alternativas era no hacer nada, y pensé, «¡Oye, Candice! ¡Eso es lo que tú llevas haciendo muchísimos años!»

—Yo pensaba que querías a papá —dije.

Estuvo un buen rato sin decir nada.

—Le quiero —afirmó finalmente, en voz muy baja—. Pero tengo que afrontar las cosas como son: nunca se olvidó de tu madre. No hagas tú lo mismo, Kate. Supera lo de Nathan y vive la vida.

—Gracias por el consejo.

—Estoy harta de vivir amargada —dijo Candy, y esta vez sonó sincera—. Quiero probar algo nuevo.

—¿Lo sabe papá? —pregunté.

—Acabo de llamarle y le he dejado un mensaje. Está arbitrando un partido de los Cardinals.

Durante un rato las tres nos quedamos calladas. Un cuervo pasó volando y graznando por encima de nosotras. Los últimos rayos de sol hacían que sus negras plumas parecieran iridiscentes.

—¿Por qué dejaste que volviera, mamá? —preguntó Kate—. Cuando se divorció de ti estabas absolutamente furiosa. Sean y yo pensábamos que lo odiabas.

—Así era.

—¿Y entonces? —continuó Kate—. Parecía claro que volvía para servirse de ti. Y si no te hubieras vuelto a casar con él, al cabo de un mes más o menos habría encontrado otra candidata. Papá no es capaz de hacerse ni un bocadillo, ni siquiera aunque lo estén apuntando con una pistola. No te digo nada si encima hubiera tenido que criar él solito a Ainsley.

—Lo sé —dijo Candy—. Pero ¿cómo iba a dejar a esta pobre criatura a merced de las circunstancias? No fui capaz.

—¿Así que todos estos años, estas décadas de infelicidad, son culpa mía? —dije—. Perdón por haber nacido.

—No, Ainsley. —Su voz recuperó ese tono impostado de paciencia infinita, como diciendo «¡Mira que eres obtusa!», y que yo conocía tan bien—. Una parte de mí esperaba que él... bueno, ya lo sabéis, chicas. Esperaba que volviera a enamorarse de mí. Pero eso no ocurrió. Hubo momentos en los que pensé que estaba cerca, pero siempre me equivoqué. —Me miró—. Tú fuiste lo mejor de todo. La niña más dulce del mundo.

La miré con los ojos como platos, de puro asombro. Hasta me alcé un poco sobre los codos para asegurarme de que era Candy la que acababa de decir eso.

—Tú ganas, Ainsley —dijo Kate sonriendo—. Mamá te quiere más a ti.

Candy sonrió y volvió a mirar al cielo.

—Todos los hijos son los favoritos de una madre.

—¡Y yo que pensaba que era una hijastra recalcitrante!

—Ese libro no está basado en ti, Ainsley, por favor.

—Tu verdadero favorito es Sean —dijo Kate.

—¡Sean! —gruñó Candy—. Ese chico es un inútil. Pero al menos me ha dado nietos. ¿Quién quiere comer? Desfallezco de hambre. ¿O estáis demasiado ocupadas como para ir a cenar con vuestra pobre madre, que dentro de nada volverá a estar soltera?

Estaba bastante segura de que se refería a las dos, y no utilizó la palabra «hijastra».

—Yo no estoy demasiado ocupada, o sea que puedo cenar con mi pobre madre soltera —dije incorporándome—. Kate, ¿estás tú demasiado ocupada como para no poder cenar con tu pobre madre soltera?

—Creo que no —dijo. Le ofrecí la mano y tiré de ella, y después hice lo mismo con Candy. Durante un segundo pensé en que nos abrazaríamos, pero el momento pasó.

Al fin y al cabo no dejábamos de ser las mismas.

Sí, las mismas, pero un poquito mejores.

El domingo decidí mirar algunas clases en las universidades locales. Salí al patio con mi portátil, puesto que el calor había cedido un poco y hacía un magnífico día de verano. Además, ¿quién podía saber cuánto tiempo más iba a seguir viviendo aquí? Tenía que disfrutar del paraíso mientras estuviera en él.

Miré los cursos que se ofrecían. Desde que perdí el trabajo de la NBC no me sentía a gusto profesionalmente. No me importaba trabajar en el *Hudson Lifestyle,* ahora que realmente me estaba esforzando y acostándome con el jefe, claro. Pero no es que me fascinara; el trabajo, quiero decir. Era eso, un trabajo, no una profesión.

Para Jonathan era distinto. Durante el último mes averigüé que su bisabuela fue quien fundó la revista en 1931, cuando prácticamente nadie en el mundo pensaba que una mujer podría tener la capacidad de regentar un negocio. El *Hudson Lifestyle* jamás había despedido ni dejado abandonado a ningún empleado. Cuando la hija de una colaboradora contrajo leucemia, la revista, léase Jonathan, pagó todas las facturas médicas y la chica estaba ahora en Columbia estudiando Derecho.

Todo muy noble y encomiable. Pero no lo sentía como algo mío.

No sabía exactamente qué era lo que pasaba conmigo desde el punto de vista profesional. Al contrario que Kate y Sean, nunca había sentido una llamada vocacional. Me gustaba la gente. Me gustaba ser y sentirme útil. Eso era todo lo que sabía.

Puede que fuera el momento de viajar. O de vivir sola. O de graduarme en algo que me fuera de más utilidad que la filosofía.

Sonó el teléfono, que estaba en algún punto del sofá en el que ahora descansaba *Ollie.* Escarbé, lo encontré y miré la pantalla.

Judy.

—¿Diga?

—Querida, soy yo.

Inesperadamente, sentí cómo se me empañaban los ojos al escuchar su voz.

—Hola —dije—. ¿Qué tal estáis?

—Estamos bien. Te echamos de menos.

De repente sentí nostalgia de su cocina, de sus tortitas, de los abrazos de oso de Aarón, de los juegos familiares de algunas noches.

—Yo también os echo de menos.

—¿Qué tal están tus padres?

—Bueno... ahí van. —Papá se había tomado con calma la decisión de Candy. Por lo menos esperaba que se hubiera dado cuenta de que se había mudado de casa. Después se había marchado unos día a Anaheim. Pero no les iba a contar nada a los Fisher de lo que ocurría con mis padres. Hace unos meses la primera persona a la que se lo habría contado sería Judy. Pero las cosas habían cambiado radicalmente.

—¿Te puedes venir por aquí, querida? Tenemos una cosita para ti.

Miré el reloj. Eran las dos de la tarde.

—De acuerdo. Dentro de una hora más o menos pasaré por allí.

Me duché y me arreglé cuidadosamente. Decidí ponerme un vestido blanco con adornos rosas y unos zapatos de lona, también rosas. Me di un poco de maquillaje, no demasiado.

—Vamos, *Ollie* —dije—. Nos vamos a dar una vuelta. —A los Fisher les encantaba *Ollie*.

Según iba conduciendo me pregunté qué sería lo que tenían para mí. ¿Algo de su casa? ¿Mi regalo de Hanukkah? De hecho, Judy se pasaba prácticamente todo el año yendo de tiendas hasta encontrar el regalo perfecto para cada uno.

Llegué a la calle donde vivían y se me puso un nudo en la garganta. Eran incontables las veces que había estado allí. Cientos. Y había por lo menos cinco fotos enmarcadas en las que aparecía yo, más que en casa de mis padres.

Abrí la puerta, que nunca estaba cerrada.

—¡Hola! —dije, al tiempo que dejaba a *Ollie* en el suelo. Mi perro entró a todo correr en la cocina, ladrando como un loco—. ¡Soy Ainsley!

—¡Pasa, querida! —dijo Judy en voz alta. Avancé hacia la cocina. Flotaba en el ambiente el olor a harina horneada.

Y de repente me quedé quieta, como una estatua de piedra.

Allí estaba Eric, con *Ollie* en brazos. Ese perro traidor parecía encantado, y le daba grandes lametones en la cara, ronroneando de felicidad.

—¡Querida! —exclamó Aarón abrazándome. Permanecí con los brazos quietos, caídos.

Mi jamás prometido me sonrió.

—Hola. —¿Hola? Después de todo lo que había pasado, ¿un simple hola? ¡Vamos, por favor!

Parecía feliz y seguro de sí mismo. Llevaba lentillas, lo que no era habitual, y barba, como en la foto. Tenía el pelo muy largo, como nunca se lo había visto, sujeto por detrás con una especie de moño de hombre, la cara rojiza por la exposición al sol y la nariz un poco pelada.

Su atractiva masculinidad me golpeó en las entrañas.

—Eric —dije con voz insegura—. Has vuelto.

—Ya he hecho lo que necesitaba hacer —dijo.

—¡Bueno, pues sorpresa! —dijo Judy—. Os dejamos solos para que podáis hablar, chicos. ¡Hay tarta! Y galletas. Y también helado en el congelador. Y si tienes hambre, Ainsley, queda pollo a la barbacoa en el frigorífico.

—Estamos bien, mamá, gracias —dijo Eric, dejando el perro en el suelo.

—Bueno, pues entonces nos vamos fuera. *Ollie,* ¿Quieres jugar con una pelota? —*Ollie* salió pitando con ellos y Judy le dio una pelota de tenis, pero me apostaría lo que fuera a que, en diez segundos, ella estaría fisgando por la ventana.

—Siéntate —dijo Eric, ofreciéndome una silla—. Tienes un aspecto estupendo.

—No voy a estar mucho rato aquí, Eric.

—Bueno, por lo menos escucha lo que tengo que decirte, ¿de acuerdo? ¡Qué menos, llevábamos diez años juntos!

—Once.

—Pues con más razón —dijo sonriendo y sirviéndome un poco más de café; después añadió una cucharadita de azúcar y algo de crema. Me irritó que recordara exactamente cómo me gustaba—¿Quieres un poco de tarta? —añadió solícito, sentándose a mi lado.

—Al grano, Eric. Tengo cosas que hacer. Por cierto, la coleta esa que llevas queda ridícula.

Se rio, sin que la crítica pareciera afectarle lo más mínimo.

—Sí, tengo que cortarme el pelo —dijo, aceptando con un movimiento de cabeza. Se quedó mirando su taza de café—. Bueno, pues vamos al asunto. No puedo decir que cometiera un error marchándome a Alaska, pero sí que lo cometí, y muy grande, al dejarte. —Se quedó mirándome con mucha fijeza.

—Fascinante —dije—. ¿Has terminado?

—Ains, no sé qué fue lo que pasó. Decir que hice una absoluta estupidez se queda muy corto.

—Estoy de acuerdo.

—Creo que sabes mejor que nadie, de hecho, incluso mejor que yo mismo, lo que estaba pasando. Es exactamente lo que dijiste. Tenía miedo de morir, y después vino lo del accidente de Nathan... simplemente perdí la cabeza. —Se apretó el puente de la nariz—. Y te perdí a ti. Te dejé de lado y esa ha sido la cosa más estúpida que he hecho en toda mi vida. Durante el último mes he estado pensando a fondo en ello y lo siento, lo siento muchísimo, Ainsley. Tú eres lo mejor que...

—¿Por qué no lo dejamos aquí? —le interrumpí—. No acepto las disculpas. ¿Ha sido todo?

Colocó su mano encima de la mía y volví a sentir el hormigueo casi olvidado: aquella conexión, aquella familiaridad que tanto me gustaba, que me alegraba el corazón. Ese era mi Eric, esa era nuestra vida.

Que él había destrozado por completo.

Retiré la mano como si la suya quemara.

Él se inclinó hacia delante, con expresión seria y anhelante, pero no con esa forma de mirar asustada y casi humillada que apenas perdió durante los meses del cáncer.

—Tienes todo el derecho a estar enfadada y a sentirte herida —reconoció—. Por supuesto que sí. Y te juro que si pudiera borrar de un plumazo los pasados cuatro meses, lo haría sin dudarlo ni un momento, de todo corazón. Si me das otra oportunidad, el objetivo de mi vida será asegurarme de que no te arrepientas. Te amo. Siempre te he amado.

—No fue eso lo que dijiste en el bar de Nueva York aquella maldita tarde. Ni tampoco lo que escribiste en tu mierda de blog.

—Creo que estaba sufriendo un brote sicótico.

—¡Anda ya!

—Bueno, pues una crisis de madurez, más o menos con una década de antelación a lo que es normal —rectificó, sonriendo y moviendo la cabeza. Después volvió a ponerse serio y continuó—. Ainsley, durante más de once años hemos estado juntos y ha sido perfecto. Nada menos que ciento treinta y siete meses juntos. He hecho el cálculo —añadió, guiñándome un ojo. Sabía que yo era un desastre con el cálculo mental—. De ellos, solo durante cuatro me he portado como un absoluto gilipollas. ¿Acaso ese tiempo lo borra todo? Y es que quería casarme contigo. Todavía quiero. Quiero que seas la madre de mis...

—¡Para! —dije—. No tengo ningunas ganas de escuchar eso. —Pero me temblaba la voz. Sentía una emoción que no era capaz de controlar. Ni tampoco de identificar. ¿Esperanza? ¿Felicidad? ¿Odio?

Se metió la mano en el bolsillo del pantalón y sacó la caja.

—Permíteme arreglarlo todo, Ainsley. Cásate conmigo. Vivamos la vida que teníamos prevista. No volveré a portarme así contigo, nunca te abandonaré, y te querré siempre. —Sonrió con tristeza y esperanza, los cálidos ojos pardos brillantes.

Y allí estaba mi anillo, que sacó de la cajita. Era la primera vez que lo veía desde que murió Nathan. El hermoso e hipnótico anillo.

Y de pronto me di perfecta cuenta de cuál era la razón por la que temblaba: era furia, ni más ni menos.

—¿Te has vuelto más loco todavía? —exploté—. Eres un mierda, engreído, petulante y mimado. Me rompiste el corazón, me humillaste de todas las maneras posibles, dijiste que era como un cadáver que te arrastraba hacia las profundidades, ¿y de verdad te crees que se me pasa por la cabeza ni siquiera la posibilidad de casarme contigo?

—Pero es que lo siento mucho —dijo, juntando los ojos—. No sabía ni lo que estaba haciendo. Lo hice muy mal y ahora quiero hacerlo bien. Déjame solucionar esto. No tenía intención ni de hacer lo que hice ni de decir lo que dije.

—No estoy de acuerdo, en absoluto. Hiciste y dijiste exactamente lo que querías hacer y decir. Pero ahora que te has unido espiritualmente a los inuit y que has escuchado y comprendido a los lobos y, sobre todo, después de que tus quince minutos de fama se han terminado, tu intención es recogerlo todo en el mismo punto en el que lo dejaste, ¿me equivoco?

—Pero... pero... Ainsley, escucha un momento. Cariño. Escúchame. —Se echó hacia atrás en la silla y puso las dos manos abiertas sobre la mesa—. He hablado con Ryan Roberts. Nos va a entrevistar a los dos en su programa.

Aunque parezca mentira, pues ya pensaba que nada que viniera de él podía asombrarme, me quedé estupefacta.

—¡Me tomas el pelo!

—¡No! ¡Puedo deshacer todo el lío que monté! Hice el imbécil en la tele, y ahora voy a comerme la imbecilidad con patatas y contarle al mundo lo mucho que te quiero. —Hizo una pausa—. Y tú me quieres a mí. Lo sé.

Me levanté y acerqué la silla a la mesa.

—No, Eric, no te quiero. Te quería, pero lo estropeaste todo, lo destrozaste, y los pedazos no se pueden pegar.

—Bueno, sé positivamente que no hay nadie más, porque no eres de las que se van acostando por ahí con cualquiera solo por venganza. —Se levantó también—. ¿O sí?

—Mi vida personal ha dejado de ser cosa tuya. Te deseo mucha suerte con todo lo que se te ocurra hacer. —Abrí la puerta corredera. Aarón y Judy estaban absolutamente quietos, helados, mientras *Ollie* trotaba alrededor de sus pies.

Lo sabían. O porque lo habían escuchado o por mi cara. Las suyas estaban demudadas.

—Adiós, pareja —dije, y en ese momento los ojos se me llenaron de lágrimas. Esas dos personas, durante años, habían sido la familia que yo hubiera querido que fuera la mía. Pero ya no tenía nada que ver con ellos—. Gracias por todo.

—Siempre te hemos querido, preciosa —balbuceó Aarón, y yo no pude reprimir un sollozo. Tomé en brazos a mi perro y me marché.

No paré de llorar durante todo el camino, y *Ollie* me imitó desde el asiento de atrás.

Cuando estaba en el centro de Cambry-on-Hudson, decidí llamar a Jonathan.

—¿Están contigo las niñas? —pregunté.

—No, acabo de dejarlas con mi madre. —Se produjo una pausa—. ¿Estás bien?

—¿Puedo ir a verte?

—Por supuesto.

Cuando aparqué junto a su casa, me limpié los ojos y me soné la nariz. Pese a ello, tenía la nariz y el pecho húmedos, y *Ollie* me lamió la cara.

Pasé dentro, y *Ollie* estuvo a punto de hacerme tropezar y tirarme al suelo al pasar como una exhalación entre mis pies.

—Hola, *Oliver* —lo saludó Jonathan al tiempo que se inclinaba para acariciarlo, aunque sus ojos estaban fijos en mí—. Cuéntame qué ha sido lo que ha puesto triste a tu mami.

—Eric ha vuelto al pueblo —dije, pues el perro no se hizo entender, aunque ladró sonoramente.

Jonathan se incorporó y cruzó los brazos. Bajó la mirada para poder fijarla en mis ojos.

—Entiendo.

—Quiere que vuelva con él. Ni siquiera sabía que había vuelto, pero su madre me llamó diciendo que tenía una sorpresa para mí y...

—¡Oh, no, volver con él! ¡Increíble! —exclamó. Su voz era casi un gruñido—. Estuviste con él once años, ¿no? Y a pesar de eso te humilló delante de ocho millones de personas y te dejó para poder encontrar su alma animal y profunda allá en Alaska. ¡Pues claro que tienes que casarte con él, y tener pequeños Erics que te...

—¡Le he dicho que no, idiota!

Esto detuvo su perorata.

—¡Oh!

—Pero tampoco pienses que ha sido por ti, ¿eh?, así que cuidadito...

—Y entonces, ¿por qué ha sido? —dijo parpadeando varias veces.

—¿Qué por qué? ¿Lo dices en serio? Pues porque es un egocéntrico y un capullo narcisista que no fue capaz de apreciar y agradecer todo el amor que le di, y pensó que por ahí arriba iba a encontrar algo mejor, y ahora ha comprobado que no es así. Pero ¿sabes qué? Pues que es demasiado tarde, ya he comprobado de qué va ese imbécil.

—Entiendo.

—¡Sí, deberías entenderlo! ¿En serio pensabas que iba a volver con él? —Prácticamente grité.

—No tendría que haber...

Apoyé las manos en las caderas.

—Bueno, ¿y por qué no? No tienes la menor idea de quién soy, o de cómo soy. Me hiciste firmar un papel para asegurarte de que no te iba a demandar, como si hubiera alguna posibilidad de que pudiera hacerlo. Y me obligas a que nos veamos en secreto. Y no dejas que tus hijas me vean, cosa que yo respeto, por otra parte. No obstante, no se me escapa que, con toda probabilidad, en este momento crees al sesenta por ciento que estás enamorado de mí, pero alrededor de un cuarenta por ciento de tu cerebro sigue pensando que no te convengo en absoluto. Así que no te preocupes, Jonathan. No cuento contigo para nada. No he mandado a la mierda a Eric porque tenga un novio secreto. Lo he hecho porque me apetecía hacerlo. No me merece.

—Lo tengo claro.

—Y por cierto, dejo el trabajo.

El sonido del reloj del abuelo llenó la habitación. *Ollie* arrastró un cojín del sofá, lo dejó en el suelo y se tumbó sobre él.

—Sí —dije, con un poco más de calma—. Lo dejo. Ya iba siendo hora, ¿no te parece?

—No... no sé qué decir.

—Lo dejo. —Estaba de pie muy quieto delante de mí, y se me ocurrió pensar que nunca me había dicho que no a nada—. Y, por cierto también, me apetece seguir saliendo contigo, aunque solo sea al sesenta por ciento.

—Bien.

Esa mínima palabra hizo que mi corazón se alegrara casi hasta dolerme.

—Bueno, ahora me tengo que ir.

—Muy bien.

—Te mandaré un preaviso escrito con dos semanas de antelación, para que tengas tiempo de encontrar a alguien que me sustituya.

La media sonrisa volvió a hacer de las suyas.

—Te lo agradezco.

—Bueno, me marcho de verdad. Quiero dar rienda suelta a solas a esta oleada de indignación moral.

Eso le hizo sonreír abiertamente, y yo no pude evitar devolverle la sonrisa. Después, a duras penas, pues me sentía atraída como un imán,

417

tomé en brazos al perro y salí, sintiéndome más orgullosa de mí misma de lo que lo había estado hacía mucho, pero mucho tiempo.

Esa noche vino Candy, y entre Kate, ella y yo hicimos la cena. Después hablamos por Skype con Sean, Kiara y los chicos, lo cual era bastante ridículo porque ellos vivían a menos de cuarenta y cinco minutos de distancia y no era tan difícil conducir de vez en cuando y visitar a la familia.

De todas formas, mereció la pena ver a Sadie mandándonos besos y enseñándonos sus animalitos de peluche, que estaban hechos una pena, y también ver por unos momentos a Esther y Matthias, que se dignaron decirnos hola.

Después alguien llamó a la puerta.

—Ya voy yo —dije levantándome, aunque ya me había puesto mi pijama de la tortuga Yertle.

Era nada menos que Jonathan.

—¡Oh, Jonathan, hola! —exclamó Candy.

—Hola, doctora O'Leary —respondió—. Kate.

—Hola, Jonathan —dijo ella, con una sonrisa en los ojos.

—¿Qué puedo hacer por usted a estas horas, jefe? —pregunté.

Me tomó la cara entre las manos y me besó. Fue un beso profundo, intenso y fantástico, que hizo que mi corazón se acaramelara completamente.

—Vaya, qué cosa tan sorprendente —oí decir a mi madre como si estuviera a cientos de kilómetros.

Por fin se retiró y me miró con esos ojos tan bonitos y tan cambiantes.

—Sesenta y cinco —dijo.

—¿Perdona? —pregunté, algo atontada y con voz gutural.

—Sesenta y cinco por ciento como mínimo. Puede que hasta sesenta y siete —dijo, y después miró por encima de mi hombro—. Buenas noches, señoras —se despidió, y después se marchó, mirándome con una sonrisa irónica.

¿Conque sesenta y siete por ciento?

Lo tendría en cuenta.

CAPÍTULO 30

Kate

Agosto fue un mes muy largo. Igual había algo de verdad en lo que decía mi madre sobre los hitos o los peldaños, porque me encontré a mí misma añorando el otoño y también el final de este año, el año en el que Nathan había muerto. La siguiente primavera, cuando se hubiera cumplido un año, tendría la mente más clara y sabría qué hacer. Y es que, durante estos días, mi cerebro estaba somnoliento y el calor me presionaba tanto que lo único que quería hacer era dormir a todas horas.

—Es completamente normal —dijo LuAnn en una de las reuniones del grupo—. A veces sales de casa con la ropa equivocada, ¿a que sí?

—El luto es agotador —intervino Lileth, la trabajadora social, con su sonsonete habitual.

—Jodidamente agotador, diría yo —precisó LuAnn.

Leo no estaba en la reunión. Últimamente su presencia se había convertido en esporádica, lo cual sabíamos que era buena señal. George también faltaba. De hecho, había quedado a comer algunos días con Abu. Cosa de Ainsley, por supuesto.

Mi hermana había dejado su empleo, había empezado a trabajar en el Blessed Bean y se había apuntado a dos clases en la universidad pública para adultos. Me dijo que quería hacerse enfermera, lo cual, en mi opinión, le cuadraba de maravilla, debido a su energía y su dulzura, y al genuino interés que tenía por las personas.

Me había contado todo lo que pasó con Eric y la felicité por su respuesta. Hacía menos de un año ni se me pasaba por la imaginación que podría decir algo así, pero lo cierto era que admiraba a mi hermana pequeña más que a ninguna otra persona. No conocía a nadie con más corazón que ella. Tenía convicciones y apostaba por ellas.

Y la verdad era que resultaba maravillosamente extraño verla formando pareja con Jonathan. Él la observaba continuamente. No sé si Ainsley se daba cuenta, pero casi no apartaba los ojos de ella. Por su parte, Ains se ponía muchas veces colorada delante de él. Eso también me gustaba.

Faltaban pocas semanas para la fiesta de aniversario de los Coburn, y Daniel todavía no me había dado la mecedora del porche. La verdad es que no sabía si la había terminado, ni si tenía intención de hacerlo. Si no, me quedaba la carta de los planos para la ampliación y reforma de la casa. Phoebe los había terminado, y lloró cuando vino a casa a traérmelos.

La fiesta iba a ser un evento extraordinariamente difícil.

Echaba de menos a Daniel. Nuestra pequeña amistad no había sido tan pequeña, ni muchísimo menos.

La semana anterior había cumplido los cuarenta, y les había pedido a Ainsley y a mis padres que no prepararan nada especial en mi honor. Ainsley había dejado en el frigorífico un regalito, un pequeño relicario en forma de corazón, y mi helado favorito en el congelador, pero no dijo una palabra.

A Sean no necesité decirle que no me dijera nada: nunca se acordaba de mi cumpleaños, y este no fue una excepción. Kiara sí que me mandó una tarjeta, con los nombres de los cinco, y un mensaje, «Vendrán tiempos mejores, querida cuñada». Era un encanto. Sean no la merecía, en absoluto.

Dormía, comía y esperaba, aunque no estaba muy segura de a qué. La Nikon seguía en la estantería. Cada día que pasaba se me hacía más difícil la idea de ver las últimas fotos de Nathan vivo, de mi adorable y dulce marido que me había durado noventa y seis días.

No había vuelto a ver a Madeleine. Y esperaba no volver a hacerlo durante el resto de mi vida. Con sinceridad, sentía pena por ella. Había querido de verdad a Nathan, y lo perdió, igual que me había pasado a mí. El hecho de que se hubiera portado como una absoluta arpía, en fin... la gente se cree lo que le va bien creerse. Y si Nathan había hecho cosas a mis espaldas, o me había ocultado algo, ¿qué podía hacer yo? Estaba demasiado cansada como para cargar también con eso.

—Te perdono, Nathan —dije en voz alta una noche en el patio. Ainsley estaba en casa de Jonathan—. Si estabas enamorado de Madeleine, no pasa nada.

Agucé el oído por si escuchaba una respuesta. Nada, como siempre.

Con un suspiro, me levanté para prepararme un helado; y es que era una viuda adulta y a nadie le importaba que engordara unos kilos. Además, la fase de imposibilidad de comer ya había pasado. Así que, sin problemas: un helado era lo que me venía bien ahora.

Todas las puertas y ventanas estaban de par en par, y los grillos y las cigarras parecían desafiarse a ver quién hacía más ruido. Ese era siempre el ruido de los finales de verano.

Hacía un año por estas fechas, Nathan y yo ya habíamos salido cuatro veces.

Metí los ingredientes en la heladera, incluidas la leche y la vainilla, por supuesto. Nathan había sido un fanático de los pequeños electrodomésticos de cocina, así que por supuesto que teníamos heladera. La encendí y esperé a que se mezclara todo bien. Lo probé al cabo de un rato. Perfecto. Agradable y frío, lo que me apetecía.

Y en ese momento olí su colonia. Lo olí a él. Y todo mi cuerpo vibró de una manera extraña. Me quedé helada, y volví a aspirar lentamente.

Sí, no cabía ninguna duda, era su aroma. Era el aroma de Nathan. ¡Y, por Dios, cómo lo echaba de menos!

«Te quiero» —pensé con todo mi corazón.

Inmediatamente después dejé de sentirlo, y volví a quedarme a solas con las cigarras. Cerré los ojos y aspiré de nuevo, pero solo me llegó el olor a vainilla.

—Gracias —dije en voz alta y un tanto temblorosa.

Madeleine me había dicho que la visitaba. Puede que lo hiciera. Si Nathan era tan maravilloso como yo pensaba que era, entonces sí, seguro que visitaba a todo el mundo.

Esperaba que también visitara a Brooke. Y a Atticus y Miles. Y, por Dios, también a sus padres.

«Sé feliz, Nathan. No te preocupes demasiado por mí. Estoy bien.»

La tarde de la exposición de arte del centro de reinserción, cuando me hallaba en el estudio justo después de una sesión fotográfica, un mensaje entrante hizo vibrar mi móvil:

Hola Kate. Solo quería decirte que espero verte esta noche. Casi he terminado las mecedoras de tus suegros, así que prácticamente puedo asegurarte que estarán listas para la fiesta. Nos conocemos desde hace mucho tiempo, así que tampoco vamos a portarnos como estúpidos por habernos acostado, ¿no te parece?

Daniel
(El Bombero sexi)

No tuve más remedio que soltar una carcajada. Me hizo mucha gracia que firmara de esa forma. Le contesté de inmediato:

De acuerdo, Bombero sexi. Nos vemos esta tarde. Y gracias por no portarte como un estúpido.

Me fui a casa para arreglarme. Ainsley se apuntó, cosa que me alegró mucho. Sabía que Paige iría también, pero me daba absolutamente igual.

Me duché con el gel especial con aroma de limón; sin saber por qué, me pareció que su olor era más intenso que otras veces. Me sentía bastante... feliz. Puede que fuera el hecho de haber sentido la presencia de Nathan la otra noche. O puede que hubiera superado una etapa. Había amado a Nathan, sí, pero no guardaba años de recuerdos conjuntos; lo cual era, por un lado, demoledor, pero por otro, hacía las cosas más..., digamos, fáciles.

Y el hecho de saber que Daniel no andaría enfurruñado en una esquina también me hacía sentir mejor.

Eché un vistazo al armario de Nathan. Puede que este fin de semana empezara con las tareas de limpieza. Antes de empezar a ponerme sensiblera otra vez cerré la puerta del armario, me tumbé en la cama y no me dio tiempo a sorprenderme de que al instante me quedara como un tronco.

Pocas horas más tarde Ainsley y yo íbamos andando hacia el centro de rehabilitación. Cuando llegamos, Greta me abrazó y le estrechó la mano con bastante ímpetu a Ainsley, quien a su vez buscaba descaradamente con la mirada exconvictos a los que consolar. La directora nos condujo a la sala de la exposición.

Allí estaba Pierre.

—¡Hola, Kate, amor mío! ¡Cuánto me alegro de verte! Esta de aquí es mía, para tu información. Si te gusta, ya sabes...

—Pierre, largo de aquí —ordenó Greta riendo.

—No hacía falta que me dijeras que era tuya, lo habría adivinado por el tema —añadí. Era la foto de una mujer desnuda.

—Te doy diez pavos si votas por ella. Sabes que puedes fiarte de mí... —dijo, creo que en serio, y se mezcló entre la multitud.

—Bueno, ya sabes cómo va la cosa —dijo Greta—. Indica cuáles son para ti las tres mejores, lo anunciaremos y después se iniciará la subasta. Voy a dar una vuelta por ahí para saludar a la gente. Tómate tu tiempo, pero que no sea mucho... —Me dedicó una sonrisa y se fue a hacer relaciones públicas.

Ainsley y yo fuimos recorriendo la exposición, mientras le explicaba lo que buscaba. Casi todas, por no decir que todas, tenían los defectos típicos de las fotos de aficionados: composición inadecuada, mala utilización del espacio, excesiva o escasa saturación de color, mala iluminación, etcétera.

Pero lo que sí que resultaba interesante en muchos casos eran los temas elegidos. Todas las fotografías se habían tomado en exteriores, incluso la de la mujer desnuda de Pierre. Todas tenían alma, desde la del sin techo paseando con su perro hasta la de un niño bebiendo ávidamente agua de una fuente. Estos hombres habían sufrido estando en la cárcel, aunque la gran mayoría de ellos se lo habían merecido a conciencia, estaba claro. Pero era de esperar que hubieran aprendido algunas cosas, o al menos eso quería pensar. Por ejemplo, el valor de la libertad y la belleza que puede encontrarse en la vida cotidiana.

—Para mí, esta es la ganadora —le dije a Ainsley, deteniéndome ante la penúltima. Era de una niña pequeña con grandes y expresivos ojos marrones, que reía ante la presencia de una paloma que revoloteaba a su alrededor—. ¿Te das cuenta de la cantidad de movimiento y de vida que ha captado? Las alas de la paloma, las trenzas de la cría, sus manos, el modo en que la ha fotografiado, en pleno salto...

—La verdad es que verla me hace sentir bien —dijo Ainsley.

—Exactamente. Hay mucha emoción en ella.

—Sabes mucho, Kate, y lo transmites bien. Deberías seguir enseñando aquí.

—Creo que lo haré —dije. Aunque fuera una carga, pensaba que podía merecer la pena. Apunté en la hoja que me había dado Greta las tres fotos que había elegido (la de Pierre fue la tercera), las guardé en el sobre y lo cerré.

—¿Qué, dejándote ver, como las estrellas? —dijo una voz. Paige.

—Hola —respondí. Como siempre, su aspecto era estupendo.

Movió la cara en un remedo de sonrisa.

—¡Qué amable que nos honres con tu presencia!

—Pues de nada. Seguro que te acuerdas de mi hermana. —Pero Paige ni siquiera le dirigió una mirada.

—He conocido a alguien —dijo—. La cosa va bastante en serio. Me encantaría que lo conocieras.

Nada de «¿Cómo has estado?», ni de «Siento mucho haberme portado como una arpía». Miré un momento a mi hermana, que se limitó a poner los ojos en blanco.

—Ya... creo que no, Paige. Ya no somos amigas.

Suspiró como si no pudiera dar crédito a lo que había escuchado.

—¿Por qué? ¿Porque finalmente soy feliz? ¿Solo querías estar conmigo cuando era una perdedora?

—¿Y qué pasó cuando yo era feliz? —pregunté—. Me parece recordar que me mandaste a la mierda cuando me prometí con Nathan. Y me parece recordar también que ni me llamaste, ni siquiera me mandaste un correo electrónico cuando murió mi marido. ¿Y ahora se supone que tengo que ponerme a bailar de alegría y a tirar cohetes porque al fin has conseguido que alguien cargue contigo? No, gracias.

Se quedó con la boca abierta.

—¿Te has enterado bien, o quieres que te lo repita yo? —remachó mi hermana—. Y, para que lo sepas, yo siempre he pensado que eras una arpía, y me quedo corta.

Se estremeció, salió escopetada y debo confesar que me sentí de maravilla. Ainsley y yo nos miramos y nos sonreímos durante un segundo.

Inmediatamente se acercó Daniel.

—¡Hola, preciosa! —me saludó, dándome un abrazo. Olía muy bien, a limpio, a jabón cremoso—. Hola, Ainsley —dijo después, y me soltó para darle a ella un beso en la mejilla. Inmediatamente volvió a mirarme—. ¿Por fin la has mandado a la mierda? —preguntó, señalando en la dirección en la que había huido Paige.

—Sí, definitivamente —dije—. Y me he sentido de cine.

—Me han gustado sus zapatos —dijo Ainsley—. Me cae fatal, pero lleva unos zapatos estupendos. Bueno, tengo la impresión de que queréis hablar de vuestras cosas, así que yo desaparezco discretamente —murmuró.

—No, no es necesario Ains —dije—. ¿Cómo estás, Daniel? ¿Y tu familia?

—Están bien —respondió—. ¿Quieres ver fotos? —Sin esperar respuesta sacó el teléfono móvil y empezó a deslizar el dedo por la pantalla—. Mira, esta es Lizzie. ¿Sabes que la han contratado para una gira? Mi madre se ha puesto de los nervios, pero es que, ¡caray, la pasta que va a ganar! La universidad va a dejar de ser un problema, con eso te lo digo todo. —Pasó a la siguiente—. Y esta es la nena, Maisy. ¡El otro día sonrió! Es lo más rico que hay en el mundo. Esta es la hija del demonio. Mi favorita, por supuesto. —Levantó la mirada de la pantalla y sonrió.

Nuestra relación volvía a ser completamente normal. La opresión en el pecho que había sentido se desvaneció.

—Oye, acompáñame un momento y te enseno las mecedoras del porche de tus suegros —dijo—. Tú también puedes venir si quieres, Ains. Yo creo que están quedando muy bien. Los alumnos me han echado una mano, pues las he convertido en una especie de proyecto para el curso. Tenemos que dar un poco más de barniz, pero estarán listas a tiempo. ¿Me recuerdas cuándo es la fiesta?

—Justo dentro de dos semanas.

Salimos del gimnasio y bajamos hacia el vestíbulo, y después fuimos hacia el aula de carpintería. Ainsley me pasó una copa de vino.

—Gracias —dije, y di un sorbo.

¡Dios, era peor que peleón, y encima estaba picado! Tuve que hacer un esfuerzo para tragarlo.

—Me parece que está estropeado —dije—. No lo bebas.

—¿Tú crees? —preguntó. Tomó la copa y la husmeó como un sabueso. Frunció el ceño y dio un sorbo—. Pues a mí me parece que está bien.

—Es muy malo.

—Mujer, no es Chateau Lafite, pero tampoco es tan horrible —afirmó. Daniel también dio un sorbo.

—Sí, está normal, o al menos a mí me lo parece. —Me miró con cara de desconcierto—. Bueno, en cualquier caso, ya estamos aquí, señoras. Adelante, por favor.

Abrió la puerta del taller, y el agudo olor del poliuretano me golpeó con intensidad. Allí estaban las mecedoras. Estaban hechas con tiras delgadas de madera color miel y sus curvas eran gráciles. Su aspecto era a la vez clásico y moderno.

Seguro que a Nathan le habrían gustado.

—Adelante, chicas, sentaos —dijo Daniel.

Ainsley y yo lo hicimos, y resultaban muy cómodas, además de balancearse agradablemente y sin un ruido. Adelante y atrás, adelante y atrás... ¡Qué mareo!

Eché a correr hacia la pila que había en la esquina y vomité inmediatamente. ¡Por Dios! ¿Qué me pasaba? Me dio otra arcada, y todo mi cuerpo se convulsionó.

—Kate, ¿estás bien? —preguntó Ainsley, ofreciéndome unas servilletas de papel. Daniel también se acercó, y empezó a acariciarme la espalda.

—Lo siento mucho —me disculpé—. Casi nunca vomito. —Me enjuagué la boca, sintiendo el estómago aún bastante inestable, y me limpié con una servilleta.

Me incorporé.

Ainsley me miraba con la boca entreabierta.

La fatiga. La somnolencia. El olfato hipersensible.

Y ahora las náuseas y el vómito.

—¡Oh, no! ¡No! No puede ser —balbuceé.

Daniel se tapó la boca con su enorme mano.

—¡No...! —volví a murmurar.

—¡Vaya! —espetó Daniel.

—¡No! —gruñí—. No, esto no... No puede ser... ¡Por Dios!

—Bueno, bueno —dijo Ainsley alzando las manos con gesto conciliador—. Salgamos de aquí. Daniel, ¿vives cerca?

—Sí —respondió—. ¡Mierda! ¡Maldita sea! Pero si usamos... ¡Dios!

—¡Ya vale! —ordenó Ainsley—. Vamos, moveos.

Salimos como si fuéramos ladrones de bancos y nos metimos en el Prius de Ainsley. Daniel apenas cabía en el asiento trasero. Había una farmacia a pocas manzanas de allí.

—Quedaos aquí —dijo Ainsley al tiempo que salía de estampida del automóvil. Daniel y yo no dijimos una palabra.

No podía ser verdad. Ahora no. Por favor.

Seis minutos después mi hermana volvió con una bolsita de plástico en la mano. Miré dentro.

Dos cajas, es decir, cuatro pruebas de embarazo.

Nadie dijo una palabra mientras nos dirigíamos a casa de Daniel. Abrió la puerta y subimos por las escaleras.

—Yo pasaré contigo —ordenó Ainsley, completamente al mando de las operaciones—. Daniel, espera aquí.

—De acuerdo —respondió él débilmente.

Conocía la rutina perfectamente. Hubiera jurado que podía escuchar las risas de los dioses, probablemente griegos, que marcan el destino de los mortales.

Me temblaban las manos cuando agarré la maldita prueba.

«¡Una raya!», pensé. «¡Una raya, una raya!»

Coloqué la prueba en el envoltorio siguiendo escrupulosamente el protocolo. Ainsley y yo ni nos miramos.

—¿Estáis bien, chicas? —La voz de Daniel sonó un tanto ansiosa.

—Terminamos en un momento —respondió Ainsley.

«¡Una raya, una raya!», recordé todas las veces que había deseado con desesperación que aparecieran dos. «Por favor», le rogué a mi cuerpo. «Sé coherente. No me hagas esto. ¡No permitas que haya dos líneas!»

Cuando hube contado hasta ciento ochenta, miré la prueba.

Había dos líneas.

CAPÍTULO 31

Ainsley

Dado que tenían muchas, más bien muchísimas, cosas de las que hablar, dejé a Kate y a Daniel en Brooklyn y me volví sola a Cambry-on-Hudson.

¡Pobre hermana! Me había pasado media hora sentada con ella en el sofá, mirando su cara, blanca como la cera. Daniel, Dios le bendiga, no dijo prácticamente nada cuando abrí la puerta después de hacer la prueba y solo le dije una palabra: «¡Felicidades!»

En lugar de hablar, le preparó un sándwich.

—Todo saldrá bien —dijo, no sé si a Kate, a sí mismo o a los tres. No estaba muy segura, pero lo repitió—. Todo saldrá bien.

Tampoco había mucho más que decir.

Cuando iba por la autopista FDR me llamó Jonathan.

—¿Estás libre? —preguntó.

Miré la hora. ¡Caramba! No eran más que las siete. Era como si desde que salimos para Brooklyn hubiera transcurrido toda una vida.

—Esto... pues sí.

—¿Tienes hambre?

—¡Qué pregunta! ¡Claro!

—¿Te apetece venir a casa a cenar?

—Sí, me apetece. Calculo que llegaré dentro de una hora, depende del tráfico.

—Muy bien. —Se produjo una pausa—. Conduce con cuidado, cariño.

Noté que estaba agarrando con excesiva fuerza el volante, y sus palabras me relajaron.

—Tranquilo, así lo haré —respondí.

Cariño. Me había llamado cariño. Me enternecí hasta extremos que no recordaba. Fue un destello de alegría en una noche tan complicada.

Una hora después entré andando por el sendero.

—Estoy en el patio —dijo en voz alta, y fui por el empedrado, rodeando la casa. Pasé junto al árbol en el que las niñas tenían un columpio, más allá de la puerta principal.

Ya se había puesto el sol, pero todavía había destellos naranjas y rojizos en el horizonte. Jonathan había encendido el fuego en la barbacoa de cobre, y había una botella de vino blanco en una hielera. También había sacado dos tumbonas plegables, que estaban colocadas una junto a otra.

—No sabes lo que me alegro de verte —dijo, y me dio un beso. Sentí una oleada de alegría.

—Yo también —respondí, apoyando la cabeza sobre su hombro—. ¿Qué tal el día?

—Muy bien, gracias. A tu sustituta le falta tu... excepcional energía, pero hasta ahora está siendo competente en su trabajo.

—Me alegra saberlo.

Me sirvió vino en una copa. Se había puesto *jeans*. Me sorprendió que los tuviera, pero le sentaban muy bien. También llevaba un polo naval de color marrón. Su aspecto era exactamente el de un vecino clásico del valle del Hudson, seguro de sí mismo, a gusto con su vida, fiable y adinerado.

Feliz.

Se sentó a mi lado, miró alrededor y fijó la vista. Yo, a mi vez, miré al mismo sitio que él.

¡Vaya! Mi bolso estaba abierto, y allí estaba el segundo paquete de pruebas de embarazo. Kate había decidido fiarse de los resultados de los dos primeros. Levantó la mirada hasta encontrarse con la mía y apenas pestañeó.

—Respecto a eso... —empecé, pero me detuve.

—Sí. ¿Hay algo que quieras decirme?

—No son mías. Las pruebas de embarazo, quiero decir. —Bebí un sorbo de vino.

—¿Y vas por ahí con pruebas de embarazo?

—Te repito que no son mías.

Siguió mirándome, pero los destellos cambiantes del fuego no me permitían leer su expresión.

—Entiendo —dijo. Noté que estaba tenso. Me habría encantado poder contarle que era para Kate, pero no había pedido permiso para hacerlo.

Ahora el ciclo estaba oscuro y solo se veía una delgada línea roja en el horizonte.

Suspiré y bebí otro trago. Se oía el sonido de los mosquitos por todas partes, uno de ellos peligrosamente cerca de mi oreja.

—Si estuvieras embarazada —dijo Jonathan sin mirarme directamente—, para empezar no deberías estar bebiendo alcohol...

—No estoy embarazada.

—... y para seguir... sería... Bueno, ya veremos.

—Jonathan, escúchame, por favor. Lee mis labios. No-estoy-embarazada. Tomo la píldora, como creo que ya te he dicho diez, o quizá quince veces.

—Lo sé. Solo que... si lo estuvieras... no sería horrible, en absoluto.

—Eso es enternecedor —dije, poniendo los ojos en blanco—. Pero ¿por qué no lo dejas? No hace falta que tengamos este tipo de conversación, créeme.

—Bueno, lo que quiero decir es que... me gustan los niños —afirmó, con un gesto un tanto exasperado—. Estoy seguro de que me encantarían tus hijos. —Hizo una pausa—. Nuestros hijos.

Allí estaba otra vez, esa especie de furtivo misil sentimental que iba directo al corazón. El Capitán de Hielo estaba intentando decir algo adorable. A su manera, claro.

—Bueno, a mí ya me encantan tus hijas —dije, con voz un poco ronca—. Estoy segura de que nuestros hijos serían maravillosos también.

La media sonrisa se convirtió en entera. Y, para variar, me derritió.

—Puede que dentro de uno o dos años volvamos a tener esta conversación —dijo.

Uno o dos años. Así que pensaba en el futuro, en su futuro, y me incluía en él.

Y a mí me parecía muy bien. Por ahora solo necesitaba eso. Nada de anillos de compromiso, nada de planes, solo «puede que dentro de uno o dos años», eso era más que suficiente.

Se inclinó sobre mí y me tomó la mano. Allí estábamos, sentados el uno junto al otro, mientras desaparecía la línea roja. La oscura luz azul era como una bendición.

—Me da la impresión de que has pasado al setenta por ciento. —Se rio y me besó la mano. Después tiró de mí y me dio un beso como Dios manda, largo, profundo y húmedo. Empezó a hurgar con sus manos en zonas interesantes y a desabotonarme el vestido, hasta que los mosquitos nos obligaron a entrar en la casa, directos a la cama.

¡Bravo por los mosquitos!

CAPÍTULO 32

Kate

Allí sentada, en la sala de estar de Daniel, había dos pruebas de embarazo con vida propia que me decían que sí que estaba jodida y que Dios tenía un sentido del humor bastante negro e incomprensible.

¿Cuántas veces lo habíamos hecho Nathan y yo durante el tiempo que duró nuestro matrimonio? En serio, ¿cuántas? Me había tomado la temperatura, había contado los días, me había apretado el abdomen para intentar notar algún signo de que estuviera ovulando. En noventa y seis días yo calculo que mantuvimos relaciones más de cien veces, incluso teniendo en cuenta su viaje a Seattle y los momentos en los que mi periodo era demasiado abundante. ¡Éramos recién casados, maldita sea! No éramos jóvenes, eso no, pero sí entusiastas, y estábamos deseosos de tener descendencia.

¿Y cuántas veces habíamos hecho el amor Daniel y yo? Dos veces, y durante la misma noche. Y ambas con preservativo. Durex iba a recibir una carta pero que muy poco comprensiva, aparte de otros escritos que, si un abogado me lo aconsejaba, podían prepararse.

—Siento muchísimo esto —me disculpé por enésima vez.

—Tranquila. Haz el favor de tomarte el sándwich. No quiero que te desmayes.

Supongo que habría una posibilidad, aunque fuera infinitesimal, de que estuviera embarazada de Nathan y no de Daniel. Independientemente de lo que aseguraran esas catorce pruebas de embarazo y las dos reglas que había tenido siendo viuda.

Pero la lógica de la situación, incluidos los indicios físicos, eran evidentes, y seguro que las pruebas médicas lo confirmarían, ya sin lugar a dudas. Últimamente había estado muy cansada. Hacía pis muchas más veces de lo normal. Y la sensibilidad a los olores era extrema.

433

¡Por Dios!

—¿Qué es lo que quieres hacer? —preguntó Daniel, que estaba sentado a mi lado.

—No tengo ni idea.

Me pasó el brazo por los hombros y me atrajo hacia sí. Yo estaba muy erguida, con el corazón todavía acelerado. Me dolían los pechos. ¿Cómo es que no me había dado cuenta de eso antes? ¿Era adecuado que me acurrucara contra él en el sofá? En cualquier caso, eso de no dejarse acurrucar ahora era como cerrar la puerta para que no se escapara un perro que se había marchado hacía semanas, o así...

Daniel aspiró aire sonoramente.

—Escúchame. Yo siempre he deseado tener hijos. Me encantan los niños. Tú y yo nos conocemos desde hace muchos años. Me gustas. Esto que ha ocurrido no es la cosa más horrible del mundo. —Me miró intensamente—. Si lo deseas, podemos casarnos.

—Daniel, me he quedado viuda hace cuatro meses.

—Sí, es cierto, el momento no es que sea demasiado oportuno —concedió, e hizo una pausa—. Kate, ¿tú quieres tener el bebé?

—No lo sé. Quiero decir, creo que no sería capaz de... eliminarlo. —Me mordí el labio. No, tenía muy claro que no sería capaz de hacerlo—. Debo ir al médico lo antes posible. Tengo cuarenta años. Sabe Dios, hay miles de cosas que podrían ir mal. Un aborto espontáneo. Que el óvulo esté deteriorado o algo así. Un embarazo ectópico.

—Es cierto.

—Así que mejor voy al médico mañana y hablamos otra vez, ¿de acuerdo?

—Me parece muy bien. Iré contigo.

—No, no. Esta primera vez no.

—De acuerdo —se resignó, suspirando de nuevo—. De todas formas, pase lo que pase, aquí estoy para lo que sea. Estoy contigo. Sé que no soy tu tipo, que soy un bombero grandote y estúpido, pero es lo que hay. Por supuesto, te quedas aquí esta noche. Duerme en la cama, yo lo haré en el sofá, pero te pongas como te pongas no te voy a llevar en automóvil a tu casa esta noche. Si vamos a ser padres, tenemos que pasar tiempo juntos.

—Eres un poco mandón, ¿no? —Las palabras me salieron de los labios espontáneamente, sin pensar.

—Tengo cuatro hermanas. Por supuesto que soy mandón. ¡Con este asunto se van a volver locas!

—Bueno, no adelantemos acontecimientos.

—De acuerdo. —Me miró de arriba abajo—. Puesto que estás embarazada, si quieres podríamos...

—¡No, Daniel! ¿Cómo se te ocurre?

Se rio y me revolvió el pelo. ¡Vaya, era una broma! Inmediatamente entró en la habitación para poner sábanas limpias en la cama.

El médico de Tarrytown, que me recomendó Daniel porque era el de su hermana, lo confirmó todo.

Los condones de la mesilla de Nathan había sobrepasado por dos meses la fecha de caducidad. Riendo entre dientes, el médico dijo que eso era importante, por supuesto. ¡Ja,ja,ja! Qué gracioso el matasanos. Preguntó algunas cosas bastante embarazosas acerca de lo que habíamos hecho Daniel y yo y cuándo. Si Daniel había tardado, eh..., en salir un poco más de lo normal, igual esa había sido la causa.

Bueno, pues eso, que estaba embarazada.

Según el análisis de sangre, de cuatro semanas. La ecografía mostró que había saco amniótico, aunque el feto era demasiado pequeño como para poder vislumbrarlo.

Mi embarazo era de alto riesgo por mis cuarenta años de edad. «Primípara añosa», dijo el doctor. ¡Ya podían utilizar términos menos hirientes! Más adelante habría que realizar ciertas pruebas. Las posibilidades de un aborto espontáneo eran altas, al menos bastante más de lo normal. Tenía que tomar ácido fólico y ciertas vitaminas para la gestación, y dejar radicalmente de beber café y alcohol. Me dijo que la recepcionista establecería una pauta de visitas mensuales.

¡Estaba embarazada!

Llamé a Daniel para confirmarle lo que ya sabía. Se ofreció a venir, pero le dije que prefería estar sola. Después llamé a Ainsley, que estaba trabajando en Blessed Bean, y se lo confirmé también.

Cuando llegué a casa estaba medio adormecida, y me senté en el estudio para ver nadar a *Héctor*, incansable en sus recorridos por la pecera. *Ollie* se acurrucó en mi regazo, gimiendo mimoso a cada rato.

¿Qué dirían los Coburn? ¿Y Brooke? Me odiarían. Todos me odiarían. Y yo no se lo echaría en cara.

—¿Nathan? —susurré—. ¿Estás ahí? —. Empecé a hablar, pero me detuve de inmediato. Ni siquiera su fantasma se merecía conocer la noticia.

Mi respiración empezó a volverse dificultosa, y las manos se me agarrotaron tanto que hasta me dolieron. El pavor, que tan familiar se había vuelto en los últimos tiempos, empezó a invadirme como una fría marea.

Pero no podía tener un ataque de pánico. No podía. Estaba embarazada. ¿Y si la hiperventilación no era buena para el bebé? ¿Eh? ¿Qué pasaría entonces?

«Inspirar, contar hasta tres, espirar, contar hasta tres, mantener, contar hasta tres.»

Ollie movió la cola.

¿Qué podía hacer ahora? Seguí respirando lo mejor que pude, con la pequeña nariz de *Ollie* pegada a mi hombro, apoyándome. Tendría que hacerme con un perro, seguramente. O también podía robar a *Ollie*.

Tenía que cambiarme de casa. No podía seguir aquí, en la de Nathan, llevando dentro al hijo de otro hombre. Así que había que ponerse a ello. Vaciar su armario de una vez. Hacer algo, lo que fuera. Y, en caso de que no perdiera al niño, que ahora era una cosita tan pequeña como una gota de tinta, aunque pensaba en él como si ya fuera un bebé, me... me iría, sí. Se lo diría a los Coburn, pero a su debido tiempo. No tenía sentido decir nada hasta superar la barrera de las doce semanas. ¿Por qué romperles el corazón antes de lo debido?

Cerré los ojos y deseé con todas mis fuerzas no haber pedido esa segunda copa de vino.

—Lo siento, Nathan —susurré—. Lo siento mucho.

Naturalmente fue Ainsley quien vio el lado positivo de la situación. Ainsley y Daniel. La noche siguiente me hicieron un dos contra uno: mi hermana hizo para cenar pescado a la parrilla con arroz y espinacas, y Daniel me rellenó el vaso de agua tan a menudo que cada cinco minutos tuve que levantarme para ir al baño.

—Ella siempre ha querido ser madre —le dijo Ainsley a Daniel mientras este se servía por tercera vez—. Y, aunque penséis que estoy un poco boba, me ha dado por pensar que Nathan podría tener algo que ver en esto.

—No, no, no vayas por ahí, por favor —dije, estremeciéndome.

—En serio, Daniel —dijo Ainsley—. Su muerte fue una tremenda faena para ella. Destruyó su vida por completo sin siquiera dejarla embarazada. Bueno, puede que descanse en paz y todas esas cosas. ¿Pero no es lógico pensar que se sienta mal por todo eso y haya utilizado su influencia para asegurarse de que la dejabas preñada? No creo que sea ninguna tontería.

—¿A qué iglesia vas? —preguntó Daniel—. Porque yo soy católico, y desde ese punto de vista, voy a ir al infierno de cabeza por haber dejado preñada a una pobre viuda.

—¡Oye, vosotros dos, os recuerdo que estoy aquí y que el embarazo no me ha dejado sorda! —les recordé—. ¡Haced el favor de dejar de hablar así de mí!

—De acuerdo, de acuerdo —dijo Ainsley—. ¡Un bebé! ¡Estoy entusiasmada!

—Yo también —dijo Daniel, sonriendo con cara de felicidad.

Me froté los ojos.

—¿Tú no lo estás? ¿Ni siquiera un poquito? —preguntó Daniel, poniendo su mano sobre la mía.

—Creo que todavía no me he hecho a la idea, o más bien que no he reaccionado —respondí—. Estoy preocupada por la tormenta que puede desatar esto —dije, retirando la mano—. Mirad, lo que creo que voy a hacer es decirle a los Coburn que no puedo seguir viviendo aquí. Y es que, os lo digo de verdad, no puedo. Ya era difícil antes de lo que ha pasado.

—Puedes venirte a vivir conmigo —dijo Daniel inmediatamente.

—O conmigo —intervino Ainsley—. Con el dinero que me dejó mi madre estaba pensando comprar una casa de dos plantas. Tú podrías vivir en la de abajo y yo en la de arriba, y así yo podría cuidar al bebé cuando tuvieras que trabajar.

—O yo. Soy el padre —dijo Daniel.

—Ya, pero tu tienes un montón de novias —dijo Ainsley— una mala influencia desde el punto de vista moral. Así que ga... quedo con el bebé.

—Para empezar, el niño es mío en un cincuenta por ciento. Y para seguir, no me he acostado con nadie después de hacerlo con tu hermana.

—Bueno, ya está bien de cháchara. Tengo sueño —dije. Los dos se levantaron como movidos por un resorte—. ¡Quedaos aquí! dadme un poco de espacio para respirar, por favor.

Subí a mi dormitorio y me senté al borde de la cama.

Estaba pendiente el asunto del armario de Nathan. No lo había mirado desde que murió.

Sentí que era ahora o nunca.

Me resultaba muy agradable pensar que lo que había dicho Ainsley pudiera ser cierto. Y muy conveniente. Eso de que Nathan hubiera movido algunos hilos para que se produjera mi embarazo. Antes de la muerte de mi marido apenas pensaba en el más allá. No me parecía ni lógico ni justo atribuir lo que había pasado a la intervención divina, en la que el intermediario hubiera sido un marido que quería compensarme por su brusca desaparición, que me dejó hecha trizas.

Fui al armario, que era en realidad un vestidor, entré y cerré la puerta.

Todavía flotaba en el ambiente algo del aroma de Nathan, no de una forma tan poderosa como la noche del helado, pero sí el mismo olor. De todas maneras, fue suficiente para obligarme a caer de rodillas. Todas las camisas de Nathan, todos sus trajes, sus zapatos, sus preciosos jerséis de cachemir...

Las lágrimas me quemaban en los ojos, pero no podía ponerme a llorar aquí. Ahora no. No estaría bien. Pero lo echaba de menos. Echaba de menos escuchar su voz, cómo silbaba al afeitarse. Y echaba de menos algo que nunca logré tener de verdad con él: un sentimiento familiar. A decir verdad, me sentía mucho más cómoda estando con Daniel de lo que nunca había estado con Nathan.

Si tenía que escoger a un hombre como padre, seguramente Daniel ʼa una buena elección. Me pregunté si sería verdad que había dejado ʼeccionar jovencitas despampanantes.

ʼe ser verdad, qué significaba.

ʼa embarazada. En ese preciso momento, el montón de célu-iplicaba de forma enloquecida. Según la información más fiable que había encontrado en la red, la posibilidad de que el puñado de células se convirtiera en un feto a término, normal y saludable, era de sesenta y seis a uno.

Me parecía una apuesta muy buena.

Y así, de repente, la culpa y la conmoción se esfumaron. Dejé de estar arrodillada y me senté en la oscuridad. Una oleada de amor, mucho más intensa que nada que hubiera sentido antes, me inundó por completo.

Iba a ser la madre de alguien. Y, sin importarme el sexo, ni los problemas que pudiera tener con el embarazo, iba a querer a ese ser con todo mi corazón, sin ninguna reserva, y no iba a contaminar ese amor con ningún sentimiento negativo, ninguno en absoluto. Podía juzgarme a mí misma y arrastrar las consecuencias de mis actos, fueran las que fuesen.

Pero mi bebé, ¡mi bebé!, solo recibiría mi amor.

CAPÍTULO 33
Ainsley

Así que iba a ser tía otra vez. Me pareció una excelente noticia.

Por supuesto que el momento no era nada bueno, pero Kate había estado muy sola, y durante mucho tiempo, aunque vivía a gusto consigo misma, a su modo, feliz. Eso años y años. Y después entró Nathan en escena y el panorama cambió radicalmente: se convirtió en esposa, es decir, formó parte de una pareja, cosa que no le había ocurrido nunca. Por eso su muerte fue tan cruel: el hecho de conocerlo le hizo vivir otra clase de felicidad, más completa, pero solo unos meses después Nathan pasó a ser un fantasma.

Sin embargo, ahora tenía un nuevo objetivo vital.

Nosotros tres, es decir, Kate, Daniel y yo, íbamos a guardar el secreto hasta que transcurriera el primer trimestre de embarazo y las posibilidades de que llegara a término con éxito fueran más altas. No obstante, ella había puesto en marcha ya algunas cosas.

La semana anterior, unos días después de enterarse de su situación, había hablado con Brooke y le había dicho que quería que Miles y Atticus heredaran en su momento la casa de Nathan, y que iba a establecer un fideicomiso y una cuenta corriente para encarar las cargas fiscales y el mantenimiento hasta que fueran lo suficientemente mayores.

—Se trata de su mejor trabajo —le dijo— y quiero que sea de sus sobrinos.

Brooke se puso a llorar a lágrima viva y era incapaz de parar, sin dejar de abrazarla y de agradecérselo.

También estaba pensando en mudarse de nuevo a Brooklyn. La verdad es que nunca había estado a gusto del todo en Cambry-on-Hudson, y todavía era dueña de su antiguo y magnífico apartamento. Le gustaba, y por eso no lo había vendido.

Además, así estaría cerca de Daniel.

—Después de todo, es el padre —dijo—. Tiene derecho a pasar con su hijo todo el tiempo que quiera.

—Tú le gustas de verdad. ¿Él te gusta a ti?

—Claro —me contestó.

—¿Estás enamorada de él?

Me miró con una sonrisa divertida.

—Todavía no.

—Pues dale una oportunidad, ¿de acuerdo? Va a ser un padre estupendo.

Movió la cabeza de lado a lado. Seguro que pensaba que la boba de su hermana pequeña era una romántica incorregible. Y tenía toda la razón.

Sí, ya lo sé, mi vida amorosa hasta este momento había sido completísima y con un porcentaje de éxito abrumador... En todo caso, el hecho de no trabajar con Jonathan lo había vuelto mucho más atractivo para mí. Y el sentimiento parecía mutuo. Hablábamos casi cada noche y nos veíamos varias veces a la semana.

Además, estaba locamente enamorada de él.

Pero no quería una relación de inmersión total, al menos tan pronto. Y lo mismo le pasaba a Jonathan, por supuesto. Por mi parte, pretendía cimentar mi vida mejor de lo que lo había hecho once años antes. Por ejemplo, obtener la graduación en Enfermería. En unas semanas acabaría un curso que me convertiría en Ayudante de Enfermería diplomada. La residencia de Abu estaba contratando personal, y podría trabajar allí mientras seguía estudiando para obtener la graduación universitaria.

Mientras tanto, trabajaba en Blessed Bean, sirviendo cafés y tés a las mamás y los adolescentes de Cambry-on-Hudson. Mi jefe se llamaba Rig (aunque no os lo creáis, no era la abreviatura de nada), tenía veinte años, unos aros horribles en ambas orejas y montones de tatuajes, que yo viera. Seguro que había más. Pero también era tranquilo, buena persona, y me consideraba una autoridad en todo lo que tuviera que ver con las relaciones amorosas. Después de todo, era la hija de la doctora Lovely.

Y hablando del rey de Roma, Candy me había mostrado su desaliento cuando, al visitarla por primera vez en su apartamento, estupendo y nuevecito, le conté el giro que quería imprimir a mi vida profesional.

—¿Enfermería? ¡Vaya, querida! La mayor parte del tiempo estarás cambiando pañales a los ancianos.

—Bueno, pues piensa que podré cambiártelos a ti cuando te toque...

—Seguro que tendrás que cambiárselos antes a tu padre que a mí. Ese hombre es casi incapaz de cuidar de sí mismo en este momento. Fuimos a cenar juntos la otra noche, ¡y se olvidó de llevar la cartera, por el amor de Dios!

—¿Seguís siendo amigos? —pregunté.

—Pues claro —me dijo con un tono de voz que sin duda quería decir «¡Esta sí que es buena!». No obstante, lo sentí por ella. Lo cierto es que nunca me había parado a pensar lo mucho que le habría hecho sufrir su amor no correspondido.

—Tengo algo para ti —me dijo—. Lo encontré cuando estaba preparando la mudanza.

Se levantó de la mesa y volvió con una caja de zapatos.

Dentro había por lo menos dos docenas de fotografías.

Mi madre, jovencísima, bastante más de lo que yo era ahora, y absolutamente preciosa. Kate conmigo en brazos, con una sonrisa amplia y desdentada. Sean levantando la vista de un libro, con las gafas sucias, sentado al lado de un plato lleno de galletas.

Mi madre, mi padre y yo, con dos años más o menos. Era la primera vez que veía una foto de los tres juntos.

—Estaban en la buhardilla —dijo adustamente Candy.

—Gracias. —Las fui mirando despacio, con el aliento casi perdido. Mis padres en una salida nocturna, muy arreglados y sonrientes. Yo dormida en un sillón, con Pooh entre los brazos.

—¿Te acuerdas de algo? —me preguntó Candy.

Quería acordarme. Puede que algún día lo lograra, que las fotos fueran capaces de despertar recuerdos olvidados. Pero, de momento, no fue así.

—No —dije, levantando la vista hacia ella—. La verdad es que me gustaría, pero no.

Pero sí que me acordaba de Candy, sujetándome la cabeza cuando vomitaba. Enseñándome a hacer divisiones complicadas. Sentada junto a mí durante las tormentas con rayos y truenos, no muy feliz por tener que hacerlo, pero junto a mí en cualquier caso.

Me levanté, la abracé y le besé el pelo rubio teñido.

—Gracias —repetí, con voz un poco ronca. Ella me acarició la mano y se retiró un momento después.

—Tu padre está saliendo con una mujer que tiene más o menos la edad de Sean —me informó, cambiando de tema.

—Yick —dije al tiempo que asentía—. Me gustaría poder decir que me sorprende, pero no es así. ¿Y qué pasa contigo, mamá? Ya sabes que he encontrado un viudo encantador para Abu. Podría intentarlo para ti.

Soltó un gruñido. No le mencioné algunos de los fracasos previos que había tenido en mis labores de celestina pero, al fin y al cabo, nadie es perfecto.

Una tarde de septiembre, mientras preparaba un lote de café Arábica recién tostado en Blessed Bean, sonó la campanilla de la puerta y levanté la vista.

Matthew Kent me miró una vez, y después volvió a mirarme.

Sus sobrinas estaban con él. Las hijas de Jonathan.

—Hola —me saludó, acercándose al mostrador.

A su lado, Lydia no paraba de dar saltitos de entusiasmo.

—¡Quiero una galleta! ¡No, tarta! ¡No, mejor un batido, tío Matt!

—Hola, chicas —las saludé, aunque no estaba segura de si me iban a reconocer.

—Hola —respondió Emily tímidamente.

—¡Quiero un bizcocho! —dijo Lydia—. ¡Ah, hola, Angie! ¡Hola, hola! ¿Tienes bizcocho?

—Me llamo Ainsley —corregí sonriendo. Tenía los mismos ojos que su padre.

—¿Entonces ya no trabajas en la revista? —dijo él.

—¿En qué les puedo ayudar? —Utilicé un tono de voz agradable en honor a las niñas.

—¿Tuviste ocasión de decirle lo que te pedí?

—Tenemos café Arábica recién traído y para las niñas cacao con leche, si les apetece.

Apretó la mandíbula con un gesto idéntico al de John.

—Lydia, Em —empezó, agachándose hasta quedar al nivel de las niñas—, ¿no os gustaría que mamá, papá y yo estuviéramos alguna vez juntos con vosotras dos? ¿No sería estupendo?

—¡Sí, sí! —exclamó Lydia, dando saltos otra vez. Emily, que por su edad entendía mejor las cosas, se limitó a mirarme, seria y sin decir nada.

—¡Rig! —dije en voz alta—. ¡Me voy a tomar un descanso mínimo! —Después me volví hacia las chicas—. Me he alegrado mucho de veros. ¡Espero que os guste lo que toméis!

Inmediatamente me metí en el cuarto en el que lavábamos las tazas de café y respiré hondo varias veces.

¡Era asqueroso que ese hombre intentara utilizar a las niñas para conseguir lo que quería! Ahí estaba el individuo que se acostó con la mujer de su hermano, haciendo otra vez de las suyas y mostrando su miseria moral. No debería sorprenderme.

Permanecí en la habitación auxiliar hasta que Matthew y las niñas se hubieron marchado, y después seguí trabajando, sirviendo alegremente cafés solos y capuchinos, bizcochos y trozos de tarta de calabaza. En cuanto terminó mi turno salí pitando. Fuera hacía bastante fresco, y me arrebujé un poco más en la rebeca. Había llegado de repente un frente frío y, de un día para otro, las hojas habían empezado a colorearse.

Blessed Bean estaba a dos puertas del restaurante de Matthew Kent. En la acera del otro lado de la calle había un banco, excelente para sentarse y espiar. ¿Estaría trabajando Matthew en ese momento? ¿Debería entrar en el restaurante y decirle algo? Me preguntaba si la exmujer de Jonathan estaría al tanto de la campaña de Matthew para forzar un reunión de familia.

—¡Hola, Ainsley! —Era Jenny Tate, la de la tienda de ropa para bodas, acompañada del adorable Leo. Iban tomados de la mano.

—¡Hola, pareja del año! —saludé.

—Vamos a tomar una copa a Hudson's —explicó Leo—. ¿Te apuntas?

—¡Sois muy amables! Pero no. ¿Estáis bien?

—Jenny es una mujer con suerte —dijo Leo, ganándose un ligero puñetazo en el brazo por parte de Jenny—. ¿Qué tal está Kate?

—Creo que bastante bien. —Mejor dejar que Kate contara los detalles de su vida cuando y a quien ella quisiera.

—Ya sabe que puede llamarme cuando le apetezca —dijo Leo. Su sonrisa era muy dulce.

—Se lo recordaré, no te preocupes —dije—. ¡Pasadlo bien!

Esa era una de las cosas que más me gustaban de Cambry-on-Hudson. Su pequeña, bonita y cuidada almendra central, las colinas que se erguían más allá del ancho río, las parejas que paseaban al caer la tarde, tomadas de la mano. A pesar de lo que había pasado con Eric y terminara como terminase mi historia con Jonathan, mi intención era permanecer aquí. Era mi hogar, definitivamente.

Saqué el móvil del bolso y llamé a Jonathan.

—Jonathan Kent. —Siempre respondía así, le llamara quien le llamase.

—Ya lo sé —dije—. Escucha, ¿puedes venir a encontrarte conmigo? Estoy en el banco que hay frente al Bean.

—¿Estás bien? —preguntó. Me encantaba que lo preguntara siempre, para asegurarse.

—Sí, muy bien —respondí en voz más baja—. Ven, por favor.

Diez minutos más tarde se acercó caminando. Llevaba una cazadora azul marino y una bufanda que le daban un aspecto bastante británico. Me dio un beso en la mejilla y se sentó junto a mí.

—¿Qué pasa? —preguntó.

—Tu hermano ha venido hoy a Bean —dije—. Con las niñas.

Se mantuvo en silencio mientras le contaba todo lo que había pasado, pero apretó tanto la mandíbula que temí por sus dientes.

Lo agarré de la mano, y tuve que estirarle los dedos para poder enlazarlos.

—Mira —empecé con suavidad—, yo creo que tiene cierta razón. Las niñas están atrapadas en medio de una batalla. ¿Qué ocurriría si él y tu ex se casaran? En ese caso, sería su tío y su padrastro. Aparecería en los cumpleaños, en las fiestas del colegio, etc. Alguna vez vas a tener que hablar con él.

—¿Para decirle qué, si puede saberse? —Ahí estaba ese tono draconiano que indicaba la tensión que lo invadía, ya me había dado cuenta. Miraba hacia delante. Le tomé la cara para que se volviera hacia mí.

—Dile que le perdonas.

—No.

Sentí una punzada en el corazón.

—Puedes hacerlo. Lo harás.

—¿De verdad? ¿Y cómo lo sabes? —Sus ojos mostraban ese azul acerado de los primeros tiempos. Tenía claro que estábamos en la parte de la conversación en la que él deseaba matar al mensajero.

—Porque eres un buen, un muy buen hombre, y porque siempre pones por delante de todo el bienestar de tus hijas y su felicidad.

Miró hacia abajo y después hacia delante. Soplaba el viento, y algunas hojas de arce revoloteaban junto a nosotros.

—Tienes razón —dijo. Inmediatamente se levantó del banco y cruzó la calle tirando de mí. No se había abrochado la cazadora, que flotaba alrededor de su cuerpo. Pasó junto al Blessed Bean y subió las escaleras del Hudson's.

—¿Vamos, eh, ahora mismo? —pregunté, presa del pánico de repente.

—Sí. —Me apretaba tanto la mano que casi me hacía daño. De esa manera irrumpimos en el establecimiento—. Me gustaría hablar con Matthew Kent, por favor, le dijo a la encargada. Pasaba por Bean todas las tardes. Se llamaba Eva.

—¡Ah, hola, Ainsley! —me saludó—. Mmm, Matt está en la cocina. Me temo que está muy ocupado. Ya sabéis, es viernes y ya estamos llenos...

—Dígale que venga inmediatamente, por favor —dijo Jonathan con ese tono de «O lo hace o va a tener problemas de verdad, jovencita» que yo conocía tan bien.

—Dile que está aquí su hermano —añadí.

Ella abrió mucho los ojos.

—¡Ah! ¡Ah, vaya! De acuerdo, un momento —dijo, y salió casi corriendo.

El restaurante estaba lleno de clientes, y eso que solo eran las seis. Por esta zona no seguíamos los horarios europeos, en absoluto. Jenny y Leo estaban en el bar. Ella agitó la mano para saludarme y yo contesté con una sonrisa contenida.

Jonathan me apretaba la mano todavía más fuerte.

—Respira hondo —murmuré, pero no me contestó.

Solo un momento después Matthew llegó a toda prisa desde el restaurante. Algunas personas intentaron llamar su atención, pero no les hizo caso y fue directo hacia Jonathan, que me soltó la mano y dio un paso hacia delante. Matthew se paró en seco.

—Hola —dijo—. Muchas gracias por...

—Ni se te ocurra volver a utilizar a mis hijas para conseguir lo que quieres —espetó Jonathan.

—Yo... sí, tienes razón. Siento mucho haberlo hecho. Ha sido un error. —Matt se secó las manos en el uniforme de chef—. Me arrepiento, de verdad, pero estaba un poco desespe...

—Creo que querías decirme algo.

El ruido del local estaba empezando a ceder.

—Esto..., sí, Jonathan. —Matthew se puso rígido—. Te... te echo de menos, hermano. Sé que te hice una enorme faena, y no hay excusa posible, pero eres mi hermano y te quiero. Laine también está preocupada por ti, de verdad, y las niñas, por supuesto. Piensan que estás algo obsesionado.

—¿Y?

—Tenía la esperanza de que pudiéramos... no sé. Dejar atrás el pasado. Por el bien de las niñas. Y por el mío. Siempre has sido un buen hermano. No merecías lo que te hice.

Jonathan lo traspasó con esa mirada de hielo que yo conocía tan bien, la que utilizaba para echarme la bronca por cosas de trabajo.

—Acepto tus disculpas —dijo por fin.

—¿De verdad?

—Sí.

Inmediatamente después, Jonathan dio un paso atrás y le dio un puñetazo en la boca a su hermano. Bien fuerte. Matthew cayó al suelo como un fardo, y se produjeron varias exclamaciones ahogadas, del tipo «¡Oh, Dios mío!», o «¡Vaya golpe!»

Allí estaba Matthew, mirando a su hermano desde el suelo con ojos de asombro, pero enseguida empezó a dibujarse una sonrisa en su cara, pese a que entre los dientes tenía algo de sangre.

—Pues gracias —dijo.

—De nada, un placer. —Jonathan se volvió hacia mí, y solo en ese momento su mirada recobró cierta expresividad.

—Bien hecho —dije. ¡Y me besó, allí, frente a todo el mundo! Después me tomó de la mano y salimos fuera del restaurante.

—¿Qué tal los nudillos? —le pregunté mientras caminábamos. Ya se estaba poniendo el sol. El verdor de la hierba y los arbustos empezaba a tener un brillo rosáceo.

—Magullados —respondió. Después me miró con su media sonrisa—. Muchas gracias, por cierto.

—De nada —dije—. También acepto regalos.

—Eres buena relacionándote con las personas, señorita O'Leary. Y, sobre todo, eres muy buena relacionándote conmigo.

—Bueno, te quiero, así que no es de extrañar que...

Se detuvo en seco.

—¿Me quieres?

—Me temo que sí.

Me miró a la boca y después otra vez a los ojos.

—Bien —dijo—. Muy bien. —Me besó otra vez y, puesto que se trataba de Jonathan, creo que podríamos afirmar que era su forma de decir «Yo también te quiero».

CAPÍTULO 34

Kate

La tarde de la fiesta de aniversario de los Coburn estaba embarazada de siete semanas. Según Internet, el feto tenía más o menos el tamaño de una judía, o de un arándano. No me gustaba nada que todas las comparaciones fueran con cosas de comer. Ella, o él (el sexo estaba decidido desde la concepción) era diez mil veces más grande que el óvulo fecundado. Cinco semanas más de embarazo y las posibilidades de aborto espontáneo caerían en picado, por lo que, literalmente, contaba las horas. Exactamente ochocientas treinta y tres horas para llegar a las doce semanas.

Me dolían los pechos y todavía me sentía cansada a todas horas. De hecho, hacía unos días me había quedado dormida sobre el escritorio, y me desperté encima de un charco de babas. Otro de los «divertidos» síntomas del embarazo.

Sentía un amor indescriptible por el bebé, era como vivir en otra dimensión. El pequeñín que iba a todas partes conmigo había sustituido a *Ollie* como primer receptor de mis pensamientos.

Mi plan era sobrevivir a esta noche sin más, cosa que, en sí misma, ya sería enormemente difícil. Al final de la semana informaría a los Coburn acerca de mi decisión de mudarme a Brooklyn, para no estar en Cambry-on-Hudson cuando la cosa empezara a ser obvia. La idea de desaparecer sin decir palabra en el escondite de Brooklyn y dejar de verlos, sin más y para siempre, me resultaba de lo más atractiva, aunque sabía que no era acertada.

No obstante, este embarazo sería muy doloroso para ellos.

Dentro de dos meses mis inquilinos dejarían la casa, así que podría mudarme a mi apartamento de toda la vida y comenzar la fase siguiente de mi inesperadamente complicada, triste y maravillosa vida. Daniel insistía en que, hasta el momento de ir a mi piso, me fuera a vivir con él. Tenía dos dormitorios. Y yo me lo estaba pensando.

Durante las últimas semanas se había portado de maravilla. Llamaba todas las noches y se pasaba a verme al menos una vez a la semana. Un día me encontré el frigorífico lleno de verdura fresca y pollo asado. Me dejaba regalitos, como por ejemplo un bote enorme de pastillas masticables contra la acidez de estómago (que no me dejaba en paz), o un gel de ducha con un agradable aroma a almendras. También un bono para una pedicura. Era evidente que tenía un montón de hermanas, y que se fijaba.

Esta iba a ser mi última noche normal en la casa. Mañana, Ainsley y yo empezaríamos a recoger mis cosas. Tampoco es que fueran muchas, la verdad; fundamentalmente ropa y fotos.

Echaría de menos la casa, aunque lo cierto es que nunca la había sentido como mía. Era algo así como haber ganado unas vacaciones en un sitio fabuloso que nunca te podrías permitir por tus propios medios. Pero los escasos meses de mi matrimonio habían transcurrido en ella. Cada día de nuestra convivencia marital, Nathan y yo lo habíamos pasado en esa casa. Había dormido en ella. Habíamos hecho el amor en ella.

Volví a sentir el clavo otra vez, bien instalado en la garganta.

Era el momento de arreglarse. Me iba a poner un vestido azul marino con un mínimo escote en V.

El vestido no me sentaba igual que la última vez que me lo había puesto, que también fue para ir al Club de campo de Cambry-on-Hudson, a otra fiesta para recaudar fondos. Por supuesto se debía al embarazo, pero era tarde para buscar otro. Me puse un collar que me había regalado Nathan, que consistía en una simple, hermosa y refulgente perla gris oscura, montada sobre una cadena de plata vieja. También la alianza y el anillo de compromiso.

Tenía que dejar de ponérmelos. Ahí estaba el clavo para confirmármelo.

Los planos de la reforma de la casa, ya terminados, estaban bien enrollados y sujetos con una cinta dorada. Los Coburn me habían pedido que fuera pronto, para que pudiéramos brindar por Nathan solo la familia, sin invitados.

Tomé la foto de los dos, un *selfie* que había hecho yo misma, por encima de su hombro, besándole en la mejilla. Por primera vez desde su muerte, estudié la foto a fondo. La había tomado en septiembre, hacía justo un año.

Parecía feliz. ¿Quizás un poco inseguro? Era difícil de decir, una vez que sabía lo que me había contado Madeleine y que había leído aquellos correos.

—Es hora de irse —le dije a mi embrión del tamaño de una judía.

Los Coburn, Brooke, Chase y yo nos encontramos en un saloncito privado que había facilitado el Club. Todos nos dimos dos besos en la mejilla, lo cual llevó su tiempo.

—Kate, querida —dijo Eloise. Parecía que su acento del este se acentuaba cuando estaba en el Club—. Muchas gracias por venir. Sé lo difícil que resulta para ti.

—No, de verdad... no podía faltar, de ninguna manera —dije.

—Estás muy guapa —dijo Chase con amabilidad. Era un hombre agradable—. Y Kate, respecto a la casa... muchas gracias. Va a significar mucho para los niños. Y significa mucho para Brooke.

—Bueno, creo que era lo correcto. —Forcé una sonrisa, pero por dentro me sentía avergonzada. También había donado el importe del seguro de vida de Nathan a la fundación para becas de los Coburn. Anónimamente.

Un camarero nos trajo copas de champán y formamos un corro, aunque sin mirarnos.

—Es duro celebrar este aniversario —empezó el señor Coburn, y Chase rodeó con el brazo a Brooke, que empezó a llorar inmediatamente—. Pero te estoy muy agradecida, amor mío —continuó, mirando a Eloise con lágrimas en los ojos—. Te doy las gracias por estos cincuenta años. Por nuestra hija. Por nuestro hijo. —Alzó la copa. Le temblaba la mano—. Por Eloise —brindó. Las lágrimas le caían a raudales por las mejillas.

—Por Eloise —repetimos todos.

Ella tenía un aspecto digno, elegante y... trágico. Era como si toda su vida la llevara escrita en la cara, en ese remedo de sonrisa, que mostraba el amor por su marido, sus hijos y sus nietos, pero también el dolor por una pérdida inconmensurable.

—Por nuestro hijo —murmuró. Inmediatamente empezaron a abrazarse y a sollozar discretamente.

Incliné la cabeza. «Nathan, por favor, ayúdales.» Fue una plegaria que surgió espontáneamente dentro de mí.

—Él os quería muchísimo a todos —dije—. Estaba muy orgulloso de ser vuestro hijo y hermano. —Eloise me miró con expresión agradecida, y Brooke me apretó a mano.

En mi bolso sonó el zumbido de un mensaje de texto. ¡Mierda! Se suponía que Daniel tenía que entregar aquí las mecedoras, pero se me había olvidado decirle que las trajera antes de que llegaran los Coburn. ¡Se me había olvidado por completo! Otro de los muchos síntomas del embarazo. Miré el teléfono con toda la discreción de que fui capaz. Justo, eso era:

¿Dónde quieres que deje las mecedoras? Yo estoy en el aparcamiento. ¿Vosotros todavía estáis ahí?

—Mamá —dijo Brooke con voz rota—, tengo algo para vosotros. —Se acercó a la mesa y tomó un paquete envuelto con papel de regalo—. Abridlo.

Era una foto de familia, tomada durante nuestra fiesta de compromiso. Estábamos los ocho: Nathan y yo, el señor y la señora Coburn, Brooke y Chase y los dos chicos, todos bastante envarados. Era una foto muy mala, e incluso estaba algo desenfocada. Brooke tenía los ojos cerrados y Atticus estaba claramente fuera de foco. Yo parecía no estar a gusto (y era verdad, no lo estaba en aquel momento). Nathan me rodeaba con el brazo.

Pero era la única foto que había visto en la que estábamos todos.

—¡Oh, querida, es perfecta! —dijo Eloise, y ambas se abrazaron. Los hombros de Brooke temblaban manifiestamente.

Aquello era una agonía.

—¿Kate? —intervino Chase—. Tú también tienes algo, ¿verdad? —Señaló con la cabeza los papeles enrollados que estaban sobre la mesa.

—Sí, sí —dije, intentando salir del embotamiento—. Mirad. —Empecé a desenrollar los planos—. Una de las compañeras de trabajo de Nathan ha dado los últimos toques, pero esta propuesta es... esto es de Nathan. Os iba a proponer que modificarais un poco vuestra casa.

—¿Nathan hizo esto? —preguntó el señor Coburn mientras Chase y yo extendíamos los planos para que se pudieran ver.

—Acuérdate, querido —dijo Eloise—. Quería que tuviéramos un dormitorio en la planta baja para cuando fuéramos mayores. No caí en la cuenta de que... de que había empezado a trabajar en ello. —Empezó a temblarle el pecho, pero se lo apretó con la mano—. Kate, esto es muy considerado de tu parte. ¡Muchas gracias, querida! ¡Mira, un porche! Él sabía que yo siempre quise tener un porche cubierto. — Se acercó y me tomó de la mano—. Muchas gracias, Kate. Gracias, querida.

—De nada —susurré.

—Soñé que venía a casa a comer —dijo, con voz distante, como si estuviera hablando sola—. Fue tan maravilloso verlo...

—Señor y señora Coburn, sus invitados están empezando a llegar —dijo uno de los empleados del club desde la puerta.

—Tenemos que salir —dijo Eloise—. ¿Estáis todos preparados? Bueno, tan preparados como podamos estar, diría yo. —Sonrió, primero dubitativamente, pero después el gesto se afirmó, y sentí una admiración por ella tan grande que difícilmente podría explicarla.

Fue un verdadero alivio salir de esa habitación, llena de dolor y de pérdida. Gente mayor, ellos vestidos de esmoquin y ellas con vestidos de noche, empezaba a entrar por la puerta principal como un auténtico torrente. Yo me escurrí hacia un rincón de la sala, procurando salir sin que nadie se diera cuenta y sin hablar. El olor de los perfumes y colonias era muy denso, y tuve una náusea. Fuera, un empleado daba la bienvenida a los invitados y los dirigía hacia la entrada.

—¿Ha visto a un hombre con una furgoneta por los alrededores? —le pregunté.

—Está ahí, a la vuelta. Lo verá en cuanto rodee el edificio —dijo el mozo. Olía fatal, a ese espray corporal que se ponen ahora los jóvenes, y sufrí otra oleada de náuseas, esta vez en las piernas, pero me llegó a las entrañas. ¡Dios, iba a vomitar! Anduve todo lo rápido que pude, y vi la furgoneta de Daniel cerca de la puerta de la cocina. Él estaba allí, apoyado tranquilamente sobre el portón trasero.

—¡Hola! —saludó—. ¡Estás guapísima!

Vomité sobre sus botas.

Me rodeó con el brazo y me guió hacia la zona del pasajero para que estuviera menos expuesta a miradas indiscretas. No es que estuviera en condiciones de pensar demasiado, la verdad, pues tenía ganas de echar por la garganta hasta la primera papilla.

Menos mal que me había levantado el pelo, pensé como entre sueños. Daniel apartó el dobladillo del vestido para evitar accidentes, mientras que yo no paraba de tener arcadas. Cuando la cosa acabó, me ayudó a sentarme en el asiento, abrió la guantera y sacó una servilleta del McDonald's para que me limpiara la boca.

—Toma —dijo, pasándome una botella de agua—. Enjuágate y escupe. —Se arrodilló frente a mí y me sonrió con ojos amables.

—Eres un buen tipo —susurré.

—Eso es lo que suelen decir de mí, sí.

Le miré durante un segundo.

—Todo va a ir bien —dijo, y yo le creí—. Sé que es complicado, Kate, pero estamos juntos en esto. Yo voy a ser un buen padre, tú serás una madre excelente y... todo va a ir estupendamente, ¿de acuerdo?

—De acuerdo. —Respiré muy hondo y eché una mirada a la entrada principal del club. La gente todavía seguía entrando, y en cantidad—. Mira, creo que sería mejor que llevaras las mecedoras directamente a casa de los Coburn y las dejaras allí. Creo que ahora no es el momento de dárselas. ¿Te parece bien?

—Lo que tú digas. —Se quedó donde estaba durante un momento más—. ¿Te encuentras mejor?

—Sí.

Sonrió, y en ese momento lo amé un poco.

Daniel me ayudó a salir de la furgoneta y me sostuvo por los hombros durante un rato hasta que se aseguró de que estaba firme del todo.

—Su casa está en la misma calle que la mía —le expliqué—. Algo menos de un kilómetro más adelante. Es grande, de ladrillo, con una gran puerta de madera blanca.

—Enterado. Te llamaré después.

Pude sentir sus ojos mirándome mientras me dirigía a la puerta de entrada. Subí los cuatro escalones, sujetándome la falda del vestido para no tropezar. Después levanté la cabeza... y vi a Madeleine.

—¡Puta asquerosa! —espetó—. ¡Estás embarazada de ese individuo!

No sabía por qué la ex de Nathan estaba invitada. Igual no lo estaba y había aparecido sin avisar. Pero la verdad es que eso ahora daba igual.

Pasamos a la habitación en la que, un rato antes, había estado con los Coburn.

Ella había visto desde la ventana como salía yo mientras los demás invitados entraban, e inmediatamente sospechó que algo pasaba. Me dijo que esa era una de las muchas cosas que a Nathan le gustaban de ella: su asombrosa intuición. Así que se había puesto a espiarme.

—Creo que las dos sabemos el tipo de persona que realmente eres —dijo, apretando tanto los labios que se le pusieron blancos.

—Madeleine, te... te agradecería que no se lo contaras a los Coburn.

—Créeme, van a saberlo.

—Pero no esta noche, por favor. La cosa ya está siendo lo suficientemente dura para ellos.

—Tienen derecho a saber la clase de farsante con la que se casó su hijo.

—Les voy a informar yo misma mañana —dije, cerrando los ojos. Me temblaban las manos y me sentía confusa, hambrienta y muy desdichada—. Me voy a volver a Brooklyn lo antes que pueda.

—Bien. Espero que no tengan que volver a verte. Nunca mereciste a su hijo.

—¿Por qué estás aquí, Madeleine?

—Porque apoyo a su fundación —respondió—. Porque los quiero.

Porque nunca iba a recuperarse de haber marcado esa línea roja con Nathan: ella o los niños. Nunca iba a recuperarse de que él no me abandonara cuando estaba vivo. Deseaba con todas sus fuerzas haber podido tener más tiempo, y estaba muy frustrada.

Igual que yo, por cierto.

—Siento tu pérdida —susurré—. Sé cuánto lo amabas.

Sus ojos se estrecharon hasta convertirse prácticamente en dos líneas rectas.

—No necesito tu lástima —dijo entre dientes y con agresividad mal contenida—. Cuéntaselo a los Coburn. Hazlo, porque mañana por la noche llamaré a Eloise para asegurarme de que lo sabe todo.

—¡Kate! —Brooke estaba de pie en la puerta—. ¡Vaya, aquí estás! —Nos miró alternativamente a Madeleine y a mí—. ¿Va todo bien?

—Sí, sin problemas —respondió Madeleine—. Perdonadme, por favor. —Salió de la habitación con la cabeza erguida y contoneándose dentro de su exquisito traje de noche.

—Si te ha molestado, lo siento —dijo Brooke, rodeándome con el brazo—. Estás pálida como un fantasma. No estaba invitada. Me da la impresión de que está un tanto... sicótica. —Me sonrió—. Vamos. Mamá y papá están preocupados por ti.

Así que pasé el resto de la velada con la familia de Nathan. Eloise me tomó de la mano de vez en cuando, el señor Coburn se aseguró de que siempre tuviera algo de comer, Brooke se sentó a mi lado durante la cena y Miles se subió a mis rodillas más de una vez.

Por última vez fui una de ellos, y eso me hizo mucho más daño del que hubiera podido imaginar.

Al día siguiente, vestida con unos *jeans* que me apretaban un poco, me acerqué a casa de mis suegros.

—¡Kate! ¡Esas mecedoras! ¡Querida, son de una calidad excelente, y preciosas además! —exclamó Eloise—. Lo de anoche fue muy especial, ¿verdad? Creo que era lo que debíamos hacer, que Nathan lo habría aprobado. ¡Recaudamos mucho dinero para la fundación de becas! ¡Alguien donó más de un millón de dólares! ¿Te lo puedes creer?

—Es maravilloso —dije, procurando componer un falso gesto de admiración—. Esto... Eloise, tengo que hablar contigo y con el señor Coburn. Juntos.

—¡Hola, Kate! —Brooke estaba aquí...—. ¿Cómo estás?

Bueno, así se enterarían todos a la vez. Puede que fuera mejor así.

—¿Te encuentras bien? —Su cara pasó de la sonrisa a la preocupación.

—Tengo que contaros algo. A todos vosotros.

—Bueno, bueno, sentémonos. Nathan, ¿dónde estás, querido? ¡Ah! Acércate, por favor.

Nos sentamos en la sala de estar, que era muy amplia y fresca. Sobre el mantel de la mesa estaba la foto enmarcada que Brooke les había dado la tarde anterior.

—Ya hemos llamado a un contratista —dijo Eloise—. Tenemos muchas ganas de llevar a cabo las obras que diseñó Nathan para la casa. En cierto modo será como volver a tener una parte de él aquí, con nosotros.

—Muy bien. Eso era lo que yo... lo que esperaba. Bueno, escuchad. —Mi corazón empezó a latir a una velocidad desmesurada. Pensé que terminaría golpeándome en las costillas—. Tengo noticias.

—¿Qué noticias, querida? —inquirió el señor Coburn, inclinándose hacia delante.

Mierda. Las frases que había estado preparando la noche anterior se habían evaporado. Por todos los medios quería evitar que pensaran, ni por un momento, que el niño era de Nathan. No podía permitir que, ni siquiera por un segundo, se hicieran esa ilusión.

—Bueno, yo... tengo un amigo. Brooke, tú lo conoces, Daniel Breton.

—¡Ah, sí! El novio de tu hermana.

—No, no es su novio. A ver... no, en realidad es un antiguo amigo mío de Brooklyn. De hecho, es quien ha fabricado las mecedoras.

—¡Pues nos encantan! —exclamó Eloise—. Son sencillamente increíbles. Por favor, dame su dirección para escribirle una nota de agradecimiento.

Seguro que dentro de un minuto querrían quemarlas.

—Bien... —me mojé los labios con la lengua—. La cosa es que Daniel y yo... somos amigos desde hace mucho, más de diez años. Y bueno, el pasado julio... pues... nos acostamos juntos. Una vez.

La sonrisa de Eloise se esfumó de repente. Las pobladas cejas del señor Coburn se juntaron en gesto de reprobación. A Brooke no fui capaz ni de mirarla.

—Y ahora parece que estoy embarazada —susurré.

Se produjo un silencio absoluto, denso y preñado de tensión. Yo me apretaba las manos con tanta fuerza que las tenía blancas.

—¡Un momento! —exclamó Brooke—. ¿Te acostaste con alguien tres meses después de que muriera mi hermano? ¿En serio? ¿No es una broma? Porque, si lo es, no tiene ninguna gracia.

Me mordí el labio con tanta fuerza que noté el sabor de la sangre. No dije nada.

—Así que mi hermano casi ni había perdido el calor y tú te pusiste a fo...

—¡Brooke, ya está bien! —dijo Eloise en tono firme. Miraba con fijeza a la mesa—. Kate, lo siento, pero nos gustaría que te marcharas.

—Sí, claro —balbuceé—. Solo quiero que sepáis también que no fue algo planeado y que... amaba mucho a Nathan, y solo quería...

—Vete —dio el señor Coburn entre dientes. La cólera que sentía resultaba evidente—. Vete de inmediato.

Y eso hice. Mi cabeza estaba a punto de estallar tras todos estos meses de lágrimas contenidas, y el clavo de la garganta apenas me permitía tragar. Caminé hacia mi automóvil como si me estuviera dirigiendo a la cámara de gas, me metí en él y conduje el kilómetro escaso que había hasta la casa de mi marido.

Era el momento de marcharse.

CAPÍTULO 35
Ainsley

Estaba invitada a la celebración del aniversario de los Coburn, pero no pude ir. Y es que tuve que acudir al hospital.

Mi padre había resultado lesionado: un bateador debutante lo atropelló en primera base cuando corría a unos doscientos kilómetros por hora. Mi padre señaló lo que debía (fuera por medio kilómetro y eliminado, pese al entusiasmo juvenil del chico), pero tuvieron que llevarle al hospital con la tibia rota y la rótula dislocada. Afortunadamente ocurrió en el Yankee Stadium, así que fui a buscarlo al Bronx y lo trasladé a casa, una vez que le redujeron la fractura y le recolocaron todas las partes móviles de la rodilla. Le mandé un mensaje a Kate diciéndole que me quedaría con él esta noche, y puede que unos días más. Después llamé a Candy.

—Bueno, vive por su cuenta —dijo alegremente—. Estamos separados. Además, es tu padre.

—Y también el de Kate y Sean. Y Sean es médico —le recordé.

—Ya —rezongó—. Como si fueras a conseguir que ese zopenco moviera siquiera un dedo por sus padres. No, tendrás que ser tú, querida. Así podrás practicar tus habilidades de enfermera. ¡Buena suerte!

—A mamá le trae sin cuidado —le dije a mi padre, que soltó un gruñido. Bueno, no pasaba nada.

Una vez que lo hube ayudado a colocarse en su butaca reclinable, que le di un analgésico y le preparé una sopa, fui al automóvil a por las fotos de mi madre, que yo había estado enseñando por ahí. A audiencias cautivas, ya me entendéis.

—¿Cómo? —dijo—. Iba a ver el canal de deportes.

Apagué la tele y puse el mando a distancia fuera de su alcance.

—Lo siento, cojitranco. Estoy al mando.

—De acuerdo —aceptó hablando entre dientes—. ¿De qué se trata?

Le pasé la primera foto, y me di cuenta de que se derretía un poco, al menos la zona superficial de la cara.

—Eras como una hamburguesita, de puro dulce —dijo. Después fue mirando las fotos, despacio y recreándose. Ya era pura melaza todo él—. Y tu madre. Era increíble.

—¿Puedes decirme algo más sobre ella? —pregunté.

—Te le pareces mucho.

—¿En qué sentido?

—Pues no lo sé, Ainsburger —dijo, removiéndose en el asiento—. En todo lo bueno. Era... era fantástica.

Hombres.

Pero, al mirar cada foto, los ojos le brillaban, y de vez en cuando hasta acariciaba alguna.

—Tiempos felices —afirmó. Parecía emocionado—. Sí, éramos muy felices.

Me acerqué a su sillón y lo abracé fuerte.

—Lo siento mucho, papá.

Me respondió con voz trémula, prácticamente bañado en lágrimas.

—Nunca pensé que fuera a ser capaz de aguantar tanto tiempo sin ella. Solo soy un viejo al que cuida su hija soltera y sin compromiso, pero Michelle siempre será joven.

—No estoy soltera y sin compromiso —informé cariñosamente—. Y gracias a mi madre te tengo a ti.

—Eso es verdad —dijo, abrazándome—. Tienes mucha razón, querida. —Hizo una pausa—. ¿Qué quieres decir con eso de que no estás soltera y sin compromiso? ¿Volvéis a estar juntos Eric y tú?

—No papá. Pero estoy saliendo con mi jefe. Bueno, mi antiguo jefe, quiero decir. Jonathan Kent, el dueño de la revista.

—¿De qué revista?

Puse los ojos en blanco.

—Deberías estar un poco más atento en general a las cosas. En la vida hay algo más que el béisbol.

—Ya, pero siempre me ha resultado más fácil vivir sin estar atento. Me ha ahorrado complicaciones —explicó con una egoísta mezcla de lucidez y convicción. Eso sí, acariciándome el pelo con la barbilla.

—En cualquier caso, te quiero mucho.

—Y yo a ti, preciosa. —Volvió abrazarme. Creo que esa noche me dio más abrazos que en los últimos quince años.

A la mañana siguiente me llamó Kate.

—Hola. Me... me voy a mudar ya. Siento que sea tan precipitadamente.

—¿Qué ha pasado? —pregunté.

—Lo saben. Los Coburn, quiero decir.

—¡Oh, mierda!

—Sí.

—¿Necesitas ayuda?

—No, pero tú vas a tener que mudarte también. No de manera inmediata, pero sí pronto. —Su voz era algo tensa.

—Claro, claro. En todo caso, pensaba hacerlo pronto. Oye, papá se ha roto la pierna. ¿Recibiste el mensaje?

—Sí, lo siento. ¿Se encuentra bien?

—Sí, muy bien, pero inmovilizado. Creo que voy a estar con él unos días. —Hice una pausa—. ¿Seguro que no necesitas ayuda?

—No, tranquila. Estoy bien.

De todas maneras fui para allá, dejando a mi padre con una paquete de galletas Oreo y el mando a distancia. No paraban de repetir las imágenes de su lesión en la ESPN, y lo estaba disfrutando. Abu estaba de camino para hacerle compañía.

Cuando llegué, Kate tenía tres maletas abiertas sobre la cama y metía las cosas en ellas con cierto furor.

—¡Hola! —saludó.

—Siéntate, anda —dije, quitándole de las manos un par de botas—. ¿Has comido o bebido algo hoy? —Estaba claro que yo iba a ser una enfermera excelente.

—Sí, claro; mira. —Agarró un vaso de agua y le dio un largo trago. Después me contó lo que había ocurrido.

—Bueno, antes o después tenía que pasar —dije suspirando—. Es como arrancar un esparadrapo bien pegado. Pero así no tendrás que estar ocultándote como una delincuente durante los próximos meses, por miedo a que te descubran.

—Están muy, pero que muy enfadados.

—Pues claro, ¿cómo no iban a estarlo? —Me senté en el borde de la cama y la miré—. Pero Kate, tú amabas de verdad a Nathan. Este embarazo no cambia en absoluto ese hecho. Te reconfortaste un poco con Daniel y resulta que vas a tener un hijo, algo que siempre has deseado.

—Tienes razón —dijo. Permaneció callada durante un buen rato—. Te voy a echar de menos. Me ha encantado vivir contigo.

El corazón se me salía del pecho.

—A mí también. Y siempre que pueda iré a Brooklyn para estar contigo, te lo prometo. Espero que tú vengas por aquí a menudo en cuanto tenga una casa propia.

—Lo haré —dijo—. No quiero que nos distanciemos nunca más. —Entonces se puso de pie y me dio un abrazo, muy fuerte y muy prolongado, acariciándome el pelo, como solía hacer cuando yo era niña.

—No me imagino cómo podría haber superado todo esto sin tu ayuda. Y no creas que te has librado de mí todavía.

La abracé con fuerza. No podía haber dicho nada que me hiciera más feliz.

CAPÍTULO 36

Kate

Resultó curiosa la velocidad con la que mi presencia se borró de la casa de Nathan. Ainsley se llevó a *Ollie* cuando se marchó y me quedé sola.

Mis maletas estaban en la puerta. Mis artículos de baño habían desaparecido de las estanterías. Max iba a venir a buscarme una vez que pasara la hora punta. Daniel se había ofrecido a hacerlo, pero yo preferí que no. Era demasiado duro que fuera él el que me sacara de la casa de Nathan.

Brooke me había enviado un correo electrónico indicándome que no tocara ninguna de las cosas de Nathan, que ella se encargaría de hacerlo.

Nos resulta muy difícil creer que amaras a Nathan, pero después te resultara tan sencillo liarte con otro hombre. Creo que sería mejor no saber nada de ti durante bastante tiempo.

Eso decía el correo, entre otras cosas. No obstante, sí que me quedé con algo, un jersey azul marino de cachemir, que metí en el fondo de una de las maletas. Tenía muchos y me apetecía quedarme con alguna prenda que se hubiera puesto mientras estaba con él.

Subí del sótano las cajas para guardar el material informático. En el estudio, o cuarto de estar, o lo que fuera, empecé a empaquetar el ordenador, los cables y el resto de accesorios, con sus respectivos protectores.

También había algunos libros de fotografía que eran míos; me interesaban sobre todo los de Ansel Adams y Margaret Bourke-White. La foto en la que estábamos los dos. Y *Héctor*, por supuesto.

No había demasiadas cosas mías en esa habitación. Ni en toda la casa. Nunca las hubo. Lo cierto es que no trasladé muebles para adecuar la casa ni decorarla a mi gusto. ¿Acaso es que, en el fondo de mi alma, siempre intuí que estaría casada poco tiempo? ¿Estaría íntimamente convencida de que Nathan y yo no íbamos a durar? ¿Acaso ese sentimiento de estar viviendo algo extraño para mí era algún tipo de mensaje?

Allí estaba la Nikon.

Pensé lo típico: ahora o nunca.

Me acerqué despacio a la estantería donde reposaba. La última vez que la había tocado fue el día de la muerte de mi marido pero, pese a ello, se adaptó a mis manos como siempre, de forma sólida y confortable, como solo puede hacerlo una cámara propia, conocida y habitual.

Si iba a hacer lo que iba a hacer, tenía que ser ahora. Escarbé en la bolsa de cables y extraje el que permitía descargar las fotos en el ordenador de Nathan. Tecleé la barra espaciadora. A la máquina le costó despertar casi un minuto, y es que no lo utilizaba desde que descubrí en él los correos de Madeleine.

Y allí estaban, aquellas carpetas tan pulcramente ordenadas.

Conecté el cable y esperé. Miré a *Héctor* mientras se iban descargando las fotografías. El corazón galopaba dentro del pecho.

Después miré a la pantalla. «¿Importar siete fotografías?» Apreté la tecla para hacerlo.

¡Oh, Dios! Allí estaba, su maravillosa cara aquella mañana, tan sencilla, tan bien delineada, tan... querida que me temblaron las rodillas, y me deslicé hacia abajo en la silla de escritorio.

«¡Nathan, oh, Nathan! ¿Cómo es posible que te hayas ido para siempre?»

Me empapé de los detalles: el dibujo de sus labios, la peca bajo su ojo izquierdo, las pestañas rubias, la dulzura de su expresión, un tanto tímida.

La siguiente la había tomado en la infausta fiesta de Eric. Mi hermana, prácticamente brillante de pura felicidad. ¡Y Eric, ese desgraciado petulante!

Jonathan Kent, mirando atentamente a Ainsley mientras ella hablaba con otra persona. Otra de las pequeñas revelaciones que solo una cámara es capaz captar.

La siguiente era de la parte de atrás de la cabeza de Nathan. En el último momento, al disparar, se había dado la vuelta, y allí estaba su nuca, que escondía esa deformación vascular. Su suave cabello rojizo.

Ainsley con la madre de Eric, las dos con los ojos llenos de lágrimas.

Eso tuvo que ser solo minutos antes de la muerte de Nathan.

Solo quedaba una foto.

Apreté la tecla, y contuve el aliento.

Éramos los dos, Nathan y yo. ¡Claro, me acordaba! Una compañera de trabajo de Ainsley me pidió la cámara para verla de cerca, y me preguntó si podía hacer una foto. Le dije que sí.

No estaba perfectamente centrada, pero daba igual, porque allí estaba la respuesta a todas mis dudas.

Estábamos enamorados. Por completo. Mi aspecto era extrañamente dulce, con las mejillas sonrosadas, el brazo alrededor de la cintura de Nathan, lo ojos brillantes. Y Nathan...

En ese momento oí un ruido. Era yo. Estaba llorando. Finalmente estaba llorando. Como una magdalena, sollozando incluso. Era un ruido extraño, pero también maravilloso.

Las lágrimas desenfocaban la foto, pero las aparté de los ojos con la mano.

Nathan parecía absolutamente feliz, completamente... satisfecho. Y, por Dios, no había ningún problema con ese término. Su expresión era de felicidad, y podía observarse también un cierto orgullo, además de amor, sí, absoluto amor. Un momento en el tiempo, captado para la eternidad.

Había sido muy feliz. Su vida conmigo era satisfactoria.

Doblé la cabeza y seguí llorando. Lloré de felicidad, y de pena, y de gratitud, y de aflicción. Había amado a mi marido y él había muerto muy joven, demasiado joven, y si no hubiera fallecido, permaneceríamos juntos, embarazada o no, con hijos o no, con momentos mejores y peores, pero siempre cuidándonos el uno al otro de la forma que la gente se cuida cuando se quiere.

—Te quiero —susurré—. Nathan, te quiero muchísimo.

Y allí estaba otra vez. Esa oleada de calidez, ese aroma que desprendía mi marido, y una dulce aunque potente presión en mi pecho, que me hacía saber que él estaba conmigo.

Conmigo para decirme adiós.

EPÍLOGO

Kate

El siete de mayo, un año, un mes y un día después de que me quedara viuda, me convertí en madre.

El tiempo había transcurrido, lentamente en cierto modo, pero visto en perspectiva, a una velocidad que cortaba el aliento. Mi cuerpo fue transformándose con el embarazo, pero el otoño y el invierno me parecieron los más largos que recordaba. La vida es contradicción en estado puro.

Me mudé a Brooklyn y estuve con Daniel durante dos meses, hasta que finalmente pude mudarme de nuevo a mi propio apartamento. Mientras tanto, dormí en la habitación que le sobraba y me comporté como una buena invitada, limpiando y cuidando el cuarto y, cuando me tocaba, las zonas comunes, pagando la parte correspondiente de los gastos y también trabajando todo lo que pude para ahorrar; y es que, después de tener el nino, no podía saber qué iba a pasar con mi trabajo. Daniel no me presionó nada, pero en cuanto vislumbraba la oportunidad de hacer algo por mí no la desaprovechaba, ya fuera preparar una buena cena o darme un masaje en los pies.

Mantuvimos las cosas en modo platónico.

Durante esas ocho semanas me trasladé varias veces a Cambry-on-Hudson para estar con mi padre y con mi hermana. En diciembre Ainsley pagó la entrada de una pequeña y agradable casita de tres habitaciones, se mudó y yo pasé allí con ella la mayoría de los fines de semana. Según me contó, ella y Jonathan no tenían ninguna prisa para dar un paso adelante. Si, finalmente, iba a ser la madrastra de sus hijas, quería hacerlo bien. Poco a poco, sin pasos en falso ni precipitados y con firmeza, ese era el plan.

Un fin de semana vi a Brooke cuando salía del cementerio, aunque ella no me vio a mí.

Sí, seguía visitando la tumba de Nathan. Aquellas fotos me habían demostrado que, pese a mi inseguridad e inestabilidad, también había sido feliz, y de una forma diferente, como nunca hasta ese momento.

Y ahora también lo era. Todavía afligida, pero mirando hacia delante. Ambos sentimientos podían convivir, no se cancelaban el uno al otro.

Volver a mi apartamento me hizo sentirme rara. Antes ese sitio era muy importante para mí, lo concebía como esa expresión inglesa: «para un británico, su hogar es su castillo»; no obstante, ahora lo sentía simplemente como un lugar en el que vivir. Un lugar muy agradable pero, tras los últimos acontecimientos, me había dado cuenta de que un hogar tiene mucho más que ver con las personas que con los suelos, las habitaciones, los cuadros, las fotos enmarcadas y los armarios. La casa de Nathan nunca fue mi hogar. Sin embargo, él sí que lo había sido.

Mi madre me sorprendió con un acercamiento evidente aunque, eso sí, un tanto furtivo. Después de dejar a papá, el peso de la amargura parecía haberla abandonado. Empezó a llamarme cada pocos días y dejó de recitar frases sacadas de sus libros, conformándose simplemente con charlar. Papá siguió como siempre, en su mundo, en todo momento un paso por detrás, fuera de foco.

Sean, Kiara y los niños permanecieron donde siempre habían estado, en los límites de la familia, más o menos en las cercanías, pero sin permitir que la responsabilidad interfiriera con su vida perfecta. Estaba bien, cada cual tiene su modo. En resumen, ahora sí que tenía una pequeña almendra familiar que nunca había tenido: Ainsley, y Jonathan por añadidura.

Y también Daniel.

Tras mudarme a mi antiguo apartamento, Daniel empezó a venir por las noches. Hablábamos, tomábamos algo y veíamos la tele. Me habló del lado oscuro de ser bombero: la innecesaria e interminable intervención burocrática para que algunos funcionarios y políticos justificaran sus puestos, las llamadas falsas, los compañeros que se escaqueaban, los peligros ocultos, la incómoda veneración al supuesto héroe, etc. Parecía como si esa rutina de bombero sexi hubiera sido más una armadura para protegerse que una forma de atraer a las mujeres, aunque eso también, claro.

A veces se quedaba dormido en el sofá, agotado por el cambio de turno, y yo me sorprendía a mí misma mirando su extraordinariamente atractiva cara, y sentía una oleada de ternura. Era un hombre normal; por supuesto, se trataba de Daniel, el Bombero sexi, pero en el mejor de los sentidos. Le gustaba su trabajo, protegía a su mujer, que era como me denominaba, y le hablaba a su bebé a través de la piel de mi tripa.

Allí había muchísimo amor.

Con el tiempo, las veladas en el sofá pasaron a ser pernoctaciones en la habitación de invitados varias veces a la semana, después un día sí y otro no y, finalmente, casi todas las noches.

Entonces, una noche, mientras yo estaba en la cama sin poder dormir y sin parar de moverme, entró en mi habitación en calzoncillos.

—Hazme sitio —dijo, y se deslizó a mi lado, me abrazó con sus grandes brazos y puso una mano sobre mi estómago, para sentir como nuestro bebé daba patadas y se movía inquieto.

Cuando estaba embarazada de treinta y nueve semanas, con los tobillos hinchados, puntos de acné en la barbilla y dolor de espalda casi continuo desde hacía cinco semanas (¡prohibidos los analgésicos!), me agarró los pies y se los puso en el regazo.

—Sabes que te quiero —dijo, sin siquiera mirarme.

—Gracias —dije, al cabo de un rato.

—¿Eso es todo? —espetó, dedicándome una mirada torcida.

—Yo también te quiero. —Sonreí al decirlo, porque era verdad. Era distinto que con Nathan, pero distinto no significa menos.

Entonces Daniel tiró de mí, me puso sobre su regazo con tripa y todo, y lo hicimos, así, con nuestra hija dando patadas como una loca, a él y a mí, tantas que nos hizo reír.

Nació dos días más tarde.

Nuestra hija pesó tres kilos doscientos, nació con la cabeza un poco alargada después de veinte horas de parto (nada preocupante y todo normal, dijo la doctora, supongo que porque la que parió no fue ella), y con una cara roja y suavecita. La cosa más bonita que había visto en mi vida.

Que habíamos visto en nuestra vida.

Cuando la enfermera anunció que era una niña Daniel se puso a llorar a moco tendido, lo mismo que mi hermana, que estuvo con nosotros durante dieciocho de las veinte horas, sin perder nunca la presencia de ánimo ni la alegría, y siempre con las palabras adecuadas para animarme.

Una vez que pesaron, limpiaron y envolvieron al bebé, me lo pasaron y, Daniel me rodeó con el brazo y nos quedamos mirándola como dos estúpidos. Como hacen todos los padres, supongo.

—¡Es tan perfecta! —dijo Daniel—. Mírala. Es clavadita a ti. —Sonrió y me dio un beso rápido.

—¿Habéis elegido ya un nombre?

—Sí —dije, mirando a mi hermana, que sostenía la Nikon y no dejaba de sacar fotos—. Ainsley Noel.

—¿Lo dices en serio? —casi gritó mi hermana, echándose a llorar—. ¡Muchísimas gracias, chicos! ¡Hola, pequeña Ainsley! ¡Te quiero, preciosa!

Al día siguiente me visitaron mis padres, así como la madre de Daniel y sus cuatro hermanas, junto con varios de sus hijos, además de Sean, Kiara y Sadie, que estaba encantada de tener una primita tan chiquitina. Jonathan vino a recoger a Ainsley la mayor, y trajo un bonito y suavísimo elefante de peluche.

Me sentía inundada de amor familiar. Tenía los ojos llenos de lágrimas, pero, de repente, bostecé sin poderlo evitar.

—Bueno, ya está bien. Todo el mundo fuera —dijo Daniel con su voz más autoritaria de funcionario público, y le sonreí agradecida—. Voy a acompañarlos, vuelvo enseguida. ¿Quieres algo, querida?

—¿Helado? —sugerí.

—¡Por supuesto! ¡Marchando un Ben&Jerry's de pistacho!

Pastoreó hacia la puerta a nuestras respectivas familias y yo me puse a la pequeña Ainsley en el regazo. Le olí la cabecita, y se trataba de un olor que ya era capaz de reconocer. Tenía claro que estaría dispuesta a matar y a morir por ella sin la menor sombra de duda y con una sonrisa en la cara. Mi preciosa hija. Mi tesoro.

—¡Oye! —dijo Daniel. Había vuelto y me hablaba desde la puerta de la habitación.

—¿Se te olvida algo?

—Vas a casarte conmigo —dijo, y su voz sonó algo ronca—. Cuando tú quieras, pero lo harás. Te quiero, Kate, lo sabes. ¿Te casarás conmigo?

Mi corazón que ya estaba bastante lleno, pareció desbordarse.

—Sí, me casaré contigo. Algún día.

—No me hagas esperar mucho. —Se acercó hasta ponerse a mi lado, se inclinó y me besó; después le dio un beso a Ainsley en la cabecita—. Dentro de un momento volveré con el helado, queridas chicas.

Dejé a Ainsley en el pequeño moisés que tenía al lado. Hizo un adorable ruidito e inmediatamente gruñó con suavidad.

—Mamá está aquí contigo —susurré, acariciándole la mejilla. Después cerré los ojos.

Iba a ser feliz con Daniel. De hecho ya lo era. El hecho de que el universo me hubiera concedido dos hombres adorables y una niña preciosa en el plazo de un año... bueno, la verdad era que el universo guardaba muchas sorpresas y misterios, y por lo menos algunos eran buenos.

Abrí los ojos para asegurarme de que mi niña no era el producto de un sueño. Allí estaba, rosada y preciosa, las pestañas tupidas como las de su padre, y unos dedos largos y muy bonitos. Sonreí y volví a cerrar los ojos.

No pasaron ni diez segundos cuando sentí que alguien llamaba suavemente a la puerta. Me despabilé del todo.

Era Eloise Coburn.

¡Dios mío!

Me incorporé como pude, echando hacia atrás las almohadas. Sentí el dolor de los puntos y me estremecí.

—Siento mucho haberte despertado —dijo.

—No, no. Acércate, por favor. ¿Cómo estás? —Me ajusté un poco el camisón y tragué saliva.

—Estoy bastante bien, gracias —seguía de pie junto a la puerta—. Tu hermana me llamó.

—¡Ah! —dije—. Siéntate.

Como siempre, iba muy bien vestida, pero tenía el pelo más blanco que la última vez que la había visto.

—¿Qué tal la familia? —pregunté.

—Todos bien, gracias —respondió—. Los chicos crecen muy deprisa, y ya hemos terminado la ampliación de la casa.

—Magnífico —contesté—. Pues... mira, esta es Ainsley, mi hijita.

Eloise la miró, y en su rostro se dibujó una expresión de dulzura.

—Le has puesto el nombre de tu hermana. Qué bonito. —Se produjo una pausa. Una asistente del doctor Nosequién pasó a la habitación y me tomó la temperatura y la tensión—. ¿Me permites que la tome en brazos? —preguntó Eloise.

¿Acaso se le ocurriría hacerle daño a mi hija para vengarse? ¿Saldría corriendo con Ainsley en brazos?

No, no lo haría. Eloise Coburn no había cometido ninguna crueldad en toda su vida.

Con muchísimo cuidado, Eloise levantó a la niña del moisés y la tomó en brazos. La miró, y cuando la pequeña extendió los brazos, le ofreció el nudoso dedo índice de la mano derecha para que lo agarrara.

—¡Qué preciosa eres! —murmuró.

Podría haber sido su abuela, y esta niña la hija de su nuera. Las lágrimas empezaron a desbordar mis ojos y a correr por la mejillas; era la primera vez que lloraba desde que me fui de la casa de Nathan

Eloise, sonriendo, acarició levemente a Ainsley, y en su cara vi a Nathan, su dulzura, su amor.

—Bueno, aquí la tienes —dijo finalmente Eloise, entregándomela—. Es preciosa. Le he traído una cosa.

Buscó dentro del bolso y extrajo un paquetito.

—Permíteme que lo desempaquete por ti —dijo, y así lo hizo, con movimientos rápidos y eficaces. La caja no era grande. Levantó la tapa, sacó el contenido y me lo enseñó.

Era un pequeño cepillo infantil de plata, con unas cerdas tan suaves que parecían tener el tacto de la piel de conejo. Tenía una inscripción: NVC III.

—Era de Nathan —dijo con suavidad—. Es más bien una joyita que algo práctico. Me apetecía que lo tuvieras. Sabía que él te quería muchísimo.

Perdí el aliento.

—¡Oh, Eloise! ¡Yo también lo quería, de verdad, muchísimo! —Las palabras apenas resultaron audibles.

—Sí —dijo, al tiempo que asentía con firmeza—. Te creo. —Después miró hacia un punto indefinido de la habitación—. Bueno, te dejo. Necesitas descansar. Sé que no ha sido un parto fácil. Pero nada en la vida lo es.

—Eloise, ¿te gustaría que... mantuviéramos el contacto?

En principio, no movió un músculo de la cara. Después su rostro se arrugó durante un segundo y entrecerró los ojos, pero de inmediato recobró la compostura.

—Sí —contestó—. Me gustaría mucho.

Y es que éramos dos mujeres que habíamos amado a su hijo, y ese era un vínculo indestructible entre ambas. Brooke no me perdonaría jamás, pero Eloise... Eloise ya lo había hecho.

—¡Hola! —dijo Daniel desde el umbral de la puerta, con un enorme bote de Ben&Jerry's en la mano—. Soy Daniel Breton.

—Es la madre de Nathan —dije, limpiándome las lágrimas con el borde de la mantita de Ainsley.

—Sí, ya nos conocemos —dijo Eloise—. Viniste al funeral de mi hijo. —Daniel asintió—. Felicidades por tu preciosa hija. Kate... —Se volvió hacia mí—. Ha sido un verdadero placer verte, querida, te lo digo de verdad.

Y se marchó, la persona más fuerte y más generosa que he conocido en mi vida.

—¿Estás bien, cariño? —preguntó Daniel. Puso el helado en la mesilla y se sentó en el borde de la cama, mirándome con cara de preocupación. Yo lo miré a mi vez, y después a nuestro bebé.

—Nunca he estado mejor —respondí—. Mira lo que le ha traído a la nena.

Agarró el cepillo, que parecía todavía más diminuto entre sus enormes manos, y lo pasó con delicadeza por el pelo de Ainsley.

—Ha sido muy amable de su parte.

—Sí —confirmé, tragando saliva.

— La enfermera dice que podemos irnos a casa esta misma noche, siempre que tú quieras. —Dejó el cepillo, colocó una mano sobre la cabecita de nuestra hija, me miró y sonrió. Daniel, el Bombero sexi, había pasado a mejor vida, y lo había sustituido Daniel, el Padrazo.

Puso la mano sobre mi mejilla, y yo volví la cara para besársela.

—Sí —dije—. Vámonos a casa.

Agradecimientos

Le doy las gracias a mi editora, Susan Swinwood, que siempre contribuye a que mis libros sean mejores, y además consigue que trabajar con ella sea divertido. Todo el equipo de Harlequin merece una efusiva felicitación por su estímulo, su apoyo, su entusiasmo y su saber hacer, y no solo en lo que se refiere a este libro, sino a todos.

Mi agente, Maria Carvainis, tiene todo mi reconocimiento por dirigir mi carrera con enorme habilidad, y también quiero mencionar a Elizabeth Copps, Martha Guzmán y Samantha Brody, todas ellas miembros de Maria Carvainis Agency, Inc.

A Kim Castillo, Sarah Burningham y Mel Jolly les agradezco su ayuda por hacer todas esas cosas que necesitamos las autoras para no perdernos por los pasillos y tropezar con los obstáculos.

A Marie Curtis, maravillosa fotógrafa y, lo que es más importante, una gran amiga, por aconsejarme respecto a la profesión de Kate. También ha sido la que nos ha fotografiado, a mi familia y a mí, durante muchos años, en realidad décadas ya. ¡Gracias, Marie!

A Jennifer Iszkiewicz, Huntley Fitzpatrick, Karen Pinco y Shaunee Cole, por su amistad y su alegría, que hace que el aire brille cuando estamos juntas. ¡Os quiero mucho a todas!

A mi madre, la magnífica, divertida y generosa mujer que se volcó también conmigo, pese a ser «la que está en medio».

A mis hijos, que siempre están ahí, siempre, los primeros en mi corazón pero los últimos en mi pensamiento.

Al amor de mi vida, Terence Keenan, que consigue que todo sea divertido, me anima cuando estoy preocupada y me trae el café cada mañana.

Y a vosotros, lectores. Gracias por escoger este libro. Es para mí un honor y un privilegio, y os estoy muy, muy agradecida por el hecho de que hayáis dedicado algo de tiempo de vuestra valiosa vida a leerlo.

Preguntas para el debate

1. Kate y Ainsley tienen una relación algo complicada debido a los dos matrimonios de su padre. ¿Tienes alguna experiencia de primera mano con familias mezcladas? En tu opinión, ¿qué es lo que dificulta en ellas la convivencia, y qué es lo que hace que las cosas vayan bien? ¿Crees que la relación inicial entre Kate y Ainsley es la típica entre hermanas, aparte de otras circunstancias?

2. ¿Por qué crees que Ainsley se aferra a Eric con tanta fuerza? ¿Qué circunstancia de su niñez hace que para ella sea lógico pensar que es el hombre de su vida, el novio y el futuro marido perfecto? ¿Por qué en principio no pone en duda, ni siquiera mínimamente, su evolución personal? ¿Crees que la personalidad de su propio padre hace que ella acepte recibir menos de lo que merece en una relación sentimental?

3. Por otra parte, a Kate le sorprende enamorarse a los treinta y nueve años. Casi hasta sospecha de Nathan por ser tan maravilloso. ¿Qué opinas de eso? ¿Piensas que es verdad que, a cierta edad, ya no quedan parejas potencialmente interesantes, que todas las que merecen la pena están ya «captadas»?

4. Candy, madre de Kate y madrastra de Ainsley, se dedica profesionalmente a la terapia familiar. ¿Qué opinas de su personaje? ¿Crees que se la debe culpar por su resentimiento? A lo largo del desarrollo de la novela, ¿van cambiando tus sentimientos hacia ella?

5. Daniel, el Bombero sexi, es algo más que una cara y un cuerpo bonitos. (El marido de la autora es bombero, por cierto.) Kate solo se fija en él al principio por su físico, pero más adelante su enfoque va cambiando. ¿Piensas que Kate mantiene inicialmente el estereotipo

por alguna razón, o crees es el propio Daniel el que quiere ser considerado de esa manera? ¿Te parece que la evolución de los sentimientos de Kate con respecto a Daniel es gradual, o que hay un momento concreto en el que su concepto sobre Daniel cambia bruscamente?

6. Jonathan y Ainsley son un ejemplo claro de atracción de los opuestos. Ainsley tiene un historial de hombres insinceros, y hasta mentirosos, en su vida personal: su padre, su antiguo jefe de la NBC y, ahora, Eric. Por su parte, Jonathan no es capaz de evitar ser franco, directo y hasta brusco. ¿Conoces a alguien parecido a él? ¿Te gusta ese tipo de personas, o te cuesta acercarte a ellas?

7. Las circunstancias de, primero, casarse a una edad relativamente tardía y, casi inmediatamente, convertirse en viuda, hacen que Kate pierda la coraza con la que se había aislado hasta entonces, y con la que mantenía pleno control de su vida. Como recién casada se siente un poco rara. Y como viuda, se encuentra completamente perdida. ¿Alguna vez un acontecimiento de tu vida te ha afectado de una forma semejante? ¿Qué fue lo que te ayudó a recuperar el equilibrio?

8. Una de las relaciones más significativas de la novela es la que se desarrolla entre Kate y Eloise. ¿Qué opinas de la señora Coburn?

9. Una de las constantes de esta novela es la de estar ahí cuando alguien nos necesita. Kate y Ainsley, que nunca habían permanecido especialmente cercanas la una a la otra, se dan cuenta de que son verdaderas hermanas, mucho más de lo que pensaban. Habla sobre algún momento en el que alguien te sorprendiera volcándose contigo en un momento difícil.